떠오르는 지평선(地平線)

정대재 대하장편소설 (제1부)

떠오르는 지평선 2

초판 1쇄 인쇄 2017년 5월 08일
초판 1쇄 발행 2017년 5월 17일

지은이 | 정대재
발행인 | 노용제

펴낸곳 | 정은출판
주 소 | (우) 04558 서울시 중구 창경궁로 1길 29
전 화 | 02-2272-8807, 9280
팩 스 | 02-2277-1350
등 록 | 2004년 10월 27일 제2-4053호
이메일 | rossjw@hanmail.net

ISBN 978-89-5824-327-4 04810
ISBN 978-89-5824-325-0 (세트)

떠오르는 지평선(地平線)

정대재 대하장편소설

[제2권]

정은출판

● 서문(序文)

지기地氣가 들끓는 땅

　어느 향토 사학자가 임진왜란 때에 동래성을 지키기 위하여 상하 민관이 하나로 뭉쳐 중과부적의 수적 열세 속에서도 최후의 일인까지 목숨을 던져 파도처럼 밀려오는 수만 명의 왜병과 맞섰던 결사항전의 애국 투혼을 찬양하면서 이르기를, '역사란 우리 선조들이 목숨과 피눈물로 세워놓은 굳건한 다리가 없다면 후손들이 결코 건널 수 없는 숙명의 강'이라고 단언하였다.

　그런 점에서 본다면, 지기(地氣)가 태양처럼 뜨겁게 넘쳐나서 예로부터 선비의 고장, 애국 충절의 고장으로 널리 일컬어져 온 밀양 땅이야말로 뜨겁고도 숙명적인 진정한 역사의 고장이라고 하지 않을 수 없을 것이다. 신분제도가 엄존하였던 고려·조선 시대엔 양반 사대부들의 충효 정신이 뜨겁게 발현하였고, 동학 혁명과 갑오개혁을 겪으면서 신분제도가 철폐된 이후부터는 신분의 고하를 막론하고 무수한 애국지사들이 항일 독립 운동의 선봉에 서서 애국 투혼을 불살라 조국 광복의 초석이 되었으니 말이다.

　이 작품은 태양처럼 들끓는 지기와 함께 그와 같은 타고난 뜨거운 애국투혼을 불사르며 우리 민족으로 하여금 일제 암흑기라는 험난하고 암울한 역사의 강을 무사히 건널 수 있도록 튼튼한 역사의 다리를 놓으며 살신성인하였던 밀양 향민들의 치열하고도 눈물겨운 독립운동의 발자취를 그려낸 픽션이다.

　필자는 이 작품을 통하여 지난 왕조 시대의 황실 척족으로서 위정척사적(爲政斥邪的) 이념을 고수하며 왕정복고 운동에 주력하는 상남면 동산리의 토호(土豪) 집안인 여흥 민씨가의 문중 종손인 중산(重山) 민정식(閔廷植)을 위시한 그들 집안의 사람들과, 일찍이 만주로 망명한 이 지역 출신의 원로 우국지사들의 뒤를 이어 독립운동에 새로 뛰어든 젊은 〈의열단〉 단원들이며, 그들을 돕는 선배 독립 운동가들이 공화주의적 이념을 견지하며 경쟁적으로 독립운동을 펼치면서 겪게 되는 반목과 배신, 응징과 화해 과정을 통하여 일제 암흑기의 민족적 자화상을 그려 보고자 노력하였다.

그리고 그들이 왕조복고를 지향하는 위정척사적 복벽주의(復辟主義)와, 민족자결주의가 대세를 잡아 가는 시대적 흐름에 따라 공화주의를 제각각 표방하며 독립운동을 펼치는 가운데 필연적으로 겪게 되는 계파간의 갈등 관계를 비롯하여, 어두운 역사의 뒤안길에 악령처럼 드리워져 있는 후유증을 어떻게 치유·극복하여 새로운 지평을 열어 가는가를 보여 줌으로써, 오늘날 이념과 계층 간의 갈등으로 남다른 시대고를 겪고 있는 우리 모두에게 무엇을 시사해 주는지에 대하여 다 같이 겸허하게 숙고하고 반성하는 계기로 삼고자 하였다.

떠오르는 지평선 · 제2권 _ 정대재 대하장편소설

제1장

청사초롱(靑紗炒籠)

◇ 중추가절仲秋佳節

  추석을 얼마 남겨 놓지 않은 양력 구월 초순께였다.

  기승을 부리던 늦더위가 한 풀 꺾이는가 싶더니, 어느 새 가을 날씨답게 하늘은 더욱 높아지고 읍성 사대문 밖의 들판에는 눈 가는 곳마다 잘 자란 벼들이 누릿누릿 빛깔도 곱게 무르익어 가고 있었다. 청명한 날씨 탓에 거울처럼 맑고 높아진 가을 하늘은 눈이 아리도록 푸르기만 한데, 탁 트인 시계 속으로 뚜렷이 잡히는 아북산(衙北山 : 일명 推火山)에서는 불타는 듯한 단풍 빛이 봉수대가 있는 추화산성 일대의 정상부를 붉게 물들이고 나서 읍성 북문 밖의 산중턱까지 산불처럼 번져 오고 있었으며, 한 폭의 그림처럼 손에 잡힐 듯이 성큼 다가선 읍성 안의 무봉산 정상부에도 어느 새 울긋불긋 단풍이 물들고 있었다.

  때는 바야흐로 중추가절, 통한의 식민지 땅 조선 천지에도 어김없이 가을이 찾아온 것이다. 허리가 휘고 뼈가 녹아나게 일해 봐야 농지세다, 수리조합비에다, 공출이다, 해 가면서 왜놈들이 새양쥐 볍씨 빼 가듯이 야금야금 가로채 가고 나면 남는 것이라곤 오직 한숨과 내년 농사 걱정뿐이건만, 그래도 벼가 누렇게 익어가는 들판을 바라보는 농부들의 마음은 여느 때보다 푸근하기만 하였다. 춘궁기 때마다 식량이 떨어져 아사지경에 빠지는 사람이 속출하는 식민지 조선 민초들에게는 풍성하게 단풍이 물드는 가을산과 오곡백과가 무르익어가는 황금빛 들판을 바라보는 것만으로도 대단한 즐거움이요, 눈물겨운 기쁨이 되고 있는지도 모르겠다.

  허리띠를 졸라매고 구절양장(九折羊腸)보다 더 가파르고 아슬아슬한 산 고개를 넘듯이 초근목피(草根木皮)로 연명하며 오뉴월 보릿고개를 허위허위 넘어선 농부들의 심사만 어디 그러하랴! 농사꾼보다는 각종 상인이 훨씬 더 많은 성내 사람들에게도 가을은 기다려지는 계절, 풍요의 계절이었다. 벌써부터 저자 거리마다 각종 풋과일과 햅곡식이 넘쳐나고, 물건을 파는 장사치들도 흥얼흥얼 콧노래가 절로 나오게 되니 가을은 이래저래 세상 인심까지 풍성하게 만들어 놓는 계절인가 보다.

어디 그 뿐이랴! 가을은 빌어먹는 거지와 문둥이들에게도 끼니 걱정을 하지 않아도 되는 포식의 계절, 즐거운 축제의 계절이 아닐 수 없었다. 삼문리의 배다리껼 뚝방 밑에 움막을 짓고 사는 거지들의 장타령 소리에도 신명이 뻗치었고, 무안면 마흘리의 문둥이 마을에서도 장가를 못 가 안달이 난 노총각들을 구제하기 위하여 혼기에 찬 처녀들의 이름이 적힌 바가지를 죽 엎어놓고 제비를 뽑듯이 신붓감을 골라서 치른다는, 문둥이들 특유의 혼례 잔치가 사흘이 멀다 하고 벌어지고 있다는 소문까지 심심치 않게 들려오고 있었다.

이런 때, 밀양 읍성 안의 서문껼에 자리 잡고 있는 밀양 장로교회 앞에서는 좀 색다른 일이 벌어지고 있었다. 예배가 있는 날이라 여느 때와 다름없이 성경책과 찬송가책을 든 교인들이 아침 일찍부터 교회로 모여들고 있었는데, 이날의 예배당 앞마당의 풍경은 평소의 예배가 있는 날과는 사뭇 달랐다. 찬송가와 성경책을 든 신도들의 얼굴마다 환하게 웃음꽃이 만발해 있는가 하면, 교회와는 아무 상관이 없는 일반인들까지 저마다 장꾼들처럼 구식과 신식의 나들이옷을 말쑥하게 차려 입고 꽃다발이며 각종 선물 꾸러미를 들고 하나 둘씩 교회 앞으로 꾸역꾸역 모여들고 있는 것이었다.

그도 그럴 것이, 오늘은 이곳 밀양읍교회에서 〈기독교 청년회〉의 사회 교육부장으로 문맹퇴치 운동과 생활 개선 운동을 펼치면서 패기 넘치게 사회활동을 하고 있는 약관의 청년 독립운동가 윤세주 군의 혼인예식이 열리는 날이었기 때문이다. 근본이 탄탄한 뼈대 있는 파평윤씨 집안으로 시종원(侍從院)의 시종직 벼슬까지 지낸 부친의 후광을 입은 그가 교회 안팎에서 활발하게 청년운동을 펼치고 있는, 밀양공립보통학교 시절에 〈일장기 훼철 의거 사건〉을 일으킨 소년 항일투사 출신의 기린아임은 알 만한 사람들은 이미 다 알고 있는 사실이거니와, 신붓감은 창녕면 수정리에 사는 소악(小岳)이라는 아명을 가진, 진양(晉陽) 하씨(河氏) 집안의 행신이 안존한 규수라는 입소문이 퍼지면서 관심이 증폭되는 바람에 그만큼 혼례 예배의 참례객 수가 많아진 것인지도 모를 일이었다.

　신랑 윤세주의 아버지 윤희규(尹喜奎) 선생은 무과 병과에 급제한 후 정3품인 통정대부(通政大夫)로서 시종원의 시종 직에까지 승차(陞差)하였다가 나라가 망하면서 물러났지만, 일찍이 관복을 입어 보았던 만큼 수십 간이나 되는 큰 기와집에서 살고 있을 정도로 살림살이도 넉넉하였다. 신축년(辛丑年: 1901년) 6월 24일에 아버지 윤희규 선생과 어머니 김경이(金卿伊)씨 사이의 4남 1녀 중 막내로 태어난 윤세주의 올해 나이 열아홉, 신부는 그와 동갑내기 소띠로, 생일은 그보다 55일 빠른 5월 1일이라 하였다.

　하객들의 주축은 당연j히 일가 친척들을 비롯하여 그가 활동하는 밀양읍교회의 청년 동지들과 일반 남녀 교인들이 대종을 이루고 있었지만, 양쪽 집안 모두 만만찮은 가세를 유지하고 있었기 때문에 그들을 잘 아는 일반 하객들도 꽤 많은 편이었다. 혼례식이 거행되려면 아직도 한참을 더 기다려야 했으므로, 하객들은 곧장 교회 안으로 들어는 축들도 없지 않았으나 대부분이 청명한 가을 햇빛을 즐기면서 드넓은 교회 마당 여기 저기에 둘러서서 저들끼리 웃음꽃을 피우면서 한담들을 나누고 있는 중이었다.

　교회 옆 언덕 아래에 자리 잡은 목사관 앞에서도 스무 명이 넘는 한 무리의 신랑 친구들이 눈부신 가을 햇빛 속에서 혼인 예배 시간을 기다리며 잡담들을 나누고 있었다. 그들의 면면이를 보면 을강 선생이 사교(司敎)로 있는 대종교(大倧敎: 일명 단군교) 밀양지사의 열혈 청년 교도들도 더러 섞여 있었지만, 주축은 역시 신랑 윤세주 군이 소속된 밀양 읍교회의 〈기독교 청년회〉 소속 회원들 중에서도 〈밀양청년독립단〉에 가입한 열혈 단원들이 그 핵심이었는데, 회장인 김병환을 필두로 하여 강인수, 이병철, 한봉인, 이장수, 이성우, 김명규, 정동찬, 박만수, 설인 길, 윤보은, 권호, 정동준, 박소종, 김소지, 최종관, 김기득, 이낙준 등 기 혼·미혼을 불문하고 대다수가 포함되어 있었다.

그들은 충의 열사의 고장인 밀양 청년들답게 국가와 민족을 위하여 한창 일할 나이의 젊은이들로서 마음만 먹었다 하면 원수들의 본거지 인 일본 열도라도 덜렁 떼어 둘러메고 올 정도로 패기에 차 있었다. 그 들은 모두가 한결같이 심장에서 왕성하게 들끓는 젊은 혈기를 오로지 독립운동 쪽으로 몰아가고 있었는데, 오늘만은 신랑 윤세주의 우인 대 표 자격으로 저마다 형편에 따라 조선옷과 양복으로 한껏 멋을 부려 차 려입고 목사관 안에서 혼례 준비를 하고 있는 새신랑과 사회를 맡은 윤 치형이 나타나기를 기다리고 있는 것이었다.

그런데 갑자기 누군가가 다급하게 소리 치는 것이다.

"야, 왜놈 순사다!"

모두들 깜짝 놀라 신작로 쪽을 바라보니 왜놈 순사 둘이 자전거를 타고 교회 앞을 막 지나쳐 가고 있었다.

"야, 이장수! 너 때문에 깜짝 놀랐잖아!"

중국에 가 있는 김원봉, 신랑 윤세주와 함께 〈일장기 훼손 의거 사건 〉을 일으켰던 강인수가 벌컥 화를 낸다. 대중 집회를 금하고 있는 게 일 제의 방침이라 도둑이 제 발 저린 격으로 왜놈 순사들이 나타나자 가슴 이 철렁했던 모양이다.

그 바람에 이장수는 멋쩍게 얼굴을 붉혔고, 옆에 있던 이성우가 강 인수를 쳐다보며 한 마디 하였다.

"저놈들이 총칼을 들고 설칠 줄 알았는데, 그냥 지나치는 걸 보니 오 늘은 아무것도 모르고 있는 모양인데 그래?"

지난번 운사 손태준의 병원 개업식 때 경찰서장이란 자가 총칼을 든 부하들을 거느리고 화적 떼처럼 들이닥쳐서 군홧발로 연단을 휘저으며 잔치 분위기를 초상집 분위기로 만들어 버리던 것과는 사뭇 다르니 그게 오히려 이상스러운 것이리라.

　　"제발 그랬으면 좋겠다!"

　　바로 손위의 형을 김원봉과 함께 중국으로 떠나보낸 한봉인도 가슴을 내리 쓸며 쓴웃음을 짓는다.

　　"지놈들도 가슴에 피가 흐르는 인간들이니 그래도 눈꼽만한 양심은 있을 거 앙이가? 설령 오늘이 세주의 잔칫날인 줄을 알았다 한들 주일날 아침에 교인들이 혼인예배를 보겠다꼬 교회에 모이는데, 무신 트집을 잡을 기이고! 안 그렇나?"

　　"기득이 니 말이 맞기는 맞다! 하지만 저놈들이 어데 인간이더냐? 인간의 탈을 쓴 늑대들이지! 그렇지만 밀양 경찰서에 배치돼 있는 왜놈 순사라꼬 해 봐야 겨우 열대여섯 명밖에 안 된다 카던데, 그놈들을 가지고서야 우리 윤세주 군의 혼인잔치까지 감시할 여력이 있을 턱이 있나? 본토에서 이주해 온 자기네 쪽발이들을 보호하기도 바쁠 기인데!"

　　그 말은 사실이었다. 1876년에 〈강화도 조약〉이 강제로 체결되면서 흥선 대원군이 고수하였던 철옹성과도 같던 쇄국정책이 해토 된 흙벽처럼 허물어지고 일본과 가까운 이곳 밀양 읍성 안에는 다른 지역보다 먼저 왜놈 유민들이 떼거리로 밀고 들어오기 시작했던 것이다. 그리고 고종 32년(1895년)에 지방관제의 개편에 따라 군청으로 명칭이 바뀌었던 밀양부(密陽府)의 관아는 1910년 8월 22일에 한일 병탄조약(韓日倂呑條約)이 조인되고 8월 29일에 그것이 발효되면서 유향(儒鄕)으로 명성을 떨쳤던 밀양 고을의 상징인 옛 밀양부 관아는 물론이요, 중영, 훈련원, 군기고 등의 건물도 일본식 군청 청사와 여러 가지 부속 건물로 급거 개조되었고, 그 일대는 유관기관들을 중심으로 하여 왜색풍의 신축 건물들이 후우 죽순처럼 들어서면서 일찌감치 왜놈들의 이주 촌이 형성되고 말았던 것이다.

한일 병탄으로 국권을 찬탈한 일제는 본격적으로 조선 경제 수탈에 나서 가지고 전국의 교통 요충지나 경제 찬탈의 거점 지역마다 이처럼 자국의 부랑 이주민촌 건설에 더욱 박차를 가해 왔던 것인데, 밀양 땅에만 해도 이곳 읍성 안의 관청가 왜인 촌을 비롯하여 이 지역 최고의 곡창 지대인 상남면의 대흥동(大興洞) 복강촌(福岡村)과 삼랑진 역전 대로변의 본정목(本町目) 왜인 촌이 바로 그것이었다.

그런데 왜인 촌 건설에 박차를 가해 왔던 저들은 〈토지조사 사업〉을 통한 토지 수탈의 당연한 결과로서 조선 민중들의 저항이 날이 갈수록 점점 더 거세어지자 심리적 불안을 느낀 나머지 최근에 와서는 왜인 촌이 있는 곳이면 어디든지 자국민 보호를 위하여 경찰 주재소나 헌병 파견 부대를 주둔시켜 나가기 시작한 것이었다.

하지만 지금 밀양의 열혈 청년들이 하고 있는 얘기처럼, 자국민 보호를 위한 경찰관서와 헌병 부대의 파견이 전국적으로 한꺼번에 이루어지면서 병력이 각 지역으로 분산되다 보니 아직은 이 지역에 배치된 병력 수가 그만큼 미미할 수밖에 없었던 것이다.

"와 앙이라, 인수 니 말이 맞다! 지놈들도 물밀 듯이 밀려오는 자기네 쪽발이들 보호에 시방 코가 석 자가 앙이겠나! 그리고 등잔 밑이 어둡더라꼬, 방금 순찰 도는 순사 두 놈이 자전거를 타고 그냥 지나치는 것을 보면 경찰서 바로 코밑에서 이런 뜻 깊은 행사가 벌어지게 되는 줄을 냄새 잘 맡는 사냥개 같은 지놈들도 까맣게 모르고 있는 기이 분명한 모냥이라!"

이토록 여유 있게 왜놈들을 우습게 여기는 농담까지 하면서 그들은 대단한 비밀 군사작전에 성공한 독립군들처럼 감개무량한 가슴을 안고 하늘의 축복처럼 눈부시게 쏟아지는 화창한 가을 햇살 아래에 서 있었다. 마당가에 줄지어 선 감나무의 감들도 꽃다운 처녀들의 홍조마냥 콧등부터 발깃발깃 물들어 가고, 고추가 빨갛게 익어 가는 목사관 앞의 채마밭 위에서는 왜놈들 걱정 없이 평화롭게 잘 살던 옛 시절을 반추하듯, 빨간 고추잠자리들이 한가롭게 날아다니고 있었다.

목사관에서 생활하고 있는 고삼종 목사가 예배당을 오갈 때 주로 이용하는 채마밭 저쪽의 목사관 현관문이 열리면서 웬 마카오 신사 같은 청년의 모습이 나타났다. 최신식 양복 차림에 포마드 기름을 말쑥하게 바른 그의 하이칼라 〈올백 머리〉에서도, 반질반질 광택을 낸 검정색 구두에서도 가을 햇살이 반짝이며 미끄러지고 있었다.

"치형이 형! 그렇게 쪽 빼 입으니까 영락없는 마카오 신사 같습니더!"

오른손으로 거수경례를 붙이듯이 빛가리개를 하면서 천천히 걸어오고 있는 윤치형을 바라보며 정동찬이 감탄을 하자, 저마다 그를 바라보면서 심심하던 차에 마침 잘 되었다는 듯이 한 마디씩 농담들을 한다.

"그렇구나! 다른 하객들이 보면 진짜로 방금 귀국한 마카오 신사로 착각하겠는데 그래?"

"그러면 오히려 다행이게? 신랑의 얼굴을 아직 모르는 신부 쪽의 하객들은 진짜로 새신랑으로 착각하게 생겼구마는! 그러다가 신부까지 치형이 자네가 진짜 신랑인 줄 알고 서방님! 하고 따라오면 우찌 할라카노?"

머리는 〈하이칼라〉로 신식 모양을 내었으나 아직도 입음새는 명절 때 입었던 조선 바지저고리 차림에 풀이 빳빳하게 선 한복 두루마기를 걸쳐 입은 축들이 많았지만, 집안 형편이 좀 나은 축들은 제각기 횃댓보 밑에 고이고이 모셔 두었던 소위 〈가다마이〉라고 하는 양복을 꺼내 입고 이발까지 새로 하여 새신랑처럼 모양들을 내고 있었다.

그런데, 놀리는 쪽이나 놀림을 당하는 쪽이나 그들은 모두가 다 같은 하객이자 신랑 윤세주의 이웃이거나 선후배 동료들로서 이따 오후에 창녕면 수정리에 있는 신부네 집으로 혼행(婚行)을 가게 되면 멀리서 온 백년지객(百年之客)의 우인들이라 하여 칙사 대접을 받게 될 다시없는 귀하신 몸들인 것이다.

그러나 그들이 제 아무리 외양에 신경을 쓰면서 한껏 모양을 낸 차림새라고는 하여도 새 양복을 말쑥하게 차려입고 나온 윤치형의 세련된 모습과는 비교가 되지 않는다. 그는 기독교 청년회 회원들 중에서도 김병환처럼 몇 손가락 안에 드는 연장자로서 비교적 노숙한 편으로 이미 결혼도 하였으며, 서울 유학까지 하고 온 사람답게 그 중 신수가 가장 훤한 군계일학의 지식인이었다. 그래서 오늘은 학식과 덕망이 높은 지역의 유명 인사가 주로 맡기 마련인 전통 혼례식의 창홀관(唱笏官)에 해당하는 사회까지 맡게 된 것이었다.

동료들의 농담에 윤치형은 일부러 폼을 꽉 잡으며 어깨를 으쓱댄다.

"이 사람들, 이거 왜들 이러시나! 난들 예사 마음으로 옷차림에 이렇게 신경을 썼는 줄 알어? 이래봬도 오늘 장가가는 세주를 위해서 일부러 대구까지 가서 거금을 주고 특별히 새로 맞춰 입은 마카오제 양복이란 말이다, 마카오제 양복!"

아닌 게 아니라, 말쑥하게 빼 입은 윤치형의 정장 차림은 거기 모여 있는 다른 동료들보다는 확실히 세련된 서구적인 하이칼라의 풍모를 제대로 갖추고 있었다. 윤세주의 서울 오성중학교(五星中學校) 선배인 그는 비교적 유복한 양반 가정에서 태어나서 외형부터가 훤칠한 편인데다가 〈기독교 청년회〉 소속 회원들 중에서도 자타가 공인하는, 관록과 연륜이 쌓인 서울 유학파 인물인 것이다.

그래서 그는 오늘 중학교 후배이자 먼 친척 동생뻘인 윤세주의 결혼식에서 사회를 봐 주기로 일찌감치 약속이 되어 있었고, 그 때문에 자기가 방금 말한 것처럼 적지 않은 돈을 써 가면서까지 나름대로 옷차림새에 꽤 신경을 쓰고 나온 것이었다.

"치형이 자네의 변설은 이미 달변으로 정평이 나 있는 만큼 사회를 잘해 주리라 믿네만, 그래도 오늘은 아주 특별한 날이니 더욱 신경을 써서 잘해 줘야 돼! 알았지?"

신랑 집 동네에서 미곡상을 경영하고 있는 기혼의 김병환이 〈기독교 청년회〉의 맏형답게 정중하게 부탁을 한다. 기독교 청년회 회장으로서 윤세주와 남다른 정을 나누며 교회의 일을 함께 하고 있는 동료이자 동네 선배인 그는 오늘 하루 신랑 우인들 중에서도 최고 연상의 대표로서 윤세주가 차지하고 있는 청년회 내의 위치와 입장을 고려하여 특별히 부탁을 하는 것이다. 올해 나이 서른한 살로서 아이를 둘씩이나 둔 가장이기도 한 그는 〈올백〉을 한 하이칼라 머리에 흰색 두루마기를 입은 조선옷 차림으로 검정색 구두를 반짝반짝 광이 나게 닦아 신고 있었다. 말하자면, 공을 들여 차려 입은 의복은 구식인데 머리 모양과 신발만은 신식이니 그야말로 갓을 쓴 선비가 두루마기 차림으로 신식 자전거를 타고 있는 격인 셈이었다.

　그래서 그는 신랑의 우인이라기보다는 오히려 혼행 때 상객(上客)으로 신부 집으로 가게 될 신랑의 부친이나, 신부 집에서 오는 상객을 맞이할 신랑 집의 상객 대반(對盤) 쯤으로 여겨질 정도로 아주 노숙해 보이기도 하였다. 나이도 나이지만, 그의 이해심 많은 노숙한 행동 때문에 연배가 높은 일반 사람들에게 곧잘 농담을 던지는 동료들도 그에게만은 언제나 깍듯이 존댓말을 쓰고 있는 것이었다.

　"형님, 너무 걱정하지 마십시오! 저도 마음의 준비를 단단히 하고 나왔으니까요! 그런데, 방금 안에 들어가서 얘길 들으니까 성혼 축하 기도와 주례사는 당연히 예배를 집전하시는 목사님께서 직접 해 주시겠지만, 을강 선생님께서도 세주의 특별한 부탁으로 내빈 축사를 해 주실 모양입디다!"

　윤치형은 목사관 안에서 듣고 온 얘기를 전해 주면서 다시금 구두에 묻은 먼지를 손수건으로 탁탁 털어내고 머리를 매만지는 등, 자신의 차림새를 둘러보며 빈틈없이 점검을 하기에 바쁘다.

　"그래? 그거 아주 참 잘된 일이구나! 그렇게 구색을 맞추게 되면 신랑 우인 대표의 축사도 그리 어색하지 않겠고 말이야."

신랑 우인 측을 대표하여 축사를 하게 되어 있는 설인길을 슬쩍 돌아보며 김병환은 비로소 안심을 한다.

"신랑의 말을 듣고 목사님께서도 그렇게 해 달라고 을강 선생님한테 긴히 부탁을 하신 모양입니다. 을강 선생님은 세주한테는 특별한 분이시고, 세주 또한 을강 선생님의 수많은 제자들 중에서도 특별한 제자이니 그렇게 배려를 하시는 것이 아니겠습니까?"

"물론 그렇고말고! 아무튼 잘된 일이야, 그건!"

김병환은 그렇게 된 것이 윤치형의 공이기라도 한 것처럼 그의 어깨를 툭툭 두드려 주면서 크게 고무된 표정을 감추지 못한다.

"햐! 거 오늘 따라 하늘 한번 되게 맑네! 날씨를 보니 신랑 각시들 기분이 째지게 좋겠다. 눈을 닦고 봐도 구름 한 점 찾아 볼 수가 없구마! 이런 날 시집 장가가는 사람들 집에는 날마다 복이 소복소복 들어와서 쌓이겠제?"

누군가 혼자서 하늘을 쳐다보고 있다가 연극 무대에 선 광대처럼 하늘을 가리키며 감탄을 한다. 모두들 누구인가 하고 돌아보니 명주 바지 저고리에 하얀 두루마기 차림을 한 이장수가 좀 전의 일로 멋쩍었던지 뒤에서 혼자 넋을 빼고 하늘을 올려다보고 있었다.

예로부터 혼인 잔칫날 아침에 눈이 내리면 서설이라 하여 길조로 여겼고, 궂은비라도 추적추적 내리게 되는 날이면 그 집에 재수 옴 붙게 생겼다거나, 신부가 고된 시집살이를 할 징조라 하여 불길하게 여기는 게 오랜 풍습인 것이다.

"열혈 애국 청년 윤세주가 장가가는 날인데, 하늘인들 우찌 무심하겠노, 안 그렇나?"

김병환도 그렇게 대꾸를 하면서 먼 데 하늘을 바라다본다. 정말로 오늘 따라 하늘은 구름 한 점 없이 쪽빛 물감을 쏟아 놓은 듯이 푸르고 높아 눈이 아릴 지경이었다. 대한 남아의 꿋꿋한 기상만큼이나 드높은 먼 푸른 하늘 아래 저쪽 어딘가에 중국이라는 나라가 있을 것이고, 그곳 남경의 하늘 밑에는 조선 독립의 꿈을 안고 절치부심하고 있는 이곳 밀양 출신의 애국청년 김원봉(金元鳳)이 있을 것이다.

"형님 말씀이 맞심더! 오늘 아침부터 저렇게 많은 하객들이 구름처럼 모여들고 있는 것도 모두 그 때문이 앙이겠습니까? 세주와 원봉이는 세 살이나 되는 나이 차이에도 불구하고 어릴 때부터 둘도 없는 단짝으로 앞뒷집에서 살아 온 아롱이다롱이 같은 사이인데, 이런 날 원봉이도 우리와 함께 세주의 백년가약을 축하해 주게 되었더라면 얼마나 좋겠습니껴?"

정이 많은 이장수는 여전히 먼데 하늘을 바라보며 참으로 아쉬워한다.

그러나, 지금 김원봉은 조국 독립 운동을 위해서 무엇보다 가장 절실하게 필요한 것이 진보된 독일의 군사학을 습득하는 일임을 깨닫고 그곳으로 유학을 가기 위하여 최근에 중국 남경에 있는 금릉대학에 편입학하여 독일어를 배우고 있는 중이라는 소식이 전해져 왔고, 그 대신 그의 고모부인 황상규 선생이 군자금 모금 문제로 고향에 잠시 다니러 올 것이라는 소문이 뜻있는 동지들 사이에 은밀히 나돌더니 그나마 누군가의 추측에 불과했다는 사실이 알려져 있을 뿐이었다.

백민 황상규는 〈일합사(一合社)〉 동지인 김대지(金大池)·구영필(具榮泌)·명도석(明道奭)·이수택(李壽澤: 일명 李覺)·안곽(安郭) 등과 함께 경북 풍기에서 조직된 〈대한광복단(大韓光復團)〉에 들어가 활동하다가 지난 정월에 만주 길림성으로 망명한 올해 나이 29세의 청년 독립 운동가로서 일찍이 상처하여 재혼과 축첩 질로 여자 관계가 복잡한 일본어 역관 출신의 부친으로부터 사랑을 받지 못해 겉돌았던 김원봉에게는 직접 한문을 가르치고 학교 공부를 주선해 주면서 보살펴 온 아버지와 같은 고모부였다.

또한, 처조카인 김원봉에게 애국 독립사상을 주입시킨 이도 그였고, 독립군 지도자가 되기 위해 군사 강국인 독일 유학의 큰 뜻을 품고 독일어과가 있는 남경의 금릉대학에 편입학을 하기까지 물심양면으로 도와 준 사람도 그였기에 그는 김원봉에게는 인생의 큰 스승이나 다름없는 사람이기도 하였다.

한편, 저쪽 교회 현관 앞에서는 한 무리의 여신도들이 따로 모여 서서 마치 자기네들 집안의 잔칫날이라도 되는 것처럼 저마다 희희낙락하는 얼굴로 얘기꽃을 피우고 있었다. 고삼종(高三宗) 목사의 부인을 비롯하여, 고삼종 목사의 아들인 고인덕(高仁德)의 부인이자 이 교회의 부녀회장이기도 한 이복수(李福壽) 권사의 모습도 보인다.

그리고 이십대 후반으로 같은 또래인 황상규, 김병환, 설인길의 부인을 비롯하여 그 밖의 여러 부녀 교인들도 거기에 나와 있었다. 그들은 모두 이 교회의 안살림을 꾸려 가고 있는 〈기독교 부녀회〉의 열성 회원들이기도 하였다.

"이 보이소! 다들 여기에 모여 있었습니껴?"

풀발이 빳빳하게 선 빛바랜 광목 치마저고리를 깨끗하게 차려입은 나이 지긋한 시골 아낙 하나가 멀리서 인사말을 던지면서 난전 좌판들이 즐비하게 늘어서 있는, 배다리 나루터로 이어지는 남문껼의 시장 통신작로 쪽의 샛길을 허위허위 걸어온다. 머리에는 삼베 보자기를 덮은 묵직한 광주리를 이고 있었으며, 한 손에는 삼줄로 손잡이를 만들어 묶은 한 되 들이 청주 술병을 조심스럽게 들고 있었다. 아마도 부조 음식을 장만하여 혼례 예배 시간에 늦을세라 이른 아침부터 멀리서 배를 타고 허겁지겁 달려오는 모양이었다. 남문껼로 들어서는 사람들은 거의가 삼문리 쪽에서 배다리를 건너왔거나 멀리 낙동강 하구 쪽에 있는 구포 나루와 저쪽 영남루 앞의 배다리껼 나루 사이를 정기적으로 내왕하는 황포돛배를 타고 와서 남문 안으로 들어온 사람들이기 십상인 것이다.

"아이고, 마산리에 사시는 최수봉 교우님의 자당님 되시는 분이 앙이십니껴?"

이런저런 얘기를 나누고 있던 여신도들은 약속이나 한 듯이 반색들을 하며 그 아낙네 곁으로 우르르 모여든다.

이 초로의 시골 아낙네가 바로 그 밀양공립보통학교 시절에 단군임금을 폄하 왜곡하는 왜놈 역사 선생에게 당돌하게 항변했다가 퇴학을 당한 애국 소년 최수봉의 모친이 되는 사람이었다. 그렇다면 상남면 마산리 마산 부락에 집이 있으니 마을 앞의 인굴 나루에서 이곳까지 배를 타고 거의 삼십 리 가까이나 되는 뱃길을 달려온 셈이 되는 것이다. 아들의 밀양공립보통학교와 사설 동화학교의 후배인 윤세주의 결혼을 축하해 주기 위하여 아들을 대신하여 그 먼 길을 달려왔으니 자식을 위하는 마음이 예사롭지 않음을 알 수 있었다.

"와 앙이라예! 내가 바로 동화학교를 나온 최수봉이 엄마 맞습니더. 그동안 모두들 별고 없었습니껴?"

그녀는 목이 휘도록 무거운 묵광주리를 인 채 땀을 비 오듯이 쏟고 있으면서도 젊은 사람들에게 일일이 돌아가며 깍듯이 인사하는 것을 잊지 않았다.

"예, 덕분에 우리는 모두 잘 있습니더! 그런데 그 먼 길을 오시면서 뭘 또 이렇게 무겁도록 머리에 이시고, 그것도 부족해서 이런 술병꺼정 손에 들고 오셨습니껴?"

"없는 살림에 가지고 올 거는 없고 해서 마침 집에 담가 놓았던 청주하고 메밀묵을 좀 해 가지고 안 왔습니껴."

"아이고머니나! 연로하신 분이 빈 몸으로 오셔도 힘이 드실기인데, 멀리서 이 무거운 것을 이고 들고 오시다니! 이리 주시이소! 우리가 챙기고 있다가 이따 예식이 끝나고 신랑 집으로 갈 때 우리가 들어다 드리겠습니더."

부녀 회원들은 약속이나 한 듯이 앞 다투어 달려들어 메밀묵 광주리를 받아서 땅에 내려놓고 손에 들고 있는 술병까지 서둘러 받아 준다.

메밀묵 광주리는 보기보다도 훨씬 더 무거웠다. 세상이 많이 달라졌다고는 하나, 아직도 전통적인 시골 잔치의 부조는 이와 같은 메밀묵이나 단술, 막걸리 같은 손님 접대용의 잔치 음식들을 직접 장만해 가지고 오는 게 관례였다.

그래서 친인척이나 가까이 사는 이웃들은 예전에 자신들이 부조로 받았던 물품들을 일일이 기억해 두었다가 그 집에서 무슨 잔치라도 하는 날이면 자기네가 받았던 것과 똑같은 음식들을 장만하여 이렇게 목이 휘도록 이고 오기 마련이었고, 멀리서 온 일부 하객들만이 손쉬운 현금 부조를 하는 게 고작이었다.

그런데 윤세주네 집에서 아직 그런 부조를 그쪽에 했을 리가 없음에도 불구하고 최수봉의 어머니가 삼십 리 밖에서 메밀묵과 청주 한 되를 땀을 뻘뻘 흘리면서 무겁게 이고 들고 왔으니, 아들 대신 행하는 부조치고는 그것의 값어치를 떠나서 그 지극한 정성만으로도 이만저만한 부조가 아닌 셈이었다.

"모두가 다 이렇게 내 집 일같이 나서 가지고 도와주시니 얼매나 고마운지 모르겠습니더! 예식이 언제 시작되는 줄을 몰라 가지고 내 딴에는 빨리 온다꼬 새벽밥을 해 묵고 서둘러서 온다는 기이 이 모양 이 꼴이 되고 말았습니더."

길게 한숨을 내쉬면서 저고리 소매 속에서 꼬깃꼬깃 접은 무명 손수건을 꺼내어 비 오듯이 쏟아지는 이마의 땀을 닦는 늙은 아낙네의 얼굴에는 이제 결례를 저지르지 않게 된 것만으로도 천만다행이라는 듯이, 안도의 밝은 낯빛이 이슬 맞은 풀잎처럼 환하게 피어난다. 햇볕에 그을린 평범한 시골 아낙의 모습이었으나, 생활에 찌든 주름진 얼굴에는 나름대로 지극한 모성으로 사무친 여성적인 어떤 위엄이 어려 있는 듯도 하였다.

"저런! 지난 장날 인편으로 기별을 할 때는 분명히 시간까지 단단히 알려 드렸는데, 마산리교회의 권사라는 그 최씨 노인네가 그만 시간을 깜빡 잊어버린 모양이네예! 그래, 얼매나 속을 태우시며 동동걸음을 치셨습니껴?"

부녀 회장을 맡고 있는 이복수 권사가 진정으로 미안해하며 크게 사
과를 한다.

"건망증이 있는 촌 늙은이라, 정신이 없어 가지고 그만 깜빡한 기이
겠지예 머. 그래서 대중없이 바쁜 걸음을 쳤는데, 늦지 않아서 이만해
도 그나마 다행입니더!"

"그래도 바쁜 걸음을 치게 해 드렸으니 송구스럽기 짝이 없습니다."

"예배 시간에 늦지도 않았는데, 와 자꾸 이래쌓습니껴? 그런데, 인편
에 들자 하니 신부 집에서 올려야 할 초례청 예식을 신랑 집이 있는 이
곳 예배당에서 올리기로 했다면서요? 그라모 나머지 절차는 모두 우찌
되는 기입니껴?"

최수봉의 어머니는 나이 스물다섯 살이 된 지금까지 결혼도 하지 못
한 채 객지로만 떠도는 아들의 생각이 나는지, 예식 절차에 대해 자못
관심을 나타내면서 그렇게 물었다.

전통 혼례 잔치에서는 원래부터 친영(親迎) 또는 혼행(婚行)이라 하
여 사모관대에 자줏빛 단령포를 입은 신랑이 먼저 신부 집에 가서 나무
기러기를 신부의 어머니에게 올리는 전안례(奠雁禮)로서 '지금 올리는
기러기처럼 한번 맺은 인연을 생명이 다할 때까지 짝의 연분을 지키겠
다'는 백년해로의 징표를 올리는 게 상례였다.

그런 다음에는, 차일을 높이 친 신부 집 마당에서 연지 곤지를 찍은
화장에다 칠보족두리에 활옷을 입고 한껏 치장을 한 신부와 초례상이
라고도 하는 대례상 앞에 마주 서서 교배례(交拜禮), 합근례(合졸禮)
순으로 대례를 치르게 되어 있었다.

초례청에 여덟폭 병풍을 치는 것은 사주팔자를 뜻함과 동시에 서로
공경하고 공양하며 자비로 보시하여 복을 받게 될 여덟 종류의 대상을
밭에 비유하여 이르는 팔복전(八福田)을 의미하며, 병풍을 북쪽에 치는
것은 북쪽이 상위이기 때문이었다.

대례상의 배설은 원앙을 그린 여덟폭 화조도 병풍을 둘러 친 초례상을 중심으로 신랑의 자리인 동쪽과 신부의 자리인 서쪽으로 나누는 게 원칙인데, 남쪽에는 소나무, 북쪽에는 대나무 화병을 놓고 그 사이를 각각 다섯 가닥의 집사 청실과 홍실로 연결해 놓는 게 상례였다. 소나무와 대나무는 송죽같이 변함없는 절개를 의미하는 것이요, 신랑 신부를 각각 의미하는 청실과 홍실을 다섯 가닥으로 연결하는 것은 오복을 뜻하는 것이다. 이때 명주 집실을 사용하는 것은 비단을 짜는 명주실은 질기고 윤기가 나므로 신랑신부가 영원히 행복하게 살라는 뜻을 담고 있는 것이며, 대나무를 북쪽에 놓은 것은 병풍을 칠 때와 마찬가지로 동서남북 중에서 북쪽이 상위이기 때문이었다.

그리고 남청여홍(男靑女紅)의 이치에 따라 초례상 동편의 신랑 쪽에는 안은 붉은색, 겉은 푸른색으로 된 겹보에 장닭을 싸서 놓고, 초례상 서편의 신부 쪽에는 안은 푸른색, 겉은 붉은색으로 된 겹보로 암탉을 싸서 놓는데, 장닭은 계오덕(鷄五德), 즉 문(文), 무(武), 용(勇), 인(仁), 신(信)의 신랑이 지켜야 할 부오덕(夫五德)을 의미하는 것이고, 암탉은 자(雌)로서 암컷, 즉 음(陰)이며 신부를 뜻함과 동시에 신부가 지켜야 할 다섯 가지 덕목인 부오덕(婦五德)으로 장수의 상징물인 소나무, 부의 상징물인 쌀, 강녕(康寧)과 금슬(琴瑟)의 상징물인 수탉과 암탉, 유호덕(攸好德), 즉 지조와 절개의 상징물인 대나무, 고종명(考終命), 즉 좋은 품성을 가진 똑똑한 자식을 많이 낳는 다산(多産)의 상징물인 감, 밤, 대추를 의미하는 것이다.

그 밖에 초례상에 배설하는 물품으로는 장수와 식복을 의미하는 햅쌀과 붉은 색의 대추를 놓는데, 대추는 한자로 아침 조(朝)와 음이 같은 조(棗)이고, 색깔이 붉으므로 이른 [조(早)] 아침 동녘 하늘이 붉은 것을 상징하기 때문에 대추는 아침을 의미하고, 아침은 만물의 소생을 재촉한다는 의미를 담고 있는 것이다.

초례상에 배설되는 과일로는 밤도 있었다. 밤의 한자어는 밤율(栗)

자인데, 이것을 파자(破字)하면 서녘서(西)와 나무목(木)자로 이루어져 있음을 알 수 있다. 여기서 서쪽은 저녁(夕)을 의미함과 동시에 음(陰)을 의미하며 신부를 의미한다. 그리고 율(栗)자를 전율(戰慄)로도 해석하며 나아가 지극정성도 의미하는데, 이것은 신부가 시댁에서 효성을 다해야 한다는 증표인 것이다.

초례를 치르고 신방을 차린 지 사흘째가 되는 우귀일(于歸日)에 시댁으로 신행을 와서 폐백을 행하는 것이 일반적인 관례였고, 신부의 친정과 시댁의 거리가 가까우면 대례를 치른 그날로 구고례(舅姑禮)를 마치고 다시 신부집에 와서 신방을 치른 뒤 사흘째 되는 날 시댁으로 신행을 가는 것이 대대로 이어져 내려 온 우리네 전통 혼례식의 정식 절차요 예법인 것이다.

그런데 일생에 단 한 번 행하는 인륜대사답게 원근 각처에서 온 친인척과 일반 하객이며 구경하는 이웃 사람들까지도 마음 설레게 하는, 그래서 더욱 호화롭고 때로는 구중궁궐에서 행하는 궁중 의식처럼 숭엄하게 느껴지기까지 하는 그런 초례청 혼례 절차를 예배당 예식으로 한꺼번에 뚝딱 해치워 버린다고 하니, 신식 혼례를 겪어 본 적이 없는 시골 아낙네로서는 여간 놀랍고 기이하지 않는 모양이었다.

게다가, 벌렁거리던 가슴을 가라앉히고 나서 자세히 둘러보니 자기처럼 부조 음식을 머리에 이고 예배당에 나타나는 사람이 하나도 눈에 띄지를 않는 것이다. 그러니 자기가 무엇을 잘못 한 게 아닌지, 그리고 무엇을 어떻게 해야 하고, 또 무엇이 어떻게 돌아가고 있는지 더욱 어리벙벙해지는 모양이었다.

"자매님, 오늘 잔치는 간편하게 맞잔치를 하기로 되어 있다 앙입니껴. 여기서 예식이 끝나면 어차피 하객들에게 잔치 음식을 대접해야 할 형편이라 창녕면 수정리에 있는 신부 집으로 바로 가는 기이 앙이고, 판을 벌인 김에 가까운 신랑 집으로 먼저 가서 조상 보기인 사당 참배를 하고 시집 식구들에게 폐백부터 바로 올린다꼬 하네예."

이웃에 살면서 신랑 집의 사정을 잘 아는 김병환의 아내가 이복수 권사를 대신하여 설명을 한다.

　"하이고 얄궂어라! 그라모 신부 집 잔치는 우찌되는 기입니껴?"

　초례청에서 대례도 안 올린 신부가 신랑 집에서 폐백부터 먼저 올린다 하니 이번 혼례식의 사정을 전혀 모르는 시골 아낙으로서는 여간 희한한 일이 아닌 것이다.

　"신부 집 잔치는 신랑 집 잔치가 끝난 다음에 다시 그 쪽으로 혼행을 가서 치르기로 한 모양입니더. 거기서 전안례를 올리고, 초례청에서 교배례하고 합근례를 치르고 난 다음에 손님 접대도 하고 신방도 차리기로 했다 안 합니껴."

　"그라모 예배당 잔치는 예배당 잔치대로 하고 양가에서 다시 맞잔치를 하는 모양이구마는!"

　"따지고 보믄 그런 셈이지예!"

　"예배당 잔치에다 맞잔치까지 하자면 그 많은 일을 우찌 한꺼번에 다 쳐낼라꼬 그러시는지 모르겠네예! 남의 집 경사에 할 소리는 앙이지만, 애매한 안식구들만 죽을 고생을 하게 생긴 거 앙입니껴? 여기서 혼례식을 올리고 양가에 가서 또다시 잔치를 할 바에야 그냥 옛날 방식대로 집에서 그냥 맞잔치로 하고 말지, 번잡스럽게 예배당 잔치는 머 할라꼬 하는 기인지 내사 마 도통 알다가도 모르겠습니더!"

　과부 사정은 홀아비가 안다고, 비록 남의 집 일이라 해도 부엌 안살림을 사는 같은 아녀자로서 최수봉의 어머니는 아무래도 죽을 고생을 하게 될 신랑·신부 집 양가 안식구들의 처지가 안쓰러워지기까지 하는 모양이었다.

　"일이 많아져도 우찌 하겠습니껴? 대가 찬 신랑이 고집스럽게 버티는 바람에 양가 부모들도 꼼짝 몬하고 두 손을 들어 버리고 말았던 모냥이던데예! 그래서 어제는 우리 부녀 회원들이 모두 일손을 돕는다꼬 신랑 집으로 가서 하루 종일 일하고 저녁 늦게사 집으로 돌아왔다 앙입니껴!"

"저런 수가 있나! 그런 데도 나는 그것도 모르고서 태평 치고 집에서 두 손 재배하고 있었으니, 이 일을 우찌하믄 좋습니껴!"

헛말이 아니라, 자식 후배의 혼사 일을 돕지 못한 게 못내 아쉽고 섭섭한지 생활고에 찌든 시골 아낙의 얼굴에는 애석한 표정이 뚜렷하였다.

"읍내에 사는 우리 부녀 회원들만 해도 일손이 남아도는데, 멀리 계신 자매님까지 팔을 걷어붙이고 나설 이유가 어데 있겠습니껴?"

"그래도 그렇지예! 가는 정이 있어야 오는 정도 있다 카는데…."

주위 사람들의 따뜻한 위로에도 불구하고 아쉬움을 거듭 나타내면서 자꾸만 솟아나는 이마의 땀을 훔치던 최수봉의 어머니는 옆에 있는 황상규의 부인을 뒤늦게 알아보고는 가까이 다가서며 반갑게 손을 마주 잡으면서 인사를 한다.

"시상에, 내가 이렇게 사람을 몰라보다니! 혹시 중국에 가 있는 원봉이 고모님 되시는 분이 앙이십니껴?"

자식뻘밖에 안 되는 사람인데도 대하는 태도가 여전히 깍듯하다.

"맞습니더! 원봉이 고모 되는 사람이라예! 아드님께서도 왜놈들이 해 쌓는 꼴이 보기 싫어서 객지에 나가 있다고 하던데, 요새 소식은 자주 오고 있습니껴?"

동병상련이라고나 할까? 이심전심이라고나 할까? 남편과 친정 조카를 망명객으로 타국에 떠나보낸 황상규의 아내는 나이 쉰 살도 못 되어 반백의 늙은이가 되어 버린 최수봉 어머니의 손을 마주 잡고서 자기들만이 느낄 수 있는 남 다른 감정으로 수심에 찬 그녀의 얼굴을 찬찬히 바라본다. 최수봉과 김원봉이 각기 밀양공립보통학교의 선후배 사이로 어린 나이에 차례대로 항일 의거 사건을 일으키고 퇴학당한 것만도 예사로운 인연이 아니었다. 그런데 그 이후로도 향청껄에 있는 사설 동화학교에 입학하여 을강 전홍표 선생 밑에서 애국 민족 교육을 받으면서 다시 선후배 사이가 되었으니 인연치고는 보통의 인연이 아닌 것이다.

그래서 김원봉의 고모인 황상규의 아내는 친정어머니를 대하듯이 최수봉의 어머니를 대하고 있는 것이었다. 넉넉하지 못한 반가의 아들로 태어나 배필을 홀로 두고 망명할 정도로 애국 독립 운동에 미쳐 버린 황씨 집안의 귀한 외아들한데 출가한 죄로 이팔청춘에 생과부 신세가 되어 십 년이 다 되도록 독수공방을 지키면서 중국으로 간 남편과 그 남편을 찾아 중국으로 떠나간 친정 조카의 걱정에 하루도 마음 편한 날 없이 애간장을 태우며 살아 온 조선 여인의 쓰라린 한을 속속들이 안고 있는 그녀였다.

그녀의 남편 백민 황상규는 1913년 풍기에서 채기중, 한훈, 강병수 등이 결성한 〈풍기광복단〉에 대구의 명사들을 중심으로 박상진이 조직한 〈조선국권회복단〉이 가세하면서 〈대한광복단〉으로 확대·개편되자 거기에 〈일합사〉 동지인 밀양의 김대지·이수택 등과 함께 가담한 바가 있었다. 그리고 1916년에 새로 가세한 노백린·김좌진·신현대 등과 더불어 〈광복단〉이라는 이름으로 조직을 다시 확대 개편하여 경북 칠곡 출신으로 경상도 관찰사를 지낸 대구의 악질 부호인 장승원과 친일 앞잡이인 충남 아산군의 도고면장 박용하를 사살하는 등, 활발한 활동을 펼치다가 지난 1월에 소위 〈광복단 사건〉으로 일본 경찰의 추적을 받게 되자 만주 길림으로 망명하여 대종교의 서일이 계화·채오 등, 국내에서 의병운동을 하다가 만주로 망명한 동지들과 조직한 〈중광단〉에 유동열, 김규식, 김좌진 등과 함께 들어가 재정 담당을 맡아 군자금 모금에 주력하고 있었지만, 그런 것을 제대로 알 리 없는 그녀였다.

"소식이 자주 오면 내가 이렇게 애간장을 태우고 댕기겠습니껴? 그쪽이나 이쪽이나 모두들 시대를 잘못 만나 가지고, 젊은 나이에…!"

최수봉의 어머니는 북받히는 감정을 주체할 길이 없어 다시금 눈시울을 적시고는 꼬깃꼬깃 쥐고 있던 손수건으로 눈가에 내 맺힌 물기를 바쁘게 찍어낸다.

"그 마음이야 오죽이나 아프시겠습니껴마는, 그래도 두 분께서는 장한 아드님과 남편들을 두셨으이 얼마나 자랑스러운 일입니껴?"

옆에서 듣고 있던 김병환의 아내가 아픈 마음을 함께 나누며 위로를 한다.

"그라모예! 알 만한 사람들은 다 알고서 애국지사라며 칭찬이 자자한데, 그기이 어데 아무나 누릴 수 있는 일이겠습니껴?"

고삼종 목사 부인의 말에 다른 사람들도 한마디씩 거들고 나서자, 마음의 위안을 얻은 최수봉의 어머니는 한결 밝아진 얼굴로 주위에 둘러 선 부녀 교인들에게 허리까지 굽혀 가면서 사례의 말을 잊지 않는다.

"여러 자매님들께서 만날 때마다 나같이 볼품없는 시골 늙은이한테 늘 이렇게들 위로를 해 주시니 너무 고마워서 몸 둘 바를 모르겠습니더!"

사실, 그녀는 자기 아들의 학교 후배인 윤세주의 결혼을 축하해 주기 위하여 있는 정성을 다하여 힘겹게 메밀묵까지 장만하여 오는 길이기는 하였지만, 근 일 년 가까이 연락이 두절돼 있는 아들의 소식을 떠도는 풍문으로나마 전해들을 수 있지 않을까 하는 기대를 가지고 불원천리 집을 나선 것이었다.

"길이 멀어서 힘은 드시겠지만 뜻이 통하는 사람들끼리 이렇게 서로 만나 볼 수 있으니 얼마나 좋습니껴!"

"맞습니더! 집에 있으믄 속이 답답하여 견딜 수가 없더마는 인제사 꽉 막혀 있던 가슴이 트이는 기이 쪼끔은 살 거 같습니더!"

한결 후련해진 얼굴로 이렇게 화답한 최수봉의 어머니는 아직도 궁금증이 풀리지 않은 게 있었던지, 다시금 잔칫집 얘기를 슬며시 끄집어내는 것이었다.

"그런데 잔치 준비사 여러 교우님들까지 팔을 걷어붙이고 도와 디렸으니 어련할까마는, 그래도 예배당 예식을 올리고 나서 새로 집에서 잔치를 또 할라 카모 양쪽 집 식구들 모두 눈코 뜰 새 없이 바쁠 기인데, 우리가 과방(果房)에 들어가서 상 차리는 일이라도 좀 도와 디려야겠지예?"

혼기가 지난 아들을 두고 있는데다가 내 자식과 인연이 각별한 윤세주의 혼사이니 아무래도 예식 구경만 하고 그냥 돌아가서는 안 되겠다는 생각이 든 것이리라. 최수봉의 어머니는 나중에 신랑 집으로 따라가서 뒤늦게나마 자신이 몸 부조로 도와야 할 일을 생각하고 모양이었다.

"여기서 폐백까지 드린다꼬 하니까 당일치기 맞잔치를 한다꼬 해도 크게 어려울 것까지야 있겠습니껴?"

신랑 집의 사정을 누구보다 잘 아는 김병환의 아내가 마치 자기네 집의 일이나 되는 것처럼 밝게 웃으며 이렇게 안심을 시킨다.

"보통 이틀이나 사흘씩 걸리던 잔치를 이렇게 하루 만에 뚝딱 해치우고 나믄 각시네 집에서야 속이 다 후련할지 모르겠지만, 그래도 자식 키우기에 공을 들일 대로 들인 신랑 집에서는 아무래도 서운하기 짝이 없을 기인데…."

최수봉의 어머니도 그런 대로 수긍이 가는지 천천히 고개를 끄떡이면서도 아쉬운 마음만은 끝내 지울 수가 없는 모양이다.

"자매님, 이런 방식으로 잔치를 하게 된 기이 전부 대가 찬 신랑의 주장 때문이라꼬 안 캅니껴! 그러니 우찌하겠습니껴? 이쪽도 그렇지만, 신부 집에서도 우찌해 볼 도리가 없었던 모양이라예."

"하기사, 세상이 하도 뒤숭숭하이 니 자슥 내 자슥 할 거 없이 모두들 울화병이 들어 가지고 주장과 고집이 성난 황소 같으니 어느 장사가 그 고집을 꺾을 수 있었겠능교!"

이렇게 혼잣말로 뇌인 최수봉의 어머니는 그래도 이번 혼사에 대해서 풀리지 않는 의문점이 있는지, 이번에는 옆에 있던 황상규의 부인에게 슬그머니 물어 본다.

"인편에 들으니 각시 집이 창녕면에 있는 진양 하씨 집안이라 카던데, 그 기이 사실입니껴?"

"예, 맞습니더! 창녕면 수정리에 사는 뼈대 있는 진양 하씨 집안의 규수라 합디더."

"진양 하씨라 카모 음전하게 행신하는 집안인데, 신랑 집이 양반이니 색싯감인들 오죽이나 음전하고 참할꼬!"

"그라모예! 진양 하씨라 카모 그래도 우리 밀양에서는 알아주는 집안 앙입니껴?"

"진양 하씨 집안이라 카모 예사 집안은 앙이지러! 그 정도가 되모 양쪽 집안 모두가 지킬 거는 다 지킬라 할 기이고…. 해 떨어지기 전에 맞잔치를 할라 카모 신랑 각시가 엄청 바쁠 기인데…. 그러다가 몸살이라도 나모 우찌할라 카는지 내사 마 남의 일 같지 않구마는!"

차마 직설적으로 말을 하지는 못하고 혼잣말로 중얼거리는 시골 아낙의 얼굴에는 그래도 여전히 신식 예식이라는 것이 전혀 성에 안 차는 눈치였고, 그와 함께 신랑 각시를 걱정하는 기색 또한 역력하였다.

"다소 바쁘기는 해도 하루 잔치로 끝나니까 그래도 그기이 훨씬 더 편하지 않겠습니껴?"

"그래도 그렇지! 예식장 잔치에다 신랑·신부 집의 맞잔치까지 치를라 카모 우리네 방식의 혼례 잔치보다 훨씬 더 번거롭고 힘도 더 들기인데, 머 할라꼬 이중 잔치를 하는지 모르겠네예!"

"뭣 때문인지는 몰라도 신랑이 그렇게 황소고집을 부릴 적에는 다 그만한 까닭이 안 있겠습니껴?"

"하기사, 아무리 나이가 어린 새신랑이라 캐도 무식한 이 촌늙은이 생각보다 몬 해서 그런 주장을 했겠습니껴? 될성부른 나무는 떡잎 때부텀 알아보고, 나라에 대공을 세우게 될 큰 인물은 태몽부터도 다르다 카는데…."

윤세주에 대한 기대가 아들에 대한 기대감으로 번져 오는지, 최수봉의 어머니는 은연중에 그런 말을 하고 있었다.

그들은 서로 인사를 나누고 안부를 물으면서 그렇게 한바탕 얘기꽃을 피우고 있다가 마당에 있던 다른 하객들이 교회 안으로 밀려 들어가는 것을 보고 옆에 있던 부조 물건들을 챙겨 가지고 앞서거니 뒤서거니 하면서 교회당 안으로 뒤 따라 들어간다.

◇ 이상한 결혼식

예배실 단상 위에는 이미 예식을 치를 수 있도록 만반의 준비를 다 해놓고 있었다. 강단 뒤의 벽면 십자가 밑에는 각기 대나무와 소나무를 꽂은 커다란 옹기 화분이 마주 놓여 있었고, 신랑 윤세주 군과 신부 하소악 양의 결혼을 축하한다는 표지판도 강단 아래의 벽면에 큼지막하게 나붙어 있었다.

예배석 맨 앞자리에는 신랑 신부 측의 혼주들이 자리를 잡고 있었고, 그 양쪽 옆으로는 이 교회의 장로이자 재정위원장인 죽명 민영국 선생을 비롯한 교회의 여러 장로들이 양복 차림으로 나란히 앉아 있었다. 그리고 그 뒷자리에는 한말의 지방위원회를 거쳐서 밀양면장이 된 이성희를 위시하여 밀양청년회와 여러 단체의 임원을 겸하여 맡으며 미곡 무역상을 하고 있는 밀양의 신흥 갑부인 한춘옥 사장에다, 식산조합과 금융조합의 박장억, 이영집, 안삼득씨를 비롯하여 밀양번영회의 김래봉이며, 식산조합, 밀양잠업회, 금융조합과 같은 각 기관을 대표하여 나온 민원 진정위원을 지낸 인사들에다 무역업, 금융업, 잠사업과 같은 각종 업종에 종사하는 유지급 인사들까지 몰려 와서 무더기로 진을 치고 있었다.

이들이 유세주의 혼인 예배에 이렇게 대거 참석하게 된 것은 그의 부친이 대대로 성내에 뿌리를 내리고 살면서 무과 병과에 급제한 후 정3품인 통정대부로서 시종원의 시종 직에 올랐던 뼈대 있는 양반 집안인데다, 윤세주 자신이 어려서부터 〈일장기 훼철 사건〉을 일으켜서 유명세를 탄 바가 있었고, 지금도 밀양읍교회의 기독교 청년회의 간부이자 〈밀양청년독립단〉 단원으로서 여러 가지 사회활동에 주도적으로 참여하고 있는 결과이기도 하였다.

그리고 밀양 경제계의 중심 인물로 부상하여 신진 유지급 인사가 된 사람들이 이렇게 대서 참가하게 된 것은 밀양 사회의 부(富)가 이제 새로운 자본주의의 경제활동을 통해 이윤을 추구한 계층에게 급격히 옮겨 가고 있음을 상징적으로 보여 주는 것이며, 또한 상당한 정도의 신분계층 변동과 여론 주동 층의 변화가 교회를 중심으로 하여 일어나고 있음을 의미하는 것이라 할 수도 있었다.

신랑 측의 여성 하객 석을 찾아 나란히 자리를 잡고 앉으면서 황상규의 아내가 최수봉의 어머니에게 물었다.

"모친예! 아드님은 요즘 어떻게 지내고 있는지, 소식은 자주 듣고 계십니껴?"

"무소식이 희소식이겠거니 하고 기다리고는 있지만 늘 걱정입니더! 금광에서 금을 캐기도 하고, 우편배달부 노릇을 하기도 하면서 동에서 번쩍 서에서 번쩍한다는 말까지 들리더마는 요새는 어디서 무얼 하고 있는지 통 소식이 없습니더. 그렇지마는 이 에미의 속이 있는 대로 다 타 버리고 나면 지도 내 속에서 빠진 사람의 자식이니 언젠가는 지가 나고 자란 집으로 그만 돌아오는 날이 안 있겠습니껴!"

모든 걸 운명으로 여기는 듯 담담하게 내뱉는 말이었으나, 그 속에는 객지를 떠도는 아들에 대한 깊은 믿음이 강하게 깔려 있는 것 같았다.

"자매님의 아드님이사 나라 안에 있으니 그나마 얼마나 다행인지 모르겠습니더. 중국으로 망명한 우리 집 그이는 귀국을 해도 얼굴 구경하기도 어려운 양반이니 언제 그런 날이 올지…."

황상규의 아내는 감정이 북받쳐서 말을 잇지 못한다.

"죽었다고 생각했던 나무 등걸에도 새싹이 날 때가 있다고 하는데, 그래도 희망을 가지고 살아야지 우찌 하겠습니껴!"

예식 시간이 임박해지자 양가의 혼주들이 예배실 맨 앞자리의 지정석에 앉았고, 단상에 마련된 조명용 청사초롱마다 차례대로 촛불이 켜지고, 단하의 성가대 옆에서는 준비 찬송가를 연주하는 풍금소리가 울려 퍼지고 있었다. 풍금 앞에 도열한 성가대 사람들도 악보들을 챙기며 목청을 가다듬느라 부산하였다.

성가대라야 〈기독교 청년회〉와 〈기독교 부녀회〉에 소속된 나이 젊은 남녀 교인 열댓 명 정도가 고작이었다. 하지만 그들 대부분은 신교육을 받은 젊은 인재들로서 교회 안에서도 지식인 집단으로 분류될 정도로 인정을 받고 있는 사람들이었다.

드디어 목사 대기실의 문이 열리며 허허백발의 고삼종 목사가 모습을 드러내었다. 언제 왔는지 윤세주의 부탁으로 축사까지 특별히 하게 된 을강 전홍표 선생도 예배실 맨 앞자리에 따로 마련된 내빈석에 앉아 있었다.

오래지 않아 예배당 안은 빈자리가 없을 정도로 하객들로 가득 메워지고, 소리도 없이 예배실 문이 일제히 닫히면서 드디어 준비 찬송가가 울려 퍼지기 시작하였다. 그러는 가운데 강단 위의 의자에 앉아 있던 고삼종 목사가 낭독대 앞으로 걸어 나왔고, 사회를 맡은 윤치형도 단상으로 올라가서 엄숙하게 제 위치에 자리를 잡고 선다.

"지금으로부터 신랑 윤세주 군과 신부 하소악 양의 혼인 예배를 올리도록 하겠습니다."

사회를 맡은 윤치형의 목소리는 지나치게 엄숙하고 경건한 나머지 오히려 경직된 듯한 느낌을 주고 있었지만, 애국 청년 윤세주의 결혼식

사회자로서는 우선 세련되게 빼 입은 훤칠한 그 외양만으로도 제격이라 할 만하였다. 힘찬 그의 목소리에 이어 풍금으로 연주하는 시작 찬송가의 전주곡이 흘러나오고, 드디어 성가대의 우렁찬 합창과 함께 하객들 사이에 섞여 있는 교인들도 일제히 찬송가를 따라 부르기 시작하였다.

그러나 찬송가를 모르는 일반 하객들은 아직도 모습을 드러내지 않고 있는 신랑 신부를 찾느라고 연신 사방을 두리번거리면서 생소한 혼인예식에 대한 궁금증을 나타내고 있었다. 신식 결혼식을 구경한 적이 없는 그들의 눈에는 예식 절차 하나하나가 기이하고 생소하여 신랑 신부가 어디에 있는지, 그리고 과연 언제 어디서 어떤 모습으로 등장할 것인지, 거기에만 관심이 가 있는 모양이었다.

"이제 혼인예식을 축복하기 위해 신랑 신부 양가의 모친들께서 화촉을 밝혀 주시겠습니다."

준비 찬송가가 끝나고 윤치형의 안내에 따라 신랑, 신부 측의 어머니가 동시에 입장하여 신랑 측은 강단 왼편의 청색 초에, 신부 측은 오른편의 홍색 초에 점화하고, 각기 자기의 자리로 돌아가 앉았다.

"다음은 신랑의 입장이 있겠습니다. 신랑이 입장하게 되면 하객 여러 분들께서는 모두 자리에서 일어나 힘찬 박수로써 열렬히 환영해 주시기 바랍니다. 자, 서출(壻出)이요! 신랑 입장!"

윤치형의 목소리가 떨어지기가 무섭게 반주를 맡은 그의 아내가 풍금을 연주하기 시작한다.

그런데 이상한 일이었다. '신랑 입장!'이라는 윤치형의 발표와 함께 흘러나오기 시작한 음악은 신식 결혼식 때 흔히 사용하는 멘델스존의 〈결혼 행진곡〉도 아니요, 보통의 혼례 예식에는 전혀 어울리지도 않은 기상천외의 노래로서 왜놈들이 알면 기절초풍할 무서운 곡이었다. '신랑 입장'이라는 사회자의 말에 따라 흘러나오기 시작한 음악은 뜻밖에도 결혼 예식과는 아무런 상관이 없는, 만주에 가 있는 독립 운동가들이 민족적인 항일 의식이 있을 때에나 우리말 가사를 붙여서 애국가 삼아 부르곤 한다는 스코틀랜드의 민요곡인 〈올드 랭 사인(Auld Lang Syne : 석별의 정)〉의 가락이었던 것이다.

느리고 구슬퍼서 스코틀랜드에서는 이별의 노래로나 불리곤 한다는 먼먼 남의 나라의 민요인 〈올드 랭 사인〉—.

그 구슬픈 가락의 전주곡이 풍금으로 연주되는 순간, 장내는 물을 끼얹은 듯이 조용해지고 말았다. 그리고 그와 함께 모든 하객들의 시선은 본능적으로 사방을 두리번거리기 시작하였다.

그러나 그것은 이제 곧 등장하게 될, 이색적인 혼례식을 고집했다는 신랑의 모습을 찾아 두리번거리는 호기심에 찬 그런 들뜬 눈길들은 결코 아니었다. 그들은 지금 단상에 나타나게 될 신랑의 모습을 찾고 있다기보다, 민족적인 냄새가 짙게 풍기는 이런 위험천만한 결혼 행사장에 혹시라도 왜놈 밀정이 미리 잠입해 있거나 일본도를 찬 왜놈 순사들이 불시에 들이닥치면 어쩌나 하고 사방을 두리번거리는, 경계심과 두려움이 가득 실린 그런 눈빛들이 분명한 것이다.

그들은 자기들이 참석하고 있는 이 유별스러운 결혼식의 의미를 그 〈올드 랭 사인〉의 전주곡이 연주되는 것을 듣고서야 비로소 확실하게 깨달은 것이었다.

보통학교에 다니던 어린 시절부터 왜놈들의 가장 큰 국경일에 〈일장기 훼철 의거 사건〉을 일으켰던 그 애국 소년의 비분강개하는 마음이 청년이 되었다고 해서 어찌 털끝만큼이라도 달라질 수가 있으리! 왜놈들의 최대 명절이라는 천장절(天長節)에 군수와 경찰서장을 비롯한 수많은 왜놈 기관장들과 군내의 모모한 사회 지도급 인사들이 모두 초빙된 가운데 국경일 경축 행사가 성대하게 베풀어질 밀양공립보통학교 교정의 국기 게양대에서 기세 좋게 펄럭이고 있던 일장기를 끌어내려 학교 변소의 더러운 똥통 속에 처넣어 버렸던 그 마음과 그 기개로 이런 예배당 예식을 고집하였으니 그 사실을 이제 비로소 알게 된 하객들의 마음인들 오죽하였을까!

윤세주의 뜻을 뒤늦게 알아차린 하객들은 저마다 고개를 끄떡이며 옆 사람과 귀속 말을 주고받으면서도 경계의 빛을 감추지 못하고 연신 장내를 두리번거리고 있었다. 그러나 결혼 예식을 시작하면서 문이란 문을 모두 안으로 꼭꼭 잠가놓았기 때문에 왜놈 순사가 이런 불온한 행사가 벌어지는 낌새를 눈치 채고 예배당 안으로 불시에 들이닥칠 리가 만무하였다.

그리고 극비리에 추진된 이런 방식의 혼인 예식장에 미리 들어온 밀정이 있을 리도 만무하였고, 설령 있다 한들 함부로 본색을 드러낼 분위기도 물론 아니었다. 그런 마음과 마음들이 이심전심으로 전해지면서 예배당 안의 분위기도 왜놈 순사들에 대한 두려움이 깔려 있던 조금 전까지와는 전혀 다르게 급변하고 있었다. 왜놈들에 대한 두려움은 어느 새 사라지고, 애초에 윤세주가 의도하였던 게 분명한 대로 한 쌍의 남녀가 부부의 연을 맺는 단순한 혼인 예식의 차원을 뛰어넘어 대한 독립을 염원하는 절절한 민족정신이 하나로 결집되어 단단히 뭉쳐져서 거족적인 행사장이 되기에 아무런 손색이 없을 만큼 뜨거운 열기로 서서히 달아오르기 시작하였다.

누가 그렇게 하자고 선동한 것도 아니었다. 하지만 풍금으로 연주되는 〈올드 랭 사인〉의 전주곡이 울려 퍼지기 시작하는 순간부터 장내에 있는 모든 사람들의 호기심과 놀라움이 열띠고 흥분된 마음으로 바뀌는 것과 동시에 민족의식이라는 동류의 흐름 속에 하나로 용해되면서 한껏 단결된 열띤 분위기로 서서히 자리를 잡아가기 시작한 것이었다.

동해물과 백두산이 마르고 닳도록
하느님이 보우하사 우리나라 만세!

무궁화 삼천리 화려 강산

대한 사람 대한으로 길이 보전하세!

전주곡이 끝나고 풍금 반주에 맞춘 성가대의 〈애국가〉의 합창이 흘러나오기 시작했을 때, 초롱 잡이로 나선 한봉인에 이어 안과 밖이 붉은 색과 청색으로 된 보자기에 싼 목기러기 한 쌍을 두 손으로 받들어 든 권호를 따라 오늘의 주인공인 새신랑 윤세주의 모습이 객석 후미 쪽의 중앙 통로에 나타났다. 그런데 그의 모습을 발견하는 순간, 하객들은 다시 한 번 적잖이들 놀라면서 저마다 탄성을 발하지 않을 수 없었다.

그도 그럴 것이, 서양의 문화에 따라 예배당에서 하는 혼인 예배인 만큼, 신랑이 당연히 새로 맞춰 입은 서양식 예복을 입고 입장할 줄 알았는데, 지금 그들의 눈앞에 나타난 윤세주의 모습은 그러한 예상과는 전혀 딴판이었던 것이다. 그는 예로부터 우리네 조상들이 장가갈 때에 입었던 사모관대에 문관조복(文官朝服) 차림을 한 전통적인 신랑의 모습 그대로 그들 앞에 버젓이 나타난 것이었다.

'아니, 이거는 또 무신 조화란 말이고?'

그 바람에 사회를 맡은 윤치형보다도 더 멋진 양복 차림으로 나타날 줄 알았던 하객들의 잔뜩 부풀어 올랐던 기대와 호기심은 일순간에 부풀어 올랐던 물거품처럼 이내 가라앉고 말았다. 그들은 저마다 자기의 눈을 의심하며 의표(意表)를 찌르는 모습으로 당당하게 나타난 윤세주를 멍하니 바라다보고 있었다.

〈결혼 행진곡〉 삼아 연주되는 애국가의 굽이굽이 늘어진 구슬픈 가락은 슬프디 슬픈 민족적 감정을 더욱 슬프게 만들고 있었지만, 혼인 예배를 집전할 고삼종 목사가 서 있는 강단을 향하여 당당하게 걸어 나오고 있는 윤세주의 몸에서는 조선 독립에 목숨을 건 투사답게 대한 남아의 기상이 흔연히 넘쳐흐르고 있었다. 두 손을 앞으로 모아 잡고 상체를 약간 숙인 자세로 엄숙하게 행진하는 그의 모습이 지난 날 어전

회의에 참석하는 조복 차림의 만조백관들의 모습을 연상케도 하였지만, 보무도 당당한 젊은 그의 걸음새만은 그들의 기백을 꺾고도 남을 만큼 힘차고 의젓해 보였다.

"우리네 방식대로 하는 초례청 혼례를 마다하고 굳이 예배당 예식을 올리자꼬 황소고집으로 부득부득 우겼다꼬 하는 새신랑이 무신 생각으로 치장은 저렇게 예전 방식 그대로 하고 나왔을꼬?"

예배당 예식에 남다른 호기심을 가지고 있던 최수봉의 어머니가 궁금해 못 견디겠다는 듯이 또 이렇게 탄성을 섞어 가며 혼잣말로 중얼거린다. 그러자 옆에 있던 황상규의 아내도 소곤거리면서 거기에 맞장구를 친다.

"그러게나 말입니더! 참말로 알다가도 모르겠네예!"

"와 앙이라예! 저도 예식장에서 하는 신식 혼인예배이니까 당연히 연미복이라고 하는 서양식 옷을 입고 나올 줄 알았는데, 참 이상한 생각이 듭니더!"

김병환의 아내도 이상하다는 듯이 고개를 갸웃거린다. 하객들은 객석 후미에서 나타난 신랑의 모습을 발견하고 사회자가 부탁한 대로 힘차게 손뼉을 치면서도 저마다 그의 차림새에 대하여 이렇게들 옆 사람과 얘기하는 데에 정신이 팔려 있는 것이다.

느리고 구슬프게 이어지고 있던 〈올드 랭 사인〉의 선율은 보무도 당당하게 행진하는 신랑의 발걸음을 따라 가며 점점 속도와 강도를 더해 가고, 거기에 보조를 맞추듯이 하객들의 박수 소리도 점점 빨라지면서 높아만 가고 있었다. 그리고 듣는 이의 심금을 울리던 구슬픈 풍금 소리는 마침내 우레와도 같은 박수 소리에 휘말려 버리고, 애잔하게 흐르던 장내의 분위기도 슬픔과 기쁨, 침체와 약동의 정서가 뒤섞인 가운데 후끈한 열기를 띠어 가며 새로운 국면으로 서서히 치닫고 있었다.

구슬픈 풍금 소리에 발을 맞추며 등장한 윤세주의 모습과 함께 쏟아지기 시작한 하객들의 뜨거운 박수 소리 속에는 오늘의 주인공인 신랑 윤세주를 환영하고 축복하는 그 이상의 어떤 의미와 열기가 녹아 있음이 분명하였다. 밀양공립보통학교 시절부터 왜놈들의 국경일 경축 행사장에 걸려 있던 일장기를 옥외의 더러운 변소 똥통 속에 처박아 버리는 기상천외한 방법으로 일본 최대의 명절인 천장절의 경축 분위기에 들떠 있던 왜놈들에게 씻을 수 없는 치욕을 안겨 주었던 애국 소년 윤세주는 오늘도 하객들의 예상을 완전히 뒤엎는 차림새를 하고 나타나서 그 역시 예상을 뒤엎고 민족 감정에 불을 지르는 〈애국가〉 반주에 발을 맞춰 가며 보무도 당당하게 입장함으로써 예배당 안의 혼례식 분위기를 그보다 더 높고도 거룩한 민족적인 의식의 차원으로 서서히 고양시켜 가고 있는 것이었다.

전통 혼례복 차림을 한 윤세주가 등장하고, 하객들의 우렁찬 박수 소리가 쏟아지기 시작하면서부터 〈올드 랭 사인〉은 이제 더 이상 구슬픈 남의 나라 〈이별의 노래〉가 아니었다. 그것은 어느 새 누구도 부인하지 못할 우리의 노래가 되어 있었고, 슬픔과 기쁨, 탄식과 축복이 교차되는 속에서도 열렬한 민족혼을 하나로 묶어 세우는 거룩하고 뜨거운 겨레의 노래가 되어 바야흐로 하객들의 가슴마다 뜨겁게 메아리 치고 있는 것이었다.

그 바람에 처음에는 의아스러워하던 하객들까지도 엉뚱한 혼례 방식을 스스로 연출하고 있는 신랑 유세주의 의도를 뒤늦게 알아차림으로써 더욱 열띤 반응을 나타내게 되었고, 그 때문에 그의 뜻을 더욱 존중하게 되었으며, 그리하여 이제는 남의 눈치를 볼 것도 없이 그 열띤 분위기에 스스로 호응을 해 가면서 제각기 감격에 젖어 가고 있는지도 모를 일이었다.

약관에도 못 미치는 열아홉 살의 어린 나이로 지역의 유명 인사가 되어 버린 애국 청년 신랑 윤세주!

지금도 밀양읍교회에서 사회교육 분과 위원장을 맡고 있고, 동시에 〈밀양청년독립단〉의 열혈 단원이 되어 남몰래 민족혼을 불태우고 있는 그는 앞으로 대한 남아의 꿋꿋한 기백으로 지금의 이 시대적 난국을 당당하게 헤쳐 나갈 것임을 자신의 결혼식 하객들에게 결연히 드러내 보이기 위하여 오늘 이 순간을 손꼽아 기다려 온 것인지도 모를 일이었다.

그래서 평생에 단 한 번 있는 결혼식을 일부러 주님의 전당인 이 성스러운 예배당에서, 그리고 이 나라 이 겨레를 위한 청년 독립단의 단원 출정식과도 같은 이런 방식으로 위험을 무릅쓰고 올리기로 한 것은 아니었을까. 정녕 그리하였던 것은 아니었을까!

그게 윤세주가 애초에 계획했던 의도라면, 하객들은 모두 처음부터 그가 의도한 대로 추호의 차질도 없이 움직이고 있는 셈이었다. 그들은 이제 왜놈 순사들이나 그들의 밀정들을 경계하던 두려움에 찬 그런 눈빛도 아니었다. 그리고 보통 잔칫날에 맛보게 되는 그런 신명나는 흥겨움도 아닌, 보다 진지하고 거룩하기까지 한 색다른 감회에 젖어든 채 겨레의 의식을 치르듯이 애국 청년 윤세주의 혼례식 절차 하나하나를 열렬한 박수를 보내면서 숨을 죽인 채 지켜보고 있는 것이었다.

자신의 앞날을 미리 헤아려 보듯 한 걸음 한 걸음 발걸음을 떼어놓으면서 강단 앞으로 천천히 걸어 나오고 있는 신랑 윤세주의 얼굴에는 아리따운 신부를 아내로 맞이하는, 일생에 단 한번 누리는 혼인의 기쁨보다는 자신의 앞날에 대한 원대한 포부와, 그 포부를 간단없이 개척해 나가려는 의지와 비장감이 더 짙게 어려 있는 것 같았다. 애절하고 구슬프다 못해 민족의 노래인 〈애국가〉가 되어 버린 〈올드 랭 사인〉의 느린 선율이 윤세주의 마음을 더욱 비장하게 만든 것인지, 윤세주의 그런 모습이 〈올드 랭 사인〉의 선율을 더욱 애절하게 만들고 있는 것인지, 이제는 모든 것이 혼연일체로 하나가 되는 바람에 그것조차 분간할 길이 없어지고 말았다.

그러나 우리의 〈애국가〉가 되어 버린 그 남의 나라 노래가 나라 잃은 슬픈 백성들의 가슴 속에 올올히 파고들어 가닥가닥 뼈저린 심회를 돋우면서 끊임없이 흘러나오고 있는 것만은 분명한 사실이었다.

그리고, 어릴 때부터 일장기 훼철 의거 사건으로 왜놈들의 가슴 속에 씻을 수 없는 치욕과 당혹감을 안겨 주었던 조선의 한 젊은이로서 열아홉 살의 청년 윤세주가 나타내 보이고 있는 그런 비장한 의지와 원대한 포부가 하객들의 가슴마다 말로써는 이루 다 형용할 수 없었던 망국민의 절절한 설움과 원한을 되새겨 주고, 그것이 다시 뜨거운 조국애로 끓어올라 용솟음치게 하고 있는 것 역시 아무도 부인하지 못할 엄연한 사실이었다.

길게 여음을 끌며 식민지 조선 민족의 한을 구구절절이 토해 내듯이 울려 퍼지던 〈올드 랭사인〉의 구슬픈 가락은 윤세주가 강단 위로 올라가서 고삼종 목사 앞에 가서 우뚝 멈추어 서는 것과 동시에 끝이 났다.

그리고 다시 사회자 윤치형의 목소리가 뜨거운 가슴 속에서 용솟음치는 애국 청년 신랑 윤세주의 기상을 대변하듯 우렁차게 장내에 울려 퍼진다.

"하객 여러 분, 기대해 주십시오! 이번에는 천사 같은 신부의 입장이 있겠습니다! 신부입청대기(新婦入廳待機)! 자, 신부 준비해 주십시오. 신부출(新婦出)!"

이제는 신부가 나타나게 될 장소를 미리 알았기 때문이리라. 모든 하객들의 시선이 아까 신랑이 나타났던 객석 후미 쪽으로 일제히 향해지고, 그와 동시에 다시금 결혼 행진곡이 울려 퍼지기 시작하였다.

그런데 신부를 위한 이 결혼 행진곡 역시 보통 결혼식장에서 흔히들 사용하는 멘델스존의 극음악(劇音樂)인 「한여름 밤의 꿈」에 나오는 그 율동적으로 한들거리는 〈결혼 행진곡〉이 아니었다.

아리랑 아리랑 아라리요!
아리랑 고개를 넘어간다,

나를 버리고 가시는 님은

십 리도 못 가서 발병 난다!

그랬다! 그것은 피맺힌 우리 한민족의 한이 서린 민요인 「아리랑」이었다. 윤세주는 자신이 입장할 때 사용한 애국가에 이어 신부의 결혼행진곡에 다시 가슴이 미어지게 하는 우리의 민요 아리랑을 풍금 반주에 맞추어 합창하게 함으로써 또 하나의 이변을 연출해 내고 있는 것이었다.

이미 후끈 달아올라 있던 예배당 안의 열기는 절절한 아리랑의 가락과 함께 그 절정에 도달한 느낌이 들었다. 조선인이면 언제 어디서 들어도 콧마루가 시큰해지고 눈물이 핑 돌 정도로 가슴이 뭉클해진다는 우리 겨레의 노래 「아리랑」—!

듣는 이의 애간장을 쥐어짜듯이 가슴에 맺힌 한을 절절이 담아내면서도 이천만 민족 각개의 마음과 마음들을 뜨겁게 용해시켜 피맺힌 백의민족으로 하나 되게 묶어 버리고 마는 배달겨레의 진혼곡 아리랑, 아리랑!

그런데 그 피어린 아리랑이 신부의 입장이 있겠다고 선언하는 윤치형의 목소리가 떨어지기가 무섭게 장내에 울려 퍼지기 시작한 것이었다.

그리고, 잠시 후에 그 아리랑의 유장한 선율에 이끌린 듯이 백발이 성성한 부친의 뒤를 따라 신부가 나타났다. 아까 신랑이 나타났던 바로 그 자리에서다. 그런데 이번에도 하객들은 의외의 광경을 목도하고 또다시 신선한 충격에 사로잡히고 만다. 신랑의 차림새가 그러했던 것처럼, 신부 역시 웨딩드레스가 아닌 화려한 칠보족두리에 활옷을 입고 배면포로 얼굴을 가린 전통 혼례복 차림새 그대로였던 것이다. 예식 장소와 진행 절차상으로만 예배당 결혼식으로 바뀌었을 뿐, 그들은 전통 혼례복 차림새 그대로 예배당에서 혼례식을 치름으로써 자기네가 신봉하는 종교 의식과 함께 결연한 민족의식을 동시에 드러내 보이고 있는 셈이었다.

배면포로 얼굴을 가린 채 수모(手母) 두 사람의 부축을 받으며 갓을 쓴 조선옷 차림을 한 부친을 따라 나타난 신부의 발걸음은 느리고 조심 스러웠으며, 풍금 소리와 합창으로 담아내는 아리랑의 구성진 선율은 명주실과도 같은 긴 여음을 끌면서 자신의 운명을 헤아리듯 조심조심 밟아 오는 신부의 발자국마다 축복의 꽃덩쿨인 양, 운명의 동아줄인 양 은은히 깔리고 있었다.

그리고 그것은 다시 장내에 운집한 하객들의 가슴 속에 용암처럼 뜨 겁게 살아 움직이는 민족혼과 통한의 시대고(時代苦)를 동시에 흔들어 깨워 주면서 한껏 고조된 예배당의 분위기를 또다시 새로운 국면으로 서서히 몰아가기 시작하는 것이었다.

아리랑 아리랑 아라리요!
아리랑 고개를 넘어간다.

청천 하늘엔 잔별도 많고요!
우리네 살림살이 수심도 많다.

풍금의 건반을 타고 흐르는 아리랑의 선율은 서러운 민족의 원한 맺 힌 마음을 울려 놓기도 하고, 뜨겁게 소용돌이치는 그 마음들을 한데 묶어 더욱 구슬프게 만들어 놓기도 하였다. 그래서 거기에 있는 하객 들의 혼과 마음은 민족의 영산인 백두산 천지연의 검푸른 지하 용출수 처럼 용용히 치솟아 오르기도 하고, 때로는 그 수심보다 깊은 원한으로 사무쳐서 끝도 없이 가라앉기도 하였다.

우리의 노래 아리랑이 언제 이렇게 무소불위의 요술을 부리면서 듣 는 이의 심금을 이다지도 아리도록 절절하게 울릴 수가 있었던가! 청천 하늘의 잔별처럼 한도 많고 설움도 많은 민족이기에 가락마다 굽이마다 절절이 사무친 아리랑의 구슬픈 정조에 넋도 잃고 신명도 잃어버린 나머지 호곡보다도 더 처절한 흐느낌들만이 서로의 가슴마다 용해되어 이렇게 뒤엉켜 버리게 되고 마는 것은 아닐는지!

아리랑의 구성진 가락은 신부의 입장이 미처 끝나기도 전에 하객들의 가슴마다 천 갈래 만 갈래로 뒤엉키는 만단정회의 실꾸리가 되어 휘감겨 들고 있었으며, 뜨거운 물기로 촉촉이 젖어드는 눈빛들마다에는 나라 잃은 민족의 설움이 흔연히 감돌기 시작하였다.

"이제 신랑 신부가 하나님 앞에서 이 혼례를 행하기에 앞서, 순결한 마음의 준비를 위해 서로의 손을 씻어 주도록 하겠습니다. 수모 두 분께서는 앞으로 나와서 신부를 도와주십시오."

신부의 입장을 도왔던 조선 치마저고리 차림의 젊은 수모 둘이 앞으로 나와서 한 사람은 물그릇을 받들고, 다른 한 사람은 부끄러워서 머뭇거리는 신랑 신부의 손을 끌어당겨서 서로 손을 씻어 주게 도와주었다. 그리고 그것이 끝나자 하얀 명주 수건으로 서로의 손을 닦아 주게 다시 돕는다.

"다음은 신랑 신부의 맞절 교환이 있겠습니다. 신부 쪽의 수모가 되시는 두 분께서는 신부를 부축해 주시기 바랍니다!"

전통 혼례식 같으면 홀기 꾼에 해당하는 사회자는 전안례를 올린 다음에 수모들로 하여금 배면포로 얼굴을 가린 신부를 부축하여 높다란 초례상을 가운데 두고 신랑과 마주 서게 주문하였을 것이다. 촛불이 켜진 초례상 위에는 풍요를 기원하는 햅쌀과, 다산을 기원하는 밤과, 부부의 금슬을 기원하는 목각 기러기가 각각 차려져 있었을 것이고, 송죽 같은 절개와 무병장수며 백년해로를 기원하기 위하여 사시사철 푸르른 소나무와 대나무를 마주 꽂아 그 위로 청실홍실을 걸어서 장식한 한 쌍의 꽃병도 차려져 있었을 것이다.

그리하여 홀기에 적힌 혼례 순서에 따라 한껏 가다듬은 낭랑한 목청으로 차례대로 절차 항목을 읊는 홀기 꾼의 지시에 따라 신랑과 신부는 각각 온 마을 사람들이 지켜보는 앞에서 서로 맞절을 교환하는 교배례로서 백년해로를 서약하는 맞절을 하게 되었을 것이다.

그러나 지금 수모들은 초례상도 없이 고삼종 목사가 지켜보는 낭독대 앞에서 하얀 배면포를 두 팔에 길게 걸치고 얼굴을 가린 신부를 양쪽에서 나란히 부축하며 그 앞에 서 있는 신랑과 맞절 시킬 준비를 한다.

"서부상면교배례(胥婦相面交拜禮)! 신랑 신부는 서로 마주 보고 맞절을 하십시오!"

윤치형의 지시에 따라 신랑 신부의 맞절이 교환되는 동안, 하객들은 자기네의 분신이라도 대하는 것처럼 숨을 죽인 채 뜨거운 눈으로 새로운 부부의 탄생을 지켜보고 있었다.

신부 집의 마당에서 치러지는 보통의 전통 혼례식이라면, 이럴 때 하객들과 마을 구경꾼들은 누가 더 정중하게 인사를 하는지 지켜보면서,

"신랑 입이 바지게처럼 쩍 벌어지는 것을 보니 엄처시하는 따 놓은 당상이로구나!"

하고 누가 홀기꾼의 흉내를 내면서 큰소리로 농말을 던지기라도 할라치면, 또 누군가가 거기에 뒤질세라,

"그 새신랑 기상이 하늘을 찌르는 거는 세상이 다 아는 일인데, 그렇게 치마폭에 쉽사리 휘둘리기는 아마도 어려울 꺼로! 밤마다 업어 주고 안아 주고 하면 또 모를까!"

하고 맞받아 치면서 구경꾼들은 물론, 신랑 신부까지 웃기는 일이 허다하였을 것이다. 만약에 그때 신랑 신부가 웃기라도 하는 날이면, 신랑의 코가 작다느니 신부의 입이 너무 크다느니 하는 등 별의별 농담들이 여기저기서 시끌벅적하게 난무하기도 하였을 것이다.

그러나 지금 예배당 안에서는 그런 흥겨움이나 신명 같은 것은 찾아 볼 길이 없었다. 오로지 경건한 뭇 시선들이 지켜보는 가운데 암울

한 식민지 조국의 하늘 밑에서 조국 광복을 염원하는 구국의 석탑이라도 깎아 세우는 것처럼 비장하고 엄숙한 침묵의 석단만이 경건한 분위기 속에서 차곡차곡 쌓여 가고 있을 뿐이었다.

윤치형의 안내로 신랑 신부의 맞절이 끝나자 고삼종 목사가 말씀 환호송을 올린다.

"하나님의 거룩하신 말씀이시여, 지금 이 축복된 자리에 오시옵소서! 백성들아, 찬양하세! 우리 주님이 오시옵네!"

그 다음에 성경 봉독이 이어졌다.

"성경 봉독은 마태복음 5장 3절에서 12절까지의 말씀으로 우리 교회의 부녀 회장이신 이복수 권사께서 해 주시겠습니다."

윤치형의 소개에 따라 고삼종 목사의 부인과 함께 교회의 살림을 꾸려 가고 있는 이복수 권사가 나와서 성경을 읽는다.

『마음이 가난한 사람들은 행복하다. 하늘의 나라가 그들의 것이다.
슬퍼하는 사람은 행복하다. 그들은 위로를 받을 것이다.
온유한 사람은 행복하다. 그들은 땅을 차지할 것이다.
옳은 일에 주리고 목마른 사람은 행복하다. 그들은 만족할 것이다.
자비를 베푸는 사람은 행복하다. 그들은 자비를 입을 것이다.
마음이 깨끗한 사람은 행복하다. 그들은 하나님을 뵙게 될 것이다.
평화를 위하여 일하는 사람은 행복하다. 그들은 하나님의 아들이 될 것이다.
옳은 일을 하다가 박해를 받는 사람은 행복하다. 하늘나라가 그들의 것이다. 아멘.』

맞절을 교환한 다음에 예물 교환이 있었고, 예물을 교환한 다음에는 선교부장의 기도에 이어 고삼종 목사의 성혼 축하 기도와 주례사 순서로 이어졌다. 고 목사의 주례사는 신랑 윤세주 군과 신부 하소악 양이 부부가 되기를 하나님 앞에서 맹세하였으니 요셉과 동정녀 마리아가 그랬던 것처럼, 서로 믿고 의지하며 사랑이 넘치는 화목한 가정을 이루도록 노력하라는, 교회에서 흔히 들을 수 있는 일반 목사들의 의례적인 주례사와 크게 다를 바가 없었다.

하지만 특별히 마련된 그 다음의 내빈 축사의 순서가 되자 사회자의 눈빛부터 달라지고 있었다.

"다음은 특별 순서로 을강 전홍표 선생님의 축사의 말씀이 계시겠습니다!"

사회를 맡고 있는 윤치형은 한껏 고양된 목소리로 이렇게 소개하고 나서 객석 맨 앞줄에 앉아 있던 을강 선생을 향하여 정중하게 인사를 한다. 그리고는 을강 선생이 단상 위로 올라가 고삼종 목사와 악수를 나누는 동안에 하객들을 향하여 다시금 목청을 높이면서 을강 선생에 대한 소개의 말을 전하는 것이었다.

"오늘 신랑 윤세주 군과 신부 하소악 양의 행복한 앞날을 위하여 특별히 고축의 축사를 해 주실 분은 대종교 밀양지사의 사교님으로 계시는 을강 전홍표 선생님이십니다! 여러 분들도 잘 아시다시피 을강 선생님은 종교인으로서도 유명하시지만, 남 다른 우국충정으로 사재를 털어 가며 사설 동화학교를 설립하여 민족 교육에 앞장서 오신 교육자이실 뿐만 아니라, 애국심이 아주 투철하신 민족주의자로서 신랑 윤세주 군이 어릴 때 다녔던 동화학교의 은사님이 되시기도 하는 분이십니다. 자, 여러 분! 고축의 축사를 해 주실 우리 을강 전홍표 선생님을 뜨거운 박수로써 열렬히 환영하여 주시기 바랍니다!"

윤치형의 소개를 받고 연단 낭독대 앞으로 걸어 나온 흰색 두루마기 차림의 을강 선생은 하객들을 향하여 허리를 깊이 숙여 천천히 숙배를 하고서는 감격에 겨운 듯 한참 동안이나 장내를 둘러보며 말이 없었다.

풀을 빳빳하게 먹여서 깨끗이 손질이 되었으나, 우선 보기에도 허름한 무명 바지저고리에 올이 굵은 흰색 두루마기를 걸친 청빈한 보통 선비의 모습 그대로였다. 챙이 넓은 대갓도 아닌 중갓의 작은 테두리와 길게 늘어뜨린 죽영 갓끈이 가늘게 떨리고 있는 것으로 보아 북받치는 감정을 주체치 못하고 잠시 그러고 서 있는 모양이었다.

그러나 말없이 장내를 둘러보는 그의 눈은 맑은 정기로 가득 차 있었으며, 바로 앞에 서 있는 신랑 신부를 바라볼 때에는 그 눈에서 유황이 타는 듯한 푸른 안광을 발하는 것 같기도 하였다.

그는 몇 번인가 헛기침을 하더니 드디어 거족적인 항일 행사장에서나 들을 수 있는 지극히 엄숙한 목소리로 가만히 입을 여는 것이었다.

"친애하는 하객 여러 분! 아니 만장하신 애국 동포 여러 분! 시생은 오늘 우리 대한의 아들로서 일찍이 밀양공립보통학교에 다니던 어린 나이로 소위 왜놈들의 가장 큰 명절아라는 천장절에 〈일장기 훼철 의거 사건〉을 일으켜서 일제의 오만 방자한 콧대를 여지없이 꺾어 버렸던, 우리 밀양이 자랑하는 애국 청년 윤세주 군의 백년가약을 축복해 주기 위하여 이 자리에 서게 된 것을 무한한 영광으로 생각하는 바이올시다!"

경건하고 엄숙한 목소리로 축사를 시작한 을강 선생의 목소리는, 그러나 어느 사이엔가 예배당 안이 쩌렁쩌렁 울리도록 불을 뿜는 사자후로 서서히 변해 가기 시작하였다

"우리 한민족은 거금(距今) 4251년 전에 단군 대황조 한배검께서 인내천이라는 '하눌님'의 뜻을 받들어 나라를 세우신 이래로 이 땅에 뿌리를 박고 평화롭게 살아 온 정직하고 혈통 깨끗한 '단일 민족'이요, '배달겨레'이며, 또한 온유한 심성을 자랑하는 '백의민족'이올시다. 미지의 땅·북방 대륙을 향하여 무한히 뻗어 나간 백두 산맥의 줄기를 따라 송화강과 요동반도를 지나 중원을 누비던 고구려의 웅혼한 개척 정신에다, 세속오계로써 심신을 단련하여 신라 일천 년의 역사를 이루어낸 화랑도 정신과, 제행무상·자비사상을 근간으로 하여 빚어낸 신라·고려의 찬란한 불교문화를 비롯하여, 삼강오륜과 충·효·예를 근본으로

하는 인륜 도덕을 최고의 덕목으로 숭상하며 조선 왕조 오백 년 사직을 이어 오기까지 반만년의 유구한 역사 속에서 물경 9백 3십여 차례의 외침을 받으면서도 굳건히 이 땅을 지키며 살아 온 강인하고도 거룩한 천제(天帝)의 자손들이올시다!

오호, 통재라! 거룩한 천제의 자손인 우리 이천만 민족이 천붕지통(天崩之痛)보다 더 고통스러운 경술년의 국치를 당한 지 우금(于今) 십년에 달했어도 유구한 역사와 전통에 빛나는 민족적 위엄과 존엄성은 아직도 야수와도 같은 일제의 총칼 앞에 여지없이 짓밟히고 있는 실정이고, 농토를 빼앗긴 죄 없는 내 혈육 내 이웃들은 동가식서가숙하며 생떼 같은 목숨을 근근이 연명하다가 그나마 부황이 들다 못해 아사지경에 이른 자가 부지기수에 이르건마는, 항일 무장 투쟁은 고사하고 거족적인 아(我) 민족의 역량 한번 변변히 집결하지 못한 상태로 유림은 유림대로, 불교계는 불교계대로, 그리고 개화 선각자들은 개화 선각자들대로 갑론을박과 배타적인 아집으로 허송세월만 하고 있으니, 이 얼마나 가슴 답답하고 분통이 터지는 일이 아니겠소이까?

하오나, 만장하신 신랑 · 신부 양가의 일가친척 여러 분! 그리고 하객 여러 분!

우리들에게는 꿈이 있고 내일이 있다는 것을 잊지 말아야 할 것이외다. 그래서 시생은 지금 조국 광복을 위한 그런 일들을 우리 밀양 땅에 거(居)하는 향민들이 먼저 앞장서 가지고 분연히 결행해야 한다는 것을 이 뜻 깊은 애국 청년 윤세주 군의 혼인 예식 자리에서 감히 말씀드리고자 하는 바입니다.

예로부터 우리 밀양 고을은 애국 선비의 고장이자 충의 열사의 고장으로 그 명성을 떨쳐 왔으니, 저 고려 충렬왕 때 원나라 침략군에 대항하여 싸웠던 삼별초 군의 방보, 계년, 박평, 조천, 박공, 박경기, 박경순 같은 분들이 그들이요, 여말 · 선초에 남해안에 수시로 출몰하여 노략질을 일삼던 왜구들의 본거지인 대마도를 정벌하여 그 지위가 충의 백정국군에까지 올랐던 박위 장군과, 용이 되어 승천한 물고기의 적린(赤鱗)을 말 안장에 달고 동에 번쩍 서에 번쩍 신출귀몰하면서 불세출의 무예와 용맹으로 비룡장군이라는 전설을 남기면서 그 이름만 들어도 왜구들을 벌벌 떨게 만들었다는 어변당 박곤 장군을 비롯하여, 조선 선조 임금 때에 임진왜란을 당하여 의병의 깃발을 높이 들고 창의하여 저 전사에도 빛나는 무계대첩의 영웅이 되신 손인갑 선생은 물론이요, 그 당시 망우당 곽재우 장군의 휘하에서 공을 세워 훈련원정에 제수되고 원종공신에도 책봉되었던 모우당 박몽룡 선생을 위시하여, 속세를 떠난 승려의 몸으로 구국의 의승대장이 되어 크게 활약하였던 사명대사 임유정 선생과, 임진란이 발발하였다는 급보를 듣고 향리의 제자들을 모아 분연히 들고일어나 남 먼저 의병의 기치를 높이 올렸던 오한 손기양 선생, 그리고 부산포 부산진성을 일시에 무너뜨리고 황령산을 넘어 동래성의 방어벽을 향하여 파도처럼 밀려드는 왜놈들과 맞서 분전하던 동래 부사 송상현 선생을 도와 싸우다가 장렬하게 순국하신 노개방 선생을 비롯하여, 부산진성을 돌파한 지 사흘 만에 동래성을 함락하고 낙동강 줄기를 따라 산하를 새카맣게 뒤덮으며 밀려오는 수만 명의 수륙 왜병들을 맞아 삼랑진 낙동강변의 작원관 요새에서, 웅천강의 광탄진 나루에서 중과부적의 부하 장졸들과 결사항전으로 맞섰던 밀양 부사 박진 선생과 같은 선비들이 바로 그분들이올시다!

만장하신 애국 동포 여러 분! 하객 여러 분! 그리고 신랑 신부의 일가친척 여러 분!

보잘 것 없는 일개 향민의 신분인 시생 을강 전홍표는 오늘 이 자리가 바로 선비의 고장인 우리 밀양 고을을 우국 충절의 고장으로 만들어 놓으신 그분들의 구국 정신을 이어 가는 뜻 깊은 애국 애족의 자리요, 멀지 않은 장래에 그러한 민족적 염원을 우리의 손으로 기필코 이루어 낼 수 있다는 신념을 확인하는 자리인 동시에, 그러한 배달겨레의 원대한 꿈을 안고 백년대계를 향하여 나아가기 위하여 진군의 발걸음을 내딛는 축복 받는 성전이 되리라는 것을 감히 믿어 의심치 않는 바이올시다!

시생이 뜻 깊은 애제자의 혼인 잔칫날을 당하여서 이렇게 창해일속의 눌변가보다 변변치 못한 장광설을 늘어놓으면서 하필이면 왜 이와 같은 큰 의미를 부여하느냐 하면, 단군왕검 기원 4251년 음력 8월 초하루인 오늘은 우리 밀양의 장한 아들, 아니 우리 대한의 장한 아들로서 일찍이 지학의 어린 나이로 일제의 최대 명절이라는 천장절 날, 그것도 경축 행사가 벌어지게 되어 있는 밀양공립보통학교 교정에서 〈일장기 훼철 의거 사건〉으로 장쾌한 민족적 기상을 발휘한 이래로 오늘날까지 그 기백을 잃지 않고 항일 의식의 고취는 물론이려니와 지역 발전에 전심전력으로 헌신하고 있는 소생의 애제자인 윤세주 군이 행실 음전한 창녕면 반가의 규수를 만나 백년가약으로 화촉을 밝히는 날이기 때문이올시다! 그러니 미력하나마 민족의 앞날을 걱정하는 그 스승이 되는 자의 한 사람으로서 후안무치한 파락호가 아닌 이상 어찌 남다른 감개가 없을 수 있을 것이며, 또 어찌 불감생의(不敢生意)의 눌변으로나마 각별한 치하와 고축의 축사를 마다할 수 있겠소이까?

신랑 윤세주 군은 변변치 못한 시생의 문하에서 굴곡 많은 학창 시절을 보내면서 민족 교육을 받았고, 학업을 마친 뒤에도 지금까지 시생과 더불어 민족의 앞날을 걱정하며 조국 광복의 길을 찾아 더불어 동고동락하고 있으니, 새삼스럽게 이 자리에서 다시 첨언을 하지 않더라도 사정을 아시는 분들은 아마 잘 아시고 계실 것이올시다!

그러나 신랑은 그렇지마는 소박한 금슬지락과 운우지정(雲雨之情)을 꿈꾸면서 그를 낭군으로 맞이하여 백년해로할 가약을 맺기 위하여 이 자리에 선 신부한테는 안락한 혼인 생활에 앞서 새로운 인생 도전의 첫발을 내딛는 시발점이 될 수도 있는 오늘이기에 특별히 따로 당부할 말이 많은 것 또한 숨길 수 없는 사실이외다!

심산유곡 높은 산에서 흐르는 벽계수도 벼랑 끝으로 흘러가면 천인

단애의 장쾌한 폭포수가 되고, 광대무변한 들판으로 흘러가면 오곡백과를 풍성히 익게 하는 농민들의 젖줄이요 옥토의 생명수와도 같은 순탄한 도랑의 넉넉한 봇물이 되기도 하고, 또한 병풍처럼 사방을 가로막은 험준한 협곡과 암혈을 지나서 드디어 풍치 빼어난 명소에 이르러서는 평화롭고 고요한 호수의 명경지수가 될 수도 있는 것이외다!

인생의 길도 또한 이와 같은 바, 신랑 윤세주 군이 앞으로 어떠한 인생행로를 택하여 걸어갈 것인지는 순전히 본인이 부모님으로부터 배우고 스승으로부터 배우고, 또한 사회생활을 하는 과정에서 배우고 익힌 바에 따라 선택할 문제이겠으되, 부부는 일심동체라 하였으니 굳이 삼종지의 칠거지악을 논하지 않더라도 여필종부와 동고동락 하는 마음가짐으로 자랑스러운 신랑을 위해 성심 성의껏 내조해 달라는 부탁을 각별히 하고자 하는 바이외다!

또한, 신랑 윤세주 군도 오늘 이 자리에서 장맛이 다르고 가풍이 서로 다른 남의 집 귀한 규수를 아내로 맞이하는 이상, 금슬지락의 모든 책임을 아내에게 전가시킬 것이 아니라 미운 정 고운 정을 가릴 것 없이 다 함께 나누며 요조숙녀로서 가족의 일원이 되어 순탄한 시집살이를 영위할 수 있도록 각별한 배려를 아끼지 말아야 할 것이외다.

만장하신 하객 여러 분! 신랑 신부의 일가친척 여러 분!

여기 있는 이 한 쌍의 신혼부부야말로 미구(未久)에 우리의 찬란한 신춘을 장식하게 될 진정한 집안의 꽃이요, 나라의 꽃인 동시에, 민족의 새봄을 화려하게 장식하게 될 청춘의 꽃이라고, 그를 속속들이 알고 있는 시생이 어찌 그 말을 하지 않을 수 있겠소이까? 그러하기에 이들에게는 미래가 있고, 꿈이 있고, 열정이 있는 것이며, 또한 우리는 이들이 있기에 미래에 대한 무한한 꿈과 희망을 가지게 되는 것이올시다!"

을강 선생의 결혼 축사는 거의 반 시간 넘게 이어지고 있었다. 그러나 지루하다거나 짜증스럽다는 내색을 보이는 사람은 아무도 없었다.

양가의 일가친척들과 모든 하객들은 숨을 죽인 채 그의 시국 강연과도 같은 열띤 축사에 귀를 기울이고 있었으며, 바로 그 앞에 나란히 서 있는 신랑과 신부는 신탁을 받는 한 쌍의 제사장이라도 되는 것처럼 경건하고 엄숙한 자세로 자기 두 사람만을 위한 주례사로 받아들이기에는 너무 막중하게 느껴지는 그 사자후를, 그러나 새 출발하는 인생행로의 지표로 삼으려는 듯이 미동도 하지 않고 가슴 깊이 새기면서 귀담아 듣고 있었다.

을강 선생의 축사 다음 순서로 이어진, 신랑 우인 대표로 나선 설인길의 축사는 그 바람에 며칠 동안이나 연습에 연습을 거듭한 보람도 없이 거목에 가려진 어린 묘목처럼 그만 빛을 잃고 그냥저냥 넘어가는 꼴이 되고 말았다. 그래도 그의 축사가 끝났을 때, 하객들은 아낌없는 박수로써 성원해 주는 데에 인색하지 않았다. 혼인예배는 고삼종 목사의 축도와 장엄한 축하 찬송가의 합창으로 끝이 났다.

◇ 백가쟁명百家爭鳴

그 무렵, 서문껼의 신랑 집에서는 예배당 예식과는 별도로 아침 일찍부터 동네잔치가 벌어지고 있었다. 덩그렇게 높은 본채 앞의 드넓은 마당에는 초대형 차일이 하늘 높이 쳐져 있었고, 그 아래에 펴놓은 수많은 덕석들 초입에서는 이른 아침부터 혼주 측에서 각종 부조 음식들을 접수하느라고 부산하였으며, 일찌감치 잔칫상을 받은 마을 사람들은 곳곳에 진을 치고 마주 앉아 쇠고기를 넣은 떡국에다, 돼지 수육이며, 각종 기름진 전 붙이들과 잔칫술로 주린 배들을 채우면서 모처럼 포식의 즐거움을 만끽하고 있는 중이었다.

혼례식이 열리는 교회라는 데가 아직도 일반 사람들에게는 별로 친숙하지 않는 생경한 곳이었고, 거기서 있을 혼인 예배라는 것도 신랑 신부와 양가의 혼주들이 참가한 가운데 치르는 예수교인들의 종교 의식에 지나지 않는다는 소문이 나돌았기 때문이었다.

"사람이 오래 살다 보이 참 희한한 일도 다 보겠제? 혼인 예배를 올리고 난 뒤에 그것하고는 별도로 우리네 방식대로 오늘 중으로 또다시 맞잔치를 한다 카이, 아무리 뒤집어진 세상이라지만 이 기이 도대체 무신 일이고?"

"대가 찬 신랑이 하도 원해서 그렇게 하기로 했다 안 카나!"

"하기사 아쉬울 것 없는 부잣집이니 막내아들이 한사코 원하는 일이라 카모, 무신 소원인들 몬 들어 주겠노?"

"하모, 우리사 굿이나 보고 떡이나 묵으면 되는 거 앙이가!"

나중에 혼인 예배를 마치고 나서 맞잔치로 신랑 집으로 와서 폐백을 올린다니, 일이 이렇게 된 바에야 차라리 맛좋은 잔치 음식이나 실컷 먹으면서 그때에 신부 구경을 하는 것이 더 낫겠다며 모두들 나들이옷을 갈아입고 삼삼오오 짝을 지어 신랑 집으로 직행한 것이었다.

사실, 마을 사람들 중에는 애시당초 굿보다는 떡에 관심이 많은 사람들도 없지 않았을 것이다. 양심이 있는 사람들이야 그럴 리가 없겠지만, 개중에는 종일토록 잔칫집에서 눈치껏 비비적거리면서 평소에는 구경도 할 수 없었던 온갖 기름진 음식으로 삼시 세 끼 모두를 해결하고 가려는 낯 두꺼운 사람도 얼마든지 있을 수 있었다.

하기야 설 추석 명절이나 이런 혼인 잔치, 회갑 잔치 때가 되면 거지들은 말할 것도 없고, 지나가는 낯선 길손들까지 불러서 술과 음식 대접을 하여 보내는 것이 우리네의 풍습이다 보니 베푸는 쪽이나 얻어먹는 쪽이나 그런 것까지 신경 쓸 일은 아니었다. 게다가, 신랑 윤세주가 온 성내 사람들이 다 아는 유명 인사인 데다가 살림살이가 넉넉한 윤시종 댁에서도 그 점을 고려하여 동네잔치를 할 요량으로 특별히 온갖 음식들을 풍성하게 장만했다는 풍문이고 보니, 입에 착착 감기는 잔치 음식으로 종일토록 포식의 즐거움을 누리게 된 마을 사람들이야말로 너나없이 먹을 것 많은 동네잔치의 주역이 된 셈이라고 해도 과언이 아닐 터였다.

이렇게 온 동네 사람들이 남녀노유 할 것 없이 포식을 즐기게 되어 한결같이 들떠 있는 가운데 안채에서는 구고례(舅姑禮)라고 하는 폐백 준비가 한창 진행되고 있었다. 원래부터 구고례는 신부가 처음 시집으로 신행을 와서 치르는 의례 절차였지만, 예배당 혼례를 치르고 다시 맞잔치를 하게 되는 바람에 혼인 예배를 보지 못한 마을 사람들에게는 나중에 있을 신랑 집 잔치 때의 폐백이야말로 신랑 신부를 구경할 수 있는 좋은 기회였기 때문에 거기에 대한 관심이 그만큼 지대할 수밖에 없었다.

폐백이 치러질 본채의 안방에서 상차리기가 끝났는지 드디어 분합문이 활짝 걷어 올려졌다. 잔치 음식으로 기름기가 다 빠진 주린 창자를 가득 채우고 마당에 뛰어놀던 아이들이 제일 먼저 그쪽으로 우르르 몰려들었다. 그러자 이제나저제나 하고 부엌 근처의 멍석에 둘러앉아 주린 배를 채우고 있던 마을 아낙네들도 서둘러 일어나서 치마 말기를 치켜 올리면서 염치 불구하고 그쪽으로 종종걸음을 친다. 그리고 마당의 차일 밑에서 거나하게 술잔을 기울이며 포식을 즐기고 있던 남정네들도 무심한 척하면서도 저마다 폐백 상이 차려진 안방 쪽을 연신 힐끔거리고 있었다.

고급스러운 화문석이 깔린 안방에는 색깔도 화려한 원앙 화조도 병풍이 둘러쳐져 있었고, 전통 소목장이 공을 들여 만든 통영산 자개상 위에는 신부 집에서 보내 온 청색·홍색의 폐백보로 싸서 묶은 폐백 물품들이 하늘에 바치는 신물처럼 정갈하게 차려져 있었다.

폐백 상에 차려진 폐백보 안에는 통상적으로 신부 집 잔치 때 대례상에도 차려지기 마련인 부귀다남을 상징하는 밤과 대추를 비롯하여 닭과 술이며 고기는 말할 것도 없고, 시어머니의 입을 달라붙게 만든다는 엿 등의 폐백 음식을 담은 폐백반이 들어 있을 것이다. 그리고 다른 한 쪽 보에는 시댁 식구와 친인척들에게 나누어 주기 위하여 신부 집에서 성의껏 마련한 값비싼 여러 가지 옷가지들이며, 버선들을 비롯한 각종 예단 물품들이 잔뜩 들어 있을 것이다.

폐백 상을 구경하려고 몰려든 마을 아낙네들은 그 속에 들어 있을 폐백 물품에 지대한 관심을 나타내면서 자기네들 끼리 예단 물품에 대한 짐작들을 귀엣말을 주고받으며 폐백이 시작되기를 초조하게 기다리고 있었다.

"신부 십도 신랑 집 못지않게 살림살이가 넉넉하다 카이 폐백 물품도 대단하겠제?"

"그기이사 보나 마나 뻔한 일 앙이가? 살림살이도 살림살이지만, 진양 하씨라 카모 행신하는 양반 집안이니 우리가 평생 가야 귀경도 몬할 온갖 예단 물품들이 다 들어 있을 기이구마는!"

그러나 예배당 예식을 끝낸 신랑 신부가 구경하러 나온 동네 아이들을 뒤에 달고 대문간에 나타난 것은 그로부터 한 시간도 훨씬 더 지난 점심때가 거지반 다 되었을 무렵이었다.

오늘 잔치의 주인공인 신랑 신부가 양가의 상객과 수많은 하객들을 뒤에 달고 대문간에 당도하자 문지방 안쪽의 마당 바닥에 불붙은 짚단이 서둘러 놓였으며, 신랑 신부는 그것을 나란히 밟고 안으로 들어섰다. 뒤따라 온 잡귀들을 물리치는 액막이 절차인 것이다. 원래 이런 절차는 초례를 치르기 위하여 신부 집으로 친영(親迎)을 간 신랑이 초례청으로 들어설 때 거치게 되는 게 상례였지만, 오늘은 예배당 예식을 올리게 되는 바람에 교회 가까이 있는 신랑 집에서 폐백을 먼저 올리는 김에 액막이 절차도 함께 행하게 된 것이었다.

짚단을 밟고 들어온 신랑 신부는 신랑 집의 풍습에 따라 조상께 참배를 드리는 묘현(廟見) 의식부터 먼저 행하기 위하여 사당이 있는 뒤란으로 향하였다. 그러자 이제 곧 폐백을 올리게 될 본채의 여섯 칸 대청마루에서는 초석 꽃돗자리가 서둘러 펼쳐지고, 집안 곳곳에 있던 구경꾼들이 앞을 다투어 그쪽으로 우르르 밀려들면서 잔칫집 마당은 갑자기 술렁거리기 시작하였다.

한편, 점심을 먹고 초례를 올리기 위하여 창녕면 수정리의 신부 집으로 신행을 갈 때 따라 갈 우인 대표들은 바로 신랑 집 앞 토담 너머에 있는 김원봉네 집 사랑방으로 몰려가 그곳에서 거창하게 차려놓은 우인대표 잔칫상을 받고 있었다. 그리고 예배당 예식에 참가한 귀빈들은 특별히 마련된 큰상을 받기 위하여 각기 오늘 잔치에서 행한 역할과 신분에 따라 본채로, 사랑채로 귀빈 접대를 맡은 신랑 집 측 췌객(贅客)들의 안내를 받으며 각기 흩어져 갔고. 뒤따라 온 일반 하객들도 마당 차일 밑에 차려진 잔칫상으로 몰려가서 삼삼오오 자리를 잡고 앉기에 바빴다.

양가의 상객들은 당연히 안채에서 별도로 차려진 혼주용 큰상을 받게 되어 있었지만, 혼인 예식을 집전한 고삼종 목사를 필두로 밀양읍교회의 장로이자 재정위원장인 죽명 선생과 교회의 여러 장로들은 폐백이 치러질 본채와 뚝 떨어진 사랑채로 안내되어 윤희규 선생의 처소에 특별히 차려놓은 귀빈용 큰상을 받게 되어 있었다. 그리고 밀양면장 이성희를 비롯한 각종 경제 산업 단체의 유지급 인사들은 바로 그 옆방에서 그에 못지않게 상다리가 부러지도록 차려놓은 잔칫상을 받게 되었다.

고삼종 목사와 동료 장로들이 안내인의 영접을 받으며 귀빈용 큰상이 차려져 있는 윤희규 선생의 처소로 들어간 후에도 오늘 예식을 앞장서서 주관한 죽명 선생은 특별히 내빈 축사를 하였던 을강 선생을 기다리며 사랑 중문 밖에서 뒷짐을 지고 오락가락 서성이고 있었다. 그가 애제자의 특별한 부탁으로 내빈 축사를 한 만큼 본인이 알아서 스스로 이쪽 방으로 와 주면 좋으련만, 청빈하고 겸손하기 짝이 없는 양반이라 그렇게 할 까닭이 없는 것이다.

아니나 다를까. 죽명 선생의 예상은 과연 빗나가지 않았다. 죽명 선생이 한눈을 파는 사이에 왁자지껄하게 떠들어대며 한꺼번에 밀려든 각급 기관장들 틈에 섞인 을강 선생이 어느 새 중문 안으로 들어서서 저만큼 걸어가고 있었던 것이다.

"허허! 이보시오, 을강 선생! 어디로 가십니까? 이리로 오시질 않고!"

뒤쫓아 가면서 부르는 죽명 선생의 목소리에 주춤하고 걸음을 멈춘 을강 선생은, 그러나 이런 일이 벌어지리라는 걸 이미 예상하고 있었던 듯, 이쪽을 향하여 그러지 말라고 손을 내젓는 것이었다.

"아니, 왜 그러십니까? 이쪽 방으로 빨리 오시래두요!"

뒤처졌던 몇몇 유지들이 옆을 지나쳐 가면서 무슨 일인가 하고 힐끗힐끗 쳐다보았고, 몇 걸음 뒤쫓아 간 죽명 선생은 남 보기에 민망하여 어정쩡하게 서 있는 을강 선생에게 어서 오라고 연신 손짓을 한다.

"죽명 선생의 호의는 고맙소만, 시생이 언감생심 귀빈용 큰상을 받을 만한 주제가 되어야 말이지요!"

을강 선생은 몇 걸음 다가왔으나 아무래도 내키지가 않는지 난색을 표명한다.

"허허, 무슨 말씀을 하시는 겝니까? 신랑의 간절한 부탁으로 가슴 뭉클한 감동적인 내빈 축사까지 하시고서…. 자꾸 이러시면 신랑 집에서도 섭섭하게 생각할 겝니다!"

죽명 선생은 을강 선생이 한사코 사양하더라도 신랑의 은사로서 특별히 신경을 써서 내빈 축사를 한 만큼 혼인 예배를 주관한 교회 측 인사들과 함께 특별히 차려놓은 귀빈용 큰상을 받도록 그를 예우하는 것이 혼인 예배 준비를 주선한 원로 장로이자 재정부장으로서의 마땅한 도리라는 생각을 가지고 있었다. 그리고 사실 운사의 병원 개업식 날 피로연이 파한 후에 중산이 을강 선생을 따라 가서 밀담을 나누었던 일의 결과가 궁금하여 을강 선생의 얘기를 직접 한번 들어 보고 싶은 바도 없지 않았다.

하지만 을강 선생은 이와 같은 죽명 선생의 의중을 아는지 모르는지 몸에 밴 겸손함으로 다시금 사양의 뜻을 나타내었다.

"보잘것없는 축사를 한번 한 것이 무슨 대수라고 민망하게 자꾸 이러시는 겝니까?"

"허허! 을강 선생도 참, 모두들 대단한 주례사였다고 찬사가 자자한데 무슨 말씀을 하시는 겝니까?"

"아니올시다! 시생을 각별하게 생각해 주시는 죽명 선생의 말씀은 고맙소만, 오늘은 애제자의 혼인 잔칫날이니 시생도 축하주를 아니 마실 수가 없지 않겠습니까? 사정이 이러하니 이 정도로 아시고 그만 시생을 놓아 주시구려!"

이때까지만 해도 죽명 선생은 정말로 그가 예수교인들이 술을 마시지 않기 때문에 자기들과 합석하기를 꺼리는 것쯤으로 알고 있었다.

"우리는 교리에 따라 어차피 술을 못 마시게 되어 있지만, 귀빈용 잔칫상에는 내빈 축사를 하신 을강 선생을 위하여 찹쌀 동동주를 별도로 차려놓았다고 하더이다. 그러니 우리에게 신경 쓰실 것 없이 혼자서 즐겁게 축하주를 드시면 되지 않겠습니까? 자, 어서 가시지요!"

이렇게 손을 붙잡고 둘이서 한창 실랑이를 벌이고 있을 때였다.

"임은 품에 품어야 맛이고, 술은 권해야 제 맛이 난다더니만, 거 참 보기에 좋소이다!"

언제부터 거기에 그러고 서 있었던 것일까? 걸쭉한 목소리가 뒤에서 들려오기에 죽명 선생이 후딱 돌아다보니 언제 왔는지 검정색 고급 양복에 중절모까지 쓴 한춘옥 사장이 무슨 감시자나 되는 것처럼 바로 등 뒤에 떡 버티고 서 있었다. 그러고 보니 을강 선생은 진작부터 그의 모습을 지켜보고 있었던 모양이었다.

그러면 그렇지! 하는 생각에 죽명 선생은 몹쓸 짓을 하다가 들킨 사람처럼 뒤로 한 걸음 물러서면서 이렇게 변명 아닌 변명을 한다.

"허허, 한 사장의 눈에 보기가 좋다니 그나마 다행이구려! 내빈 축사를 하시느라고 애를 쓰신 을강 선생을 위하여 혼주 측에서 특별히 신경을 써서 찹쌀 동동주까지 귀빈 상에 차려놓았다는데, 이렇게 한사코 사양을 하시니 이거야말로 큰 낭패가 아닙니까!"

죽명 선생은 무연스러운 생각이 들면서도 은근히 한 사장의 도움을 기대하는 눈치였다. 그런데 뜻밖에도 한 사장의 반응이 남의 일에 시샘이 난 사람처럼 영 신통치가 않은 것이다.

"아, 그렇소이까? 대종교를 믿는 을강 선생께서는 애제자의 결혼을 축하해 주기 위하여 여러 동료분들과 더불어 취흥을 즐기면서 축하주를 드시고자 하시는데, 이상한 교리 때문에 술도 안 마시는 예수교의 원로 장로님께서 예수교인들이 모여 있는 냉랭한 방으로 억지로 끌고 가서 꿰다 놓은 보리쌀 자루처럼 고립무원의 신세를 만들 작정이십니까?"

"허허, 억지로 끌고 가려고 하다니요? 당치도 않은 말씀이외다! 사실대로 말씀 드리자면, 혼주 측의 부탁으로 그쪽에서 특별히 차려놓은 진수성찬을 드시도록 배려를 해 드리는 것이지요! 우리는 어차피 술을 안 마시는 사람들이니 그렇다 치고, 선생께서는 혼자서 축하주를 얼마든지 마셔도 되지 않겠습니까?"

"아니, 대황조 단군성신을 모시는 대종교 사교인 을강 선생더러 유일사상을 믿는다는 예수교인들과 합석한 자리에서 혼자서 술을 들게 하시려고요? 허허, 이거야 원! 사람이 오래 살다 보니 별 희한한 소리도 다 듣게 되는구려! 술을 안 마시는 교리를 가지고 종교 간의 우열을 가리자는 것은 아닐 터이고, 맨정신으로 냉랭하게 앉아 있는 예수교 교인들 틈바구니에서 대종교의 사교이신 우리 을강 선생더러 혼자서 맹숭맹숭하게 독작(獨酌)을 하라니, 특별히 내빈 축사를 하신 분을 위하는 인사 치고는 너무 가혹하지 않소이까? 그러니 술을 안 마시는 사람들하고는 아예 연회석에서는 상종도 하지 말라는 말이 있는 것이지요!"

갈수록 태산이라더니, 한 사장의 언사는 날짜를 잡아놓고 별렀던 사람처럼, 성격이 어지간히 무딘한 죽명 선생이 감내하기에도 어려운 지경에 이르고 있었다. 그것도 온 동네 사람들이 설레는 마음으로 흥청망청 즐기는 잔칫집에서 자기의 일도 아닌 남의 일을 가지고 이처럼 물고 늘어질 때에는 그만한 까닭이 있지 않겠느냐는 생각마저 들 지경인 것이다.

"허허, 오늘따라 한 사장님답지 않게 정말로 왜 이러시는 겝니까? 술이라면 나도 소싯적에는 먹을 만큼 먹어 보았소이다! 그러니 술을 안 마시는 사람들하고는 연회석에서 상종도 하지 말라는 말씀은 나한테 하실 얘기는 아닌 것 같소이다 그려!"

죽명 선생이 참다못해 노골적으로 불편한 심기를 드러내자, 한 사장은 그때까지 난감한 듯이 오도 가도 못하고 옆에 서 있던 을강 선생을 한번 슬쩍 쳐다보더니 더욱 기고만장해진 언성으로 보란 듯이 따지며 이렇게 되묻는 것이었다.

"내가 시방 죽명 선생더러 술을 못 마시는 사람이라고 하여 이러는 줄 아시는 겝니까?"

"허허, 참! 그렇다면 이렇게 하시는 까닭이 도대체 뭐란 말씀입니까? 싫은 소리를 들을 때는 듣게 되더라도 그 까닭을 알고나 들어야 하지 않겠소이까?"

"섭섭한 말씀이라고 하시었소? 나는 죽명 선생한테 섭섭한 감정은 일절 없소이다! 다만, 애제자의 혼인 잔칫날을 맞이하여 우리 주당들과 더불어 축하주를 마음껏 드시고자 하는 을강 선생을 그쪽 방으로 억지로 끌고 가 앉힌다는 것은 우리네 음주가들이 누리는 호쾌한 주연의 풍류를 모르고 취하는 처사 같아서 이러는 게 아니겠소이까?"

"글쎄요. 한 사장께서도 잘 아시다시피 을강 선생께서는 평소에도 술을 별로 좋아하는 분이 아니질 않습니까? 선생께서 그쪽 방으로 가서 애제자의 결혼 축하주를 드시겠다고 한 것도 취흥을 즐기려는 게 아니라, 당신을 위하여 이쪽 방에 차려 놓은 진수성찬을 사양하시려는 평계에 지나지 않지요. 그래서 내가 신랑 측으로부터 특별히 잘 모셔 달라는 부탁을 받은 바도 있고 하여 이러는 것인데, 이게 칭찬을 받았으면 받았지 지탄 받을 일은 결코 아니지요!"

"그야 칭찬을 받아야 마땅한지, 지탄을 받아야 마땅한지는 여기 있는 을강 선생한테 직접 한번 물어 보시면 더 잘 아시게 될 일이 아니겠소이까!"

죽명 선생으로서는 이해할 수 없는 말을 하면서 한 사장은 쉽게 물러설 기세가 아니었다.

"칭찬을 받아야 마땅한지, 지탄을 받아야 마땅한지를 을강 선생한테 직접 물어 보라니요? 아닌 밤중에 휘두르는 홍두깨도 아니고, 그건 또 무슨 말씀이시오?"

"그거야 결자해지로, 믿는 도끼에 남의 발등이 찍히게 만든 장본인한테 직접 한번 물어 보시면 잘 아시게 될 일이 아니겠소이까!"

사태가 이쯤 되자, 그때까지 한 사장이 하는 짓을 속 타는 눈으로 지켜보며 오도 가도 못하고 서 있던 을강 선생이 더 이상 못 참겠다는 듯이 앞으로 썩 나서는 것이었다.

"이보시오, 한 사장! 제발 그만 두시오!"

한 사장에게 버럭 역정을 낸 을강 선생은 죽명 선생을 향하여 눈에 띄게 상기된 얼굴로 마지못해 이렇게 자신의 입장을 표명하는 것이었다.

"죽명 선생! 아무래도 한 사장이 이런 날이 오기만을 작심하고 기다리고 있었던 것 같소이다! 한 사장께서 시생한테 결자해지를 해 주기 바라신다면 본인의 소원대로 해 드려야지 어쩔 도리가 없지 않겠습니까? 그러니 시생을 그만 내버려 두시고 일행 분들이 기다리고 계신 방으로 가서 마음 편하게 피로연을 즐기시지요! 자, 그럼 시생은 결례를 무릅쓰고 이만 먼저 실례하겠소이다!"

아마도 이 자리에 계속 있다가는 자기 때문에 애매한 죽명 선생만 더욱 난처한 지경에 놓이게 될 것이라고 판단한 것이리라. 을강 선생은 죽명 선생이 이해할 수 없는 그런 말을 남기고는 불한당이나 다를 바 없이 설쳐대는 한 사장을 거들떠보지도 않은 채 황망히 옆방으로 들어가 버리고 만다.

'결자해지는 뭐고 믿는 도끼에 남의 발등이 찍히게 만들었다는 말은 또 무엇이라는 말인가?'

죽명 선생이 그 내막을 몰라서 어리둥절하게 서 있는데, 이번에는 그토록 기고만장하여 설쳐대던 한 사장이 마치 악령의 주술에서 풀려나기라도 한 것처럼 천만 뜻밖에도 쓰고 있던 중절모를 벗어 들고 정중하게 허리까지 굽혀 보이면서 사과를 하는 것이다.

"이보시오, 죽명 선생! 남의 잔칫집에서 과도한 무례를 범하고 말았으니 너그러이 용서해 주시구려! 본의 아니게 놀라게 해 드려서 정말로 죄송하게 되었소이다!"

"…………?"

그렇다면 지금까지 그가 보인 상식 밖의 무례한 행동은 오로지 을강 선생을 음주가들이 모여 있는 자기네 방으로 데리고 갈 목적으로 꾸몄던 자작극이었더란 말인가? 죽명 선생은 갑자기 바보가 된 듯이 어리둥절하여 한 사장을 멍하니 쳐다본다.

"나는 무슨 일이 어떻게 된 것인지, 영문을 모르겠소이다."

"이게 다 서로가 마음 상하는 일이 없도록 하자고 고육지책으로 한 짓이니 너그러운 마음으로 좋게 이해해 주시구려!"

"아니, 한 사장! 갑자기 그건 또 무슨 말씀이시오"

죽명 선생은 크게 놀랐던 가슴이라, 그의 진정 어린 사과마저 불안한 기색이 역력하다.

"오늘은 우리 밀양이 자랑하는 애국 청년 독립투사인 윤세주 군의 혼인 잔칫날이 아니오이까? 사실은 오늘같이 뜻 깊은 날을 맞이하여 풍성하게 피로연 자리가 마련된 김에 우리 밀양면 유지들의 우의와 대동단결을 도모하기 위한 뜻 깊은 시간을 한번 가져 볼 생각입니다. 그러니 죽명 선생께서는 우리의 일에 대해서는 아무 신경 쓰지 마시고 혼인 예배를 위해서 수고하신 그쪽 귀빈들끼리 좋은 시간을 가지도록 하시지요!"

한 사장은 자기의 뜻대로 된 것이 천만다행이라 싶었는지, 죽명 선생을 혼자 남겨 둔 채 을강 선생의 뒤를 따라 동료 유지들이 가득 들어차 있는 저쪽 방으로 뛰는 걸음으로 사라진다.

그동안 두 사람 사이에 도대체 무슨 일이 벌어지고 있었던 것일까? 뒤에 홀로 남은 죽명 선생은 밀양면의 모모한 유지들이 다 모여 있는 방에서 이제 곧 벌어지게 될 이런 저런 상황을 상상해 보면서 한참 동안 움직일 줄을 모르고 그 자리에 우두커니 서 있었다. 한 사장의 말이 진실이라면 을강 선생이 있는 자리에서 진작부터 떳떳하게 얘기해도 될 일을 왜 굳이 을강 선생이 방으로 들어간 연후에야 이렇게 자신의 의도를 밝히는 것일까?

죽명 선생이 쉽게 자리를 뜨지 못하고 그런 생각에 젖어 있을 때, 한 춘옥 사장 특유의 걸쭉한 목소리가 왁자지껄하게 떠드는 소리와 함께 저쪽 방에서 그의 귀에까지 들려왔다.

"자, 잠깐만 주목들 해 주시오! 본의 아니게 이렇게 한 발 늦어지고 말았소이다! 그리고 보니 오늘 이 자리에 우리 밀양면을 떡 주무르듯이 주무를 수 있는 여러 기관장들과 재력가들이 한 사람도 빠짐없이 다 모인 것 같구려! 우리가 이런 회합을 갖기도 어렵거니와 이렇게 상다리가 부러지도록 차려진 잔칫상을 앞에 놓고 흥청망청 먹고 마실 기회를 얻기도 그리 쉬운 일이 아니질 않소이까? 그러니 오늘은 모두들 허리띠를 풀어놓고 윤 시종 댁의 기둥뿌리가 다 뽑힐 때까지 실컷 마시고 자시고 하면서 그동안 못다 푼 회포를 풀면서 거나하게 한번 대취해 봅시다. 까짓것! 잔칫집 술로 성이 차지 않으면 이차 삼차는 기생집이든 요릿집이든 이 한춘옥이가 원하시는 대로 모시고 가서 책임을 지고 한 턱 내겠소이다!"

한 사장이 방 안으로 들어가기만 하면 한바탕 소동이 벌어질 줄 알았는데, 오히려 이차 삼차는 자신이 모두 다 책임지고 한 턱 내겠다며 저렇게 호기를 부리다니, 이것은 또 무슨 조화란 말인가? 그렇다면 오늘같이 좋은 피로연 자리가 마련된 김에 우리 밀양면 유지들의 우의와 대동단결을 도모하기 위하여 뜻 깊은 시간을 가져 볼 생각이라던 한 사장의 말이 진정코 헛소리가 아니었더란 말인가?

죽명 선생은 혼란스럽기 짝이 없었다. 그렇다면 한 사장이 을강 선생이 보는 앞에서 자기에게 과하게 객기를 부린 까닭이 고작 을강 선생을 자기네 방으로 데려갈 목적에서 나왔다는 얘기가 되는 것이다.

그러다가 죽명 선생은 운사 손태준 군의 병원 개업식 날, 연단 위에서 자기에게 인사를 하고 내려가는 중산을 보고 저 귀골풍의 젊은 선비가 누구냐고 각별히 관심을 가지고 묻던 한 사장의 모습을 떠올린다. 그때, 자기는 서른도 안 된 젊은 나이에 큰댁 형님을 대신하여 당주 역할을 당차게 수행하며 대단한 역량을 보이고 있다고 한바탕 장조카 자랑을 늘어놓지 않았던가! 그리고 보니 그날 병원 안에서 베풀어진 피로연 자리에서도 시종일관 중산의 일거수일투족을 지켜보던 한 사장의 심상치 않던 모습이 새삼스럽게 뒤통수를 치면서 후딱 떠오르는 것이다.

그렇다면 그날 피로연이 파한 후에 중산이 을강 선생을 따라 가 은밀히 만났던 일도 한 사장이 이미 예상하고 있었던 것은 아니었을까? 그래서 그들의 뒤를 밟고 가서 둘이서 나누는 밀담 얘기를 몰래 엿듣기라도 했더란 말인가? 그러지 않고서야 결자해지라는 말을 들먹이며 믿는 도끼에 남의 발등이 찍히게 만들었다며 장본인인 을강 선생한테 그 까닭을 직접 한번 물어 보면 더 잘 알게 될 것이라고 할 까닭이 없지 않은가?

밖에서 죽명 선생이 이렇게 지난 일들을 하나하나 돌이켜보면서 한 사장이 남기고 간 의혹의 실마리를 풀어 보려고 애 쓰고 있을 때, 한 사장을 피해 방으로 도망치듯이 들어갔던 을강 선생은 유가(儒家) 출신으로 인품이 넉넉한 이성희 면장과 밀양면 협의회의 박장억 사이에 자기를 잡고 언제 그런 일을 겪었느냐는 듯이 시치미를 떼고 앉아 있었다.

하지만 평소에 바늘과 실처럼 조국의 독립을 위해서 뜻을 함께 하였던 한 사장에게 황당하기 짝이 없는 일을 겪은 을강 선생은 그가 뒤따라 들어와도 그쪽으로는 일체 시선을 보내지 않고 있었다.

방 안에는 방금 한 사장이 말한 것처럼 그야말로 상다리가 부러지도록 진수성찬이 차려져 있었고, 먼저 들어온 유지들은 저마다 뜻이 통하는 사람과 짝을 이루어 기다란 잔칫상을 가운데 두고 사방으로 빙 둘러 앉아 있었다. 영남의 손꼽히는 재력가로 소문이 난 거부답게 한바탕 호기를 부린 한춘옥 사장은 자신이 앉을만한 자리를 찾아 이리저리 살피다가 일부러 을강 선생의 맞은편으로 가서 이영집과 김래봉 사이에 끼어들어 자리를 잡고 앉았다.

"자, 이제 오실 분들은 다 오셨으니 모두들 잔들을 가득 채우시지요!"

밀양면의 행정을 책임지고 있는 이성희 면장의 제의로 모두들 부산하게 옆 사람과 짝을 이루어 서로의 잔들을 채워 주기 시작하였다. 을강 선생의 잔에는 바로 왼쪽에 앉은 이성희 면장이 손수 술을 가득 채워 주었다. 혼인 예배에서 기억에 남을 만큼 감동적인 축사를 한 공로에 대하여 특별히 예우를 해 준 것이었다.

"신랑 윤세주 군의 창창한 앞날을 위하여 건배!"

이성희 면장이 자리에서 일어나 건배를 선창하자 모두들 잔을 높이 들어 건배를 외치고는 일제히 잔들을 입으로 가져간다. 드디어 을강 선생의 애제자인 신랑 윤세주 군의 혼인 잔치 피로연의 서막이 오른 것이다.

제각기 자신의 술잔들을 단숨에 비워 내는 것을 보고 이번에는 을강 선생의 오른편에 앉은 박장억이 잔을 높이 들어 건배를 제안한다.

"이렇게 좋은 날을 맞아 나도 건배를 한번 선창하겠소이다! 자, 모두들 상호간에 잔들을 채워 주시오!"

모두를 희희낙락 앞 다투어 잔들을 채우자 자리에서 일어난 박장억은 술잔을 높이 들고 더욱 큰 소리로 외친다.

"〈밀양청년독립단〉 만세!"

"〈밀양청년독립단〉 만세!"

축배를 든 그들은 일제히 박수를 치면서 기꺼워하였고, 피로연의 분위기는 바야흐로 뜨거운 열기를 내뿜기 시작하였다. 그러자 그때까지 기회를 엿보고 있던 한춘옥 사장이 자리에서 슬며시 일어나는 것이었다.

"자, 이렇게 흥청망청 즐거운 술좌석에서 어찌 음주 예찬론을 주창하지 않을 수가 있겠소이까? 이 한춘옥이가 들어서 알고 있는 음주론(飮酒論)에 의하면, 술꾼들한테도 등급이 있다고 하더이다! 몇 잔 술에 해롱거리면 술자리에 끼어서는 안 되는, 허약 체질에 속이 뒤웅박처럼 좁은 주정뱅이 꽁생원에 불과하고, 그래도 남자로서 막걸리 한두 되쯤은 능히 마실 수가 있어야 주객(酒客) 축에 끼일 수가 있다고 하더이다. 그리고 한 자리에서 여러 되의 술을 연작(連酌)하고도 능히 주도(酒道)와 음주가의 품위를 지킬 수 있어야만 겨우 주당(酒黨)의 반열에 들 수가 있으며, 또한, 말술을 마시고도 몸을 바로 세우고 헛소리를 하는 법 없이 주도를 온전하게 지킬 수 있어야 다음 단계인 주걸(酒傑)이 될 수 있다고 하더이다. 그러니 우리도 그런 상식쯤은 알고서 술을 마셔야 모름지기 양식 있는 음주가로서 좌중의 취흥을 깨는 일 없이 제대로 된 풍류의 멋을 누릴 수 있게 되지 않겠소이까?"

그 소리는 마치 술을 별로 좋아하지 않고, 또 잘 마시지도 못하는 을강 선생을 의도적으로 희롱하는 말 같기도 하였고, 그에게 말술을 먹이기로 작정하고 배수진을 치는 말 같기도 하였다.

"그렇다면 다음 단계는 없소이까?"

저쪽 끝에서 누군가가 큰 소리로 묻는다. 그때까지 축배를 들고 절반쯤 남겨 두었던 술로 이따금씩 입술을 축여 가며 음주의 흉내를 내고 있던 을강 선생이 누군가 하고 소리가 난 쪽을 바라보니 잠사업을 크게 하고 있는 안삼득이 얼큰하게 술기가 도는 얼굴로 이쪽에 서 있는 한 사장을 바라보고 있는 것이다.

"아니지요! 일 년 내내 날이면 날마다 발술을 슬기면서 사는 주신(酒神)이 있고, 그 위에 음주가의 최고 단계인 주선(酒仙)이라는 자리가 있기는 한데, 예전에는 그 반열에 등극한 큰 인물이 있었지만, 지금은 그런 사람이 과연 있는지 없는지는 모르겠소이다!"

"예전에 있었다면 주선의 반열에 등극할 수 있었던 큰 인물은 도대체 어떤 사람이었단 말씀이오?"

저쪽에서 양조업자 송방우가 관심을 가지고 한 사장에게 묻는다.

"아, 그거야 일 년 삼백예순닷새를 두고 하루도 안 빠지고 장안 천지의 술집이란 술집은 다 뒤지고 다니면서 노상 술에 취해 살았던 중국 당나라 때의 음유시인(吟遊詩人)이었던 이태백(李太白) 선생이 아니겠소이까?"

"아, 천하의 술꾼 주태백이 말씀이오? 그렇다면 그 사람처럼 일 년 내내 술에 절어 살기만 하여도 주선이 될 수 있다는 말이 되는데, 여기에 있는 우리들이라고 해서 그 반열에 들지 못하라는 법이 없지 않겠소이까?"

살이 올라 기름기가 번질번질한 송방우의 얼굴에 자신만만한 호기가 철철 넘쳐흐르고 있었다. 술이라면 그 양을 가리지 않고 얼마든지 마실 수 있다는 자신감이 만든 호기였다.

하지만 한 사장은 어림없다는 듯이 대놓고 면박을 준다.

"술잔에 빠진 똥파리가 박장대소를 하고도 남을 그런 어림없는 소리는 아예 하지도 마시오!"

오늘따라 기세등등한 한 사장의 입이 전에 없이 좀 거칠다. 그는 일언지하에 송방우의 말을 그렇게 일축한 뒤, 득의만만한 언성으로 자신의 소신을 이렇게 덧붙이는 것이다.

"그렇게 천하의 이태백 선생이 어떤 존재인지를 모르고 있으니 날이면 날마다 양조장에서 술과 함께 살면서도 주선은커녕 주당 축에도 못 끼이게 되는 게지요! 모름지기 천하제일의 주선 자리에 등극하려면 일 년 내내 술에 취해 사는 것은 물론이요, 그만한 조건을 제대로 갖추어야 되지 않겠소이까? 청년거사 이태백 선생은 천하의 당명황이 보는 앞에서도 자신의 절창 명시를 청하고자 궁궐로 불러들인 그의 애첩 양귀비가 손수 따라 올리는 어주를 직접 받아 마셔 보지 않고서는 한 줄의 풍월도 떠오르지 않을 것이라며 당당하게 버티었다고 하더이다! 이태백 선생처럼 탁월할 문재와 함께 목숨도 두려워하지 않는 그와 같은 호쾌한 기상을 가진 천하의 남아대장부라야 감히 주선의 자리에 등극할 수 있게 된다, 이 말씀이외다 내 말은!"

"하지만 내가 알기로는 야월강상에 배를 띄워 희희낙락으로 풍월을 즐기던 천하의 이태백이도 물속에 잠겨 있는 달그림자를 건져 올리려고 하다가 그만 물에 풍덩 빠져 죽고 말았다고 하더이다!"

이번에는 이영집이 기고만장한 한 사장의 말에 또다시 어깃장을 놓고 나섰다. 욕심이 과하면 천하의 풍류객인 이태백도 물귀신이 되고 말았으니 영남 굴지의 재력가인 그에게 제발 체신을 지키면서 그만 좀 자중하라고 내뱉는 말이리라.

"물에 빠져서 죽다니, 천만의 말씀이요! 그분이 대취하여 주광을 부리다가 그리되었다면 그야말로 술에 취해 물에 빠져 죽은 '주태백이' 소리밖에 듣지 못했을 거외다. 허나, 이태백 선생은 술에 대취한 경황 속에서도 호쾌한 기상을 잃지 않고 그 물속의 달그림자마저 다 취하여

서 품에 안으려다가 그리 되었는데, 어찌 호걸다운 그런 기상을 두고 한낱 취중 객기 때문에 빚어진 사고로 폄하하신단 말씀이시오?"

거침없는 쓴 소리로 이영집의 입을 막아 버린 한춘옥 사장은 그 정도로 분위기를 잡아 놓았으면 되었다는 듯이 을강 선생 맞은편의 자기 자리로 돌아와 책상다리를 하고 앉는다. 그리고는 비어 있는 자신의 잔에 술을 가득 따라 을강 선생에게 권하면서 드디어 본색을 드러내기 시작하는 것이다.

"이 보소, 을강 선생! 보시다시피 우리 이영집 선생께서 불과 몇 잔의 술에 대취하였는지 저렇게 해롱거리면서 어림없는 말씀을 하고 계시니, 그것이야말로 진정코 주선의 세계가 뭔지를 모르고 하는 취중 주사(酒邪)가 아니고 무엇이겠소이까? 이태백 선생께서 강상풍월을 즐기면서 물속에 떠 있는 보름달을 건져 올리려고 한 것이나, 만인지상의 당명황 앞에서도 아무런 거리낌 없이 당당하게 양귀비의 술을 받아 마시고자 한 것은 자신의 뜻을 이루기 위해서는 죽음도 불사하는 천하 대장부로서의 호쾌한 기상을 보여 주는 좋은 본보기가 된다고 생각되는데, 우리 을강 선생의 생각은 어떠하시오이까?"

그것은 불세출의 시선(詩仙)이자 애주가로서 이름을 크게 떨쳤던 이태백의 일화를 통하여 술에 약한 을강을 형편없는 소인배로 몰아가 공개적으로 망신을 주려는 의도임이 분명해 보였다.

그러나 그의 의중을 꿰뚫고 있는 을강 선생은 그가 권하는 술잔을 받아 옆으로 밀어 놓고는 마시다 남은 자신의 술잔을 가만히 입으로 가져 갈 뿐, 아무런 대꾸도 하지 않는다. 그러자 그때까지 을강 선생 옆에서 잠자코 술잔을 기울이고 있던 유지 모임의 좌장격인 이성희 면장이 기고만장하여 설쳐대는 한 사장과 잘 마시지도 못하는 술잔을 입으로 가져가 마른 입술을 적시면서 행여나 파흥(破興)이 될세라 무 대응으로 자중하고 있는 것이 역력한 을강 선생을 번갈아 가며 쳐다보다가 한 사장에게 점잖게 묻는 것이다.

"이 보시오, 한 사장! 이태백이야 당나라 제일의 풍류객이었으니 그럴 수도 있었다 치고, 오늘 같이 즐거운 윤세주 군의 잔칫날 피로연 석상에서 술에 약하신 을강 선생을 앞에 앉혀 놓고 음주 예찬론을 쏟아놓으며 그런 질문을 굳이 하시는 까닭이 무엇인지 그게 더 궁금해지는구려."

이성희 면장은 아까 들어올 때, 죽명 선생이 혼주를 대신하여 주례사를 맡은 을강 선생을 귀빈상이 마련된 옆방으로 데리고 가려는 것을 한 사장이 우격다짐으로 둘 사이를 갈라놓으며 굳이 이쪽으로 데리고 오는 장면을 목격할 때부터 이상하게 여겼던 것이다.

"아, 그거야 이런 연회석에서 지켜야 할 주도(酒道)와 남아 대장부들의 풍류가 어떤 것인지를 제대로 알아야만 술을 좋아하는 우리 동료 유지들과 혼연일체가 되어서 제대로 화합할 수 있기 때문이 아니겠소이까?"

"말씀이야 그럴 듯하오마는…."

이성희 면장은 거침없는 한 사장의 기세에 말끝을 흐리면서 입맛을 쩝쩝 다신다. 그러다가 기어이 다시 한 마디 하는 것이다.

"화합을 위한 취흥도 중요하겠지만, 체질적으로 술에 약하신 우리 을강 선생의 입장도 좀 고려해 주시는 게 동료로서의 도리가 아니겠소이까?"

하지만 이런 기회를 기다려 온 한 사장은 그대로 물러설 기색이 아니었다.

"입장이 난처해질 때는 술이 최고지요! 적당히 오른 취기야말로 우리 모두의 화목을 북돋아 주는 명약이 아니겠소이까?"

이렇게 이성희 면장의 쓴 소리를 가볍게 받아 넘긴 한춘옥 사장은 마치 자신이 오늘 잔치의 혼주로서 이 피로연을 베풀고 있는 듯이 좌중을 돌아다니며 동료들에게 일일이 술을 따라 한 잔씩 권하면서 자기 주도적인 분위기를 띄워 가기 시작하였다.

그가 그렇게 모든 인사들과 일일이 대작을 하면서 좌중을 한 바퀴 돌고 났을 때였다. 그때까지 축배로 마신 두 잔의 술에 이어 좌중의 인사들이 앞 다투어 권하는 술을 조금씩 흉내만 내고 마시다 보니 어느새 얼굴이 붉어질 대로 붉어진 을강 선생이 한 사장이 하는 양을 잠자코 지켜보고 있다가 조심스럽게 몸을 가누며 자리에서 가만히 일어나는 것이었다.

"여러분! 시생도 하고 싶은 말이 있는데, 잠깐만 실례를 해도 되겠소이까?"

좌중의 모든 인사들이 대체 무슨 말을 하려고 저러나 하고 벌써부터 취기가 완연한 을강 선생의 모습을 안쓰럽다는 듯이, 그러나 호기심이 가득 찬 얼굴로 숨을 죽인 채 바라본다.

"방금 한춘옥 사장께서 흥청망청 즐거운 술좌석에서 어찌 음주 예찬론을 마다할 수가 있겠느냐고 하시면서 자칭 음주론이라는 것을 설파하셨는데, 그 얘기를 듣고 보니 왠지 마음이 편치가 않아 시생도 여러분들께 감히 한 말씀 드리지 않을 수 없게 되었소이다. 여러 분들께서도 잘 아시다시피 시생의 허약한 체질은 막걸리 한두 잔만 들어가도 제대로 감당하지 못하여 얼굴이 이렇게 연시처럼 붉어지고 화끈거리기만 하니, 면구스럽고 만망하기 짝이 없소이다. 그런데 방금하신 한 사장의 말씀을 들어 보니 혹여 윤세주 군의 결혼을 축하하는 이 뜻깊은 주연 자리가 술에 약한 시생 때문에 파흥이 되지 않을까 하여 여간 부담스럽지 않소이다. 시생 역시 윤세주 군의 혼인을 축하해 주고 싶은 마음만은 여러분들과 조금도 다를 바 없사오나 술에 약한 체질 때문에 일일이 술잔을 건네며 대작해 드리지 못하더라도 섭섭하게 생각지 마시고 너그럽게 이해해 주실 것을 미리 당부 드리는 바이올시다."

몇 잔의 술로 남 먼저 시뻘겋게 취기가 오른 을강 선생은 자세가 흐트러지지 않도록 애를 쓰면서 자중의 얼굴 표정들을 하나하나 살펴보다가 자기를 언짢게 여기는 사람이 한 사장 이외에는 달리 없다는 사실을 확인하고 나서야 다시 말을 잇는다.

"그리고 일어난 김에 한 말씀만 더 드리겠소이다. 조금 전에 한 사장께서는 주도(酒道)를 제대로 알아야만 오늘 이 술자리의 진정한 의미를 알 수 있다고 하셨는데, 시생도 그 말씀에 별다른 이의를 달고 싶은 생각은 없소이다. 허나, 한 사장께서 말씀하신 청련거사(靑蓮居士) 이태백 선생의 얘기 중에서 천하의 당명황이 보는 앞에서 그의 애첩 양귀비가 손수 따라 주는 마시지 않으면 한 구절의 풍월도 떠오르지 않을 거라며 버틴 것을 두고 마치 천하의 호걸인 양 추켜세우는 한 사장의 주장에 대해서는 결코 동의할 수가 없다는 점을 여러분들 앞에서 감히 말씀 드리고자 하는 바이올시다. 청년거사 이태백 선생이 후세 사람들로부터 불세출의 천재 시인이자 다시없는 애주가로서 널리 회자될 수 있었던 것은 자신이 취하고자 하는 바가 있으면 죽음도 불사하는 호쾌한 기상 때문이 아니라, 남 다른 애주가로서 얼큰한 취중이라야 절창의 풍월을 거침없이 쏟아낼 수 있는 독특한 그의 체질 때문이라는 사실은 알 만한 사람은 다 알고 있는 사실이 아니오이까? 그리고 야월강상에 배를 띄워놓고 음주 풍월을 즐기는 중에 수중의 보름달을 취하려다가 물귀신이 되고 만 것도 실상과 허상을 분간치 못하는 인간의 과욕이 얼마나 위험하고 부질없는 짓인가를 여실히 보여 주는 한낱 고사에 불과할 뿐이지요. 그런데, 실상과 허상을 분간치 못하고 물속의 보름달을 건져 올리려고 무모한 만용을 부리다가 물귀신이 되고 만 그 양반이 마치 대장부의 호쾌한 기상을 보여 주는 귀감인 양 미화시킨다는 것은 그야말로 아전인수격의 해석에 불과하다는 것이 시생의 생각이지요! 그러니 이 자리에 계신 우리 지역의 유지 여러 분들께서는 취흥도 좋고 취중 만용도 좋지만, 주량을 가지고 사람의 품격을 논한다는 것은 결코 옳은 일이 되지 못한다는 사실도 좀 알아 주셨으면 좋겠소이다!"

작심하고 자신의 소신을 장황하게 밝힌 을강 선생은 얼굴이 벌게진 한춘옥 사장이 무언가 반론을 제기하려고 하자 마지막으로 거기에 쐐기를 박듯이 이렇게 덧붙이는 것이었다.

"그리고 이태백 선생이 타의 추종을 불허하는 시선(詩仙)으로서 오늘날까지 세상의 모든 문인·애주가들로부터 다시없는 주선(酒仙)으로 널리 회자될 수 있었던 것도 사시사철 술독에 빠져 살았대서가 아니라, 취중에서도 주옥같은 절창들을 끊임없이 쏟아내는 불세출의 문재적(文才的) 역량을 유감없이 발휘하였기 때문이 아니겠소이까? 그러니 한 사장께서 주장하신 바와 같이, 물불을 가리지 못하는 호기 어린 무모한 만용과는 아무런 상관이 없다는 사실을 거듭 말씀드리면서, 시생이 이런 말씀을 드리는 것도 내 소신에 따른 판단이 그저 그렇다는 것일 뿐, 한 사장에 대한 별도의 사적인 감정이 있어서가 아니란 점도 아울러 알아 주셨으면 좋겠소이다!"

초연한 자세로 이어 나간 을강 선생의 이 반론은 아까 혼인 예배에서 사자후를 토해내며 행하였던 축사에 미치지는 못했으나 실상과 허상을 구분하지 못하는 인간의 과욕이 얼마나 무모한 것인가를 환기시켜 주는 동시에, 구차하게 이태백의 예를 들어 가며 술에 약한 자신을 견제하려고 하는 한 사장의 숨은 의도를 무력화시키기에는 아무런 손색이 없었다.

그러자 얼큰하게 술을 걸친 좌중의 인사들이 너도 나도 옳소! 옳소! 지당하신 말씀이오! 하는 감탄사와 함께 요란한 박수소리가 여기저기서 터져 나왔다. 아마도 아까 예배당에서 사자후로 토해 내었던 그의 축사를 듣고 느꼈던 감동이 아직도 남아 있었던 탓이리라.

그 바람에 은근히 속이 뒤집어진 한 사장은 할 말을 찾지 못한 채 여러 잔의 술을 연이어 철철 넘치게 따라 벌컥벌컥 마시고 있는 것으로 보아 어지간히 속이 상한 모양이었다. 그가 그렇게 심상치 않은 조짐을 보이자 밀양면장 이성희가 좌중을 향하여 언성을 높여 가며 분위기 수습에 나서는 것이다.

"자, 잠깐 주목들 해 주시오! 오늘 한 사장과 을강 선생께서 하는 애기를 들어 보니 같은 사실을 두고도 그것을 바라보는 사람의 시각에 따라서는 천양지차가 있다는 사실을 새삼스럽게 절감하게 되었소이다. 그러니 오늘 같이 좋은 날 남의 나라 술꾼 얘기를 공연히 끄집어내어 축하연의 분위기를 이렇게 어색하게 만들 게 아니라, 우리 모두가 자기의 분수를 알고 은인자중, 좌고우면하는 마음으로 대작을 하면서 신랑 윤세주 군의 앞날이나 마음껏 축복해 주도록 하십시다. 그래야 이런 자리를 마련해 준 혼주에 대한 최소한의 도리가 되지 않겠소이까?"

말을 마친 이성희 면장이 동의를 구하듯이 좌중을 둘러보자 모두들 박수를 치면서 열렬하게 호응을 하는 바람에 한 사장은 그만 코가 납작해지고 말았다.

"한 사장의 음주론도 물론 재미있었지만, 아까 예배당에서 행하신 을강 선생의 축사는 정말로 대단했소이다. 듣고 있자니까 절로 가슴이 울컥해지면서 눈물이 다 나오더라니까요!"

들고 있던 술잔을 단숨에 들이켜고 나서 떠드는 이영집의 말이었다.

"그러게나 말이오! 언변이라면 이 자리에서 을강 선생을 당할 자가 있겠소이까? 청빈하고 고매한 인품에다 듣는 이의 마음을 사로잡는 언술까지 갖추었으니 을강 선생한테 배운 우리 밀양의 청년들이 하나같이 장래가 촉망되는 독립투사의 재목감으로 성장한 것이 결코 우연히 아니라는 사실을 오늘에야 비로소 깨닫게 되었소이다!"

이렇게 호응을 하고 나선 김래봉은 자기 앞에 있던 식혜 그릇을 들고 숫제 을강 선생 쪽으로 걸어온다.

"이 보소, 을강 선생! 한 사장이 한 이태백의 얘기는 주연의 분위기를 띄우려고 한 것이니 그리 마음 쓰실 것 없습니다. 자, 그런 의미에서 감주도 술은 술이니 내 술도 한 잔 받아 주시구려!"

을강 선생이 김래봉의 식혜를 사양치 않고 받아 마시는 것을 보고 오른편에 앉아 있던 박장억도 자기의 잔에 식혜를 가득 따라 을강 선생에게 권하였다. 그렇게 이 사람 저 사람 할 것 없이 모두들 앞 다투어

술 대신 식혜를 권하는 바람에 을강 선생은 그것을 일일이 받아 마시느라고 배가 터질 지경이 되고 말았다.

그는 그렇게 식혜를 받아 마시면서도 인사말 이외에는 더 이상 아무런 말이 없었다. 이성희 면장 때문에 기세가 꺾여 버린 한 사장도 차츰 취흥에 빠져 들어가면서부터 아까의 일에 대해서는 전혀 마음에 두고 있지 않는 듯이 보였다. 모두들 권커니 자시거니 하는 사이에 기산이 흐를수록 주연의 분위기는 점점 더해 가는 취흥 속에 그런 대로 거나하게 무르익어 가고 있었다.

방 안을 가득 채운 하객들 모두가 처음에는 지역 유지들답게 다들 체통을 지키면서 그런 대로 점잖은 모습들을 유지하고 있었으나 주연의 분위기가 무르익어 얼굴들마다 취기가 감돌기 시작하면서부터 저마다의 주벽(酒癖)들이 서서히 드러나기 시작하였다.

"이보소, 한 사장! 대취하기 전에 미리 말해 두는데, 나중에 딴소리하기는 일절 없어야 됩니다. 아셨소이까?"

아까 한 사장이 방으로 들어왔을 때, 자리를 내어 주고 옆으로 물러나 앉았던 이영집이 의기소침해 앉아 있는 맞은편의 한춘옥 사장에게 술잔을 건네면서 진담 반 농담 반으로 말을 걸었다.

"아니 뚱딴지 같이 그게 무슨 소리요?"

술잔을 입으로 가져가던 이성희 면장이 옆에서 묻자니까 이영집이 한 사장을 쳐다보더니 좌중이 모두 알아듣도록 목청을 돋워 외치는 것이다.

"아까 한 사장이 스스로 말하지 않았소이까? 요릿집으로 가든 기생집으로 가든 이차 삼차는 모두 자신이 책임지겠다고 한 약속 말이외다!"

그러자 그동안 자중하며 술에 흠씬 취해 가고 있던 한 사장도 가만히 죽치고 앉아 있을 수만은 없었던지 다시금 큰소리로 호쾌하게 자신의 의지를 과시하는 것이었다.

"아! 걱정도 팔자시구려! 남아일언은 중천금인데, 천하의 이 한춘옥이가 일구이언 하는 것을 보았소이까?"

술판이 무르익어 가면서 술은 술을 불렀고, 술잔들이 난무하는 속에서 남의 집 혼인잔치 피로연의 분위기는 마침내 그들 주당들의 사적인 술자리로 변모해 가기 시작하였다. 진탕나게 마시면서 곳곳에서 터져 나오는 이런저런 호기 넘치는 객담들과 함께 피로연의 분위기가 신랑 윤세주 군의 꿋꿋한 기상과 조국애 만큼이나 혼연하고 뜨겁게 무르익어 가고 있을 때였다. 좌중을 돌아다니면서 동료들과 개별적으로 뭔가 얘기를 하고 있던 한 사장이 드디어 을강 선생 앞의 자기 자리로 되돌아와 앉으면서 또다시 술을 따라 권하는 것이다.

"이보시오, 을강 선생! 내 술 한 잔 받으시오!"

을강 선생은 한 사장의 의도를 모를 리 없었으나 마지못해 좋은 듯이 그 잔을 받는다.

"고맙소, 한 사장!"

잔을 받아 단숨에 들이켠 을강 선생은 두 눈을 질끈 감으면서 진저리를 친다. 어지간히 술기가 오른 그는 오락가락 흔들리는 상체를 바로잡으면서 그 잔을 한 사장에게 도로 넘겨주고 술을 가득 따라 주고 나서 점잖게 한 마디 하였다.

"아까 시생더러 저쪽 방으로 가지 못하게 하신 한 사장의 뜻을 내 모르는 바가 아니나, 거듭 말씀 드리거니와 한 사장께서는 요즘 시생을 두고 무언가 크게 곡해를 하고 계시는 겝니다. 시생이 이쪽 방으로 오게 된 것도 다 그러한 한 사장의 오해를 불식시키고자 함이니 좋은 쪽으로 이해해 주시면 좋겠소이다. 한 사장이나 시생이 하는 일들이란 하나같이 왜놈들이 알아서는 결코 안 되는 너무도 민감한 것이라 아무데서나 거론할 수도 없는 노릇이고 하니…."

한 사장이 오해를 하고 있는게 분명한 중산과 단둘이 만나게 된 내막과, 만나서 생긴 일들에 대해 사실 그대로 밝힐 처지가 못 되었고, 또 그렇다고 마냥 피할 수도 없게 된 을강 선생으로서는 고육지책으로 해 보는 말일 수도 있었을 것이다.

"그거야 일방적인 을강 선생의 생각이시고…. 선생께서 그렇게 나오시니 나도 한 마디 하겠소이다! 방금 너무도 민감한 사안이라 아무데서나 거론할 수 없다고 하셨는데, 지당하신 말씀이외다. 허나 보시다시피 여기에 계신 모든 분들이 너나없이 선생께서 지도하시는 〈밀양청년독립단〉의 활동 자금을 기탁하였을 것이고, 또 나한테도 알게 모르게 독립군 군자금을 형편껏 기탁해 주신 분들이니 이 자리야말로 가장 안심하고 우리의 밀사(密事)를 논의할 수 있는 자리가 아니겠소이까?"

"새삼스럽게 밀사라니요?"

을강 선생은 그의 의중을 알면서도 짐짓 시치미를 떼면서 반문을 한다.

"거, 왜 이러시오? 만주의 독립군들에게 보낼 우리네의 군자금 모집도 충의 열사의 고장인 우리 밀양의 전통을 지키고 위상을 드높이는 일종의 지역 사업이라는 사실을 아셔야지요! 사정이 이러하니 을강 선생께서는 이전처럼 독립 일꾼의 양성과 지도에만 주력해 주시고, 만주에 가 있는 우리 독립군들의 군자금 지원 문제는 원래부터 내가 관장하던 영역이니까 지금까지 했던 대로 내가 도맡아서 해야 누가 봐도 순리에 맞는 일이라는 말씀이지요!"

을강 선생이 공개 석상에서 한 사장과 군자금 문제로 볼상 사납게 맞부딪치는 것이 싫어서 그런 문제는 이 자리에서 삼가자고 완곡하게 자신의 뜻을 밝혔음에도 불구하고 한춘옥 사장은 기어코 자신이 하고자 하는 얘기를 공개적으로 끌고 가겠다는 뜻을 아직도 버리지 못하고 있었다. 아마도 그 문제를 끈질기게 물고 늘어지는 것이 당사자인 을강 선생은 말할 것도 없으려니와, 다른 동료들에게도 앞으로 유사한 일이 벌어지지 않게 하려고 은근히 공개적으로 경고를 해 두겠다는 뜻도 다분히 내포되어 있는 것인지도 모를 일이었다.

하기야 그는 평소부터 조용하거나 겸손한 사람이 아니었다. 원래부터 남다른 사업 수완을 타고난 데다 자기의 누이인 한기순이 대원군 시절에 참봉의 벼슬로 영남 보부상 총책의 중임을 맡았던 경남 기장군 일광면 청광리 출신의 구성백과 혼인을 한 이후부터 그의 후원에 힘입어 밀양역 앞에서 미곡 무역상과 운수업, 비단가게, 정미소 등을 운영하여 자칭 타칭 밀양 최고의 갑부가 된 배포가 아주 큰 인물인 것이다.

그와 같은 막대한 재력은 입지전적인 인물로서 그를 영남 일대에서 명성을 크게 떨치게 하였고, 그 바람에 밀양의 모모한 기관 단체마다 거의 빠짐없이 임원으로 이름을 올려놓고 독립운동을 위한 자금 모집 및 지원과 각종 활동을 도맡아 하게 된 것이 현실이고 보니 사실 그의 눈에 거칠 것이 없게 된 것도 무리는 아니었다.

더구나 그의 생질인, 구성백의 아들 구영필이 황상규, 김대지 등과 밀양에서 결성하였던 〈일합사(一合社)〉를 일반 사업을 하기 위한 단체로 가장하기 위해 〈사회회사(社會會社)〉라는 명칭으로 만주에서 문을 열어 활동하다가 황상규, 김대지, 명도석과 함께 지난 1917년에 밀양을 다녀 가던 중 평양경찰서의 김태석이라는 조선인 경부에게 평양역에서 검문을 받다가 명도석은 달아나고 김대지와 함께 보안법 위반혐의로 체포되어 그해 5월에 평양 복심법원에서 재판에 회부된 뒤, 그곳 감옥에서 6개월간 복역한 바가 있었던 때이기도 하였다.

그리고 지난 연초에 만기 출소하여 부친과 외삼촌인 한춘옥 사장의 지원 하에 중국 봉천과 안동에서 우리 독립운동 단체들의 연락 교통기관인 〈삼광상회〉와 〈원보상회〉를 각각 설립하여 국내외의 정보 연락을 담당하면서 위장 사업을 펼치고 있었기 때문에, 한 사장은 자신의 재력과 명성을 바탕으로 모금한 군자금으로 구영필의 사업을 지원하고 있기도 하였던 것이다.

또한, 자신의 큰댁 조카인 한봉근과 그의 친구 김원봉이 독립운동에 뛰어들기 위해 만주로 떠나갈 때에 활동 자금을 대어 준 것도 향읍의 독립 운동 지원 인사들 사이에서는 공공연하게 알려진 비밀이 된 것도 그의 어깨에 더욱 큰 힘이 들어가게 해 주고 있었다.

을강 선생이 남들에게 말도 못하고 벙어리 냉가슴 앓듯이 내홍을 겪고 있는 것은 한춘옥 사장이 지난번에 밀양을 다녀간 신의주의 최웅삼 연락책과 결탁하여 밀양의 독립 군자금을 백산상회로 몰아주는 것으로 오해한 나머지, 노골적으로 견제와 항의의 의지를 드러내면서 눈에 불을 켜고 감시를 해 오고 있었기 때문이었다. 그리고 자신이 지도하고 있는 〈밀양청년독립단〉에 그의 생질인 한봉인이 포함되어 있다는 점도 을강 선생으로서는 항상 염두에 두고 있어야 문제이기도 하였다.

비단 그 뿐만도 아니었다. 지금 만주의 봉천과 안동에서 〈삼광상회〉와 〈원보상회〉를 운영하며 만주에 있는 여러 독립운동 단체들의 교통 연락기관 역할을 수행하며 한춘옥 사장이 국내에서 모집한 독립 군자금을 관리하고 있는 장본인이 다름 아닌 한 사장의 생질이라는 점도 을강 선생으로서는 은근히 신경이 쓰이는 대목이기도 하였다.

"전에도 말씀을 드렸지만, 나는 한 사장의 일에 대해 일체 상관한 적이 없습니다. 그러니 애매한 나를 잡고 시비를 걸 생각은 접으시고 주연이나 즐기도록 하시면 좋겠소이다."

을선생이 더 이상 대응하려고 들지 않자 한 사장은 심히 속이 뒤집어지는 듯, 언성을 높인다.

"을강 선생이 청빈하다는 것은 알만한 사람은 다 아는 사실이기도 하지만, 선생의 그 말을 내가 액면 그대로 믿게 생겼소이까?"

그러자 이성희 면장이 다시 나서는 것이다.

"이보시오, 한 사장! 가만히 듣자 하니 독립군 군자금 문제로 심사가 편치 않으신 모양인데, 오늘만은 참아 주시면 좋겠소이다 그려! 독립 군들을 지원하기 위한 군자금 문제는 어차피 주는 쪽이나 받는 쪽에서도 모두 비밀을 전제로 상대방을 전적으로 믿고서 행하는 바가 아니겠소이까? 그리고 아니 할 말로 국내에서 모금한 군자금이 독립군들에게 한 푼의 착오도 없이 제대로 전달되고 있는지도 당사자들끼리 만나서 일일이 금액을 대조해 가면서 확인해 보지 않는 이상 알 수 없는 일이지요! 그렇기 때문에 우리 모두가 군자금을 기탁할 때는 누구한테든지 당사자들을 전적으로 믿고 행하는 바이니 나는 되고 너는 안 된다고 할 일이 못 된다는 사실도 알아주셔야 할 거외다!"

보다 못해서 작심하고 내뱉는 이성희 면장의 말 속에는 한춘옥 사장이 새겨들어야 할 뼈가 숨어 있었다. 유지 모임의 좌장 격인 그로서는 한껏 표현한 말이었다. 아까 한 춘옥 사장이 쏟아낸 황당무계한 주선론도 그렇고, 이런 자리에서 철저한 기밀을 요하는, 민감하기 짝이 없는 얘기를 아무 거리낌 없이 내뱉는 상식 밖의 태도가 옆에서 보기에도 심히 거북했던 것이다.

"내가 듣기에도 우리 면장님의 말씀이 옳은 듯싶소이다! 한 사장님도 그렇고, 을강 선생도 그렇고, 두 분 모두 나라를 되찾는 일에 앞장을 서고 계시는 분들이 아닙니까? 그런데 마치 시장통의 장사꾼들이 사적인 이권과 영역 다툼을 벌이는 것처럼 이러쿵저러쿵 낯뜨겁게 언쟁을 하는 것은 동료인 우리가 옆에서 보기에도 심히 거북스럽습니다."

을강 선생의 왼쪽에 앉은 박장억이 거기에 뒤질세라 맞장구를 친다. 을강 선생을 가운데 두고 양쪽에 앉아 있는 두 사람이 이렇게 연이어 견제를 하고 나서자, 한 사장과 평소에 가까이 지내던 저쪽의 김래봉마저 동조하고 나서는 것이다.

"이보시오, 한 사장! 두 분의 말씀이 틀린 말이 아닌 것 같소이다. 더구나 오늘은 우리 밀양이 자랑하는 소년 독립투사 윤세주 군이 장가를 가는 날이 아닙니까? 남의 집 혼인잔치 축하연에서, 그것도 독립군이 될 큰 재목감의 장래를 축하해 주어야 할 뜻 깊은 자리에서 독립군 군자금 문제로 분란을 일으켜서야 되겠습니까? 그러니 평소에 사적인 문제로 심기가 다소 불편한 점이 있었더라도 이런 뜻깊은 자리에서는 될 수 있는 대로 참으셔야지요!"

그러자 주변에 있던 다른 동료들도 한 마디씩 훈수를 던진다.

"말이 났으니 하는 소린데, 우리가 보내는 군자금으로 독립운동을 하는 사람들도 제 각각이라고 하더이다. 어떤 사람들은 복벽주의의 기치를 내걸고 왜놈들을 몰아낸 뒤 조선 왕조를 복원하려는데 명운을 걸고 있는 모양이고, 혹자는 공화주의 국가를 세우려고 애를 쓴다 하더이다. 또 어떤 부류에서는 혁명을 일으킨 아라사처럼 사회주의인지, 공산주의인지 하는 나라를 세우려고 야단이고…! 그런데 지금까지 우리가 출연한 군자금이 어느 독립운동 단체의 누구한테 들어갔는지도 모르는 상황에서 이런 모습들을 보게 되니 속이 영 찝찝해지는데 그렇지 않소이까?"

지금까지 한 사장에게 출연한 밀양면 유지들의 독립 군자금이 만주에서 개인 사업을 위장하여 안동과 봉천에서 〈원보상회〉와 〈삼광상회〉를 각각 운영하며 만주 지역 독립군들의 교통·연락책 역할을 수행한다는 한 사장의 생질 구영필에게로 송금되고 있다는 것은 그들 사이에서는 잘 알려져 있는 사실이었다. 그러나 구영필에게 송금된 그 돈이 실제로 어느 독립군 단체에 얼마씩 전해지고 있는지에 대한 사실까지 알고 있는 사람은 한 사장을 제외하고는 사실 아무도 없는 것이다.

"독립운동을 하는 사람들이 힘을 한데 모을 생각들은 아니하고 하나같이 그 모양들이니 국내에서도 군자금 모금 문제로 이렇게 서로 간에 다툼질이 일어나고 있는 게 아니겠습니까?"

"허허, 오늘같이 좋은 날 왜들 이러십니까? 이런 진수성찬을 앞에 두고서 골치 아픈 나라 문제를 가지고 니편 내편을 따져 가면서 왈가왈부를 하다니요?"

"지당하신 말씀이오! 오늘 이 자리는 신랑 윤세주 군을 축하해 주기 위한 자리인 동시에 우리 밀양의 자본주의 시장 경제를 이끌고 있는 내로라는 실력가들이란 실력가들은 다 모여 있는 대단한 자리가 아니오? 그런데 애국 독립투사의 잔칫날에 서로가 좋은 뜻으로 하는 일들을 가지고 우리가 이렇게 서로 간에 낯을 붉혀서야 되겠소이까?"

"옳소! 옳소! 지당하신 말씀이오! 자, 그러니 지금까지 있었던 일들은 없었던 것으로 하고 지금부터는 우리 모두가 한 마음 한 뜻으로 세잔갱작(洗盞更酌)하여 흥타령이나 하면서 즐겁게 한바탕 놀아 보자고요!"

여기저기서 떠드는 소리들이 난무하는 속에서 을강 선생은 자꾸만 허물어지려는 상체를 비바람이 휘몰아지는 폭풍우 속의 바위처럼 꼿꼿하게 곧추 세우려고 애를 쓰면서 그 소리들에 귀를 기울이며 잠자코 앉아 있었다. 취할 대로 취한 그는 동료들이 따라 준 술잔들을 목로주점의 좌판처럼 죽 늘어놓고 차례대로 하나씩 천천히 비워 내는 척 하면서 시종일관 말이 없었다.

신식 양복 차림을 한 동료들 속에서 흰색의 조선 자비저고리에 두루마기를 걸친 그의 모습은 흡사 왕성하게 먹이 활동을 하고 있는 까마귀 떼 속에 외따로 섞여 있는 한 마리의 백로처럼 이질적이면서도 고독하고 초연해 보였다. 원래 자신이 의도했던 최종적인 승부수가 바로 이와 같은 무대응의 전략이었던 듯, 비록 자신은 술에 취해 허물어지고 있지만 지금 좌중의 모든 동료들이 어떤 생각들을 하고 있는지를 똑똑히 보라고 그렇게 한춘옥 사장에게 무언의 시위를 하고 있는지도 모를 일이었다.

또한, 그와 동시에 다시는 자기처럼 무욕(無慾)으로 살고 있는 깨끗한 사람의 속을 의심하지 말 것이며, 무한의 욕망에 사로잡힌 나머지 중심을 잃고 좌충우돌하다가는 그것 때문에 덧없는 말로를 자초한 시선 이태백의 전철을 밟게 될 것이라고 엄중히 경고하고 있는 것 같기도 하였다.

사실, 거기에 있는 모든 사람들은 유생 출신인 을강 선생과 밀양면장 이성희를 제외하고는 나고 자란 출신 성분들이 제 각각이면서도 저마다 이재(理財)에 밝았고, 시대의 변천에 재빠르게 대처하여 탄탄한 재력을 바탕으로 새로운 지역 유지의 반열에 오른 사람들이라 어느 모로 보나 한춘옥 사장과 처지가 비슷하고 죽이 맞는 사람들이었다.

그런데 자기편이 되어 줄 줄 알았던 가까운 동료들까지 한 목소리를 내면서 그렇게 방 안의 분위기가 자기에게 불리하게 돌아가자 그제야 대세를 오판한 자신의 행동이 경솔했음을 깨달은 것일까. 한 사장은 좀 전에 박장억이 따라 준 술잔을 들고 단숨에 벌컥벌컥 들이키며 입을 다물고 마는 것이었다.

심사가 뒤틀린 듯이 술을 거칠게 마셔대는 그를 지켜보던 이성희 면장이 다시금 뒤를 다지듯이 첨언을 하는 것이다.

"내가 이런 자리에서 할 소리는 아니지만, 국내외의 각 독립운동 단체들마다 군자금 마련에 사활을 걸다시피 하고 있다고 하더이다. 우리가 알다시피 나라가 망하는 것을 보고 일찌감치 전 재산을 털어서 만주로 망명하여 유하현(柳河縣) 삼원보(三源堡) 일대에 터전을 잡고 경학사(耕學社)라는 독립운동 기지 건설에 헌신하였던 이시영·이회영 선생의 여섯 형제분들이 그러하였고, 가까이는 우리 밀양 출신의 윤세용, 윤세복 선생의 형제분들도 일천 석이 넘는 전 재산을 톡톡 털어서 만주로 망명한 뒤 동창학교를 건립하여 애국 민족 교육과 독립운동에 투신해 왔는데, 지금은 하나같이 활동 자금들이 모두 바닥나서 저마다 악전고투를 면치 못하고 있다고 하더이다. 막강한 재력가 출신의 형편들이 그러할진댄 여타의 일반 우국지사들이 대거 참여하고 있는 독립운동 단체들의 사정이야 오죽하겠습니까? 사정이 이러하니 남의 탓만 하면서 무리하게 독립 군자금을 긁어모을 생각들을 할 게 아니라, 우리 이천만 동포 모두가 자발적으로 형편에 맞게 성의껏 군자금을 내놓을 수 있도록 모범을 보이면서 신뢰의 바탕부터 먼저 탄탄하게 다져 두어야 되지 않겠소이까?"

이성희 면장은 독립운동에 전 재산을 다 털어 넣은 애국지사들의 예를 들어 가며 피로연의 분위기를 사적인 문제로 흐려놓고 있는 밀양 갑부 한춘옥 사장에 대한 평소의 불만을 은근히 드러낸다. 사실, 한 춘옥 사장이 이토록 같은 지역 유지 모임의 동료인 을강 선생을 집요하게 물고 늘어질 정도로 민감하게 반응하게 된 것만 보아도 독립운동 단체들마다 그 활동 자금 확보 문제가 얼마나 시급한지를 이미 깨닫고 있었던 것이다. 한일합방 이후, 이회영 여섯 형제들을 비롯하여 밀양의 윤세용, 윤세복 형제들처럼 재력 있는 우국지사들이 국권회복을 위하여 만주로 망명하던 초창기 시절만 하더라도 자금 문제가 국내의 지원 인사들 사이에서 이렇게 회자될 정도로 심각하지는 않았던 것이다.

그러나 세월이 지나고 국권회복 운동이 본격적으로 전개되기 시작하면서부터는 사정이 완전히 달라지고 말았다. 국내에서 마련해 간 자금들이 이미 바닥이 난 형편에 새로운 자금 공급처도 미처 확보하지 못한 상태에서 새로 창단된 독립운동 단체들마다 군사교육을 위한 강습소와 무장을 위한 자금 수요가 폭발적으로 늘어난 때문이었다.

그 바람에 국내외에 산재해 있는 각종 독립운동 단체들마다 자금 확보에 전력할 수밖에 없었는데, 1912년에 왕정복고를 목표로 활동한 임병찬의 복벽주의 결사단체인 〈독립의금부〉가 그러하였고, 1914년에 노령 블라디보스토크에서 설립된 〈대한광복군정부〉의 사정도 크게 다를 바가 없었다.

그리고 1913년에 풍기에서 조직된 〈풍기광복단〉에 〈국권회복단〉이 가세하여 확대 개편된 〈대한광복회〉는 물론, 한일합방 이듬해에 서일 · 채오 · 계화 · 양현 등이 길림성 왕청현에서 창설한 대종교 산하의 민족주의 항일 무장 단체인 〈중광단〉에서도 작탄혈전을 위한 완전 무장과 무기 구입을 위해 국내의 친일파 악덕 지주들에게 군자금 모집 포고문을 배포할 정도로 독립운동 자금 모집에 사활을 걸다시피 하고 있는 실정이었다.

지난 단오절 무렵에 〈중광단〉의 국내 연락 총책인 대종교 신의주 지사의 최응삼 사교가 밀양에 왔다가 감내 장터에서 조우하였던 중산에게 민족기업인 백산상회와의 미곡 거래를 은근히 권유했던 것도 그런

사정과 결코 무관하지 않았다. 그리고 을강 선생이 중산으로부터 그런 얘기를 전해 듣고 나서,

'허허, 나는 그 양반이 긴한 용무가 있어서 부산과 구포를 다녀오는 길이라고 하기에 그저 그런 줄로만 알았는데, 이제 보니 업무 연락도 연락이지만 군자금 확보에도 여간 공을 들이고 있지 않은 모양인 게로구먼!' 하고 내심 놀랐던 것도 각계의 독립운동 단체들끼리는 물론, 동일 단체 내에서도 전에 없이 자금 모집책 상호간에 영역 다툼이 벌어지는 일이 허다한 현실을 우려한 때문이었던 것이다.

그런데 그러한 우려가 엄연한 현실이 되어 자기 앞에 악몽처럼 들이닥치게 될 줄을 을강 선생 자신도 전혀 예상치 못했던 것이다. 만약에 대종교 신의주 지사의 최응삼 사교가 〈밀양청년독립단〉 창단 예비 모임에 참석하고 자기네 집에서 하룻밤을 묵고 떠났다는 사실에 대해 자기네들 사이에 모종의 협의가 이루어지지 않았나 하고 의심을 하고 있다는 사실을 알았더라면 〈민중의원〉 개원식날 중산을 만나 밀담을 나누는 일에 대해서도 더욱 신중을 기하였을 터이지만 장차 이런 일이 벌어지리라고는 꿈에도 생각지 못한 것이었다.

〈밀양청년독립단〉 결성 예비 모임이 있던 날 밤에 대종교 신의주 지사의 사교이자 〈중광단〉의 국내 연락책인 최응삼이 그 모임에 참석한 뒤 을강 선생 댁에서 하룻밤 유하고 갔다는 사실을 그에게 전해 준 사람은 〈밀양청년독립단〉 단원인 큰댁 조카 한봉이었다. 그의 말이 사실이라면 대원군 집정 시절에 참봉의 벼슬로 영남 보부상 총책이라는 중임을 맡았던 자형 구성백의 지원 하에 미곡 무역상으로 출발하여 정미업과 비단 판매상에 이어 운수업에까지 손을 대면서 영남 굴지의 신흥갑부가 된 유명세를 등에 업고 지금까지 아무 어려움도 없이 독립운동 군자금 지원 사업을 독점하며 만주에 있는 생질 구영필에게 주기적으로 공급해 온 한 사장으로서는 결코 가벼이 들어 넘길 일이 아니었던 것이다.

한 사장으로 하여금 가장 신경을 곤두서게 만드는 것은 신의주 지사의 최응삼 사교가 〈중광단〉의 국내 연락책이란 점이었다. 만주와 국내를 넘나들면서 그런 막중한 비밀 업무를 수행하는 사람이라면 안동과 봉천에서 〈원보상회〉와 〈삼광상회〉를 운영하면서 독립군들의 연락처 역할을 겸하고 있는 자기의 생질 구영필의 일거수일투족을 훤히 꿰뚫고 있지 말라는 법이 없었기 때문이었다.

그러던 차에 손태준의 〈민중의원〉 개업식 날, 을강 선생과 중산이 대종교 밀양 지사 사무실로 자리를 옮겨 밀담을 나누는 장면을 자기의 두 눈으로 직접 목격을 하고 보니 그것을 아주 기정사실처럼 받아들이지 않으려야 않을 수 없게 된 한 사장이었다. 더구나 독립운동의 노선과 이념 차이로 불거진 갈등 때문에 영동 선생과의 미곡 거래가 끊어진 이후로 그것을 되돌려 놓을 수 있는 기회가 오기만을 학수고대하고 있다가 중산이 부친을 대신하여 당주 노릇을 하고 있다는 사실을 뒤늦게 알고 그를 잘 구워삶기만 하면 미곡 거래가 재개될 수 있음은 물론, 독립군 군자금 출연도 다시 지원 받을 수 있는 길이 열릴 수 있겠다며 호시탐탐 그 기회를 노리고 있던 참이 아니었던가?

그런데 전혀 예상하지 못했던 복병을, 그것도 그 당사자가 가산을 탕진해 가며 국권회복운동에 헌신하며 지역의 대표적인 우국지사로 우뚝 선 을강 선생이고 보니 생각을 하면 할수록 버거운 생각에 자꾸만 심사가 뒤틀리면서 속이 타들어 가는 것이었다.

중산과 을강선생의 밀회가 있고 나서 며칠이 지난 밀양 장날이었을 것이다. 성내 시장통에서 미곡상회를 운영하는 구영필의 친구인 박종흠을 비롯한 그곳 거래처 사람들과 함께 요릿집에 들러 반주를 곁들인 오찬을 즐기고 혼자 돌아오던 한춘옥 사장은 맞은편에서 걸어오는 을강 선생과 길거리에서 정면으로 딱 마주쳤던 것이다. 취중의 힘을 빌려 먼저 이죽거리며 시비를 걸고 나선 것은 전 재산을 털어넣고 애국교육 사업에 헌신하며 청빈하게 살아가는 을강 선생이 밀양 향민들로부터

신흥갑부인 자기보다 더욱 존경 받는 것을 보고 고깝게 여기면서 그를
은근히 시샘해왔던 한 사장 쪽이었다.

"이보시오, 을강 선생! 요즘도 혜민당 죽명 선생하고는 사바사바가
잘 되어 가고 있소이까?"

인삿말을 나누기도 전에 대뜸 던지는 그의 말에 을강 선생은 그때까
지만 해도 취중의 농담으로 여겼던 것이다.

"허허, 밑도 끝도 없이 사바사바라니요? 점잖으신 한 사장께서 별말
씀도 다 하시는구려?"

을강 선생이 가벼이 받아 넘기며 지나치려고 하자, 한 사장이 그의
앞을 가로막는 것이었다.

"아니, 나더러 별말을 다 한다고요? 예끼, 여보슈! 그렇게 혼자서만
청빈한 척 온갖 점잖을 다 빼던 양반이 남이 애써 차려놓은 밥상에 함
부로 뛰어드는데 내가 가만히 있게 생겼소?"

"이 보시오, 한 사장! 대낮부터 약주가 좀 과하셨나 보구려! 남들이
보는 백주 대낮에 길거리 한복판에서 이 무슨 해괴한 짓이오이까?"

영문을 모르고 있던 을강 선생으로서는 그야말로 아닌 밤중에 홍두
깨 격으로 당하는 봉변에 내심 당혹스럽지 않을 수 없었던 것이다.

"내가 이렇게 안 하게 생겼소? 평소에 같은 유림 집안 출신입네 하고
혜민당 민 원장과 유유상종으로 각별하게 지내는 거야 그쪽의 자유이
니 그렇다 치더라도, 내가 노심초사 하며 만나 보고자 하였던 여흥 민
씨가의 젊은 종손을 그렇게 내 안전에서 가로채 가지고 자신의 사무실
로 데리고 가 밀담을 나누다니, 그게 어디 애국 청년들을 가르치는 교
육자가 할 짓이란 말이오? 그동안 사소한 오해로 중단되었던 민 원장
큰댁과 미곡 거래를 재개하려고 절치부심해 온 내 처지를 잘 아시는 분
이 나한테 그리하여서는 안 되지요!"

본인의 말대로 한 사장이 대종교 계열의 〈중광단〉에 독립운동 자금
을 지원하고 있는 사실이 알려지면서 동산리 여흥 민씨가와의 미곡 거

래는 물론 독립운동 자금 지원을 요청해 볼 길마저 끊어지게 된 사실을 같은 밀양면 유지 모임의 일원인 을강 선생이 모를 리 없었다. 하지만 자기를 찾아온 중산을 맞이하여 밀담을 나누게 된 속사정도 모른 채 인격을 모독하는 수모를, 그것도 뭇 사람들이 지나다니는 시장통 길거리 한복판에서 당하고 보니 을강 선생으로서는 황당하기 짝이 없었다.

"이 보시오, 한 사장! 시생이 죽명 선생의 장조카와 단둘이 만나는 것을 보고 뭔가 오해를 하신 모양인데, 잘못 짚었소이다!"

을강 선생은 자기와의 밀회 사실을 비밀에 붙여 달라고 신신당부한 중산의 부탁도 있고 하여 대충 그 정도로 해두고 지나쳐 버릴 생각이었다. 그러나 한 사장이 거듭 시비를 걸고 늘어지는 바람에 그렇다면 여기서 이럴 게 아니라 조용한 데로 가서 내 얘기를 들어 보시고 화를 내든지 말든지 하라며 바로 인근에 있는 자기의 대종교 사무실로 한 사장을 끌고 갔던 것이다.

"이보시오, 한 사장! 낮술을 마시고 취하셨으면 조용히 댁으로 돌아가 주무실 일이지, 내가 누구를 만났건 그게 한 사장과 도대체 무슨 상관이란 말이오?"

남들의 이목을 의식하지 않게 되자 이제는 을강 선생도 작심한 듯이 언성을 높였다.

"아니, 뭐라고요? 〈중광단〉의 국내 연락책인 같은 대종교의 사교라는 자를 만나고 나서 당주 노릇을 하고 있다는 민 원장의 큰댁 장조카를 은밀히 불러서 만났다면 다 알조가 아니오?"

"아, 그러고 보니 만주에 있는 생질에게 군자금을 대 주는 것을 저쪽에서 눈치 채고서 미곡 거래를 일방적으로 끊었다며 동산리 여흥 민씨가에 대한 불평불만을 쏟아내며 문중에서 퇴출된 죽명 선생한테까지 곧잘 시비를 걸곤 하시더니, 이제는 시생이 그분의 큰댁 종손 되는 사람과 독대를 했다고 이러시는 게요?"

"이제야 내 말을 알아들으시는구먼! 그렇다면 이 자리에서 당장 사과를 하고 다시는 그러지 않겠다고 약조를 해 주시오! 그리고 앞으로는 내가 닦아 놓은 군자금 지원 사업에 눈독을 들일 생각 또한 꿈에도 하지 말란 말이오! 아셨소이까?"

하지만 청빈과 대의를 숭상하는 을강 선생의 대쪽 같은 소신이 무례하기 짝이 없는 그의 요구에 쉽사리 꺾일 까닭이 없었다.

"나는 친지신명께 맹세컨대 한 사장의 일에 방해한 사실이 없소이다! 그리고 그 쪽의 군자금 지원 사업에 끼어들 생각은 꿈에도 한 적이 없었고, 앞으로도 없을 거외다! 그러니 공연히 생사람을 잡을 생각은 하지도 마시오!"

그러다가 을강 선생은 그것만으로는 안 되겠다는 생각에 한마디 덧붙였던 것이다.

"그리고 여흥 민씨 가와 한 사장 사이의 일이 그 지경이 된 것은 한 사장이 벌이고 있는 군자금 지원 사업상의 방법 때문에 생긴 일로 알고 있는데, 그렇다면 아무런 사심이 없는 시생에게 공연한 시비를 걸고 나설 게 아니라 본인이 그르쳐 놓은 방법상의 문제점부터 먼저 시정해 보시는 게 순서일 것이오!"

이와 같은 을강 선생의 입바른 소리는 독립군 군자금 모집 운동도 사업의 일환이라고 믿고 있는 한 춘옥 사장으로서는 자존심을 건드리는 참을 수 없는 모욕인 동시에 뼈저린 아픔을 느끼게 하는 약점이 아닐 수 없었을 것이다. 하지만 한 춘옥 사장은 오히려 큰소리를 침으로써 자신의 약점을 감추려고 하였다.

"그러면 그렇지! 내 이럴 줄 알았다니까! 내 모든 사업이 날로 번창하니까 마치 내가 독립 군자금 지원 사업을 하면서 대단한 이권을 챙기는 줄로 착각을 하고서 나처럼 한번 해 보겠다고 두 팔을 걷어붙이고 나섰다 그 말씀이 아니시오?"

이죽거리는 한 사장의 얼굴에는 비굴하게 웃는 웃음기까지 번지고 있었다.

"이 보시오, 한 사장! 듣자듣자 하니 말씀이 너무 지나치시구려! 시생이 정말로 재물에 탐이 난 사람이라면 나도 처음부터 한 사장처럼 사업을 하여 재산을 모았으면 모았지 내 재산을 아낌없이 애국 교육 사업에 다 털어 넣지는 않았을 것이오! 그러니 나도 한 사장과 똑같은 생각을 가졌다고는 꿈에도 생각하지 마시오! 시생이 민 원장의 큰댁 장조카를 따로 만나게 된 것은 나에게 긴히 물어 볼 얘기가 있다며 정중히 청하는 바람에 거기에 따랐을 뿐, 다른 사심은 추호도 없었단 말씀이외다! 그리고 얘기가 나온 김에 하는 말이지만, 독립운동 지원 자금을 주고 안 주는 것은 공여자의 마음이지 받는 쪽의 마음은 아니질 않소이까? 그런데 그것을 가지고 한 장께서 애매한 나를 잡고 감 내놔라 떡 내놔라 하시다니, 이것은 대한독립 운동에 뜻을 함께 하는 동료로서 취할 바는 결코 아니지 않소이까?"

"청빈을 자랑 삼던 을강 선생도 이제 보니 별 사람이 아니었구려? 거금이 들어 있는 전대를 건네어 받는 것을 내 이 두 눈으로 똑똑히 보았는데도 애매하게 시비를 거는 것으로 그렇게 딱 잡아떼실 셈이오?"

얼큰하게 취기가 올라 있는 한 사장도 호락호락 물러날 기색이 결코 아니었다. 을강 선생은 일순 안색이 좀 변하기는 하였으나 그대로 물러설 그가 아니었다.

"독립운동 지원 자금을 주고 안 주고는 공여자의 마음이라고 하지 않았소이까? 그러니 공연히 자기 생각만으로 생사람을 잡을 생각은 하지도 마시오!"

을강 선생이 거듭 자신의 결백을 주장하였건만 한번 뒤틀려 버린 한 사장의 마음은 변할 기미가 전혀 보이질 않았다. 을강 선생은 술에 취한 한 사장과 더 이상 이야기를 해 보아야 아무 소용이 없다는 사실을 그제야 깨달았다. 그리고 여기서 이대로 물러난다면 한 사장이 더욱 기고만장해질 것 같아서 결연한 어조로 마지막 경고인 양 정곡을 찌르는 쓴 소리를 남기고는 휭하니 밖으로 나와 버렸던 것이다.

"누구의 손을 통하든 독립군에게 군자금을 대 주는 것은 의로운 일이고, 칭찬을 받아서 마땅한 일이지요! 허나, 내가 하면 되고, 남이 하면 안 된다는 독불장군 식의 사고방식은 거룩한 뜻이 담긴 독립운동 자금을 모집하는 분이 가져서는 안 되는 발상이지요! 조국의 광복을 바라는 인사들이 위험을 감수해 가며 군자금을 내놓을 때는 누구의 손을 통하든 마땅히 자신이 의도하는 바와 같이 독립군들에게 제대로 전해질 것이라는 믿음을 바탕으로 행하기 마련이지요, 그런데 그것을 가지고 마치 개인 사업을 하는 사람처럼 큰 이권이나 걸린 듯이 이러시면 곤란하다는 겝니다. 아니 될 말로, 이런 사실을 알게 된다면 그 어느 뜻있는 재력가가 한 사장께 예전처럼 목돈을 안심하고 선뜻 내놓겠소이까?"

그런 일이 있고 나서 한동안 잠잠하기에 한동안 잊고 있었던 을강 선생은 오늘 피로연이 시작되기 전부터 한 사장이 자기와 죽명 선생이 합석하지 못하도록 미리 설칠 때부터 그의 의도를 어느 정도 눈치 챘던 것이다. 그리고 그의 짐작은 그대로 적중하였으며, 한 사장의 과도한 처사에 다른 동료들은 물론 이성희 면장까지 작심한 듯이 입바른 소리를 하는 바람에 한 사장의 기세는 그대로 가라앉는 듯하였다.

그러나 그는 좌중의 동료들에게 돌아가면서 일일이 술을 권하면서 구차하게 해명을 늘어놓았고 그러는 중에 고개를 끄떡이면서 자기의 얘기를 귀담아 들어 주는 인사가 하나 둘씩 생겨나자 그는 을강 선생 앞의 자기 자리로 되돌아와 앉으며 다시금 시비를 걸고 나서는 것이었다.

"이보시오, 을강 선생! 혼자서만 청빈하고 고고한 척 하지 마시오! 청빈한 애국 교육자의 힘이 드센지, 재력을 갖춘 나 같은 사업가의 힘이 드센지는 두고 보시면 아시게 될 거외다!"

취기를 이기지 못하고 가물가물 허물어져 가는 을강 선생에게 최후의 일격을 가하듯이 대놓고 경고하는 그의 행동이 눈꼴 사납도록 역겨웠던 것일까. 누군가가 혀가 뒤말리는 듯이 어눌한 어조로 옛 시조 한

수를 흥얼흥얼 읊조리고 있었다.

　까마귀 싸우는 골에 백로야 가지 마라.
　성 낸 까마귀 흰 빛을 새오나니
　청파에 조이 씻은 몸을 더럽힐까 하노라.

　고려 오백년 사직이 암담하게 기울어져 갈 때, 당대의 고려 충신 삼
은(三隱) 중의 한 분이었던 포은(圃隱) 정몽주(鄭夢周) 선생에게 정국
의 수상한 흐름을 파악한 그의 어머니가 역심(逆心)을 품은 이성계(李
成桂) 무리와 어울리지 말라고 경계하여 지었다는 옛 시조였다.
　그러나 들릴 듯 말 듯이 취중에 흥얼거리는 그 풍월 소리를 귀담아
듣고 있는 사람은 아무도 없었다.

제2장

개화(開化)의 기수(旗手)

◇ 비극의 전조(前兆)
◇ 저무는 무오년(戊午年)

◇ 비극의 전조前兆

오늘도 새벽녘에 월담하여 축사 뒤란으로 숨어 들어온 삼수는 가쁜 숨을 몰아쉬면서 높다랗게 쌓아 둔 헛간의 건초 더미 뒤에 숨어 있었다. 거친 숨결이 차츰 가라앉으면서 옷깃 사이로 스며드는 새벽 공기가 오늘따라 더욱 차갑게 느껴진다. 가을이 어지간히 깊었는지 겨울의 문턱에 와 있다는 실감이 절로 날 지경인 것이다. 삼수는 중머슴인 용달이와 혼인을 하여 용화 부인이 특별히 마련해 준 집성촌 옆의 새 집에서 신접살림을 차리고서도 여전히 종가에서 살다시피 하고 있는 옥이네 내외를 생각하고 있었다.

종놈이든 머슴이든 남의 집 밥을 먹고 일하는 처지는 매일반이라, 자기라고 해서 그렇게 되지 말라는 법이 없다는 생각을 가지고 있는 것이다. 하지만 삼수는 불안하였다. 삼월이 그 계집애가 죽은 여문이의 혼령이 덧씌워졌는지, 자기보다 나이가 열한 살이나 많고 자식새끼까지 딸린 홀아비 김 서방한테 철딱서니 없이 마음이 혹해 있는 게 분명한 것이다.

삼월이가 김 서방의 어린 딸을 데리고 다니면서 걸핏하면 아장아장 걷는 흉내를 내보이며 '을순아, 장에 가자 저자 가자 한분 해 봐라' 하면서 남들 앞에서 아무 스스럼도 없이 마치 자기의 딸인 양 재롱을 피우게 할 때부터 알아봤지만, 처음에는 뒤에서 수군거리던 사람들도 이제는 숙지막해진 것은 말할 것도 없거니와, 심지어 상전들까지도 그들 두 사람을 짝지어 줄 생각인 모양이라는 쑥덕공론들이 어느 새 대세를 잡아 가는 단계에까지 와 있는 것이다.

그 바람에 안달이 난 삼수의 마음은 잔뜩 달구어진 가마솥의 콩처럼 제 혼자서 이리 뛰고 저리 뛰고 미쳐 날뛰고도 모자랄 판이었다.

삼월이의 아버지 서 서방이 청지기 노릇을 하고 있는데다, 김 서방 또한 중산의 신임을 한 몸에 받고 있는 충복으로서 명실공히 김 영감의 뒤를 이어 집사 노릇까지 하고 있는 실정이라 여간 신경 쓰이는 게 아니었다. 그러니 둘이서 마음만 먹었다 하면 내일이라도 당장 옥이네와 용달이처럼 혼례를 올리게 되는 날이 오지 말라는 법이 없다는 게 그의 판단이었다.

세월은 자꾸만 흘러 가는데, 어쩌다 누가 시키는 일이 있어 안채에 들어갔다가 부엌을 지나치면서 운 좋게 삼월이와 얼굴이 마주치기라도 할라치면 아는 체를 하기는커녕 무서운 괴물이나 본 듯이 외면을 하고는 시선 한번 보내는 일조차 없이 마치 문둥이 피하듯이 쌀쌀맞게 구는 삼월이의 태도는 삼수의 마음 속에 불을 질러 놓기에 충분하였다.

'능수야 버들이 흥! 축 늘어졌구나 흥! …삼수야, 이런 흥타령도 있는데, 니는 아직도 춘풍세류(春風細柳)라는 말을 몬 들어 봤나? 여자의 마음은 말이다. 능수버들 같아서 은가락지 하나면 충분한 기이라! 그러니 두 눈 딱 감고서 내 말대로 한번 해 봐라! 저녁 밥 굶은 시오마시처럼 쌀쌀맞던 태도가 금세 나긋나긋하게 확 달라지고 말 테니까 말이다!'

중산의 심부름으로 동래를 거쳐서 초량을 다녀오던 날, 구포 장터에서 잠깐 만났던 풍수가 돼지 국밥과 막걸리 한 사발을 사 주며 위로삼아 해 주던 말이었다. 만물박사처럼 모르는 것이 없고, 안 가 본 데가 없다는 풍수를 하늘같이 믿고 신뢰하는 삼수도 삼월이의 일에 대해서만은 통 믿음이 가지 않았다.

'장돌뱅이 생활을 하느라고 이쪽의 사정도 잘 모르면서 풍수 니가 알면 얼마나 안다고…!'

그러나 아무리 생각해도 뾰족한 수가 없었다.

'그래도 우찌 하노! 목마른 놈이 먼저 새미를 판다고, 풍수의 말을

믿어 봐야제!'

풍수가 시킨 대로 굳은 마음을 먹고 은가락지를 구입한 삼수는 그것을 물색 고운 연분홍 닥종이로 곱게 포장을 하여 가지고 다니다가 모처럼 좋은 기회를 맞이하여 그것을 끊임없이 애지중지 만지작거리면서 눈은 연신 채마밭 쪽을 살피고 있었다. 지난번 동래와 초량을 왕복하며 심부름을 할 때 중산이 준 두둑한 노잣돈을 아껴서 장만한 은가락지였다.

삼월에 태어났다고 이름도 삼월이로 정했다지만, 제 눈에 꽃이라는 옛말에 맞춘 듯이 삼수의 눈에는 삼월이가 춘삼월에 피는 진달래꽃보다도 더 곱고 아리따웠다. 남들한테는 안 그러는데 유독 자기에게만은 도도하고 쌀쌀맞기 짝이 없으나 그럴수록 더욱 애탄가탄 마음이 끌리는 삼수였다.

이제라도 만나기만 하면 이 은가락지를 그 고운 손가락에 직접 끼워 주면서 장래를 기약해 볼 수도 있으련만, 한집 안에 살면서도 그런 기회를 잡기가 왜 이다지도 하늘의 별따기처럼 어려운지…. 다른 계집종들은 누가 기다려 주지 않아도 이런저런 핑계를 대고 바깥으로 못 나와서 안달이라는데, 찬모인 어머니 서 서방 댁을 도와 구중궁궐 같은 안채에서 부엌일을 도맡아 하고 있는 삼월이는 안채 건넌방에서 지내며 자기가 목이 빠져 죽는 줄도 모르고 주야장천 그곳에만 눌어붙어 있는 것이다.

한번은 삼월이가 부엌일을 하는 아낙네들을 따라 삼랑진 장에 간다는 말을 듣고 제 아비 황서방더러 가을 추수할 때 쓸 낫이며 곡괭이, 도끼를 벼리러 대장간을 다녀오겠다고 이르고는 닥치는 대로 연장들을 잔뜩 챙겨 가지고 뒤늦게 따라 나섰다가 수중에 조금 남아 있던 돈마저 왕복 뱃삯과 대장간의 성냥 삯으로 치르는 바람에 온종일을 쫄쫄 굶은 채 파김치가 되어서 돌아온 일도 있었지만, 그때도 삼월이한테 말 한마디 붙여 볼 기회조차 잡지 못했던 것이다. 그러니 삼월이가 이따금씩 반찬거리를 장만하러 나오는 이 채마밭이 아니고서는 따로 은밀히 만나볼 기회조차 잡을 수가 없는 것이다.

하지만 이제 곧 김장을 하게 되면 채소란 채소를 다 거두어 들이고 나면 그나마 채전 밭으로 나오게 될 일도 없어지고 말테니 그야말로 갈수록 태산이 아닌가!

'오늘은 제발 삼월이가 채전 밭으로 나와 줄까? 제발, 제발 부처님요! 신령님요! 삼월이를 만나게 해 주시어 이 불쌍한 삼수놈 좀 살려 주시소!'

건초 더미 사이에 등을 기대고 쪼그리고 앉은 삼수는 속으로 중얼중얼 그렇게 수없이 빌어 보다가 무릎 사이에 거북이처럼 얼굴을 얼른 들이밀고 목을 움츠린다. 바깥사랑채 쪽에서 인기척이 들려 온 것이다.

그러나 잠시 후에 고개를 기웃이 내밀고 조심스럽게 바라보니 역시 오늘도 새벽 산책길에 나선 중산 서방님이 이쪽 마구간을 향해 천천히 걸어오고 있는 것이다. 하지만 삼수는 건초 더미 속에 완전히 몸을 숨긴 채 전날처럼 자신의 존재를 드러내지 않았다. 예전 같잖게 새벽같이 나타나서 중산 서방님의 백마에 말안장을 올려 채워 주는 일도 한두 번이지, 같은 짓을 자꾸 반복하다 보면 자신의 속내가 탄로나기 십상이었기 때문이다.

이날도 날이 완전히 밝을 때까지 기다려 보았지만 삼월이는 끝내 채전 밭에 나타나질 않았다.

가을걷이가 거의 끝나가는 가을 들판은 쓸쓸하였다. 시커멓게 변해가는 도구늪들 곳곳에서는 벌써부터 추수를 끝낸 소작농들이 보리갈이를 하고 있었고, 동산리 양반촌은 물론 윗마을 외산과 어은동, 아랫마을 당곡에서도 집집마다 김장을 한다, 메주를 쑨다, 지붕을 인다, 하면서 월동 준비가 한창이었다.

3월 중정일(中丁日)에 지내는 삼강서원의 향사며, 고인의 체백(體魄)에게 지내는 3월의 묘제(墓祭)에 이어, 8월 중월(仲月)의 시제(時

祭)까지 모두 끝났으니 이제 한해의 마무리 단계인 월동 준비마저 끝나게 되면 머잖은 장래에 소작료들 실은 우마차들이 날이면 날마다 사방에서 끝도 없이 밀려들게 될 것이다. 그렇게 되면 다른 일에는 신경을 쓸 겨를도 없이 온 집성촌이 눈코 뜰 새도 없이 바쁘게 돌아가기 마련이라, 웬만한 일들은 그 전에 대충 마무리를 지어 두지 않으면 안 되었다.

무오년 한 해를 마감하면서 요즘 중산이 심혈을 기울여 준비하고 있는 일들 중의 으뜸으로는 한일병탄과 더불어 거의 십년 가까이 중단하였던 문중수렵대회를 재개하는 일과, 지난 단오절에 〈감내 게줄 당기기〉 놀이 현장에서 구상하고 시행해 보기로 마음먹었던 동산리 주민들과 원근 소작농들을 포함한 민초들을 위한 대동축제를 우선 들 수 있었다. 그가 이들 두 행사를 밀어붙이기로 결심한 데에는 문중 개혁에 대한 분위기 조성에는 다시 없이 좋은 계기가 되리라는 판단이 섰기 때문이었다.

지난 초가을에 올 소작료 책정을 위한 미곡 작황 실사를 다닐 때부터 손님들의 내왕이 잦은 지난 추석에 이르기까지 자기네 문중 외손가들의 개혁 실상에 대하여 관심을 가지고 탐문한 바가 있었는데, 의외의 결과가 나왔던 것이다. 거의 모든 외손들 집안에서 취학 적령기의 아이들 대부분이 공립보통학교나 문중에서 직접 설립한 의숙(義塾)과 같은 사설학교에 다니고 있었으며, 고등보통학교와 각종 전문학교에 다니는 외손들도 적잖았고, 심지어 초동면의 새터 박씨네 집안에서는 동경 유학생까지 여럿이 있을 정도였던 것이다.

중산은 그 실상과, 자기네 집안의 낙후성을 부각시키는데 좋은 방법이 없을까 하고 묘안을 찾다가 문중수렵대회를 재개하여 친손과 외손 간의 시합을 펼쳐 보는 게 좋겠다는 생각을 하기에 이른 것이었다. 용화 할머니와 부친의 허락을 받아 내기까지 우여곡절을 겪지 않은 바는 아니었지만, 문중의 원로로서 오래 전에 중단되었던 행사 재개에 관심이 지대한 승당 할아버지의 여섯 형제분들까지 후원자로 나서게 되는 등, 이제는 온 문중의 관심사로 부각될 정도로 호응이 대단한 것이다.

행사에 관한 모든 준비는 중산 자신이 직접 관장하고 있었지만, 그 세부적인 일에 대해서는 초암 아우를 비롯하여 여러 동 항렬의 재종 · 삼종형제들이 각각 역할을 분담하여 김 영감과 김 서방을 비롯한 문중 여러 일꾼들의 손을 빌어 준비에 착착 임하고 있었으므로, 자기가 감당하기에 벅찬 어려운 난제는 결코 아니었다.

중산은 자기 나름대로 이번 행사에 대한 기대가 이만저만 큰 것이 아닌 만큼, 그 준비에도 남다르게 공을 들이고 있었다. 원근의 소작농들과 이곳 주민들을 한데 묶어 치르기로 한, 건초 베기 대회를 겸한 대동 축제는 영농 의욕을 고취시킴과 동시에 다루기 힘든 식민지 시대의 지역 민심이 앞으로도 변함없이 우호적으로 지속될 수 있게 하는 일이니만큼, 경비를 아끼지 않고 쏟아 부어 최선을 다할 생각이었다. 그리고 거의 십 년만에 재개하는 사냥대회에서도 친족만을 대상으로 하던 예전의 방식과는 달리, 개화가 많이 된 외손들을 대거 동참시킨 가운데 황금 상패를 걸어놓고 친손과 외손이 각각 좌군과 우군이 되어 사냥 실력을 겨루게 하여 자연스럽게 보혁(保革) 간의 대결로 끌고 감으로써 그 결과의 우열(愚劣)을 통하여 자기네 문중에도 자연스럽게 개화 바람이 일게 하려는 것이 그의 복안이었다.

그러나 청관 스님을 찾아 직접 만나 보는 일과 임오군란의 문제로 자기네의 신경을 계속 자극하고 있는 의병 출신의 대종교 동래지사의 사교로서 중광단의 영남지역 총책 노릇을 한다는 문제의 인사를 만나서 그 해결책을 모색해 보는 일만은 여전히 막연한 숙제로 남아 있었다. 추석 때 집으로 왔다가 그동안 알아본 청관 스님의 근황에 대하여 신통한 대답을 내놓지 못하고 동래로 내려간 청암에게 청관 스님 문제와는 별도로 그 〈중광단〉의 영남 총책이라는 인사에 대해서도 행적을 자세히 알아봐 달라고 다시 부탁하였으나 아직도 아무런 소식이 없었다. 그러나 자기네 학교에서 새로 사귄 친구들 중에 대종교를 믿는 신자들이 더러 있다고 하였으니 문제 인물의 소재를 알아내는 일이 그리

쉽지는 않겠지만, 그것도 시간문제라는 확신만은 여전히 가지고 있는 중산이었다.

청암 문식과 송암 창식을 늦깎이로 동래고보에 편입학 시키고 나서 문중 개화에 본격적으로 발 벗고 나서면서 중산의 생활에서도 크고 작은 변화가 곳곳에 나타나고 있었다. 자기가 몸담고 있는 유림구락부(儒林俱樂部) 동료들 집안의 개화·개방 사례에 대하여 관심을 가지고 알아 보는가 하면, 근대 자본주의 상권이 급격히 형성되고 있는 밀양 읍성 안의 시장 경제에 대해서도 크나큰 관심을 가지고 자기네가 추구할 수 있는 사업에 어떤 것이 있는지를 면밀히 알아보고 있는 중이었다. 앞으로 자기네 집에서 부리고 있는 수많은 하인들을 마냥 데리고 있을 수만은 없는 일이어서 그들의 자립 갱생을 위한 자금 확보의 기반 작업부터 해 두려는 생각이었다.

그러나 그의 바쁜 생활 중에서 가장 괄목할 만한 변화는 뭐니 뭐니 해도 부친을 설득하여 지난 1914년 말에 경남일보(慶南日報)가 폐간되면서 일체의 신문 보기를 중단하였던 폐쇄적인 입장에서 벗어나 신문 구독을 재개하게 된 사실이었다. 동산리 여흥 민씨가의 사람들이 신문 구독을 중단하게 된 것은 나라가 망하면서 가문의 기둥이었던 승당 선생이 순절하고 관계에 진출해 있던 자기네 집안의 모든 가속들마저 너나할 것 없이 벼슬자리에서 물러나 귀향하는 바람에 그동안 관보(官報) 삼아 구독하였던 각종 신문들을 더 읽을 필요가 없어진 데다가, 한일 합방 이후로 일제의 간악한 언론 탄압 정책에 의해 각종 민족지들이 창간과 폐간을 거듭하는 속에서도 울산의 대지주인 김홍조(金弘祚)와 진주의 재산가 김기태(金琪邰)를 비롯한 경남 지방의 지주며 실업인들과 함께 영동 어른이 출자하여 끈질기게 명맥을 유지하여 왔던 우리나라 최초의 지방신문인 경남일보마저 경영난을 겪다가 결국 폐간되면서였다.

중산네 집에서 일체의 신문 구독을 중단하게 된 까닭은 자기네가 출자하여 유일한 민족지로서 끈질기게 명맥을 이어 왔던 경남일보를 경영난으로 폐간에 이르게 하여 이제는 읽을 가치조자 없는 친일 신문들만 존속하게 만든 일제 당국의 언론 정책에 대한 반발심리의 결과라 할 수 있었다. 문중의 풍토라는 것이 종규(宗規)로 정하지 않은 일에 있어서는 크고 작은 일상사가 종가에서 행하는 바가 그 표본이 되기 마련이라 모든 지손가에서도 그대로 따라 하고 말았던 것인데, 이제 종가인 자기네 집에서 신문 구독을 재개하게 되면 온 대소가에서도 너나없이 신문 구독을 재개하게 될 것이고, 정치·경제·사회·문화 등에 관한 각종 정보들을 마음껏 접하게 되는 이 신문 구독이야말로 문중 개화에서 효자 노릇을 하고도 남을 일이었기에 갈 길 바쁜 중산으로서는 여간 가슴 벅찬 일이 아니었다.

예전에 승정원에서 발행하던 관보가 없어진 뒤에 일찍이 〈한성순보〉와 〈한성주보〉 같은 근대적인 관보가 창간된 적도 있었다. 그러나 정치적, 재정적인 이유 때문에 오래 가지 못했고, 그 후로 갑신정변에 참여했던 개화파 서재필의 주도로 1896년 4월 7일에 한국 최초의 민간 신문인 〈독립신문〉이 창간된 데 이어, 1898년에는 한국 최초의 일간신문인 〈매일신문()〉을 비롯하여 〈대한황성신문〉·〈제국신문〉과 같은 여러 민간 신문들이 창간과 폐간이 반복되면서 민족지 역할을 담당하며 명맥을 이어 갔던 것이다. 그런데 이들 중 〈제국신문〉은 순 한글 신문으로서 중류 이하의 일반 대중과 부녀자 층을 대상으로 혁신적인 논조를 펴면서 1910년 한일합병 전까지 계속 발간되기도 하였다.

그러나 한일합방과 더불어 조선총독부의 언론 통제 정책에 의하여 줄줄이 강제 폐간을 당하고 오로지 총독부의 기관지로 전락한 매일신보와 일본어로 발행되는 자매지인 경성일보를 비롯한 왜놈들의 신문만 명맥을 유지하게 된 것이 중산네 집안에서 신문 구독 중단을 하게 된 첫째 이유가 되었던 것이다. 그리고 정계의 크고 작은 요직에서 줄줄이 물러난 문중의 종원(宗員)들이 패배주의에 젖어든 채 향리에 칩거하며 세상을 등지고 살아가게 된 것이 중산네 집에서 신문 구독을 중단하게 된 그 둘째 이유였던 것이다.

하기야 그때까지 일제의 엄격한 언론 통제 속에서도 끈질기게 명맥을 유지하였던 신문들이 아주 없었던 것은 아니었다. 발행인이 외국인이던 서울의 〈대한매일신보〉와 최초의 지방신문인 진주의 〈경남일보〉가 바로 그것이었다.

1904년에 러·일전쟁이 발발하면서 일제는 한국 침략의 야욕을 공공연하게 드러내었고, 언론은 이에 맞서 항일운동을 본격적으로 전개했는데, 〈대한매일신보〉가 창간된 것도 바로 이 무렵인 1904년 7월 16일의 일이었다. 영국인 어니스트 토마스 베델(Ernest Thomas Bethell)을 사장으로 하여 양기탁(梁起鐸)이 총무를 맡은 이 신문은 발행인이 외국인이었던 까닭으로 강경한 반일 논조를 펼치면서도 언론 검열을 받지 않고 건재할 수 있었던 것이다.

최초의 지방신문으로서 경남일보가 창간된 것은 그보다 5년 늦은 1909년 10월 15일의 일이었다. 1908년에 울산의 대지주인 김홍조(金弘祚)를 비롯한 경남 지방의 실업인들이 진주에 모여서 신문사 설립에 의견을 모으고, 1908년 2월 26일 블라디보스토크에서 발행된 해조신문의 주필을 역임한 뒤 1901년에 다시 〈황성신문〉의 주필과 사장을 역임하며 을사늑약이 체결된 지 사흘만인 1905년 11월 20일자 황성신문에 '시일야방성대곡(是日也放聲大哭)'이라는 날카로운 사설을 게재하여 민족의 울분을 달래 주었던 장지연(張志淵)을 주필로 하여 1909년 10월 15일에 창간하였던 것이다.

경남일보는 대한제국이 멸망하던 해인 1910년 1월 1일부터 경영난으로 인하여 일간지에서 격일간제로 바뀌었으나 지령 100호를 기념하여 지면을 늘리면서 사세를 키워 나갔으며, 신문 발행과 함께 야간학교를 세워 글을 모르는 사람들에게 한문·일문·법률을 가르치는 등, 민족지 역할을 담당하기도 하였다.

한일합병 때 우리나라 사람이 발행하는 신문들 대부분이 강제로 폐간당했으나, 이 신문만은 정치 문제에 깊이 관여하지 않은 관계로 그대로 남아 1914년 말까지 명백을 유지할 수 있었다.

그런데 1905년의 을사늑약이 강제로 체결됨과 동시에 실질적으로 식민지 통치가 시작된 이래로 일제의 여러 가지 억압 속에서 항일 민족지의 성격을 견지하면서도 건재함을 유지할 수 있었던 〈대한매일신보〉는 통감부의 검열을 받지 않고 항일 논설을 자유롭게 실을 수 있었기 때문에 일반 민중의 지지도가 높았고, 발행 부수도 가장 많았으며, 주요 논설 진으로는 양기탁 외에 신채호(申采浩) · 박은식(朴殷植) 등의 애국지사들이 버티고 있어서 중산네 집에서 끝까지 구독하였던 것도 바로 이 〈대한매일신보〉와 1914년까지 끈질기게 명맥을 이어 갔던 경남일보였던 것이다.

대한매일신보는 국채보상운동에 참여해 애국운동을 주도하였고, 발행인이 외국인이라는 이점을 이용하여 일제의 침략 야욕을 폭로하면서 항일 논조를 견지했으며, 조선 민중의 민족의식을 드높여 신교육과 애국 계몽운동에도 크게 이바지하였다.

1907년에는 국채보상운동의 중심체 역할을 자임했고, 조선통감부의 간교한 방해 공작에도 불구하고 1910년 8월 말에 대한제국의 패망과 함께 총독부 기관지인 〈매일신보〉로 전락하기 전까지 고종 황제의 강제 퇴위 및 대한제국 군대 해산의 부당성과 일제의 야만스러운 행위를 신랄하게 비판하는 등, 항일 투쟁을 계속하였다.

베델이 일제의 탄압과 맞서 싸우다가 병을 얻은 가운데 1908년 5월 27일부터 발행인 명의가 영국인 만함(萬咸, Alfred W. Marnham)으로 바뀌었고, 1909년 5월 1일에 베델이 서거함과 동시에 만함이 갑자기 판권 일체를 전 사원이었던 이장훈(李章薰)에게 거금 4만 원에 매도하고 우리나라를 떠나고 말았다. 위기를 맞이한 대한매일신보는 6월 14일자(1408호)부터 이장훈의 명의로 발행되었으나, 1910년 8월 29일에

한일 병합조약의 체결과 동시에 일제가 강제 매입하여 신문 제호마저
'대한(大韓)'을 떼어내고 〈매일신보(每日申報)〉로 바꾸어 버리고 조선
총독부의 기관지로 만드는 바람에, 그때까지 온갖 수난 속에서도 꿋꿋
이 존속하였던 민간 신문들은 완전히 종말을 고하고 말았던 것이다.

그런데 중산의 집에서 한일합병 조약이 체결되던 당시에도 건재하
였던 경남일보마저 구독을 끊게 된 것은 왜놈들의 천지가 되어 버린 나
라 안의 소식을 들어본들 무슨 소용이 있겠느냐는, 망국의 한이 촉발시
킨 일종의 반발 심리일 수도 있었고, 극한의 공황 심리일 수도 있었다.

하지만 조선 시대에도 〈조보(朝報)〉라는 관보가 있을 정도로 언론의
역할은 시대를 불문하고 소통의 수단으로서 나라와 관리들에게 있어서
없어서는 안 될 귀중한 존재였다. 승정원에서 조정의 중요 행사와 관리
의 임명 등의 주요 업무 내용을 발표하던 조보를 발행하여 이를 필사한
것들을 각 지방에 전달하였고, 각 고을에서는 이것을 행세하는 지역 유
지들에게 배포하여 중앙의 소식을 전하곤 했을 정도로 국가는 물론, 국
록을 먹던 관료와 지방의 유력 인사들에게도 없어서는 안 될 존재였던
것이다.

그런데 이 조보는 1883년 서울에 박문국(博文局)이 설치되면서 같
은 해 10월 30일에 최초의 근대 신문으로 창간된 〈한성순보〉로 대체되
고 말았다. 활자와 인쇄기 등을 일본에서 들여와 조정에서 발행한 〈한
성순보〉는 월 3회 발행되었으며, 순한문을 사용한 일종의 관영신문이
었다.

그러나 1884년 갑신정변의 실패로 승정원이 폐지되고 박문국의 시설
이 파괴되면서 〈한성순보〉마저 발행 1년 만에 폐간되고 말았던 것이다.

그 후, 1904년 7월 18일에 창간되어 일제 치하에서도 항일 민족지
역할을 다하였던 〈대한매일신보〉가 〈매일신보〉라는 이름으로 조선총
독부의 기관지로 전락하면서부터 신문구독을 중단하였던 지난 십년의
세월은 구한말 정치 세력의 한 축을 이루었던 동산리 여흥 민씨들에게

는 그야말로 눈과 귀가 다 막혀 버린 청맹과니 시대나 다를 바가 없었다. 왜놈들의 천지가 되어 버린 식민지 하늘 밑에서 그들의 입맛대로 떠들어대는 소리에 아예 귀를 틀어막고 살 수밖에 없었던 것이다. 그런데 벼슬길에서 물러난 구시대의 문중 어른들에게는 신문 구독의 필요성이 별로 없었는지는 몰라도, 바깥세상과 소통하며 문중 개혁과 개방을 꿈꾸고 있는 지금의 중산으로서는 비록 조선총독부의 대변자 역할을 하고 있는 매일신보일지라도 싫든 좋든 그것의 구독을 재개하지 않을 수 없었던 것이다.

그가 부친으로부터 신문 구독을 전격적으로 허락 받은 것은 어제 저녁 때였다.

"아버님, 소자에게 간절한 소청이 하나 있는데, 들어주실 수 있겠습니까?"

중산이 신문 구독의 필요성을 절감하며 절치부심하던 끝에 한 달이 넘는 긴 유람 길에서 돌아온 부친에게 처음으로 조심스럽게 운을 떼었을 때, 오랜 외유에서 쌓인 여독 때문인지 소청이 있다는 중산의 말에도 영동 어른의 반응은 시큰둥하기 짝이 없었다.

"갑자기 간절한 소청이 있다니, 그게 대체 무엇이기에 집에 들어오자마자 그러느냐?"

"아무래도 신문 구독을 재개해야 할 것 같아서 그럽니다."

"갑자기 신문 구독은 왜?"

갓을 벗어서 갓집에 넣은 다음에 옷걸이에 도포를 벗어 걸며 무심하게 응대하던 영동 어른도 신문 구독이라는 바람에 비로소 중산을 돌아보면서 정색을 하고 그렇게 물었던 것이다. 그래도 걱정했던 것과는 달리, 펄쩍 뛰지 않은 것만도 천만다행이었다.

"온 나라 안이 크고 작은 일들로 가마솥처럼 들끓고 있다는데, 세상이 어떻게 돌아가고 있는지 몰라 답답해서 그럽니다!"

"겉만 우리 언문으로 되었을 뿐, 왜놈들의 앵무새 노릇이나 하는 그

깟 놈의 〈매일신보〉를 보아서 무에 쓰겠다고?"

〈매일신보〉라는 말을 꺼내지도 않았는데 그렇게 되묻는 것을 보니, 영동 어른도 그동안 겉으로는 무심한 척하면도 내심으로 신문에 대하여서는 관심이 아주 없지는 않았던 모양이었다.

"아버님, 국내외의 정세를 알지 않고서는 아무것도 할 수 없는 세상이 되어 버렸습니다. 〈매일신보〉가 친일 논조 일색인 것은 사실이지만, 그래도 읽지 않고 답답하게 버티는 것보다는 낫지 않겠습니까? 적을 알지 않고서는 싸움에서 결코 이길 수가 없다고 하였습니다. 비위가 몹시 상하시더라도 저의 소청을 용납해 주십시오!"

"온 나라 안이 시끄러우니 패기 넘치던 젊은 너마저도 정신이 아주 혼미해진 모양이구나. 이럴 수도 없고 저럴 수도 없으니 삼국지에 나오는 계륵(鷄肋)도 아니고, 허허, 그것 참…!"

영동 어른은 고추 먹은 소리를 하면서도 마지못해 마음이 움직이는 듯하였고, 중산은 이때다 하고 이렇게 배수진을 쳤던 것이다.

"〈매일신보〉 말고는 모조리 일본어로 된 왜놈들 신문뿐이니 다른 대안이 없습니다!"

끙! 하고 소리를 내면서 한동안 생각에 잠겨 있던 영동 선생은 마지못해 고개를 끄떡이면서도 이렇게 단서를 달았던 것이다.

"집안일을 도맡아서 하는 너의 뜻이 정히 그러하다면 나로서도 하는 수가 없구나! 허나, 왜놈들의 나팔수 노릇이나 하는 그 더러운 신문이 내 눈에는 일체 안 띄도록 해야 한다!"

자신을 대신하여 당주 일을 도맡아 하는 중산을 위하여 취하는 일종의 배려인 셈이었으나, 예전 같잖은 부친의 한 풀 꺾인 기세를 대하면서 중산은 왠지 마음 한 구석으로 칼 끝으로 찔린 것처럼 아려 오는 아픔을 느끼지 않으면 안 되었다. 그것은 외유(外遊)라는 핑계로 한 달이 넘게 천지사방을 휘젓고 다녔으나 제대로 되는 일이 없는 당신의 처지를 상징적으로 보여 주는 듯한 쓸쓸한 모습이었기 때문이다.

마음이 아파도 부친으로부터 신문 구독의 허락을 받아낸 것은 문중 개화에 박차를 가하고 있는 중산에게는 대단한 힘이 되지 않을 수 없었다. 신문 구독 문제도 해결되었겠다, 이제는 문중 아이들의 교육 문제와 단발(斷髮) 문제에 대하여 접근해 볼 차례가 된 것이다.

명성황후의 시해 사건으로 빚어진 1895년의 을미사변 이후 새로이 조직된 김홍집 내각은 내무부대신 유길준 등의 상주로 태음력 대신에 태양력을 사용하도록 제도를 고치고, 소학교를 설치하며, 군제를 변경하고, 단발령까지 내려서 전격 시행하였는데, 당일부로 그들의 강제에 의하여 고종 황제와 황태자 순종이 솔선수범하여 머리를 서양식으로 깎는 등, 급진적인 내정개혁을 추진하였다. 그러나 을미사변 이후 극에 달해 있던 배일적인 국민감정을 무시하고 행해진 개혁이어서 일반 백성들은 물론 보수의 중심에 있던 여흥 민씨 척족 세력들의 맹렬한 반대에 부딪히고 말았던 것이다.

특히, 신체발부(身體髮膚)는 부모에게서 물려받은 것으로서 머리카락 한 올이라도 함부로 하면 불효가 된다는 의식에 젖어 있던 선비들의 반발이 심하였다. 더구나 김홍집 내각은 친일내각이라는 소리를 듣고 있었기 때문에 단발령이 일본의 배후 조종으로 나온 것으로 판단한 이들의 분노는 결국 의병운동으로까지 이어졌던 것인데, 충청도 보은에서 문석봉(文錫鳳)이 처음으로 기병한 이후 제천에서 거병한 유인석(柳麟錫), 춘천부의 이소응(李昭應) · 원주의 이춘영(李春永) · 충남 홍주의 김복한(金福漢) 등이 그 대표적인 인물들이었다. 그리고 여주에서 의병을 일으킨 뒤 원주 · 평창 · 진부를 거쳐 강릉으로 이동하여 그곳을 중심으로 일어났던 영동 방면의 의병들과 세력을 합하고 포수(砲手)들을 모아 관동구군 도창의소(關東九郡都倡義所)를 설치하였던 민용호(閔龍鎬)도 의병운동의 한 축을 이루고 있었다.

그 바람에, 정부는 이들 의병들을 진압하기 위하여 친위대를 파견해야만 했으며, 단발령은 곧 철회되고 말았다. 그리고 이 와중에서 이루어진 고종 황제의 아관파천(俄館播遷)을 계기로 김홍집 친일 내각이 붕괴되고, 김홍집은 단발령과 일본의 명성황후 시해로 흥분해 있던 백성들에 의해 피살되고 말았던 것이다.

일제의 흉계로 명성황후를 잃고 극도의 반일 감정에 젖어 있던 여흥 민씨 척족 세력인 중산네 집안이 친일 내각이 내린 그 단발령에 반발한 것은 당연지사였으며, 지금까지 어른 아이들 할 것 없이 상투머리와 변발을 하고 있는 것도 효제충신(孝悌忠信)의 유교정신을 신봉하는 유가 집안이라는 입장에서 당연히 취해야 할 고육지책이기도 하였다.

하지만, 그로부터 이십 년이 넘는 세월이 흘러간 지금 달라진 시대 조류와 개화된 사회 현실에 따라 이참에 여태까지 고수해 온 문중의 단발령에 대한 반감과 반대의 명분도 이제는 그만 내려놓을 때가 되었다는 게 중산의 생각이었다.

그런 신념으로 신문 구독부터 신청하려고 김 서방을 데리고 읍내로 직접 나간 중산은 김 서방을 인근의 신문 보급소로 보낸 후, 자신은 운사의 〈민중의원〉에 들렀다가 진료 중인 그를 기다리며 진료실 옆의 응접실에 앉아 있었다.

"환자들이 많이 밀려 있어서 한참을 기다리셔야 할 것 같은데, 그래도 괜찮으시겠어요?"

모처럼 원장 선생님을 찾아온 절친 중산을 위하여 인삼차를 내어 온 간호부 아가씨가 미안한 듯이 물었다.

"나야 괜찮고말고요! 그런데 환자들이 이렇게 끝도 없이 밀려드는 걸 보니 혹여 무슨 역병(疫病)이라도 돌고 있는 게 아닙니까?"

중산이 무심코 물었더니 간호부 아가씨는 진저리를 치면서 고개를 크게 끄떡이는 것이었다.

"예, 선생님! 요새 서반아 독감이라는 전염병이 전국적으로 창궐하고 있는데, 우리 성내에서도 빠른 속도로 번지고 있답니다!"

"그런 무서운 전염병이 성내에 돌고 있다고요?"

중산은 금시초문이라 소스라치게 놀라면서 창 너머로 북새통을 이루고 있는 환자 대기실 쪽을 바라본다.

"얼마나 무서운 병인지, 여기에 나 있는 신문 기사들을 보시면 아시게 될 거예요! 원장 선생님께서 나오시려면 한참을 더 기다리셔야 할 텐데, 그때까지 심심풀이 삼아 쭉 한번 읽어 보세요!"

진저리를 치면서 신문지 철을 가져다 준 간호부 아가씨는 중산이 무어라고 다시 말을 붙여 보기도 전에 아기 울음소리가 요란한 진료실 안으로 바쁜 걸음으로 사라지고 만다.

중산은 간호부 아가씨가 내어 온 뜨거운 인삼차를 천천히 마시면서 신문철을 다시 뒤적거리기 시작한다. 운사가 정기 구독 중인 신문은 일본어로 간행되고 있는 조선총독부의 기관지인 경성일보와, 그것의 자매지로 간행되고 있는 조선어판의 매일신보 두 가지였다. 중산은 일본어는 전혀 모르는 터이라, 경성일보는 거들떠보지도 않은 채 조선어 판인 매일신문의 기사 내용을 날짜별로 뒤적거리기 시작하였다.

1918년 11월 11일자 매일신보에 따르면, 스페인 독감의 주된 피해자는 활동 반경이 넓은 스무 살에서 서른다섯 살까지의 젊은이들이라고 밝히고 있었다. 각급 학교는 일제히 휴교하고, 회사는 휴업했으며, 대도시 가까운 농촌에서는 들녘의 익은 벼를 거두지 못할 정도로 상여 행렬이 끊이질 않아 조선팔도의 민심이 흉흉하다고 신문에서는 대서특필하고 있었다. 이날 자 매일신보의 지역별 참상을 소개하는 난에 진주에서는 우편국 교환수와 배달부가 모두 병에 걸려 국장을 비롯한 다른 관리들이 우편물을 수합하고 배달했다는 기사까지 나와 있기도 하였다. 그리고 경성에서 스페인 독감으로 사망한 사람이 268명인데, 그 중에서 조선 사람이 119명이라고 보도하고 있었다.

언론 통제가 심한 형편을 감안하면 서반아 독감이라는 괴질의 피해가 벌써 어느 정도에 이르렀는지는 가히 짐작하고도 남을 일이었다.

이처럼 경술국치로 나라를 잃은 지 8년째가 되는 1918년 무오년 가을에 조선의 민초들은 망국민의 비애와 더불어 가난을 헤쳐 가기도 벅찬 판에 소리만 들어도 진저리가 절로 나는 역병인 '서반아감기' 즉 세계적인 '스페인 독감'과 싸워야 하는 불운과 맞닥뜨려야 했던 것이다.

이해 9월 초부터 번지기 시작한 독감은 같은 달 하순에 들면서 전국을 휩쓸었지만, 조선총독부도 처음에는 민심의 동요를 우려하여 사실을 은폐하기에 급급했던 것이다. 자신들의 그릇된 방역대책이 실패한 결과로 비칠 가능성이 농후했기 때문이었다. 그러다가 수천만 명의 사망자를 낸 제1차 세계대전의 파생물로 유럽에서 시작된 미증유의 급성 전염병임이 밝혀지자 뒤늦은 계몽에 부산을 떨기에 이른 것이었다. 신문에서는 조선총독부 주치의인 아리마 에이조(有馬英三)의 담화를 빌어, 독감의 병원균은 '인플루엔자 균'임을 밝히고, '인체의 저항력은 약한 반면, 전염은 속(速)하다.'며 주의 사항까지 장황하게 늘어놓고 있었다. 세계1차 대전이 끝날 무렵인 1918년 봄부터 시작된 스페인 독감은 유럽에서만 2천만 명 이상의 희생자를 낸 것으로 알려진 무서운 전염병이었다. 이 세기적인 대재앙이 시베리아 열차를 타고 조선 반도에까지 번져, 이해 9월부터 이듬해 1월말까지 넉 달 동안 환자 발생 비율이 높은 대구를 비롯하여 전국에서 742만여 명의 환자와 14만여 명의 사망자를 내기에 이르렀던 것이다.

당시 2천만도 채 안 되는 조선인의 약 삼분지 일 이상이 독감에 걸린 셈이며, 이 중의 약 2퍼센트가 사망한 꼴이었다. 조선 내의 일본인들은 같은 기간에 16만여 명이 발병했으나 1천3백여 명만 사망하여 조선인 치사율의 3분의1에 불과한 수치를 보이고 있었다. 조선인 발병율과 치사율이 일본인들에 비해 지나치게 높았던 것은 평소 위생관념이 저조했던 까닭도 있었겠지만, 만성적인 영양 부족으로 인한 저항력 결핍과 벅찬 치료비를 겁내어 진료에 소홀할 수밖에 없었던 열악한 의료 형편과 노동환경 탓이 더 컸기 때문이었다. 조선총독부 기관지인 경성일보의 자매지 매일신보에는 '독감이 산출한 비극', '남편이 감기로 죽자

아내도 따라 죽어', '삼수군(三水郡)의 군수도 죽어' 등, '죽었다'는 내용의 기사가 연일 신문 지면을 도배질 하고 있었다. 이 신문은 또 무오년 11월 19일 현재 경북 도내의 환자 수는 12만9,170 명이며, 이중 사망자 수는 396명, 대구는 5,149명 발병에 11명이 사망했다고 경북 경찰의 집계를 인용해 보도하고 있었다.

그러나 일경들이 밝힌 사망자 숫자에는 공포 심리의 확산과 같은 사회적 파장을 염려하여 어딘지 모르게 축소한 감이 없지 않았다. 왜냐하면, 당시의 사정을 기록한 다음과 같은 예천군의 한 농군의 일기를 보면 다분히 그런 의혹이 비춰지게 되는 것이다. '10월 10일. 돌림감기가 만연되었는데. 대구공진회(大邱共進會) 박람회에서는 하루에 죽은 사람이 400명이라 한다. 듣기만 해도 소름이 끼친다. 각 도, 각 읍에 감기에 걸리지 않은 사람이 없는데, 대도시의 약제가 모두 바닥이 났다고 한다.'는 등의 내용이 줄을 잇고 있었다.

그 당시 대구에는 〈마찌다(町田)〉, 〈사헤끼(佐伯)〉, 〈마유미(眞弓)〉 약국 같은 일인들이 경영하는 양약방과 개업의원도 적잖이 있기는 하였다. 그러나 주머니 사정이 열악한 조선인들에겐 그 약국들이 그림의 떡일 수밖에 없었다. 그래서 그들은 결국 비교적 값이 저렴한 약전골목의 한약방으로 달려갈 수밖에 없었는데, 그러나 워낙 많은 환자가 한꺼번에 몰리는 바람에 그나마 일부 약제가 바닥이 나고 말았던 것이다.

그 바람에 그 당시에 유행하였던,

'문전옥답'은 신작로로 내어주고요,
얼굴께나 예쁜 년은 왜놈들한테 빼앗기고 말았네.

말께나 하는 놈은 감옥에 가고요,
힘깨나 쓸 놈은 '목도'나 멘다네!'

하던 자조의 노랫가락 중에서 끝 구절을 '힘깨나 쓸 놈은 돌림감기로 간다.'로 고쳐 부를 정도로 참혹한 무오년이 되고 있다고 신문은 밝히고 있었다.

'그러고 보니 아버님께서 온 나라 안이 시끄러우니 너마저 정신이 혼미해진 모양이구나! 삼국지에 나오는 계륵(鷄肋)도 아니고, 허허, 그것 참…!' 하고 마지못해 신문 구독을 허락하신 것도 그동안의 오랜 외유 중에 온 나라 안에 창궐하고 있는 바로 이 괴질의 참혹한 실상들을 직접 목도하고 그 대비책을 강구하라는 뜻으로 그리하셨던 모양이로구나!'

'서반아 감기'라는 괴질 기사를 읽고 난 중산은 생각나는 게 있어서 응접실 서가 앞에 따로 비치돼 있던, 오래 된 해묵은 신문지 철을 뒤적이다가 1916년 8월 2일자의 한 기사를 발견하고 관심을 가지고 읽어본다. 그것은 지난 1907년 12월에 조선 통감으로 부임한 이등박문(伊藤博文)에 의해 유학이라는 명목으로 일본에 인질로 잡혀갔던 이은 황태자의 비(妃)로 올해 나이 16세가 되는 일본의 황족인 나시모토노미야 마사코(梨本宮 方子)가 간택이 되었다는 기사였다. 그리고 그 해 10월 16일자에서는 일본의 육군대장인 하세카와[長谷川好道]가 신임 조선총독에 임명되었다는 기사도 보이고, 1917년 1월 1일자에서는 이광수(李光洙)의 장편소설 「무정(無情)」이 연재를 시작한다는 내용도 눈에 띄는 기사 중의 하나였다.

그러나 신문 어디에도 이은 공과 마사코라는 왜녀의 혼사 날짜가 발표되었다는 기사는 아직 찾아 볼 수가 없어서 중산은 그나마 내심 가슴을 쓸어내릴 수가 있었다.

"많이 기다렸지?"

겨우 짬을 내어 진료실에서 나온 운사는 마스크를 벗고 알코올 소독약으로 손을 닦으면서 중산을 쳐다본다.

"아니, 괜찮네!"

중산은 얼굴에 확 끼쳐 오는 진한 소독약 냄새를 맡으면서 그가 이런 때일수록 더욱 귀하디귀한 존재임을 절감하며 자리에서 일어나 그의 손을 마주 잡는다.

"그런데 요즘 여러 가지 일로 바쁘다고 들었는데, 자네가 갑자기 웬일인가?"

소파에 마주 앉으면서 중산에게 묻는 운사의 얼굴은 땀으로 온통 뒤범벅이 되어 있었다.

"아, 그야 자네가 어떻게 지내는지도 보고 싶고, 신문 구독이나 신청해 볼까 하고 나왔지!"

"아니, 그게 사실인가? 그렇다면 자네 집안에서도 이제 신문을 받아보기로 했다는 말이지?"

"그렇다네! 늦었지만, 아버님의 승낙을 어렵사리 받아 냈다네! 그런데 자네가 이 지경이 될 정도로 환자가 끝도 없이 일려드니 이거 정말로 큰일이 아닌가?"

얼굴이며 목덜미로 연신 솟아나는 운사의 땀방울을 보고 중산은 도포 소매 자락 속에 지니고 있던 하얀 명주 손수건을 꺼내어 그에게 내밀면서 심각한 얼굴로 묻는다.

"그러게나 말일세! 하지만 저 불쌍한 민초들에게 무슨 돈이 있겠나? 나야 아무리 힘이 들어도 스스로 자초한 고역이니 걱정할 것 없다네!"

명주 손수건으로 땀을 닦으면서 운사는 아무렇지도 않다는 듯이, 서양 사람들이 곧잘 취하는 행동처럼 두 팔을 벌려 어깨를 으쓱해 보이면서 장난스레 웃는다.

"그래도 이거 보통 일이 아닌 것 같은데?"

"의료인은 의술을 파는 장사꾼이 아니라, 그야말로 모든 인간들의 천부인권을 존중하여 인술을 베푸는 거룩한 직업이니 당연하지 않겠는가?"

"이 사람, 지난 단옷날 무봉사를 다녀오면서 환자의 피고름이나 짜는 일은 중인이나 천민들이 하는 일이라고 한번 놀렸더니, 그게 어지간히도 고깝게 들렸던 모양이군 그래! 하지만 내가 그렇게 말한 것은 우리 집안에서 전무후무하게 의생 노릇을 하시는 죽명 숙부님을 보고 느끼시는 우리 문중 어르신들의 생각이 그저 그렇다고 한 것일 뿐, 내 생각은 아니었단 말일세. 그리고 말이 나왔으니 하는 얘기지만, 지금은 사실 나도 그 때와는 생각이 많이 달라졌다네!"

중산은 자기도 비로소 불쌍한 민초들을 위하는 거룩한 대민 사업을 펼칠 수 있는 길이 열려서 한결 떳떳하게 되었다는 듯이 참으로 오래간만에 자족의 웃음을 입가에 머금는다.

"아, 그래? 그것 참 듣던 중 반가운 소식이로군!"

"나도 자네처럼 민초들을 위한 대민 시혜사업을 한번 펼쳐 볼 생각이네!"

"대민 시혜사업이라고? 자네가 어떻게…?"

듣던 중 반가운 소식이라 그렇게 말해 놓고서도 운사는 그게 무엇인지 여간 궁금하지가 않은 모양이다.

"나는 의술을 모르니 자네처럼 이렇게 할 수는 없고, 마을 축제를 한번 열어볼까 하네. 넉넉하게 상품을 걸어놓고 퇴비를 만들 건초베기 대회를 열어서 미곡 증산을 꾀하고, 마무리는 〈감내 게줄 당기기〉처럼 모든 참가자들이 다같이 술잔치를 벌임으로써 행사의 대미를 화합의 장으로 장식해 볼 생각이란 말일세!"

"민심에 신경을 써야 하는 자네 형편에 그거야말로 참으로 안성맞춤인 기발한 발상일세그려! 자네는 퇴비를 만들어서 땅을 기름지게 만들 수 있어서 좋고, 민초들은 풍성한 상품에다 동네잔치까지 하게 생겼으니 그야말로 꿩 먹고 알 먹고, 누이 좋고 매부 좋은 일이 되겠네그려! 게다가, 상부상조로 날로 흥흥해지고 있는 민심까지 우호적으로 달랠 수 있지 않겠는가?"

"자신의 일보다 내 걱정을 더 많이 하는 자네의 성미를 내 모르는 바 아니네만, 내가 하고자 하는 일에 대해 나보다도 더 잘 알고 있군 그래! 그건 그렇고, 신문기사를 보니 이번의 돌림병이 아주 무서운 괴질인 모양인데, 치료를 받으면 효험이 있기는 있는 겐가?"

"웬걸! 여기서 우리 끼리 하는 말이네만, 의료 기술이 우리보다 몇 십 년 앞서 간다는 구미 강국에서도 속수무책일 정도로 특효약은 물론 별 다른 치료 방법이 아직은 없다네!"

"그러면 저렇게 많은 환자들을 모두 어떻게 할 생각인가?"

"기존의 감기 치료처럼 열이 내려가게 하고, 영양실조를 막고, 체력을 보강하는 외에는 달리 뾰족한 방도가 없는 실정일세!"

그러다가 운사는 갑자기 생각난 듯이, 다른 얘기를 끄집어낸다.

"참, 아까 석경(石鏡)과 조운(朝雲)이 다녀갔다네!"

"아니, 그 친구들이 여기에 어쩐 일로?"

중산은 놀라운 표정을 감출 줄을 모른다. 그가 그렇게 의아하게 묻는 데는 그럴 만한 까닭이 있었다. 그들 두 사람 모두 자기네 소장파 〈유림구락부〉의 동료이자 이 지역의 대표적인 유림 집안의 후예로 그동안 예림서원 내의 경학원에서 관학유생으로 숙식을 함께 하였던 동문 지기들이었는데, 한일병탄이 있고 나서 운사가 어느 날 갑자기 조선 유학을 헌신짝처럼 던져 버리고 일본 유학을 떠난다고 했을 때, 적국에 가서 정신까지 팔아 먹고 올 놈이라며 길길이 뛰면서 노발대발하던 운곡선생 못지않게 격노하며 반발하였던 친구들이었던 것이다. 그 후로 친일 앞잡이보다 못한 배신자가 된 것처럼 십년 가까이 유지해 오던 돈독한 우의마저 끊어 버린 채 지난번 운사의 병원 개업식 때에 초대장을 받고서도 끝내 참석하지 않았을 정도로 등을 돌렸던 그들이 아니었던가?

"그거야 섭섭한 감정이 깊었던 만큼 내심으로는 내가 보고 싶어 견딜 수가 없어서 오지 않았겠나?"

그러면서 운사는 그들이 개업 선물로 가져 왔다는, 양쪽 벽에 나란히 걸어놓은 커다란 묵죽도 한 점과 〈우의만년(友誼萬年)〉이라고 쓴 초대형 죽필(竹筆) 서예 한 점을 가리킨다.

석경은 이곳 상남면 연금리 내금 부락의 북서쪽에 위치한 고촌(古村)인 이드미[伊淵: 이연] 마을 사람으로, 조선 명종 때 삼남 지방에 큰 기근이 들었을 때, 수만금을 희사하여 백성을 구휼하여 그 공으로 나라에서 사패지를 받아 그 기념으로 낙사정(樂賜亭)을 세웠던 가연(柯淵) 조말손(曺末孫)과, 또 그의 손자로서 박원종(朴元宗)·성희안(成希顔) 등이 폭군 연산군을 몰아내기 위하여 중종반정을 도모했을 때, 거기에 가담하여 정국공신 2등에 책록되고 창녕군(昌寧君)에 봉해졌던 종성(宗聖) 조계상(曺繼祥)의 창녕 조씨(昌寧曺氏) 집안의 후손인 동문이었다. 그리고 조운은 조선 전기에 이곳 동산리의 백족 부락에 한동안 세거했다고 전해지는 어변당(魚變堂) 박곤(朴坤) 장군의 후손으로서 그 역시 예림서원의 경학원에서 동문수학을 한 다같은 지기 중의 한 사람이었다.

어변당 박곤 장군은 태종 17년(1417년)에 21세의 나이로 무과에 장원으로 급제한 후, 세종 1년(1419년)에 최윤덕 장군을 따라 대마도 정벌에 나서서 큰 공을 세우고, 세종 6년(1424년)에 첨절제사의 명을 받아 북방 야인의 침입을 평정하고 육진을 설치하였으며, 세종 7년(1425년)에 명나라 영종(英宗)의 즉위식 하례사의 종사관으로, 세종 11년(1429년)에 다시 순문사로서 북경 지역을 살피고 오는 등, 다방면에 걸쳐서 큰 공을 세워 공조참판·예조참판·한성부판윤 등을 두루 역임하고 사후에 무안면 덕연서원(德淵書院)에 배향되고 있는 무인으로서 많은 설화를 남기고 있는 전설적인 인물이었다.

예로부터 전해 내려오는 전설에 의하면, 중산이 각별한 마음으로 흠모하고 있는 어변당 박곤 장군은 조선 태조 6년(1397년)에 밀양 무안면 연상리 상당동에서 태어났는데, 어렸을 때부터 말 타기와 활쏘기 등의 무예에 특출한 재능을 지닌 인물로 전해지고 있는 것이다. 효성이 지극한 그는 어머니가 물고기가 먹고 싶다고 하였으나 마침 한겨울이라 그것을 잡기 어려웠는데도 불구하고 그는 늘 마을 앞 냇가로 가서 얼음을 깨고 낚시질로 고기를 잡아 어머니께 대접하려고 노력하였다는 것이다.

어린 박곤은 어머니가 좋아하는 물고기를 계속해서 대접하는 일이 쉽지 않자, 집 앞의 뜰에 연못을 파고 물고기를 직접 기르게 되었다. 그는 연못가의 거처에서 양친을 봉양할 때마다 밥 한 수저씩을 떠서 먼저 물고기들에게 던져 주곤 했는데, 그 물고기들 중에 그의 지극한 효성에 감복하여 비늘이 유별나게 붉어진 잉어 한 마리가 있었다고 한다. 그런데, 그 잉어를 연못 안의 자라가 잡아먹으려고 하자 박곤이 구해 준 일이 있었다는 것이다.

그러던 중 태종 11년(1411년) 그의 나이 21세 되던 해에 과거시험에서 무과 장원으로 급제하여 세종 원년(1419년)에 최윤덕 장군의 막하로서 대마도 정벌에 종군하여 특출한 무예로 큰 전공을 세우게 되었다. 이때, 일당백의 용맹으로 불세출의 무인다운 위력을 발휘하는 그의 신출귀몰하는 무용담을 전해들은 왜구들이 박곤 장군의 이름만 들어도 전의(戰意)를 상실하고 혼비백산하여 달아나는 바람에 연전연승의 전과를 올리게 되었다는 것이다.

그 전공으로 세종 5년(1423년)에 이천 현감이 되어 재임하던 중에 부모님이 모두 돌아가셨는데, 제사를 마치고 나서 그가 길렀던 비늘이 붉은 연못의 잉어가 용이 되어 승천하였다고 한다. 그때 연못에는 붉은 비늘 한 쌍이 남아 있었는데, 박곤이 그것으로 말다래를 만들어 안장 아래에 달고부터 그가 탄 말이 허공을 가르며 날아다니는 듯이 달릴 수가 있게 되었고, 그로 말미암아 그는 비룡장군(飛龍將軍)이라 불리면서 전장에 나갈 때마다 더 많은 전공을 세우게 되었다는 것이다.

이 일로 인하여 그가 물고기를 길렀던 연못을 적룡지(赤龍池)라 부르고, 부모님을 봉양하던 연못가의 집을 어변당(魚變堂)으로 부르게 되었으며, 세종 10년(1428)에 북방의 변경 요새인 삼수갑산(三水甲山) 등 국경 지대의 진보(鎭堡)를 다스리며 오랑캐들을 격멸하는 바람에, 그곳 삼수에는 박곤 장군의 송덕비가 세워지기도 하였다. 세종 11년 12월에 그는 첨총제로 영전되었으며, 최윤덕 장군이 병조판서로 3도순문사로 재직할 때, 그는 순문사가 되어 북방 국경의 성터를 샅샅이 살피며 현명한 계책을 내놓기도 하였다.

그는 세종 12년 6월에 공조참판이 되어 경수관 안문사로서 제주도의 대정성(大靜城)을 살폈고, 같은 해 7월에 호조참의로 승진되어 북방 국경지대의 삼도 연변에 성을 쌓는 일을 맡아 완성하였다. 1432년 2월에는 전라도 관찰사가 되어 왕의 특명에 의하여 성기 간심사(城基看審使)로서 황해도 풍천 옹진성의 축성 방법을 건의하여 조정 각 부처의 논의를 얻어 그대로 시행하였으며, 1433년 11월에 두만강 남쪽의 영북과 경원 2진을 수복하고, 1434년 6월에 평안도 성곽을 쌓았으며, 한성부윤에 제수되고 다시 강원도 도순무사로서 주(駐)와 군(軍)을 순행하고 성터를 살피게 되었다.

1435년에 예조참판으로 제수 받고 국방에 대한 23개조를 조정에 건의하였으며, 나라에서 성을 쌓을 때마다 그의 의견을 모두 따르게 되었다. 같은 해 9월에 경상, 전라, 충청도 연변의 미완성된 성을 모두 완공하였고, 세종 18년(1436년) 2월에 명나라 영종(英宗) 황제의 즉위식 때 하례사 종사관으로 순행하였다가 그에게 반한 영종황제의 특별한 요청으로 4년 동안이나 볼모 아닌 볼모로 붙잡혀 있다가 1440년 12월에 귀국과 동시에 한성판윤으로 임명 되었다.

그런데 그가 명나라 영종 황제의 즉위식에 사신으로 갔을 때, 말 위에서 뛰어난 무예를 펼쳐 보이자 출중한 그의 호걸다운 풍모에 반한 영종 황제가 그의 사람됨을 알아보고 신하로 두고자 높은 벼슬을 내렸으나 고사하였고, 낙담한 황제가 다시 그의 씨앗을 받고자 미인 세 명을 하사하며 귀국을 막는 바람에 볼모 아닌 볼모가 되어 4년 동안이나 명나라에 붙잡혀 있으면서 중국 여자와의 사이에서 세 아들을 낳았는데, 명나라 황제가 각각 일걸(一傑), 이걸(二傑), 삼걸(三傑)이라는 이름을 지어 주었다고 한다.

그 후, 임진왜란이 일어났을 때, 조선 지원군으로 출병한 명나라 장수 이여송(李如松)의 막하 군졸로 표씨(瓢氏) 성을 가지고 조선에 온 그 후손들이 핏줄을 찾다가 실패하고 돌아갔다는 전설적인 일화가 지금까지 전해져 내려오고 있는 것이다.

특히, 박곤 장군은 조선 전기의 태종, 세종 조에 걸쳐 삼남 지방에서 노략질을 일삼던 왜구들을 토벌하는데 빼어난 기량을 발휘하여 그들을 벌벌 떨게 만든 불세출의 무장이었기 때문에 왜놈들에게 원한이 많은 중산에게는 일찍이 숭모 대상의 인물이 되어 있었던 것이다.

운사는 한동안 의절하고 지냈던 그 친구들이 이곳을 다녀 간 것이 자기가 보고 싶어서 온 것이 아니겠느냐는 듯이 말을 하고 있지만, 중산의 짐작으로는 기실은 그들 역시도 자기네 턱 밑까지 번져온 서반아 독감이라는 괴질이 그들을 그렇게 만들지 않았나 하는 생각을 떨처버릴 수가 없었다.

"그 친구들이 여기를 다녀갔다니 격세지감이 새롭네그려! 하지만 그들의 발길을 이리로 이끌게 된 것이 어디 그뿐이었겠는가?"

"역시 자네의 예리한 판단력은 아무도 피해 갈 수는 없겠네그려. 괴질에 대해서 여러 가지 궁금증을 나타나며 관심을 가졌던 것을 보면 내 짐작으로도 아마 자기네 마을에 괴질 이 급속히 번지는 것을 보고 그 치료법을 한번 알아보려고 나왔던 모양이야."

"그게 사실이라면 이것 정말 야단났는걸! 석경이 사는 이드미 부락이라면 바로 우리 동산리의 코밑이 아닌가?"

"그러게나 말일세!"

"그렇다면 그 친구들에게 어떠한 처방들을 내려 주었는가?"

"차가운 물수건으로 뜨거운 체온을 다스려 주고, 한약과 보양식으로 원기를 각별히 북돋워 주라고 일러 주었다네!"

"그러고 보니 한약재로 다스릴 수 있는 여지가 있긴 있는 게로구먼!"

"그렇다마다!"

그러면서 운사는 이번 서반아 독감은 공기를 통하여 인플루엔자 균에 감염될 수 있으므로 집안 사람들의 외지 출입과 외부인 접촉을 단속하고 손발을 깨끗이 씻는 게 좋다는 등, 여러 가지 대비책을 일러 주었다.

"가속들이 워낙 많아 일일이 단속하기도 어려운데, 여기에 와 있는 나도 그 무서운 괴질 균에 감염되어 식구들에게 전파할 수도 있지 않겠는가?"

"그럴 가능성이 전혀 없는 것은 아니지만, 주로 영양이 부실한 허약 체질인 사람에게 잘 전염되니까, 영양 상태가 좋은 자네한테는 감히 근접하지도 못할 걸세! 그러니 안심하게나."

이렇게 안심을 시킨 운사는 그래도 마음에 걸렸던지 이렇게 덧붙이는 것이었다.

"그래도 잠복 기간이 있으니까 한 일주일쯤은 조심하는 게 좋을 거야. 특히, 면력이 약한 어린애들한테는 가급적 가까이 가지 않도록 하고 말일세!"

"우리 병준이한테도 가까이 가지 말라는 뜻이로군!"

중산은 입술을 지긋이 깨물면서 다시 심각해진 얼굴로 묻는다.

"혹시 예방약 같은 것은 없는가?"

"제대로 된 치료약도 아직 없는 형편인데, 그런 게 있을 턱이 있겠나?"

그게 마치 그게 마치 자신의 탓이기나 한 것처럼 말끝을 흐린 운사는,

"행여라도 환자가 생길 경우에는 지체없이 병원으로 데리고 와야 하네! 의료업이 중인들이나 하던 천한 일이라고 하찮게 여기지 말고!"

하고 단서를 달았다가 그것으로도 미흡했던지, 자기와 비슷하게 곤욕

을 치르고 있을 죽명 선생 쪽으로 슬며시 말머리를 돌리고 만다.

"아마 혜민당에서도 이런 난리를 겪고 있을 것일세! 참, 자네 숙부님한테서 들어 보니 윤세주 군의 혼인 잔칫날 을강 선생님과 한춘옥 사장 사이에서 볼상 사나운 사단이 났다던데, 그 사실을 자넨 알고 있는가?"

운사는 줄곧 그 생각을 하고 있었던 듯, 그렇게 묻고는 중산의 반응을 눈여겨 살핀다.

"글쎄다. 나는 아직 금시초문인 걸!"

"듣자 하니, 그날 두 분께서 신랑 집 사랑방에서 있었던 피로연 도중에 의견 충돌이 있었던 모양일세! 얘기를 듣고 나서 내가 다시 자세히 알아본 바로는 최웅삼 사교가 다녀간 뒤로, 〈중광단〉으로 들어가던 영남 지역의 독립 군자금의 흐름에 이상이 생겼다며 한춘옥 사장이 먼저 을강 선생을 의심을 하면서 두 분 사이에 갈등이 생기기 시작한 모양이야!"

중산은 운사가 왜 그런 말을 하는지 금세 알아차리고 내심으로 크게 긴장을 한다.

"그렇다면 거기에 대해서 을강 선생께서는 어떤 반응을 보이셨다고 하던가?"

"그야 자기는 있던 재산마저도 독립군 인재 양성에 다 털어 넣고 끼니 걱정까지 하고 있는 형편이니 생사람 잡지 말라면서 거기 있던 많은 유지들 앞에서 더 이상의 충돌을 피하고자 하셨다더군! 그러나 한 사장은 더욱 기세를 올리면서 청빈함이 힘이 드센지, 무력과 재력의 힘이 드센지는 두고 보면 알게 될 거라며 한 발자국도 물러설 기세가 아니었다고 했으니 예삿일이 아니지 않는가?"

"그러고 보니 나 때문에 일이 그리된 모양인데, 이거 정말 큰 일인 걸…! 사실은 자네 병원 개업식 날, 을강 선생을 따로 만나 뵈온 일이 있었거든!"

을강 선생에게는 없었던 일로 해 달라고 간곡하게 부탁까지 하였건만, 사태가 이렇게 벌어지고 있는 마당에 도움을 받아야 할 중산으로서는 운사에게 더 이상 숨길 수도 없었고, 또 해결책을 강구하기 위해서는 숨겨서도 안 될 처지였다.

"나도 죽명 선생님으로부터 그 얘긴 이미 들었다네! 중광단의 신의주 연락책으로서 자신과 같은 역할을 담당하고 있는 최응삼 사교가 밀양에 다녀간 뒤로 한 사장이 그 사람과 을강 선생 사이에 무슨 밀약이라도 있지 않았나 하고 내심으로 의심을 하고 있던 차에, 을강 선생이 자네까지 비밀리에 따로 만나서 밀담을 나누는 것을 보고 그 의심을 기정사실로 굳히고 만 모양일세!"

"나 때문에 애매한 을강 선생님만 곤욕을 치르게 되었다니, 이거 정말 몸 둘 바를 모르겠군! 더구나 독립운동을 지원하는 쌍두마차격인 두 분께서 이러하시니 이거야말로 보통 일이 아니지 않는가?"

모처럼 좋은 일을 하고서 자중지란의 중심에 서게 된 중산은 크게 낙담을 하면서 어찌할 바를 모른다.

"그래서 하는 얘긴데, 아무래도 자네가 신경을 좀 써 주는 게 좋지 않겠는가?"

운사는 죽명 선생한테서 들었던, 어쩌면 한 사장이 독립군 군자금 지원을 요청할 생각을 가지고 있는지도 모른다는 말은 거론하지 않는다. 그런 금전적인 문제는 아무래도 혈육인 죽명 선생의 입을 통하여 전해지는 게 낫겠다는 생각을 하고 있는 것이다.

"나 때문에 벌어진 일이니 당연히 그리 해야 하지 않겠나? 자네 생각에는 내가 어떻게 하면 되겠는가?"

"죽명 선생님의 말씀으로는, 한 사장이 자네가 아버님을 대신하여 당주 노릇을 하고 있다는 말을 듣고 꽤 솔깃한 눈치를 보였으니까 아무래도 그동안 중단되었던 미곡 거래를 재개하고 싶은 모양이라고 하시더군!"

"그래서 그 양반이 자네의 병원 개업식날 나를 별도로 만나고 싶어서 줄곧 지켜보고 있다가 내가 을강 선생님과 따로 만날 조짐을 보이니까 결국 뒤를 밟게 되었던 모양이로구먼 그래?"

이렇게 단정한 중산은 결자해지의 의지를 드러내면서 간곡하게 부탁을 한다.

"그 문제에 대해서는 내가 대책을 한번 마련해 볼 테니 한 사장과 자연스럽게 조우할 기회를 한번 만들어 주게나!"

"내 그리하도록 함세! 그 양반의 얘기를 한 번 들어보고 조만간에 연락을 주겠네!"

"나 때문에 바쁜 자네까지 번거롭게 하게 되어서 미안하이!"

말은 그렇게 하였으나 중산의 마음은 여간 무겁고 칙칙하게 가라앉는 것이 아니었다. 간호부 아가씨가 기다리고 있는 환자 때문에 진료실 창 너머로 이쪽을 초조하게 바라보고 있었으므로 그는 서둘러 자리에서 일어난다.

운사와 헤어져 돌아오는 길에 문중 행사에 관해 상의할 일도 있고 하여 혜민당에 들렀을 때, 거기도 서반아 독감 약을 구하려는 사람들로 북새통을 이루고 있었다. 그런데 〈민중의원〉 쪽과는 달리 그곳에 밀려든 환자의 거의 대부분이 행색이 남루한 민초들 일색이었다. 아마도 그동안 죽명 선생이 의료 시혜 사업을 노상 벌여 왔기 때문에 일반 서민 대중들 사이에도 그만큼 단골이 많이 생겨난 때문인 모양이었다. 중산은 내실로 들어가 숙모님이 내어 온 다과를 들면서 꽤 오랜 시간 동안 이런저런 얘기를 나눈 끝에야 진한 한약제 냄새를 풍기며 나타난 죽명 숙부를 만날 수가 있었다. 중산이 왔다는 전갈을 받고 잠시 짬을 내어 내실로 건너 온 죽명 숙부도 길게 얘기할 겨를이 없어서인지 단도직입적으로 한 사장과 을강 선생에 대한 얘기부터 먼저 끄집어내는 것이었다.

"을강 선생이 자네랑 밀회를 한 뒤로 크게 곡해를 한 한 사장으로부터 한바탕 곤욕을 치른 모양이야. 그러니 아무래도 자네가 두 분 사이의 관계가 원상으로 회복될 수 있도록 힘을 좀 써 줘야 할 것 같네!"

"방금 만나고 온 운사 친구도 그런 얘기를 하더군요. 저 때문에 빚어진 일이니 당연히 그리하여야 하지 않겠습니까?"

"내가 해천껄 사돈 어른을 통하여 듣기로는, 큰형님께서 한 사장과 미곡 거래를 끊었던 것은 왕조 복고를 도모하는 우리의 복벽주의 노선에 대해 공화주의를 신봉하는 어느 대종교 광신자의 방해 공작으로 인하여 빚어진 갈등 때문이라고 하였는데, 자네가 나서서 수습하는 데도 한계가 있을 게야. 하지만 그들 두 양반의 갈등 관계를 해소시키는 데 도움이 될 만한 길이 없지는 않을 터이니, 자넨 그 점을 한번 알아보도록 하게!"

한 사장이 미곡 거래를 재개하고 싶은 것은 말할 것도 없거니와, 더 나아가 독립군 군자금 지원에 대해서도 은근히 기대하고 있을지도 모른다는 사실을 죽명 선생도 끝내 입에 올리지 않았다. 그는 자신이 그런 말까지 할 정도로 집안 일에 깊이 개입할 입장이 아니었고, 또 그렇게 해 주지 않더라도 중산이 능히 그런 데까지 신경을 쓰게 될 사람이라는 사실을 잘 알고 있기 때문이었다.

"그런데 숙부님! 그건 그렇고, 숙부님께서 저를 도와 주셔야 할 일이 또 하나 생겼습니다."

"당주 일을 하는 자네한테 그럴 일이 있으면 당연히 내가 도와야지!"

죽명 선생은 중산의 요청이 있을 때마다 좋은 일 궂은 일을 가리지 않고 관공서와 관련된 일을 도와 준 적이 한 둘이 아니어서 그런 일에는 이제 이골이 나 있었다. 그래서 그는 이번에는 또 무슨 일인가 하고 믿음직스럽기 짝이 없는 중산의 얼굴을 기대에 찬 눈길로 이윽히 바라보는 것이다.

"다사다난했던 무오년 올 한해를 마무리를 짓는 의미에서 문중 수렵 대회와 우리 소작농들과 마을 주민들을 한데 묶어서 대동축제를 한번 열어 보려고 하는데, 아무래도 왜놈들이 가만히 보고만 있을 것 같지 않아 은근히 걱정이 되어서 그럽니다!"

왜놈들을 상대해야 하는 일이 생길 때마다 아무런 보상도 없이 염치 불구하고 반복해온 일이라, 이제는 중산도 송구그러운 마음부터 앞서는 것이다.

"그런데 갑자기 그런 행사는 왜…?"

자신을 추방한 문중의 동향에 남다른 관심을 가지고 살아 온 죽명 선생으로서는 당주의 소임을 행하고 있는 중산의 말에 촉각을 곤두세우지 않을 수 없는 것이다.

"청암과 송암이 동래고보에 편입학을 하고 나서 학교 공부의 기초가 부실하여 겪는 어려움에서부터 의복 차림에 이르기까지 그 고초가 한둘이 아닌 모양입니다."

"집안의 좁은 연못에서 살던 민물고기가 갑자기 큰 바다에 나간 꼴이 되었으니 그 어려움이 어디 한둘이겠느냐?"

"그래도 공부 문제는 본인들이 전력투구하면 해결할 수 있는 문제이지만, 제도의 장벽은 피눈물 나는 노력만으로는 뛰어넘을 수 있는 일이 아니질 않습니까? 나라에 제도가 있듯이, 학교에도 교칙이라는 것이 있어서 두발과 복장에 대한 규정을 만들어 놓고 모두가 거기에 따르도록 하고 있다고 하니 말입니다!"

"그야 그렇겠지! 개화를 미리 하는 바람에 우리 관식이와 인식이는 그런 일이 없었는데, 웃전들께서 공연히 시대에 맞지도 않는 고집을 부리는 바람에 아무 죄도 없는 우리 후손들만 그런 어처구니 없는 고초를 겪게 되는 게 아닌가!"

질책하는 듯이, 그러나 비통하게 내뱉는 죽명 선생의 목소리엔 격세지감이 새로운지 깊이를 알 수 없는 한이 맺혀 있었다.

"그러게나 말입니다! 그런데 교복이야 윗분들의 눈에 들키지 않게 입고 다닐 때 조심을 하면 되는데, 두발 문제만은 그렇게 할 수도 없는 노릇이 아닙니까? 그래서 여태까지 그대로 버티고 있다는데, 그것도 한계가 있는 모양입니다. 그러니 이번 수렵대회를 통하여 그 문제부터 먼저 해결할 수 있는 길을 열어 보려고요!"

그러면서 중산은 그동안 알아본 자기네 외손들 집안의 개화·개방
의 사례들을 일일이 전해 드리고 나서 이번 행사를 통하여 그동안 문중
의 철칙으로 고수해 왔던 단발령에 대한 반대 입장을 철회하고 옷차림
새에서도 자유화 바람을 불러 일으키려 한다는 복안을 자세하게 설명
해 드렸다.

중산의 설명을 귀담아 듣고 난 죽명 선생은 얼굴 가득 생기를 띠며
여간 고무된 기색이 아니었다.

"그것 참 기발한 착상이로구나! 행사만 제대로 개최하게 된다면 이거
야말로 지난 날에 있었던 갑오 개혁에 진배 없는 우리 집안의 〈무오개
혁〉이 되지 않겠느냐?"

"하지만, 숙부님! 그렇게 기뻐하실 일만은 아니질 않습니까?"

중산은 지금까지 온갖 난관을 무릅쓰고 자기가 부탁한 갖가지 문제
들을 곧잘 해결해 주곤 하였던 죽명 숙부도 이번 행사의 허가만큼은 받
아내기가 결코 쉽지 않으리라는 생각에 내심 촉각을 곤두세우고 있는
것이다.

"왜놈들로부터 행사의 집회 허가를 받아내는 일 말인가?"

"예, 숙부님! 운사네 병원 개입식 때 보았다시피 그놈들이 쉽게 우리
들의 요구를 쉽게 들어 줄 까닭이 없지를 않겠습니까?"

"그야 물론 그렇겠지! 온갖 부작용에도 불구하고 무단정책을 밀어붙이
고 있는 총독부의 방침에 따라 전통적으로 시행해 오던 우리의 민속놀이
마저 막고 있는 실정이니 쉽지는 않을 게야! 더구나 사냥대회라는 것이
활을 사용하는 군사적인 측면이 있는 데다, 몰이꾼들도 다수 동원해야 하
고…. 게다가, 대동축제라는 것도 다수의 민중들을 동원해야 하니 군중
집회를 금하는 총독부의 방침에 위배된다고 할 게 뻔하니 말이다."

"그렇다면 이렇게 해 보면 어떻겠습니까? 그동안 우리가 곱잖은 주
변의 눈총을 받아 가면서까지 지주총대 노릇을 해 오고 있고, 또 제방

축조 공사 때와 같이 크게 비용이 드는 일이 생길 때마다 준조세처럼 내놓은 기부금만 해도 적지 않은데, 제 놈들도 우리한테 혜택을 주는 일이 있어야 되지 않겠느냐고 말입니다!"

"그야 당연한 일로서 협상의 기본이 아니겠느냐? 하지만 그것만으로는 결코 해결될 일은 아닐 게다. 하지만 나한테도 다른 복안이 있으니 왜놈들에 대한 걱정은 말고 자네가 직접 관장하는 행사 준비나 빈틈없이 잘 해 두도록 하게!"

이렇게 자신의 뜻을 밝힌 죽명 선생은 의미심장한 눈으로 중산을 쳐다보면서 묻는다.

"그런데 말이다. 자네가 그런 행사를 열겠다고 했을 때, 집안의 어르신들께서는 무어라고들 하시던가?"

"용화당 할머님께서는 숙부님과 똑 같은 말씀을 하시면서 허락은 하셨지만, 행사를 제대로 열게 되리라는 기대는 크게 하지 않으시는 것 같았습니다. 아마도 저 혼자서 설치다가 아무것도 못하고 스스로 주저앉아 버릴 거라고 여기셨는지도 모르지요! 그런데 운당(雲堂), 초당(草堂), 우당(雨堂)할아버지를 비롯한 다섯 분의 작은댁 할아버님들의 관심은 예상 외로 지대하셨습니다!"

장수(長壽) 집안의 큰 어르신들답게 지금도 원기가 왕성한 그분들의 이런 반응은 개화의 꿈을 펼치려는 중산에게는 뜻밖의 후원자가 되어 주고 있었다.

"당신들의 뜻이 아니고는 그 어떤 일도 할 수 없다는 듯이 천년 만년토록 꿈쩍도 하지 않으실 것 같던 어머님께서 자네의 소청을, 그것도 민감하기 짝이 없는 어려운 것을 그렇게 선뜻 용납해 주시다니 도무지 믿기지가 않는구먼!"

만감이 교차하는 듯, 허공을 쳐다보는 죽명 선생의 눈시울이 눈에 띄게 붉어진다.

"허락을 해 주시기는 하셨지만, 어차피 제가 왜놈들로부터 집회 허가를 받아내지 못할 것으로 알고 할머님께서 일부러 그리하신 것인지도 모르겠습니다. 왜놈들이 어떻게 나오는지를 똑똑히 봐 두고 세상 무서운 줄을 좀 알라고 말입니다!"

시국과 관계 되는 일에는 일체 나서지 말라고 하시던 것이 그동안 견지해 온 용화 할머니의 태도였음을 감안하면, 중산도 막상 허락을 받아내기는 하였으나 미상불 그런 생각이 들지 않는 바는 아니었다.

"아니야, 그렇지는 않을 게다! 다섯 분의 작은댁 숙부님들까지 지대한 관심을 보이셨다면, 거기에는 필시 그럴만한 까닭이 있을 게야!"

이렇게 혼잣말을 내뱉은 죽명 선생은 일생일대의 대단한 거사를 목전에 둔 사람처럼 감개무량한 얼굴로 중산에게 아낌없이 찬사를 보내는 것이다.

"그렇게도 단단하던 철옹성을 이렇게 쉽사리 움직이게 하다니, 역시 자넨 대단한 사람이야!"

죽명 선생의 얼굴에는 오랜 가뭄 끝에 단비를 맞은 메마른 땅의 풀잎처럼 생기가 넘쳐 흐르고 있었다.

"숙부님, 아직은 그런 말씀을 하시기에는 너무 이르지 않습니까?"

"집회 허가 문제 때문에 그러느냐?"

"예, 숙부님! 총은 아닐지라도 우리가 무기인 활을 가지고 사냥대회를 열겠다는데, 호락호락 들어 줄 왜놈들이 아니질 않습니까?

"아니야! 나한테도 생각이 있으니 두고 보면 알게 될 게다!"

중산의 우려에도 불구하고, 죽명 선생은 자기 나름대로의 어떤 복안이 있는지 의욕에 차 있었다. 하기야 대한제국의 멸망과 부친의 의거 순절이 맞물리면서 지난 십년 가까이 중단하였던 문중 수렵대회를 다시 개최하게 된 것이 일찍이 개화에 눈을 떴다가 문중의 이단자로 낙인이 찍혀 한 맺힌 세월을 살아 온 죽명 선생에게는 남다른 의미로 받아들여질 수밖에 없었을 것이다. 또한 거기에 임하는 자신의 각오 역시 남다를 수밖에 없었을 것이다.

삼천리 강토가 왜놈들의 세상으로 바뀌면서 정치적, 정서적인 이유로 그동안 중단할 수밖에 없었던 문중 행사를 다시 재개하도록 윗분들에게 허락한 것은 그 이유가 어디에 있든 문중 변화의 조짐임에는 분명하였고, 또 그 변화는 곧 문중의 개화와 개방으로 이어지기 십상이었기 때문이다. 더구나 여러 가지 복안을 가지고 이번 행사를 의욕적으로 추진하고 있는 장본인이 개화의 기수(旗手)로서 문중의 당주 일을 대신하고 있는 중산임에랴 오죽하였으랴!

"이보게, 장조카! 이 일은 우리 문중이 긴 잠에서 깨어나게 될 기폭제가 될 일임에 틀림없으니 나로서도 이대로 그냥 지나칠 수는 결코 없는 일이야! 그러니 오늘 저녁엔 우리 기독교에서는 예수님의 피로 여기는 포도주를 특별히 들면서 원도 한도 없이 문중 행사의 성공적인 개최를 축원하여 보자구!"

죽명 선생은 하녀를 데리고 주방에서 저녁 식사 준비를 하고 있던 부인더러 오늘 저녁의 밥상은 포도주를 반주로 하여 중산과의 겸상으로 차리라고 이르고는 득의에 찬 얼굴로 낭하로 연결된 진료실로 바쁜 걸음으로 건너간다.

중산은 웃전들의 조그마한 변화에도 철부지 아이마냥 이토록 감격하는 비운의 막내 숙부의 뒷모습을 뜨거운 눈으로 바라며 속으로 뇌인다.

'역시 숙부님도 이 어려운 시기에 내가 왜 그런 민감한 행사를 하려고 하는지를 이미 훤히 꿰뚫어 보고 계시는 게로구나!'

당신의 칭찬과 기대하는 바가 무엇인지를 곱씹어 보면서 중산은 마치 그 무슨 대단한 큰일을 해낸 것인 양, 주체할 길이 없는 벅찬 감개와 함께 가슴 한 쪽이 찡하게 아려 옴을 느낀다.

하지만 죽명 숙부와 겸상으로 즐거운 만찬의 시간을 보내고 집으로 돌아오는 그의 발걸음은 천근만근 무겁기만 하였다. 집이 가까워질수록 '서반아 독감'이라는 괴질에 대한 걱정이 짙어 오는 어둠과 함께 파도처럼 점점 더 거세게 밀려들었으며, 사람을 통하여 옮긴다는 그 괴질이 언제 동산리 쪽으로 번져 올지 생각만 해도 절로 등골이 오싹해지면서 전율이 일었던 것이다.

그런데 일은 공교롭게도 그가 집에 당도하자마자 기다렸다는 듯이 터지고야 말았다. 바로 여흥 민씨 집안의 코밑인 마산리와 당곡 부락에도 괴질 환자가 발생했다는 비보를 접하게 된 것이었다.

◇ 저무는 무오년戊午年

집으로 돌아온 중산이 말에서 미처 내리기도 전에 그에게 괴질의 비보를 고한 사람은 청지기 서 서방이었다. 가슴이 덜컥 내려앉은 중산은 뒤따라 나귀에서 내리는 김 서방에게 말고삐를 건네주기가 무섭게 혼이 달아난 사람처럼 안절부절 못하며 대문 밖에 서성이고 있다가 큰 소리로 고한 서 서방 곁으로 성큼성큼 걸어간다.

"괴질이 마산리와 당곡에까지 번졌다고? 대체 누가 그러던가?"

마산리는 교회가 있어서 삼수 녀석의 출입이 잦은 곳이고, 당곡은 동산이 집성촌과 인접한 부락으로 삼수와 친한 풍수네 집이 있는 곳이었다.

"아까 마굿들의 염 서방이 급히 다녀가면서 알려 줬습니다요!"

"염 서방이 급히 다녀갔다고?"

중산은 머릿속이 하얘지면서 숨이 멎는 듯하였다. 염 서방은 마굿들에 있는 자기네 종마장의 책임자로서 웬만한 일은 병이 들거나 다친 말을 맡기러 그곳을 드나드는 황서방 편에 전해 올리거나 젊은 말구종들에게 시키기 십상이었고, 중대한 일이 있을 때에나 직접 고하러 오는 사람이었던 것이다.

"예, 아까 해으름께 사색이 되어 용화당에 급히 들렀다가 돌아가는 길에…!"

"이보게! 그렇다면 우리 종마장에도 괴질이 번졌다는 얘기가 아닌 가?"

중산은 머리끝이 하늘로 뒤말려 올라가는 듯한 심사였다. 대여섯 명의 마지기들이 상주하며 자기네 문중의 종마(種馬)와 아마(兒馬)들을 돌보고 훈련시키거나, 다치고 병든 말들을 맡아 보살피고 있는 마굿들은 괴질이 번졌다는 당곡과 백족 사이에 있는 들판으로서 마산리로 가는 길목에 자리 잡고 있는 것이다. 옛날, 임진왜란이 일어난 후에 이연리(伊淵里)에 있었던 이동음역(伊冬音驛)을 백족(白足)으로 옮겨 금동역(金洞驛)이라고 했는데, 당시 역마(驛馬)의 먹이를 위한 사료용 짚을 생산하는 들판이라 하여 그때부터 마굿들로 부르게 된 곳이었다.

"그, 그런 거는 앙인 모양입니더!"

"그래? 그렇다면 그나마 불행 중 다행이로군! 하마터면 졸도할 뻔하였네!"

겨우 한숨을 돌린 중산은 냉정해지려고 애를 쓰면서 다시 묻는다.

"괴질 때문이 아니라면 염 서방이 무슨 일로 급히 왔다고 하던가?"

"그, 그거는 잘 모르겠십니더!"

서 서방은 정말로 혼이 달아난 사람처럼 정신이 혼미한 모습이다.

"이 사람아, 모르다니! 첨병 역할을 해야 할 청지기란 사람이 보고를 하려면 제대로 알고서 해야지! 이렇게 답답해서야, 원…!"

사람이 좋긴 한데, 맺고 끊는 데가 없어서 늘 불만이던 중산은 나이 지긋한 서 서방에게 전에 없이 버럭 역정을 낸다.

"괴질 때문에 사, 사람이 죽어 나갔다는 바람에 그만 혼이 빠져 가지고…!"

"괴질 때문에 벌써 사람이 죽어 나갔다고?"

"예, 서방님! 팔월 추석을 쇠고 한 달쯤 지난 뒤부터 돌림병이 나돌기 시작했는데, 남들이 알까봐 저마다 쉬쉬하면서 숨겨 왔던 모양입니다! 그러다가 날씨가 쌀쌀해지면서 괴질에 걸린 사람이 갈수록 늘어나고 죽어 나가는 사람까지 생기고 나서야 소문이 퍼지기 시작했다고 합니다요!"

"저런 변이 있나! 문상객에다 상두꾼에, 초상을 치자면 괴질이 걷잡을 수 없이 번져 나갈 터인데?"

"그렇잖아도 괴질로 죽은 기이 탄로나는 바람에 멋도 모르고 문상을 갔던 이웃 사람들도 다 도망가 버리고 상두꾼을 몬 구해 가지고 염도 몬한 시신을 거적때기에 둘둘 말아서 지게로 져다가 산속에 대충 파묻고 왔다 합니더!"

"허허, 갈수록 태산이로구먼! 마마나 염병으로 죽은 시신들도 서둘러 화장을 하는 법인데, 항차 그보다 전염성이 강하다는 무서운 병균이 우글거리는 시신을 산 속에 대충 파묻고 오다니! 그 산이 도대체 어디에 있는 누구네 산이라고 하던가?"

곳곳에 종산이 널려 있으니 그것마저도 신경을 써야 하는 중산이었다.

"그, 그런 말은 몬 들었십니다요!"

중산은 이맛살을 찌푸리며 혀를 끌끌 차다가 서 서방이 영 미덥지가 않아서 방금 그가 한 말에 대해서도 재차 확인을 한다.

"서 서방! 다시 묻겠는데, 염 서방이 괴질 때문에 온 것이 아닌 것만은 확실하단 말이지?"

"예! 그, 그렇십니다요! 용화당에 들렀다가 돌아가는 길에 황 서방을 따로 만나고 가는 것을 보면 아무래도 종마장의 다른 일 때문이 앙인가 싶습니다요!"

"종마장의 일이라고…?"

그렇다면 말에게도 괴질이 번졌단 말인가? 그럴 일은 없을 터인데…. 고개를 갸웃거리던 중산은 후딱 떠오르는 생각이 있어서 안색이 확 달라지면서 재우쳐 묻는다.

"참! 삼수란 놈은 요새도 마산리교회를 계속 다니고 있다고 하던 가?"

"아, 예! 그런가 봅니더! 지놈은 바람난 들개맨치로 무시로 천지 사방을 싸돌아 댕기면서도 그기이 앙이라고 딱 잡아떼지만, 불한당 겉이 설금찬 놈의 말을 우찌 믿겠습니껴? 한번 발을 들여놓았다 하믄 아편쟁이처럼 끊지 몬하는 기이 야수교라고 하던데…!"

중산의 관심이 삼수 쪽으로 옮아가는 것을 보고 내심 가슴을 쓸어내리게 된 서 서방의 목소리에 은근히 힘이 실린다.

"삼수 놈은 지금 어디에 있는가?"

"오늘은 여태까지 한 번도 몬 봤습니다요!"

"아니, 종일토록 종적이 묘연하였단 말인가?"

"예! 그, 그렇십니더!"

그러자 말과 나귀를 몰고 축사로 가려던 것도 잊은 채 옆에서 잠자코 듣고 있던 김 서방이 드디어 자신이 수행해야 할 일거리를 찾았다는 듯이 앞으로 썩 나선다.

"서방님, 소인이 축사로 가서 황 서방한테 직접 한번 알아보고 오겠십니더!"

삼수 녀석은 물론, 집안의 모든 바깥 일꾼들의 단속은 중산을 수행하며 집사 노릇을 하는 김 서방의 소관인 것이다.

"그렇게 하게나!"

그러나 중산은 김 서방을 보내고 나서도 쉽게 자리를 뜨지 못하고 서 서방에게 다시 묻는다.

"서 서방! 마산리하고 당곡 쪽으로 괴질을 맨 처음 옮긴 자는 도대체 누구라고 하던가?"

"누구인지 이름은 알 수가 없지만, 마산리 교회의 장로 한 사람이 지난 구월달에 평안도 오산교회(五山教會)라는 데를 다녀와서 시름시름

앓기 시작했는데, 그 후로 교인들을 중심으로 괴질이 한 사람씩 번지기 시작했다 합디다요!"

"마산리 교회에서 평안도를 다녀온 사람이…? 그렇다면 내가 여기서 이러고 있을 때가 아니로구먼!"

중산은 마치 무엇에 들린 사람처럼 아연실색을 하면서 김 서방이 돌아오기를 기다릴 새도 없이 서둘러 축사 쪽으로 바쁜 걸음을 친다. 삼수의 아비 황 서방이 예전에 염 서방과 함께 종마장의 마지기로 일했고, 지금도 그곳을 오가며 마필들을 보살피고 있기 때문에 그가 황 서방을 따로 만나보고 갔다면 괴질 때문이건 아니건 간에 아무래도 삼수와 연관된 골치 아픈 문제가 생긴 게 아닐까 하는 의구심이 생겨난 것이다.

중산이 바쁜 걸음으로 축사로 들어서자, 저쪽 마굿간 밖에서 김 서방과 심각하게 얘기를 나누고 있던 황 서방이 중산을 발견하고는 들고 있던 여물통을 내던지고 황급히 뛰어와서 그에게 허리를 크게 굽혀 머리를 조아린다.

"서방님, 어서 오시이소! 그렇잖아도 걱정거리가 생겨서 눈이 빠지게 기다리고 있던 참이었습니더!"

황 서방은 자신의 큰 걱정거리부터 먼저 아뢰고 싶은 모양이지만, 중산은 불문곡직하고 염 서방이 급히 다녀 간 사연부터 먼저 묻는다.

"서 서방한테서 듣자 하니 염 서방이 급히 다녀갔다면서?"

심상치 않은 중산의 태도에 황 서방은 더욱 긴장을 하며 두 손을 비비면서 머리를 조아린다.

"예, 그렇습니다요! 오늘 낮에 왜놈 헌병 둘이 마굿들에 불쑥 나타나서 이상한 눈초리로 우리 종마들을 하나하나 둘러보고 돌아갔다 합니다요!"

"뭐라고? 왜놈 헌병들이 우리 마굿들까지 찾아와서 종마들을 둘러보고 갔다고? 아니, 그놈들이 무슨 일로?"

전혀 예상치 못한 얘기에 중산은 불길한 예감을 본능적으로 느끼면서 사뭇 긴장을 한다. 그렇잖아도 말들을 대거 동원하여 펼치게 될 문중 수렵대회를 앞둔 시점이라, 자기네 마필들 관리에 대해 신경을 쓰고 있던 중산이었다. 게다가, 얼마 전에 자신의 백마를 타고 응천 강변으로 새벽 산책길에 나섰다가 헌병 차림의 왜놈 기마병 두 놈과 강폭이 좁아진 뒷기미 나루께의 응천강을 사이에 두고 조우한 적이 있어서 찜찜한 뒷맛에 신경이 쓰이던 참이기도 하였다.

그날, 그들은 삼랑진 쪽에서 경부선 무흘 터널 위의 능마루를 거쳐 임천·숭진리 쪽으로 새로 난 신작로를 타고 넘어 왔다가 이쪽 응천 강변의 밀성제 제방 위에서 백마를 타고 달리던 중산을 발견하고는 대뜸 방향을 바꾸어 오우정 너머의 맞은편 뒷기미 나루터 쪽으로 달려 내려 왔던 것이다. 그리고는 중산이 백마를 타고 돌티미 나루까지 채찍을 가하며 달려갔다가 본래의 자리로 되돌아 올 때까지 강가 모랫벌에서 오래도록 움직일 줄을 모르고 이쪽 건너편을 바라보고 있었는데, 중산의 눈에는 먼 발치에서도 유유한 강바람에 유난히 긴 순백의 갈기를 마음껏 휘날리며 질풍노도처럼 달리면서 명마의 진면목을 유감없이 발휘한 자신의 애마 백호(白豪)의 범상치 않은 기상에 매료된 것이 분명해 보였던 것이다.

"그놈들이 왜 그러는지에 대해서는 일언반구도 없었다 합니더! 자기네들끼리 일본말로 뭐라고 수군거리며 우리 종마들을 두 눈을 까뒤집고 살펴보고 갔다는데, 염 서방의 말로는 삼랑진 역전에 있는 왜놈 헌병 분견대에서 나온 소대장하고 그 부하 같더라고 하였습니다요!"

"삼랑진 헌병 분견대라고? 그곳 왜인촌에 주둔한 분견대의 헌병 놈들이라면 우리 집에 대해서도 잘 알고 있을 터인데, 아무래도 좋은 일로 다녀간 것은 아닌 것 같구먼!"

중산은 자기네 종마장을 둘러보고 간 왜놈 헌병들이 지난번에 응천강을 사이에 두고 자기와 조우하였던 그 왜놈들임이 분명하다 싶었다. 무슨 일일까. 죽명 숙부께 문중수렵대회 얘기를 한 것이 불과 두 세 시간 전이라, 그새 밀양경찰서나 읍성 안의 헌병대에 집회 허가 신청서를 내었을 리는 만무한 것이다. 그렇다면 혹시 왜놈들이 군수용 마필을 징발하라는 상부의 지시로 아무 통보도 없이 사전 정탐을 하러 나왔더란 말인가?

괴질 문제로 초긴장 상태에 놓인 경황 속에서도 사냥감을 노리는 화적떼처럼 기분 나쁘게 자기를 지켜보던 지난번의 그 왜놈 헌병들의 모습이 새삼스럽게 눈에 밟히면서, 중산의 머리 속에서는 불길한 예감과 함께 추측 가능한 온갖 생각들이 바쁘게 스치고 지나간다.

"서방님! 염 서방이 급히 나녀 간 것도 괴실 소식과 함께 마필 징발의 조짐을 전하기 위함이 아니었을까요?"

김 서방도 같은 생각이 들었는지, 중산 못지않게 크게 긴장을 하면서 불길한 예감을 숨기지 않는다.

"그렇다면 내가 여기서 이러고 있을 게 아니라, 아무래도 용화당으로 빨리 가서 한번 알아봐야 할 것 같군!"

중산은 괴질 감염에 대한 두려움 때문에 그곳 우물 가에서 비누칠을 해 가며 손을 깨끗이 씻고는 황 서방이 두 손으로 받들어 건네는 무명 수건으로 바쁘게 손을 닦는다.

"참! 이보게, 황 서방! 그런데 삼수 녀석은 지금 어디에 있는가?"

"우리 삼수 말씀입니껴? 그것이 저어….'

그러잖아도 그 때문에 잔뜩 주눅이 들어 있었던 듯, 막상 중산의 입에서 삼수 얘기가 흘러나오자 황 서방은 얼른 대답을 하지 못하고 쩔쩔매면서 어찌할 바를 모른다.

"자네한테 야단칠 생각은 없으니 사실대로 말해 보게!"

"그동안 마산리 교회를 오가며 당곡에 있는 염록술(廉綠述)이네 집을 자주 드나드는 눈치였는데, 오늘 따라 온종일 안 보이는 거를 보면 아무래도 구포 장에 가지 않았나 싶습니더!"

대뜸 그렇게 대답하는 것을 보면, 황 서방도 그동안에 삼수의 태도에 수상쩍은 바가 있어서 자기 나름대로 달라진 아들놈의 동태를 줄곧 살피고 있었던 모양이었다. 풍수의 아비인 염록술이란 사람은 당곡 부락에 사는 중산네의 소작농이자 박수무당이었고, 그곳 농악패의 상쇠잡이로서 천출로 타고난 소리꾼이기도 하였다.

"그래? 난데없이 구포 장에는 갑자기 무슨 일로?"

"오늘이 구포 장날이 앙입니껴? 풍수라고 하는 염록술이의 아들놈이 장돌뱅이 약장사 패거리의 설레발이 드난꾼이라, 둘이서 죽이 맞어 가지고…!"

머리를 주억거리면서 곧이곧대로 아뢴 황 서방은 그것만으로는 부족했던지 다시 혼잣말처럼 주절거린다.

"풍수란 놈의 집이 있는 당곡하고 마산리 교회 쪽을 보고는 오줌도 누지 말라꼬 소인 놈이 그리도 입이 닳도록 타일렀건만, 늦배운 도적질에 날 새는 줄 모른다꼬 하더니만, 이 노무 자슥은 야수 구신이 들렸는지 당최 소귀에 경 읽기라… 그렇다고 소 새끼처럼 코를 뚫어 외양간에 가두어 놓을 수도 없고…. 소인 놈의 죄가 막심합니다요! 어릴 때부터 엄히 다스려야 하는 기인데. 잘몬 가르쳐 가지고 이렇게 두고두고…!"

입장이 난처해질수록 변명이 길어지는 법이라, 중산도 그의 심정을 모르는 바 아니었다.

"이 보게, 황 서방! 이제 와서 새삼스럽게 그런 말을 하면 뭘 하나? 이 시간 이후로는 자네 자식이네, 내 자식이네 하고 서로 떠넘길 게 아니라 서 서방과 함께 힘을 모아서 삼수 녀석을 일절 집으로 들이지 말도록 하게."

청천벽력과도 같은 중산의 말에 황 서방은 드디어 올 것이 왔다는 듯이, 바보처럼 입을 크게 벌린 채 그의 근엄한 얼굴을 망연히 바라본다. 그러자 중산이 재차 이른다.

"집으로 들이지 말고 곧 바로 초량 미곡창으로 내려 보내도록 하란 말일세!"

"초량 미곡창으로 내려 보내라 하오시면…?"

이렇게 되묻던 황 서방은 그제서야 선처하는 중산의 마음을 뒤늦게 알아차리고는.

"서방님! 고, 고맙십니더! 참으로 고맙십니더!"

하면서 사지에 몰렸던 아들의 목숨을 구해내기라도 한 것처럼 감복한 나머지 수없이 머리를 조아린다.

"마산리와 당곡 부락까지 괴질이 돌고 있다고 하니 그 병균을 옮아오지 못하게 멀리 피접을 보내자는 것이니 너무 고깝게 여길 것까지는 없네! 괴질에 감염되었다면 멧돼지를 지키는 작인들의 천둥지기 산막이라도 하나 빌려서 격리시키는 게 마땅하나, 아직 그럴 단계는 아닌 것 같고…. 초량에는 제 삼촌이 고지기로 있는 곳이기도 하니, 어찌 보면 오히려 잘 된 일이 아닌가?"

삼수 녀석이 마음 내키는 대로 거침없이 행동하는 말썽꾼이라 어디에 가 있게 하든 미상불 신경이 쓰이지 않는 바는 아니었으나, 일단은 초량 미곡창에서 고지기 일을 하도록 시키는 게 낫겠다는 것이 중산의 생각이었다. 가을 추수는 이미 다 끝난 상태이고, 이제 곧 소작료 징수가 시작되면 이쪽에도 일손들이 바빠지겠지만, 미곡 출하의 전초 기지인 초량 미곡창에도 집에서 실어 가는 볏섬들을 하역하고 선적하는 일꾼들을 더 내려 보내야 할 때가 되었으니 차라리 일이 잘 되었다 싶은 것이다. 그리고 지금은 다른 무엇보다도 괴질 전염을 막는 사전 조처가 시급한 때가 아닌가!

"예, 그리하도록 하겠십니더!"

황 서방은 감지덕지하여 몸 둘 바를 모르면서 땅에 닿도록 연신 머리를 조아린다. 중산은 옆에 있는 김 서방에게도 특단의 조처를 취하도록 지체없이 엄명을 내린다.

"이 보게, 김 서방! 자네는 서 서방한테로 가서 이 시간 이후로 내방객들의 출입을 엄중히 통제하도록 이르게! 몸에 열이 있거나 기침을 하는 등, 감기 증세가 있는 자나 낯선 외지인은 반상을 가릴 것 없이 집 안으로 일절 들이지 말도록 하란 말일세! 그리고 우리 문중 대소가에도 집집이 두루 알려서 식솔들이 괴질이 번진 당곡이나 마산리 쪽의 출입을 엄금하도록 전하되, 그 일은 김 서방 자네가 특별히 책임을 지고 시행 여부를 직접 확인해 가며 챙기도록 하게!"

중산은 그 길로 김장이 끝나면서 허허벌판으로 변한 채마밭을 곧장 가로질러 용화당을 향해 바쁜 걸음을 친다. 일각 대문을 통하여 별당 반대편의 후원으로 들어섰을 때, 용화당에서 나와 종종걸음을 치던 옥이네와 마주쳤다.

"서방님, 오서 오시이소! 그렇잖아도 서방님께서 집으로 돌아오시는 대로 용화당으로 어서 모시라는 노마님의 분부 말씀이 방금 계셨어예!"

옥이네가 반색을 하고 다가오자 중산은 기겁을 하고 멀찍이서 황급히 옆으로 비켜 선다.

"그래, 알았네! 하지만 내 곁으로 가까이 와서는 아니 되네!"

엉겁결에 팔을 내저으며 접근을 막는 중산의 태도에 옥이네는,

"서 방님! 우찌 그러십니껴?"

하고 영문을 모른 채 그 자리에 얼어붙는다.

"지금 무서운 전염병 괴질 환자가 장사진을 친 성내 운사 친구의 〈민중의원〉을 다녀오는 길이라네! 혹여 내 몸에 병균이 묻어 있어 그 괴질에 감염될지도 모르는 일이니, 이 시간 이후로 자넨 내 근방에 아예 얼씬도 하지 말게!"

옥이네는 용화 부인이 의성에서 시집올 때 교전비로 따라왔다가 요절한 천수(泉水)라는 하녀의 딸로서 무시로 별당을 드나들며 병준이를 돌보고 있는 유모였다. 그러니 중산이 귀하디 귀한 어린 아들의 괴질 감염을 우려하여 그만큼 신경을 쓰는 것도 무리는 아니었다.

"하오시면 서방님의 침수(寢睡)와 진지는 우찌하실라고예?"

별당 출입을 못하게 된 중산의 딱한 처지에, 심성이 곱고 여린 옥이네의 얼굴이 일그러진다. 상전의 시종 노복으로 경북 의성에서 멀고 먼 밀양까지 혼행 길을 수행해 왔다가 그대로 눌러 살게 된 부친 김 영감을 따라 교전비로 함께 왔던 천수가 그와 혼인을 하여 그녀를 낳고 이태 만에 독사에 물려 요절한 뒤에 상전의 각별한 배려로 용화당에서 잔심부름을 하며 손녀딸처럼 지내며 자라난 그녀였다. 중산과 어린 시절을 오누이처럼 함께 보냈던 만큼, 상전이라고는 하여도 예사 상전이 아닌 것이다.

"괴질이 지나갈 때까지 당분간 바깥사랑에서 근신하고 지내야지 어찌하겠나? 아씨 마님께도 이렇게 된 속사정을 자네가 잘 좀 전해 주게! 가고 싶어도 못 가는 사람을 공연히 기다리게 할 수는 없으니…."

"예, 서방님! 그렇게 분부 받들겠습니다! 하지만 서방님께서 병준이 도련님도 안아 보시지 몬하게 되었으니, 이 일을 우찌하면 좋습니껴? 아씨 마님께서도 상심이 이만저만 크지 않으실 텐데!"

"이 사람아! 낭패 당하는 일이 없도록 하자고 대비하는 일이 아닌가? 그러니 내 걱정은 그만 하고 바쁜 자네의 볼일이나 어서 보러 가도록 하게!"

상심한 옥이네를 달랜 중산은 황급히 걸음을 옮기려다 말고 종종걸음을 치는 그녀를 향하여 뒤에서 묻는다.

"지금 용화당에는 누구 누구가 와 계시는가?"

"운당(雲堂) 첫째 종조부 나으리 마님만 아직 안 오셨을 뿐, 다른 네 분의 종조부 어르신들과 영동 나으리 마님의 네 형제분들까지 모두 와 계십니더!"

아무 예고도 없이 가까운 문중 어르신들을 이렇게 한꺼번에 불시에 소집하기란 전에 없던 일이었다. 아마도 문중 비상회의가 소집된 모양이다. 오늘따라 날이 저물면서 으슬으슬 바람이 부는 게 날씨마저 음산하여 중산의 마음을 더욱 어둡고 산란하게 해 주고 있었다.

중산이 목례를 하면서 용화당의 할머니 침소 옆의 접견실 큰방으로 조심스럽게 들어섰을 때, 촌수가 가까운 원로 어르신들로 가득 찬 방 안에는 무거운 침묵이 흐르고 있었다. 팔뚝 만한 황촉을 대낮같이 밝힌 가운데 수족과도 같은 김 영감까지 배석시키고 보료 위에 여황처럼 위엄을 갖추고 앉아 있는 용화 부인은 공적인 자리에서나 볼 수 있는 여황 같은 성장 차림이었고, 거기에 입석한 모든 문중 어른들 역시 유복(儒服)이나 도포 차림으로 의관을 반듯하게 갖춘 엄숙한 모습들이었다. 말하자면 문중을 대표할 만한 촌수 가까운 원로 핵심 인사들만 참석한 공식적인 비상 문중회의 자리인 셈이었다.

밖으로 나갔던 옥이네가 그때까지 당도하지 않고 있던 중산의 첫째 종조부인 운당 어른을 급히 모시고 와서야 상석에 앉은 용화 부인이 방 안을 짓누르고 있던 오랜 침묵을 깨고 비로소 입을 열었다.

"사전에 아무런 통보도 없다가 갑자기 이렇게 두서없이 우리 측근 원로 종원 여러분들을 급히 소집하게 되어 미안스럽기 짝이 없습네다! 사실은 여러 가지로 상의할 일도 있고 하여 네년 연초에나 있을 정기 종회 때까지 기다릴 것 없이 조만간에 임시 종회를 한번 소집할 생각이었는데, 마침 오늘 화급을 다투는 일이 생기는 바람에 이렇게 불시에 비상회의를 소집하게 되었습네다. 그러면 이제 올 사람은 거지반 다 온 것 같으니 회의를 시작하도록 하지요! 우리 집 영동 당주가 윈지 순례를 마치고 어제 저녁 때 돌아와 밖에서 보고 들었던 바를 얘기하던 중에 대구에 이상한 괴질이 번져서 야단이 났더라는 말을 하였습네다만, 그 때만 해도 그러려니 하고 예사로 들어 넘기고 말았더랬습네다. 그런데 오늘 염 서방의 보고를 듣고서야 그게 남의 일이 아니라는 사실을 뒤늦게 깨닫게 되었지 뭡네까! 아까 종마장의 일을 고하러 왔다가 알려 준 염 서방의 말에 의하면, 이상한 괴질이 온 나라 안에 창궐하여 마산리와 당곡에까지 번져 와서 사경을 헤매는 환자가 한 둘이 아니고 병사자까지 생겼다고 하니, 우리도 무서운 일을 당하기 전에 그 대비책을 강구해야 하지 않겠습네까?"

"형수님! 갑자기 그게 무슨 말씀입니까? 괴질이라니요?"

남 나중 당도하여 아무런 사정도 모른 채 방 안을 둘러보고 앉아 있던 운당 어른이 괴질이라는 바람에 아연실색을 하면서 묻는다.

"아비야, 대구를 휩쓸었다고 한 그 괴질의 병명이 무엇이라 하였느냐?"

용화 부인이 괴질의 참상이 벌어진 현장을 목도하고 돌아왔다는 영동 어른에게 물었다. 그러나 영동 어른도 그런 것까지는 알지 못하는 듯, 얼른 대답을 하지 못한다. 그러자 보다 못한 중산이 이때다 하고 기다렸다는 듯이 나선다.

"할머님, 제가 대신하여 설명을 해 드려도 되겠습니까?"

"아니, 중산이 네가?"

용화 부인은 자신있게 나서는 중산을 의아한 듯이 바라본다.

"예, 할머니! 제가 어제 저녁 때 아버님으로부터 모처럼 어렵게 신문 구독 허락을 받고, 오늘 그 일로 읍내에 나갔다가 운사 친구의 병원에 들러 보니 환자 대기실이 괴질 환자로 미어 터질 지경이었습니다. 그곳 응접실에서 마침 이번에 창궐하고 있는 괴질에 관한 신문 기사를 읽게 되었는데, 세계1차 대전이 끝날 무렵인 지난 봄부터 번지기 시작한 괴질로 전쟁으로 쑥대밭이 된 유럽에서만 2천만 명이 넘는 희생자가 생길 정도로 전염성이 아주 강한 무서운 병이라고 하였습니다!"

"중산아! 그 괴질이라는 것이 혹여 호열자(虎列刺)라고 하는 병이라고 하지 않더냐?"

괴질에 남 다른 관심을 가지고 운당 어른이 캐묻는다. 그 어른의 얼굴에는 어느 새 걷잡을 수 없는 공포의 그늘이 뒤덮고 있었다.

"호열자는 콜레라균이 옮기는 수인성 전염병인 반면에, 이번 괴질은 '인플루엔자'라고 하는 병원균이 옮기는 '서반아 독감'이라는 병이라고 하였습니다. 이 병균에 대한 인체의 저항력은 약한 반면, 전염은 아주 빠르다고 하니까 무엇보다도 병에 걸리지 않도록 체력을 보강하여 사전에 예방을 잘 하는 게 좋을 듯 싶습니다!"

"아무려면 이번 괴질의 전염성이 얼마나 강한지는 모르나, 지난 병술년(1886년) 여름에 창궐하였던 호열자라고 하는 괴질만큼 무서운 전염병이 세상 어디에 또 있을라구! 오죽했으면 호랑이가 살점을 물어뜯는 것과 똑같은 고통을 준다고 하여 '호열자'라 하였을까! 내가 한성 현직에 있을 때, 한성부(漢城府) 동료의 생가로 문병을 다녀 온 뒤로 그 병에 걸려서 저승의 문턱까지 들어섰다가 서양 의술로 인하여 구사일생으로 명줄을 보전할 수 있지 않았겠나! 제중원(濟衆院)을 설립하여 서양 의술을 펼치던 알렌이라는 미국인 의료 선교사가 아니었다면, 아마 나도 승당 형님보다 먼저 불귀의 객이 되었을 게야! 그때 얼마나 많은 한성부의 백성들이 그 병으로 죽어 나갔던지, 들것 하나에 시체를 세 구씩 다섯 구씩 포개어 가지고 광희문(光熙門) 밖으로 운반하여 구덩이를 대충 파고 아무렇게나 한데 묻어 버리는 모습을 흔히 볼 수가 있었거든! 오죽했으면 광희문을 '시구문(屍口門)'이라고 했을까! 지금 생각해도 등골에 진땀이 날 정도로 소름이 쫙 끼친다니까!"

알렌 선교사는 1884년의 갑신정변 때 병조판서 민영익(閔泳翊) 대감이 우정국의 낙성식 축하연에 참석하였다가 전신에 자상(刺傷)을 입고 사경을 헤매었을 때, 서양 의술로 치료하여 살려낸 후, 당시 민씨 척족 정권의 실세인 그의 도움으로 우리나라 최초의 서양식 국립병원인 제중원을 설립한 장본인이기도 하였다.

그런데 그로부터 2년 후인 병술년(1886년)에 콜레라에 걸려 사경을 헤매었던 운당 어른이 구사일생으로 살아나게 된 것도 결코 우연이 아니었다. 왜냐하면, 민영익 대감이 명성황후의 오빠인 민승호(閔升鎬)와 그의 아들이 죽고 나서 그의 양자로 입양된 후, 황후의 친정 조카가 되어 이른바 '죽동궁(竹洞宮)의 주인'으로서 권력의 정점에 설 수 있었던 것인데, 그의 도움으로 알렌의 건의가 받아들여져서 우리나라 최초의 서양식 병원인 국립 광혜원(廣惠院)이 1885년 2월 29일(음력)에 건립되었고, 그해 3월 12일에 제중원으로 이름이 바뀌어 날로 번창했던 것이다. 그런데, 콜레라가 창궐하였던 그 이듬해에 미국 감리교회 선교의사 스크랜턴(Scranton, W.B.)과 헤론(Heron, J.H.)이 추가로 파견되어 와서 제대로 된 의료 장비를 갖추게 되었고, 거기에다 민영익 대감의 특별한 부탁까지 더해져서 서양식 의술을 적극적으로 펼친 끝에 사경을 헤매던 운당 어른을 겨우 살려낼 수 있었던 것이다.

그런데 제중원으로 쓰였던 건물이 1883년 6월에 보빙사(報聘使)의 보빙사절단(報聘使節團) 전권대신인 민영익을 수행하여 미국을 다녀온 뒤, 개화정책이 민씨 정권에 의해 벽에 부딪치자 갑신정변의 주역이 되어 민씨 일파를 제거하고 정권을 장악할 것을 모의하였다가 사흘만에 정변이 진압될 때 청나라 군사에게 죽은 홍영식(洪英植)의 재동 사저였으니, 인연 치고는 기막힌 인연이 아닐 수 없었다.

용화 할머니 다음으로 항렬의 위계가 높은 문중의 큰 어른인 운당 종조부가 그런 내력으로 인하여 이번 괴질에 남 다른 관심을 나타내자, 중산은 이참에 신문 구독이 실생활에 얼마나 유용한지를 실증적으로 부각시키기 위하여 신문 기사를 통해 알게 된 괴질에 대한 얘기에 더욱 열을 올린다.

"지금 북방 지역에서 번지기 시작하여 온 나라 안에 창궐하고 있는 '서반아 독감'이라는 괴질이 운당 종조부님께서 말씀하신 그 호열자처럼 지독한 통증을 동반하는지는 모르겠으나, 사람을 즉사케 하는 고열에다 공기를 타고 병균을 퍼뜨리는 바람에 그 전파력이 아주 강한 무서운 전염병인 것만은 분명한 모양입니다! 제1차 세계대전으로 잿더미로 변한 유럽에서 처음 발병하여 그곳에서만 이미 우리나라 전체의 인구 수보다 많은 희생자를 낸 바가 있었고, 그 병균이 시베리아 철도를 따라 우리 한반도까지 전파되어 와서 지난 9월 달부터 북방 지역인 함경도와 평안도 지역에서 가장 먼저 번지기 시작했다고 합니다. 이번 괴질의 주된 피해자는 활동 반경이 넓은 이삼십 대의 젊은 남자들이라고 하는데, 그 바람에 각급 학교는 일제히 휴교하고, 회사는 휴업했으며, 대도시 가까운 농촌에서는 들녘의 익은 벼를 거두지 못할 정도로 상여 행렬이 끊이질 않아 조선 팔도의 민심이 흉흉하다고 신문 기사에 나와 있었습니다. 전국의 환자 수는 수백만 명에 이르렀고, 11월 19일 현재 경북 도내의 환자 수만도 12만 명이 넘었으며, 사망자도 396명이나 된다고 합니다. 특히, 공진회(共進會) 박람회가 열린 대구에서는 발병률이 높아서 죽은 사람이 하루에만도 4,5백 명이 넘을 것인데, 조선총독부의 관보 역할을 하는 매일신보 기사에서는 5천여 명이 발병하여 11명이 사망했다고 하는 것을 보면, 우리 조선인들의 동요를 우려하여 실제 상황보다 터무니 없이 크게 축소하여 보도하고 있는 모양이었습니다."

"사태가 그 지경이 되었는데, 왜 우리만 여태까지 깜깜하게 모르고 있었을꼬!"

용화 부인은 억장이 무너지는 듯 가슴을 쳤고, 중산은 개화를 하지 못한 문중의 피해와 낙후성을 부각시키기 위하여 기다렸다는 듯이 연이어서 자신의 소신을 과감하게 피력하는 순발력을 드러낸다.

"할머니, 예전처럼 우리 문중 모두가 신문을 구독하고 개화·개방에 남 먼저 눈을 떴더라면 그 병이 우리나라에 전파되자마자 그 특징을 미리 알고 만반의 대비책을 충분히 강구해 둘 수도 있지 않았겠습니까?"

"내 얘기는 화급을 다투는 이런 와중에 그런 소리를 듣자는 게 아니다! 그동안에 전국 각처에서 우리 집을 드나들며 식객 노릇을 하였던 시인묵객 한량들을 비롯하여 나랏일을 걱정하는 우국지사에다 식민 통치에 비분강개하는 논객들까지 수도 없이 많았는데, 어찌 그런 무서운 괴질 얘기를 어느 누구도 입질에 올리지 않았느냐 그 말이니라!"

중산의 입에서 문중의 개화·개방에 관한 얘기가 거침없이 흘러나오자 용화 부인의 안색이 눈에 띠게 변하는 듯하였다. 그러나 사태가 위중한 만큼 중산의 의견에 대해서는 별 다른 언급이 없었고, 괴질 소식을 접하지 못한 것이 마치 자기네 집을 거쳐 간 수많은 식객들의 탓이나 되는 것처럼 그렇게 두리뭉실 지나쳐 버리고 마는 것이다.

하지만 기왕에 내친 김에 중산도 그대로 물러나지 않는다.

"할머니, 그것은 세상의 모든 사람들이 할머니가 생각하시는 것처럼 그렇게 정직하고 양심적이지 않기 때문이 아니겠습니까? 내 코가 석자일 때에는 그런 사실을 전해 줄 양심도 내버릴 수밖에 없는 것이 인지상정이니 말입니다! 아까 축사에서 황 서방이 염 서방한테서 듣고 전하는 바에 의하면, 추석이 지나고 한 달쯤 되었을 때부터 바로 우리 코앞의 마산리와 당곡까지 괴질이 번져 왔지만 너나없이 소문이 날까봐 쉬쉬하면서 남이야 어떻게 되든 말든 괴질에 감염된 사실을 감추기에만 급급했다고 합니다. 가공할 전파력을 지닌 괴질의 특성 때문에 서로 정을 나누며 살아 온 이웃 간에도 그리할진대, 식객 노릇을 하면서 주인집 사람들의 눈치를 의식할 수밖에 없는 외지인들이야 오죽했겠습니까? 그렇잖아도 자기에게 불리한 것들은 가급적 감추고 싶은 것이 그들의 본심이었을 터인데, 항차 무서운 괴질이 번진 지역을 거쳐서 왔다는 사실을 입질에 올려가며 스스로 긁어서 부스럼을 만들 까닭이 없지를 않습니까? 세상 인심이 그러한데, 우리만 이렇게 문호를 꼭꼭 닫아걸고 구태의연하게 지난날의 위정척사적 사고에 젖어 독야청청한들 무슨 소용이 있겠습니까? 급변하는 시대 변화에도 불구하고 눈과 귀를 틀어막고 사는 바람에 하마터면 우리 일족만 속수무책으로 크나큰 화를 입을 뻔 했다니까요!"

중산의 논리적인 열띤 항변에 대답이 궁해진 용화 부인은 그대로 입을 닫아 버렸고, 그 대신 운당 어른이 호열자로 혼쭐이 났었던 사람답게 괴질에 대한 대비책을 언급하면서 중산에게 다시 묻는 것이다.

"지난 병술년에 전국을 휩쓸었던 호열자는 수인성 전염병이라, 익힌 음식과 끓인 물을 먹고 병자와의 신체적 접촉을 금하면 예방할 수가 있다고 했는데, 이번의 괴질은 공기를 통하여 감염된다고 하니 장막을 쳐서 막을 수도 없고 그야말로 큰일이로구나! 그리고 호열자에 걸리면 쌀 뜨물 같은 설사와 심한 탈수 증세를 보였는데, 이번에 번지고 있다는 괴질은 어떤 증세가 나타난다고 하더냐?"

"일반 감기 증세와 크게 다르지는 않다고 하였습니다. 그러니 감염 지역의 출입이나 병자와의 접촉을 일체 하지 않는 게 상책이고, 병자가 발생하면 그 즉시 격리하여 피접을 시키는 것이 괴질 감염을 막는 최상의 대비책이 될 것 같습니다. 그 문제에 대해서는 우리 문중 전체에 알려서 즉시 시행토록 하라고 제가 이미 김 서방한테 단단히 일러두고 왔으니, 그리들 아시고 종원들 모두가 이번의 고비를 무사히 넘기도록 했으면 좋겠습니다!"

중산의 얘기가 이쯤에 이르렀을 때, 괴질에 관한 소식을 용화 부인에게 남 먼저 전해 올렸던 영동 어른이 곤혹스럽다 못해 참담한 얼굴로 비로소 입을 열었다.

"중산의 얘기를 듣고 보니 생각했던 것보다 사태가 훨씬 더 심각한 모양입니다! 제가 그동안에 특별히 상의할 일도 있고 전국 유림계의 움직임도 알아볼겸하여 하여 지리산 자락의 단성 향리에 칩거하고 계신, 우리 유림계의 거목이신 면우(俛宇) 곽종석(郭鍾錫) 선생을 뵈러 갔다가 경북 의성 외가와 풍기, 안동을 거치면서 각 지역의 거유(巨儒)들을 직접 만나 시국에 관한 소회를 들으며 유람 삼아 두루 돌아다녀 보았지만, 그곳들 모두가 하나같이 외지인의 내왕이 많지 않은 궁벽한 산악 지역이라 아무런 괴질 소동 없이 잠잠하였습니다. 다만, 외유 막바지에 경주 양동 처가를 거쳐서 밀양으로 돌아오는 길에 경부선 철도역이 있는 대구에 들렀을 때에야 약전 골목의 약이란 약은 다 바닥이 날 정도로 괴질 소동이 벌어지고 있다는 얘기를 듣게 되었지요! 허나, 그것도 사람이 많이 몰리는 공진회 때문에 빚어진 국지적인 이변이겠거니 하고 크게 우려한 바가 없었는데, 그 무서운 괴질이 벌써 우리 밀양까지 전파되어 와서 능파 선생의 아들 병원이 환자들로 그 지경이 되었고. 바로 우리 이웃인 당곡에서도 병사자까지 생겼다고 하니, 그런 줄도 모르고 무사태평으로 외유나 하고 다니면서 우리 일족들을 무서운 괴질 앞에 그대로 방치해 둔 저의 과오가 실로 막중하고 심대하여 면구스럽기 짝이 없습니다. 때가 너무 늦었지만 그나마 천만다행인 것은 우리 대소가에서 괴질에 걸린 사람 하나 없이 아직까지 모두가 무탈한 모양이니, 이제라도 이 자리에서 중지를 모아 시급히 그 대책을 마련해야 될 것 같습니다!"

종가의 당주로서 과묵한 성격에다 어지간히 심지가 굳고 담대한 영동 어른까지 자신의 생각이 너무 안일했음을 크게 뉘우치며, 그렇게 심각한 대응 자세를 취하고 나오는 바람에 지금까지 잠자코 있던 중산의 둘째 종조부인 초당(草堂) 어른은,

"허허, 그것 참! 온 나라 안이 그 지경이 되고 있는 줄도 모르고 우리만 만사태평으로 있었다니, 이거야말로 세찬 외풍 속에서 내집만 지키면 된다는 식으로 기둥 뿌리만 부여 잡고 있다가 집 전체가 난데없이 밀려드는 바깥의 홍수에 떠밀려 그대로 둥둥 떠내려갈 뻔한 형국이 아닙니까? 아무리 치욕적인 식민지 시대라고는 하나, 개명된 대명천지에 이게 도대체 말이나 되는 소리입니까?"

하고 노골적으로 불만을 드러내며 만시지탄을 숨기지 않았고, 셋째인 우당(雨堂), 넷째인 훤당(萱堂), 그 아래의 송하당(松下堂) 종조부까지 동조하고 나서는 바람에 방 안의 분위기는 크게 술렁이기 시작하였다.

"중산아, 양의(洋醫)가 된 네 친구는 이번 괴질에 대하여 어떻게 대비해야 한다고 하였느냐?"

지금까지 아무런 심적인 동요 없이 평상심을 유지하고 있던 용화 부인마저 사태가 보통이 아님을 뒤늦게 인식하고 얼굴이 심각하게 굳어지며 중산에게 묻는다.

"예방약은 물론, 치료약도 아직 없으니 사전에 괴질에 걸리지 않도록 대비하는 것이 상책이라 하였습니다."

그러면서 중산은 운사한테 들었던 대로 치료와 대처 방법에 대하여 자세하게 설명하고 나서 특단의 제안을 한다.

"할머님, 그리고 여러 종조부님들과 숙부님들! 외람되오나 이번 괴질 사태를 접하면서 문중 종손으로서 제가 느낀 바를 솔직히 말씀 드리자면 이렇습니다. 사람의 목숨이란 빈부귀천을 가릴 것 없이 다 소중하니 '서반아 독감'이라는 이번 괴질이 무섭다 하여 우리 문중 식구들만 살아 남겠다고 자구적인 노력에만 몰두해서는 안 될 것 같다는 느낌이 들었습니다. 어려운 일에 인심이 난다고, 이런 때일수록 힘없는 민초들에게 힘과 용기를 안겨 주는 일에도 각별히 신경을 써야 할 것 같습니다. 그래서 드리는 말씀인데, 이번 기회에 괴질 환자가 생긴 집에 구휼미를 나눠 주고 치료할 약값이라도 얼마씩 쥐어 주어야 하지 않겠습니까?"

중산의 제안에 모두들 묵묵히 고개를 끄떡였고, 생각이 많아진 용화 부인도 그것을 보고 거침없이 용단을 내린다.

"그 문제는 우리 원로 어르신들보다는 신지식에 밝은 너희 젊은 사람들이 더 잘 알 터인즉, 이번 문중 행사 문제와 괴질에 관한 문제에 대해서만은 중산이 너한테 전권을 줄 터이니, 온 문중의 힘을 십시일반으로 모아 너의 소신 대로 전력투구하도록 하여라!"

더 이상 상의할 것도 없이 사태의 긴박함과 위중함을 감안한 용화 부인의 입에서 과단성 있게 특단의 명령이 떨어졌다. 중산은 좋은 기회가 생긴 김에 문중 개혁과 개방에 관한 문제에 대해서도 여러 어르신들의 의향을 한번 타진해 보고 싶었으나 소탐대실(小貪大失)이라는 말이 생각나서 다음 기회로 넘기기로 하고 마음을 접고 말았다.

괴질에 관한 얘기가 일단락되자 용화 부인은 심기일전하여 자기 옆에 배석한 김 영감더러 다음 안건에 대한 설명을 하도록 영을 내린다.

"김 서방! 여기에 있는 우리 원로 어르신들께 그동안 우리가 비밀리에 도모하였던 조선왕조 복벽 사업의 결과에 관하여 우선 차례대로 설명해 드리도록 하게나!"

　세도가인 척족 집안의 하인으로서 국정과 관계된 각종 사태에 남 다른 영욕을 겪으면서 사느라고 주인과 함께 허허백발이 다 되어 버린 김 영감이건만, 용화 부인의 눈에는 아직도 소싯적의 젊은 모습으로만 보여서인지 호칭만은 아직도 옛날 그대로 김 서방이라 부르고 있었다.

　"예, 마님!"

　김 영감은 무릎 위에 올려놓고 있던 누렇게 퇴색한 쇠가죽 가방을 열어서 그 안에 빼곡히 들어 있는 각종 문서들 중에서 겉표지가 나들나들 헤어신 치부책 하나를 끄집어내더니 손에 침을 묻혀 가며 책장을 한 장 한 장 넘기기 시작한다. 그러다가 자신이 원하는 내용이 적힌 곳을 찾아낸 김 영감은 헛기침을 하면서 목청을 가다듬은 연후에 가만히 입을 열었다.

　"지금부터 소인이 말씀 드리는 내용은 노마님께서 그동안 보안상의 이유로 문중 종회를 거치 않고 유명을 달리하신 승당 대감마님의 유지를 받들어 극비리에 행하신 각종 의병운동의 지원 사업에 관한 것들이옵니다. 문중의 안전을 위하여 끝까지 비밀로 덮어 두려고 하셨으나 그동안 나라를 빼앗기고 통한의 세월을 살아 오신 여러 종원님들께서 숙명처럼 안고 겪어 오신 상실감과 자괴감에서 벗어나시어 지난 시절에 황실과 영욕을 함께 한 척족 세도가 집안 사람으로서의 자긍심과 존엄성을 되찾게 하고자 이번에 용화당 마님께서 그동안에 행하신 조선왕조 복벽 사업에 대한 여러 가지 지원 내용을 고지하기로 용단을 내리게 된 것이옵니다. 사정이 이러한 바, 종원 여러 분들께서도 지금 설명 드리는 내용이 가문의 안위와 직결된 중차대한 사안임을 인식하시고 보안 유지에 각별히 신경 써 주실 것을 용화당 마님의 뜻을 받들어 아울러 당부 드리는 바이옵니다!"

　이렇게 길게 허두를 장식한 김 영감은 용화 부인의 얼굴 표정을 한 번 살펴본 연후에 한껏 고양된 목소리로 다음 얘기로 넘어간다.

"승당 대감마님께서 을사늑약 체결과 때를 같이하여 은둔 생활을 시작하신 후에 노마님께서 처음으로 손을 대기 시작하신 것이 항일 의병운동의 지원과 용상에서 물러나 경운궁 함녕전에 유폐되어 계신 고종 태황제 폐하를 한 시라도 바삐 복위시키는 일이었던 바, 그 대업을 성사시키기 위하여 제일 먼저 손을 댄 것이 복벽주의를 지향하는 여러 척족 의병장들에게 음으로 양으로 의병전쟁 군자금을 지원하는 사업이었습지요! 예를 들자면, 충청도 홍주에서 수백 명의 의병을 모아 총지휘하셨던 윤조(允朝) 민종식(閔宗植) 선생에게 일만 금이 넘는 거금을 지원하신 바가 있었고, 고종 태황제 마마의 강제 퇴위에 반발하여 강원도·충청도 일대에서 의병운동이 일어났을 때, 제천·죽산·장호원·여주·홍천 등지에서 유격전을 펼쳐 적에게 큰 타격을 주었던 민긍호(閔肯鎬) 선생께도 여러 차례 적지 않은 의병 군자금을 지원한 바가 있었습지요!"

윤조 민종식은 명성황후의 친정 일가로 여주에서 태어나 별시 문과에 급제하여 이조참판 등을 지내다가, 명성황후가 시해되는 치욕적인 일을 당하면서 모든 관직을 버리고 낙향한 후 을사 늑약이 강제로 체결되는 것을 보고 충남 정산에서 의병을 일으켰던 대표적인 척족 의병운동가의 한 사람이었다. 1906년 5월 홍산에 의병을 집결시킨 그는 충남의 서부 지역인 서천·비인·판교·남포·보령·청양 등을 점령하고, 서부의 중심지이자 서울로 통하는 교통의 요충지인 홍주까지 점령할 정도로 큰 전과를 올리기도 하였다. 홍주 의병이 서울과의 교통로를 장악하게 되는 바람에 크게 당황한 일제는 그해 5월 31일에 서울에 주둔 중이던 일본군을 토벌군으로 증파하여 총공격으로 홍주성 탈환 작전을 감행하였고, 이 싸움에서 의병 83명이 전사하고 145명이 포로가 되고 말았다.

민종식은 홍주부 관찰사(洪州府觀察使) 출신으로 군사(軍師)의 책임을 맡았던 정사(正斯) 김상덕(金商悳)과 함께 궁내부 특진관과 영흥

부사를 지낸 공주의 원팔(元八) 이남규(李南珪)의 집으로 피신하여 박창로(朴昌魯) · 곽한일(郭漢一) · 이용규(李容珪) · 이남규(李南珪)와 더불어 다시 의병을 모아 재기를 도모하던 중, 그해 11월에 일진회 회원의 밀고로 이남규의 집에서 모두 체포되고 말았던 것이다. 그 후, 이남규 부자는 일본군에게 학살당하였고, 민종식은 1907년 7월에 전라도 진도로 유배되었다가 황실 척족이라는 신분이 고려되어 그해 12월에 풀려났으나 누적된 악형의 후유증 때문에 1917년에 사망하고 말았다.

그리고 민긍호는 1907년의 헤이그 밀사 사건으로 촉발된 고황제의 강제 퇴위와 군대 해산에 반발하여 강원도 · 충청도 일대에서 의병운동이 일어났을 때, 강원도 일대에서 가장 세력이 큰 의병 부대를 이끌면서 이강년(李康埏) · 고석이(高石伊) · 변학기(邊鶴基) · 조인환(曺仁煥) 등의 의병부대와 긴밀한 연락을 취해 가며 강원도 · 충청도 · 경상도를 종횡무진으로 오가며 모두 100여 차례의 크고 작은 전투를 벌여 일본군에게 큰 타격을 주며 크게 활약하였고, 승당 어른의 지인이었던 왕산(旺山) 허위(許蔿) 선생이 고종 황제의 거의(擧義) 밀명을 받들어 경기도 양주(楊州)에서 전국 의병장들의 모임을 열어 여주 출신의 이인영(李麟榮)을 총대장(總大將)으로 추대하고, 자신은 원수부13도군사장(元帥府十三道軍師長)이 되어 그해 9월에 일만 명에 이르는 전국 규모의 의병 연합군을 이끌었을 때에도 4백 명이 넘는 의병군을 일끌고 연합하였던 인물이기도 하였다.

그러나 그해 10월 26일 강원도 횡성 둔촌(屯村)에서, 그리고 11월 27일에 홍천 서남 양덕원(陽德院)에 이어 12월 8일 원주 동북 작곡(鵲谷)에서 계속 격전을 벌여 용맹을 떨쳤으나 이듬해 2월 29일 일본군과 격전을 벌이다가 휘하의 의병 20여 명이 사살되고, 그는 적에게 사로잡혀 강림으로 호송되었다가 그날 밤 부하 60여 명이 강림을 습격했을 때 탈출을 시도하다가 아깝게도 그만 사살되고 말았던 것이다.

"그런데, 이때까지만 해도 승당 대감마님께서 재약산 금강동 계곡에서 은둔생활을 하시면서 생존해 계실 때라, 소인이 그곳을 드나들며 대감마님의 뜻에 따라 의병 지원 사업에 동분서주하게 되었으니 그 모든 일들이 승당 대감마님께서 직접 행하신 바라 하여도 모방할 것이옵니다. 하오나, 대감마님 순절 후에는 전적으로 용화당 마님의 뜻에 따라 소인이 영동 나으리를 모시고 해천껼의 운곡 나으리 마님과 단장면의 무릉 선생의 막후 지원 하에 몇몇 의병부대와 관계를 맺고 금전적으로 지원을 해 왔사온데, 그 대표적인 예가 지난 계축년(1913년)에 경북 풍기에서 채기중(蔡基中)·유창순(庾昌淳)·김상옥(金相玉) 등의 여러 의병 출신자들이 결성한 〈풍기광복단(豊基光復團)〉이었습지요! 이 단체에는 용화당 마님의 친정댁 인척이신 의성(義城)의 호암(毫巖) 선생께서도 직접 관여하신 관계로 장장 5년 동안이나 활동 자금을 대어 가며 특별히 공을 들인 바가 있었지만, 이 단체에 소위 작탄혈전(炸彈血戰)을 발판으로 공화주의를 지향한다는 인사들과 재야의 독립 운동가들이며, 대종교 인사들이 속속 가담하는 바람에 노선간의 갈등이 촉발되면서 우리가 추구하였던 복벽주의가 중대한 기로에 서게 된 바가 있었었습지요. 그리고 지난 연초에 소위 〈광복단 사건〉이라는 사태가 벌어지는 바람에 그 단체마저 풍비박산이 되고 말았습지요!"

대종교 얘기가 나오자 행여나 임오군란에 얽힌 부담스러운 비사(秘史) 얘기가 김 영감의 입에서 뒤이어 튀어 나올세라 가슴을 졸이고 있던 용화 부인의 안색이 점점 변하는가 싶더니 종내 김 영감의 말을 가로막고 나서는 것이다.

"이 보게, 김 서방! 그런 것까지 시시콜콜히 고할 것 없이 중요한 것만 대충 간추려서 설명해 드리도록 하라니까!"

그러자 김 영감도 임오군란과 관계된 독립군 지원 세력 인사와의 갈등 문제에 대해서는 굳이 드러내고 싶지 않은 상전의 뜻을 금방 헤아리고는 다음 얘기로 자연스럽게 넘어간다.

"예! 그렇게 합지요, 마님! …지금까지 말씀 드린 것은 의병운동에 관한 지원 사업의 개괄적인 내용이옵고, 그 다음으로 말씀 드릴 것은 표충사 절에 대한 지원 내용을 말씀 드리도록 하겠사옵니다. 여기에 계신 여러 나으리 마님들께서도 잘 아시다시피 표충사라는 절은 나라 안에서도 크게 일컬어지는 호국 사찰로서 승당 대감마님께서 의거 순절하신 곳이기도 하여 우리 민문 집안한테는 큰 의미가 있는 곳입지요!"

작고하신 승당 어른과 용화 부인의 입장이 난처해질까 싶었던지, 이 대목에 이르러서는 복선(伏線)을 까는 김 영감의 사전 설명이 길어진다. 그러자 이번에도 용화 부인이 차라리 자기가 직접 설명하는 게 낫겠다 싶었는지 참다 못해 손수 얘기를 하려고 말 벗고 나서는 것이다.

"승당 대감께서 남기고 가신 서출 피붙이 문제에 대해서는 내가 그 내력을 직접 설명하도록 하겠습네다! 여러 분들께서도 알고 계신 분들은 알고 계시겠지만, 승당 대감께서 서울살이를 하고 계실 때, 침수 수발을 받들던 관노의 몸에서 난, 재기가 특출하여 재동이라는 아명으로 불렀던 서출 핏줄이 하나 있었더랬습네다! 나중에 대감께서 유서에 적기를, 문무의 재능을 겸비한 될성부른 아이이니 항렬에 따라 그 이름을 영욱(泳旭)이라 하고, 당신 사후에 입산하여 승려가 되더라도 뒤를 각별히 보살펴서 사명대사 못지 않은 호국 의승이 되어서 우리 대동보에 당당하게 등재 될 수 있는 인재로 키워 달라는 유훈까지 별도로 남겼을 정도로 언행이 반듯한 아이였지요! 그런데, 그 아이가 불사를 올릴 때마다 우리가 공양물과는 별도로 지원한 학자금으로 한성의 불교 학교인 중앙학림(中央學林: 지금의 동국대학교)이라는 곳에 들어가 고등교육을 받은 바가 있었고, 지금은 사명대사의 13대 법손이 되어 동래 범어사의 오성월(嗚惺月) 총섭(總攝: 지금의 주지에 해당) 스님 밑에서 내로라는 청년 승려들과 더불어 전국의 사찰을 돌며 의용 승군으로서 우리 불교계의 대일 항쟁에 헌신하고 있다고 들었습네다. 지난 오월 달의 천도제 때 내가 표충사에서 듣기로는, 오성월 스님은 나라를 빼앗긴 경술국치 후에 당시 유일한 불교 종단이었던 원종(圓宗)의 이회광(李晦光) 종정이 도일하여 일본 조동종(曹洞宗)의 관장(管長)을 만나 우리의 원종과 일본 조동종이 연합체맹(聯合締盟)할 것을 협약 체결하고 우리의 원종을 일본 조동종의 보호 아래에 두기로 하였을 때, 이회광 종정의 연합체맹을 개종역조(改宗易祖)의 매교적(賣敎的) 행위로 규탄하면서 진종 백용성 스님을 비롯하여 만해 한용운 스님 같은 여러 의승 분들과 함께 우리 불교계의 대일 항쟁을 이끌었고, 지금도 전국의 의승들과 함께 항일 운동에 매진하고 계시다 하니, 아마도 그 아이가 망국의 한을 품고 의거 순절하신 승당 대감의 유훈과 오성월 스님의 뜻을 성심으로 받들고 있는 모양입네다!"

"형수님, 그렇다면 그 아이가 혹여 형님께서 순절하셨을 때, 은둔처에서 시봉을 받들다가 임종시에 종신자식 노릇까지 대신하였다던 그 신수가 훤하던 떠꺼머리 시봉 하인이 아니었습니까?"

승당 어른의 생존해 있는 다섯 아우들 중의 첫째로서 문중의 장자방이라고도 일컬을 만한 중산의 첫째 종조부인 운당 어른이 지난날 첩첩 산중 은거지에서 순절한 형님의 시신을 운구하던 날의 아픈 기억을 더듬으며 감회 어린 목소리로 묻는다.

"예, 그렇습네다, 서방님! 을사 늑약 이후로 경술국치 때까지 무려 다섯 해 동안이나 혼자서 시봉을 도맡아 받들면서 행여나 승당 대감께 누가 될세라 어김없이 종놈의 행세를 하였지만, 그동안에 승당 대감 밑에서 제대로 된 한학 공부를 하면서 체력 단련에도 전념하였던가 봅네다!"

"은거지에 숨어 살면서 왜 하필이면 반란군의 피가 섞인 노비의 자식 놈을 데리고 계셨는가 했더니 그런 깊은 뜻이 숨어 있었던 게로구먼!"

운당 어른은 탄복을 하면서 감개무량한 나머지 무릎을 치면서 고개를 크게 끄떡인다.

"비록 서출이기는 하나 그 정도의 인물이라면 승당 형님의 유지도 있고 하니 우리 문중의 일원으로 용납하여도 무방하리라 싶은데, 말이 나온 김에 이 자리에서 정식으로 족보에 올리기로 미리 정해 두는 것이 좋지 않겠습니까?"

이번에는 중산의 둘째 종조부인 초당 어른이 용화 부인의 의중을 미리 감지하고서 특단의 제안을 하고 나선다. 용화 부인이 기다렸다는 듯이, 좌중을 돌아보며 반대의 뜻이 있으면 기탄없이 말해 보라고 하였으나 이의를 제기하는 사람은 아무도 없었다.

"그러면 영욱이의 대동보 등재 문제는 이것으로 가결된 것으로 하고, 기회가 닿는 대로 본인에게도 통보하여 우리 민문의 일원으로서 떳떳하게 승려 생활을 할 수 있게 조처를 취하도록 하겠습네다!"

청관 스님의 대동보 등재 문제는 문중의 일을 쇠지우지 하는 용화 부인한테도 쉽게 넘을 수 없는 큰 장벽으로 존재하고 있었는지, 오늘에 이르러서야 무거운 짐 하나를 내려놓게 되었다는 듯이 홀가분한 기색이 백발의 노안 위에 가득 실린다.

"내가 종원 여러분들한테 마지막으로 첨언해 드리고 싶은 바가 한 가지 있습네다! 나라를 되찾는 문제에 대해서는 우리 당대에 이루지 못하면 앞으로도 대를 이어서 행하여야 할 우리 가문의 숙원 사업인 바, 광복단 사태 이후로 우리와 함께 복벽주의를 지향하던 유림 출신의 의병 세력들마저 지리멸렬하는 바람에 더 이상의 의병 지원 사업은 무망지사가 되고 말았지만, 그렇다고 우리가 손을 놓고 뒤로 물러나 앉아 있을 수만은 없지 않겠습네까? 조선 왕조 오백년 사직을 이어 오면서 네 분의 왕비와 한 분의 황태자비를 배출해 온 당당한 척족 세력으로서 나라를 되찾는 일에 앞장서야 하는 것이 우리가 짊어진 마땅한 책무이자 숙명이니 지금도 다른 길을 모색하고 있고, 앞으로도 왕조 복원 사업에 계속 우리 가문의 명운을 걸게 될 것임도 우리 종원들 모두가 숙지하고 저마다 그 거룩한 뜻을 가슴에 품고 이렇게 암담한 식민지 치하에서도 지난 세월의 권위와 긍지를 잊지 말고, 앞으로도 저마다 커다란 웅지를 가슴에 품고 떳떳이 살아가도록 했으면 좋겠습네다!"

하지만 오늘 비상 회의가 소집된 김에 그동안에 이루어진 자기네의 항일 의병운동 지원 사업을 공표하기로 특단의 마음을 먹었다는 용화 부인은 지금도 미완의 비밀결사로 목하 진행 중인 고종 황제의 중국 망명 지원 문제에 대해서만은 일체 언급하지 않았다. 그것은 복벽주의를 지향하는 자기네의 마지막 수단이자 고종 황제의 안위와도 직결된 문제로서 지금도 한창 추진 중에 있는 거사인 만큼, 믿을 수 있는 문중의 측근 인사들에게 공개하는 것마저도 크게 부담으로 작용하고 있었기 때문이었다.

이어서 용화 부인이 거론한 것은 중산의 제의로 전격적으로 추진하게 된 문중 수렵대회와 대동축제의 시행에 관한 문제였다.

"다음으로 논의할 문제는 중단된 지 팔 년만에 재개하기로 한 문중 수렵대회와 대동축제에 관한 사안이 되겠습네다! 이 두 가지 행사는 아비를 대신하여 당주 일을 맡아 하고 있는 우리 중산의 제안으로 발의되어 이미 다섯 분의 우리 서방님들과 상의하여 시행키로 하였던 바, 그 준비 상황에 대해서는 발의 당사자인 중산의 입을 통하여 직접 설명을 한번 들어 보도록 하겠습네다."

이러한 공식 석상에서 모처럼 발언의 기회를 얻은 중산은, 그러나 갑작스러운 일이라 얼떨떨하기도 하고 조심스럽기도 하여 신중에 신중을 기하지 않을 수 없었다.

"제가 어려운 여건 속에서도 이 두 가지 행사를 기필코 치러야 되겠다고 작심을 하게 된 것은 나라를 잃은 지도 어언 십년 가까운 세월이 흘렀고, 또한 그동안에 세상이 많이 달라졌는가 하면, 민심도 예전 같지가 않기에 우리도 달라지지 않고서는 앞으로도 계속 가문의 영예와 명성을 이어 가기 어렵게 되었다는 판단이 섰기 때문입니다. 시대적 여건이 이러하니 때가 늦기 전에 망국의 상실감과 자책감에서 벗어나 우리 가문의 위상을 옛 모습 그대로 반석 위에 똑바로 세우기 위해서는 무엇보다도 우리 문중의 존재감과 긍지를 되찾는 일이 급선무라는 생각에 그 방편을 찾다가 방금 할머님께서 말씀하신 두 가지 행사를 시금석 삼아서 우선 시행해 보기로 결심하게 된 것입니다. 과거의 역사를 보더라도 나라가 어려워질수록 술렁이게 마련인 것이 민심이었고, 망국의 원인을 찾다 보면 과거 정권의 실세에 대한 책임론이 대두되는 것이 인지상정인지라, 아버님을 대신하여 당주의 일을 수행하는 과정에서 그와 똑같은 실제 상황을 직접 겪은 바가 있는 종손인 저로서는 그 누구보다도 그 문제에 대해서 민감해질 수밖에 없었고, 그 해결책을 찾아서 고민에 고민을 거듭하지 않을 수 없었던 것입니다. 이번에 팔년 만에 재개하게 된 문중 수렵대회와 새로이 만들어 시행하고자 하는 대동축제도 현재 우리 문중이 처해 있는 이와 같은 살얼음판 같은 현실을 감안하여 여러 가지 어려움을 무릅쓰고 감히 시행하고자 발의하였음을 이 자리를 빌어 재차 강조하여 말씀드리는 바이오니, 다소 이견이 있을지라도 대승적인 견지에서 좋게 이해하여 주실 것을 다섯 분의 종조부님들을 위시하여 여러 숙부님들께도 이렇게 고개를 숙여서 간곡하게 부탁드리옵니다!"

행사를 추진하게 된 배경을 조목조목 어렵게, 그러나 감격에 찬 목소리로 이렇게 이어 나간 중산은 여러 어르신들이 저마다 묵연히 고개를 끄떡이는 긍정적인 분위기를 파악하고 나서 한껏 고양된 목소리로 다음 말을 어어 간다.

"시대 변화에 따라 사정도 이렇게 달라졌으니 수렵대회의 진행 방법도 예전과는 달리 그 추진목적에 맞게 시행하기로 하였습니다. 예전에는 우리 친손들끼리만 수렵대회를 펼쳤지만, 이번에는 외손들도 행사에 똑같은 자격으로 참여시키기로 하였습니다. 이번 문중 수렵대회에서는 승마와 궁술 부문은 시합을 하지 않고 예비운동 삼아 각자가 틈이 나는 대로 행하기로 하고, 수렵 부문에서는 친손은 좌군, 외손은 우군으로 진영을 나누어서 수렵 역량을 겨루기로 하되, 승리한 쪽에는 순금한 냥짜리 우승 상패를 제작하여 참가자 저원에게 지급하기로 했는데, 이와 같은 행사의 내용과 진행 방법에 대해서는 외손들 집안에 이미 통문까지 돌린 상태입니다. 그리고 대동축제는 우리 동산리 인근에 사는 주민들과 원근 각처의 소작농들을 대상으로 하여 우리 도구늪들의 수로와 늪지대며 강가에 지천으로 우거져 있는 억새와 갈대 베기 시합을 벌여서 등급을 정하여 놓고 각자의 역량에 따라 그 상품으로 미곡을 넉넉하게 풀어 줌으로써 날로 변해가는 있는 민심을 모처럼 신경을 써서 한번 다독거려 줄 생각입니다."

별다른 이견이 없는 가운데 두 행사에 관한 제반 설명을 마친 중산은 다른 무엇보다도 '원로 어르신들보다는 신지식에 밝은 너희 젊은 사람들이 더 잘 알 것'이라는 용화 할머니의 말에 여간 가슴이 부풀어 오르는 게 아니었다.

그런데 괴질 문제로 다들 넋이 뜬 때문이었을까. 아니면 그동안 자기네들도 모르게 펼쳐 온 각종 복벽주의 의병 운동에 대한 지원 사업 얘기에 한껏 고무된 나머지 거기에 정신이 팔려 있었던 탓이었을까.

염 서방이 종마장의 일에 대하여 급히 보고할 일이 있어 다녀갔다는 얘기를 듣고서도 거기에 대해서는 아무도 말하는 이가 없었다. 이제나 저제나 하고 좌중의 분위기를 살피고 있던 중산은 하는 수 없이 거기에 대해서도 자기가 직접 먼저 입을 열고 나선다.

"그런데 할머니, 제가 밖에서 듣기로는 오늘 낮에 왜놈 헌병 둘이 우리 마굿들 종마장에 불쑥 나타나서 거기에 있는 종마들을 일일이 둘러보고 갔다고 하던데, 아까 염 서방이 급히 다녀간 것도 혹시 그 일 때문이 아니었습니까?"

"너도 그 얘기를 벌써 들었던 모양이로구나!"

용화 부인도 그제야 생각이 났다는 듯이 정신을 차리고 묻는다.

"예, 할머니! 사실은 그 얘기를 전해 듣고 왠지 찜찜한 생각이 들어서 마음이 무거웠습니다."

"역시 사전에 그런 일이 있었던 게로구나! 허나, 읍내 군청이나 헌병 부대에서 왜놈 관헌이 나와서 그리하였다면 군마용 징발 징후로 보아야 할 것이나, 삼랑진 역전의 본정목에 있는 헌병 분견대에서 나온 놈들이었다고 하니 그리 크게 걱정할 일은 아닌 것 같구나!"

"아니 왜요, 할머니?"

"군마용 징발 때문이 아니라면야 크게 걱정할 일이 무에 있겠느냐? 염 서방이 자식 돌보듯이 공들여 키우고 훈련시켜 놓은 명마 중의 명마인 우리 종마들을 보고 흑심을 품은 게 분명한 모양인데, 왜인촌 분견대의 그 헌병놈들 두목 주제에 그리한들 무슨 대수이겠느냐?"

"할머님께서도 저와 같은 생각을 하고 계셨군요? 사실은, 얼마 전에 응천 강변으로 아침 산책을 나갔다가 삼랑진 쪽에서 넘어 온 왜놈 헌병 두 놈과 응천강을 사이에 두고 조우한 적이 있었더랬습니다. 그놈들은 말을 타고 삼랑진 쪽에서 무흘 고개 위의 신작로를 따라 넘어오다가 이쪽 밀성제 제방 위에서 저를 태우고 질풍처럼 달리는 우리 백호를 발견하고는 맞은편의 뒷기미 나루터까지 내려와서 오래도록 기분 나쁘게 지켜보고 서 있었거든요!"

"그러면 그렇지! 역시 그런 일이 있었던 게로구나! 허나, 언감생심도 유만부동이지, 감히 우리 말을 두고 흑탐을 내다니, 그게 될 말이더냐? …주제도 모르는 고얀놈들 같으니라구!"

"하지만 할머니! 그놈들이 뜻을 이루지 못하게 되면 혹시 우리가 하는 일에 무슨 해코지를 하고 나서지는 않을까요?"

"나도 그런 생각을 해 보지 않은 바는 아니니라! 하지만 대뜸 해코지부터 먼저 할 리가 있겠느냐? 그보다는 먼저 검은 속내를 드러내며 우리의 반응이 어떠한지 그것부터 먼저 살펴보려고 하겠지. 그러니 그때 가서 우리가 적당히 대응을 하면 될 터이니까, 지레 겁부터 낼 필요는 없느니라!"

"형수님, 얘기를 들어보니 그 왜놈 헌병 분견대장이란 자가 우리 중산 종손이 타고 다니는 백마에 눈독을 들인 나머지 그와 같은 명마가 또 있는지를 알아보려고 종마장을 직접 둘러보고 간 게 틀림없을 겁니다."

운당 어른의 의견에 용화 부인도 고개를 끄떡인다.

"나도 방금 중산의 얘기를 듣고 그 생각을 하였답네다. 허나, 제 아무리 헌병 분견대의 우두머리라고 해도 그렇지! 지놈이 받는 녹봉이 얼마나 되는지 모르지만, 언감생심 우리 명마를 탐할 만한 주제가 되겠습네까?"

"할머니, 그래서 저는 그게 오히려 더 마음에 걸리는데요! 제 분수도 모르고 우리 명마에 잔뜩 눈독을 들이고 있다가 그 탐욕을 주체하지 못하고 일을 벌였다가 뜻을 이루지 못하게 되었을 때 크게 심사가 뒤틀린 나머지 어떤 미친 짓을 하게 될지 누가 압니까?"

중산은 왜놈 헌병들이 다른 말도 아닌, 자신의 애마에 눈독을 들였다는 게 무엇보다 마음에 걸리는 것이다.

"구들기가 무서워서 장 못 담그는 일은 없느니! 변방의 나이 어린 헌병 분견대장 주제에 지놈이 무리 수를 쓴다 한들 내가 순순히 당하고만 있을 것 같으냐? 어림없는 일이지!"

거대 척족 문중을 이끌고 있는 여장부답게 용화 부인은 흔들리는 기색이 전혀 없다. 갑작스럽게 열린 비상 종회는 대충 그렇게 마무리 되어 가고 있었다.

하지만 그때부터 괴질 환자로 북새통을 이루던 운사의 민중의원을 직접 다녀 온 중산은 행여라도 농장지경(弄璋之慶)으로 어렵게 얻은 천금 같은 어린 병준이한테 병균을 감염시키는 불상사가 벌어질세라, 스스로 별당 추입을 자제하며 하루하루를 살얼음판을 걷는 심정으로 괴질 사태에 대응하지 않으면 안 되었다. 연말에 개최할 목표로 서둘러 준비를 해 왔던 두 행사도 괴질의 회오리바람이 스치고 지나갈 때까지 무기한으로 연기해 두지 않으면 안 되었다. 그 바람에 문중 개혁에 한시가 바쁜 그의 마음은 예상치 못한 괴질의 파동으로 심신이 모두 황폐해질 지경이었다.

그런데, 그나마 다행인 것은 상남면 일대에 퍼지고 있는 괴질의 위력이 하루에도 수백 명씩의 사상자가 발생했다는 대구의 경우처럼, 그렇게 가공할 정도로 드세게 불어닥치지는 않고 있다는 점이었다. 하지만 공진회 박람회가 열린 대구의 경우는 괴질에 노출되었던 보균자들이 포함된 전국 각지의 수많은 구경꾼들이 한데 뒤섞여 북새통을 이룬 가운데 진행된 대규모의 큰 행사라, 괴질의 희생자 또한 그만큼 클 수밖에 없었던 점을 감안하면, 동산리를 포함한 상남면 일대에 번지고 있는 이번 서반아 독감이 상대적으로 위력이 덜하다고는 하여도 호열자나 마마와 같은 지난날의 전염병에 비하여 훨씬 더 무서운 괴질인 것만은 분명하였다.

왜냐하면, 상남면 쪽에서 괴질이 맨 처음 발생하였던 마산리와 당곡 쪽에서는 이미 괴질이 번질 대로 번진 나머지 찾아오는 신도가 없어 주일 예배마저 못 볼 지경이 되었다는 소식이고, 이곳 동산리 쪽에서도 동산이 부락의 민씨네 집성촌만 무풍지대로 비켜나 있을 뿐, 감염 지역이 애초의 당곡에서 백족, 백족에서 다시 소백족을 거쳐서 동산 너머의 세천의 아랫마인 매화나뭇골과 중마인 중세천, 웃마인 상세천까지 번지면서 두세 집 걸러서 한 집 꼴로 새로운 감염자가 속출하고 병사자까지 하루가 멀다 하고 연달아 나타나는 실정이었기 때문이다. 예전에 호열자나 마마가 번질 때는 외딴 산 속에 움막을 지어 환자를 격리시켜서 돌보기도 하였다지만, 이번의 서반아 독감은 동시다발적으로 워낙 광범위하게 번지다 보니 그렇게 대처할 엄두조차 못 낼 정도로 그 전파력이 너무나 빠르고 거세었던 것이다.

이번 괴질 소동은 문중에서 퇴출된 죽명 선생에게는 자신의 존재를 문중 어른들에게 부각시키는 다시 없는 좋은 기회가 되기도 하였다. 겉으로 드러내놓고 행한 것은 아니었지만, 값비싼 보약 탕재를 잔뜩 조제하여 중산에게 보내 온 것이었다. 중산은 죽명 숙부가 은밀히 전해 주는 보약을 대소가에 배포하여 기력이 약한 웃전들의 괴질에 대한 면력성을 길러 주는 일에 공을 들여 가며 괴질 감염을 막는 일에 혼신의 노력을 기울였다.

그러한 노력의 결과인지는 몰라도 자기네 집성촌이 지금까지 무사한 것이 천만다행이라 여기면서도, 다른 한편으로는 새롭게 생겨난 마음의 갈등을 겪지 않으면 안 되었다. 말하자면, 이번의 괴질 사태로 인하여 생과 사의 운명이 극명하게 갈리는 현상을 지켜보면서 그동안 마음 한 구석에 자리잡고 있던 민초들에 대한 여러가지 생각이 연민의 정서를 넘어 섬찟한 두려움으로 다가오기 시작한 것이었다.

그것은 자기네 일족들이 대대로 부귀영화를 누려 온 것이 헐벗고 굶주린 민초들의 희생 위에서 이루어진 사상누각이나 다름없다는, 평소에 가슴 한 구석에 지니고 있던 양심의 가책이 이제는 구체성을 띤 죄의식으로 나타나기 시작했기 때문이었다. 그와 함께 괴질로 죽어간 병자의 처참한 모습이 꿈에 나타나 보이기 시작하더니 이제는 거의 날마다 반복되는 일상사가 되어 가고 있었다. 어찌 보면, 영양 상태가 양호한 사람은 면역력이 강해서 괴질에 감염되더라도 헐벗고 굶주린 사람처럼 쉽게 발병하지 않는다고 하던 운사의 말이 그의 양심을 일깨우고 통증을 안겨 주는 또 다른 괴질의 씨앗으로 작용하고 있는지도 모를 일이었다.

그래서 그는 날이면 날마다 김 서방을 통하여 소작인들이 많이 사는 상남면 일대에 번지고 있는 괴질의 실상을 파악하는 일에 더욱 적극적으로 나서게 되었다. 환자가 발생한 집집마다 구휼미와 약값을 나누어 주는 일에 소홀함이 없도록 독려하고, 초상이 난 집에도 상포계(喪布契)와는 상관 없이 상두쌀을 아끼지 않고 전하는 일도 일일이 직접 챙기는 등, 전에 없이 공을 들이고 있었다.

그런데 문제는 괴질의 감염 지역이 나날이 확대되는 바람에 구휼미와 약값을 나누어 주는 일도 그리 녹녹지 않다는 점이었다. 자기네가 도와야 할 대상자는 끝도 없이 늘어만 가는데, 감염을 우려한 일꾼들이 환자가 발생한 집에 발을 들여 놓는 것을 마치 저승의 문턱을 넘나드는 것처럼 두려워 하는 데다가, 그들 집의 대부분이 달구지조차 들어갈 수 없는 아슬아슬한 꼬부랑길 산만댕이의 오막살이 집이기 십상이어서, 그 일을 진두지휘하는 김 서방과 여러 일꾼들을 데리고 달구지로 구휼미를 실어 날라서 일일이 등짐을 지워 보내는 황 서방의 고충이 이만저만이 아니었기 때문이다.

그래도 중산은 길게 이어져 있는 고방의 커다란 쌀 뒤주들과 돈궤가 나날이 비어 가는 현상과 반비례하여, 텅텅 비어 버렸던 양심의 고방 속에 아침햇살 같은 위안감이 조금씩 차 오르는 데 대하여 스스로 놀라면서 남 모르는 만족감에 흐뭇이 젖어들곤 하였다.

음력으로 동짓달로 접어들면서 날씨는 하루가 다르게 차가워지고 있었다. 그러나 괴질이 잦아들 때까지 내방객들의 출입을 제한하고, 올해 소작료 징수마저 당분간 보류하기로 미리 통보를 해 두었기 때문에 예년 같으면 소작료를 실은 소달구지·우마차들과 각처에서 온 마름들이며 소작인들로 문전성시를 이루고 있을 집성촌 일대는 이역의 낯선 한촌(閑村) 마을로 여겨질 정도로 쓸쓸하기까지 하였다.

불쌍한 민초들에 대한 구휼의 보람을 위로삼아 괴질 사태를 가까스로 견디면서, 이러다가는 연말에 치르기로 하였던 두 행사도 어느 세월에 치를 수 있게 될지 알 수 없는 일이라며 낙담을 하고 있던 차에, 아무런 예고도 없이 청암과 송암이 큼지막한 짐을 싸들고 집으로 불쑥 올라왔다. 부산에서도 괴질 때문에 거의 모든 직장과 학교들이 임시 휴업과 휴교에 들어갔다는 것이었다.

"그렇잖아도 너희들 걱정을 하고 있었는데, 이렇게 무사한 모습을 보게 되니 참으로 다행이로구나!"

늠름한 모습으로 나타난 두 아우를 맞이한 중산은 모처럼 활기를 되찾게 되었다. 그는 두 아우들과 함께 자기 처소에서 겸상으로 저녁 식사를 함께 하며 그동안에 못 다한 얘기꽃을 피우면서 회포를 풀었다. 그러고도 모자라서 별당에서 특별히 차려 보낸 육포와 홍삼 정과에다 인삼차를 곁들인 야식을 나누어 먹으면서 밤이 이슥하도록 이야기꽃을 피웠다. 청암에게 부탁을 해 놓고 그동안 애타게 기다렸던, 청관 스님과 대종교 동래지사의 박철 사교에 대한 소식을 듣게 된 것도 옛날에 오우선생 형제분들이 그리하였던 것처럼 세 형제가 베개를 나란히 하고 잠자리에 누웠을 때였다.

"형님께서 근황을 소상하게 알아 보라고 부탁하셨던 그분들은 지금 국내에는 없고 만주에 가 있다고 들었습니다."

마치 옛날 얘기를 하는 것처럼 대수롭지 않게 내뱉는 그 말을 처음 들었을 때, 중산은 혹시 잘못 들은 게 아닌가 하고 자기의 귀를 의심하였다.

"두 사람이 만주에 갔다고? 함께 말이냐?"

중산은 잠자리에서 상체를 벌떡 일으키며 크게 놀란 얼굴로 청암을 바라보았다. 대종교 동래지사의 박철 사교가 〈중광단〉의 본부가 있는 만주에 간 것은 쉽게 납득이 되었으나, 승려의 신분인 청관 스님이 같은 시기에 만주로 간 것은 의외의 사실로서 내심 놀라지 않을 수 없었다.

"아니, 형님! 왜 그리도 놀라십니까? 그분들 두 사람이 함께 만주로 가든 말든 우리가 상관할 일이 뭐가 있다고 그렇게 놀라시는 겁니까? 혹시 그리 되어서는 안 되는 까닭이라도 있는 겝니까?"

중산의 뜻하지 않은 민감한 반응에 이번에는 청암이 적이 놀라면서 민감한 반응을 나타내었다.

"아, 아니다! 그런 것은 아니지만, 전국의 유명 사찰을 돌며 수행 생활을 한다던 청년 학승이 다른 종교를 믿는 사람과 같은 시기에 만주로 갔다니 쉽게 납득이 안 되니까 그렇지!"

중산은 그렇게 얼버무리고 나서 내심 가슴을 쓸어내렸다.

"나는 또 그렇게 되어서는 안 되는 까닭이 있는 줄 알고 깜짝 놀랐지 뭡니까! 그런데 큰형님, 형님께서 근황을 알아봐 달라고 한 그들 두 분의 얘기는 각기 다른 친구들한테서 들었는데, 서로 종교는 달라도 만주로 간 시기가 겹치는 걸 보니 혹시 서로 잘 아는 사이가 아닙니까?"

"글쎄, 그런 것까지 내가 알고 있을 정도라면 굳이 너한테 뭣하러 그분들에 대해서 알아봐 달라고 부탁을 했겠느냐?"

"하기야 듣고 보니 딴은 그렇기도 하네요!"

은근히 긴장했던 중산의 예상과는 달리, 청암은 별 생각 없이 무연스럽게 머리를 긁적인다.

하지만 중산은 여러 가지로 생각이 많았다. 의병 출신으로서 〈풍기광복단〉을 거쳐서 〈중광단〉의 영남지역 총책이 되었다는 대종교 인사가 청관 스님과 어떤 관계인지, 관계가 있다면 어떤 일로 같은 시기에 마주로 갔는지도 관심거리이려니와, 그 인사가 자기네 척족 집안에 대해 복수의 칼날을 갈고 있다는 사실까지 알고 있는 만큼, 의협심 많은 불같은 청암의 성미에 그 모든 사실들을 알게 된다면 과연 어떤 돌발적인 행동을 취하게 될 것인지에 대해서도 신경을 쓰지 않으면 안 될 형편이었다.

중산이 문중 개화의 보조자로 청암을 처음 끌어들일 때부터 그의 도움이 절실함에도 불구하고, 청관 스님과 박철 사교의 얘기를 섣불리 입에 담지 못한 까닭도 거기에 있었다.

그런데 청관 스님과 박철 사교가 같은 날 만주에 간 사실이 밝혀진 이상, 그들 두 사람이 동행을 했든 안 했든 밀접한 관계에 있거나 같은 일을 도모하고 있음은 의심할 여지가 없었다.

하지만 이렇게 생각이 정리가 된 상황 속에서 유독 중산으로 하여금 신경이 곤두서게 하는 것은 역시 청암의 태도였다. 그동안 자신이 부탁한 그들의 행적을 알아내기 위하여 자기 나름대로 동분서주하면서 애를 썼다면 중산이 그런 일을 시키는 까닭에 대해서도 한 번쯤은 물어볼 법도 하련만, 청암이 여태까지 그런 기색을 전혀 나타내지 않고 있는 것이 마음에 걸렸다. 애초에 그런 것에는 아예 관심을 두지 않기로 한 것인지, 아니면 관심이 있어도 일부러 없는 척 하는 것인지, 그것도

아니라면 그들의 관계며 뒷조사를 하는 이유에 대하여 알고 있으면서
도 시치미를 떼고 일부러 자기에게 숨기고 있는 것인지, 전혀 분간할
길이 없는 것이다.

중산은 답답한 나머지 청암의 의중을 떠 보려고 그 사람의 과거 행
적까지 새삼스럽게 들먹이며 다시 질문을 던진다.

"내가 알아보라고 부탁한 그 대종교 동래지사의 박철 교라는 사람이
의병 출신으로서 〈광복단〉에서 활동하다가 그 단체가 와해된 후에 만
주로 가서 〈중광단〉의 영남 총책이 되어 돌아왔다는 것은 어김없는 사
실이더냐?"

"그 양반이 대종교 청년 교도들을 상대로 〈중광단〉의 신규 단원을
확보하려고 노력하다가 얼마 전에 그들을 데리고 만주로 갔다고 하는
것을 보면 뻔하지 않습니까?"

청암도 그 사실에 대해서는 의심할 여지가 없다는 듯이 단호한 태도
를 드러내었다.

"그런데 그 사람이 출신이 어떻고 어떤 과거사를 지닌 사람인지에
대해서는 들어 본 바가 없었고?"

"웬걸요! 그 양반이 임오군란 때 별기군과 차별하는 대우에 불만을
품고 군란을 일으킨 부하 군병들 때문에 반란군의 수괴로 몰려 참수형
을 당하고 가정이 풍비박산이 난 무위영(武衛營) 군관 집안의 사람이
라고 하던데요? 그리고 그분이 실명인지 가명인지는 모르나 박철(朴
鐵)이라는 이름과 백산(白山)이라는 자호를 번갈아 가며 사용하고 있
다는 얘기도 들었고요! 하지만 그게 무슨 소용이겠습니까? 독립 운동
가들이나 비밀결사 요원들은 동지들 간에도 서로 본명을 모르고 있는
경우가 많고, 상부의 지시를 받고 어떤 과업을 수행할 때도 매번 달라
지는 암호를 통하여 같은 임무를 수행하는 동료임을 그때마다 확인하
게 된다고 하더라고요! 어디 그뿐인 줄 아십니까? 단독으로 활동을 할
때에도 여러 개의 자호나 가명들을 번갈아 사용하고, 자기의 흔적이 남

는 사진 같은 것은 아예 찍으려고 하지 않을뿐더러, 설령 찍었다고 해
도 원판까지 빼놓지 않고 찾아갈 정도로 자신의 신분이 드러날 만한 흔
적들은 철저하게 지워 버린다고 하더라니까요!"

청암은 비밀결사 단체 요원들을 통하지 않고는 결코 알 수 없는 그들
의 특수한 세계를 구체적으로 알고 있을 뿐만 아니라, 그런 것을 자기가
알고 있다는 사실에 대하여 어떤 자부심까지 느끼고 있는 듯하였다.

"그런 얘기는 어디서 들었느냐?"

청암이 그쪽 세계에 대하여 알아도 너무 잘 안다 싶어서 물었더니
의외의 대답이 돌아왔다.

"기밀 유지를 책임진다는 조건으로 입수한 정보이기 때문에 형님께
도 발설할 처지가 못 됩니다!"

"나한테도 말이냐?"

"그렇습니다, 형님! 누구하고 한 약속이건 사내대장부로서 지킬 건
지켜야지요! 그리고 형님이 저에게 부탁한 것은 백산 박철 선생에 대한
정보이지, 그 정보의 출처까지 조사하여 알려 달라고 하신 것은 아니잖
습니까?"

"그래, 그것 역시도 네 말이 맞는 것 같구나! 남아일언은 중천금이라
했으니….'

중산은 말문이 막히는 바람에 잠자코 입을 다물고 만다. 대화가 끊
어지자 그때까지 그들의 얘기를 잠자코 듣고만 있던 송암이 오랜 객지
생활 중에 쌓인 불만이 적지 않았던지 기고만장해 있는 청암에게 별꼴
이라는 듯이 오히려 시비를 걸고 나선다.

"그러고 보니 청암 형님은 학교가 파한 후에 걸핏하면 나 혼자 내버
려 두고 무슨 무슨 회합에 나간다고 하더니만 늘상 그런 것만 조사하러
다녔던가 보네요?"

얼굴에 여드름이 발긋발긋한 송암의 푸념 어린 넋두리에 청암이 콧
방귀를 뀐다.

"야, 너는 내가 외출을 할 때마다 객사에 묵고 있는 대소가의 위아래 친인척들을 다 불러들여 멋대로 놀 수 있게 되었다고 쌍수를 들고 반기지 않았느냐?"

동래 객관에는 동래 향교에 다니거나 다른 목적으로 객지 생활을 하고 있는 그의 또래들이 적지 않은 것이다. 중산은 두 아우의 동래고보 편입학 사실이 그들의 입을 통하여 동산이에 있는 대소가에 알려질세라 그동안 두 아우에게 별도로 입단속을 하며 여간 신경을 쓴 게 아니었다. 하지만 이제는 문중의 전체적인 분위기로 보아서 그 사실이 탄로가 난다 해도 크게 우려할 일이 못 될 뿐더러, 그런 데에 관심을 둘 상황도 아니어서 일체 상관을 하지 않고 청암에게 다시 묻는다.

"청암아, 만주로 간 그 박철 사교 말이다. 혹시 청관 스님과 어떤 사이인지는 아는 바가 없느냐?"

"그런 것은 형님께서 알아 봐 달라고 부탁하시지도 않았잖습니까?"

"부탁을 했대서가 아니라 행적을 수소문하던 중에 우연히 알게 될수도 있는 일이어서 한번 물어 보는 것이 아니냐?"

사실, 중산은 청관 스님에 대해서는 이미 알 만큼은 알고 있었기 때문에 더 이상 물어 볼 것도 없었다. 그러나 각기 다른 이념을 가진 인사들이 속속 〈풍기광복단〉에 가세하여 〈대한광복단〉으로 개편되면서 용화 할머니의 의성 친정댁 인척이라는 호암 선생과 같은 복벽주의를 추구하였던 의병 출신의 〈광복단〉 동료들과 이념 문제로 내홍을 겪다가 〈광복단 사건〉 이후에 보란 듯이 만주로 건너가 공화주의를 추구하는 〈중광단〉에 들어갔다는 문제의 그 대종교 인사에 대해서는 관심이 지대한 만큼 궁금한 점도 그만큼 많을 수밖에 없었다. 그가 복벽주의 동료들과 갈등을 겪다가 공화주의를 표방하며 독립운동의 대세를 몰아가는 〈중광단〉에 입단하여 영남 지역 총책이 되어 돌아온 것도 그렇고, 그가 새로 확보한 신규 단원들을 데리고 〈중광단〉의 본부가 있는 만주로 간 것도 주목할 만한 일이거니와, 그 시기가 청관 스님이 만주로 간

때와 맞물린다는 점도 중산의 신경을 곤두서게 하는 대목이 아닐 수 없었다. 더구나 그가 생사를 가리지 않는 작탄혈전이라는 강경한 자세로 대한 독립을 추구한다는 〈중광단〉에 입단하여 영남지역 총책이 되어 돌아온 것이 복벽주의를 지향하며 조선 왕조의 복원에 가운을 걸다시피 해 온 자기네 가문과 본격적으로 맞서기 위함이라는 것도 의심할 여지가 없어졌기 때문에 더욱 그러하였다.

상황이 그렇게 돌아갈수록 그가 〈중광단〉의 신규 단원들을 확보하여 본부가 있는 만주로 갔다는 청암의 얘기는 장차 있을지도 모를 그의 다음 행동에 대비해야 하는 중산에게는 그만큼 주목해야 하는 귀중한 정보라 아니할 수 없었다.

그날 밤, 문중 개화에 뜻을 같이하는 세 형제가 마치 삼국지에 나오는 '도원결의(桃園結義)' 편의 주역들처럼 중산의 처소에서 의기투합하여 모처럼 함께 나란히 누워 잠을 자면서 밤이 깊어 가는 줄도 모르고 나눈 얘기는 흡사 문중 정변의 거사를 앞둔 대책회의나 다를 바 없이 진지하였고, 체온을 서로 나누며 정신적인 무장을 할 수 있었기 때문에 문중 개화의 선봉대 삼총사로서 두고두고 잊지 못할 기념비적인 일이 되고도 남을 일이었다.

어릴 때처럼 참으로 오래간만에 두 아우와 함께 잠자리에 나란히 누운 중산은 임오군란 때 맺힌 원한으로 복수의 칼을 갈고 있다는 〈중광단〉 인사와의 해묵은 갈등 문제를 원만히 해결하기 위해 자기네 문중이 지금은 어떻게 대처하고 있는 중이며, 자신이 문중의 종손으로서 장차 할 수 있는 역할이 무엇인지를 생각하노라니 가뜩이나 힘에 버겁던 어깨가 더욱 무거워지기도 하고 가슴이 두근거려서 좀처럼 잠이 올 것 같지가 않았다.

"민감한 그런 정보를 편입학을 한 지 얼마 되지 않는 학생 신분으로 입수하기가 결코 쉽지 않았을 터인데, 생각하면 할수록 네가 참으로 용하구나!"

중산은 그런 중압감 속에서도 물불을 가리지 못하는 성격으로 언제 어떤 사단이 터질지 모르는 근심과 우려의 대상으로만 여겨졌던 철부지 청암 아우가 언제 이렇게 든든한 문중 개화의 동반자가 될 수 있었냐는 듯이 격세지감을 느끼면서 부쩍 억세어진 아우의 탄탄한 두 어깨를 귀중한 보물처럼 어루만져 본다.

　　"형님, 세상에 공짜는 없습디다! 상대방에게 믿음을 주기 전에는 어림도 없는 일이었기에 여러 가지 활동을 하면서 그것을 알아내는 데만도 이렇게 몇 달이나 걸린 것이 아니겠습니까?"

　　"그렇다면 혹여 네가 그만한 대가를 치렀거나, 〈중광단〉의 단원이나 대종교의 신자가 되기라도 하였더란 말이냐?"

　　중산이 은근히 신경을 곤두세우고, 그러나 무심코 지나치는 말투로 물었더니 청암은,

　　"남들은 장가들 나이에 동래고보에 뒤늦게 편입학을 하고 보니 내가 상상해 보지도 못했던 온갖 구락부 활동 부서가 다 있습디다! 수구 보수의 문중 장벽 속에 답답하게 갇혀 지냈던 저에게는 그야말로 별천지나 다름 없었습니다. 그런데 다양한 그런 구락부의 활동들은 청년들만의 특권이라 하여 모두들 '학생운동' 대신에 '청춘 사업'이라고들 하지 뭡니까!"

하고 부정도 긍정도 하지 않고 자유분망한 클럽 동에 대한 예찬론만 그럴싸하게 늘어놓는 것이었다. 그러다가 그는 중산이 또 무어라고 물을 세라 이렇게 앞질러 되묻는 것이었다.

　　"그런데 형님, 우리 문중의 개화 · 개방 사업은 어떻게 되어 가고 있습니까?"

　　"아, 그것 말이냐? 그동안에 나도 그 일 때문에 이것저것 많이 바빴단다. 개화 바람을 일으켜 보려고 문중 수렵대회와 지역 민초들과 소작인들을 한데 모아 건초 베기 대회를 겸하여 대동축제를 열기로 허락을 받고 준비를 서두르고 있었는데, 이번의 괴질 소동으로 당분간 열기 어

렵게 되고 말았지 뭐냐?"

그러면서 중산은 지난번에 임시 비상 종회를 열었던 사실을 밝히면서 그때 처음으로 실상이 드러났던, 용화 할머니와 부친이 그동안 조선 왕조 복원 사업에 전념하며 복벽주의를 지향하는 척족 의병 운동가들에게 적잖은 군자금을 지원한 사실과, 승당 할아버지의 순절지인 표중사에 천도제를 올릴 때마다 적잖은 시주미와 시주금을 봉헌하였다는 사실도 숨기지 않고 들려 주었다.

그 뿐만도 아니었다. 전국을 휩쓸고 있는 괴질 때문에 부친의 생각이 달라지는 바람에 신문 구독도 다시 하게 되었다는 사실을 비롯하여, 마굿들에 나타났던 왜놈 헌병 얘기에다, 괴질에 걸린 민초들에게 구휼미와 치료비를 전해 주고 있는 얘기며, 심지어 지난 병술년에 호열자에 걸려서 사경을 헤매다가 제중원의 알렌 선교사의 서양 의술로 구사일생을 목숨을 건졌다는 운당 종조부의 오래 된 얘기까지 마치 누에가 명주실을 자아내듯이 들려주면서 그동안에 쌓였던 회포를 풀어 나갔다.

그러나 중산은 자기가 만나 보고자 하는 청관 스님이 임오군란으로 인하여 무위영의 고급 군관의 여식에서 관노로 전락하여 승당 할아버지의 침수 수발을 들었다는 사실과 그 하녀의 몸에서 난 서출 자식으로서 자기네한테는 막내 삼촌뻘이 된다는 사실은 물론, 용화 할머니가 승당 할아버지의 유지에 따라 그의 학자금을 시주금과 별도로 지원해 왔다는 사실에 대해서는 끝내 말하지 않았다. 그리고 〈중광단〉의 영남지역 총책으로서 백산 박철이라는 자호와 함자를 쓴다는 대종교 동래지사의 사교가 임오군란 때 멸문의 화를 입은 청관 스님의 친가 또는 외가 쪽의 혈족이거나, 그도 아니라면 그 집안과 깊은 인연으로 묶여 있는 사람일 가능성이 많다는 확신을 가지면서도 그들 상호간의 관계에 대한 얘기는 끝내 밝히지 않았다. 적당한 시기가 오면 그때 말해 줄 수도 있고, 그러지 못하더라도 언젠가는 청암 스스로 자연스럽게 알게 될 일이기도 하여서 구태여 미리 발설하여 일을 복잡하게 만들 필요가 없다는 생각에서였다.

이러한 중산의 속도 모른 채, 청암은 그동안 자기네 가문에서 용화 할머니가 조선 왕조의 복원을 위하여 복벽주의를 지향하는 여러 척족 출신의 의병장들에게 비밀리에 거사 자금을 끊임없이 지원해 왔다는 사실에 크게 고무되어 있었다.

"우리 용화당 할머니께서는 역시 중국의 서태후 못잖은 여장부이십니다. 연로하신 여자의 몸으로 우리 집안이 지난 왕조 시절에 국정에 막강한 영향력을 행사했던 황실의 외척 집안으로서 밖으로는 오백년 사직이 무너지게 한 역사적인 응분의 책임을 다하려고 노력하셨고, 안으로는 훌륭하신 여러 조상님들의 권위와 명예에 누가 되지 않게 하려고 망국의 한을 품고 의거 순절하신 승당 할아버지의 유지를 받들어 아무도 모르게 그런 대업들을 계속 추진해 오셨으니 말입니다!"

"우리 집안이 어떤 집안이냐? 조선왕조 개국 시에 위기에 처한 부군 이방원을 탁월한 선견지명으로 왕위에 등극시키고 세종대왕을 낳으신 원경왕후를 필두로 인현왕후, 명성황후, 순명효황후에다 조선조 마지막 황태자인 이은 공의 황태자비로 간택된 바 있는, 민영돈 대감의 여식 갑완이까지 합친다면 왕비로 간택되신 분이 무려 다섯 분이라고 할수도 있을 정도이니 청주 한씨, 파평 윤씨와 함께 몇 손가락 안에 드는 척족 집안이 아니더냐? 그러니 나라가 망한데 대한 응분의 책임을 지고 을사늑약 때, 백성들과 외국사절들을 비롯하여 황제 폐하께 올리는 세 통의 유서를 남기고 장렬하게 자결하신 충정공(忠正公) 민영환(閔泳煥) 선생께서 그리하셨던 것처럼, 승당 할아버지께서도 망국한으로 의거 순절하신 마당에 우리 가문의 운명을 책임지신 용화 할머니의 마음인들 오죽 하셨겠느냐?"

"큰형님! 그렇게 호국하는 일에 관심이 있으시다면 형님께서도 언젠가 기회가 닿는 대로 동래 범어사엘 한번 다녀오십시오! 청관 스님도 청관 스님이지만, 범어사 또한 표충사 못지않은 호국 사찰임을 금방 아시게 될 테니까 말입니다."

그곳에서 무슨 일이 있었던지, 청암은 목에 힘을 주고 그렇게 권하였다.

"그래. 그렇잖아도 그럴 생각으로 있었느니라."

중산이 이렇게 대답하고 나서 그의 말을 곱씹어 보며 혼자 생각에 잠기자 청암은 그대로 잠에 곯아떨어지고 말았다.

그로부터 며칠 후, 세찬 강바람에 별이 쏠리는 밤이었다. 느지막이 잠자리에 들었던 중산은 한밤중에 괴질로 죽은 민초들의 뭇 혼령들에게 집단으로 마구 쥐어뜯기는 무서운 악몽 속에서 몸부림치다가 잠에서 깨어났다. 머리맡에 두었던 자리끼 물을 찾아 목을 축이고 나서야 악몽이었음을 깨달은 그는 겨우 안심을 하며 가까스로 한숨을 내쉬었다. 그러다가 문득 허전한 생각이 들어 옆자리를 더듬거려 보았다. 아무것도 잡히지 않았다. 더 멀리 팔을 뻗어 방향을 바꾸어 가며 휘저어 보아도 역시 무주공산 같은 어슴프레한 허적(虛寂)이 있을 뿐이었다. 그제서야 운사의 〈민중의원〉에서 서반아 괴질의 얘기를 듣고 온 이후 근 열흘째 처자식이 있는 별당 출입을 스스로 삼가며 바깥사랑에서 숙식을 해결하며 혼자서 지내고 있다는 사실을 뒤늦게 깨닫고는 그는 그대로 잠자리에 도로 드러눕고 말았다. 어둠 속에서 높다란 천정을 얼뜩히 올려다 보고 있노라니 깊이 모를 외로움이 강물처럼 밀려왔다.

하지만 괴질로 인한 난리 통에 식구들이 무사하다면 이런 독방 신세쯤이야 오히려 사치요, 호강이 아니겠는가!

그런 생각을 하고 있을 때 멀리서 개 짖는 소리가 들려왔다. 그리고 한참 만에 행랑 쪽에서 육중한 대문 여닫는 소리까지 들리는 것이다. 중산은 숨을 죽인 채 귀를 기울인다. 한밤중에 들리는 개 짖는 소리와 대문 여닫는 소리만큼 신경이 곤두서게 하는 것이 또 있을까. 그렇게 얼마를 가다렸을까. 저벅거리며, 그러나 조심스럽게 다가오는 수상한 발자국 소리가 뜰아래에서 들려 왔다.

중산은 심상치 않은 예감에 몸을 벌떡 일으킨다.

제3장

묵상(黙想)의 계절

◇ 한밤의 방문객訪問客

"이보게, 중산 종질! 중산 종질! 내 말 들리는가?"

문밖에서 들려오는 나직한 목소리에 중산은 가위눌리듯 온몸이 바싹 얼어붙는다.

"누, 누구요?"

"나, 나야! 청계(淸溪) 종숙일세!"

"예? 청계 종숙님이라고요?"

청계 종숙이라는 바람에 중산은 벌떡 자리에서 일어난다. 청계 종숙은 지난 비상 종회 때 괴질 소식에 민감한 반응을 보였던 운당 종조부의 오남매 중 장남이었다.

그러나 중산이 무어라고 하기도 전에,

"그렇다니까! 잠깐 안으로 들어가겠네!"

하는 다급한 말소리와 함께 문이 벌컥 열리면서 의관도 제대로 못 갖춘 덧옷 차림의 청계 종숙이 방으로 성큼 들어선다.

"아니, 이 오밤중에 종숙께서 어인 일이십니까?"

차가운 외기와 함께 얼굴에 확 끼얹히는 불길한 예감에 중산의 가슴이 지레 덜컥 내려앉는다.

"크, 큰일났네! 우리 병훈(丙勳)이의 몸이 불덩어리일세!"

"아니, 병훈이가요?"

병훈이는 청계 종숙의 다섯 살바기 맏손자였다. 그의 장남 형산이 결혼은 중산보다 한 해 늦게 하였으나 중산처럼 참척을 겪는 일 없이 결혼 이듬해에 병훈이를 낳아 온전하게 키워 온 것이었다.

"언제부터 몸에 열이 나기 시작했습니까?"

다급하게 물으면서 중산이 더듬거리며 촛불을 켜려니까, 청계 종숙은 그러지 못하게 황급히 말리면서,

"오늘 저녁을 먹고 잘 때까지만 해도 괜찮았다는데, 자는 중에 그리된 모양일세! 그러니 자네가 쥐도 새도 모르게 지 아비랑 같이 병원에 좀 가 줘야 하겠네!"

하면서 체면 불구하고 중산에게 청하는 것이다.

"아, 알았습니다, 종숙님!"

서반아 독감임을 직감한 중산은 부리나케 옷을 찾아 허둥지둥 몸에 걸치기 시작한다. 하지만 마음만 급할 뿐 오히려 더디기만 하다. 상현 달빛이 스며든 희뿌윰한 미명 속에서 주섬주섬 옷을 챙겨 입으면서 중산이 바쁘게 묻는다.

"누구한테서 옮았는지, 혹시 짐작이 가는 사람이 있습니까?"

"바깥나들이를 한 적은 없는 모양이야. 물론, 외부인의 접촉도 없었고…. 그런데 아무래도 연이며 팽이를 만들어 준다며 데리고 놀았다는 그 머슴 놈 때문이 아닌가 싶네!"

머슴 놈이라는 바람에 중산은 아연실색을 한다.

"종팔이 놈 말입니까?"

"그, 그렇다네!"

"그래서 제가 진작부터 올해 새경을 미리 줘서 자기네 집으로 한시바삐 내치라고 하지 않았습니까?"

마산리 출신의 머슴인 종팔이는 또출이와 한 통속으로 삼수 녀석을 자기네가 다니는 교회에 끌어들인 장본인이기도 하였다.

"자네의 전갈을 받자마자 진작 그리하기는 하였지!"

"그렇다면 초당 종조부님 댁의 또출이 놈은요?"

마음만 급할 뿐, 몸이 제대로 되지 않는 대신 중산의 말이 많아진다.

"내 얘기를 듣고 같은 날 새경을 줘서 부랴부랴 내쳤다고 하던데, 아직까지 잠잠한 것을 보니 그쪽은 아무 탈이 없는 모양일세!"

바지 저고리를 대충 걸치기가 바쁘게 댓님을 매는 둥 마는 둥 한 중산은 갓과 도포를 챙겨 들기가 무섭게 청계 종숙보다 먼저 밖으로 나선다.

밖에는 동짓달 초순께의 눈썹달이 서산 마루에 손톱으로 찍은 듯이 날카롭게 걸려 있었다. 비수같이 싸늘한 조각달이었다. 이미 겨울로 접어든 새벽 공기는 살을 에일 듯이 차가웠다. 무오년도 저물어 어느덧 동짓달 초순께, 양력으로는 벌써 섣달로 접어들고 있는 것이다.

식구들이 알게 되면 한바탕 대소동이 벌어질세라, 조심조심 밖으로 나온 그들은 흡사 야반 도주를 하는 바람난 노복들처럼 숨소리마저 죽여 가며 종종걸음을 친다. 이심전심으로 뜻이 통한 그들은 청암과 송암이 잠들어 있는 아랫방 툇마루 앞을 조심스럽게 지나쳐서 곧장 뒤뜰로 돌아나가 축사로 통하는 일각 대문을 소리 나지 않게 열고 밖으로 빠져 나간다. 문 밖은 시커멓게 맨살을 드러낸 채마밭이었고, 저쪽 건너편에 말과 나귀며 소들을 기르는 축사가 길게 자리잡고 있었다.

"종숙님! 병원에 데려 갔다가 당분간 피접을 시켜야 하지 않겠습니까?"

괴괴한 마굿간으로 향하면서 중산이 속삭이듯 묻는다.

"그래서 아버님의 말씀을 듣고 이 오밤중에 불문곡직하고 자네부터 찾아오질 않았겠나?"

그렇다면 운당 종조부께서는 어떤 생각을 가지고 계셨던 것일까? 중산은 아직도 〈수화불통〉의 조처에 묶여 있는 죽명 숙부를 머리에 떠올리고 있었다. 어쩌면 운당 종조부 역시 어린 증손의 목숨을 구할 수만 있다면 운사의 양의원이든 죽명 숙부의 한의원이든 전혀 개의치 않을 뜻이 아니겠는가!

"청계 종숙! 운사 친구의 병원에는 입원실도 없으니, 아무래도 죽명 숙부님 댁으로 일단 먼저 데리고 가 보는 게 좋을 듯 싶습니다!"

"이 사람아! 더운 밥 찬밥을 따지게 생겼는가? 자네 뜻대로 하게!"

중산의 짐작은 역시 빗나가지 않았다. 축사 앞에 이르자 여러 축생들도 심상치 않은 기미를 느꼈는지 저마다 투르르 콧김을 내뿜으며 술렁이기 시작한다.

"제가 말을 몰고 나올 테니 여기서 잠깐 기다려 주십시오!"

중산이 자신의 백마를 몰고 밖으로 나오자 마음이 바빠진 청계 종숙이 앞장을 선다. 그들이 행랑 담장 밖으로 걸어 나오는 것을 보고 그때까지 솟을대문을 열어 잡고 추위에 오들오들 떨면서 초조하게 기다리고 있던 서 서방이 주위를 살피면서 그들을 맞이하였다.

"이보게, 서 서방! 오늘 밤 여기서 있었던 일은 아예 없었던 일로 해 두게! 아무한테도 일절 발설하지 말란 말일세!"

물중한 서 서방이 자칫 일을 그르칠세라, 중산이 어김없이 입단속을 한다.

"예, 서방님!"

"식구들이 알게 되면 골치 아픈 일들이 생길 터이니 내 말을 꼭 명심해 두게!"

"그야 여부가 있겠습니껴?"

서 서방에게 신신당부를 한 중산은 백마를 몰고 앞장을 서면서도 미심쩍은 나머지 몇 번이나 뒤를 돌아다 본다. 멀리서 어디선가 또 다시개 짖는 소리가 들려 오고 있었다.

그들이 골목길을 지나 멀지 않은 청계 종숙 댁에 당도하였을 때, 한 무리의 식구들이 대문간에 모여 서서 그들을 초조하게 기다리고 있었다. 그러나 수족처럼 부리는 하인과 머슴들의 모습은 하나도 눈에 띄지 않았다.

병훈이의 아버지인 중산의 재종 아우뻘인 형산(亨山) 춘식(春植)은 아픈 아이를 두꺼운 이불로 단단히 감싸 등에 업었고, 그의 아내는 포대기를 들고 나와 바람에 날아가지 않도록 아이의 머리를 덮어 주면서 소리없이 울먹이고 있었다. 그리고 초저녁 잠에 빠져 들었다가 뒤늦게 놀라서 달려 나온 운당 종조부 내외와 종숙모도 그 옆에서 발을 동동 구르며 안절부절 못하고 있었다.

중산은 저녁 문후 인사를 여쭙는 것도 잊은 채, 아이를 업어 몸이 둔해진 재종 아우를 부축하여 대기하고 있던 그의 말에 먼저 태운다.

"중산아! 이번 괴질에 대해서는 네가 누구보다 잘 알고 있을 터이니 우리 병훈이를 꼭 좀 살려 다오! 우리는 너만 믿고 있겠다!"

덧옷도 제대로 못 걸치고 나온 노구의 운당 종조부가 추위도 잊은 채 중산의 두 손을 마주 잡고 신신 당부를 한다.

"운당 할아버지! 크게 놀라셨겠지만, 너부 심려치 마십시오! 제가 비록 미력하나마 무슨 수를 써서라도 최선을 다하여 꼭 살려 내도록 하겠습니다! 우리 병훈이는 영양 상태가 좋은 아이라, 아무 탈없이 병을 꼭 이겨낼 수 있을 겝니다!"

왼발로 등자를 밟고 말에 훌쩍 올라 탄 중산은 뒤에 남은 운당 종조부 댁 식구들에게 재차 다짐하듯 손을 흔들어 보이고는 형산 아우를 앞세우고 그대로 미친듯이 앞으로 내달리기 시작하였다. 막상 길을 나섰으나 읍내까지는 막막하기 짝이 없는 먼 밤길이었다. 쉬지 않고 계속 말을 타고 달려도 한 시간은 좋이 걸릴 거리이건만, 모든 뱃길은 이미 완전히 끊긴 상태이고, 응천강을 건너야 할 나룻배마저 얻어 타기 어려운 형편이고 보니 아무도 장담하지 못할 멀고 먼 험로인 것이다.

이대로 집 앞의 들판을 가로질러서 새로 축조된 밀성제 제방까지 간 다음에 거기서 제방을 타고 읍내로 건너가는 상남벌 초입의 길목까지 줄곧 말을 타고 달려간다 해도 곳곳에 도사리고 있는 늪지대와 샛강들은 건너기 위해서는 물이 얕은 여울목을 찾아 이리저리 헤매지 않으면 안 될 형편이었다.

바깥마당을 나선 그들은 당곡과 마산리로 통하는 신작로를 버리고 응천 강변의 돌티미 나루로 이어지는 중앙 농로로 접어들었다. 응천강과 낙동강이 만나는 삼랑 포구 쪽에는 아직도 공사가 진행 중이지만,

이미 축조 공사가 끝난 동산리 쪽의 밀성제 제방과 그 위쪽의 상남제 제방을 따라 줄곧 달려서 예림리 동촌의 이창진(耳倉津) 나루까지 일단 달려가 볼 생각인 것이다. 각오를 단단히 하고 도구늪들로 나서자 삭막한 무주공산으로 변한 허허벌판이 파리한 초승 달빛을 받아 저승길처럼 더욱 아득하게 눈앞에 펼쳐진다. 읍성 쪽으로 건너가는 길목인 이창진 나루까지 가려면 쉬지 않고 말을 달려도 한 시간은 좋이 걸려야 가 닿을 수 있는 먼 길이었다.

그러나 거기서 맞은편 밀양역 쪽의 남포 나루로 건너가려면 뱃사공을 찾아서 나룻배를 타야 하고, 또 몇 마장을 더 달려서 응천강의 동쪽 지류에 있는 용두목 나루를 다시 건너야만 삼문리 삼각주를 곧장 가로질러서 영남루 앞의 배다리 부교를 통하여 밀양 읍성 안으로 들어갈 수가 있는 것이다.

밤이 깊을 대로 깊었으나 때마침 동짓달 초순께의 눈썹달이 떠 있어서 흐릿하나마 시계가 일망무제로 활짝 열린 관계로 속도를 내기에는 아무 어려움이 없었다. 하지만 북쪽에서 세차게 마주 불어 오는 매서운 강바람만은 결코 피해 갈 재간이 없었다.

공사가 끝난 지 얼마 되지 않은 밀성제를 따라 형산을 앞세우고 한참을 달리던 중산은 광탄(廣灘) 나루에 못 미쳐 시목포(柿木浦) 또는 종병탄(鍾柄灘)으로 불리는 곳에 이르러 형산에게 소리쳐 묻는다. 옛날 임진왜란 때 북상하는 왜병 본진 대군들과 맞서 싸우던 밀양부사 박진 장군의 군사들이 퇴각하다가 거의 전멸하다시피 수장된 곳이었다.

"이보게, 형산 재종제! 병훈이를 내가 대신 좀 업을까?"

사람도 사람이지만 그들 부자를 등에 태우고 달리는 말이 더 지치는 듯해 보였던 것이다. 그러나 형산 재종 아우는 마음이 바쁜 나머지 머리를 흔들면서 오히려 속도를 드높인다. 미친듯이 채찍을 휘두르며 달려가는 재종 아우가 행여 낙마라도 할세라 중산도 채찍을 가하며 그 뒤를 바싹 따라간다.

희미한 달빛 아래 파발마처럼 달려가는 아득한 제방길, 무한 질주하는 속도감과 함께 핑그르르 돌아가는 강물, 씽씽 소리를 내며 스쳐 가는 바람소리, 발말굽 소리, 인간과 짐승이 동시에 내뿜는 거친 숨소리, 소리들…! 애마와 일심 동체가 되어 그렇게 무한으로 한사코 질주하던 중산은 자기도 모르게 아련한 환각 속에 빠져들고 말았다. 뒤에는 가파른 능선과 골짜기로 산하를 새카맣게 뒤덮은 적들의 천둥 같은 함성과 함께 끝도 없이 밀려 오는 깃발의 물결, 앞에는 섣불리 들어설 수 없는 망망한 강물, 자욱한 화약 연기 속에 비오듯 쏟아지는 조총의 총탄을 피해 질펀한 광탄 나루를 향해 필사적으로 내달리는 패색 짙은 조선 군사들! 아비규환으로 변한 물보라 속에서 총탄에 쓰러지고, 세찬 물살에 휩쓸린 그들은 두 팔을 휘저으며 필사적으로 허우적거리다가 얼마를 못 버티고 하나 둘씩 움직임을 멈추어 가더니 어느 새 홍수 때의 부유물처럼 온 강을 하얗게 뒤덮으며, 아래로 아래로 무한으로 떠내려 온다.

중산은 악몽 같은 환상 속에서 피맺힌 목소리로 내심 울부짖고 있었다. '저들을 살려야 한다!' '기필코 살려야 한다…!' 그러나 말문이 트이지 않아 애쓰는 사이에 아비규환을 이루며 온 강물을 허옇게 뒤덮으며 떠내려 오던 시신들은 간 곳이 없고, 싸늘한 달빛 아래 고기 비늘처럼 반짝이는 무수한 물결들만 가득한데, 수심 깊은 곳에서 울리는 듯한 뭇 혼령들의 피맺힌 절규들이 빗발치기 시작하였다.

'살려 주소! 살려 주소! 살려 주소…!'

'살려내라! 살려내라! 살려내라…!'

산울림과도 같은 그 소리는 속도와 크기를 점점 더해 가다가 급기야는 처절한 호곡성으로 바뀌면서 무수히 많은 시커먼 망자들의 차디찬 손들이 매서운 강바람과 함께 삽시간에 물 속에서 솟구치며 뻗어와서 중산의 면상을 확 덮치는 것이다. 그 순간, 화들짝 놀란 중산은 상체를 크게 뒤틀면서 으악! 하고 소리를 내질렀다. 그 바람에 깜짝 놀란 백마가 우렁찬 울음소리와 함께 앞발을 높이 쳐들며 허공으로 솟구쳐 올랐고, 본능적으로 낙마의 위기를 모면한 중산은 필사적으로 말고삐를 잡아 당기며 애마와 크게 맴을 돌면서 한바탕 씨름을 하지 않으면 안 되었다.

"형님! 왜 그래요? 괜찮습니까?"

때 아닌 환각 소동에 앞서 달려가던 형산이 황급히 길을 멈추며 뒤돌아본다.

"나는 괜찮으니 내 걱정은 말고 어서 달려가세!"

크게 놀라 미쳐 날뛰던 말을 가까스로 진정시킨 중산이 정신을 차려 보니 강폭이 갑자기 넓어진 응천강은 여전히 말이 없고, 멀리 산을 돌아 나간 강물이 파르스름한 달빛에 젖어 더욱 아득하기만 한데, 상남면 기산리와 삼랑진면 임천리(林川里)를 연결하는 광탄(廣灘) 나루가 저만큼 눈앞에 다가오고 있었다.

이곳 광탄 나루는 이름 그대로 강폭이 넓고 수심이 비교적 얕은 곳이었다. 그러한 까닭으로 임진왜란 때 밀양 부사 박진(朴晉) 장군이 동래성 싸움에 지원군으로 나섰다가 패퇴한 삼백여 명의 관민 군사들을 이끌고 삼랑진 낙동 강변의 깎아지른 작원관(鵲院館) 요새에서 배수진을 치고 산하를 새까맣게 뒤덮으며 파도처럼 밀려오는 일만 팔천여 명의 수륙 왜적들과 맞서 분전하였으나, 중과부적으로 밀린 끝에 퇴로를 찾아 필사적으로 도강을 시도하다가 강물의 깊이를 미처 파악하지 못한 군사들 거의 모두가 급류에 휘말려 아비규환 속에 전멸하다시피 한 피눈물 나는 격전지가 아니었던가!

광탄 나루를 지나면서 놀란 가슴을 쓸어내린 중산은 형산 아우에게 속도를 늦추라고 소리치며 한동안 말들을 쉬게 하였다. 병훈이는 죽었는지 살았는지 아무런 움직임이 없었다. 중산이 기겁을 하며 덮어씌운 이불 사이로 손을 밀어 넣어 이마를 짚어 보니 아이는 더욱 심하게 펄펄 끓는 열기 속에 실낱 같은 생명줄을 가까스로 유지하며 가쁜 숨을 몰아쉬고 있었다.

"안 되겠네! 빨리 길을 서두르세!"

그들은 채찍들을 마구 휘두르며 예림리 동촌의 이창진 나루까지 단 걸음에 득달같이 달려가서 걸음을 멈추었다. 여기서 밀양역이 있는 맞은편의 남포 나루로 건너가야 삼문리로 이어지는 지름길을 탈 수가 있는 것이다.

하지만 뱃사공은 간 곳이 없고, 나룻배도 건너편의 남포 나루 쪽에 묶여 있었다. 더구나 남포 나루를 건너간다 해도 얼마를 가지 않아 또다시 용두목 나루에서 삼문리로 건너가는 나룻배를 타야 하는 것이다. 하지만 뱃사공을 불러 올 재간도 없거니와 그렇게 할 시간적인 여유도 없었다.

인적이 끊어진 맞은편의 남포 나루 쪽을 망연히 바라보던 중산은 길게 망설이지 않고 결연히 용단을 내린다.

"길은 멀어도 우회로를 택하는 편이 그래도 나을 것 같네!"

지난 오월 단옷날 감내 장터에 들렀다가 마지막 황포 돛배를 타고 귀갓길에 올랐던 그 뱃길과 나란히 뻗어 있는 멀고 먼 우회로를 따라 읍성까지 죽을 힘을 다하여 내쳐 달려갈 심산인 것이다.

"형님 좋을 대로 하십시오!"

형산은 여전히 아들의 운명을 중산에게 맡기고 있었다. 한 마음이 된 그들은 다시 말을 몰아 미친 듯이 달려가기 시작한다. 이창 나루에서 밀양 읍성까지는 이십 리가 좋이 넘는 먼 길이었다. 그들이 파김치가 다 되어 향청껄로 들어섰을 때는 성 밖의 먼 농가에서 어느덧 첫닭이 울고 있었다.

중산은 운사의 집으로 먼저 찾아가 볼까 하다가 아무래도 무리일 것 같아 그대로 혜민당 죽명 숙부 댁으로 향하였다. 꼭두새벽에 들이닥친 그들 때문에 혜민당에서는 아닌 밤중에 한바탕 소동이 벌어졌다. 잠옷 바람으로 달려 나온 죽명 선생 내외는 오밤중에 느닷없이 들이닥친 환자가 운당 중부주(仲父主)의 증손이라고 하는 바람에 크게 놀랐고, 다급해진 그는 손수 병훈이를 받아 안고 진료실 대신 안방으로 달려간다. 그가 처음 마주 대하는 형산 종질의 인사를 받을 사이도 없이 땀범벅이 되어 널부러진 아이를 진맥하느라 아무 정신이 없는 사이에 괴질로 인한 휴교 조처 때문에 집에 와 있던 관식이와 인식이도 잠옷 차림으로 달려 나왔다.

서둘러 진맥을 끝내고 병환이의 몸 상태를 구석구석 세세히 살펴본 죽명 선생은 심각한 얼굴로,

"언제부터 이리 되었는가?"

하고 중산에게 묻고는 그의 옆에 앉아 있는 형산에게로 시선을 옮아간다.

"어제 저녁 때까지는 괜찮았는데, 자다가 갑자기 열이 나기 시작했다고 합니다."

그러면서 중산은 뒤늦게 형산을 소개한다.

"참, 여기 이 사람은 환아의 아버지로 운당 종조부님의 장손인 춘식 재종제(再從弟)입니다. 자호는 형산이고요!"

"종숙님, 본의 아니게 인사가 너무 늦었습니다. 저의 절 받으십시오!"

형산은 자식의 일로 아무 경황이 없으면서도 말로만 듣다가 처음으로 뵙게 된 죽명 선생에게 예를 갖추어 큰절을 올렸고, 죽명 선생은 병준이를 부인에게 안겨 주고 문갑 위의 필묵함을 가져다가 제약 처방전을 쓸 준비를 하다 말고 엉겁결에 정좌를 하면서 절을 받는다.

"이리로 오기가 쉽지 않았을 터인데, 잘들 왔네! 증세를 보아 하니 요즘 창궐하고 있는 괴질이 맞는 모양이야! 많이들 놀랐겠지만, 내가 지은 탕제를 먹고 완치된 괴질 환자가 한 둘이 아니니, 마음을 굳게 먹고 너무 걱정들 말게나!"

중산과 형산을 안심시킨 죽명 선생은 정신없이 처방전을 작성하여

낭하 저쪽의 약제실로 달려갔고, 관식이는 바쁘게 전하는 중산의 부탁으로 운사를 데리러 장군껼로 달려갔다. 그러는 사이에 형산과 수인사를 마친 이씨 부인은 인식이를 데리고 부엌에서 미음을 쑨다, 야식을 준비한다, 물수건을 가져 온다, 입가심용 감초 달인 물을 데운다 하면서 바쁘게 움직이고 있었다.

다소 안정을 되찾은 형산이 가쁜 숨을 몰아쉬고 있는 병훈이의 이마를 짚어 보며 안절부절 못하는 것을 보고 중산은 탕제실로 달려가 숯불을 지피며 탕약을 달일 준비를 서둘렀다. 숯불을 다 피우기도 전에 죽명 선생이 직접 조제한 향약 두 첩을 가지고 탕제실에 나타났다.

"자, 황련(黃連)·황백(黃柏)에다 석고(石膏) 등을 넣어서 조제한 해열제와 황련과 부자(附子)를 넣은 번조증(煩燥症) 약일세! 이번 괴질에는 양의학 쪽에서도 특효약이 따로 없어 일반 감기에 쓰는 해열제를 주로 쓴다고 하더구먼. 그런데 예로부터 우리 한방에는 감기에 효능이 좋은 쌍화탕을 비롯한 여러 가지 처방약들이 있는데, 이번 괴질의 해열 치료제로는 내가 써 본 이 두 가지가 제일이더라니까! 아직 번조증은 없는 모양이니 우선 이 석고를 넣은 해열 치료제부터 먼저 써 보자구!"

"숙부님, 입에 쓴 약을 아이가 잘 먹어낼 수 있을까요?"

"잘 못 먹으면 억지로라도 먹여야지! 입에 쓴 약이 몸에는 좋은 법이니…."

"양약과 향약을 함께 쓰면 안 됩니까?"

"약의 성분이 겹치게 되니 당연히 안 되고말고!"

대답을 한 죽명 선생의 시선이 중산의 얼굴을 의아하게 더듬는다.

"아니, 그러고 보니 자넨 양약을 쓰고 싶은 게로구먼?"

"그런 게 아니오라 병을 고칠 수만 있다면 이것 저것 가릴 것 없이 양쪽 다 써봐야 하지 않겠습니까? 관식이더러 운사 친구를 데려 오라고 하였으니 그 친구의 의견이 어떤지도 한번 들어 보면 어떨까 하고요!"

"그래? 그렇다면 약효가 빨리 나타난다는 주사약부터 먼저 써 보게 하는 것도 나쁠 것은 없지! 무얼 먼저 쓰든지 자네 좋을 대로 하게. 하지만 이번 괴질에는 황련·황백에다 석고 등을 넣어 조제한 우리 향약의 해열 효험이 상당하다는 사실을 이번 괴질에 써 보고 알게 되었다네. 허한 체질에는 번조증이 나타나기 십상인데, 설사와 번조증에는 황련(黃連)과 부자(附子)를 써서 큰 효과를 보기도 했거든! 단지, 신경이 쓰이는 것은 어린 환자가 쓰디쓴 약을 어떻게 장복(長服)하면서 잘 먹어 주느냐가 관건이지!"

"숙부님, 그 약을 먹고 완치된 환자가 많습니까?"

"그렇다마다!"

"그렇다면 효과가 좋은 향약부터 먼저 써 보기로 하지요, 뭐! 우리 향약은 수백 년 동안 써 오면서 수없이 임상 실험이 되어 있는 셈이니 그만큼 안전하지 않겠습니까?"

"내 말이 그 말이야! 효험이 없었다면 우리 조상들이 수백 년 동안이나 써 왔을 까닭이 없지! 양복은 서양 사람의 체형에 맞게 만들어졌고, 조선옷은 우리 조선 사람들 몸에 맞게 만들어져서 수천 년 동안 사용되어 왔듯이 어련하겠는가?"

탕약을 달이면서 이렇게 얘기를 주고받는 사이에 운사가 달려왔다는 전갈이 왔다. 중산은 죽명 숙부를 따라 안방으로 달려간다.

운사는 당도하기가 바쁘게 왕진 가방을 열고 청진기와 체온계를 끄집어내고 있었다. 운사가 온 식구들이 숨을 죽인 채 초조하게 지켜보는 속에서 병훈이의 진찰을 하고 있는 동안에 어린 병훈이의 숨이 금방이라도 멎은 것 같은 팽팽하게 긴장된 순간 순간들이 바쁘게 흘러간다.

이윽고 진료를 마치고 뒤로 물러나 앉는 운사에게 중산이 조급증을 감추지 못하고 묻는다.

"그래 아이의 상태는 어떠한가?"

"맥박도 빠르고 인후염에다 체온이 삼십구도 일부일세! …해열제부터 먼저 써야겠네!"

"그리도 위중한가?"

심각해지는 운사의 안색을 살피면서 중산이 묻는다.

"고열 쇼크로 인해 큰일을 당할 수도 있단 말일세!"

그러자 중산은 당황한 기색을 감추지 못하고 옆에 있는 죽명 숙부를 돌아본다. 그가 조제한 향약 해열제는 이제 겨우 끓기 시작하고 있을 것이다.

"이 보게, 운사! 그렇다면 해열제 주사부터 먼저 놓아 주게!"

상황이 급박하게 놀아가자 죽명 선생이 자기의 뜻을 접으며 운사에게 먼저 부탁을 한다. 그러나 어찌 된 일인지, 운사는 왕진 가방 속에 챙겨 온 해열제를 끄집어 낼 생각조차 하지 않는다.

"선생님, 주사약이 아니라 구강 복용제입니다."

"구강 복용제?"

이번에는 죽명 숙부가 그래도 되겠느냐고 의향을 묻듯 중산을 돌아본다.

"그게 어떤 약인가?"

중산이 안전성을 확인하고자 눈을 크게 뜨고 묻는다.

"19세기 초에 바이엘이라는 독일의 한 제약회사에서 만든 아스피린이라는 약일세! 버드나무 껍질에서 추출한 사리신산이란 물질로 재가공한 약인데, 해열과 진통제로 쓰고 있다네!"

"동의보감(東醫寶鑑)과 의방유취 (醫方類聚) 같은 우리 의서(醫書)에 있는 여러 향약들처럼 오랜 임상 실험을 거친 약이겠지, 물론?"

언젠가 죽명 숙부의 서재에서 읽어 보았던 향약 의서까지 들먹이며 중산이 다짐하듯 재차 묻는다.

"그야 여부가 있겠는가? 서양에서는 2천 5백여 년 전부터 버드나무 껍질의 즙을 약으로 써 왔다고 전해지고 있고, 우리 서양 의학의 아버지로 지칭되는 히포크라테스 선생께서도 해열과 진통을 위해서 이 약을 썼다는 기록이 있는 데다, 신약을 개발할 때는 반드시 임상실험을 거치게 되어 있거든!"

"숙부님, 그렇다면 어떻게 하면 좋겠습니까?"

중산이 죽명 선생께 다시 물었고, 죽명 선생도 심사숙고 끝에 고개를 끄떡인다. 그러자 이번에는 그들의 의향을 알아차린 운사가 뜻밖에도 난색을 표명하는 것이다.

"이 아스피린은 성인들에게 사용해야지, 아이들에게 사용하면 부작용이 생길 수 있습니다!"

"부작용이라니, 어떤 부작용 말인가?"

중산이 실망감을 감추지 못하고 묻는다.

"혈류가 높아져서 간과 뇌에 부담을 주게 되어 의식이 소멸되며, 심한 설사 후에 뇌압(腦壓)이 올라 뇌 기능이 저하될 수도 있단 말일세! 오래 복용하면 뇌출혈, 장출혈에다 신장 장애도 올 수 있고…!"

"우리 동의보감에도 버드나무 껍질의 해열 효능에 대한 기록이 있기는 하지. 하지만 버드나무 껍질에서 추출한 성분으로 재가공한 신약에 그런 부작용이 있다면 함부로 사용하기에는 암만해도 마음에 걸리는걸!"

그 소리를 듣고 중산은 더 이상 망설일 것 없이 탕약이 끓고 있을 탕제실로 부리나케 달려간다. 다행히 약은 허연 김을 내뿜으며 한창 끓고 있었다. 중산이 허둥거리며 미처 다 달여지지도 않은 약을 짜서 안방으로 달려 왔을 때, 병훈이는 자기 아빠의 품에 안긴 채 가쁜 숨을 몰아쉬며 괴로움을 못 견디고 심하게 몸을 뒤채고 있었다. 그에게 탕약을 먹이기 위하여 찬물에 약을 띄워 식힌다, 물수건을 준비한다, 입가심을 할 감초 달인 물을 준비하는 등, 한바탕 소동이 벌어졌다.

그런데 이게 웬 일인가! 꼼짝 못하게 팔다리를 붙잡고 억지로라도 약을 먹일 요량으로 만반의 준비를 하고 있는데, 아이들이 극도로 마시기를 거부하기 마련인 쓰디쓴 탕약을 병훈이가 놀랍게도 꿀꺽꿀꺽 잘

도 마셔 주는 것이다. 아마도 고열로 인한 심한 갈증 때문인지도 모를 일이었다.

"병을 이기겠다는 의지가 이 정도이니 오래지 않아 기필코 완치될 것일세!"

죽명 선생은 신통하게도 탕약을 잘 마시는 아이의 모습을 보고 단단히 자신감이 생기는 눈치였고, 형산은 기특하기 짝이 없는 아이를 얼싸 안으며 눈물까지 글썽인다.

"병훈아! 네가 참으로 장하구나! 고맙다, 참으로 고마워, 우리 아들!"

약을 먹인 뒤 물수건으로 이마를 덮어 주며 애타는 마음으로 끊임없이 아이들 돌보는 사이에 어느덧 바깥이 훤히 밝아왔다. 약을 먹은 후 서서히 체온이 떨어지면서 깊게 잠이 든 병훈이의 몸 상태를 청진기로 두 번 세 번 재검진을 한 운사는 왕진 가방을 챙겨 들고 무거운 몸으로 자리에서 일어난다.

"열이 내리고 맥박도 좋아지고 있어 예후가 기대 이상으로 좋은 것 같습니다. 하지만 상황이 바뀔 수도 있으니 제가 필요할 때는 언제라도 불러 주십시오!"

누구에게라 할 것도 없이 운사가 좌중을 둘러보며 한결 가벼워진 마음으로 인사를 한다.

"고맙네, 운사!"

연일 저녁 늦게까지 계속되는 진료 때문에 피로가 극에 달했음에도 불구하고 단걸음에 달려 와 준 운사에게 중산이 진심으로 고마움을 낸다.

"고맙긴, 내가 한 게 뭐 있다고…"

그러다가 운사는 중산의 손을 잡고 밖으로 나오면서,

"이보게, 중산! 전에 부탁한 한 사장 일 말일세!"

하고 말문을 열며 뒤따라 나오는 죽명 선생을 돌아다 본다.

"아, 그 얘기는 내가 다 알아서 할 테니 자네들이 더 이상 걱정할 것 없네!"

죽명 선생이 그들의 얘기 내용을 눈치채고 뒤에서 소리친다. 아마도 한춘옥 사장과 을강 선생의 갈등 문제에 대해서는 자기 나름대로 그동안 애를 써 온 바가 따로 있었던 모양이었다.

운사가 돌아가자 죽명 선생의 안방에서는 자연스럽게 가족회의가 열린다.

"숙부님! 병훈이가 완치될 때까지 형산 아우도 여기에 함께 머물러 있어야 할 것 같은데, 그렇게 해도 괜찮겠습니까?"

"그야 당연한 일이 아닌가?"

그러면서 죽명 선생은 중산과 형산을 번갈아 쳐다보면서 묻는다.

"그런데 집안의 어르신들께서는 자네들이 이리로 온 것을 알고 있는가?"

〈수화불통〉의 처결로 인해 자신의 문중 출입은 물론이요, 문중 사람들의 자기네 집 출입과 모든 인적 교류 또한 엄격히 통제되어 온 것이 현실이고 보니 죽명 선생으로서는 아이의 병을 치료하는 일 못지않게 그 문제가 지대한 또 다른 관심의 대상이 되지 않을 수 없었을 것이다.

"운당 종조부 댁에서는 모든 어르신들이 다 알고 있는 사실입니다!"

중산은 운당 종조부가 병훈이의 병을 고치기 위해서는 어떠한 난관도 마다하지 않으리라는 사실을 확신하고 있었기 때문에 주저하지 않고 그렇게 대답한다. 그리고 그것은 잠자코 듣고만 있는 형산의 태도로도 증명이 되고 있었다. 그러자 관식이가 감격하여 소리친다.

"아버지! 하나님 아버지께서도 우리를 도우시는 것 같습니다!"

운당 종조부는 아버지 영동 어른의 중부로써 용화 할머니와 더불어 작고한 승당 할아버지의 빈 자리를 대신할 정도로 위상과 영향력이 문중에서 으뜸인 분이라는 사실을 알고 있는 관식이가 그렇게 감격하는 것도 무리는 아니었다.

들뜬 관식이의 말에 인식이도 그렇다고 맞장구를 쳤고, 병훈이를 위

하여 있는 정성을 다하여 헌신적으로 움직였던 이씨 부인도,

"그러게나 말이다!"

하고 감격에 겨워 목이 메인다.

"그러면 그렇지! 지성이면 감천이라고 했으니, 내 기필코 신명을 다 바쳐서 저 아이의 생명을 기어이 지켜 내고야 말 것이야!"

하늘에 대고 고하는 것처럼 부르짖는 죽명 선생의 목소리가 신원(伸冤)의 다짐처럼 뜨거운 열기를 내뿜으며 간단없이 터져 나온다. 부산 신항의 해관 감찰관으로 있었던 청년 시절, 일본과 중국을 오가는 개화파 인사들과 교류하면서 의료 분야에 남 먼저 눈을 뜨는 것까지는 좋았으나, 문중의 금기를 어기고 갑신정변에 연루된 개화파 인사들과 교류했다는 이단의 죄목으로 진노한 승당 어른이 내린 〈수화불통〉의 조처에 의해 젊은 나이로 문중에서 축출되었던 죽명 선생이었다. 그렇게 궁지에 몰렸던 그가 이제는 자수성가한 한의학의 명의가 되어 적잖은 재산가가 되었을 뿐만 아니라, 헐벗은 빈민들에게 의료 시혜를 끊임없이 베풀면서 어엿한 지역 사회의 유지가 되었음은 주지의 사실이거니와, 자기를 내쳤던 문중의 병세 위중한 혈손을 치료하는 오늘의 지경에까지 이르고 보니 그동안에 겪은 갖가지 피맺힌 아픔과 거기서 오는 남다른 감회가 어찌 없을 수 있으리!

모처럼 천재일우를 맞이하여 병훈이의 병을 고쳐 내고야 말겠다고 신원하는 그의 부르짖음 속에는 수십 년 묵은 파란만장한 지난날의 고뇌와 피맺힌 여한이 고스란히 담겨 있는 것 같았다.

깊이 잠든 병훈이 곁을 잠시도 떠나지 못하는 형산과 중산이 지켜보는 가운데 죽명 선생 댁 가족들이 자기네가 오랜 이단의 덫에서 풀려날 수 있을지도 모른다는 기대에 부풀어 있는 사이에 희망찬 새 아침이 서서히 밝아 오고 있었다.

◇ 문전성시門前成市

영동 어른의 처소 앞 댓돌 위에는 내방객들의 것으로 보이는 낯선 신발 두 켤레가 주인의 것과 나란히 놓여 있었다. 그것을 본 중산은 부친의 방으로 바로 들어가지 못하고 축대 아래에서 헛기침을 하면서 조심스럽게 고한다.

"아버님, 소자 중산입니다."

방 안에서 새어 나오던 두런거리는 얘기 소리가 멎으면서 영동 어른의 목소리가 들려온다.

"무슨 일이냐?"

"급히 아뢸 말씀이 있어서 왔습니다!"

"그렇다면 잠시 들어오너라."

중산이 들어가니 방 안에는 낯이 익은 내방객 두 사람이 부친과 찻상을 가운데 두고 무언가 중대한 사안을 놓고 밀담을 나누고 있는 중이었는지 심상치 않은 기운이 감돌고 있었다.

"서울에서 내려오신 우리 집안의 어른이시니라. 인사 올리거라!"

부친의 영에 따라 중산이 예를 갖추어 손님들에게 인사를 올리고 자리에 앉자 영동 어른이 묻는다.

"그래, 무슨 일이냐?"

저어하는 기색 없이 묻는 것으로 보아 내방객들은 믿을 수 있는 사람들이니 개의치 말고 아뢰라는 의도 같았다.

"신문에 이런 기사가 났습니다!"

문제의 기사가 실린 지면을 위로 오게 접은 매일신보를 부친에게 받들어 건네면서 중산은 숨을 죽인다. 그가 놀라서 들고 온 12월 5일자 매일신보에는 지난 융희 1년(1907년)에 열한 살의 어린 나이에 유학이란 미명 하에 일본으로 볼모로 잡혀갔던 이은(李垠) 황태자가 어느덧 혼기인 스물 두 살의 춘추를 맞이하여 일제에 의해 재작년에 새로 황태자비로 간택되었던 황족 출신의 왜녀인 나시모토노미야 마사코(梨本宮方子)와의 국혼 날짜가 내년 1월 25일자로 잡혔다는 기사가 대문짝만하게 실려 있었다.

"허허, 이런 변이 있나! 그렇잖아도 밤차로 서울서 내려오신 손님들과 황태자 마마의 국혼 기사에 관한 얘기를 하고 있었느니라. 말로만 듣다가 막상 내 눈으로 이 기사를 보니 참으로 망극하기 짝이 없어 억장이 무너지는구나! 지난 정초에 있었던 파혼의 충격으로 갑완이의 외조모께서 세상을 떠나시고, 왜놈들의 등쌀에 술의 힘으로 근근이 버티던 부친마저 내의원(內醫院)의 전의(典醫)한테서 술병 치료약을 타다 먹고 피를 토하고 죽은 후에 무덤에 흙도 안 마른 상중인데, 또 이런 불상사가 터졌으니 앞으로 우리 갑완이의 일을 어이 할꼬!"

영동 어른은 신문지를 중산에게 되돌려 주고 나서 가슴을 치며 피를 토하듯 탄식하였고, 손님 중의 연상으로 보이는 이가 마음의 결의를 나타내며 비분강개한 언성으로 맞장구를 친다.

"황태자비로 간택되어 지난 십년 동안 황태자 마마의 환국만을 기다리며 살아 온 우리 갑완이의 처지가 참으로 딱하게 되었지만, 총명하고 호방한 아이라 현명하게 잘 대처하겠지요! 그리고 이번 거사도 사실은 이런 일이 벌어질 것을 예상하고 특단의 각오로 준비한 일이 아닙니까? 그러니 이번만은 하늘이 무너지는 한이 있더라도 기필코 성사되어야 할 것입니다!"

정유년(丁酉年 1897년)의 조모 회갑 때 태어났다 하여 이름마저 '갑완(甲完)'이라 지어져 조모의 사랑을 독차지하며 자라났던 민갑완-.

동갑의 나이에 생일이 같고 태어난 시간도 거의 같았던 게 우연이 아니었던지, 열한 살 되던 해인 지난 융희 원년(1907년)에 이은 황태자의 비로 간택 되었던 것이 어찌 한탄할 일이랴만, 황실의 혈통을 끊고 조선 식민지 통치를 영구히 하려는 일제 당국은 볼모로 잡아 갔던 이은 황태자의 혼기가 다가오자 지난 1916년 8월 2일에 불임 소문이 은밀히 나돌던 자국 왕족 출신의 왜녀를 새로운 황태자의 비로 자기네 멋대로 간택하였던 것이다. 그리고 지난해 연말에 창덕궁의 제조상궁을 민영돈의 집으로 보내어 총독부의 뜻이라며 보름 동안이나 밤낮으로 들볶은 끝에 약혼단자와 신물까지 회수해 감으로써 갑완이를 애지중지 보살피던 외조모가 그 충격으로 세상을 떠나고 말았던 것이다. 그리고 올 무오년 정월 초사흗날 밤 열두 시 경에 친일 대신들로 하여금 민갑완의 부친 민영돈을 혜당(惠堂)으로 불러들여 '신의 여식을 금년 내로 타문에 출가시키지 않으면 부녀가 중죄를 받아도 좋다는 것을 맹세한다.'는, 미리 작성하여 상(上)의 대리로 시종 부관이 가지고 온 결혼에 관한 서약서에 날인을 받아 오게 하였다. 상의 뜻이 그러하다니 약혼단지와 신물까지 내어 준 마당에 이제는 민영돈도 더 이상 거역할 도리가 없었다.

그러나 놈들의 간계는 그것으로 끝나지 않았고, 서약서의 내용대로 올 연말까지 갑완이를 다른 남자와 혼인을 시키라고 숨도 못 쉬게 몰아붙여 술의 힘을 빌어 근근이 버티던 부친 민영돈마저 술병이 들어 내의원 전의한테서 치료약을 타다 먹고 피를 토하며 죽게 만들지 않았던가? 그리고 이제는 부친 무덤의 흙이 채 마르기도 전에 이은 공과 왜녀와의 국혼 날짜를 확정하여 공포하는 판국이 되고 보니, 당사자인 민갑완은 물론이려니와 척족 집안 사람들 모두에게 이만저만한 참극이요, 변고라 아니할 수 없는 것이다.

"일이 이리 될 줄 알았으면 태룡리 무릉 선생께서 말씀하시던 대로 진작부터 그들 일가를 진작 중국으로 피신을 시키든지 하였더라면 좋았을 것을…!"

영동 어른의 때 늦은 이러한 한탄에 연배가 낮은 서울 손님이 위로를 한다.

"갑완이의 일을 생각하면 땅을 치고 통곡하여도 모자랄 일이지만, 기왕지사 이렇게 된 걸 어떻게 하겠습니까? 이런 때일수록 전화위복이 되도록 우리만이라도 가일층 분발해야지요!"

하지만 세상에 알려질세라 식구들도 모르게 몸소 동래로 가서 비명에 간 민영돈 대감의 장례를 치르고 돌아온 바 있는 영동 어른은 망부석이 된 듯 말이 없었고, 연상의 서울 손님이 두 주먹을 불끈 쥐면서 다시금 결의를 다진다.

"우리가 마련하여 보낸 거사 자금으로 구입한 북경의 행궁 개조 공사도 거의 마무리 단계에 와 있다고 하니 이제는 시간 문제가 아니겠습니까? 그러니 희망의 끈을 놓아서는 아니 됩니다!"

내방객들의 말에 중산은 정신이 번쩍 들어 두 손님과 부친의 얼굴을 번갈아 쳐다본다. 지난 종회 때도 일체 거론 된 바가 없었던 이번 거사라는 것이 무엇인지 심히 궁금했던 것이다.

그러나 거기에 대하여 아무도 따로 설명해 주지 않았고, 그렇다고 어른들이 비밀리에 행하는 막중한 일에 대해 감히 물어본다는 것도 그로서는 감히 생각조차 못할 일이었다.

"지난 11월 15일에는 여운형(呂運亨)이라는 신한청년당원이 미국 윌슨 대통령의 특사인 크레인과 회견을 했다는 풍문이고, 11월 30일에는 파리강화회의와 미국 대통령에게 보내는 한국독립 요청서를 크레인에게 전달하였다고 합니다. 이런 차제에 우리 거사까지 성사가 된다면 그야말로 금상첨화 격으로 태황제 폐하의 복위 문제도 세계 열강들의 크나큰 관심사로 떠오르지 않겠습니까?"

내방객들 사이에 오가던 얘기가 민감하기 짝이 없는 시국 문제로 옮아가자 영동 어른이 서둘러 중산에게 이르는 것이다.

"용무가 끝났으면 그만 나가 보도록 하여라!"

부친의 분부에 따라 말없이 밖으로 물러난 중산은 크게 심호흡을 하였다. 방 안의 분위기로 보아 그동안에 용화 할머니와 부친이 비밀리에 추진해 온 또 다른 거사 계획이 있다는 사실을 직감하고 이은 황태자의 국혼 기사로 놀랐던 가슴을 뚫고 용솟음치는 주체할 길 없는 새로운 감격에 숨이 막힐 지경이었다.

다음날, 영동 어른은 서울에서 내려온 손님들과 함께 또다시 어디론 가 길을 떠났고, 대종가의 일상은 중산의 책임 하에 평소와 다름없이 괴질 수습에 주력하는 동안에 하루하루 속절없이 흘러가고 있었다.

양지바른 축대 아래에 금가루처럼 반짝이는 아침 햇살이 소복소복 내려앉는 이른 아침이다. 똑같은 서책들을 옆구리에 낀 아이들이 재재거리면서 강학당이 있는 영양재(迎暘齋) 재사 안으로 모여들고 있다. 예닐곱 살쯤은 되었을까? 그만그만한 아이들이 둘씩, 셋씩 짝을 지어서 강학당이 있는 영양재의 중문을 들어서고 있는 것이다. 대부분 앙증맞은 바지저고리 차림에 복건들을 쓴 사내아이들이었는데, 색동저고리에 댕기 머리를 앙증맞게 늘어뜨린 계집아이들도 이따금씩 눈에 띈다.

"훈장 선생님, 안녕하셨사옵니까?"

아이들은 그냥 지나치는 법 없이 또랑또랑한 목소리로 의관을 갖추고 서 있는 나이 지긋한 훈장님께 너도 나도 판에 박은 듯이 공손히 인사를 한다.

"자아, 고뿔 걸리겠다. 어서들 오너라."

유관(儒冠)에 녹두색 유복(儒服)을 차려입은 훈장 어른은 문 밖에 나와서 아이들을 안으로 들여보내면서 시선은 연신 먼 곳을 두리번거리고 있다. 통상, 서당으로 불리는 문중 강학당으로 오는 아이들이 중문을 통해서만 들어서는 게 아니라 후원 쪽 일각대문을 통해서도 들어오고, 축사가 있는 채마밭 쪽의 후문을 통해서도 나타나고 있기 때문이다.

동산이 양반촌 여흥 민씨 문중의 아이들은 아직까지도 매일 이렇게 종가의 영양재 안에 있는 강학당에 모여 오전 한 나절 동안 〈천자문〉과 〈동몽선습〉이며, 〈소학〉과 같은 수신제가에 관한 기초적인 한문 지식을 배우면서 제도권의 신식 학교 공부를 대신하고 있는 것이다. 인근에 마땅하게 보낼만한 보통학교가 있는 것도 아니지만, 그렇다고 신학문에 뜻을 둔 민씨네도 아니었다. 그들은 애초부터 일제가 관리하는 신식 학교 교육은 그들의 식민 정책에 호응하는 일이라 하여 아예 거들떠보지도 않은 채, 옛날부터 해 오던 자기네들의 교육 방식 그대로 문중에서 따로 훈장을 초빙하여 구식 한문 교육을 시키고 있는 것이었다.

그러나 본격적인 한학 교육은 서원에 가서 배우게 되는 게 일반적인 관례라, 민씨네 문중에서도 그런 관례를 따르고 있었다. 하지만 서원의 교육은 그렇게 조직적으로 이루어지는 것은 아니었다. 원생들의 목표와 학문 수준이 서로 달랐기 때문에 비형식적인 사득교육(自得敎育)으로서 도학의 정맥(整脈)을 잇는다는 목적을 가지고 행해졌기 때문이다.

예로부터 서원의 원생 생활은 관학(官學)의 학령(學齡)이나, 풍기 군수 주세붕(周世鵬)이 세웠던 백운동서원(白雲洞書院)의 본보기가 되었던 주희의 백록동서원(白鹿洞書院)의 원규(院規)나 각 서원의 독자적인 원규에 따르게 되어 있었으나 상당히 자유로운 편이었다.

그러나 교육 과정은 대개 비슷하여 소학·대학·논어·맹자·중용·시경·서경·역경의 순서대로 읽었으며, 그 외에 경(經)·사(史)·자(子)·집(集)은 수시로 읽게 되어 있었다.

교육 과정이 그러했으므로 문중 강학당에서 기초 교육을 받은 아이들은 다시 삼랑진 오우진 나루 건너편의 삼강서원 안에 있는 강학소에 가서 다음 단계의 교육을 받기도 하고, 형편에 따라서는 동래 향교나 부북면 후사포리의 예림서원 안에 있는 경학원에 관학유생으로 들어가 숙식을 하면서 유교 본연의 정통 동방이학 교육을 받게끔 되어 있는 것이다.

영양재 토담 지붕을 타고 넘어온 아침 햇살이 안사랑, 중사랑, 바깥 사랑의 용마루를 차례대로 노랗게 물들이며 타고 넘어와서, 다시 그 옆 토담 너머로 길게 늘어선 고방 앞마당에까지 번지고 있을 무렵이 되면, 아이들의 머리 수를 헤아리며 밖에 서 있던 훈장 어른도 드디어 안으로 사라져 버리고, 영양재 주변 일대는 사람 그림자 하나 얼씬하지 않는 무인지경의 외딴섬이 되고 만다. 집안의 그 누구도 후손들의 교육에 방해가 되어서는 안 된다는 게 오랜 가풍으로 지켜져 온 여흥 민씨 가문의 교육 지침이자 강학당의 관리 법도인 것이다. 그래서 영양재 재사 주변에는 특별한 날을 제외하고는 오전 한 나절 내내 사람의 발길도 끊어진 채, 외딴 산사와 같은 분위기 속에서 학동들의 글 읽는 소리만이 꿈결처럼 한가롭게 밖으로 흘러나오게 되는 것이다.

그러나 가을걷이가 끝날 때쯤이면 벌써 사랑채 너머의 저쪽 고방 앞에서는 각 지역에서 소작료를 싣고 온 우마차들이 당도하기 시작하면서부터 시끌벅적하게 떠드는 소리가 들려오기 시작한다. 벼 수확이 끝나는 늦가을부터 이듬해 초정월까지 소작료 볏섬을 싣고 오는 소작인들의 우마차 행렬은 거의 매일 이렇게 끊임없이 이어지게 된다. 이곳 종가뿐만이 아니라, 동산이 집성촌에 사는 여흥 민씨네들 집집마다 규모의 차이는 있어도 이러한 상황들이 거의 동시에 벌어지기 때문에 이곳 일대는 연일 타관에서 온 우마차들과 마름이며 소작인들로 북새통을 이루기 마련이었다.

종가의 방대한 소작료 징수는 샛강으로 나룻배가 와 닿는 바깥 들마당에서도 이루어지곤 했는데, 거기서 거두어들이는 소작료는 주로 배에 싣고 온 것들이었다. 이 볏섬들은 정자나무가 있는 긴다리강 가의 들마당에 야적해 두기도 하고, 농로를 이용하거나 다시 배에 실려서 긴다리강을 통하여 야중촌 아래쪽의 돌티미나루로 실어 나른 다음, 거기서 다시 커다란 황포 돛과 초석 돛을 단 중선에 옮겨 싣고는 구포에 있는 정미소로 실어 가거나, 그보다 훨씬 많은 볏섬들은 아예 관부연락선이 와 닿는 부산 중앙 부두까지 실어 가서 그곳의 양곡 무역상한테 넘기기도 하였다. 그런 한 편으로 시세가 좋지 않으면 초량에 있는 자기네 미곡창까지 싣고 가서 시세가 좋아질 때까지 다시 쌓아 두게 되는 게 상례였다.

해마다 이 시기가 되면 부친을 대신하여 실질적으로 종가의 당주 노릇을 하고 있는 중산과 그의 수족처럼 움직이는 김 서방을 비롯하여 농감(農監) 일을 맡아서 하는 곽 서방은 눈코 뜰 새 없이 바빠지기 마련이었고, 그들의 지시에 따라 수족처럼 움직이는 수십 명이나 되는 머슴과 하인들도 입에서 단내가 나도록 황소처럼 일을 하지 않으면 안 되었다.

멀리 웅천강 너머 삼랑진 쪽의 천태산 위로 고개를 내민 아침 해가 그 찬란한 빛을 이곳 종가의 바깥마당까지 비출 무렵이 되면서부터 소작료를 실은 우마차와 소달구지가 사방에서 밀려들기 시작하면, 양반촌 일대는 명절을 앞둔 내목 장터를 방불케 할 정도로 지역별 마름들과 수많은 소작인들을 비롯하여 그들이 끌고 온 우마차와 소달구지들로 온통 북새통을 이루기 마련이었다.

학교 운동장처럼 넓은 종가의 바깥마당 가에는 멀리서 온 마름들과 소작인들을 위하여 숫제 여러 개의 가마솥이 일렬로 내걸리고, 그들에게 먹일 밥과 쇠고기국과 돼지고기 국을 하루에도 몇 차례씩이나 삶아내고 끓여내지 않으면 안 되었다. 거기에다 햅쌀로 빚은 농주와 시루떡이며 가래떡 같은 간식까지 곁들여진 밥상을 받게 되니 소작료 징수 철이 되면 종가의 일꾼들에게는 생지옥이 따로 없을 정도로 고역의 나날이 될 수밖에 없었다. 하지만, 소작인들에게는 각지에서 몰려온 동료 소작인들을 다시 만나 농주 잔을 기울이며 고단한 소작농 생활의 어려움을 토로하며 회포를 풀 수 있는 추수감사절과도 같은 잔칫날이 되기도 하였다.

아무 탈 없이 소작료 수납을 끝낸 그들은 차일을 친 마당에 음식상을 가운데 놓고 둘러앉아 권커니 마시거니 하면서 그동안 못다 한 얘기들을 끝도 없이 주고받게 되는 것이다. 지주 몰래 자기네들에게 등쳐먹은 악질적인 마름의 만행도 그들의 입과 입을 거치면서 종가의 사람들에게 전파되고, 불만이 많은 소작료에 대한 탄원과 원성도 그들의 입을 통하여 지주 측에 전해지기 마련이었다.

농사는 천하의 근본이요, 농민은 농업 생산의 주역이기 때문에 방대한 소작지를 관리해야 하는 종가의 입장에서는 소작료에 관한 원성에 대해서는 다른 무엇보다도 민감하게 반응할 수밖에 없었으므로, 그들의 입을 통하여 전해지는 원성에 대해서는 무시하지 않고 가능한 선에서 원만하게 처리하려고 애를 쓰는 편이었다. 소작료 책정 과정에서 작황이 과다하게 높이 평가되거나, 그 후에 일어난 천재지변으로 인하여 원성을 사게 된 경우에는 당연히 재조정이 이루어지곤 하였지만, 자신의 배를 채우려고 중간에서 농간을 부렸다가 원성을 불러일으킨 마름이 있을 경우에는 가차 없이 그 자리에서 쫓겨나는 경우도 없지 않았다.

메뚜기도 한 철이라고, 한때는 집사 노릇을 하다가 청지기로 전락한 서 서방도 글을 아는 바람에 이때가 되면 농감 곽 서방을 도와 소작료 수납 업무에 동참하면서 모처럼 활기를 띠곤 하였다. 그리고 승당 선생의 충복이었다가 선생 사후에 과거의 인물로 치부되어 이따금씩 용화 부인의 밀명을 받들어 원지 출행만 담당할 뿐, 뒷방 노인 신세를 면치 못하고 있던 영양재의 지킴이 김 영감도 여전히 원로 집사장 신분을 상징적으로 유지하고 있었기 때문에 해마다 이맘때가 되면 팔을 걷어붙이고 나서기 마련이었다. 그는 소작료 수납 업무 전반에 대하여 훤히 꿰뚫고 있었으므로 날마다 작업 현장에 나타나 수납 업무를 직접 돕기도 하고, 일이 지체되는 기미가 보일 때면 어김없이 적재적소에 나타나 꾀를 부리는 일꾼들에게 불 호통을 치기도 하였다.

소작료의 징수 절차는 각 지역의 마름들이 자기가 관장하는 소작인들과 함께 예정된 날짜에 맞추어 수납처가 마련된 종가 앞의 바깥마당에 나타나면 농감인 곽 서방이 소작인의 명부에 적힌 소작인의 인적 사항과 소작지의 소재지와 전답의 평수를 확인하고, 작황 실사 때에 미리 책정하여 통고해 주었던 기준량대로 소작료를 신고 왔는지를 일차적으로 점검을 하게 된다. 그러고 나면 옆에서 일꾼들과 함께 진을 치고 있던 서 서방이 소작료의 실사 작업에 들어가게 되는데, 그가 제일 먼저 하는 일은 볏섬들의 수량을 확인하는 일이었고, 그 다음으로 볏섬들의 무게를 달아 보고 볏섬 속에 벼가 아닌 이물질이 포함되었는지의 여부와 벼의 건조 상태까지도 꼼꼼하게 살피게 되는 것이다.

예전에는 일손을 줄이기 위하여 소작료의 수량 확인만 대충 하고는 곧장 양곡 저장 창고로 옮겨서 차곡차곡 쌓는 것으로 소작료 수납 작업을 마무리하던 좋은 시절도 없지 않았었다. 그런데 나중에 정미소로 싣고 가서 도정을 하는 과정에서 적지 않은 쭉정이가 발견되고 심지어는 왕겨와 지푸라기며 모래까지 쏟아져 나오는 볏섬에다, 비를 맞혔거나 벼를 제대로 말리지 않아서 쌀보다는 싸라기의 양이 더 많이 나오는 경우도 없지 않았기 때문에 지금처럼 번거로운 내용물의 실사 작업까지 하지 않을 수 없게 된 것이었다.

소작료 수납 업무가 까다로워지면서 일의 양이 몇 갑절로 늘어나게 된 것은 당연한 결과였다. 그 바람에 실제로 그 작업을 수행하는 머슴과 하인들만 죽을 고생을 하지 않으면 안 되는 딱한 처지가 되고 만 것이었다.

그런데 올해는 괴질의 범람으로 말미암아 한 달이나 늦게 소작료 수납 작업을 시작하였기 때문에 그만큼 작업량이 한꺼번에 폭주하게 되었고, 따라서 그 작업을 도맡은 하인과 머슴들의 노동도 감당하기 어려울 정도로 과중해질 수밖에 없었다.

"이 보소, 서 서방요! 우리 운반조 아이들이 지금 녹초가 되어 비실대는 기이 눈에 안 보이능교? 이러다가는 나락 가마니 운반조 일꾼들이 오늘을 못 넘기고 모두 샛바닥을 빼물고 뒤로 벌렁 나자빠지게 생겼단 말이요! 그러니 가마니마다 일일이 무게를 달아 가며 속을 파헤쳐 볼 기이 앙이라 수상쩍은 놈만 골라서 하고 나머지 일꾼들은 우리 운반조에 넘겨 주면 안 되겠능교?"

서 서방이 윗전들의 비위를 맞추고자 소작료 볏가마니를 일일이 쏟아 가며 지나칠 정도로 꼼꼼하게 점검을 하는 바람에 정작 힘이 많이 드는 운반조의 일손이 턱없이 모자라는 것을 보고 용달이가 기어이 볼 멘소리로 한 말씀을 하고 나선다.

하기야 근 열흘째 쉼 없이 같은 일을 반복하다 보니 이제는 지칠 대로 지칠 만도 했을 것이다. 점심때가 되기에는 아직 멀었는데, 할일은 태산 같이 밀려들기만 하니 오전 내내 나이 어린 젖머슴들을 데리고 수많은 볏섬들을 창고까지 등짐으로 져다 나르다 보니 힘이 장사라는 중머슴 용달이도 지칠 대로 지친 나머지 더 이상 참지 못하고 주인집의 청지기 신분인 서 서방에게 기어이 불만 섞인 목소리로 젖머슴들의 심정을 대변하고 나서는 것이다. 그는 농감 곽 서방의 사위이자 용화 부인이 아끼는 유모 옥이네의 남편이기도 하였다.

이곳 민 씨네 대종가에는 사소한 잔일을 하는 젖머슴에서부터 이삼십 대의 중머슴에다 사오십 대의 상머슴에 이르기까지 일꾼들이 많은 만큼 그들의 나이 분포도 다양하였다. 나이가 많은 오 서방이나 천 서방, 황 서방과 같은 하인들과 그들 또래의 머슴들은 소작료 징수 철이 되면 종마장이나 종묘장으로 가서 비교적 힘을 덜 쓰는 일을 한시적으로 하게 되고, 그 대신 거기에 있던 젊은 일꾼들이 모두 소작료 징수 현장에 투입되기 마련이었다.

그런데 그 중에서도 젊은 축에 속하는 용달이는 서 서방보다 여나믄 살밖에 적지 않은 나이에 자식까지 달고 있는 삼십대 중반의 장골로서 종가의 중머슴 치고는 꽤 연륜이 깊은 사람이었다. 키는 작달막하여도 무쇠 같은 몸으로 동료 두 사람 몫의 일을 혼자서 거뜬히 해낼 정도로 일솜씨가 뛰어난 그는 용화 부인이 눈여겨 보아 두었다가 자신이 의성에서 시집 올 때 교전비로 데리고 왔다가 요절한 천수의 딸과 혼인을 시켜 주고 따로 살림집까지 마련해 줄 정도로 똑똑하고 자신의 소신 또한 그만큼 뚜렷하게 가지고 있었으므로, 동료들이 감히 할 수 없는 얘기도 필요할 때는 이렇게 서슴지 않고 입에 담고 나서는 것이었다.

하지만 소작료의 내용물 실사 작업을 관장하고 있는 서 서방의 입장에서는 그렇잖아도 이번의 이 작업을 통하여 추락한 자신의 위상을 만회하려는 절호의 기회로 삼고자 노력하고 있었기 때문에 외부에서 온 머슴 주제인 용달이의 얘기에 콧방귀도 뀌지 않는 것이다.

"거 알 만한 사람이 일하는 아이들 앞에서 몬 하는 소리가 없구만 그래! 소작료 가마니와 볏섬들을 창고에 져다 날라서 태산처럼 쌓기만 하면 뭐 하노? 그 안에 채워져 있는 소작료 나락이 얼마나 충실하고 잘 말랐는지, 이물질은 안 들었는지, 그기이 더 중요한 기이지! 내한테 실없는 소리를 할 거 없이 용화당으로 가서 노마님께 한번 물어 봐라! 내 말이 어데 틀렸는강!"

"누가 나락 가마니 속의 내용물을 살펴보지 말자고 했소? 뒤에는 저렇게 소달구지들로 미어 터지는데, 거기서 터무니 없이 시간을 허비하며 작업이 자꾸만 밀리게 하니까 하는 소리지!"

이번에는 용달이가 뒤에 밀려 있는 우마차들을 들먹이며 지지 않고 항변을 한다. 그러자 쑥떡같은 서 서방이 욱하는 마음에 버럭 소리를 내지른다.

"야, 이 사람아! 힘이 불끈불끈 치솟는 한창 나이에 구신 씨나락 까묵는 소리 그만 작작하고 하던 일이나 제대로 퍼뜩퍼뜩 해치우지 않고 머 하고 있노! 중천에 밀려난 해가 노상 거기에 머물러 있을 줄 아나?"

"허허, 나 참! 내가 할 말을 사돈께서 하고 계시는구먼!"

"사돈이라니! 내가 으째서 자네 사돈이 된단 말인가?"

사돈이라는 바람에 서 서방이 민감하게 반응하며 펄쩍 뛴다. 자기 딸 삼월이와 김 서방의 혼담 얘기가 무르익어 가고 있었기 때문이었다. 상처한 홀아비에다 자식까지 있는 김 서방이 사윗감으로 탐탁할 리 없었으나 삼월이가 김 서방에게 상사병이 난 지경이고, 김 서방이 중산의 신임을 받고 있는 집사 감인데다 위전들의 생각도 그렇게 흐르고 있는 형편이고 보니 마냥 싫은 내색만 하고 있을 처지가 못 되는 것이다.

서 서방이 예상 외로 어깨에 힘을 주고 나서는 바람에 용달이는 속으로 끙!하고 소리를 내면서 그만 입을 다물고 만다. 그 역시 농감 곽 영감의 사위로서 조금도 꿀릴 것이 없었으나 장인 어른과 연배가 같은 서 서방과 태격태격해 보았댔자 저쪽에 있는 그분의 체면 유지에 좋을 것이 없다고 생각한 것이다. 군내의 각지에서 싣고 온 소작료를 제시하면서 농감인 곽 서방에게 일차적인 점검을 받은 소작인들의 우마차가 서 서방 앞에 오면서부터 자꾸 뒤로 밀리고 있었건만, 서 서방은 용달이의 말을 무시한 채 여전히 자기가 세워놓은 원칙대로 볏섬마다 빠짐없이 무게를 달고 내용물의 확인 작업까지 일일이 하도록 일꾼들에게 시키고 있었다. 이와 같은 그의 꼼꼼한 확인 작업의 절차 때문에 불합격의 퇴짜를 맞고 옆으로 밀려난 소작인들이 속출하고 있는가 하면, 뒤에 밀려 있는 우마차의 행렬이 어느새 마을 외곽까지 이어지고 있었다.

"이보소, 올해 겉은 풍년에 나락 속에 쭉정이가 이렇게 많이 섞여서야 되겠소? 이런 것을 그대로 통과시켜 주면 웃전들이 우리 보고 뭐라하겠난 말이오!"

어깨에 잔뜩 힘이 들어간 서 서방이 가끔 이런 말을 하게 되면 소작인들은 벌벌 떨면서 연신 굽실거리지 않을 수 없게 된다. 이와 같은 소작료의 부실한 수납의 행태가 해마다 누적되어 눈 밖에 나게 되면 경우에 따라서는 그의 고변으로 소작권의 박탈이라는 최악의 사태가 생기지 말라는 법이 없기 때문이다.

서 서방으로부터 퇴짜를 맞지 않고 통과 된 소작료들은 이내 힘이 센 중머슴 상머슴과 힘이 센 하인들에 의해 고방 안으로 속속 옮겨지고 있었다.

"야 이놈들아! 방금 서 서방이 하는 말을 너네들도 귓구멍이 있으니 들었겠제? 젠장맞을 거, 책임을 맡은 사람이 뭣으로다 밤송이를 까라카모 까야 되는 기라!"

하찮은 종놈 주제에 큰소리를 치는 서 서방의 기고만장한 태도에 화가 치민 용달이는 자기와 신분이 같은 머슴들은 접어둔 채 만만한 종놈들을 향하여, 그러나 감히 욕은 못하고 이렇게 볼멘소리를 하다가 그래도 성이 안 차는지 볏섬을 진 자기네 운반 조들이 방금 사라진 저쪽 고방을 향해 돼지 멱따는 소리로 냅다 고함을 지르는 것이다.

"이놈들 일, 이, 삼수 참 삼수는 빼고…. 갑, 을, 병환아! 일, 이수야! 니네들은 들어간 지가 언젠데 고방 안에서 무신 짓을 하고 있길래 여태 코빼기도 안 보이고 있나? 설마 거기서 자빠져 자는 거는 앙이겠제?"

나이를 먹은 중머슴, 상머슴들은 새경을 받고 일하는 바깥 사람들이라 염치가 있어서 제각기 알아서들 성심껏 애를 쓰는 편이었지만, 스물 안팎의 이들 하인 자식들이 살살거리며 꾀를 부리는 데에는 성질이 어지간히 무던한 용달이도 그만 부아가 치미는 것이다.

일, 이, 삼수는 각각 일수, 이수, 삼수를 말함이고, 갑, 을, 병환이는 갑환이와 을환이와 병환이를 이르는 말이다. 하인이 많은 종가에서는 하인들이 아이를 낳으면 혈연 관계와 상관없이 외우기 좋게 태어난 순서대로 이렇게 이름을 지어 주기 십상이었다. 그런 결과로 항렬에 맞춘 듯이 생뚱맞은 그런 이름들이 각기 생겨나게 된 것이었다.

'수'자 돌림인 이들은 열아홉 살에서 스무 살까지의 어린 나이로 일수는 농감 곽 서방의 외아들이었고, 이수는 집사장인 김 영감의 맏손자였으며, 삼수는 마지기 황 서방의 둘째아들이었다. 그리고 '환'자 돌림인 갑환, 을환, 병환이는 이들보다 한 터울 위인 스무 두 세 살의 또래들로서 갑환이는 염 서방의 장남이었고, 을환이는 가마꾼 오 서방의 차남, 병환이는 초량에 나가 있는 사무장 윤 영감의 외아들이었다.

"아따, 저승차사가 뒷다리 붙잡을라꼬 쫓아 와요? 용달이 아제는 와 그렇게 숨도 몬 쉬게 족쳐 쌓소?"

목에 걸친 무명 수건으로 목덜미의 땀을 연신 훔치면서 고방 밖으로 나온 병환이가 자기보다 나이가 한창 위인 용달이한테 제법 머리를 꼿꼿하게 쳐들고 항변을 한다. 나이를 떠나서 너나없이 죽을 맛이라 입만 열면 절로 싫은 소리가 나오는 모양이지만, 병환의 행동은 그런 처지를 감안하더라도 좀 심한 편이다.

"야, 이 노마야! 난들 좋아서 하는 말인 줄 아나? 내가 무엇 때문에 이러는지 서 서방한테 가서 한번 물어 봐라!"

생각 같아서는 버르장머리 없는 병환이에게 한 대 쥐어박고도 싶지만 용달이는 그런 말로 속을 삭이고 만다.

하기야 서 서방도 아랫사람들에게 싫은 소리를 들어가면서까지 그렇게 하고 싶지는 않았을 것이다. 다만, 중산의 수행 집사로 있는 김 서방처럼 뒷일을 책임질 만큼 뒤가 든든한 것도 아니요, 재량권을 행사할 정도로 여유를 부릴 만한 배포가 있는 것도 아니니 그로서도 어쩔 수 없는 상황인 것이다.

그때, 마침 중산을 대신하여 일의 진척 상황을 둘러보러 다니던 김 서방이 나타난다. 그는 얼굴이 잔뜩 부어 있는 용달이를 보고,

"하루 이틀도 앙이고 어린 아이들을 데리고 일하느라고 수고가 많구마는!"

하고 땀에 흠뻑 젖은 그의 어깨를 툭툭 두드려 준다.

"아, 그걸 몰라서 묻는가, 이 사람아! 황소 궁둥이도 비빌 언덕이 있어야 비빈다꼬 하는데, 이거는 집채만 한 황소를 통째로 삶아 묵은 항우 장사가 죽은 구신도 앙이고…."

저쪽에 있는 서 서방을 걸쳐서 하는 용달이의 말에 그동안 혼자서 삭였던 원성이 잔뜩 배어 있다.

"앞만 보고 일하는 사람이라 그렇지, 다른 뜻이야 있겠나, 어데! 이제 곧 점심때가 될 테니 하던 일을 마저 끝내고 오후부터는 저쪽에서 일꾼을 한둘 끌어다 줄 테니 그리 알고 좀 참아 주면 안 되겠나?"

장차 장인 될 사람이라서 그러는지, 김 서방은 서 서방을 대신하여 용달이의 뒤틀린 심사를 달래 주고는 휘하의 일꾼들에게 황소 같이 우렁우렁한 목소리로 고함을 친다.

"일수야! 이수야! 갑환아! 을환아! 병환아! 할 일은 태산 같은데, 무쇠 소를 잡아 묵고도 남을 한창 나이에 그것도 일이라꼬 벌써부터 그렇게 흐느적거리고 있으믄 우찌 하노? 자, 퍼뜩퍼뜩 오이라. 여기에 쌓인 볏섬들을 어서 쪄다 나르고 나서 우리도 막걸리 한 사발씩 쭈욱쭈욱 걸쳐야 하지 않겠나!"

"과부 사정은 홀애비가 안다꼬, 역시 우리 김 서방 형님이 최고구마!"

목덜미에 붙은 검부러기를 떼어 내면서 갑환이가 엄지손가락을 세우면서 김 서방을 보고 벌쭉 웃는다. 그는 용달이와 함께 내용물 검사를 마친 벼 가마니를 을환이의 등짝에다가 덜렁 들어서 올려 주고는 자기도 볏가마니를 지고 가기 위하여 기꺼이 마당 바닥에 한 쪽 무릎을 곧추 세우고 앉는다. 김 서방의 얘기로 미루어 보건데 오후부터는 차기 당주를 모시는 집사의 재량권을 발휘하여 일을 좀 수월하게 진행할 모양인가 싶은 것이다.

"덩치가 크면 모든 것이 다 큰 법이라, 통도 대천지 바다처럼 넓고 큰 기이 앙이가!"

뒤에 서 있던 입심 좋은 병환이도 마대자루를 덮은 등짝을 용달이 앞에 내밀면서 한 마디 거든다.

"그라모 밤마다 쓰는 김 서방 형님의 그것도 홍두깨처럼 크겠네?"

병환이까지 걸쭉하게 씨부리자, 기가 오른 갑환이는 볏가마니를 지고 끙! 하고 용을 쓰고 일어서면서 자기도 육두문자를 거침없이 내뱉으며 목청을 높이는 것이다.

"하모! 두말하모 잔소리제! 초가삼간 기둥을 하고도 남을 기이다!"

"이 노무 자슥들이 보자보자 하이 형님 앞에서 몬 하는 소리가 없구마!"

김 서방은 그들의 농담이 도가 넘친다고 생각하면서도 이럴 때는 그냥 웃어넘기기 일쑤였다. 같은 일을 하고도 분위기에 따라서는 일하는 이의 기분이 달라지고 일의 능률도 오르기 마련임을 누구보다도 잘 알고 있기 때문이었다.

상전들이 들었으면 기겁을 할 낯 뜨거운 육두문자로 한바탕 말잔치를 벌인 그들은 볏가마니를 창고에 져다 나르기가 무섭게 속속 달려와서 들고 있던 마대를 둘러쓰며 다시 차례대로 잔등을 내밀었고, 사람을 부리는데 달관한 김 서방은 대단한 선물 보따리를 안겨 주기라도 하는 것처럼 손수 그 무거운 볏섬들을 혼자서 덜렁덜렁 들어다가 떡판 같은 그들의 잔등마다 어렵지 않게 하나씩 털썩털썩 얹어 주는 것이었다.

"자, 너그들 비싼 밥 묵고 쓸데없이 헛심들일랑 쓰지 말고 장딴지 알통이나 좀 키워라잇!"

그러면서 그야말로 솥뚜껑 같은 손으로 머슴들의 엉덩짝을 철썩철썩 때려 주면서 고방 안으로 들여보낸 김 서방은 뒤에서 구경을 하고 서 있던 작인들을 향하여 냅다 고함을 치는 것이었다.

"자, 용무가 끝난 사람들은 달구지부터 퍼뜩 뒤로 빼 주소! 그래야 다음 사람이 지체 없이 속속 들어올 거 앙이요?"

어르고 달래고, 강온 양동작전으로 일꾼들을 무리 없이 부리는 솜씨하며, 장골 두 사람 몫의 힘을 어렵지 않게 써 가며 일을 추진하는 걸 보면 만석지기 종갓집의 집사를 아무나 하는 것이 아닌 모양이다. 김 서방이 그러하매 서 서방 앞에서 주눅이 들어 있던 작인들도 그가 무어라고 하기도 전에 슬슬 눈치를 보면서 알아서들 고분고분 움직이곤 하였다.

일찌감치 용무를 끝마친 작인들은 보통학교 운동장 같이 넓은 마당가의 모닥불 주위에 둘러앉아 남녀 종들이 내어 온 점심을 먹은 다음에 농주들을 나누어 마시거나 담배를 피우면서 얘기를 나누고 있었다. 사는 마을은 서로 달라도 동변상련으로 뜻이 통하거나 더러는 안면이 있기도 하는 사이라 너나없이 한 자리에 앉으면 말벗이 되곤 하는데, 화제는 단연코 소작과 관련이 있는 올 농사 얘기가 으뜸이었다. 그들은 생면부지의 사람끼리라도 백년지기처럼 서로 인사를 트고, 막걸리 잔을 나누면서 자신이 신고 온 소작료의 경중을 남들과 비교하여 은근히 셈해 보기도 한다.

"그쪽 동네엔 올해 농사가 어땠능교?"

삼랑진 안태에서 왔다는 윤 서방이라는 사내가 상투머리를 한, 기산리에서 온 작인한테 물었다.

"우리 서당골 쪽이사 천수답이 많아 가지고 가뭄이 들 때마다 물을 퍼다 붓는다고 생똥을 샀지마는 평년작은 족히 된 것 같은데, 거기는 어땠소?"

"말도 마소! 물 좋은 야중옥답(野中沃畓)이라꼬 소문만 요란했지, 제방 축제 공사로 전에 없던 수리 조합비까지 새로 물게 생겼으니 풍년이 들어도 남는 기이 있어야 말이지요. 게다가 마을 앞의 논배미를 제외하고는 전부 벼멸구에 도열병까지 들어 가지고 나락들이 배배 타들어 가는 바람에 불쏘시개처럼 모조리 불이 붙을 지경이 되어 삐렸다니까요!"

"사정이 그렇다모 소작료도 웬만큼 탕감 받았을 기인데, 뭘 그러슈?"

"탕감요? 허참, 탕감이 다 뭐요! 병충해로 실농을 했으니 소작료를 탕감해 달라고 했더니 농감 대신에 벼 작황을 보러 왔던 마름이라는 작자는 작년에 이어 올 농사마저 실농을 했으니 딴 사람한테 소작을 주든지 말든지 해야겠다꼬 길길이 뛰면서 생 개지랄을 다 하더라니까요! 어디 그 뿐인 줄 아슈? 게다가 농감이나 지주 나리한테 일러바쳐야겠다며 잔뜩 벼르고 있는 판이니 이러고 있어도 간이 절로 오그라드는 기이 죽을 맛이라니까요!"

농감은 바깥에서 각 지역의 마름들과 소작농들을 총괄하는 직책인 만큼 그의 영향력은 실로 막강하였다. 그러니 소작인들은 여기까지 온 김에 농감 일을 하는 곽 서방에게 눈도장이라도 찍어 놓고 가고자 하나, 이렇게 바쁜 날 그를 따로 만나 본다는 것은 나라님 알현하는 만큼이나 어려운 일이었다.

"아아니, 농감이랑 지주 양반은 가만히 있는데, 지놈이 무신 권리로 길길이 뛰면서 개지랄을 하고 그런데요? 농사가 그 지경이 됐다면 지놈도 눈이 있으믄 보았을 기이 앙이요?"

제 아무리 초록은 동색이요, 가재는 게 편이라고는 하지만, 그만한 남의 얘기에 더럭 공분을 느끼는 걸 보면 가진 것은 없어도 그 꼴에 글 자깨나 읽었는지, 성질만은 기고만장한 남산골샌님 같은 위인인 모양이다.

"쉿, 조심하소! 누가 들으믄 그 뒷감당을 우찌할라꼬 그러슈? 그 사람한테 한번 찍히는 날이면 이거요, 이거!"

윤 서방은 손으로 목을 자르는 시늉을 하다 말고 본능적으로 주위를 살핀다.

"아따, 이 양반 오뉴월 메뚜기 겉이 심장이 여리기는! 그렇게 개냉이(고양이) 앞의 생앙쥐맨치로 천날만날 벌벌 떨어대니 그 늑대 겉은 마름 놈이 떡고물을 떨어 묵을라꼬 기가 올라서 더욱 그러는 기이라요!"

말은 그렇게 했지만, 그도 역시 남의 귀가 두렵기는 마찬가지인 모양으로 주위를 슬쩍 둘러본다. 그러나 먼저 일을 마친 작인들은 저들끼리 권커니 마시거니 모처럼 허리끈을 풀어놓고 술 배를 채우기에 바빴고, 각 지역에서 온 마름들도 안으로 들어가서 웃전들을 배알하고 있는지 한 사람도 눈에 띄지 않았다.

그러자 상투쟁이는 다시 기고만장하여 언성을 높인다.

"그 사람이라니, 그 자가 도대체 누구란 말이요?"

"누군 누구겠소? 안태에 있는 이 댁 종산을 지키는 그 강 영감이라는 늑대 겉은 묘지기 마름 놈이지요!"

소작료는 지주나 농감의 실사로 이루어지는 경우도 있었으나 형편에 따라서는 벼 작황을 잘 아는 현지 마름들의 전언에 따라 정해지는 게 상례였고, 또 그렇게 하는 것이 지주들에게는 방대한 소작지를 간편하게 관리할 수 있는 한 방법이 되기도 하였다.

하지만 이처럼 소작료를 싣고 와서 새삼스럽게 분통을 터뜨리는 사람들은 거의가 마름의 엄포에 못 이겨서 울며 겨자 먹기로 이미 뇌물을 바쳤거나, 연이은 실농 책임을 묻겠다는 마름의 속 보이는 엄포에 불만을 품고 있는 자들이기 십상이었다. 말하자면, 그 소작료라고 하는 것이 벼 작황에 따라 달라지는 연동제로 바뀐 지가 오래 되었으나, 이권을 취하고자 하는 마름들의 뜻에 따라 평년작 이하의 흉작일 때는 경감될 수도 있었기 때문에 힘없는 소작인들로서는 풍년 농사를 짓는 일보다도 마름들의 비위 맞추기에 더욱 공을 들이는 게 어쩔 수 없는 눈앞의 현실이 되고 있는 것이다.

소작료의 책정이 이렇게 마름들의 기분에 따라 그야말로 엿장수 맘대로 이루어지다 보니, 너도 나도 마름의 비위를 건드려 봐야 좋을 것이 없다 하여 숨넘어가는 자식새끼한데도 먹여 보지 못한 곶감 짝이나 꿀단지 같은 귀한 물건들을 뇌물로 주기도 하고, 심지어는 염소나 송아지 같은 가축을 갖다 바치는 경우도 없지 않았다. 그렇게 해서라도 소작을 안심하고 계속 부칠 수만 있다면, 그게 오히려 소작지를 잃고 비렁뱅이로 주저앉는 것보다 낫다는 게 마름의 손에 생사가 달려 있는 소작인들의 생각인 것이다.

어쨌든 마름들의 입김이 그만큼 소작인들에게 절대적인 것만은 분명하였기 때문에, 그들의 횡포가 지주에게 칭송이 되어 돌아가기보다는 원성이 되어 돌아가기 십상인 것은 당연지사요, 인지상정이니 그렇다 치자. 그러나 한일합방 이후로는 일제 당국이 농지세다 공출이다 뭐다 하고 거두어 가는 세곡(稅穀)들이 엄청나게 많았기 때문에, 식민 치하인 오늘의 현실에서는 그 여파로 생긴 무지막지한 욕설과 원망들까지 모두 지주농 제도를 발판 삼아 식민지 정책을 계획적으로 밀어붙이고 있는 원흉인 일제가 아닌 애매한 지주들한데로 돌아가 버리게 만든 것이 일제의 농업 정책이요, 그에 따른 세상살이의 일반적인 민심의 흐름이기도 하였다.

그러다 보니 자기네들이 사는 사방 일백 리 안에서 굶어 죽는 양민이 있어서는 아니 된다는 게 양식 있는 사대부 지주들의 생각이었던 데다, 민초들의 원성이 있게 해서는 아니 된다는 윗대 조상들의 유훈을 지키려고 유난히 애를 쓰고 있는 동산이 여흥 민씨네의 생각 또한 그와 다르지 않았으므로, 그들 종가의 민심 관리도 그만큼 어려워질 수밖에 없는 것이다.

윤 서방의 입에서 마름의 얘기가 나오자, 서당골에서 온 상투쟁이는 눈에 쌍심지를 켜면서 되묻는다.

"방금 묘지기 마름 놈이라꼬 했소?"

"그렇다니까요!"

"묘지기라면 양반 사대부들의 묘를 지켜 주고 사는 종놈이 앙이요? 그런데 늑대 겉은 마름은 또 뭐요?"

"허허, 민씨네 종가 댁의 소작을 부치면서 아직 그런 것도 모르고 있었능교?"

윤 서방은 핀잔을 주면서 사리 분별없이 큰소리만 치고 있는 상투쟁이를 딱하다는 듯이 바라보다가 혀를 끌끌 찬다. 그러자 상투쟁이는 들고 있던 막걸리 잔을 새끼손가락으로 휘휘 저으면서 볼멘소리를 한다.

"아, 이 댁의 전답과 임야가 군내에 없는 곳이 없다 카는데, 하남면 서당골에서 온 불초(不肖)한 소생이 강 건너 삼랑진 쪽의 사정을 우찌 알겠소?"

"그래도 그렇지요! 삼랑진 안태 · 행촌 하면 이곳 민씨 가의 여러 종산 중에서도 아주 중요한 선산이 있는 곳인데, 여태까지 그걸 모르고 있었다니요? 선산을 지키는 여러 묘지기들 중에서도 천태산의 묘지기는요 인근에 있는 이 댁의 전답까지 모두 관리하고 있어서 그 위세가 웬만한 양반 집 나으리보담도 대단하니까 하는 소리지요! 내가 알기로는 이 댁에서 나고 자란 수많은 종복들 중에서 가장 충직한 사람한테는 마름 권리까지 주어 가지고 노리(老贏)에 묘지기로 내보낸다는 말도 있습디다. 그러니 그런 사람한테 잘못 보여 눈 밖에 나는 날이몬 볼 장 다 보는 기이 앙이겠소?"

삼랑진면 안태리라고 하면 밀양 읍성 사 오십 리 밖의 동남방 끝에 위치한 곳으로, 천태산과 구천산(九天山)의 웅장한 산록 사이에 형성된 분지형의 마을이었다. 옛날부터 감여가(堪輿家)들은 밀양군 내에서 풍수지리학 상으로 가장 살기 좋은 마을로 일 안태(安台), 이 청룡(青龍), 삼 사포(沙浦)로 꼽아 왔는데, 그 으뜸 되는 명지로 꼽은 곳이 바로 안태리인 것이다.

구천산 자락은 좌청룡이요, 천태산의 줄기는 우백호가 되어 힘차게 꿈틀거리며 낙동강으로 내리 뻗치고, 북쪽을 등진 산세와 남쪽으로 탁 트인 질펀한 강물이 이른바 배산임수(背山臨水) 형의 낙지로 안과태평한 마을이라 하여 옛날부터 안태리(安太里), 또는 안태리(安台里)라는 지명으로 불리어져 오게 된 것이었다.

밀양 지역의 역사서인 〈밀주구지(密州舊誌)〉에 의하면, 옛날에는 사족(士族)이 살지 않았으나 조선 광해군 14년인 임술년(1622년)에 교리 심광세(沈光世)가 이 마을에 맨 처음 터를 잡은 뒤에 그의 손자인 찰방 심약해(沈若海)가 뒤를 이어 살았으며, 매부인 김구(金球), 이석번(李碩蕃) 등도 한양에서 내려와 이 마을을 세거지로 삼았다고 하니 명지로 소문이 났었다는 말이 아주 거짓말은 아닌 모양이었다.

시간이 지날수록 우마차가 밀리기 시작하더니 해가 중천에 떠올랐을 때는 그 행렬이 동구 밖에까지 이어지고 있었다. 그러자, 안에서도 김 서방을 통하여 뒤늦게 그런 사실을 알게 되었는지 곧 시정 명령이 떨어졌다. 아주 미심쩍은 가마니를 제외하고는 내용물을 점검할 것도 없이 볏섬 숫자만 헤아리고 그대로 고방에 갖다 쌓으라는 것이었다. 작인들의 양심만 믿고 소작료를 받아 주자는 의도였다. 현황 보고차 안으로 갔다가 바깥의 사정을 고하고 중산의 지시를 전달받은 김 서방은 옆에서 잔심부름을 하고 있던 춘돌이를 바깥마당으로 보내어 서 서방한테도 그 사실을 기별한 뒤, 그것만으로는 성이 차지 않았던지 자신도 소작료 징수 업무에 가담하면서 작인들이 싣고 온 가마니 숫자만 확인하고는 머슴들로 하여금 그대로 고방에 날라다 쌓도록 진두지휘하기도 하였다.

한낮이 되자, 먼 데서 온 마름들과 작인들까지 들이닥치기 시작하면서부터 원근 각지에서 찾아 온 평소의 일반 나그네들이 이런 저런 사정을 안고 주인장 뵙기를 청하며 진을 치고 있던 행랑 쪽도 북적거리기 시작했다. 그들은 모두들 하룻밤을 묵고 갈 원지의 사람들이라 마름들은 마름들대로, 소작인은 소작인들대로 일찌감치 뜻에 맞는 사람들끼리 방을 차지하고 앉아 세상 돌아가는 이야기를 나누기도 하고, 투전판을 벌이거나, 숫제 사지를 뻗고 드러누워 낮잠을 즐기는 축도 있었다.

이렇게 행랑 쪽까지 잔칫집처럼 온통 북적거리면서부터 더욱 바빠진 것은 부엌일을 맡아서 하는 안채와 행랑채의 하녀들 쪽이었다. 수십 명이나 되는 가솔들의 식사도 무리 없이 해내는 안채의 부엌만으로는 역부족이어서 기근이 들 때마다 끝도 없이 밀려드는 굶주린 백성들을 구휼(救恤)할 때 그랬던 것처럼, 대문간의 그 많은 행랑 아궁이마다 장작불이 활활 타오르고, 절간의 밥솥처럼 큰 가마솥에서는 끊임없이 밥과 국이 끓고 있었다.

예로부터 가을은 등화가친지절이요, 천고마비의 계절이라고 하는 것은 손끝에 물도 안 묻히고 사는 양반 집의 나으리들에게나 해당되는 말일 것임이 분명하다. 동산이의 양반촌, 그 중에서도 종갓집인 민 대감 댁의 남녀 하인들과 머슴들, 심지어 달구지와 마차를 끄는 소나 말들에게까지도 이러한 가을은 오히려 달갑지 않은 시련의 계절이요, 한바탕 홍역을 치르는 혹사의 계절이라 아니 할 수 없었다.

하지만, 이 지긋지긋한 고비를 넘기고 나서 무서리가 하얗게 내리고, 곳곳에 흩어져 있는 늪지대와 거미줄처럼 뻗어 있는 크고 작은 도랑을 따라 마른 억새풀과 갈대만이 우묵 장성으로 남아 있는 황량한 벌판 위로 계절의 망령 같은 찬바람이 음산하게 휘젓고 다닐 무렵이 되면 사정은 완전히 달라지고 만다. 그때쯤이면 소작료를 싣고 오는 우마차의 수효도 점점 줄어들게 되고, 밤낮 없이 해야 했던 월동 준비도 거지반 끝나게 될 것이고, 그만큼 일손도 줄어들게 될 것이니 하인들에게도 마침내 해방의 날은 오기 마련이었다.

어디 그 뿐인가. 한 해가 마무리되는 섣달 그믐께가 되면 머슴들에게는 지난 한 해 동안 열심히 일한 대가인 새경으로 적지 않은 볏섬들이 돌아가게 되고, 또한 열심히 일한 만큼 인상된 다음 해의 새경을 새로 약속 받게 되고, 과년한 비복들에게는 마음에 드는 색시나 신랑감을 얻어서 혼례를 올리는 행운까지 잡을 수 있는 때가 바로 이 무렵인 것이다. 그래서 계절의 변화에 따라 온 산하를 색색으로 물들이며 왕성하게 약동하던 만물들이 덧없는 한해살이를 마감하고, 더러는 낙엽이 되어 땅으로 돌아가고, 더러는 헐벗은 나목(裸木)으로 남아 그 음산한 동장군의 혹독한 조화 속에 소생의 단련을 받는 겨울철이야말로 이곳 머슴들에게는 오히려 손꼽아 기다려지는 환상의 계절이요, 소득과 휴식의 계절이라 아니할 수 없는 것이다.

또한 가을은 침묵의 계절이며 묵상의 계절이기도 하였다. 가을걷이가 끝나기가 무섭게 씨를 뿌려놓았던 보리들이 지난밤에 내린 때 아닌 초겨울비에 흠뻑 젖어 더욱 선명한 자태로 파릇파릇 움을 틔우고 있었다. 이제 곧 겨울철이 되면, 때늦은 단비에 촉촉이 젖어들어 지난 세월을 반추하며 고요히 명상에 잠겨 있게 될 이들 들판의 보리들도 동장군의 내습으로 얼어붙은 대지 속으로 더욱 깊이 뿌리를 내리면서 긴긴 겨울잠에 빠져들게 될 것이다. 그리하여 지난 가을, 만경창파와도 같은 황금의 물결이 끝도 없이 넘실거리던 그 눈부신 들판에는 이런 저런 사정으로 눈도 못 감고 죽어 간 민초들의 원혼 같은 겨울바람이 처절하게 울부짖으면서 밤새도록 헤매고 다니게 될 것이고, 때로는 목화송이 같은 함박눈이 하늘의 축복인 양 소복소복 내려 쌓여 비단 이불처럼 폭신하게 온 들판을 뒤덮게 될 것이다.

그리하여 억울하게 죽어서 구천을 맴돌던 원혼들도, 밤새도록 허허벌판을 헤매고 다니면서 처절하게 울부짖던 겨울바람도 태초의 광야와도 같은 허적(虛寂)의 적막 속에 고요히 잠들게 될 것이고, 광막한 설원의 두꺼운 솜이불 속에서는 새 봄을 기다리는 새 생명들이, 뭇 생명력의 화신과도 같은 그 숱한 보리들의 단꿈이 새록새록 이어져 가게 될 것이다.

오소리, 너구리들이 굴을 파고 사는 야산 등성이에, 푸른 물결이 넘실거리다가 저주받은 운명처럼 하얗게 얼어붙어 버린 강가와 늪지대에, 식물이 자랄 수 있는 곳이면 어디든 가리지 않고 우묵 장성으로 자라나서 밀림을 이루고 있는 마른 갈대밭, 억새숲 사이로 산토끼, 들쥐들을 찾아 헤매는 여우와 늑대들의 울음소리가 파도 같은 밤바람 소리에 실려 오는 으스스한 저녁이 되면, 그 소리에 놀란 화롯가의 아이들은 옛날 얘기에 깨가 쏟아지게 귀를 기울이고 있다가도 어른들의 품속을 파고들며 숨을 죽인 채 귀를 막고 있다가 저절로 잠이 들게 될 것이다.

지금은 겨울 갈무리에 이어 소작료 징수가 한참인 한 해의 끄트머리. 까치밥으로 몇 개 남겨 놓은 감나무의 감들이 이제 막 번지기 시작하는 황금빛의 햇살을 받아 임을 향한 일편단심처럼 붉게 타는 이른 아침이다. 서리가 녹으면서 허연 김이 피어오르는 초가지붕 위의 감들은 그래서 가난한 민초들에게는 참을 수 없는 시장기를 더욱 자극하는 요물이 되기도 하는지 모르겠다.

감이란 과일은 원래부터 애절하게 인간의 속이 타들어 가듯이 붉기도 하려니와, 눈부신 아침 햇살을 받아 한층 더 투명해진 진홍색을 띠고 있기에 안팎의 모양도 자세히 쳐다보면 각양각색이다. 까치들이 파먹다가 남겨 둔 것도 있고, 아예 속이 텅텅 비어 버리고 껍질째 딱딱하게 말라 버린 것도 있다.

그러나 그런 것들보다도 보는 이의 마음을 더욱 애달프게 자극하며 붉게 타는 것이 메마른 가지 끝에 가까스로 매달려 있는, 길복을 빌면서 까치밥으로 남겨 둔 몇 알 안 되는 성한 감들이다. 해맑은 아침 해살 아래 유난히 붉은 색을 띠며 매달려 있는 온전한 감들은 가난한 이들에게는 생각만 해도 눈물겨운 배고픔의 기억을 가장 자극적으로 되살려 주는 과일 중의 과일이요, 망국의 서러움을 간직하고 배고픈 식민지 시대를 살아가는 백성들에게는 허기진 자기네를 걱정하는 순국한 애국지사들의 애타는 혼불인 양 숙연한 생각이 들게 해 주는, 한민족의 한과 시장기가 서린 과일인 것이다.

◇ 바람의 노래

눈발이 희끗희끗 흩날리는 이른 아침이다. 한 무리의 거지 떼가 솟을대문 밖에 나타나더니 저마다 바가지와 깡통을 신나게 두드려대면서 장타령을 하고 있다. 제멋대로 헝클어진 머리와 옷마다 지푸라기가 허옇게 붙어 있는 몰골들을 보니 이곳 마을 어귀의 어느 타작마당 짚더미 속에서 밤잠을 자고 이제 막 일어난 모양이다. 모두가 그만그만한 사내들로서 한눈에 보기에도 요즘 들어 흔히 볼 수 있는 가족 단위의 거지 떼는 아닌 성싶다.

넝마를 걸친 외양이 흉해도 영혼만은 아직도 죄악에 물들지 않고 맑은 탓일까. 눈발 속으로 퍼져 나가는 거지들의 장타령 소리는 아침 공기처럼 신선하고 흥이 넘친다.

얼― 씨구씨구 들어간다
절― 씨구씨구 들어간다

작년에 왔던 각설이
잊지도 않고 또 왔소

골목골목 부산장
길 몬 찾아서 몬 보고

꾸벅꾸벅 구포장
허리가 아파서 몬 보고

　닳아빠진 중절모를 콧등까지 눌러쓴 왕초인 듯한 사내가 병신춤을
추면서 앞장을 섰고, 열 명도 더 되어 보이는 크고 작은 똘마니들은 저
마다 바가지와 깡통 장단에 맞춰 악을 바락바락 쓰면서 그 뒤를 줄지어
따라 다니며 맴을 도는 것이다.

미지기 짠다 밀양장
다리가 아파서 몬 보고

아가리 크다 대구장
너무 넓어서 몬 보고

우리네·일신의 팔자는
기구하여서 몬 사네

어허 품바 각설이
어허 품바 각설이
오늘이 밀양 장날이니 거기에 맞춰서 장타령을 하고 있는지도 모르

겠다. 거지들은 누가 보거나 말거나 자기네들끼리 연습을 하는 건지, 그렇게 해서라도 아침 밥값이나 하자는 건지, 정월 대보름날의 지신 밟는 걸립(乞粒) 패들처럼 솟을대문 앞의 드넓은 마당을 빙빙 돌면서 신명을 내고 있다. 흥겹게 신명도 내고 동냥도 할 수가 있으니, 어쩌면 그것이 오랜 경험 끝에 그들이 터득해 낸, 가장 손쉽고 실속 있는 삶의 방식인지도 모를 일이다.

사실, 장타령은 그들의 생계 수단인 동시에 또한 감정 표출의 수단이기도 하였다. 주인 집에서 동냥을 미처 주지 않으면 고성방가로 패악을 부리는 것은 다반사요, 그래도 끝내 아무런 반응이 없으면 야밤중에 다시 찾아와서 닭이나 염소 같은, 들키지 않고 쉽게 잡아갈 수 있는 작은 가축들을 몰래 훔쳐 가기도 하였다. 그리고 회갑, 진갑, 혼인 잔칫집은 말할 것도 없거니와 심지어 호곡소리 낭자한 초상집을 만나도 서로 연락을 취하여 떼로 몰려 와서 아주 하객이나 조문객 행세를 하면서 그 기간 내내 포식을 하면서 한바탕 장타령 경연을 펼치는 것쯤은 당연지사처럼 여기는 그들이었다.

그러다가 성이 차지 않으면 잔치나 장례가 끝날 때까지 요란하게 장타령을 불러대며 방해를 하는가 하면, 그것도 모자라 이틀이고 사흘이고 눌어붙어 온 마을이 떠나가도록 고성방가로 소란을 피우며 남들이 보는 앞에서 우세스럽게 애를 먹이기도 하였다. 그 바람에 속절없이 두 손을 들지 않을 수 없게 된 주인 집에서 넉넉한 동냥과 함께 적잖은 노잣돈까지 쥐어 주면서 칙사 대접으로 애탄글탄 빌다시피 하고서야 못 이긴 척 떠나가는 경우도 없지 않았다.

그런데 이상한 일이었다. 민씨 종택에서는 오늘 따라 어찌 된 일인지, 요란한 장타령 소리에도 불구하고 꽤 오래도록 아무런 반응이 나타나지 않고 있는 것이다. 그 바람에 느린 진양조 가락으로 여유 있게 시작되었던 거지들의 장타령 소리는 시간이 흘러 갈수록 곡조가 점점 빨라지면서 요란스럽게 높아만 갔고, 그리하여 흥겨움 대신에 바락바락

악을 쓰며 거의 패악에 가까운 소리로 장타령을 불러대면서 소란을 피우고 있을 때였다. 뒤늦게 솟을대문 안에서 바쁜 발자국 소리와 함께 두런거리는 말소리가 들리는가 싶더니 좀만에 사람의 그림자가 문짝 틈새로 어른거린다.

안에서 인기척이 나자 거지들은 더욱 기세를 올리면서 한껏 요란해진 깡통·바가지 장단에 맞춰서 목청껏 신명들을 낸다.

시님의 밥그릇은 바릿대
죄인놈 다리에는 주릿대

소 새끼 밥그릇은 여물통
대갓집 고방 문에는 자물통

상놈의 주둥이는 아구통
우리네 밥그릇은 빈 깡통

거지들의 장타령이 여기에 이르렀을 때, 안에서 덜커덩 빗장 뽑는 소리가 들리더니 이윽고 육중한 솟을대문이 삐거덕, 하고 열린다. 행주치마를 걸친 채 상기된 얼굴로 모습을 드러낸 사람은 안채 부엌방에서 상전들의 조반 진지 시중을 들어가며 밥을 먹다가 달려 나온 서 서방네와 그의 딸 삼월이었다. 서 서방네는 커다란 바가지에 김이 무럭무럭 피어 오르는 허연 밥을 가득 담아 들고 있었고, 삼월이는 그보다 작은 양푼이에다 김장 김치를 비롯한 몇 가지 반찬들을 수북이 담아 들고 있었다.

장타령을 중단한 거지들이 자기네 앞으로 우르르 몰려들자, 멀리서 부랴부랴 달려 나온 서 서방네는 가쁜 숨을 몰아쉬면서 그때까지도 아무런 반응이 없는 행랑 쪽을 기가 찬 듯이 쏘아보다가 왕초를 필두로 길게 줄을 서는 거지들에게 대놓고 짜증을 낸다.

"이거 해도 해도 너무 한 거 앙이요? 우리 식구들 밥도 다 먹기도 전에 날이면 날마다 식전 댓바람부터 떼거리로 몰려와서 이 난리를 피우면 우찌 하노. 하루 이틀도 앙이고, 벌써 며칠째고? 벼룩이도 낯짝이 있다 카는데…!"

서 서방네는 난리를 피우는 거지들 쪽보다는 사실 이 지경이 되도록 내버려 두고 있는 행랑 사람들, 그 중에서도 청지기인 남편 서 서방에게 더 화가 나 있는 모양이었다. 그도 그럴 수밖에 없는 것이, 날이면 날마다 어김없이 찾아오는 거지들의 장타령 소리가 이렇게 패악에 가깝도록 시끄러워질 때까지 그대로 방치해 두었다가는 이제 곧 시작될 문중 학동들의 강학당 수업에 지장을 주게 될 것이고, 그렇게 되면 청지기 소임을 소홀히 했다 하여 자기 남편에게 웃전들의 불호령이 떨어질 게 뻔하였기 때문이다.

"허헛 참! 식전 아침부터 손님이 찾아 왔으면 반갑게 인사를 해야지, 보자마자 이런 섭한 말을 하는 법이 어데 있노? 대갓집 인심은 정지(부엌)하고 고방에서 나고, 선술집 인심은 외상값하고 덤으로 주는 푸짐한 안주와 술맛에서 난다꼬 하는데, 만석지기 부잣집 밥을 묵고 살면서 아직 그런 것도 모르고 있었단 말이오? 보아하니 이 댁 정지에서 일하는 찬모쯤 되는 모양인데, 피차 팔자 기박한 처지에 아침부터 사람의 팔시를 그렇게 하는 기이 앙이요!"

허름한 양복에 찌그러진 중절모를 푹 눌러 쓴 거지 왕초가 앞으로 썩 나서며 행색에 어울리지도 않는 점잖은 언변으로 숫제 훈시 조로 항변을 한다. 이십대 후반이나 삼십대 초반쯤은 되었을까? 그런데 그는 어디서 구했는지, 〈당꼬〉 바지에다 낡아빠진 왜놈 병사들의 군화에다 각반까지 차고 있었다.

"남이사 대갓집 종살이를 하건 찬모 노릇을 하건 누가 댁한테 인금 나름 하라 했소? 제 아무리 가가호호 찾아 댕기며 문전걸식으로 빌어 묵고 살아도 사람이 양심이 있어야제, 이거는 깡통을 든 날강도 떼도 앙이고…!"

말을 그렇게 하면서도 서 서방네는 힘겹게 들고 온 커다란 바가지의 밥을 거친 몸짓으로 왕초와 그 뒤에 줄을 선 여러 똘마니들에게 똑같은 양으로 골고루 나누어 주기 시작한다. 그러나 열 명도 더 되는 인원이라 미처 다 나눠 주기도 전에 바가지의 밥이 그만 동이 나고 만다.

"이 보소! 우리는 우찌 하라꼬 앞사람들한테만 밥을 다 퍼 줘 버리요?"

뒤에 서 있던 똘마니 중에서 누군가가 소리친다.

"어차피 가지고 온 밥은 정해져 있는 기이고, 이리 주나 저리 주나 주는 거는 마찬가지 앙인교? 지금부터 뒤에 있는 사람들한테는 반찬을 노나 줄 테니까 모두들 사이좋게 함께 비벼서 같이 묵든지 따로따로 노나 묵든지 그거는 당신네들이 알아서 하소. 그렇게 사이좋게 묵으모 될 기인데, 무신 군소리가 그리 많노!"

화가 난 서 서방네는 콧방귀를 뀌면서 자기 편리한 대로 나머지 거지들에게는 반찬을 나눠 줄 생각으로 삼월이게 손을 내민다.

"삼월아! 그 반찬 양평이(양푼이) 이리 다고!"

그러자 거지 왕초가 그걸 막으며 삼월이 앞으로 바싹 다가서는 것이다.

"어허, 모친이 밥을 나눠 줬으면 반찬은 따님이 나눠 줘야 순리에 맞지 않소? 자, 내 몫의 반찬은 여기에 담으소, 삼월이 낭자!"

닳은 외양만으로 서 서방네와 삼월이가 모녀지간임을 눈치 챈 것일까? 아니면 여러 날째 눌어붙어 끼니 때마다 밥을 빌어먹다 보니 저절로 알게 된 것일까? 거지 왕초는 의미심장하게 벌쭉 웃으면서 밥이 담긴 자기의 깡통을 삼월이 앞에 점잖게 내민다.

"이, 이노무 인사가 미쳤나! 혼인 날짜까지 잡아놓은 남의 집 꽃 겉은 처자한테 어디서 감히 더러운 입으로 남의 고운 이름까지 함부로 들먹이고 있노!"

얼굴이 벌개진 서 서방 댁은 허수아비처럼 두 팔을 활짝 벌리고 왕초 앞을 서슬 푸르게 막아서며 도끼눈을 하고 노려본다.

"아따! 그라고 보이 삼월이 낭자는 소문대로 혼인을 앞두고 있는 신붓감이 맞는가배! 그렇다면 잔칫날은 언제요? 섣달 스무날께로 택일을 했다는 말이 들리던데, 그기이 참말인교?"

"남이사 언제 잔치를 하건 소를 잡든 그거는 알아서 머 할라꼬, 이눔아!"

자기네의 처지를 훤히 꿰뚫고 이죽거리는 거지 왕초의 짓거리에 서 서방댁은 눈알이 확 뒤집어지고 만다.

"그날 우리 패거리들 다 데리고 와서 장타령으로 축가를 불러 줘야 할 거 아니오? 그래야 떡두꺼비 겉은 아들을 쑥쑥 낳아 가며 두고두고 복을 받고 살지!"

"이, 이 노무 인사가 가죽이 모자라서 찢어진 입인 줄 아나? 이놈이 어디서 더러운 아가리를 함부로…!"

화가 머리 끝까지 뻗친 서 서방네가 거칠게 대들수록 거지 왕초는 더욱 기세를 올린다.

"어허! 신붓감의 순탄한 앞길을 열어 주기 위해서라도 더욱 열심히 적선을 해야지, 이러면 쓰나? 자기 살림도 앙이겠다, 피차 남의 신세를 지고 사는 형편에 서로가 사바사바 도와 가며 사이좋게 지내야 누이 좋고 매부 좋고 하지 않겠능교?"

거지 왕초는 숫제 반말을 섞어 가며 모친 뻘이나 되는 서 서방네를 아주 가지고 놀려고 든다. 비록 거지 행색은 하였으나 눈 하나 까딱하지 않고 자기 할 짓을 다하는 두둑한 배포하며, 시비를 거는 말투부터가 예사롭지가 않다. 하지만 비록 남의 집 찬모 노릇을 하며 살아가고는 있어도 대갓집의 물을 먹을 만큼 먹은 서 서방네도 하잘 것 없는 그 따위 거지 왕초한테 호락호락하게 당하고만 있을 사람이 아니었다.

"하이구메! 이 놈 말하는 거 좀 보래! 보자보자 하이 그 꼴에 허우대가 멀쩡하다꼬 걸뱅이 주제에 몬 하는 소리가 없구마! 어차피 빌어 묵는 입이라꼬 욕까지 실컷 얻어 묵겠다 그 말이가? 이눔아!"

기가 오를 대로 오른 서 서방네는 한사코 거지 왕초를 밀어내며 삼월이의 양푼이를 건네받으려고 하나, 완강한 거지 왕초의 완력 앞에 제대로 힘을 쓰지 못한다. 그러자 이러다가는 큰 봉변을 당할까봐 겁이 났는지 삼월이가 왕초의 요구대로 직접 반찬을 나누어 주려고 앞으로 나서는 것이다.

"내가 나눠 줄 테니 옴마는 고마 가만히 있어라!"

"이 노무 가시나가 미쳤나! 저리 퍼뜩 안 비키나?"

노발대발한 서 서방네가 냅다 고함을 치며 양푼이를 빼앗으려고 거칠게 손을 뻗치었고, 거지 왕초는 그것을 제지하려고 완강하게 삼월이 앞을 막아선다. 그 바람에 거지 왕초에게 떠밀린 삼월이가 힘겹게 들고 있던 반찬 양푼이를 그대로 떨어트리고 만다. 땅바닥에 굴러 떨어진 양푼이는 탱그르르 소리를 내면서 여러 가지로 뒤섞인 반찬과 시뻘건 국물들을 처참한 혈투장의 선혈처럼 사방에 뿌려놓고 저만큼 데굴데굴 굴러가서야 겨우 그 자리에 멈추어 선다.

때 아닌 이런 소동에 행랑 수청방(守廳房)에서 아침밥을 먹고 있던 서 서방이 그제서야 입 안 가득 밥을 우물거리면서 뒤미처 밖으로 달려 나왔고, 그의 그런 기척에 다른 방에서 밥을 먹고 있던 여러 하인들도 앞을 다투어 하나 둘씩 대문 밖으로 모습을 드러내었다.

"아니, 이 작자가 덕석말이를 당할라꼬 환장을 했나? 하루 이틀도 앙이고 그만 했으면 됐지! 날이면 날마다 아침부터 남의 집에 찾아와서 이기이 도대체 무신 짓이고?"

서 서방도 일부러 모르는 척 버티면서 참을 만큼 참아 왔던 것이리라. 뒤늦게 밖으로 달려 나온 그는 땅바닥에 굴러 떨어져 있는 반찬 양푼이며, 화가 잔뜩 나 있는 자기 마누라와 딸을 발견하고는 눈에 쌍심지를 켜고 거지 왕초 앞으로 다가서며 대뜸 호통을 친다.

"와따메! 이 댁 청지기 앙이가? 오늘 따라 그 양반 위세 한번 디기 무섭구마! 나는 여태까지 코빼기도 안 보이길래 밤 사이에 괴질에 걸려 돌아가시지나 않았는지 걱정을 했는데, 그기이 앙이네!"

아마도 내방객들의 문간 출입을 관리하는 서 서방의 복장에 불을 지르기로 작정한 것이리라. 서 서방의 위아래를 훑어보던 거지 왕초는 가소롭다는 듯이 허공을 쳐다보며 히죽히죽 웃기까지 한다.

"아니, 이 사람이 증말로 뒈질라꼬 환장을 했나? 잘몬 했다꼬 싹싹 빌어도 시원찮을 판에 어디서 감히 히죽거려 히죽거리길! 힘한 꼴을 당하기 전에 지금 당장 썩 물러가지 몬하겠나?"

서 서방이 뒤에 늘어 서 있는 행랑의 여러 장정들을 둘러보며 으름장을 놓으며 다가서자, 거지 왕초는 한 손으로 그를 밀쳐내며 지지 않고 당당하게 맞대응을 한다.

"이보소, 청지기 양반! 보믄 모르겠소? 사태를 제대로 알아보고 말을 해야 우리도 인사를 하든지 절을 하든지 할 거 앙이요? 나는 가만히 있는데, 두 모녀가 나한테 반했는지 어쨌는지 서로 자기가 반찬을 노나 주겠다고 실랑이를 벌이다가 이렇게 된 거 앙이요?"

"허헛 참! 이기 도대체 무신 소리고? 그기이 참말이가?"

순진한 서 서방은 허름한 양복에 허우대가 멀쩡한 그의 말을 곧이곧대로 믿고 두 눈을 희번뜩이며 자기 마누라와 딸을 번갈아 쳐다본다. 사실, 날이면 날마다 찾아오는 거지들에게 밥과 반찬을 나누어 주는 일은 그의 소관이었기 때문에 지금쯤 안채에서 웃전들 진지 시중을 들고 있어야 할 마누라와 딸이 자기도 모르는 사이에 거기에 나와 있는 것을 보고 서 서방도 심히 의아하고 못마땅하게 여기고 있던 참이라 그런 말까지 듣고 보니 은근히 속이 뒤집어지는 것이다.

그러자, 서 서방네가 거지 왕초를 향해 길길이 뛰면서 소리를 친다.

"이런 불한당 겉은 놈이 무엇이 어쩌고 으째? 우리 삼월이를 희롱할라꼬 해놓고 시방 무신 개 겉은 주둥이를 함부로 놀리고 있노?"

그렇잖아도 물쩡하고 요령 없는 남편 때문에 가뜩이나 부아가 나 있던 서 서방네로서는 농가성진(弄假成眞: 장난삼아 한 것이 참으로 한 것 같이 됨)으로 부부싸움까지 시키려고 드는 거지 왕초의 짓거리에 참을 수 없는 수치심과 모욕감을 느끼는 모양이다.

하지만 거지 왕초는 그 정도로 해 둠으로써 자기네를 빈손으로 돌아가게 하려고 하였던 서 서방에 대한 보복을 충분히 했다고 판단했음인지, 더 이상 고집을 부리지 않고 밥이 담긴 자기의 깡통을 삼월이 대신 서 서방네 앞으로 버젓이 내미는 것이다.

"자, 우리한테 줄라꼬 서로 다투다가 기왕에 이렇게 된 거 잘 잘못을 따져 봤자 죽은 자식 고추 만지기 앙이요? 그러니 오늘은 적선하는 셈치고 이 정도로 해 두고 물러갈 테니 쓸데없이 분풀이 할 생각은 말고 아지매의 소원대로 반찬이나 새로 가져 와서 퍼뜩 노나 주소! 이래 뵈도 우리 역시 갈 길이 바쁜 사람들이란 말이오!"

"이렇게 난장판을 맨들어 놓고 반찬을 내놓으라꼬? 그래, 이눔아! 반찬이 여기 있으니 얼마든지 가져가서 배때기가 터지도록 처먹어라!"

자기네 식구들이 잔뜩 몰려 나와 있는 바람에 더욱 기가 오른 서 서방네는 마당 바닥에 흩어져 있는 여러 가지 반찬들을 두 손으로 바쁘게 긁어모아 거지 왕초의 깡통에다 집어넣으려 하였고, 거지 왕초는 그것을 피하느라고 강하게 몸을 뒤틀었다. 그 바람에 그의 엉덩이에 부딪힌 서 서방네는 저만큼 옆으로 튕겨져 나가 그대로 마당 바닥에 꼴사납게 나동그라지고 만다.

"아이고! 확적같이 설금찬 걸뱅이 놈이 아침부터 재수 없게 사람을 치네! 이, 이 세(혀)가 만발이나 빠져 뒈질 놈이 여기가 어디라꼬 감히…!"

발목이 삐끗한 서 서방네가 비치적거리며 일어나 입에 거품을 물고 거지 왕초에게 거세게 달려들었고, 당황한 서 서방은 그녀가 더러운 거지의 주먹에 행여나 얻어맞기라도 할세라 뜯어 말리기에 바쁘다. 바로 그때였다. 내외벽 격장 쪽에서 한 무리의 장꾼들을 거느리고 행랑 마당으로 나서던 김 서방이 그 모양을 보고 부리나케 대문 밖으로 달려 나온다.

"아니, 이 사람이 모친 겉은 여자 분한테 감히 이 무신 행패요, 행패가?"

숨을 헐떡이며 불문곡직하고 대드는 김 서방의 목소리에,

"아니, 이거는 또 뭐꼬?"

하고 뒤를 돌아다보던 거지 왕초는 우람한 체구의 김 서방을 발견하고는 주춤하고 놀란다.

"보면 모르겠소? 밥을 얻어 묵으러 왔으면 얻어 묵는 사람답게 공손하게 굴어야지, 아녀자한테 이 기이 도대체 무신 짓이냔 말이요?"

김 서방이 금방이라도 멱살을 틀어잡을 듯이 눈알을 부라리며 다가서자 거지 왕초는 한풀 꺾인 목소리로, 그러나 똘마니들 앞에서 우습게 보일까봐 그리하는지 짐짓 당당한 척 허세를 부리면서 완곡하게 제 뜻을 드러낸다.

"아, 가지 말라고 붙잡아도 갈 참이었소! 그렇지만 아침밥을 얻어 묵을라꼬 왔다가 이 지경이 되었으니 밥과 반찬을 제대로 줘야 가든지 말든지 할 거 앙이요?"

상대방이 꼬리를 내리며 그렇게 나오는 바람에 김 서방도 장보러 먼 길을 떠나는 길이라 아침부터 소란을 피우고 싶지는 않은 모양으로 더 이상 몰아붙이지 않는다. 그러나 그 대신 그는 그때까지 강 건너 불 구경하듯이 서 있는 행랑의 부녀자들을 둘러보며 볼멘소리로 막 야단을 친다.

"멀리 안채에 있던 사람이 윗분들 진지 시중을 들다 말고 달려 나와 이런 봉변을 당할 때까지 코앞에 있는 행랑 사람들은 도대체 그동안에 무얼 하고 있었단 말이오?"

이런 일은 청지기의 몫이니 야단을 치려면 응당 서 서방에게 쳐야 옳았을 것이다. 그러나 미구(未久)에 장인어른이 될 사람이라, 그를 부리는 지위에 있는 김 서방도 차마 그럴 수는 없는 모양이다. 하지만 그의 야단에도 불구하고 행랑 사람들은 여전히 자기네의 수청방 책임자인 서 서방의 눈치를 살피면서 아무런 반응이 없다. 그러자 김 서방은 벼락같이 화를 더럭 내고 만다.

"아, 뭣들 하고 있능교? 저 사람들한테 밥과 반찬을 달라는 대로 줘서 얼른 보내지 않고설랑!"

그제서야 행랑의 부엌일을 도맡은 하녀들이 서 서방의 눈치를 살피면서 먹다 남은 밥과 반찬들을 서둘러 들고 나와 거지들의 바가지와 깡통마다 골고루 나눠 주기 시작한다.

하지만 그렇게 하도록 자신이 시켜놓고도 그 모양을 잠자코 바라보는 김 서방의 속은 사실 편치 않았다. 오늘 아침의 소동이 아무래도 연일 찾아 와서 애를 먹이는 거지들한테 단단히 화가 난 서 서방이 작심을 하고 일부러 일으킨 분란이 분명한 것이다. 그런데 그것이 장차 자기의 장인·장모며 아내가 될 사람과 하찮은 거지 떼들 사이에 벌어진 일이 되다 보니 남들이 보는 앞에서 자기의 체면이 형편없이 구겨지고 만것은 둘째 치고라도, 이제는 그들이 자기보다 장인이 될 서 서방을 더의식하는 듯한 태도를 보였기 때문에 은근히 심사가 뒤틀리는 것이다.

김 서방이 마당에 흩어진 반찬들을 치우는 행랑 사람들을 곱지 않은 눈으로 지켜보고 있는 사이에 거지들은 왕초가 요구한 대로 자기네 밥그릇들이 채워지자 더 이상 소란을 피우지 않고 조용히 돌아갔다. 그러나 김 서방은 저마다 밥과 반찬이 가득 찬 바가지와 깡통들을 전리품처럼 치켜들고 의기양양하게 멀어져 가는 그들의 뒷모습을 바라보면서 장에 갈 일행들과 함께 중산이 나타나기를 기다리며 그 자리에 서 있었다.

"미안하네, 김 서방! 대문간에서 벌어지는 바깥일에 대해서는 내가 참견하지 말아야 하는 긴데, 공연히 내 오지랖이 넓어 가지고 이 지경이 되고 말았으이 자네를 볼 면목이 없네!"

잔뜩 화가 나 있는 그의 곁에서 쉽게 자리를 뜨지 못하고 전전긍긍해 있던 서 서방네가 변명 삼아 사과를 한다.

"수청방에서 행랑 사람들을 위하느라고 일이 이리 된 일이니 모친께서 신경 쓸 일이 아니질 않는교? …그건 그렇고, 저 걸뱅이 놈들 말이오! 저놈들은 요새 며칠째 계속 나타났던 그 패거리들이 앙이요?"

그런 말을 하는 중에도 김 서방의 눈은 긴다리강을 건너서 자기네 징꾼들이 가야 할 돌티미 나루보다 훨씬 아래 쪽 방향인 삼랑 포구의 오우진 나루 쪽으로 멀어져 가는 거지 떼를 유심히 바라보고 있었다. 오늘 가까이서 보니 그의 눈에는 아무래도 그 거지 왕초가 어딘지 모르게 예전에 다른 데서도 본 듯한 얼굴 같다는 생각이 든 때문이었다.

"요 며칠째 맨날 똑같은 장타령을 해대는 거를 보고 나도 그런 생각이 들어서 정신없이 달려 나왔다가 이렇게 어이없는 일을 당하게 된 기 이 앙이가? …그런데 와 그라는가?"

"글쎄요. 나라가 망하고 온통 왜놈들 천지가 되다 보이 세상의 모든 일들이 예전 같잖아서 해 보는 소리지요! 요새는요, 걸뱅이들도 저렇게 사대육신이 멀쩡한 놈들끼리 떼로 뭉쳐 가지고 겁도 없이 설치고 댕기니까 앞으로는 함부로 대하지 말고 조심하는 기이 좋을 깁니더. 별의별 놈들이 섞여 있어서 안 하는 짓이 없다고 하니까!"

저런 거지 왕초들 중에는 가정을 꾸리고 남부럽지 않게 호의호식을 하며 사는 사람이 있는가 하면, 사회 저명인사 행세까지 하면서 밤이면 밤마다 〈가다마이〉를 차려입고 기생집과 청요릿집 출입을 하는 자도 있다는 얘기를 들은 바가 있어서 해 보는 소리였다.

"아니, 무엇이 다르길래 그리도 신경을 쓰는가?"

서 서방네는 듬직하기 짝이 없는 사윗감이 물색없이 좋아서 그런 경황 속에서도 쉽게 자리를 뜨지 못하고 자꾸 말을 붙인다.

"겉으로는 걸뱅이 행세를 하고 댕기지만 사실은 그기이 앙이라는 말이지요!"

"호강에 받쳐서 요강에 똥을 쌀 사람들이 다 있구마는! 더러운 걸뱅이 꼴이 뭐가 좋다꼬 일부러 그렇게 하고 댕긴단 말이고? 참으로 희한한 인간들도 다 있는가 보네!"

"신분을 감추기에는 저런 걸뱅이만큼 쉬운 기이 어데 있겠능교? 앙이 할 말로 걸뱅이 중에는 왜놈 첩자가 있을 수도 있고, 친일파의 끄나풀도 있을 수 있는 일이 앙이겠능교? 그 반대로 우리 독립 운동가들의 심부름꾼이 있을 수 있을지도 모르는 일이고요…!"

하기야 나라와 백성들을 책임져야 할 고관대작들 중에서도 사리사욕에 눈이 어두워 나라를 팔아먹은 매국노가 있었고, 그놈들을 쳐 죽여야 한다고 비분강개하던 지도자급 저명인사들 중에도 왜놈들의 식민 통치가 차츰 기반을 잡아 가는 것을 보고서는 언제 그리하였냐는 듯이 친일 앞잡이로 변신하는 자가 속출하는 판이었다.

얼마 전에 병훈이의 병세를 알아보려고 중산을 수행하여 읍내에 나갔다가 민중의원에 들렀을 때, 운사 손태준이 중산에게 들려 준 말에 의하면, 〈매일신문〉 밀양 지국을 운영하는 박종흠이라는 자도 원래는 향반 출신으로 미곡상을 운영하면서 한춘옥 사장과도 오래도록 미곡 거래를 해 온 사람인데, 〈매일신문〉 지국장 노릇을 하게 되면서부터는 버젓이 친일 앞잡이 행세를 하고 다닌다는 얘기였다.

그러니 이곳 종가가 막강한 권세를 누리던 척족 세력 집안으로서 옛시절의 왕조 복고를 꿈꾸고 있는 데다가, 예전 같지는 않지만 여전히 막강한 재력 못지않게 지역사회에 끼치는 영향력도 적지 않았기 때문에 온갖 계층의 사람들이 각자의 이해관계에 따라 원근각처에서 끊임없이 찾아오는 게 현실이고 보니 김 서방이 그런 생각을 하게 되는 것도 결코 무리는 아니었다.

장꾼들을 거느리고 나온 김 서방이 서 서방네와 이러고 있는 사이에 축사로 갔던 돌이가 중산의 말과 김 서방의 나귀를 몰고 나왔고, 좀만에 의관을 갖춘 중산이 남나중 바깥사랑 쪽에서 모습을 드러내었다.

"이 보게, 김 서방! 아까 바깥이 소란스럽더니 무슨 일이 있었는가?"

여러 남녀 하인들의 인사를 받으며 솟을대문 밖으로 점잖게 걸어 나온 중산이 마당 바닥에 핏자국처럼 나 있는 반찬 자국들을 둘러보며 김 서방에게 묻는다

"별일이 있었던 거는 앙입니더! 무서운 괴질이 한바탕 휩쓸고 지나가더니 모두들 미쳐 삐렸는지 빌어 묵는 거지 놈들마저도 눈에 뷔는 기이 없어진 모양입니더!"

북방 지역을 먼저 휩쓸고 남쪽으로 전파되어 삼남 일대를 공포의 도가니로 몰아넣으며 들불처럼 번져가던 서반아 독감은 적잖은 병사자를 내고 고단한 민초들의 살림살이마저 거덜나게 하고 이제는 거의 다 물러가고 있었지만, 그 후유증은 고스란히 치유 못할 상처로 남아 있었다. 그 중에서도 가장 두드러진 현상이 가족 단위로 유리걸식하는 유랑민의 증가로 나타났고, 오늘 겪었던 일처럼 사대육신이 멀쩡한 거지 떼들까지 부쩍 늘어나면서 그들의 존재감이 날로 커져 가고 있는 실정이었다.

"세상인심이 각박해진다고 하여 우리마저 그리 되어서야 되겠는가? 이젠 자네도 새로이 가정을 꾸리게 되었으니 좀 더 후한 인심을 가지고 살아야 할 걸세!"

"그래도 빌어 묵을 때는 빌어 묵더라도 사람이 경우가 있고, 양심이 있어야지요! 사대육신이 멀쩡한 놈들이 날이면 날마다 떼거리로 몰려와서 소란을 피우는 바람에 수청방에서도 오늘만은 버르장머리를 고쳐 줄라꼬 단단히 별렀던 모양입니다. 집집이 유리걸식을 하며 온갖 꼴을 다 당해 본 걸뱅이 놈들인데 그렇게 한다고 해서 호락호락 먹혀들 까닭이 있겠습니꺼? 그렇게 하면 쉽게 물러가리라고 생각한 것부터가 그 양반다운 순진한 생각이지요. 하지만, 오죽했으면 그리 하였겠습니까

요? 네놈들이 암만 떠들어대도 나는 모른다, 하고 그렇게 무대응을 하는 바람에 걸뱅이 놈들이 더욱 악에 받쳤던 모양이라요! 그때 마침 소인 놈이 나왔던 터라 호통을 쳐서 돌려보내긴 했지만, 뒤가 찜찜한 기이 아무래도 마음이 편치가 않습니더!"

김 서방의 머리 속에는 여전히 그 수상쩍은 거지 왕초 놈의 그림자가 어른거리고 있는 것이다.

"이 사람 참, 부지런하기는…! 그러고 보니 벌써부터 사위 노릇을 하려고 작정한 게로구먼?"

중산은 오늘 따라 전에 없이 기분이 좋은지 물색 모르고 그런 농담까지 하면서 얼굴 가득 희색이 넘쳐 흐르고 있었다. 김 서방의 속을 알리 없는 그렇게 농말을 건넨 그는 서 서방네와 함께 저쪽에 비켜 서 있는 삼월이를 바라보더니 돌이가 대령시켜 놓고 있는 자신의 애마에 훌쩍 올라탄다. 오늘은 김 서방과 삼월이의 혼숫감을 장만하러 가는 날인데다가, 병훈이의 병이 거의 다 나았다는 기별을 받고 기쁨을 나누러 가는 날이기도 하여 그의 가슴이 여간 설레지 않는 것이다.

눈발은 여전히 희끗희끗 휘날리면서 목화 송이처럼 점점 굵어지고 있었다. 침모 염 서방 댁과 김 서방을 비롯하여 여러 명의 장꾼들은 거느리고 도구늪들로 나선 중산은 긴다리강 가의 들 마당에 태산같이 쌓아놓은 자기네의 볏섬들을 눈여겨 바라보며 그 앞을 지나가다가 김 서방에게 묻는다.

"김 서방, 눈이 이렇게 자꾸 내리면 볏섬들이 눅눅하게 젖지 않겠는가?"

"그렇잖아도 날씨가 꾸무럭거리는 거를 보고 지난밤에 짚단과 이엉을 새로 가져다가 보강하여 단단히 대비를 해 뒀으니 그런 일은 없을 깁니더!"

나귀에 탄 김 서방도 기분 좋게 흔들거리고 가면서 거창하게 쌓여 있는 볏섬들을 바라본다.

"위쪽만 덮어서야 하늘에서 내리는 눈비는 몰라도 옆으로 스며드는 습기까지 온전히 막기는 어려울 걸세!"

"그건 그렇지요! 하지만 쌀쌀한 겨울 날씨에다 내일 모레 출하를 하기로 했으니 그때까지야 괜찮지 않겠습니껴?"

"그래도 가마때기와 섬피들을 둘러쳐서 나락들이 습해(濕害)를 입지 않도록 각별히 신경을 써 주게!"

"예, 당장 그리하도록 분부 받들겠습니다요!"

김 서방이 집에 있는 머슴들에게 그 일을 시키려고 왔던 길을 되돌아가려고 하자, 중산이 쓴 소리를 하면서 말린다.

"이 사람아! 오늘 따라 왜 이리도 바쁘게 설치는가? 지금 당장 그리하라는 게 아니라 앞으로는 그리하란 말일세!"

"집에 있는 일꾼들한테 일러서 지금 당장 섬피와 가마니때기를 가져와서 둘러치라고 하면 되지 않겠습니껴?"

"허허, 오늘은 그냥 놔 두래도!"

"예, 알겠습니다요!"

삼월이의 오랜 구애 행각에도 꿈쩍도 하지 않던 김 서방도 이제는 가슴에 품고 있던 죽은 아내 여문이에 대한 미련과 애틋한 그리움의 잔영(殘影)을 내려놓았는지 그런 말을 하면서도 그저 싱글벙글이다.

그들 일행이 도구늪들을 가로질러 돌티미 나루에 이르러 널따란 승선 발판을 밟고 황포돛배에 오를 때였다. 중산의 백마와 자신이 타고 왔던 나귀를 끌고 배에 오르던 김 서방이 웅천강과 낙동강 본류가 만나는 삼랑 포구 쪽을 바라보니 아까 한바탕 소란을 피우고 떠났던 그 수상쩍은 거지들을 태운 나룻배가 오우진 나루에서 뒷기미 나루 쪽을 향해 건너가는 광경이 한눈에 들어왔다.

앞장을 선 중산이 그런 사실도 모른 채 뒤따라 오는 김 서방에게 이른다.

"이 보게, 김 서방! 이따 포목점으로 가서 혼숫감을 끊을 때 자네 마음에 드는 것만 덜렁 고르지 말고 침모더러 삼월이 취향에 맞는 것을 잘 골라서 끊도록 하게. 그리고 결혼 반지도 값에 신경 쓸 것 없이 부녀자들한테 물어서 신부의 마음에 쏙 들 만한 것을 자네가 직접 골라 주도록 하고!"

"서방님, 방금 뭐라고 말씀하셨습니까요?"

거지들 쪽을 바라보던 김 서방이 중산의 말을 미처 알아듣지 못하고 되묻는다.

"이 사람, 지금 어디다 정신을 팔고 있는가? 이따 혼숫감들을 고를 때 자네 마음에 드는 것만 무턱대고 고르지 말고, 여자들한테 물어 가면서 값에 구애 받지 말고 삼월이의 취향에 맞는 것을 구입하도록 하란 말일세!"

"예, 서방님. …하지만 첫 장가도 앙이고 그렇게 신경을 쓰시지 않아도 될 깁니더!"

"이런 한심한 사람 보았나! 나중에 후회하지 말고 내 시키는 대로 하게."

"새 장가를 드는 것도 낯이 뜨거운데 서방님까지 자꾸 이러시니 몸 둘 바를 모르겠습니다요!"

"이 사람아, 재취 장가일수록 각별한 공을 더 들여야 하는 법일세! 더구나 삼월이는 한창 꿈에 부풀어 있는 초혼의 숫처녀가 아닌가? 상처한 자네 같은 홀아비가 물 찬 제비 같은 숫처녀한테 장가드는 것도 보통의 행운이 아니니, 그만한 대가를 치르는 것은 당연지사가 아니겠는가?"

"그거야, 지 눈에 콩까지가 낀 때문이 앙이겠습니껴?"

그러면서 김 서방은 뒤 따라 배에 오르는 일행들을 슬며시 돌아다본다.

"그건 그렇지가 않다네! 자네가 안식구의 일생을 책임지기에는 아무런 손색이 없을 정도로 신실하고 충직하게 살아 온 사람이 아니었다면 삼월이가 자식까지 딸린 홀아비인 자네한테 혹할 까닭이 없지 않은가?"

배에 오른 그들 일행은 제각기 앉을 자리를 찾아 이곳 저곳으로 짝을 지어 흩어진다. 말과 나귀를 몰고 돛대 옆의 좌판 쪽으로 안내하는 김 서방을 따라 걸어가면서 중산은 회색빛 겨울 하늘을 망연히 바라본다. 물안개 자욱한 수면과 맞닿을 듯이 낮게 내려앉은 회색빛 하늘에서는 어느덧 목화 송이처럼 굵어진 새하얀 눈발들이 무한의 회색 공간을 함박꽃 잎처럼 점점이 수놓으면서 천지신명의 축복인 양 끝도 없이 쏟아지고 있었다.

좌판 객석에 걸터앉은 중산은 온 세상의 기쁨을 다 누리는 듯이 자못 설레는 가슴을 안고 눈앞에서 펼쳐지고 있는 장엄한 그 광경을 망연히 바라보면서 잠시도 시선을 뗄 줄을 모른다.

탐스러운 눈발은 시간이 갈수록 점점 굵어지고 있었다. 오늘이 밀양 장날이라 궂은 날씨에도 승객들은 많았다. 괴질이 지나가니 민초들도 모두들 시름을 딛고서 다들 일상에 복귀하고 있는 것이다.

강 한복판으로 나아가자 바람세가 거세어진다. 기폭 가득 바람을 안고 물살을 가르고 앞으로 나아가는 황포돛배의 속도도 점점 빨라지고 있었다. 중산은 시야에서 점점 멀어져 가는 삼랑진 낙동 포구의 오우정 쪽을 오래도록 바라보면서 앞으로 자기의 소신대로 펼쳐 나갈 새 시대를 생각하며 울렁이는 가슴으로 심호흡을 한다.

오늘 내리는 눈은 정녕코 자기네의 앞날을 축복하는 서설(瑞雪)이 되어 줄 것인가? 내일 모래 올해의 추곡 매도를 일차로 끝내고 나면 곧 이어서 건초 베기 경연을 겸한 대동축제를 열고, 음력으로 섣달 스무날, 양력으로는 기미년 1월 21에 문중 수렵대회를 열면서 김 서방과 삼월이의 혼례도 아울러 올리기로 하였기 때문에 남쪽 지방에서는 드물게 내리는 이번 첫눈이 바라보면 볼수록 그의 눈에는 정녕코 하늘의 축복인 듯이 여겨지는 것이다.

게다가 병훈이도 거의 완쾌되었다는 소식이고, 소득 창출을 위한 신규 사업의 일환으로 정미소를 세우기로 하고 죽명 숙부께 미리 부탁하였던 정미기 도입 문제도 어렵지 않게 추진되고 있다는 전갈이었다.

밀양 읍성 영남루 앞의 남문껄 배다리 포구에서 하선한 중산은 김 서방을 비롯한 장꾼들을 먼저 성 안의 장터로 들여보내고 나서 자신은 말구종도 없이 혼자 뒤에 남아 말을 차고 뚜벅뚜벅 향청껄 죽명 숙부 댁으로 향하였다. 향청껄로 가는 길거리는 펑펑 쏟아지는 눈 속에서도 오가는 행인들로 활기에 차 있었고, 연날리기에 정신이 팔린 동네 아이들과 꼬리를 흔들면서 신나게 뛰어다니는 강아지들도 제 세상을 만난 듯이 길거리를 누비고 있었다.

눈을 보고 기뻐하는 동심은 서반아 독감으로 죽음의 문턱을 넘나들었던 병훈이라고 하여 예외일 수가 없었던 것이리라. 병이 거의 다 나았다고 하더니, 차가운 외기를 쐬어도 뒤탈이 없을 정도로 상태가 아주 좋아진 듯, 병훈이는 지금까지 늘 입고 지내던 조선옷을 모두 벗어 버리고 성내 아이들처럼 새로 산 신식 옷을 차려입은 개명된 모습으로 눈이 하얗게 깔린 마당에 나와 관식이와 함께 환호성을 올리며 연을 날리고 있었다.

"중산 형님! 어서 오십시오!"

남 먼저 대문간으로 뛰어 나와 중산을 반기는 사람은 역시 그동안 병훈이의 몸 상태에 따라 하루에도 여러 번씩 희비의 경계선을 넘나들며 속을 까맣게 태우고 병석을 지켰던 형산 재종 아우였다.

"이 사람, 축하하네!"

중산은 눈밭을 뛰어다니는 병훈이와 관식이를 대견하게 지켜보고 있다가 자기를 보고 구세주를 대하듯 달려 나오는 형산 재종아우를 와락 껴안으며 감격의 기쁨을 나눈다. 그리고는 관식이가 데리고 달려온 병훈이를 번쩍 들어서 얼싸안고는 용솟음치는 감격을 주체치 못해 마구 흔들면서 한바탕 맴을 돌면서 환성을 지르느라 아무 정신이 없다.

"야호! 우리 병훈이가 살았네! 금방 숨이 넘어갈 것 같던 네가 기어코 세기적인 괴질을 이겨내고 이렇게 멀쩡하게 살아났구나! 장하다, 병훈아! 정말로 장해, 우리 병훈이!"

이러한 바깥의 소란에 인식이와 이씨 부인이 달려 나오고, 진료실에 있던 죽명 선생도 오전 진료를 마치고 뒤미처 장작 난로 불이 활활 타오르고 있는 응접실로 달려 나왔다. 사경을 헤매던 병훈이의 완쾌라는 경사에다, 이를 축복하는 하늘의 뜻인 양 전에 없이 풍성한 함박눈마저 펑펑 쏟아지고 있어서 죽명 선생 댁 안팎은 때 아닌 잔치 분위기로 들뜨기 시작하였다. 피를 말리던 어둠과 고통의 세월은 어느덧 지나가고, 광명한 신천지를 맞이하는 듯한 그들 모두의 설레임과 감격 속에는 머 잖은 장래에 이번 일로 인하여 죽명 선생에게도 〈수화불통〉 조처의 해금이라는 미증유의 경사가 있으리라는 흥분과 기대감이 함께 용해되어 있는지도 모를 일이었다.

중산이 당도할 시간을 미리 계산하고 있었는지, 널찍한 응접실 한복판의 무쇠 난로에서는 통장작이 활활 타오르고 있었고, 그 한옆에는 이씨 부인이 정성껏 장만한 온갖 산해지미가 풍성하게 차려진 잔칫상이 길다랗게 자리잡고 있었다. 점심시간에 맞춰 관식이가 민중의원으로 달려가서 운사까지 데리고 오는 바람에 모처럼 병훈이의 치료에 가담한 한의·양의 두 의사가 참석한 가운데 병훈이의 뜻깊은 괴질 완치 축하잔치가 베풀어졌다.

"우리 개신교에서는 포도주를 술로 취급하여 금주하는 경향이 없지 않지만, 천주교에서는 주님의 피라하여 사제들이 성체성사 때마다 성체라는 밀떡과 함께 마시곤 한다더군! 오늘은 특별한 날이라 하나님께서도 저렇게 풍성한 함박눈으로써 축복을 해 주시니, 우리도 병훈이의 쾌유를 축복하는 의미에서 축배를 아니 들 수가 없지!"

죽명 선생은 오늘을 위하여 미리 마련해 두었던 포도주를 손수 가지고 와서 모든 이에게 골고루 따라 주었고, 그들 모두는 포도주 잔을 높이 들고 부라보를 외치고는 잔과 잔을 맞부딪혀 가면서 간단없이 축배를 들었다.

가없이 들뜬 마음이라 기쁨이 기쁨을 낳고, 그 기쁨을 공유하며 함께 즐기다 보니 아마도 그들의 잠재의식 속에 남아 있던 마지막 금기의 벽마저 허물어져 버린 탓이리라. 그들은 산해진미와 포도주를 들면서 희희낙락으로 기쁨을 나누는 중에도 시종일관 들뜬 얼굴로 그동안 가슴 속에 묻어 두었던 온갖 희비애환의 경험담들을 허심탄회하게 쏟아 놓으며 그동안에 못 다한 담론을 즐기기도 하였다.

어른들 사이에 포도주 잔이 몇 순배 돌았을 때, 형산이 자리에서 일어나더니,

"종숙님, 그리고 운사 선생님! 감사 인사가 너무 늦었습니다. 이 자리를 빌어 우리 병훈이를 살려 주신 두 생명의 은인 분들께 사은숙배(謝恩肅拜)를 올리겠습니다. 자, 절 받으십시오!"

하고 죽명 선생과 운사를 향해 느닷없이 큰절을 올린다. 나이 지긋한 죽명 선생이야 그럴 까닭이 없었지만, 비슷한 연배인 운사는 당황한 나머지 포도주를 마시다 말고 엉급결에 부리나케 일어나 맞절을 한다. 그러자 중산이 크게 박수를 치면서 죽명 숙부와 운사를 향해 큰소리로 덕담 삼아 한 마디 던진다.

"숙부님! 앞으로는 운사 친구와 협진이나 동업을 해도 괜찮을 것 같습니다!"

"그렇잖아도 협진은 벌써부터 이미 이루어지고 있었다네! 그동안 내가 죽명 선생님으로부터 많은 도움을 받고 있었거든!"

형산과 맞절을 한 운사가 죽명 선생이 무어라고 입을 열기도 전에 먼저 대답을 하면서 엄지 손가락을 곧추 세운다.

"이 사람, 겸손하기는! 내가 보내는 치료 불능 환자를 일일이 받아서 치료해 준 사람은 대체 누구인데, 그런 말을 하는가?"

그들은 풍성하게 차려진 온갖 음식들과 포도주를 서로 권하며 먹고

마시고 즐기면서 시간 가는 줄을 모르고 있었다.

　그렇게 한바탕 웃음꽃을 피우면서 온갖 음식과 담소로써 병훈이의 쾌유를 축하하고 즐기던 끝에 드디어 현실 문제로 돌아와 죽명 선생이 정미기 도입 문제에 대하여 비로소 입을 열었다.

　"이 보게, 종손. 자네가 부탁한 미곡 정미기 말이야. 각종 기기 무역상을 하는 부산의 지인한테 알아보았는데, 미쓰비시 제작소(三菱製作所)에서 새로 만든 최신 기기가 성능이 아주 좋다는군! 그런데 값이 좀 비싼 모양이야. …그래도 괜찮겠는가?"

　"성능이 좋다면 값은 아부 상관이 없습니다. 그런데 숙부님. 정미소 부지는 하남면 수산 쪽에다 이미 마련해 놓았고, 정미소 건물도 서둘러 세울 건데, 초량에 나가 있는 김 서기나 사무장 윤 영감을 조만간에 이리로 보낼 테니, 그 사람들하고 구체적으로 상의하여 정미기를 원만히 도입할 수 있도록 도와 주십시오!"

　"아니, 수산 쪽에다 정미소를 세우려고?"

　"예, 그렇습니다. 처음에는 구포 쪽을 생각했었는데, 거기는 우리가 오래도록 도정을 해 온 정미소가 이미 기반을 잡고 성업 중이라, 아무래도 그쪽의 견제와 경쟁을 피할 수 없었을 것 같아서 수산 쪽을 택하게 되었습니다. 도정 전후의 미곡들을 부산 초량이나 집으로 운반하는 데 있어서 거리는 구포 쪽보다 다소 멀지만 우리가 육로와 수로 양쪽 모두를 이용할 수가 있으니 구포에 비하여 수산 쪽이 오히려 유리한 점이 많을 것 같습니다."

　"듣고 보니 딴은 그렇군! 교통 상의 편리함도 편리함이지만 그쪽에 공장을 세우면 상남면과 하남면은 물론, 낙동강 건너편의 서부 경남 평야지대의 진영이나 창원 쪽에서도 도정하러 오는 사람들이 있을 것이야. 그런데 정미소 운영은 누구한테 맡길 셈인가?"

　"글쎄요. 처음에는 초암 아우한테 한번 맡겨 볼 생각이었는데, 이런저런 얘기를 나누다가 우리 문중의 개화와 개방이 이루어지는 대로 우

리 아이들에게도 신식 학교 교육을 시킬 수 있도록 당곡 마굿들 인근에
다 사학을 건립하고 싶다는 포부를 밝혔더니, 자기는 그때까지 기다렸
다가 거기서 교편을 잡고 싶노라고 하였습니다."

"그렇다면 여기 있는 형산 종질은 어떠한가? 그동안 같이 지내면서
여러 가지로 많은 얘기들을 나누어 보았는데, 침착하고 신중한 성격에
다 여러 일꾼들을 부릴 만한 소양과 여러 가지 식견도 넉넉하여 내 생
각으로는 아무래도 형산이 적임자일 것 같네!"

"숙부님께서 그리 말씀하시니 드리는 얘기입니다만, 그렇잖아도 사
실 저는 초암의 얘기를 듣고부터 여기 있는 형산 아우한테 한번 부탁해
보면 어떨까 하고 직접 의향을 타진해 볼 참이었습니다."

얘기가 그렇게 돌아가자 그동안 말이 별로 없이 좌중의 얘기를 주로
듣고만 있던 형산이 화들짝 놀라면서 손사래를 친다.

"종숙님, 그리고 중산 형님! 저는 그럴 만한 주제가 못 됩니다. 사업
수완이 전무한 데다 기계에는 아주 문외한이라니까요!"

"이 사람아! 자넨 감리 감독만 하면 그만이네. 나머지 일들은 적임
자들을 영입하여 처리하면 될 터이니 그렇게 걱정할 일이 아니란 말일
세!"

중산이 나무라듯 말을 막자 죽명 선생도 맞장구를 친다.

"맞는 말이야! 내가 일전에 일부러 짬을 내어 한춘옥 사장이 운영하
는 가곡리 밀양 역전의 정미소를 가 보았더니 기계 관리는 물론, 정미
소 운영 모두를 자기네 식구들이 도맡아 하고 있더라니까! 우리도 정미
기를 도입하기 전에 기계를 담당할 실무자를 거기로 보내어 며칠 동안
실습을 시켜보면 되지 않겠는가?"

"숙부님, 저는 구포 정미소에다 실습을 부탁해 볼 생각이었는데, 멀
리 구포까지 갈 것 없이 그렇게 하는 편이 좋겠습니다."

"그러면 그렇게 하도록 하지 머! 그때 형산 자네도 실무자와 함께 가
서 한번 둘러보기만 하면 그만일 터이니, 아무 소리 말고 중산의 부탁

을 들어 주게!"

죽명 선생은 형산이 그 일을 맡을 적임자임을 확신해서인지, 아니면 병훈이를 살려내면서 다시없는 후원자를 새로 얻었다는 생각에서인지 자신의 의견을 적극적으로 제시하였고, 중산도,

"이 보게, 형산! 우리가 자네한테 이런 부탁을 하는 것은 자네가 그 일을 맡을 만한 적임자이기도 하지만, 다른 까닭도 있단 말일세!"

하고 더 이상 사양치 못하게 쐐기를 박는다.

"형님, 다른 까닭이라니요?"

"사실은 그동안에 죽명 숙부님과 의기투합하여 우리 문중의 개화 개방 운동을 암암리에 도모하고 있었다네! 처음에는 살얼음판을 딛고 걷는 기분이었으나, 이제는 분위기도 괜찮은 편인 데다 우리에게 유리한 여건들도 하나 둘씩 생겨나고 있으니까, 자네도 아무 걱정할 것 없이 힘을 좀 보태어 달란 말일세! 그러면 안 되겠나?"

그러자 잠시 어리둥절해 있던 형산이 무언가 지피는 바가 있는지 중산에게 새삼스럽게 묻는다.

"형님! 우리 집 할아버님께서도 알고 계시는 사실입니까?"

"운당 종조부님 말인가? 그런 건 아니지만 지난 임시 비상종회 때 보니 양의학에 대한 신뢰가 보통이 아니셨고, 병준이 치료를 죽명 숙부님께 맡기는 일에도 아무런 거부감이 없으셨으니까, 우리가 이런 일을 도모하고 있다는 사실을 아시게 된다면 틀림없이 우리에게 큰 힘을 보태어 주실 걸세!"

"형님! 여기 계신 죽명 종숙님과 우리 할아버님의 뜻이 그러하다면 저도 능력은 없지만 정미소 일을 맡아 보면서 우리 문중의 개화 · 개방 운동에 기꺼이 동참하도록 하겠습니다!"

"고맙네, 형산! 우리 집 어머님과 자네 형수는 물론, 동래에 나가 있는 청암과 송암에다 자네까지 동참하게 되었으니 이만하면 막강한 전력이 되지 않겠는가!"

중산은 득의에 찬 얼굴로 형산의 손을 굳게 잡으며 감사의 뜻을 전하였고, 공연히 마음이 바빠진 죽명 선생이 또다시 화제를 바꾸어 중산에게 묻는다.

"그건 그렇고, 동래에 나가 있는 청암하고 송암은 학교에 잘 다니고 있는가?"

"웬걸요! 걔네들도 관식이하고 인식이처럼 학교가 괴질로 휴교하는 바람에 한동안 집에 와 있다가 다시 동래로 내려갔는데, 그동안 휴교로 빼 먹은 수업 일수를 채우다가 오늘 날짜로 방학을 한다고 했으니 내일쯤 다시 집으로 올라올 모양입니다."

"집안의 어르신들께서는 걔네들의 동래고보 편입학에 대해서 아직도 아무런 말씀이 안 계시고?"

"다른 일에 골몰하시느라고 아직도 그 사실을 눈치를 못 채신 건지, 알고 계시면서도 그러시는지 거기에 대해서는 통 말씀이 없으셨습니다."

"후원 깊숙한 용화당에 앉아 계셔도 어머님께서 모르는 세상 일이 어디 있는 줄 아는가? 모르긴 해도, 요즘 자네가 하고 다니는 일들을 하나에서부터 열까지 훤히 꿰뚫고 계시면서 내심으로는 활동 상황의 호불호(好不好)에 따라서 내심으로 점수를 매기고 계실게야."

해천껄 처가와 알게 모르게 소통을 하고 계신다더니 무슨 얘기라도 전해 들으신 것일까? 죽명 선생은 〈수화불통〉에 의한 금족령으로 삼십 년이 다 되도록 동산이 근처에 얼씬하지 못하고 있는 처지임에도 불구하고 용화당의 움직임을 훤히 꿰뚫고 있는 듯하였다.

청관 스님에 관한 문제도 그렇고, 윗분들의 신경을 계속 건드리고 있다는 박철이라는 〈중광단〉 인사의 일도 그렇고, 어쩌면 처가의 장인어른과 은밀히 교감하면서 임오군란에 엮여 있는 그들과의 문제에 대해 자신이 그리도 골몰하고 있다는 사실도 수시로 오가는 간찰(簡札)을 통하여 처조부 운곡 선생으로부터 전해 듣지 말라는 법이 없으니,

죽명 숙부의 짐작이 짜장 맞을지도 모른다는 생각에 중산은 잠자코 고개를 끄떡인다.

그러자 본의 아니게 난생 처음으로 혜민당 한의원의 신세를 지게 되었던 형산이 화들짝 놀라면서 근심이 잔뜩 실린 얼굴로 재우쳐 묻는다.

"그렇다면 우리 병훈이가 여기에 머무르며 괴질 치료를 하고 있다는 사실을 용화당 할머님께서 알고 계신다는 말씀입니까?"

"뉘 아니래나! 아마도 십중팔구는 그러실 게야! 지난 날 내가 초량 왜관 근처의 우리 미곡창에 묵으면서 부산 신항 해관(海關)에 나가 근무할 낭시에 일본 내왕이 잦던 개화파 여러 인사들과 교류하며 양의학과 한의학에 관심을 두고 있을 때, 그 사실을 제일 먼저 눈치 채신 것도 바로 멀리 동산이 집에 계셨던 용화당의 어머님이셨으니까 더 이상 이를 말이 있겠는가?"

"그렇다면 저희들한테도 무슨 불호령이 떨어지지 않겠습니까?"

형산이 자못 긴장을 하면서 죽명 선생에게 묻자, 중산이 대신 득의에 찬 어조로 안심을 시킨다.

"이보게, 형산 아우! 이건 우리 문중의 개화·개방의 신호탄이 될 것이니 결코 자네가 걱정할 일이 아니라네! 그리고 설령 불똥이 튀더라도 자네가 아니라, 나와 나더러 병훈이의 목숨을 살려 달라고 부탁하신 운당 종조부님한테로 튈 터이니 자네가 걱정할 일은 결코 아니란 말일세! 알겠는가?"

"중산의 말처럼 운당 중부님께서 그리하셨다면 용화당에서도 아무런 말씀이 없으실 게야! 애지중지하던 당신의 증손을 살려낸 일을 두고 누가 그 어르신더러 뭐라고 감히 왈가왈부 할 수 있겠는가? 어쩌면 사경을 헤매던 당신의 증손을 사지에서 구해낸 공적을 들어 문중의 개화·개방에 대해 강력한 지지의사 표명을 하고 나서게 되실 날도 머잖을 것이야!"

병훈이를 치료한 죽명 선생과 자기네 부자를 이리로 데리고 온 중산이 너무나 확고한 신념에 차 있었기 때문에 형산의 얼굴에 드리워져 있던 어두운 그림자도 오래 가지 못하고 순식간에 말끔히 걷히고 만다.

그러자 이번에는 중산이 그동안 내심 부담스럽게 여기고 있었던 다른 관심사를 들고 나온다.

"숙부님, 그런데 을강 선생과 한춘옥 사장과의 갈등 문제는 어떻게 된 것입니까?"

거기에 있는 모든 사람들이 들어도 무방한 일이기에 해 보는 질문이었다.

"아, 그것 말인가? 그렇잖아도 내가 일전에 정미기 관리 문제를 알아보기 위해 그 양반을 찾아갔을 때, 자네가 을강 선생을 만나게 된 저간의 사정들을 모두 털어놓고 나서 그 일로 인하여 자기에게 피해가 가는 일은 결코 없을 것이라고 자세하게 설명을 했더니, 내 얘기를 대체로 수긍하는 눈치였네! 다만, 자네하고의 미곡 거래에 대한 기대감만은 여전한 모양이니 앞으로 관심을 가지고 있다가 기회가 닿는 대로 사람을 보내어 인사 치레삼아 그 양반하고 약간의 미곡 거래를 해 보는 것도 나쁘지는 않을 게야. 그 양반도 우리 밀양에서 둘째 가라면 서러울 만큼 대단한 재력가인데다 독립운동에도 상당히 간여하고 있는 인물이니, 우리하고 이념이 다른 그 양반과 무난하게 인간관계를 유지한다고 해서 우리한테 손해되는 일은 결코 없을 테니까 말이네!"

"그런데 여기 있는 운사한테 듣자 하니, 미곡상과 〈매일신문〉 밀양지국을 운영한다는 친일 인사도 한 사장과 미곡 거래를 하면서 가까이 지내고 있다면서요?"

얘기가 그쪽으로 흐르면서 중산의 얼굴이 심각하게 굳어진다.

"아, 향반 출신의 박종흠이란 사람 말인가? 그 사람은 독립운동을 하러 만주에 가 있는 한 사장의 생질인 구영필과 친구인 관계로 한 사장과도 가까이 지내게 되었는데, 원래부터 친일 인사는 아니었어. 그러다가 조선 총독부 기관지인 〈매일신문〉 밀양지국의 운영권을 따내게 되면서 하루아침에 친일 인사로 아주 낙인이 찍히게 된 게지!"

"그렇다면 숙부님께서는 그 사람이 친일 인사가 아니라고 보신다는 말씀이십니까?"

중산이 신경을 곤두세우고 묻자, 죽명 선생은 이것저것 생각이 많은 듯 장시 망설이는 기색이더니,

"글쎄. 그런 뜻이 아니고…. 뭐랄까…. 아직 우리 국익을 해치는 친일적 반역 행각을 벌인 것도 아닌데, 벌써부터 섣부르게 예단하거나 속단하기에는 이르니 좀 더 두고 보자는 것이야. 내 얘기는…."

하고 일단 중산의 말에 동감임을 나타내면서도 그 반대일 수도 있다는 듯이 여운을 남기는 기색이다. 그와 같은 예상 밖의 태도에 중산과 운사는 의외라는 듯이 그를 멍하니 바라본다. 아마도 그가 독립운동을 한다는 한 사장의 생질과 친구 사이라는 점을 염두에 두고 그러는 모양이이라고 생각하면서도, 그의 믿음이 너무 확고한 듯 쉽게 납득이 되지 않았기 때문이다.

"선생님, 중산의 얘기는 박종흠이란 사람이 아무나 따낼 수 없는 조선총독부의 기관지인 〈매일신문〉 밀양지국 운영권을 따낸 데다, 이번에 또 큰댁 조카가 밀양면 사무소에 소사(小事)로 취직을 하는 등, 연달아 이권을 따내고 있는 것을 보면 아무도 모르게 어떤 친일 반역 행위를 하고 있다는 방증이 아니겠느냐는 말인 것 같습니다."

운사는 언제나 자기들과 생각이 같았던 죽명 선생이 박종흠의 일에 대해서는 인식의 차이를 드러내는 것이 은근히 신경이 쓰인 나머지, 그 얘기를 중산에게 해 준 당사자로서 자신이 나서서 중산의 생각을 이해하기 쉽도록 대신 설명을 해 준다. 그가 같은 교회에 다니고 있는 죽명 선생의 최측근이면서도 인식의 차이를 드러내게 된 데에는 그럴 만한 까닭이 있었다.

죽명 선생은 밀양읍교회의 장로이자 유지 모임의 한 사람으로서 한 사장과 함께 독립운동 지원활동을 하는 입장에서 그와 그의 주변 인물

들을 바라보는 반면에, 운사는 그 교회의 기독교 청년회 소속의 일원으로서 박종흠과 같은 사람들의 행적에 극도로 민감할 수밖에 없는 〈밀양청년독립단〉의 여러 단원들로부터 박종흠의 여러 얘기들을 수시로 듣고 있었기 때문이다.

그러나 죽명 선생은 박종흠이 친일 앞잡이로 기정사실화 되고 있는 현상에 대해서는 웬 일인지 필요 이상으로 완강한 거부 반응을 나타내는 것이었다.

"그건 그렇지가 않아! 왜놈들이 박종흠에게 그런 혜택을 베풀 때에는 다 그만한 까닭이 있을 것이란 점에 대해서는 나도 굳이 반대할 생각이 없네. 허나, 박종흠이란 자가 그런 이권을 취했다고 해서 무조건 그 사람을 친일 인사로 매도해서는 결코 안 된다는 게 내 생각이란 말일세! 왜냐하면 그것이 이미 행한 어떤 친일적 반역 행위에 대한 대가일 수도 있겠지만, 그와는 반대로 장래에 그 사람을 정략적으로 이용하려는 왜놈들의 미끼일 뿐, 아직 그것에 상응하는 보답 행위가 이루어지지 않았을 수도 있기 때문이야. 만약에 후자의 경우라면 박종흠으로서는 그렇게 억울할 데가 어디 있겠는가? 그건 일종의 미필적(未畢的) 행위에 대한 성급한 속단과 위해(危害) 행위에 불과할 뿐, 친일적 반역 행위에 대한 온당한 반응은 결코 될 수가 없을 것이기 때문일세!"

운사가 죽명 선생의 권유로 같은 교회에 다니게 된 최측근 인사이면서도 이렇게 현격한 인식의 차이를 드러내게 된 데에는 또 다른 그럴만한 이유가 있었다. 죽명 선생은 밀양읍교회의 장로이자 유지 모임의 동료이기도 하지만, 다른 한편으로는 자기 역시도 일본어에 능통하다는 이유 때문에 왜놈들을 상대해야 하는 일이 생길 때마다 중산의 부탁으로 그런 일들을 대신해 준 일들이 비일비재하기 때문이었다.

그런데 이상한 점은 박종흠이 친일 앞잡이로 기정사실화 되고 있는 현상에 대해서 웬 일인지 필요 이상으로 완강한 거부 반응을 나타낸다는 점이었다.

"숙부님, 숙부님의 말씀처럼 왜놈들이 그 사람한테 친일 앞잡이로 만들 속셈으로 미끼를 던진 것이라면, 그 사람이 그 미끼를 덥석 받아 먹어 치운 행위 자체부터가 비난 받아 마땅한 일이 아닙니까? 그리고 또 하나 주목할 일은, 만약에 친일적 반역 행위를 했음에도 불구하고 겉으로 노출되지 않고 있는 경우라면 또 어떻게 합니까?"

집요한 중산의 반론에 죽명 선생은 망설이지 않고 결연히 단언을 한다.

"이 보게, 중산 장질(長姪)! 강태공들이 낚시를 하다 보면 그들이 던진 미끼만 뜯어 먹고 도망을 가 버리는 약삭빠른 물고기가 있을 수 있듯이, 미끼를 따 먹는 행위 자체로서는 아무런 문제 될 게 없지 않겠는가? 내 실속만 챙겼을 뿐, 왜놈들의 낚싯밥에 걸려들지 않았으니 말일세. 그리고 친일적 반역 행위를 했음에도 불구하고 겉으로 노출되지 않고 있는 경우라면 또 어떻게 하냐고 했는데, 그럴 경우에는 실상의 확인이 아직도 안 된 상황이기 때문에 당연히 친일 인사로 단정을 해서는 안 되지! 친일 행위를 하고 안 하고는 행동의 결과를 통해서만 판단할 수밖에 없기 때문이야. 운사나 중산 자네가 생각하는 것처럼, 왜놈들이 기밀문서를 접할 수도 있는 그런 관공서의 소사 자리에 아무나 취직을 시켜 줄 까닭이 없는 것은 맞아! 다만, 내가 말하고 싶은 것은 그것이 친일 반역 행위의 대가인지, 앞으로 그렇게 하도록 만들기 위한 떡밥인지도 불분명한 마당에 그것만으로 친일 앞잡이로 결론 짓지는 말자는 것이야, 내 얘기는! 왜냐하면 그것이야말로 애매한 일로 생사람을 잡는 가혹한 행위일 수도 있기 때문이야!"

이렇게 한바탕 자신의 소신을 피력한 죽명 선생은 그것만으로는 부족했던지 다시 덧붙이는 것이다.

"보아 하니 중산 장질은 박종흠이 한 사장의 독립운동가 생질인 구영필과 친구 사이라는 사실을 알면서도 그가 이런 의혹을 받고 있기 때문에 한 사장과 미곡 거래를 재개하기가 심히 부담스러운가 본데, 나도 자네가 그렇게 신중을 기하려는 것을 두고 비난할 생각은 전혀 없네! 다만, 박종흠이란 자는 아직 근본도 잘 모르는 사람이니 그렇다 치더라도, 근묵자흑(近墨者黑)의 논리로 한 사장마저 색안경을 끼고 바라볼 필요는 없다는 게 내 생각이야. 누가 뭐라고 하든, 그는 독립운동가의 외삼촌이면서 그 자신도 그들의 지원자 역할을 하고 있는 사람으로서 친일 앞잡이들과 뇌화부동할 사람이 결코 아니니까 말일세! 민주에 가 있는 우리 밀양 출신 독립군들의 자금 모집책 역할을 하는 한 사장이 왜놈들로부터 각종 이권을 누리는 박종흠이를 멀리하지 않고 가까이 지내고 있을 때는 그가 독립운동을 하는 자기 생질인 구영필의 친구라 믿는 구석이 있는 탓도 물론 있겠지만, 다른 한 편으로는 그만한 이용 가치가 있기 때문이 아니겠는가?"

"그렇다면 독립운동 지원 사업을 하는 자신의 앞가림막이나 방패막이로 삼고자 한다는 말씀입니까?"

중산의 얼굴에 일순간 혼란스러운 기색이 스치고 지나간다.

"그야 물론 그렇겠지! 그리고 어디 그뿐이겠는가? 때로는 왜놈들의 각종 기밀 정보까지 물어다 주게 될지 누가 아는가?"

하지만 중산은 여전히 부정적인 반응을 떨쳐 버리지 못한다.

"숙부님, 이쪽의 정보를 역으로 왜놈들한테 제공하게 될지도 모르는 일이 아닙니까?"

"그야 물론 그럴 수도 있겠지! 하지만 좀 전에도 말했지만, 아직 친일 행위를 한 행적이 확인되지도 않은 마당에 그렇게 되는 가능성만으로 민족의 반역자인 친일 인사로 지레 속단할 일은 결코 아니라고 생각하네!"

그러면서 죽명 선생은 드디어 비장의 무기이자 마지막 수단을 사용하려는 듯, 피가 맺히고 한이 맺혔던 자신의 경험담을 비감(悲感)한 목소리로 이렇게 토로하는 것이었다.

"말이 나온 김에 하는 얘기네만, 내가 왜 그런 소신을 가지게 되었는지 그 까닭을 한번 말해 보겠네!"

그러면서 죽명 선생은 목이 타는지 손수 포도주 한 잔을 따라 마시고 나서 다시 말을 잇는다.

"나도 지난 한때는 갑신정변에 연루된 친일 인사들과 교류했다 하여 문중에서 출문 조처를 당했던 곤욕을 치렀던 데다, 일본말을 자유자재로 할 줄 안다는 이유만으로 우리 집에서까지 친일인사 취급을 받은 일이 있지 않았는가? 문제는 그 사람의 영혼을 지배하고 행동을 지배하는 사상의 실체가 친일 쪽이냐 반일 쪽이냐에 달려 있는 것이지, 아직 확인이 되지도 않은 불확설성에 얽매어서 진실을 보지 못하는 과오는 범하지 말아야 한다 이 말이지, 결국 내가 하고 싶은 얘기는! 물이 오른 춘삼월의 가지 끝에서 피어난 화사한 오얏꽃이 왜놈들의 나라꽃인 사쿠라를 닮았다고 해서 그 뿌리마저 사쿠라라고 치부할 수가 없듯이 말이야! 그리고 가까이 하기에는 너무 무서운 중독성을 가진 양귀비라는 꽃도 나쁘게 쓰면 강한 중독성으로 사람을 죽음으로 몰아넣는 아편이 되지만, 잘만 쓰면 죽어가는 사람도 살려내는 모르핀이라는 명약이 되는것도 엄연한 현실이거든!"

죽명 선생은 친일 인사로 오인되던 지난 시절의 악몽이 얼마나 가혹하고 지겨웠던지, 친일 여부의 문제에 대해서만은 박종흠이 들으면 쌍수를 들고 반길 정도로 철저한 자기 방어적인 논리를 가지고 결코 물러날 기세가 아니었다.

중산은 자기가 미처 생각하지도 못했던, 가슴에 맺힌 한을 토로하는 죽명 숙부 앞에서 할 말을 잊은 채 한동안 얼굴을 들지 못했다. 그 역시 조금 전에 죽명 선생이 했던 것처럼, 스스로 포도주를 한 잔 따라 바싹 타들어 가는 목을 축이고 나서야 무겁게 겨우 입을 여는 것이다.

"숙부님, 제가 어찌 숙부님의 가슴에 맺힌 한을 모르고 있겠습니까? 그리고 숙부님께서 저로 인하여 을강 선생과 한 사장 사이에서 입장이 난처하게 되신 마당에 어찌 한 사장과의 미곡 거래를 권하시는 숙부님의 뜻을 감히 뿌리칠 수가 있겠습니까? 다만, 제가 이렇게 꼬치꼬치 따져 가면서 조심에 또 조심을 기하려는 것은, 지난날 아버님께서 우리도 잘 모르는 어떠한 문제로 인하여 거래를 중단하셨던 한 사장과의 미곡 거래를 숙부님의 뜻에 따라 다시 재개하다가 행여나 예상치 못한 사태가 벌어져서 또다시 숙부님께서 곤란한 처지에 빠지게 되시지나 않을까 걱정이 되고 있기 때문이 아니겠습니까? 한 사장과 미곡 거래를 재개할 때는 하더라도 박종흠이라는 사람이 독립운동을 하는 구영필의 친구로서 왜놈들의 동태를 살피는데 이용할 가치가 있는 것과 마찬가지로, 왜놈들이 그 점을 역이용하여 자기네의 밀정으로 만들 가능성도 얼마든지 있으니 말입니다. 그래서 그런 위험천만한 사람이 한 사장의 미곡상을 무시로 드나들고 있다는 사실을 항상 염두에 두고 조심에 또 조심을 하면서 한 사장과 거래를 하자는 뜻에서 해 본 소리지, 다른 뜻은 전혀 없습니다. 그러니 저의 말에 너무 섭섭하게 생각지 마십시오!"

"이 사람아, 내가 그것을 몰라서 이러는 줄 아는가? 우리 끼리 있기에 하는 얘기네만, 사실은 나도 비슷한 경우를 겪은 바가 있었고, 지금도 와타나베 경찰서장에게 명절 때마다 개성 인삼에다 십전대보탕 같은 보약을 지어서 선물로 보내고 있지만, 설마하니 내가 친일파이고 그 자가 정말로 좋아서 그리하겠는가? 조선 총독부에서 모든 수단을 총동원하여 우리 조선인 소유의 땅들을 국유화 하여 식민지 통치의 효율을 기하고, 한반도로 이주시킨 자국 유랑민들에게 헐값으로 나눠 주기 위하여 장장 십 년이 넘도록 진행해 왔던 〈토지 조사 사업〉이 마지막 단계에 이르렀을 때, 우리 문중에서 소유해 온, 각 지역에 산재해 있는 방대한 토지들 중에서 공훈지나 사패지는 나라로부터 할양받은 땅이라 증빙 서류가 완벽하여 아무 문제 될 게 없었지만, 과거 수백 년 동안 소유해 왔으되 증빙 자료가 소실되었거나 관련 서류 없이 장구한 세월에 걸쳐 점유 상태로 소유하게 된 임야와 각종 잡종지들은 그것이 조상 대대로 유전 되어 온 엄연한 우리 땅임에도 불구하고 증빙 서류의 미비

라는 이유만으로 모조리 국유화 대상에 올라 동양척식회사로 넘어가게
되었을 때의 일을 잊었는가? 그때, 내가 자네의 간곡한 부탁으로 그 일
을 전담하여 온갖 곡절을 다 겪으며 온전히 지켜낼 수 있었던 까닭이
무엇인지 자네는 한번이라도 생각해 본 적이 있었던가? 그리고 과연
나를 어떤 사람으로 여겼기에 〈수화불통〉의 족쇄에 묶여 있는 상태임
에도 불구하고 그렇게 남몰래 찾아 와서 그런 난감한 부탁을 하게 되었
는지, 나는 지금도 그게 심히 궁금해지는 심정이란 말일세! 나를 내쳤
던 문중의 인식과 시각을 그대로 이어 받아 아무 거부감 없이 친일파로
여겼기 때문에? 아니면 일본어에 능통하다는 이유 때문에? 자네가 자
꾸 이러니까 나 자신도 지금 극도로 혼란스러워져서 별의별 생각이 다
들고 있단 말일세!"

피맺힌 죽명 숙부의 얘기가 여기에 이르렀을 때, 중산은 도저히 그
대로 더 이상 앉아 있을 수가 없었다. 그는 부지불식간에 죽명 숙부 앞
으로 가 무릎을 꿇고 엎드린다.

"숙부님, 제가 불민하여 숙부님께 씻을 수 없는 죄를 짓고 말았습니
다. 제발 노여움을 푸시고 이 못난 조카를 용서해 주십시오!"

"이 사람아! 아이들이 보는 앞에서 이 무슨 채신없는 짓인가? 이것
은 용서해 주고 말고 할 일이 아니라, 인식과 사고방식의 문제란 말일
세! 그러니 어서 일어나 바로 앉게!"

중산이 하는 수 없이 일어나 제 자리에 바로 앉자, 죽명 선생은 한결
같이 비감한 어조로 하던 얘기를 계속 이어 간다.

"자네의 간곡한 부탁을 받고서 조상대대로 물려 받아 온 우리의 땅
들을 한 뼘도 왜놈들한테 빼앗기지 않고 지키려고 군청으로, 동척 지
부 사무실로 남몰래 선물이 아닌 뇌물을 싸 들고 뻔질나게 드나들면서
도 나는 내가 하는 짓이 친일 행위라는 사실을 한 번도 생각하여 본 적
이 없었다네! 일찍이 우리 문중에서마저 친일 인사로 낙인찍힌 몸임에
도 불구하고 조상들의 혼이 배어 있는 우리 토지들을 지키려는 일념에

서 그렇게 까다롭고 복잡하던 여러 가지 실사 과정을 거치면서 증빙 서류의 미비로 인하여 동척의 소유로 넘어갈 뻔한 여러 고비들을 무수히 넘기고 우리 토지들을 온전히 지켜낼 수 있었던 것도 갑신정변에 연루된 개화파 인사들과 교류하는 바람에 뇌물에는 지극히 약한 왜놈 관리들의 속성을 알게 되였던 것이 큰 힘이 되었고, 또한 내가 필요할 때마다 왜놈들의 그런 약점을 이용하여 던져 두었던 여러 가지 미끼들 때문이 아니었겠는가?

그리고 어디 그뿐인 줄 아는가? 얼마 전에 자네가 추진하는 문중 수렵대회의 개최 문제로 집회 허가를 받아낼 때의 일만 해도 그렇지! 전통적인 우리 국궁(國弓) 이외에 다른 총포나 석궁 같은 사냥 도구들은 일체 사용하지 않는다는 조건을 달기는 했지만, 무단정책의 강화 방침에 따라 최근 들어 집회 단속이 심해진 어려운 여건임에도 불구하고 집회 허가를 어렵지 않게 받아 낼 수 있었던 것도 바로 내가 이용한 그런 미끼 작전에 왜놈들이 속절없이 걸려든 때문이 아니겠는가? 그러니 그러한 사실을 자네가 이제라도 좀 알아 주었으면 좋겠다 싶어서 해보는 소리일 뿐, 사실 나도 잘 모르는 박종흠이라는 자를 두고 두둔하거나 옹호하고 싶은 생각은 추호도 없단 말이네!"

그래도 여전히 뒷맛이 개운치가 않는지 운사가 묻는다.

"선생님, 선생님께서 왜놈들을 이용할 목적으로 그렇게 하시는 것하고 왜놈들로부터 연달아 특혜를 누리고 있는 박종흠의 일은 차원이 완전히 다른 경우가 아닙니까?"

"팔은 안으로 굽을 수밖에 없으니 자네나 중산은 나의 일에 대해서는 당연히 좋은 방향으로들 생각하겠지? 허나, 자네들이 박종흠에게 그랬던 것처럼, 누구라도 색안경을 끼고 본다면 미끼로 이용한 나의 그런 선물 공세도 얼마든지 친일 행위로 비쳐질 수도 있을 것일세! 내가 친일로 반역할 뜻이 전혀 없고, 지금까지 내가 살아 온 행적을 보아서도 친일 행위로 간주될 여지가 전무했기에 망정이지, 만약에 그렇지 않았다면 자네들이 박종흠에게 그리하였듯이, 나한테도 분명히 그런 잣대를 들이대었을 것이네! 어때? 내 말이 틀렸는가?"

중산과 운사는 할 말을 잃었고, 동석하고 있던 형산은 물론, 죽명 선생 댁의 모든 식구들 역시도 전에 없이 비감해진 죽명 선생의 태도를 보고 숨을 죽인 채 그의 얘기를 경청하고 있다가 그제서야 안도의 한숨을 내쉬었다. 그러자 마지막으로 반론의 여지가 끼어들지 못하도록 쐐기를 박듯이, 죽명 선생이 다시 목청을 높인다.

"자네들이 보다시피 내가 왜놈들한테 공적(公的)으로 친일 행위를 하거나 그놈들의 하수인으로 역이용당한 적이 한번이라도 있었던가? 문중에서 나를 내치는 바람에 궁지에 몰린 나머지 살길을 찾아 혼자서 몸부림을 치다 보니 양반 행세는 고사하고 팔자에도 없던 그와 같은 민망하고 구차한 처세의 수단까지 동원해 가면서 온갖 난관들을 헤치고 여기까지 오게 된 나일세! 그로 말미암아 내 모습이 망가져도 정신만은 훼손되지 말아야 되겠다며 얼마나 이를 악물고 스스로 담금질을 하며 이날까지 살아 왔는지, 아마도 자네들은 지금도 잘 모를 거야! 그 바람에 나는 누가 뭐라고 하여도 대한제국인의 한 사람으로서 애국 애족하는 마음만은 그 누구한테도 결코 뒤지지 않을 만큼 굳건하게 다져져 있다고 떳떳하게 자부할 수 있게 되었으니 이번 기회를 통하여 그런 점도 좀 알아 주었으면 좋겠네!"

"숙부님! 그런 속사정도 모르고 관청의 왜놈들을 상대해야 할 어려운 일이 있을 때마다 숙부님께 수시로 달려와서 무조건 도움을 청하면서도 문중의 출문 조처로 인하여 겪으셨던 온갖 수모와 곤란지경을 제대로 알지 못한 채 무심히 지나쳤던 제 자신이 너무도 부끄럽고 죄송스럽기만 합니다. 이런 못난 조카를 용서해 주십시오!"

중산은 촉촉하게 젖어드는 눈길로 그를 애틋하게 바라보며 거듭 사죄하였고, 운사도 얼굴을 제대로 들지 못하고 용서를 구한다.

"선생님, 중산이 박종흠에 대해 지나치게 경계하고 경직된 태도를 보이게 된 것도 본질을 모르고 얘기를 전한 저의 아둔한 판단 때문이었으니 용서해 주십시오!"

"되었네, 되었어! 그러니 이젠 그만들 하게! 이제라도 지나간 세월 동안에 내가 겪었던 과거사를 이렇게 이해해 주니 얼마나 다행스럽고 고마운지 모르겠네!"

죽명 선생이 그렇게 나오자 운사가 마지막으로 화룡점정(畵龍點睛)을 하듯이 죽명 선생에게 결연한 어조로 묻는다.

"죽명 선생님! 박종흠이라는 사람도 선생님과 똑같은 생각을 가지고 처신할 수 있는 사람이라면 오죽이나 좋겠습니까?"

"그러게나 말일세! 사실은 나도 처음부터 그 사람을 특별히 경계해야 할 인물로 보았지, 두둔하고 싶은 생각은 추호도 없었다네. 다만, 사태의 실상을 제대로 파악하여 구데기 무서워서 장 못 담그는 과오가 있어서는 안 되겠다는 차원에서 해 본 말이었을 뿐이라네!"

"그렇다면 선생님의 생각도 결국 우리하고 다를 바가 전혀 없었다는 뜻이 아닙니까?"

"이 사람아! 이제서야 그걸 알았는가? 하지만 자네도 일본 물을 칠년 동안이나 먹고 왔으니 친일파로 오인되지 않게 언행에 각별히 조심해야 할 걸세! 자, 그런 의미에서 이 술잔을 받게나!"

죽명 선생은 그의 유리 잔에 적색 포도주를 알맞게 채워 주면서 비로소 환하게 펴진 낯으로 껄껄 웃는다.

"예, 선생님!"

흔쾌한 얼굴로 대답한 운사는 포도주 잔을 받아 들고서 중산에게도 당부를 한다.

"이보게, 중산! 앞으로 한 춘옥 사장과 미곡 거래를 하게 되더라도 혹시 모르는 일이니 미곡 거래 사실은 물론, 한 사장과는 일면식도 없는 사람처럼 행동해야 할 것일세!"

"그야 당연하지 않겠는가?"

포도주 반주를 겸하여 점심 식사를 하면서도 그들은 남들 앞에서는 쉽게 할 수 없는 온갖 얘기들을 그렇게 허심탄회하게 주고받았다. 모처럼 한 자리에 모인 그들 모두가 항일 의식이 뚜렷한 사람들인 데다가 깊은 인간관계를 맺고 있었기 때문에, 미묘한 인식 차이로 인하여 잠시 빚어진 갈등도 쉽게 해결이 될 수 있었다.

"숙부님, 병훈이는 언제쯤 퇴원시킬 생각이십니까?"

식사가 끝나고 운사가 일어날 기미를 보이자 중산이 묻는다.

"병은 이미 완쾌가 되었지만 보약으로 원기 회복을 좀 더 시켜서 내일이나 모레쯤 집으로 돌아가게 할 생각이야."

"그것 보라니까! 한방이라는 것이 이래서 좋다니까!"

운사가 자리에서 일어나면서 활짝 웃으면서 던지는 말에 죽명 선생도 껄껄 웃으면서 농말을 던진다.

"이 사람, 이제 와서 갑자기 이렇게 아부를 하다니…! 그러고 보니 내가 보내 준 환자들 덕분에 수입깨나 올린 모양이로군 그래?"

"예, 그렇습니다, 선생님! 앞으로도 계속 그렇게 도와 주십시오. 그래야 관식이가 경성의전을 졸업하게 되면 저와 동업으로 번듯하게 종합병원이라도 하나 세울 수가 있지 않겠습니까?"

그 바람에 여지저기서 박수 소리가 터져 나왔다. 그렇게 웃음꽃이 만발하는 가운데, 밖에서는 여전히 함박눈이 펑펑 쏟아지고 있었다.

제4장

부산포(釜山浦) 가는 길

◇ 출항(出航)
◇ 피가 흐르는 강

◇ 출항出航

향청껄 죽명 숙부 댁에서 병훈이의 쾌유 축배를 들고 돌아온 그 이튿날 아침이었다. 중산은 이날도 어김없이 자신의 백마를 타고 새벽 산책길에 나섰다.

눈이 갠 산하는 군청색의 하늘이 활짝 열리면서 또다른 천지개벽이 이루어진 것처럼 새하얀 별천지로 변해 있었나. 가까이 있는 마을의 크고 작은 집들과 토담에서부터 아득한 지평선 저쪽의 산봉우리에 이르기까지 지상의 모든 것들이 오로지 지고지순한 은백의 설원으로 변하여 눈이 부실 지경이었다.

함박눈이 펑펑 쏟아지던 어제보다 기온이 뚝 떨어지기는 했어도 밤새 정화된 새벽 공기는 신선하기 짝이 없었고, 혼탁해 있던 정신마저 백설처럼 맑게 씻겨져서 자기 자신도 어느 새 티 없는 설경의 일부분이 된 듯 마음을 설레게 하였다. 비록 식민지 백성이 되어 오욕의 시대에 살고는 있어도 자신이 타고 가는 말도 백의민족의 표상인 흰색이요, 자신이 입은 옥색 도포 또한 새벽 미명 속의 백설과 닮아 있어 눈부신 경물(景物)과 혼연일체가 되는데에 아무 손색이 없겠기에 절로 그런 느낌이 들게 되었는지도 모르겠다.

마치 태초의 이인(異人)이 되어 낯이 선 먼 이역 땅에나 온 듯이 시야 가득 펼쳐지는 설경을 감상하며 천천히 걸어가던 중산은 긴다리강의 나무다리 앞에 이르러 슬그머니 발길을 멈추고 수백 년 묵은 정자나무가 지키고 서 있는 저쪽 들마당 쪽을 설레는 마음으로 바라본다. 거기엔 서반아 독감이 휩쓸고 지나간 뒤부터 웅천강과 낙동강을 따라 배에 실어 온 소작료들이 이곳 긴다리 강가의 나룻터에 와 닿아 하역되는 대로 수납하여 쌓아 둔 일천 오백 석이 넘는 볏가리 야적장이 자리잡고 있었다.

이역의 성채처럼 우람하게 쌓아 올린 그 볏섬들을 돌티미 나루로 옮겨서 세 척의 중선에 나누어 싣고 내일 아침에 예정된 시간대로 차질 없이 부산진 포구로 출항하기 위해서는 오늘 저녁부터 내일 아침까지 횃불들을 대낮처럼 밝힌 가운데 온 대소가의 모든 우마차들과 일꾼들을 총동원하다시피 하여 밤새도록 선적 작업을 대대적으로 펼쳐야 하는 것이다. 올해 들어 처음 시행하는 추곡 출하이니만큼 당주 일을 대신하고 있는 중산으로서는 그에 대한 감회가 남다를 수밖에 없었다.

그런데 들마당 야적장의 태산 같은 볏섬 가리를 바라보던 중산이 무엇에 들린 듯이 놀라더니 급히 말을 몰아 그곳으로 달려간다. 전날 오후까지 내린 눈으로 마을의 크고 작은 지붕들은 물론 집 뒤의 사당 대숲이며, 들마당을 파수꾼처럼 지키고 서 있는 아름드리 정자나무에 이르기까지 온 천지가 전에 없이 풍성하게 내린 대설로 하얗게 뒤덮여 있었는데, 유독 야적된 볏섬 가리 위의 이엉 지붕에서만 밤 사이에 눈이 감쪽같이 사라지고 누런 속살을 그대로 드러내고 있었기 때문이다.

'아니, 이 사람이 지붕 보강 작업을 하지 말랬더니 간밤에 그 일을 기어이 해 치웠단 말인가?'

그 길로 곧장 들마당길 초입까지 황급히 달려가서 주변 일대를 자세히 살펴보면서 앞으로 나아가니 그 길은 말할 것도 없고 보통학교 운동장처럼 넓은 들마당에도 볏섬 가리를 중심으로 하여 무수한 발자국들이 푹신하게 쌓인 눈밭 위에 어지럽게 찍혀 있었고, 볏섬 가리 위의 볏짚 이엉지붕도 전날 보았을 때와는 따판으로 섣부르게 새로 손을 댄 흔적이 역력하였다.

그런데 가까이 가서 자세히 살펴보니 짚단과 섬피를 덮고 그 위에 다시 이엉을 씌운 뒤 새끼줄로 단단히 엮어서 마감하였던 볏섬 가리 위의 지붕도 원래의 모습만 겨우 흉내 내었을 뿐으로 엉성하기 짝이 없었다. 더욱이 눈은 이미 어제 오후에 그쳤고, 오늘 밤부터 돌티미 나루로 옮겨서 선적 작업을 시작할 시점이었기 때문에 매사에 실수가 거의 없는 김 서방이 많은 인력들을 동원하면서까지 무모하게 지붕을 다시 손볼 까닭이 없는 것이다.

'그렇다면 밤새 도둑이 들었나?'

생각이 거기에 미치자 중산은 재차 들마당을 한 바퀴 돌아본 뒤에 방금 왔던 길을 되짚어 나가면서 눈길 위에 찍혀 있는 무수한 발자국들이 어디로 향하여 이어지는지를 자세히 살펴보기 시작하였다. 눈길 위에 찍혀 있는 어지러운 발자국들은 들마당을 나와서 마을 쪽으로 향하지 않고, 아까 자신이 가다가 되돌아 왔던 긴다리강의 나무다리 쪽으로 곧장 이어지고 있었다. 그러나 거기서는 앞으로 더 나아가지 않고 나룻배가 와 닿을 수 있는 다리 밑의 선착장 쪽으로 곧장 쏟아져 내리고 있는 것이다. 그리고 그곳에는 볏섬들을 배에 실어 갈 때 남긴 것으로 보이는 어지러운 발자국들과 황급히 지운 듯한 볏섬 자국들도 여기저기 남아 있었다.

'역시 그랬었구먼!'

머리가 쭈뼛해진 중산은 어제 읍내로 가면서 김 서방이 하던 거지 왕초 얘기를 새삼스럽게 떠올리며 그 길로 곧장 말을 몰아 집으로 달려간다. 집에서는 이제 막 일어난 행랑 일꾼들의 하루 일과가 막 시작되고 있었다.

김 서방은 젊은 일꾼들을 집 밖으로 몰고 나와 어제 저녁 때 하다가 중단한 바깥마당의 제설 작업을 막 시작하려던 참이었다. 중산이 부르기도 전에 심상치 않은 그의 모습을 보고 김 서방이 먼저 바쁜 걸음으로 다가왔다.

"서방님! 밤새 잘 주무셨습니껴?"

"김 서방! 자네 어젯밤에 야적장의 볏섬 가리 지붕을 다시 고친 적이 있는가?"

일꾼들의 귀에 들리지 않게 넌지시 던지는 중산의 물음에 김 서방은 고개를 가로 저으며 두 눈이 휘둥그레져서 되물었다.

"볏섬 가리를 덮다니요? 앙입니더! 눈은 이미 그쳤고 오늘 저녁부터 출하 작업을 시작할 기인데, 머할라꼬 그랬겠습니껴? 그런데 우찌 그러십니껴?"

"이 사람아, 목소리를 낮추게! 아무래도 밤 사이에 누가 손을 댄 것 같아서 그러네!"

"그기이 무신 말씀입니껴? 그라모 우리 들마당의 야적장에 나락 도둑이라도 들었단 말씀입니껴?"

억눌린 목소리로 묻는 김 서방의 눈에서 번쩍하고 불똥이 튀었다.

"그런 모양일세! 그러니 지금 당장 곽 서방한테로 가서 소작료 수납 장부를 챙기게 하여 아무도 눈치 못 채게 데리고 오도록 하게!"

"예, 알겠심니다요!"

곽 서방은 자기 아내 천수(泉水)가 죽은 뒤로 용화 부인의 특별한 배려로 고명딸 옥이네를 안채 노비들의 한결같은 보살핌 속에 고이 길러서 중머슴 용달이와 혼인을 시키고부터 장인 김 영감과 함께 영양재 문간방에서 더부살이를 해 오고 있었다. 그가 수많은 소작농들을 관장하는, 여염의 일반 사람들도 크게 부러워하는 농감 자리에 앉게 된 것도, 그의 딸이 어릴 때부터 강학당의 상전 아이들과 함께 글공부를 하게 된 것도 충직한 종복으로 용화 부인의 신임을 크게 받고 있는 장인 김 영감의 덕분이었고, 그것은 그들 부녀를 가엽게 여긴 용화 부인의 특별한 배려 때문이기도 하였다.

김 서방이 단걸음으로 달려가 곽 서방을 데리고 달려오자, 중산은 그들을 이끌고 아무도 눈치 못 채게 곧장 들마당으로 향하였다. 야적장의 소작료를 최종적으로 점검하고 볏짚 이엉으로 지붕을 씌우는 과정까지 직접 감독하며 지켜보았던 곽 서방은 장부와 대조할 것도 없이 육안 확인만으로도 도난 당한 벼의 양을 금방 알아내었다.

"서방님, 정확히 나락 열 섬이 모자랍니더! 헤아리기 좋게 볏섬들을 층층이 줄을 맞춰서 쌓았기 때문에 틀림없습니다. 열 섬이나 되는 나락을 한꺼번에 쥐도 새도 모르게 훔쳐 간 것을 보면 한두 놈의 짓이 아닌 것 같은데, 어느 간 큰 놈들이 이런 짓을 하였을까요?"

소작료 수납 업무를 총괄적으로 수행하였던 곽 서방은 입맛을 쩝쩝 다시면서 더 이상 할 말을 잊은 채 허탈해 한다. 자신이 농감 일을 맡고 나서, 아니 이날 이때까지 이곳 민씨 종가의 충복 노릇을 하며 지난 반생을 살아 왔지만, 이런 일을 당한 적은 일찍이 한 번도 없었던 것이다.

"어지러운 발자국들이 들마당에서 저쪽 긴다리강 목교 밑의 나룻배 선착장까지 나 있었네!"

"서방님! 보나마나 그 걸뱅이 놈들의 짓이 틀림없을 기입니더!"

중산의 설명에 김 서방은 망설이지 않고 단언을 한다.

"이 사람아! 걸뱅이 짓이라니, 그기이 무신 말인가?"

거지들로 말미암은 전날의 소란을 알지 못하는 곽 서방이 놀란 듯이 묻는다.

"지난 며칠 동안 삼시 세끼 밥을 얻어 묵으며 눌어붙어 애를 있는 대로 다 먹이다가 어제 밀양 장날 아침에 나한테 야단을 맞고 내빼듯이 물러간 걸뱅이 놈들 말입니더! 여기 있는 많은 발자국들이 나룻배가 와 닿을 수 있는 저쪽 긴다리강 다리 밑의 나룻배 선착장까지 나 있는 것만 보아도 확실한 일이 아니겠습니껴? 간밤에 자기 똘마니들과 나룻배를 타고 와서 한꺼번에 훔쳐 간 기이 틀림없다니까요!"

"열 섬이나 되는 나락을 한꺼번에 훔쳐 가자면 나룻배를 이용했을 가능성은 충분하지만, 배를 이용할 수 있는 도적놈들이 어디 그 사람들 뿐이겠는가?"

중산은 자기네 추곡에 누군가가 감히 손을 대는 전에 없던 대단한 변고에도 불구하고 내심 신중을 기하지 않을 수 없었다. 전날 향청껄에서 논쟁을 벌이다가 남을 의심하기에 앞서 사태의 본질부터 먼저 파악해야 한다고 열띤 목소리로 강조하던 죽명 숙부의 말이 생각난 때문만은 아니었다. 나룻배까지 동원하는 대담성을 보면 도둑이라면 예사 도둑이 아니요, 거지 떼라면 더 더욱 예사 거지가 아닐 성싶어서였다.

"서방님! 어제 그놈들이 사라져 간 방향만 봐도 그런 생각을 할 수밖에 없다니까요!"

"아니, 그 걸인들이 도대체 어디로 갔기에 그러는가?"

"저기 긴 다리를 건너서 곧장 오우진 나루 쪽으로 몰려 가더니 거기서 나룻배를 타고 뒷기미 나루 쪽으로 건너가더라니까요!"

"뭐라고? 걸인이라면 뱃삯도 없을 터인데, 그자들이 모두 배를 타고 뒷기미 나루 쪽으로 건너갔다는 말인가? "

뒷기미 나루라고 하는 바람에 중산의 표정이 눈에 띄게 달라진다.

"어데 그뿐인 줄 아십니껴? 그 왕초란 놈의 옷차림새도 수상하기 짝이 없었습니다요! 왜놈들이 잘 입고 다니는 누런 〈당꼬〉 바지에다 왜놈 헌병들의 군화며 각반까지 차고 있었다니까요!"

"그래? 그렇다면 이 사람아! 왜 진작부터 나한테 그런 말은 하지 않았는가?"

김 서방의 얘기가 그렇게 이어지자 중산도 머리끝이 쭈뼛해지면서 사뭇 긴장한 얼굴로 김 서방을 나무란다.

"사실은 소인 놈도 진작부터 말씀을 디릴까 말까 하고 많이 망설였지요! 하지만 혼인을 앞두고 거지 놈들한테 삼월이네 식구들과 함께 망신스런 일을 당한 뒤라 그런 말씀을 디리는 것도 그렇고, 섣부르게 발설했다가 서방님께 씰데없이 심려만 끼쳐 디릴까봐 입을 꾹 다물고 말았던 기이 앙이겠능겨! 그때 제가 걸뱅이 두목에게 호통을 쳐서 돌려보내긴 했지만, 그 후로 뒤가 찜찜한 기이 두고두고 마음이 편치가 않았지만, 이런 일이 벌어질 줄을 누가 알았겠습니까요?"

"그때 자네가 서 서방 대신으로 걸인들을 야단을 쳐서 돌려보냈다고 하기에 나는 그런 줄도 모르고 벌써부터 사위 노릇을 하느냐고 농담을 던지며 지나치고 말았는데, 그게 아니었던 모양이로구먼!"

"예, 서방님! 그런데 말입니다요. 전에 왜놈 헌병대 놈들이 마굿들에 불쑥 나타나서 우리 종마들을 일일이 살펴보고 갔다고 하더니, 혹시 그 놈들이 무슨 꿍꿍이속이 있어서 일부러 걸뱅이들에게 시킨 짓은 아닐 까요?"

"글쎄, 과연 그놈들의 짓인지 어떤지는 모르겠으나, 설령 그렇다 해 도 점찍어 둔 우리 명마에 손을 댔으면 댔지, 나락에 손을 댔을 리가 있 겠는가?"

"듣고 보이 또 그렇기도 하네요! 그렇다면 기산리 주재소에다 신고 를 해야 되지 않겠습니껴?"

"그럴 것 없네!"

중산의 태도는 단호하였다.

"아니, 서방님! 와 그러십니껴?"

그러자 곽 서방이 딱하다는 듯이 옆에서 질책을 한다.

"이 사람아, 자네도 머리가 있으면 한번 생각해 보게! 그놈들의 짓이 맞다면 어차피 한 통속일 텐데 신고를 한들 무신 소용이 있겠는가?"

중산도 곽 서방의 말에 고개를 끄떡인다.

"게다가 많은 양도 아닌데, 고작 나락 열 섬을 가지고 소란을 피워 봤자 득이 될 게 무에 있겠는가? 그리고 그놈들의 짓이 맞고 아니고를 떠나서 남들이 다 알도록 시끄럽게 하는 것이 우리한테 이로울 것이 하 나도 없을 것일세! 그렇게 되면 무슨 떡고물이나 있을 줄 알고 왜놈들 이 쌍수를 들고 반기면서 수사를 한답시고 무시로 우리 집을 드나들며 저들 멋대로 염탐질이나 하고 갈 게 뻔한 일이 아닌가? 그야말로 긁어 서 부스럼을 만드는 꼴이 되기 십상이지!"

"그렇다면 우리 손으로라도 잡아서 고방에 가두어 놓고 쥐도 새도 모르게 덕석말이를 하든지, 주리를 틀든지 해야 세상 무섭은 줄을 알 기이 앙이겠습니껴?"

김 서방은 욱하는 마음에 옛 시절의 무서운 수단까지 들먹이며 기세를 올린다.

"허허, 지금이 어떤 세월이라고 그런 호랑이 담배 먹던 시절의 얘기를 하는가? 꿈에도 그런 생각일랑은 아예 하지도 말게. 그리고 우선 도둑이 든 흔적부터 없애고 소문이 나지 않게 입단속이나 잘 하도록 하게!"

"예, 무신 말씀인지 잘 알겠십니더! 그런데 서방님. 일본 헌병 놈들의 군화에다 각반을 찬 그 걸뱅이 왕초 말입니다. 아무래도 그놈이 이전에 어디선가 본 듯한 얼굴이어서 그기이 자꾸 마음에 걸립니다요!"

"우리 동산이 주변을 맴도는 걸인들이 어디 한 둘이며, 우리 집을 드나드는 식객들만 해도 부지기수이니 그럴 가능성이야 충분히 있지 않겠는가?"

김 서방의 말에 귀를 기울이면서도 중산은 여전히 신중한 자세를 견지하고 있었다.

"그런 기이 앙이고요! 전에 다른 곳 어디선가 보았던 사람하고 걸뱅이 차림의 행색만 다를 뿐, 얼굴 생김새가 닮아도 너무 닮았기에 디리는 말씀이 앙이겠습니껴?"

"그래? 그렇다면 자네가 그동안에 다녀왔던 곳들을 차례대로 하나하나 짚어 보면 쉽게 생각이 날 수도 있지 않겠는가? 그렇게 해 보고 기억이 나거든 나한테도 즉시 좀 알려 주게!"

김 서방의 말에도 일리가 있고, 또한 그의 생각이 너무도 확고해 보였으므로, 중산도 그렇게 믿어 보지 않을 수 없었다.

현장 조사는 김 서방의 주장대로 거지 떼의 소행으로 결론 짓는 것으로 대충 마무리 되었다. 하지만 김 서방은 마음에 걸리는 바가 그것만이 아닌 모양으로 자기 나름대로 생각이 많은 것 같았으나 더 이상 말이 없었고, 중산 역시 이것저것 생각이 많았지만 거기에 대해서는 더 이상 속내를 드러내지 않았다.

그 길로 산책을 그만두고 집으로 돌아가 벼 도난 사실을 고하였을 때, 용화 부인은 과거에는 단 한 번도 없었던 일이라, 적잖이 놀라는 기색이었으나 거기에 대처하는 자세에 있어서는 중산과 크게 다를 바가 없었다.

"어느 간 큰 놈의 소행인지 은밀히 알아보기는 하되, 때가 때이니만큼 왜놈들의 귀에까지 들어가게 하여 새삼스럽게 난리를 피울 것까지는 없느니라!"

아마도 막중한 거사를 추진하고 있는 중이라 조심에 조심을 다하자는 의도인 모양이었다.

"저도 그럴 생각이었습니다, 할머니!"

"그건 그렇고, 네가 하는 일들은 요새 잘 되어 가고들 있느냐?"

벼를 도적맞는 전무후무한 희대의 사건에도 불구하고 용화 부인은 거기에 대해서는 길게 말하지 않고, 중산이 하고 있는 다른 일에 관심이 많은 듯 그렇게 묻는다.

"정미소 건립 문제하고 앞으로 치를 문중 행사 준비 말씀입니까, 할머님?"

"어디 그 뿐이겠느냐? 네가 적잖은 비용을 써 가며 하는 일들이 적지 않겠기에 하는 말이니라!"

초량 미곡창의 사무장 윤 영감이 주기적으로 올리는 미곡 출하 결재 장부와 여타의 비용 장부를 읽어 보고 그러는 것이리라. 그렇다면 전날 귀뜸해 주던 죽명 숙부의 말처럼, 용화 할머니는 자신이 암암리에 하고 다니는 일들에 대해서도 어느 정도 알고 계신단 말인가? 중산은 한 줄기의 서늘한 바람이 등줄기를 타고 지나감을 느낀다. 그것은 신선한 충격이자 놀라움이었고, 또한 하나의 부담이 되어 돌멩이처럼 무겁게 가슴에 와 얹히기도 하였다.

"할머님을 위시하여 여러 문중 어르신들께 심려 끼치는 일이 없도록 하려고 제 나름대로 최선을 다하여 노력하고 있습니다."

할머니의 의중을 정확하게 가늠할 길이 없으니, 자기가 하고 있는 일의 내용을 적시(摘示)하지 않고 이렇게 두루뭉실 묶어서 대답하는 수밖에 없었다.

"그리고 내일 있을 미곡 출하 준비도 여축없이 진행되고 있으렷다?"

"예, 할머니! 이번에 미곡 출하차 초량으로 내려가는 길에 때가 늦었지만 동래 갑완이네 집에 들러서 부친 문상을 하고, 다른 볼일들도 좀 보고 하루 이틀쯤 유하고 돌아올 생각입니다."

갑완이는 부친 민영돈 대감 사후에는 서울 사저를 처분하고 동래 본가에 칩거 중인 것으로 중산은 듣고 있었다.

"동래 갑완이네는 지난 장례 때 네 아비가 남 모르게 가서 할 바를 다하고 돌아왔으니 너까지 가서 왜놈들의 신경을 건드릴 것 없느니라! 그리고 네 아비가 한양으로 갔다가 용무를 마치고 의성 진외가와 양동 처가를 거쳐서 돌아올 모양이니, 너마저 집을 오래 비우지 말고 볼일을 보는 대로 지체 없이 돌아오도록 하여라!"

최근 들어 여러 가지 난제들로 마음고생이 많으신지 용화 할머니의 기력도, 담력도 예전 같지가 않으신 모양이었다.

"예, 그렇게 하도록 하겠습니다."

중산은 흔쾌히 대답을 하였으나 막중한 책임감과 함께 밀려드는 예상치 못한 두려움 때문에 절로 가슴이 저려 옴을 느꼈다. 부친의 부재에서 오는 허전함과 날로 기력이 쇠퇴해지고 있는 용화 할머니의 모습이 그만큼 큰 부담으로 작용한 것이었다.

"그럼, 그만 나가 보도록 해라."

"예, 할머니!"

하직 인사를 하고 밖으로 나온 중산은 자신도 모르게 하늘을 우러러 크게 심호흡을 한다. 세 척으로 구성된 벼 운송 선단과 많은 일꾼들까지 거느리고 그동안 부친이 전담하던 벼 출하를 위한 부산 출항 길에 막상 나서게 되고 보니 이제야 비로소 막강한 당주의 빈 자리를 채우게 되는 실감이 절로 가슴에 온 것이다.

그런데 호사다마였을까. 중산의 입단속에도 불구하고 벼 도난 사실은 그날 오후부터 그와 김 서방을 비롯한 최측근 인사들도 모르는 사이에 삽시간에 밖으로 새어 나가고 말았다. 미곡 출하를 코앞에 두고 볏가리 지붕을 고치는 것을 보고 수상하게 여긴 어느 누군가의 짐작으로 인해 만들어진 소문인지, 벼 출하 작업을 준비하려고 들마당을 드나들었던 대소가의 하인들 중에서 누군가가 벼 도둑이 든 사실을 감지하고 저들끼리 쑥덕거리다가 그 말이 밖으로 새어 나갔는지 그것은 분간할 길이 없었다.

어쨌든 그게 전무후무한 희대의 변고이다 보니 중산도 모르는 사이에 양반촌은 물론 동산리 일대가 벌집을 쑤셔놓은 것처럼 발칵 뒤집어지고 만 것이다.

동산리 일대에 끝도 없이 널려 있는 여흥 민씨네의 전답과 길가의 밤나무, 감나무, 대추나무 등속의 과일은 물론, 그들 소유의 야산이며 늪지대에 서식하는 너구리와 오소리며, 사슴과 산토끼 같은 야생동물들에 이르기까지 아무도 감히 손대지 못하는 것이 이곳 주민들의 일반적인 상식이요 불문율이 되어 왔기 때문이었다. 그들의 행불행에 따라 자기네의 생활도 그대로 고스란히 영향을 받을 수밖에 없는 처지이기에, 이번의 벼 도난 사건은 전무후무한 대단한 이변으로서 그들에게는 이래저래 여간 놀라운 관심사가 되지 않을 수 없었던 것이다.

비록 울타리도 없고 지키는 이도 없이 들판에 야적되어 흑심을 품은 자가 도적질해 가기에 딱 알맞은 무방비 상태이기는 하였어도 한때는 날아가는 새도 떨어뜨렸다는 척족 집안인 여흥 민씨들의 집성촌, 그것도 그들 종가의 바로 코앞에서 열 섬이나 되는 벼를 한꺼번에 훔쳐가는 대담성을 드러낸 것을 보면 여간 간 큰 짓이 아니기에 더욱 그러하였다.

"우리는 여흥 민씨들의 논에서 메뚜기 한 마리도 손을 몬 대는데, 어느 간이 배 밖에 나온 놈들이 그런 짓을 했일꼬?"

"그러게나 말이다! 예전에 눈이 맞은 종가의 어느 남녀 종 한 쌍이 고방에 쌓여 있던, 귀한 놋쇠 제기하고 은수저를 잔뜩 훔쳐서 야반도주를 하다가 붙잡혀서 덕석말이 사형(私刑)을 당한 뒤에 피투성이가 되어 쫓겨났다는 이바구는 들은 바가 있었지만, 외간의 사람이 나락 도적질을 해 갔다는 이바구는 여태꺼정 한 번도 들은 적이 없었는데, 도대체 누가 이런 간 큰 짓을 했을꼬? 예전 같으모 덕석말이가 앙이라 종갓집 은행나무에 목이 매달리고도 남을 일이 앙이가?"

곧 있게 될 건초 베기 경진대회 겸 대동 축제를 앞두고 한껏 마음이 부풀어 있던 인근 마을 사람들은 이번 사건으로 인하여 혹시 행사가 취소되거나 축소되지나 않을까 하고 신경을 곤두세우면서 피해 당사자들보다도 더 큰 관심을 가지고 분개하기도 하였다.

그러나 연말에 몰려 있는 굵직한 두 행사를 앞두고 있는 중산으로서는 그 일에 얽매여 있을 처지가 아니었다. 이번 일이 거지들의 소행이고, 또 그들의 두목이 어디서 본 듯이 낯이 익었다는 김 서방의 말이 사실이라면 그대로 지나칠 바는 아니었지만, 그렇다고 일부러 조사를 벌일 수도 없는 노릇이었다. 설령, 누구의 소행인지를 알아낸다 하여도 이번에 도난당한 벼 열 섬 정도는 만석지기 부자인 그들에게는 있어도 그만 없어도 그만인 미미한 물량에 지나지 않은데다가 자기네가 예전처럼 사적으로 형벌을 가할 처지도 아니었고, 자칫 잘못하다가는 오히려 왜놈들의 이목만 집중시키는, 긁어서 부스럼을 내는 일을 초래하기에 딱 알맞은 상황이었기 때문이다.

그런 분위기 속에서 이날 저녁부터 이튿날 아침까지 미곡 출하 작업은 예정대로 착착 진행되어 가고 있었다. 올 겨울 들어 처음인 이번의 벼 출하 물량은 자그마치 일천 오백 여 석이나 되는 들마당에 야적된 물량 전부였다. 그것들을 중선이 와 닿을 수 있는 돌티미 나루까지 운반하기 위해서는 횃불을 대낮처럼 밝힌 가운데 양반촌의 수많은 머슴과 하인들은 물론, 우마차와 달구지며 손수레까지 총동원하다시피 하여 밤샘 작업을 하지 않으면 안 되었다.

볏섬의 운반을 맡은 일꾼들만 그렇게 바빠진 것은 아니었다. 칼날 같은 강바람 속에서 그들에게 따뜻한 야식과 새참을 시시때때로 식지 않게 해다 나르는 노비들도 밤잠을 설치지 않으면 안 되었고, 초량에 상주하고 있던 사무장 윤 영감과 김 서기도 전날 낮에 올라왔다가 죽명 선생한테 가서 정미기 도입 문제를 의논하고 오라는 중산의 밀명을 받고 향청껄로 부랴부랴 달려갔다가 저녁 늦게 돌아와서 벼 출하 작업에 임하고 있었다. 그리고 겨울방학을 하여 오후 늦게 동래에서 올라온 청암과 송암도 벼 출하 업무차 부산에 가는 길에 그동안 벼르고 별러 왔던 동래 범어사에 가 볼 생각이라는 중산의 말을 듣고 자기네도 벼 출하 과정을 구경하고 싶다며 동행할 뜻을 밝혔고, 중산도 마다 할 이유가 없어 그들의 청을 쾌히 받아들인 상태였다.

날이 밝아 오자 밀성제 제방으로 새벽 산책길에 나섰다가 작업 현장을 둘러보며 밤샘 작업을 한 일꾼들을 격려하고 돌아 온 중산은 죽림 속의 사당에 나아가 미곡 출하 선단의 출행 사실을 열조(烈祖) 전에 고하였다. 그리고 신성문안(晨省問安) 인사차 찾아 뵈온 용화 할머니께도 무사히 잘 다녀오겠노라고 원지 출행 인사를 하였다.

그 무렵, 솟을대문 밖에서는 영양재를 지키고 있던 옹서지간(翁壻之間)의 김 영감과 곽 서방을 비롯하여 초량에서 올라오기가 바쁘게 향청껄을 다녀온 뒤 밤샘 작업 현장에서 일꾼들을 독려하며 밤을 꼬박 새웠던 사무장 윤 영감과 김 서기는 물론, 마굿들의 책임자인 염 서방도 최근에 자기의 주선 하에 장차 수산 정미소에서 일할 방아지기로 새로 고용된 천 서방을 데리고 배웅 인사차 미리 와서 대기하고 있었다.

아침 식사 시간이 끝나고 전쟁터로 떠나는 야전군의 수장처럼 늠름한 모습으로 이웃에 사는 첫째 아우 초암을 위시하여 동래에서 올라온 그 아래의 두 아우를 양 옆에 거느리고 활짝 열린 솟을대문 밖에 모습을 드러낸 중산은 미리 대기하고 있던 백전노장과도 같은 여러 원로 하인들로부터 영접 인사를 받았다. 그의 얼굴 표정은 사뭇 엄숙하였으며, 긴장되고 상기된 빛이 짙게 흐르고 있었다. 도포 차림의 중산 양 옆에 호위 무사처럼 나란히 선 초암과 동래에서 올라온 두 아우들도 동래고보에 편입학을 하기 전과 마찬가지로 이날만은 점잖게 유복으로 의관들을 제대로 갖춘 모습들이었다.

오늘은 올해의 추곡을 처음으로 출하하는 날이지만, 중산에게는 문중 개화·개방의 출정식이나 다름없는 뜻 깊은 날이기도 하였다. 청암과 송암이 동행을 자청하는 바람에 초암까지 일부러 끌어들인 중산은 모처럼 자기네 네 형제가 동참한 가운데 일천 오백 석이 넘는 볏섬들을 중선(中船) 규모의 운반선 세 척에 각각 나누어 싣고 낙동강 뱃길을 따라 내려가서 다대포를 거쳐 자기네의 미곡창이 있는 부산진 포구의 초량까지 내려가면서, 지금 창업을 추진 중인 수산 정미소의 방아지기로 새로 고용한 처 서방에게는 자기네 집안의 내력을 얘기하며 신참 일꾼으로서의 갖추어야 할 소양 교육을 시킬 참이었고, 고지식한 초암에게는 개화의식을 갖게 되는 계기로 삼게 함과 동시에 모처럼 웅천강 물길 따라 남아 있는 옛 조상들의 발자취들을 되새겨 보면서 형제들 간의 우의를 다져 볼 심산이었다.

그에게는 성년이 된 초암 병식(炳植)과 청암 문식(文植), 송암 창식(昌植), 그리고 하나 있는 누이동생 선이(善伊) 위로 막내인 효식(孝植)이가 있었으나, 그 아이는 아직 지학(志學)의 나이에도 이르지 못한 미성년인 관계로 그 위의 세 아우들만 데리고 나선 것이었다. 대쪽 같은 선비 기질을 타고난 복고적인 취향의 초암에게는 이번의 바깥나들이가 탐탁지 않을 수도 있겠으나, 동래 향교의 사설 경학당에서 답답한 한학 공부에 얽매어 악전고투하고 있다가 자나 깨나 소원이던 동래고보에 편입학을 하면서 물 만난 고기처럼 해방감을 누리게 된 둘째 아우 청암과 셋째인 송암에게 있어서 오늘은 드넓은 대양을 만난 바다의 큰 물고기들처럼 모처럼 열려 있는 마음을 활기찬 호연지기를 느껴볼 수 있는, 다시 없이 좋은 절호의 기회라 아니할 수 없었다.

그러나 중산에게 있어서 그보다 더욱 중요한 사실은 자신이 앞으로 밀고 나갈 문중의 개화·개방 운동에 청암과 송암 외에 남산골샌님 같은 초암마저 끌어들임으로써 그들 세 아우들을 한데 묶어 자신이 도모하는 거사의 첨병으로 만드는 다시 없이 좋은 기회가 될 수 있다는 점이었다.

중산은 바깥사랑의 자기 처소를 나서면서 어제 아침에 벼 도난 사실을 고할 겸 혼정신성(昏定晨省)의 문후 인사차 용화당에 들렀을 때, 한 줄기의 서늘한 바람이 등줄기를 타고 지나가는 것처럼 신선한 충격과 놀라움을 가져다 주면서 동시에 하나의 부담이 되어 돌멩이처럼 무겁게 가슴에 와 얹히기도 하였던 용화 할머니의 말을 생각하고 있었다.

"그건 그렇고, 네가 하는 일들은 요새 잘 되어 가고들 있느냐?"

"정미소 건립 문제하고 앞으로 치를 문중 행사 준비 말씀입니까, 할머님?

"어디 그 뿐이겠느냐? 네가 적잖은 비용을 써 가며 하는 일들이 적지 않겠기에 하는 말이니라!"

중산은 그 중에서 오늘 아침에도 재차 관심을 표명한 바 있는 '네가 적잖은 비용을 써 가며 하는 일'이라는 말에 주목하고 있었다. 어제 죽명 숙부가 말한 것처럼, 후원 깊숙한 용화당에 앉아 계셔도 용화 할머님께서 모르는 세상 일이 어디 있겠는가? 어쩌면 요즘 자기가 하고 다니는 일들을 하나에서부터 열까지 훤히 꿰뚫고 계시면서 내심으로는 활동 상황의 호불호(好不好)에 따라서 실제로 점수를 매기고 계실지도 모르는 일이 아닌가? 더욱이 근래에 와서 부친의 외유가 잦아지면서 서울과 여타의 지역으로 용무차 갈 때마다 박철 사교가 속해 있는 〈중광단〉의 전신인 〈풍기광복단〉의 근거지가 되었던 풍기와, 그리 멀지 않는 의성의 진외가 집안을 자주 오가는 것도 주목할 만한 일이 아닐 수 없었다.

이런 분위기 속에서 〈중광단〉의 영남지역 총책이라는 박철 사교와 동래 범어사에 승적을 두고 있는 청관 스님이 만주에 갔다가 언제쯤 돌아오고, 언제쯤 만날 수 있을 것인지를 이번 기회에 알아보고 돌아올 수 있으려니 하는 기대감으로 중산의 가슴은 순풍을 만난 황포 돛처럼 끝도 없이 마냥 부풀어 오르고 있었다.

　그는 앞으로 자기에게 큰 힘이 되어 줄 장성한 세 아우들과 함께 집을 나서는 순간부터 가슴이 설레었고, 그 어느 때보다도 마음이 든든하였다. 선단을 이끌고 부산포로 향하는 자신의 임무는 출하 작업 전반을 책임져야 하는 총책인 셈이었으나 벼 출하 작업에 있어서 자신이 직접 손을 대어야 할 일은 사실상 별로 없었다. 배들이 낙동강 하구를 벗어나 다대포 앞 바다를 돌아서 부산진 포구에 가 닿기만 하면 초량에 있는 자기네 객사 미곡창에서도 사람들이 나오게 되어 있는 것이다. 추곡 매각 과정의 모든 실무적인 일들은 거기에 상주하다가 올라온 김 서기와 사무장 윤 영감이 도맡아 할 것이며, 용화 할머니의 대리인과도 같은 김 영감이 동행하여 미곡 출하의 전 과정을 일일이 감독하며 챙길 것이니, 중산 자신은 지금쯤 밤샘 선적 작업을 한 일꾼들에게 더운밥과 술을 푸짐하게 먹이면서 출항 준비를 하고 있을 김 서방의 호위를 받으며 앞으로 전개될 벼 출하 작업의 전 과정을 세 아우들에게 직접 보여주면서 뱃놀이 삼아 원지 출행의 즐거움을 만끽하면 그만일 터였다.

　오늘도 저쪽 바깥마당 한 옆에서는 거지들이 예외 없이 떼로 몰려와 각종 깡통과 바가지 장단에 맞춰 장타령을 하며 맴을 돌고 있었다.

　마지기 황 서방이 직접 몰고 온 백마에 올라 탄 중산은 거지 떼들을 유심히 바라보다 말고 소작료 수납 책임자인 곽 서방에게 뒷일을 당부하는 것도 잊지 않는다.

　"곽 서방, 오늘도 소작료를 싣고 오는 작인들이 적지 않을 것이니, 서 서방과 함께 집에 남아 있는 일꾼들을 거느리고 차질이 없도록 잘 알아서 처리해 주게!"

모처럼 자기네 사형제가 동행으로 부산포 출행에 나서는 길이라, 더욱 가슴이 벅차오른 중산은 그렇게 당부를 하면서 설레는 마음으로 갓끈을 단단히 고쳐 맨다.

　"예, 서방님! 먼 길 조심해서 다녀 오시소!"

　"혹시 수상쩍은 걸객이나 외지인이 보이거든, 서 서방과 합심하여 어디서 온 누구인지 알아 볼 수 있는 데까지 자세히 알아보고 나서 특이 사항이 있으면 나한테 보고하도록 하고…!"

　"예, 그리하도록 하겠십니더!"

　곽 서방은 용화 할머니가 멀리 경북 의성에서 시집올 때 혼행을 수행하였던 아비 김 영감을 따라 교전비로 함께 왔던 천수와 결혼하여 지금의 옥이네를 얻고 나서 처와 사별하고 말았으나, 용화 부인의 특별한 배려로 만석지기 대종가의 농감이라는 중책을 맡게 된 행운아로서 중산에게는 어릴 때 오누이처럼 함께 자란 옥이네의 아비라 각별하게 믿음이 가는 사람이기도 하였다. 남녀노유의 하인들이 수십 명이나 있어도 충복 중의 충복으로 주인의 신임을 크게 받는 하인들은 어김없이 이와 같은 여러 가지 중책을 맡고 있는 것이다.

　중산의 각별한 지시를 받은 곽 서방은 허리를 굽히면서 그렇게 짤막하게 대답하였으나, 머잖아 듬직한 사위를 맞게 된 청지기 서 서방이 물색 모르고 앞으로 썩 나서는 것이다.

　"서방님! 아무 걱정 마시고 댕겨 오시소! 농감 어른도 집에 계시지마는, 대문간을 지키는 소인이 집에 남아 있을 오 서방, 천 서방, 황 서방을 데리고 차질 없이 알아서 잘 도와 가면서 처리해 놓겠습니다요!"

　그러면서 서 서방은 자기의 자식뻘밖에 안 되는 젊은 상전 앞에서 과하다 싶을 정도로 오금을 못 쓰고 굽실거린다.

　중산이 부친을 대신하여 아무 준비도 없이 처음으로 골치 아픈 당주 일을 맡아 보게 되었을 때, 공부밖에 모르던 샌님이니 세상일에 대해서도 백면서생인 줄로만 알았다가 큰 코를 다쳤던 서 서방이었다. 그는 하나에서부터 열까지 하인들의 시중을 받으며 세상 물정 모르고 성장한 중산이 문중의 기본적인 종무(宗務)를 비롯한 종가 안팎의 여러 가지 가정사, 하인 부리는 일에 이르기까지 부친 못지않은 수완을 능수능란하게 발휘하는 것을 보고서야 뒤늦게 정신이 번쩍 들었던 것이다. 만석지기 종가의 장손은 뭐가 달라도 다른 게로구나! 하고 탄복했지만, 그때는 이미 황소 같은 뚝심과 깊은 소견에다 한결같이 성실한 처신으로 학동 시절부터 중산을 수행하면서 일찌감치 신임을 받을 대로 받고 있던 김 서방에게 차세대 당주를 모시는 집사 자리를 넘겨주고 난 뒤였던 것이다.

"이 보게, 서 서방."

길을 나서려다 말고 중산이 서 서방을 불렀다.

"예, 서방님!"

분부를 기다리는 서 서방은 전날 거지들 때문에 뜨겁게 데었던 가슴이라, 각설이 타령에 여념이 없는 거지들을 돌아다보면서 중산이 자신에게 야단칠 일이라도 발견한 게 아닌가 하고 제 풀에 긴장을 하면서 숨을 죽인다.

"항용 기회 있을 때마다 거듭 하는 얘기지만, 저 비렁뱅이 놈들한테는 쌀알 한 톨이라도 그저 내줘서는 안 될 것이네!"

"예………?"

"저 놈들이 떼를 쓴다고 해서 또다시 밥 대신에 쌀이나 보리쌀을 푹푹 퍼다 주는 일이 있어서는 안 된다는 말일세!"

씀씀이가 헤프다기보다 사람이 독하지 못한 서 서방의 물쩡한 성품을 잘 아는 터이라, 중산이 거듭 당부를 한다.

"…………?"

서 서방은 말귀를 미처 못 알아듣고 멍한 얼굴이다.

"내가 왜 이런 말을 하는지 아직도 모르겠는가?"

"그, …글쎄올습니더!"

서 서방은 당목 수건을 질끈 동여맨 상투머리를 긁적이며 얼굴을 붉힌다.

"서 서방. 거지들이 어째서 허기진 배를 당장 채울 수 있는 밥보다도 솥에 넣고 끓여야만 먹을 수 있는 쌀이나 보리쌀 같은 마른 곡식들을 더 좋아하는지 아는가? 그 이유인즉슨, 스스로의 힘으로 자립 갱생할 생각은 아니하고, 그것들을 모아 두었다가 팔아서 주색잡기를 일삼거나 노름 밑천으로 쓸 수 있기 때문이라는 게야. 사정이 그러함에도 불구하고 저렇게 사대육신이 멀쩡해 가지고 놀고먹을 궁리나 하고 싸돌아다니는 사람들한테 떼를 쓴다고 무작정 곡식을 퍼다 주면 어떻게 되겠는가? 보나마나 저들의 가슴 속에 무위도식하는 고약한 비렁뱅이 근성만 심어 주게 될 뿐이니 문제가 된다고 하는 것일세! 만약에 저들과 같은 모든 비렁뱅이들에게 동산리 여흥 민씨네 종가에 가기만 하면 곡식을 마구 퍼 주더라, 하고 소문이라도 나는 날이면 어떤 일이 벌어지게 될 것인지 한번 상상을 해 보게. 다른 고장의 거지들은 말할 것도 없고, 어쩌면 피땀 흘려 일하던 건실한 농사꾼들까지도 괭이나 호미 대신 깡통을 들고 나서는 일이 벌어지지 말라는 법도 없지 않겠나 이 말일세. 안 그런가, 서 서방?"

"마, 맞습니더, 서방님!"

대답을 하면서 서 서방은 또 허리를 굽실거린다. 이제 돌이켜보면 자기한테 손해가 날 일이 없다는 생각으로 동냥 온 거지들에게 대갓집의 청지기의 신분임을 은근히 과시하면서 자신의 기분에 따라 동냥 주기에 인심을 쓰면서 고맙다는 인사까지 받아가며 지내던 시절도 없지 않았던 것이다. 그런데, 중산이 당주 일을 맡게 되면서부터는 그의 지시에 따라 만사를 다시 시작해야 되니 약지 못한 서 서방의 머리로써는 아무리 해도 젊은 상전의 구미를 맞추기가 쉽지가 않은 모양이었다. 그의 호감을 싸기 위하여 전에 없이 무위도식하는 거지들의 버르장머리를 고쳐 보려고 자기 딴에는 작심하고 무대응으로 맞섰다가 큰코다쳤던 게 엊그제의 일이고 보니 그로서는 여간 조심스럽지 않은 것이다.

"그렇게 대답만 할 게 아니라 내가 하는 말뜻을 제대로 새겨서 듣고 그대로 실행에 옮겨 주게나. 열심히들 일하는 근농군들을 생각해서라도 놀고먹는 풍토만은 막아야 한다, 이 말일세!"

"예, 서방님! 이제 서방님의 뜻을 확실하게 알았으니 한 치의 어긋남도 없이 잘 거행하도록 명심해 두겠습니다요!"

자라 보고 놀란 가슴은 솥뚜껑만 보아도 놀란다고, 이미 크게 낭패를 당한 바가 있는 서 서방은 젊은 상전의 거듭되는 다짐에 몸 둘 바를 모른 채 연신 머리를 조아린다.

사실, 여흥 민씨네 종가에서 설, 추석 같은 명절 때마다 아주 가난한 소작농이나 마을의 비렁뱅이들에게 전곡(錢穀)을 나누어 주는 일은 가문의 오랜 전통으로서 마을 사람들에게는 이미 하나의 오랜 풍습처럼 각인이 되어 있었다. 하지만 그것을 제외하고 나면 동냥 온 거지나 문둥병 환자들은 물론, 그 누구에게도 곡식을 공짜로 나누어 주는 일은 결코 하지 않았다. 그 대신 그들은 크고 작은 기근이 들 때마다 솟을대문 밖에 가마솥을 내다 걸어놓고 굶주린 사람들에게 하루에도 몇 가마씩 밥을 지어 나누어 주는 일에는 흥청망청 양식을 아끼지 않았고, 그 양과 횟수에도 제한을 두지 않았다.

그리고 흉년이 들어 아사지경에 이른 절량농가가 생기게 되면 스스로 사람을 보내어서 구휼을 할 때도 현물이나 노동력으로 되갚도록 하고 양곡을 풀었으면 풀었지, 무작정 은전을 베풀어 빈민들에게 요행수를 바라게 만드는 일은 결코 하지 않았다. 바로 그것이 무위도식을 금기시 하는 유학 정신의 하나로서 여흥 민씨네 종가에서 엄격하게 지키는 빈민구제의 원칙이요, 생활 속에 녹아 있는 대민 시혜의 한 법도이기도 하였다.

중산은 자기네를 보고 더욱 목청을 높이고 있는 거지들을 바라보면서 딱하다는 듯이 고개를 가로젓는다. 가난은 나라님도 막지 못한다고 하는데, 그 가난을 스스로 불러들이는 작태를 일삼는 게으른 거지들의 비렁뱅이 근성 또한 구제해 줄 까닭이 없는 것이다.

"저렇게 구걸을 하고 떠돌아다니면서도 부끄러워 하기는 커녕, 오히려 흥과 신명을 내는 자들은 항용 뱃속에서 허황된 마음과 나태의 오물이 출렁거리기 마련인 게야!"

말을 하고 나서 중산은 이치가 그렇지 않느냐는 듯이 말을 타고 옆에 늘어선 아우들을 거나하게 돌아본다. 오늘 따라 긴 시간을 할애하여 그런 말들을 쏟아놓는 것을 보면 아우들에게도 자기네의 대민 구휼 정신에 맞게 수신제가에 임해 보라고 우정 그렇게 하는 것일 수도 있었다.

"지당하신 말씀입지요! 인제부텀은 소인이 행랑의 정지 일꾼들한테도 서방님의 분부 말씀을 단단히 일러 듣기겠습니다요!"

서 서방이 거듭 다짐을 해도 중산의 당부는 그것으로 끝나지 않는다.

"그리고 낯선 잡인들은 집 안에 한 사람도 들여 놓아서도 아니 될 것이네!"

지금도 과거 준비를 하던 지난 시절의 선비들처럼 학문에만 전념하고 있는 초암 아우까지 대동하고 먼 길을 나서는 만큼, 오늘따라 중산의 분부가 유별나게 길어지고 있는 것이다.

"서방님, 맨날 찾아오는 걸뱅이, 문딩이들은 원래부터 문 밖에서 동냥을 줘서 보냈는데, 앞으로는 낯선 사람들도 잘 알아보고 나서 미심쩍은 바가 있으면 안으로 들이지도 않고 돌려 보내도록 하겠십니더!"

"그렇다고 멀리서 찾아온 내방객을 몰라보고 결례를 저질러서도 아니 될 것이네!"

"예, 그런 일이 없도록 조심에 또 조심을 하겠습니다요."

"자, 그러면 우리는 이제 감세! 지금쯤 미곡 선적 작업도 거지반 끝났을 게야!"

중산이 앞장을 서자 세 아우들도 저마다 자신들의 애마 위에 올라탔고, 윤 영감과 김 영감도 나귀 위에 올라탄다. 춘돌이는 중산이 탄 백마의 고삐를 잡고, 황 서방과 염 서방은 물론 방아지기로 최근에 새로 고용된 천 서방까지 그의 아우들이 탄 말들의 고삐를 하나씩 나누어 잡고 서둘러 발걸음을 옮기기 시작한다.

"이 보게, 염 서방! 저 사람 천 서방 말일세! 삼랑진 하부 마을 출신으로 거기 있던 삼랑창(三浪倉)이 없어진 뒤부터 삼랑 나루에서 그동안 줄곧 강태공 노릇을 하면서 생계를 이어 왔다고 했던가?"

삼랑진 쪽의 사정을 잘 아는 염 서방의 주선으로 천 서방을 새로 세울 수산 정미소의 방아지기로 들인 것은 예전에 역원제가 폐지되었을 때, 더 이상 역원 노릇을 할 수 없게 된 염 서방과 남정원(南亭院)의 둔토에서 쫓겨났던 김 서방을 구제하여 집으로 들였던 것처럼, 그가 삼랑창에서 조군(漕軍)으로 일한 경력이 있는데다 그 후로 나룻배를 이용하여 생계를 꾸리며 어렵게 살아 온 딱한 처지를 고려한 빈민 구제 차원에서 베푼 시혜의 결과라 할 수 있었다. 그리고 배를 잘 다루고 이곳 지리와 물길에도 조예가 깊은 것도 참작되었다고 할 수 있었다.

"예, 후조창(後漕倉)이라고 불리던 삼랑창(三浪倉)이 없어지기 전에는 그곳 선청(船廳)에서 조군 노릇을 하면서도 푼돈을 벌어 쓸라꼬 밤에는 물고기도 잡고 그랬던 모양닙니다요."

염 서방의 설명에 중산은 고개를 끄떡인다.

"그러고 보니 들은 바 그대로 뱃일로 잔뼈가 굵어진 사람인 셈이로구먼?"

"예, 그렇습니더, 서방님! 후조창이 없어지고부터는 전적으로 물고기 잡는 일에 매달려서 근근히 생계를 꾸리며 이날까지 모진 목숨을 부지하고 살아 왔습지요!"

허리를 굽히며 대답하는 천 서방의 말에, 중산이 관심을 나타내며 다시 묻는다.

"그때 후조창에서 같이 일하던 사람들도 많았을 터인데, 그들은 지금 무얼 하면서 생계를 잇고 있는가?"

"후조창의 차소(差所), 선청(船廳), 통창(統倉), 고마창(雇馬倉)에서 일하던 그 많던 사람들도 경부선의 철도가 놓이고 왜놈들의 천지가 되면서 후조창이 없어지는 바람에 이 지역의 역마을 사람들이 역원제(驛院制)가 폐지되면서 그랬던 것처럼 너도 나도 살길을 찾아서 만주로, 연해주로 다들 떠나가 삐리고 소인처럼 오도 가도 몬하고 지금까지 남아 있는 사람은 별로 많지는 않습니더."

"그렇다면 그 지역에서 지금 나룻배를 소유하고 있는 사람들이 누구누구인지도 잘 알고 있겠구먼?"

"글쎄올습니더. 그렇기는 합니다만 그기이 무신 말씀이신지…?"

천 서방이 중산의 의중을 몰라서 머뭇거리자, 염 서방이 옆에서 그 까닭을 보충하여 설명을 해 준다.

"서방님께서는 삼랑진 일대에서 지금도 나룻배를 가지고 있는 사람에 대해서 알고 싶으신 바가 계시는 모양이네."

"아, 예! 삼랑 포구 일대의 나룻배 소유자들은 거지반 다 알고 있습니더!"

"그렇다면 앞으로 그들 중에서 간밤에 나룻배를 저어 우리 동산이 쪽으로 왔거나, 또 그리하도록 다른 사람한테 배를 빌려 준 선주가 있는지 한번 알아 봐 주게."

"예, 서방님! 그렇다면 부산포를 댕겨 오는 대로 당장 그렇게 수소문해 보도록 하겠습니다요!"

그들의 대화는 거기서 끝이 나고 앞장을 선 중산의 발걸음이 갑자기 빨라진다.

계절은 이미 겨울의 한복판에 와 있었으나 엊그제 내린 눈이 녹기 시작할 정도로 햇볕 좋은 쾌청한 날씨에 바람까지 슬슬 부는 것이 돛을 단 운반선을 타고 항해를 하기에는 더없이 좋은 날씨였다. 동구 밖을 벗어나서 전망이 탁 트인 들판 길로 나서자 벼 도둑이 들었던 들마당이며, 멀리 들판 끝으로 흘러내리는 웅천강과 그 동쪽 강안의 산자락을 따라 끝도 없이 뻗어 있는 경부선 철길이 가물가물 한눈에 들어오고, 옛날에 어느 밀양 부사가 기생을 끼고 뱃놀이를 하던 중에 관인(官印)을 강물에 빠뜨려 버렸다는 인전소(印轉沼) 앞의 인굴 나루를 비롯하여, 강변 곳곳에 자리 잡은 나루터들도 한눈에 들어온다.

그러나 벼를 실어갈 중선들이 정박해 있는 돌티미 나루만은 여기서 잘 보이지가 않는다. 도구소 이쪽의 벌판 한복판에 솟아 있는 자그마한 삿갓 모양의 객산이 앞을 가로막고 있기 때문이었다. 왕소나무가 들어찬 객산 이쪽으로는 추수가 끝난 허허벌판이 끝없이 펼쳐져 있고, 그 벌판 곳곳에는 크고 작은 샛강과 늪이며 수로들이 눈 가는 곳마다 거미줄처럼 어지럽게 뻗어 있었다. 숲이 우거진 야산에는 산토끼와 오소리, 너구리들이 굴을 파 놓고 살고 있었으며, 늪과 물이 있는 곳이면 어디든지 무성하게 자라난 마른 갈대와 억새풀들이 밀림을 이루며 온통 뒤덮고 있어서 철새들의 보금자리가 되어 버린 지 이미 오래였다.

돌티미 나루로 가는 들판 길은 마른 갈대와 억새풀들이 뒤덮고 있는 긴다리강을 따라 뱀이 기어가듯 구불구불하게 뻗어 있었다. 중산은 말을 타고 가면서도 머릿속으로는 앞으로 이 들판에서 자신이 추진해 나가야 할 일들을 생각하고 있었다. 들판 곳곳에 뻗어 있는 샛강과 늪지대에 객산의 흙을 파다 모두 매립할 수만 있다면 얼마나 좋을까. 그렇게만 한다면 수십 수백만 평의 농지를 더 확보할 수가 있을 것이고, 농토를 잃고 떠도는 유랑민들을 적잖이 구제할 수도 있을 것이었다.

먼 길을 떠나는 그들의 장도를 축복하듯 아낌없이 쏟아지는 아침 햇빛 속으로 그들은 유람을 가듯이 말을 타고 뚜벅뚜벅 걸어가고 있었다. 바람이 불 때마다 긴다리강을 뒤덮은 마른 갈대며 억새풀들은 저들끼리 부대끼고 서걱이며 끊임없이 몸을 뒤채고 있었다. 하지만 계절의 잔해로 말라 버린 생명들에게 살아서 숨 쉬는 생기가 있을 리가 없고, 상처받은 인간의 마음들을 위무할 수 있는 아름다운 노래가 거기서 만들어질 리가 만무하였다.

　그래서 뭇 생명들의 아름다운 노래 소리가 사라져 버린 겨울 들판은 눈부신 아침 햇살 속에서도 그만큼 더욱 황량하고 삭막한지도 모르겠다. 포효하는 북풍한설에 휘말리면서 끊임없이 파도를 일으키는 그 무미건조한 억새풀이며, 갈대들의 괴로운 몸짓이야말로 겨울 들판을 강점하고 있는 매운 계절의 횡포와 그보다 더욱 혹독한 일제의 억압에 시달리며 삼천리 강토에 뿌리를 박고 살아가는 한민족의 결사적인 저항의 몸부림이요, 통한의 울부짖음은 아닐는지!

　중산 일행이 돌티미 나루에 이르렀을 때, 횃불까지 동원하여 밤샘 작업을 벌인 끝에 바깥마당에서 옮겨 간 일천 오백 석이 넘는 볏섬들은 이미 선적작업까지 모두 마친 상태였다. 아침 식사를 끝낸 김 서방은 수 십 명이나 되는 일꾼들과 함께 모닥불 가에 둘러앉아서 사그러져 가는 모닥불 속에 심어 둔 술단지 속의 농주를 마음껏 나누어 마시며 강바람의 냉기로 얼어붙은 육신을 녹이고 있었다. 그리고 하역 작업 때문에 부산포까지 따라 가기로 돼 있는 젊은 하인과 머슴들은 더운 돼지국밥과 농주로 든든하게 속을 채우고 나서 서둘러 배에 오르면서 출항 준비를 서두르는 이도 눈에 띄었다.

　중산은 선적 작업이 예상 밖으로 빨리 끝난 데 대하여 저으기 놀라면서 김 서방에게 묻는다.

　"김 서방, 아까 산책하러 왔을 때는 출항이 다소 늦어지겠구나 싶었는데, 얼마나 일꾼들을 다그쳤기에 그렇게 많이 남아 있던 볏섬들을 모두 배에 싣고 벌써 출항 준비가 끝났단 말인가?"

　"서방님, 고된 일도 흥이 나면 힘드는 줄 모르고 다 하게 되어 있습니더! 아까 새벽에 보셨던 것처럼 들마당에 야적해 두었던 볏섬들은 밤샘 작업 끝에 첫닭이 울기 전에 일찌감치 모두 다 여기까지 운반해 왔었고요, 운반선에 옮겨 싣는 선적 작업도 벌써 한 식경 전에 거뜬히 마저 해 치우고 나서 밥과 술로 포식을 하고 나서도 시간이 남아서 이렇게 쉬고 있는 기이 앙이겠습니껴!"

밤샘 작업을 했음에도 불구하고 김 서방은 아직도 힘이 펄펄 살아 있었다.

"일꾼들 모두에게 더운 밥과 술을 든든하게 다 먹였단 말이지?"

"예, 먹이다마다요! 집에서 실어 온 더운 돼지 국밥으로다 든든하게 요기를 하고서 이렇게 반주까지 배가 터지도록 나누어 마셨다니까요!"

김 서방은 스스로 생각하기에도 선적 작업을 원만하게 마무리 지은 것이 무엇보다 만족스러운 듯 감개무량한 낯빛으로 거나하게 웃는다.

"고생들 많았네! 자, 그렇다면 빨리들 서두르세나! 부산에 당도하여 날이 저물기 전에 일을 끝마치려면 그래도 시간이 빠듯할 게야!"

오늘 내일에 걸쳐 범어사까지 다녀올 생각에 중산은 공연히 마음이 바빠졌다.

볏섬들의 선적 작업이 끝난 나루터 주변에서는 언제 그런 거창한 일이 밤을 새워 가며 벌어지고 있었냐는 듯이 눈부시게 번져 오는 아침 햇살 아래 여느 날과 다름없는 하루의 일상이 시작되고 있었다. 지루하게 진행되어 온 저 아래 웅천강 하구 쪽의 밀성제 제방 축조 공사는 아직도 끝나지 않은 채 마무리 단계에 접어들고 있는 상태였고, 웅천강을 건너 오거나 들판을 가로질러서 온 각 지역의 부역 인부들은 작업 시간이 임박했음에도 불구하고 작업 현장으로 가다 말고 큰 구경거리라도 만난 듯이 이쪽 돌티미 나루터로 몰려들며 줄줄이 배에 오르는 중산 일행들을 바라보고 있었다.

"서 방님, 조심해서 잘 댕겨 오시소!"

염 서방은 지난 며칠 동안 종마장에서 데리고 있었던 천 서방을 먼저 배에 태우고 나서 중산에게 배웅 인사를 한다.

"고맙네, 염 서방! 지금 마굿들로 돌아가거든 내가 다녀 올 동안에 종마장을 아무 사고 없이 잘 지켜 주게!"

명마인 자기의 백마에게 관심이 많던 왜놈 헌병 분견대장을 생각하면서 중산은 염 서방에게도 각별하게 뒷일을 당부한다.

"예, 그렇게 할 테니 안심하고 댕겨 오시소!"

그때, 삼랑 포구 쪽에서 올라오는 나룻배 위에서 삿대를 젓던 뱃사공 하나가 이쪽을 향해 소리친다.

"어이, 천방우! 니 천가 앙이가?"

"그래, 맞다, 장가야! 장 사공 니는 시방 제방 공사장으로 부역 인부들을 실어다 주고 돌아오는 길인가배?"

"그렇다마다, 천가야! 그런데 니는 대갓집 방아지기가 되었다꼬 자랑을 해쌓더마는 진짜로 팔자 고쳤구마? 그런데 그런 큰 배를 타고 시방 어데 가는 일이고?"

장 사공은 광탄 나루에서 기산리 쪽의 밀성제 부역 인부들을 싣고 삼랑 포구의 공사장으로 갔다가 돌아오는 모양이었다. 행인들이 있을 때는 지금처럼 그들을 실어다 나르기도 하고, 그렇지 못할 때는 천 서방이 그랬던 것처럼 고기잡이를 하게 되는 게 장 사공의 일상이었다.

"부산에 간다 앙이가, 부산!"

두 팔을 마구 흔들어대는 천방우의 얼굴에 희희낙락 자랑기가 넘친다. 지난 한때 하부 마을에서 이웃사촌으로 살면서 삼조창의 선청 조군으로 함께 일하며 고락을 같이 하였던 장 사공이라, 팔자를 고치게 된 천 서방은 상대적인 우월감에서 마음껏 팔을 흔들어대는 것이다.

"부산은 뭣 하러 가노?"

"나락 출하 하러 간다 앙이가! 부산을 갔다 오면 나중에 내가 귀경한 부산 이바구 다해 줄 테니 그리 알고 기다리거라!"

가난을 함께 겪으며 이놈 저놈 하면서 지내던 어제의 강태공 천방우는 어느 새 대갓집의 식솔 천 서방이 되어 여전히 배고픈 뱃사공으로 남아 있는 그에게 영원한 하직 인사라도 하는 듯이 손을 마구 흔들어 주고는 그대로 갑판 위로 올라간다.

삽과 괭이 같은 연장을 둘러메고 바라보는 강가의 다른 구경꾼들 중에도 장 사공처럼 천방우를 아는 사람이 적지 않아서 대갓집의 식구가 되어 배에 오르는 그를 보고 부러운 듯이 손을 흔들어대는 자가 더러 있었다. 대갓집의 식솔로 출세한 천 서방은 그들에게도 손을 흔들어 주는 것을 잊지 않는다.

그러나 갑판 위에 자리를 잡고부터 그의 눈은 어느 새 자신이 헤쳐 나가야 할 미래를 가늠하듯이, 멀리 아침 햇살을 받아 꿈길처럼 가물거리는 낙동강 본류 쪽을 망연히 바라보는 것이었다.

"자, 출항이요! 출항!"

드디어 출항을 알리는 징소리가 울리고, 중산 일행이 탄 모선의 도사공이 입을 크게 벌리고 고함을 친다.

"닻줄을 끌어 올려라!"

"닻줄을 끌어 올려라!"

중산 일행이 탄 모선의 도사공이 손나발을 하고 소리를 질러대자 그 소리는 다음 배로, 또 그 다음 배로 전달되어 간다. 그리고 일천 오백여 석의 볏섬들을 나누어 실은 세 척의 중선마다 황포 돛과 초석 돛이 일제히 올라가고, 선원들의 영치기 영차 소리와 함께 강바닥에 처박혀 있던 닻들도 차례대로 갑판 위로 끌어 올려진다.

드디어 출항이다. 중산 형제들이 탄 모선을 선두로 하여 일정한 간격으로 선단을 이룬 세 척의 중선들은 한겨울의 차가운 물살을 가르며 움직이기 시작한다. 밤샘 작업으로 지칠 대로 지쳐 버린 하인들도 이제는 사공들에게 만사를 내맡긴 채 볏섬 위에 올라앉아 강변의 구경꾼들을 향해 돌아올 길이 없는 먼 길이라도 떠나는 듯이 손들을 흔들어대면서 시름들을 놓고 있었다.

무오년 한 해도 저물 대로 저문 동짓달 하순, 계절은 이미 초겨울을 지나서 겨울의 한복판에 와 있었다. 해는 어느덧 중천에 떠올랐으나 북쪽에서 불어오는 웅천강의 강바람은 뼈에 사무칠 듯이 차갑고 거세었다. 기폭 가득 바람을 안은 운반선 돛배는 검푸른 물살을 가르며 낙동강 본류 쪽을 향하여 힘차게 나아간다.

중산이 탄 모선의 선수 쪽 갑판 위의 화덕에서는 시뻘건 장작불이 불꽃을 튀기며 기세 좋게 활활 타오르고 있었다. 커다란 석유 기름통을 잘라서 만든 대형 화덕이었다.

김 서방과 천 서방은 행여나 상전들이 고뿔이라도 걸릴세라 장작을 집어다가 불꽃을 살리기에 바빴고, 아우들과 함께 화덕 옆에 특별히 마련된 나무의자에 걸터앉은 중산은 눈앞으로 천천히 다가오고 있는 주변의 산천경개를 유심히 바라보며 깊은 감회에 젖어들고 있었다. 선단 우측으로 끝없이 펼쳐진 도구늪들을 비롯한 상남벌은 물론이요, 경부선 철길이 뻗어 있는 왼편의 웅천 강변을 따라 병풍처럼 둘러싸고 있는 만학천봉 들도 거의 대부분이 자기네 조상들의 혼이 배고 발자취가 남아 있는 종중 소유의 종산이며 임야였기 때문이다.

"천 서방, 지금까지 강태공 노릇을 하면서 살았다고 했던가?"

무슨 생각을 하고 있었던지, 화덕 속으로 장작을 집어넣고 있는 천 서방에게 중산이 문득 묻는다.

"예, 서방님!"

천 서방은 하던 일을 멈추고 그새 벌써 종살이가 몸에 밴 충복이나 된 듯이 굽실거리며 중산을 바라본다.

"그렇다면 자네는 영남대로(嶺南大路)에 대해서도 잘 알고 있겠구면?"

그러나 천 서방은 머리를 긁적이며 무안스레 웃기만 한다.

"그래도 예전에 선청의 조군으로 일한 바가 있고, 이날 이때까지 삼랑진 일대에서 강태공 노릇을 하면서 살아 왔다면 자네 집이 있는 하부 마을 앞의 낙동강과 이쪽 웅천강에 대해서는 그 누구보다도 잘 알고 있을 것이 아닌가?"

"그야 그렇습지요마는…. 소인 놈이 워낙 무식한 놈이 돼놔서요!"

천 서방은 중산의 의중을 알 수가 없어 무조건 자기를 낮추고 보는 눈치였다.

"옛날에는 서울과 동래, 수영을 잇는 관도(官道)로서 신속한 행정 및 군사 통신을 위한 영남대로라고 하는 큰 길이 저쪽 강변을 따라 쭉 나 있었다네! 동래 쪽에서 낙동강을 따라 곧장 올라오다가 저 아래 삼랑진을 지나면서부터는 낙동강을 버리고 이곳 응천강을 따라 밀양 읍성을 지나서 대구, 칠곡, 선산, 상주, 내륙의 문경 새재를 거쳐 충주, 용인, 서울까지 이어지던 길이었지. 허나, 도로의 폭은 일정하지가 않아서 넓은 곳은 일곱 발자국 정도에서 열 발자국이 넘는 곳도 있었지만, 좁은 곳은 두세 걸음 정도밖에 안 되는 곳도 더러 있었던 모양이야. 수레가 다닐 수 있는 노폭의 한계를 네댓 걸음 정도로 보면 그런 곳은 아마도 사인교(四人轎)가 지나다니기에도 빠듯했을 걸세. 높은 고갯길이나 강가의 비탈진 암벽 같은 데는 벼랑을 깎아내고 나무나 돌로 잔도(棧道)를 덧붙여서 축대를 쌓아 길을 터 내어야 했을 테니 오죽했겠는가?"

중산은 이야기를 하다 말고 그런 곳을 보여 주려는 듯이 왼편의 강가 산기슭으로 나 있는 경부선 철길을 바라본다. 중산네 집안과 영욕을 같이 하면서 평생을 살아 온 윤 영감도 그의 마음을 속속들이 들여다보고 있는 듯, 그쪽으로 바라보며 깊은 감회에 젖어 있었다.

그러나 강변을 따라 줄곧 이어지던 철길은 산등성이 아래의 벌판을 가로질러 멀리 달아나더니 급기야는 무흘고개 밑 터널 속으로 숨어 버리고 만다.

중산은 손끝으로 몇 그루 남은 왕소나무가 옛 정취를 쓸쓸하게 간직하고 있는 그 무흘고개 쪽을 가리킨다.

"저기 저 무흘고개 밑으로 나 있는 경부선 철길을 보시게나! 옛날에는 무흘역(無訖驛)에서 넘어오는 저 가파른 고개 위로 영남대로가 나 있었던 모양이야."

이야기가 진행될수록 점점 열을 띠어 가던 중산은 스스로 감정을 추스르는 듯, 잠시 말을 끊었다가 다시 얘기를 이어 가기 시작한다.

"천 서방, 내 얘기를 귀담아 들으면서 잘 봐 두시게나. 그래야 앞으로 우리 집에서 일하기에 여러 모로 편리할 걸세! 부산 동래에서 한양으로 가는 관도로는 이 영남대로 외에 영남좌로(嶺南左路)와 영남우로(嶺南右路)가 더 있었고, 이들 육로와는 별도로 낙동강 수로를 이용하는 뱃길도 따로 있었거든!"

영남좌로는 예전에 서울에서 봉화삼로(奉化三路)로 통하는 양주, 광주, 여주, 충주, 단양을 거쳐 죽령을 넘어서 경상좌도의 도시들인 풍기, 영천, 안동, 의성, 의흥, 신령, 경주, 울산, 기장, 동래로 연결되던 관도로서 일명 죽령길이라고도 하였다. 그리고 영남우로는 낙동강 서쪽의 경상우도 주민들이 주로 이용하던 길로서, 서울에서 용인, 양지, 죽산, 진천, 청주, 문의, 옥천, 청산, 황간 등의 충청도 땅을 끝까지 밟은 뒤에 추풍령을 넘어서 경상우도인 금산(지금의 김천), 성주로 들어서서 낙동강을 동쪽으로 건너 현풍, 창녕, 영산을 거치고, 거기서 다시 낙동강을 남쪽으로 건너서 칠원, 창원, 김해에 이르러서는 강폭이 아주 넓은 낙동강 하구인 황산진을 건너서 양산, 동래로 이어졌던 것이다

중산은 지금부터 자기네 집 방아지기로 새로 들어온 천 서방에게 자기네 문중 특유의 종복 예비 교육을 시키려고 하는 모양이었다. 천 서방도 그런 중산의 의도를 이제야 겨우 알아차린 듯 한껏 상기된 얼굴로 그의 말을 한 마디도 놓치지 않고 귀담아 듣고 있었다.

"서방님, 소인 놈도 지난 날 선청에서 우리 역내의 조운선 조군으로 일할 때, 옛날에는 세리들이 조세로 거둬들인 세곡을 싣고 낙동강 물길을 따라 멀리 상주까지 수백리 길을 오르내렸다는 이바구는 자주 들었습지요!"

"자네야말로 후조창이 있던 삼랑진 하부 마을 출신의 조군이었으니 어련하였겠나! 그런데, 천 서방. 우리 동산이 여흥 민가들 문중에서도 예로부터 그 낙동강의 수운을 이용하는 일이 빈번하였다네! 낙동강과

이 웅천강의 수운이 우리네 문중이 이 정도로 행세를 하면서 살아오는 데 큰 동맥 역할을 하였다고나 할까. 그러니 자네도 앞으로 우리 집에서 제대로 일을 하고 살자면 무엇보다도 이 낙동강 유역의 지리와 강물의 흐름에 밝아야 할 것일세!"

삼랑창으로 지칭되기도 하는 후조창은 낙동강 유역에 있던 삼조창 중의 하나였다. 예전에 각 지방에서 거둬들인 조곡과 공물 등을 뱃길을 통해 운송하던 것을 조운(漕運)이라 하고, 조운으로 운반해 온 조세품들을 보관하고 관리하던 곳을 조창(漕倉)이라 하였는데, 낙동강 유역에 있던 창원의 좌조창(左漕倉), 진주의 우조창(右漕倉)에 이어 영조 42년 (1766년)에 삼랑진에 삼랑창(三浪倉)을 증설하면서 삼조창(三漕倉)이 되었던 것이다. 이 중에서 가장 나중에 세워져서 운반선 15척으로 밀양, 양산, 현풍, 창녕, 영산, 울산, 동래 등 인근 7개 군현의 조세를 징수하여 관리하던 삼랑창을 달리 후조창(後漕倉)이라 부르기도 하였다.

중산은 얘기를 하면서도 머릿속으로는 파란 많은 사대부 집안의 종손으로서 옛 선조들의 자취를 따라 뱃길을 가노라니 새삼스럽게도 만감이 다 교차하는 듯, 깊은 상념에 젖은 얼굴로 시종 먼 곳으로 시선을 보내고 있었다.

"옛날, 삼랑진에는 세금으로 거둬들인 곡식을 모아 두는 조창과, 그것을 관리하는 관사인 차소에다, 말을 먹이고 재워 주는 고마창까지 있었다고 하더구먼. 당시 삼랑진에 있었던 후조창은 영남의 2대 조창 중의 하나로서 가까운 고을에서 거둬들였거나 구포, 황산(黃山) 나루 등에서 싣고 온 세미를 쌓아 두었다가 배에 잔뜩 싣고 낙동강을 따라 멀리 상주(尙州)까지 운반해 가서는, 문경의 조령(鳥嶺)을 넘어서 충주의 가흥창(可興倉)에 임시로 적치(積置)해 두었다가 남한강 수운을 이용하여 한양의 마포 나루에 내리는 데에 필요한 창고 역할을 했다는 얘길세. 그런데 말이야, 천 서방! 옛날이나 지금이나 재물을 다루는 데에는 각종의 비리들이 많았던 모양이야. 이 시기에 백성들은 한양으로 조세를 나르는 선주들의 작폐(作弊)로 곡식이 축날 때마다 재차 세미를 징수 당하는 곤욕을 치르곤 했다니 참으로 기막힌 노릇이 아니었겠는가? 특히, 객줏집 여인숙과 같은 저점(邸店)에 머무르는 상인들과 작간배들이 세미를 두고 중앙의 고위 관료들과 이권 경쟁을 벌이는 바람에 풍기 문란과 민폐가 심했다고 하니 오늘날 우리한테도 시사하는 바가 크다고 해야 하겠지!"

이렇게 장황하게 서두를 장식한 중산은 드디어 자기네가 중히 여기고 있는 교통 얘기를 본격적으로 끄집어내기 시작하는 것이었다.

"그리고, 천 서방! 옛날이나 지금이나 우리네 인간이 살아가는 데 있어서 지역과 지역을 연결하는 도로만큼 중요한 것도 아마 드물 걸세. 그래서 신라 시대에도 국운을 걸다시피 하고 길을 뚫었던 것이고, 조선 시대에도 각 지방으로 연결되는 관도(官道)의 운영에 국운을 걸다시피 하며 그토록 심혈을 기울였던 것이라네! 그 중에서도 나라에서 가장 중요하게 여겼던 대표적인 관도가 어느 길이었는지 아는가? 그 길이 바로 저기 저 경부선 철길이 차지해 버린 자리에 나 있던 영남대로였단 말일세! 서울의 남한강 유역과 남쪽의 낙동강 유역의 여러 도시들을 연결하는 이 영남대로라고 하는 길은 나라의 흥망과 운명을 좌우할 정도였으니 조선 최대의 중요 국도였던 셈이지!"

중산이 말하는 영남대로가 처음 뚫린 것은 삼국 시대인 신라 초기였다고 하니, 이 길의 역사야말로 우리 민족의 역사라고 하여도 과언은 아닐 터였다. 길이 처음 뚫린 이후, 오가는 각종 통행인들의 흥타령 소리와 말발굽 소리가 힘차고 요란했을 때는 우리 민족도 역동적으로 웅비(雄飛)하였고, 길이 막히고 생동감 없이 주저앉아 황폐했을 때는 국운도 자복(雌伏)하며 쇠잔해지고 말았다는 우리의 대동맥 영남대로—

한반도의 남쪽 끝에 위치한 신라가 문경의 계립령(鷄立嶺)을 처음 뚫은 것이 AD 156년경이었고, 풍기의 죽령(竹嶺) 길을 개통시킨 것이 AD 158년 무렵이었는데, 그 목적은 양쪽 모두 한강 유역으로의 진출을 도모하기 위해서였다고 한다. 그 후, 고려 시대에는 수도인 개성을 중심으로 동·서북과 동·서남을 연결하는 X자형 대로(大路)의 축을 정비하고, 전국의 도로를 경주도(慶州道), 상주도(尙州道) 등 22개의 역도(驛道)로 나누어 기능을 정비했다는 것이다.

수도를 한양으로 옮긴 조선 시대에는 도로의 기점을 서울의 사대문으로 바꾸고, 육대로(六大路)에서 구대로(九大路), 후기에는 다시 십대로(十大路)로 구분하여 운영했던 것이다. 그 중에서 동남지동래사대로(東南至東萊四大路: 동남쪽의 동래에 이르는 사대로)가 바로 서울에서 영남 지역의 끝인 동래로 이어진 도로였다.

그 도로의 출발점은 한양의 숭례문으로서 한강진을 건너 경기도의 용인, 양지를 거치고 충청도의 충주를 지나서 계립령 대신으로 새로 뚫린 문경 새재를 넘으면 경상도 땅인 영남 으로 바로 들어서게 되고, 거기서 다시 함창과 상주를 돌아 낙동강을 동쪽으로 건너서 칠곡, 대구, 청도, 밀양, 양산을 차례로 지나 동래에 당도하는 이 길이 장장 9백 50리의 영남대로였던 것이다. 이 길은 문경 새재를 넘기만 하면 낙동강 뱃길을 따라 큰 고개들을 비켜서 가게 되고, 주변의 여러 도시들도 외면한 채 한 줄기로 이어 놓았기 때문에, 그 당시로서는 가장 빠른 고속도로였던 셈이다.

"천 서방, 옛날에 우리네 집안 조상님들께서 한양으로 과거 시험을 보러 가거나 벼슬살이를 하러 오갈 때 주로 이용하셨던 길이 어느 길인 줄 아는가? 지금은 경부선 철도가 대신해 주고 있지만, 옛날 우리네 조상님들한테 다시없는 좋은 교통로가 되어 주었던 길도 역시 바로 이 영남대로였다는 말일세!"

그런데, 이 영남대로를 영남좌로와 우로의 중간에 있다고 하여 달리 영남중로(嶺南中路)라고도 불렀던 것이다.

"서울과 동래 수영을 잇는 세 개의 대로 가운데 가장 동쪽에 위치한 영남좌로는 동래 수영에서 영남의 동부 지역인 기장, 울산, 경주, 의성,

안동, 영천, 풍기를 거치고 죽령을 넘어서 다시 단양, 제천, 충주, 여주, 광주, 양주를 거쳐 서울의 한강진(漢江津: 지금의 한남동)에 이르는 길이 었지. 그래서 영남좌로는 흔히들 '죽령길'이라고도 했다는 게야."

"그리고 영남우로는 달리 '추풍령길'이라고도 하지 않았습니까? 형님."

모처럼 둘째인 초암이 잠자코 듣고만 있다가 자기네 문중사의 산 증인인 김 영감을 돌아다보면서 한마디 거들고 나선다. 그는 종가의 차남으로서 일찍이 장가를 들어 올해 초에 득남하여 분가해 나간 가장으로 셋째인 청암과는 달리 비교적 말수가 적고 성격도 아주 온순한 편이었다. 그래서 그는 나아갈 자리와 물러날 자리를 구분하여 말을 할 정도로 매사에 조심스럽고 신중한 편이었으나, 옳고 그름을 분명히 가릴 줄 아는 조선 선비의 대쪽 같은 고집도 아울러 가지고 있었다. 아마도 입이 무거운 그도 오늘은 천 서방이 새 식구로 들어왔으니 주인집 상전으로서 특별히 한 마디 해 주고 싶었는지도 모를 일이었다.

"암, 그렇고말고! 우리 초암 아우의 말대로 영남우로는 추풍령을 넘어서 곧장 충청도로 이어지는 길이었는데, 이곳 낙동강 하구 쪽으로 와서는 저기 아래쪽의 황산진 나루를 건너서 곧바로 동래 쪽으로 연결되었던 게지."

"서방님, 그 황산진이라는 데는 지금의 어디를 가리키는 말씀입니까요?"

천 서방이 중산을 돌아보면서 이렇게 묻자, 옆에 있던 김 서방이 한참 오래 된 선배답게 제법 아는 체를 하면서 말참례를 하고 나선다.

"이 사람아! 저기 저 원동 아래의 물금 나루 말일세, 물금 나루! 예전에는 이 낙동강을 황산강(黃山江)이라 했고, 지금의 양산 땅 물금 포구를 황산 나루라고 불렀거든!"

"김 서방의 말이 맞네! 예전에 우리 조상님들이 영남우로를 따라 부산포와 동래를 오갈 때는 양산역(陽山驛) 찰방(察訪: 조선 시대, 각 도의 역참을 관리하는 일을 맡아보던 종육품의 외직 문관 벼슬)이 있는 황산진(黃山津)에서 낙동강을 건너서는 곧장 동래로 갔고, 한양으로 갈 때는 김해에서 이어져 온 육로를 따라 창원, 칠원으로 해서 다시 낙동강을 건너야 했고, 영산, 창녕, 현풍까지 가서는 또다시 낙동강을 건너야 했을 정도로 줄곧 이 낙동 강변을 따라 길을 이어 갔던 것일세! 그리고 현풍에서 다시 낙동강을 건너면 성주 땅이 나오고, 거기서 다시 추풍령을 넘어서면 충청도 땅인 황간이 나온단 말일세! 거기서부터 다시 청산, 옥천, 문의, 충주를 지나 진천, 죽산, 양지, 용인으로 해서 한양으로 이어가는 길이 바로 영남우로였던 거라네. 그런데, 천 서방! 우리네 조상들이 한양 땅으로 나락을 실어 나를 때는 주로 어느 길을 택해서 갔는지 아는가?"

중산은 이렇게 묻고 나서 천 서방이 아무 말이 없자, 다시 말을 잇는다.

"그것이 바로 영남대로와 맞물려 끊임없이 교차되면서 천릿길을 흘러온, 저기 저 오우진 나루에서 본류로 바로 이어지는 낙동강 뱃길이었단 말일세! 말하자면, 충청도 땅과 경상도 땅의 경계인 문경 새재의 육로 구간을 가운데 두고 한양 땅으로 흐르는 북쪽의 남한강과 남쪽의 이 낙동강을 연계한 뱃길이었던 게지."

"서방님! 그렇다면 이 낙동강의 물길이 그 먼 한양까지 바로 이어져 있다는 말씀입니까?"

밀양 땅을 한 번도 떠나 본 적이 없는 천 서방의 말에, 김 서방이 다시 면박을 준다.

"야, 이 사람아! 방금 서방님께서 말씀하시지 않았는가? 경상도하고 충청도 땅 사이에 그 높은 문경 새재가 탁 가로막고 있는데, 양쪽의 물길이 어떻게 바로 이어질 수가 있겠나? 우리 종가의 산증인인 김 영감이 그러는데, 예전에 우리 서방님 댁의 어르신들을 뫼시고 한양으로 짐들을 실어 갈 때는 이곳 돌티미 나루에서 중선을 타고 서방님 댁의 선산이 있는 오우정 앞의 오우진 나루로 도로 내려가 삼랑 나루로 해서 곧장 낙동강 본류 쪽으로 접어들었다 카더구만! 그런 다음에 상주 낙양역(洛陽驛)을 지나 문경 유곡도(幽谷道)까지 가서는 그 많은 짐들을 우마차를 이용하여 새재 밑에 있는 주막거리까지 실어 갔다는 기이라. 그라고, 거기서는 다시 현지의 일꾼들을 동원하여 그들의 잔등에다 일일이 짐들을 지워 가지고 그 높은 문경 새재를 헐떡거리면서 넘어가야 했고 말이다!"

"김 서방의 말이 맞다네! 여기에 역사의 산 증인인 김 영감과 윤 영감도 있지만, 연로하신 윗분 어른들의 말씀을 들어 보면 한강의 유로(流路) 연장이 장장 일천 이백여 리인데, 이 가운데 주벌 구역(舟筏區域)인 뱃길이 팔백여 리였고, 낙동강은 일천 삼백여 리에 뱃길이 일천여 리라 하였다네! 게다가 곳곳에 여울목이 도사리고 있어서 길은 멀고 험하였지만, 그래도 이 낙동강의 뱃길만큼 유용한 물자 운송로는 없었던 모양이야. 그래서 우리 문중의 어르신네들께서는 한양 과거 시험을 보러 갈 때도 이 낙동강 뱃길을 자주 이용하셨고, 지금 우리처럼 양곡을 처분하러 갈 때도 줄곧 이 물길을 애용하셨다는 게야. 유유히 흐르는 물길 따라 흘러가면서 칠원의 불당원이나 창녕의 마수원(馬首院) 같은 데서 하룻밤 쉬어 가기도 하고, 선산의 월파정(月波亭) 같은 경치 좋은 정자와 누각을 만나면 구경도 하면서 말이네! 그런데 경부선 철길이 뚫리는 바람에 그 모든 영광과 지위를 철도한테로 넘겨주고 이제는 가까운 지역 간의 물자 수송로로나 이용되고 있으니 격세지감도 이만저만이래야 말이지!"

"형님! 수운에, 과것길에, 그래도 이 낙동강과 응천강만큼 우리한테 중요한 강도 없지를 않습니까?"

초암의 말이었다. 아직도 한학에 뜻을 두고 있는 만큼 번성했던 옛날의 과것길에 대한 아쉬움과 미련이 그 누구보다도 많이 남아 있을 초암이었다.

"뉘 아니래나. 그러니, 천 서방한테도 그런 걸 가르쳐 주어야 한다는 얘기가 아니겠는가!"

"그런데 형님! 영남의 선비들이 한양으로 과거 시험을 보러 갈 때는 동부 지역, 서부 지역 사람 할 것 없이 주로 이 영남중로를 이용했다고 하지 않았습니까?"

이번에는 지금까지 잠자코 듣고만 있던 청암까지 한 마디 하고 나선다. 그러자 중산은 그 아우의 어깨를 기꺼운 듯이 두드려 주면서 고개를 끄떡인다.

"옛날부터 전해 오는 말에 의하면, 정말로 그런 일이 있기는 있었던 모양이야! 하지만, 모든 사람들이 다 그랬던 것은 아닌 것 같고, 추풍령이나 죽령을 넘어가는 것이 더 가까운 길임에도 불구하고 조금 더 둘러서 가는 한이 있더라도 문경 새재를 이용하는 경향이 더러 있었던 거겠지. 멀리 둘러서 가는 길이 더 힘들었을 터인데, 왜들 그렇게 했을까. … 자네들은 그 까닭을 아는가?"

"그거야, 옛날부터 한양으로 과거 보러 갔던 선비들 사이에서 전해 내려온 속설 때문이라고 하지 않습니까, 형님."

옛날 선비들의 얘기가 나오자 초암의 얼굴엔 갑자기 생기가 넘쳐흐른다. 그는 전형적인 선비 기질을 가지고 있는 사람이라, 역시 그런 데에 관심이 많았던 것이다.

"그렇다는구먼! 영남 좌로의 죽령을 넘어서 과거를 보러 가면 '죽을 쑤게 된다'는 것이고, 영남우로의 추풍령을 넘어서 한양으로 가면 '추풍낙엽처럼 낙방을 하게 된다'던가…. 그래서 새처럼 훨훨 날아서 그 어려운 과거 시험의 문턱을 넘어서려고 우습게도 굳이 높으나 높은 그 문경 새잿길을 한사코 택하여 한양으로 올라들 갔다는 게야!"

이들 삼대 관도에는 거리를 표시하는 장승의 입표(立標)가 삼십 리마다 세워져 있었으며, 그 거리를 일식(一息)이라고 하였는데, 시간의 단위로 흔히 쓰이는 '한 식경(一息經)'이라는 말도 사실은 여기서 유래한 것이라고 주장하는 사람도 있었다. 말하자면, 먼 길을 가는 나그네가 주막이나 객줏집에 들러서 짚신을 벗어 놓고 장국밥 한 그릇을 먹으면서 땀을 들이며 한 번쯤 쉬어서 가는 거리를 뜻하는 우리네의 거리 단위가 바로 이것이요, 한 참(站) 가야 한다는 '한참'의 거리 단위도 여기서 비롯되었다는 주장인 것이다.

그런데, 조선 시대에는 이 일식 거리인 삼십 리마다 도로를 관장하는 국가 기관인 역을 두었으며, 역과 역 사이에는 원(院)이라고 하는 여숙소(旅宿所)를 두기도 하였다. 역은 그 규모에 따라 역토를 할양 받아 농사를 지어서 자급자족 방식으로 운영하게 하였던 것인데, 이러한 역들을 지역별로 십여 개씩 한데 묶어서 종육품에 속하는 하급 관직인 찰방 한 명과 종구품의 역승(驛丞)이 관장했고, 그 밑에도 역장과 역졸들이 있어서 역의 관리와 공무를 담당케 하였던 것이다.

그리고 역은 파발(擺撥)과 급주졸(急走卒)이 있어서 공문서를 수발하는 우편 업무 외에도 세금으로 거두는 세미, 조공으로 바쳐지는 특산물의 운반이나 관리들의 여행길 안내와 편의 제공 같은 임무까지 맡고 있었으며, 도로의 정비나 교량의 건설, 나루의 운영까지 중앙 부서의 협조와 감시 하에 담당하기도 하였던 것이다.

원래 경상도에 속하는 찰방은 다른 도에 비하여 훨씬 많은 11개로 구성되어 있었으며, 조선조 후기까지 존속하였던 영남대로 상의 찰방 본역은 경북 점촌의 유곡도 찰방과 양산의 황산도 찰방, 이렇게 두 개 뿐이었던 것이다.

그런데, 황산역 찰방은 동래에서 한양으로 이어지는 첫 번째 찰방으로서 임진왜란이 막바지에 이르렀던 선조 30년(1597년)에 파발제도[(擺撥制度): 조선시대에 공문서의 신속한 전달을 위하여 설치 운영한 통신수단으로 1597년(선조30년)처음 논의하고 실시되어 1895년(고종 32년)까지 4백여 년간 운영된 제도]가 시작되면서 군사 관할 기관으로 성격이 바뀌어 왜군들의 침략 길목을 차단하는 역할까지 감당했다고 한다. 당시 황산역 찰방은 종3품인 양산 군수를 좌지우지했을 정도로 세력이 막강했던 모양이다. 찰방은 중앙 직속 기관으로서 어사가 순행을 돌면 16개 역에 있는 역졸들을 모아 보필했을 뿐만 아니라, 군수의 치정(治政)을 견제하는 역할까지 담당했기 때문이다.

"집사 양반, 산길에 험한 고갯길이 있듯이 물길을 따라 가다 보믄 급하게 흐르는 여울목도 있을 기인데, 그런 곳은 배가 우찌 올라갔답디까?"

천 서방이 미심쩍은 얼굴로 김 서방에게 묻는다. 그는 아무래도 자기가 앞으로 그런 뱃길을 이용하는 일을 하게 될지도 모른다는 생각을 하고 있는 모양이었다. 실제로 그런 경험이 없는 김 서방이 머뭇거리자, 중산이 대신 설명을 해 준다.

"그건 천 서방의 말이 맞네. 뭍에도 가파른 고갯길이 있는데, 뱃길이라고 해서 어찌 험한 물길이 없었겠나? 그게 바로 여울이라는 게야. 그런데 여울 중에서도 물살이 센 여울은 뱃사람들한테는 여간 어려운 장애물이 아니었던 모양이야. 돼지여울, 미꾸라지여울, 너른쟁이여울, 문지방여울, 사래여울, 범여울, 까치여울 등, 그 이름이 다양한 것만 봐도 알 수 있는 일이거든."

자상하게 들려주는 중산의 설명이었다. 그는 부친을 대신하여 종가의 당주 노릇을 위임 받아 시작한 지 몇 년이 되지 않았음에도 불구하고 자기가 직접 해결해야 할 일은 물론이요, 자기가 부리는 하인들이 해야 할 일에 대해서도 무엇이든 거의 빈틈이 없이 모두 파악해 두고 있었다. 그가 그렇게 된 것은 치밀한 그의 성격 탓도 있겠지만, 그보다는 영동 어른이 아무 준비 기간도 주지 않고 하루아침에 종갓집 당주가 해야 할 가사의 일체를 그에게 미루어 버리는 바람에 만사를 스스로 알아서 처리하기 위하여 그만큼 많은 노력을 기울인 결과이기도 하였다.

"서방님, 그렇다면 화물을 잔뜩 실은 배들이 그 많은 여울목을 어떻게 올라갈 수 있었을깝쇼?"

"웅천강의 강태공으로 잔뼈가 굵었다는 천 서방 자네가 아직도 그런 걸 모르고 있었다니, 참 별일이로구먼 그래?"

의아해하는 중산의 말에 천 서방은 멋쩍게 웃으면서 얼굴을 붉힌다.

"여기 있는 김 서방한테도 말씀드렸지만, 소인 놈은 후조창 선청에서 조군으로 일한 바가 있었지만 수심이 깊은 역내 지역만 돌아댕겼기 때문에 삼랑진 일대의 웅천강, 낙동강밖에 아는 기이 없습니다요. 그러니 그런 뱃길에 대해서 아는 기이 머가 있겠습니껴?"

"이 사람아. 그래서 자고로 무슨 일을 하든지 쓸모 있는 일꾼이 되려면 먼저 숱한 예비 지식과 넓은 안목부터 대양(大洋)같이 넓혀 두어야 한다는 것일세!"

이렇게 충고를 한 중산은 천 서방에게 학교 교육을 시키듯이 다시 자상하게 설명을 해 나가기 시작한다.

"평소에 배가 무리 없이 지나다니던 길이라 할지라도 홍수로 물길이 바뀌는 바람에 어려움을 겪는 수가 종종 있었던 모양이야."

여울목에 홍수로 떠내려 온 돌들이 쌓여 배가 지나갈 수 없게 되면 인근의 강마을 사람들이면 누구나 일손을 놓고 강가로 몰려 나와서 돌들을 치우고 배가 그 쪽으로만 지나다닐 수 있도록 뱃골을 만들어 놓곤 하였다. 그 뿐만도 아니었다. 그렇게 길을 터놓은 강마을 사람들은 지나다니는 배들이 뱃골을 벗어나지 않도록 양쪽에 깃발까지 세워 줄 정도로 당시 강마을 사람들의 인심이 넉넉하였던 것이다.

그런데, 이렇게 애써 열어놓은 물길이라 하더라도 하류로 내려가는 돛배는 물살에 실려서 저절로 내려가지만, 상류로 오르는 돛배는 제 힘으로 거슬러 오를 수가 없었기 때문에 문제가 되지 아닐 수 없었다.

"하지만, 그런 곳도 별 어려움 없이 거슬러 올라갈 수가 있었다고 하니 참 희한한 일이 아닌가? 배가 여울목을 올라갈 때 밧줄을 묶어서 끌어 올려 주는 것도 강마을 사람들의 몫이었던 것일세! 그게 바로 뱃사람들이 소위 말하는 '끈 잡이'라는 게야. 뱃사람들은 그런 도움을 받을 때마다 '골세'라고 하여 소금 한 되나 곡식 몇 되를 내놓았던 모양이고…. 품삯이라고 하기에는 너무도 약소한 것이니 인사치레에 지나지 않았던 셈이지."

그럼에도 불구하고 강마을의 끈 잡이들은 이런 일을 두고 인간사의 도리로 받아들이며 언짢은 기색은커녕 오히려 당연한 처사로 받아들였던 것이다. 그 도리라는 게 무엇이냐고 물으면 그들은 오히려 나무라듯이 이렇게 말하곤 하였다고 한다.

"이 보슈, 강마을에 사는 놈이 제 앞강의 뱃길을 터놓지 않으면 윗동네는 우찌 살고, 아랫동네는 또 어떻게 살아갈 기이요? 안 그렇능교?"

말하자면, 강은 배가 지나다니면 살아 있는 강이 되고 배가 못 다니면 죽은 강이 되는 게 현실이라, 강가에 사는 사람이 어떻게 강을 죽일 수가 있겠느냐는, 그야말로 누이 좋고 매부 좋은 상부상조의 원리인 셈이었다.

◇ 피가 흐르는 강

중산 사형제를 위시하여 일꾼들이 탄 모선이 거느린 미곡 선단은 거센 바람세를 타고 어느 새 후포산 앞의 뒷기미 나루가 가까이 바라다보이는 응천강 하류를 지나고 있었다. 여기서 조금 더 내려가면 창녕, 함안, 수산 쪽에서 흘러온 낙동강 본류와 만나게 되고, 유량이 갑절 이상으로 늘어난 강물은 드디어 대하다운 위용을 뽐내며 용용히 흘러가서 임진왜란 때의 격전지였던 작원관(鵲院館) 요새와 황산진 나루를 지나고, 구포 나루, 낙동강 하구를 차례로 지나서 곧장 남해 다대포 바다로 흘러 들어가게 되는 것이다.

중산은 망망한 물길을 따라 흘러가는 중선에 몸을 맡긴 채 서서히 다가오고 있는 왼편의 후포산 산마루 쪽을 하염없이 바라보고 있었다. 그 고개 너머 저쪽의 산마루 중턱에는 자기네 문중에서 자랑하는, 연산군·중종 때에 효우 출천한 향현(鄉賢)으로 명성을 크게 떨쳤던 오우선생 다섯 조상 분들이 우애를 다지며 학문 연구와 시작으로 음유하고 노닐었던 오우정과, 그분들의 학덕을 기리며 제향하기 위하여 향중의 유림들이 사후에 세운 삼강서원(三江書院)의 유물과 유적이 자리 잡고 있는 것이다.

그곳 상층부에 자리 잡은 높다란 오우정 난간에 올라서서 눈 아래의 낙동 포구를 굽어보면 일망무제로 탁 트인 전망 속에 산자수명한 주변 일대의 빼어난 절경이 한 폭의 실경산수도처럼 발밑에 펼쳐지기 마련이었다. 가야·신라 시대에도 풍류객들의 발길이 끊이질 않았고, 고려 시대에는 승려 원감(圓鑑) 충지(沖止)가 이곳에 있던 삼랑루(三浪樓)의 절경에 취하여 읊은 『차박안렴항제밀양성삼랑루시운(次朴按廉恒題密城三郎樓詩韻: 안렴사 박항의 밀양 삼랑루 시에 차운함)』이란 〈삼랑루시(三浪樓詩)〉가 오늘날까지 『동문선(東文選)』과 『동국여지승람』에 실려서 전해내려 오고 있는 것이다.

湖上靑山山上樓(호상청산산상루): 호수 위에 청산이요, 청산 위에
　　　　　　　　　　　　　　　누각인데,
美名長與水同流(미명장여수동류): 아름다운 이름이 길이 물과 함께
　　　　　　　　　　　　　　　흐르네!
傍洲沙店排蝸殼(방주사점배와각): 물가의 주막들은 달팽이 껍질처
　　　　　　　　　　　　　　　럼 늘어서 있고
逐浪風船舞鷁頭(축랑풍선무익두): 물결 좇는 배들은 익새처럼 춤추
　　　　　　　　　　　　　　　는구나!

桑柘煙深千里暮(상자연심천리모): 뽕밭에 연기 깊어 천리 벌에 해는
　　　　　　　　　　　　　저물어
芰荷花老一江秋(기하화로일강추): 마름과 연꽃이 시드니 강이 온통
　　　　　　　　　　　　　가을이로세!
落霞孤鶩猶陳語(락하고목유진어): 떨어지는 낙조에 외로운 집오리
　　　　　　　　　　　　　라 함은 오히려 새로울 것 없으니
故作新詩記勝遊(고작신시기승유): 짐짓 새 시를 지어 즐겁게 놀았음
　　　　　　　　　　　　　을 기록하노라.

　그리고 조선 시대에는 또 오우 선생의 명성을 듣고 오우정을 찾아왔
던 경상도 관찰사 임호신(任虎臣)이 그들의 효우와 학문에 감복한 나
머지 조정에 상소, 천거한 결과로 다섯 형제 모두에게 벼슬을 내리게
되었는데, 큰 스승이자 진외종조부의 벼슬에 나아가지 말고 후학 양성
과 학문에만 정진 하라는, 학문의 큰 스승이자 진외종조부인 점필재 선
생의 가르침에 따라 당사자들이 극구 사양하는 바람에 임금께서 다시
벼슬 대신으로 오우정을 찬양하는 정찬 사운(亭讚四韻)을 하사하였던
것이다.
　그 후, 오우 선생 사후에도 그들의 효우와 학문을 기리는 시문들이
끊임없이 이어졌으니 경종(景宗) 때의 성균관 유생으로 평생을 초야에
묻혀 시문을 벗 삼아 지냈던 소암(笑庵) 조하위(曺夏瑋:1678-1752)의
『오우정(五友亭)』도 중산이 곧잘 음송하는 시문 중의 하나였다.

　山高江闊又層樓(산고강활우층루): 산 높고 강은 넓어 그 위에 높은
　　　　　　　　　　　　　　누각
　特地佳名百代流(특지가명백대류): 선경(仙境)에다 고운 이름 강물
　　　　　　　　　　　　　　처럼 유유(悠悠)하구나!
　先輩清詩長耀眼(선배청시장요안): 선배님의 좋은 시는 길이길이 빛

을 더해

友又遺躅入回頭(우우유촉입회두): 효(孝)와 우애(友愛)의 본보기는
머리 숙여 숙연케 하네.

停盃喜問青蓮月(정배희문청련월): 술잔 놓고 기뻐 묻노니 이태백이
놀던 달아

作賦寧悲宋玉秋(작부녕비송옥추): 추사부 시를 읊어 슬퍼한들 무엇
하리?

湖號郎官坡僕射(호호낭관파복사): 물 이름도 낭관(郎官)이고 언덕
조차 벼슬 이름

果能誰勝箇中遊(과능수승개중유): 어느 곳을 절승지(絶勝地)라 할
지 말하기 어려왜라!

〈笑庵 先生 文集〉

모선의 갑판에 우뚝 선 중산은 유구한 세월 속에서 뭇 풍류객들의
옥운(玉운)이 끊이지 않았던 오우정을 오래도록 넋을 잃고 바라다보고
서 있었다. 오우정이 세워진 때가 중종 5년(서기 1510년)이던 거금(距
今) 4백 8년 전의 일이요, 오우 할아버지들께서 돌아가신 세월 또한 그
에 못지않건만, 그분들을 향한 애틋한 만단정회만은 지금도 자나 깨나
여러 옥운들과 함께 여전히 어혈로 가슴에 사무쳐서 연면한 강물처럼
유유히 흐르고 있는 것이다.

"이보게, 초암 아우. 〈오우선생실기(五友先生實記)〉의 필사 작업은
이미 다 끝났다고 했던가?"

오래도록 오우정을 바라보고 있던 중산이 꿈에서 갓 깨어난 사람처
럼 회한에 잠긴 목소리로 묻는다. 〈오우선생실기〉는 점필재 김종직 선
생의 문인이자 진외종손인 오우선생 5형제의 여러 시문을 비롯한 학문
과 행적 등을 집대성하여 판각한 책으로, 여흥 민씨 밀양 이참공파(吏

參公派)의 파조(派祖)인 우우정(友于亭) 민구연(閔九淵)의 10대손인 민치홍(閔致鴻)이 임란 때 화를 모면하여 수백 년 동안 손으로만 전해져 오던 문서나 서찰들을 지난 갑술년(1874년)에 책으로 엮은 것으로, 서문은 흥선 대원군의 장인이자 고종황제의 외조부인 효헌(孝獻) 민치구(閔致久)가 광주부유수(廣州府留守)로 있을 때 직접 지은 것이었다.

민치구는 고려 말의 충신인 두문동 72현의 한 분으로서 여흥 민씨 10세 조상인 대제학 민유(閔愉) 대에 이르러 밀양 이참공파와 분파된 삼방파(三房派)의 후손이었고, 민유 선생의 슬하에는 다섯 형제를 두었는데, 밀양의 이참공파는 둘째인 이조판서 수생(壽生)의 후손이고, 민치구는 넷째인 지성(智生)의 후손이었다.

이런 내력을 따진다면 〈오우선생실기〉야말로 여흥 민씨 밀양 이참공파의 후손들에게는 보물 중의 보물이 되고도 남을 정도로 귀중한 문중 유산이 되지 않을 수 없었다.

"예, 형님. 목판으로 찍기보다는 직접 필사를 하는 것이 더욱 의미가 있을 것 같아서 피사해 보기로 작정하였는데, 그 내용들을 자자구구 마음에 새기면서 필사하는 데에 꼬박 석 달이나 걸려서야 겨우 몇 부를 완성하게 되었습니다."

"꼬박 석 달이라…. 하지만 임진란 때 오우정과 삼강서원에 있던 수많은 문집 자료들이며 책판들이 그렇게 모조리 소실되지만 않았어도 〈오우선생실기〉의 분량은 필사할 엄두조차 내기 힘들 정도로 그 양이 엄청나게 방대하였을 걸세!"

중산은 그런 말을 하면서 임진왜란 때 소실된 오우정을 숙종 연간에 중수(重修)하면서 세운 삼강사비(三江祠碑) 비각 앞의 중수 기념 석비에 새겨진 오우선생(五友先生)들의 약전(略傳) 내용을 하나하나 짚어보고 있었다. 조선 유학의 종조(宗祖)로 우뚝 선 점필재 김종직 선생의 진외종손이자 문하생으로서 당대의 쟁쟁한 인물들과 교유하면서 문명을 크게 떨쳤던 그분들의 빛나는 생애와 임진왜란 때 왜구들의 만행으로 소실된 고귀한 문적(文籍)들을 생각하노라니 절로 가슴이 저려 오는 것이다.

『五友先生(오우선생)은 孝道(효도)와 友愛(우애)로써 그 名聲(명성)은 當代(당대)에 떨쳐 成宗(성종, 1488년) 年後(연후)에 계셨던 勖齋(욱재) 閔九齡(민구령), 敬齋(경재) 閔九韶(민구소) 友于亭(우우정) 閔九淵(민구연), 無名堂(무명당) 閔九疇(민구주), 三梅堂(삼매당) 閔九敍(민구서) 등 五兄弟(오형제)를 일컫는다. 先生(선생)의 祖父(조부)는 通德郎(통덕랑) 閔除(민제)로서 江湖(강호) 金叔滋(김숙자) 선생(先生)의 사위이고 父(부)는 遺腹獨子(유복독자)로서 외가(外家) 곳인 밀양(密陽) 제대(堤大)에 처음 복거(卜居)하신 進士(진사) (閔頴(민경)이다.

佔畢齋(점필재) 金宗直(김종직) 先生(선생)의 門下生(문하생)으로서 徹天(철천)의 孝誠(효성)을 다하고 五兄弟(오형제)가 한 베개 한 飯床(반상)으로 寢食(침식)을 함께 하며 山水(산수)를 즐겨 精氣(정기)어린 五老峰(오로봉) 아래 五友亭(오우정)을 세우고 鶺鴒歌(칙령가)를 지어 湛樂(담락)하니, 慶尙道觀使(경상도 관찰사) 任虎臣(임호신)이 深夜(심야)에 寢所(침소)를 찾은즉 果然(과연) 듣던 바와 같은지라, 크게 敬歎(경탄)하여 朝廷(조정)에 아뢰니 數次(수차) 各各(각각) 官職(관직)을 除授(제수)하였으나, 굳이 辭讓(사양)하므로 마침내 亭贊四韻(정찬사운)과 扁亭額(편정액)을 下賜(하사)하셨으니 온 누리가 孝友天地(효우천지)라 稱頌(칭송)했다. 明宗(명종) 癸亥(계해)에 士林(사림)에서 이를 빛내고자 五友祠(오우사)와 記事碑(기사비)를 세우고 春秋(춘추)에 享祀(향사)를 받들어 孝友(효우)의 龜鑑(귀감)으로 삼아 왔다.

肅宗(숙종) 年代(연대)에 壬亂(임란) 때 灰燼(회신)된 祠宇(사우)와 亭子(정자)를 再建(재건)하고 三江書院(삼강서원)에 入享(입향)하다 英祖(영조) 乙未(을미)에 舊碑(구비)를 가름하여 閭表碑(여표비)를 세웠다. 隆熙(융희) 戊辰(무진)에 書院(서원)이 毁撤(훼철)되자 그 자리에 五友亭(오우정)을 移建(이건)하고 三江儒契(삼강유계)가 이를 代(대)하여 于今(우금) 四百餘年間(사백여 년간) 享祀(향사)를 이어 옴으로써 五友亭(오우정)은 孝友(효우)를 象徵(상징)하는 殿堂(전당)으로 삼가 그 뜻을 靑史(청사)에 기리고자 한다.』

    오우정을 중수할 때 세운 삼강서원 비각 앞의 중수기념 석비에 새겨진 이와 같은 오우선생들의 약전(略傳)이 시사하는 바와 같이, 조선 유학의 거두인 진외종조부 점필재 김종직 선생의 문하생으로서 이황(李滉), 이언적(李彦迪), 조광조(趙光祖) 등과 함께 동방오현(東邦五賢)으로 칭송되는 동료 문생 일두(一蠹) 정여창(鄭汝昌)과 한훤당(寒暄堂) 김굉필(金宏弼)을 필두로 하여 김일손(金馹孫), 권오복(權五福), 남효온(南孝溫), 조위(曺偉)·유호인(兪好仁) 등 수많은 문생들과 함께 점필재 학통을 이어 받아 교유하면서 문명을 크게 떨쳤던 인물들이었다. 그런 점을 미루어 보건대, 오우 선생들이 남긴 각종 시문과 서찰이나 그분들의 학문을 짐작할 수 있는 온갖 자료들이 적지 않았을 터였다. 하지만 애석하게도 임란으로 인하여 그것들은 물론 생몰 연대와 집안일을 기록한 가승(家乘)마저 모조리 소실되었을 뿐만 아니라, 가옥과 묘우(廟宇)며 정자, 비석마저도 철저히 불타거나 파괴되어 자취도 없이 사라져 버리고 말았던 것이다.
    이번에 초암이 초벌로 필사하였다는 〈오우선생실기〉도 임진왜란을 겪으면서 화를 모면한 몇몇 자손들이 가까스로 보관하여 오던 일부 기록물들과 여타의 역사적 자료에서 발췌한 것들을 기초하여 임란 후 삼백여 년이 지난 후인 고종 11년(1874년)에 와서야 겨우 목판으로 판각하여 책으로 편찬한 것이었다. 따라서 오우선생들의 생몰 연대도 경상도 관찰사 임호신이 오우정을 다녀가서 상소를 올린 것이 1547년이라는 사실을 고려하여 1500년대 초반과 후반 사이일 것으로 추정되고 있을 뿐이었다.

"역사란 기록을 남김으로써 가치를 발하기 마련인데, 왜놈들 때문에 그 고귀한 자료들이 모조리 불타 버리고 말았으니, 밀양의 우리 여흥 민씨 이참공파 후손들한테는 왜놈들이야말로 우리 조상들의 역사를 송두리째 앗아 간 만고에 다시없는 철천지원수라 아니할 수 없을 것이야!"

중산은 임진왜란 때 자기네 조상들이 당했던 참상뿐만 아니라, 현세에 와서 또다시 합방의 수모를 당하면서 승당 할아버지마저 순절한 사실에 대하여 활화산 같은 분노를 느끼면서 새삼스럽게 치를 부르르 떨지 않을 수 없었다.

"제가 앞으로 〈오우선생실기〉를 힘닿는 데까지 가능한 많이 필사하여 온 대소가에 배포하여 제각기 따로 소장케 하려고 작심하게 된 것도 앞으로 그 어떤 환란이 들이닥치더라도 조상님들께서 남기신 고귀한 자취를 제대로 보존하여 후손들에게 길이 남기고자 함이 아니겠습니까?"

"자네는 용의주도한 사람이라 당연히 그런 생각을 하였겠지! 그런 걸 보면 초암 자네는 역시 명철한 조선 선비의 본보기로서 우리 모두에게 조상을 제대로 섬길 줄 아는 효손(孝孫)의 귀감이 되고도 남을 걸세!"

"큰형님, 조상님들의 고귀한 발자취들을 소중히 보존하여 후세에 길이 전하는 것도 물론 중요하지만, 그보다는 먼저 발등에 떨어진 불부터 끄고 봐야 하지 않겠습니까?"

두 형님들의 대화를 묵연히 듣고 있던 청암이 홀연히 목청을 높이며 이의를 제기하고 나선다. 아마도 숙적인 왜놈들에 대해 치를 떠는 자기들과는 달리 시종일관 무심하다 싶을 정도로 초연한 자세를 견지하고 있는 초암의 냉정한 태도에 내심 심기가 불편했던 모양이었다.

"발등에 떨어진 불부터 끄고 봐야 한다니, 그게 도대체 무슨 말이냐?"

이번에는 초암이 의아한 얼굴로 청암에게 묻는다.

"초암 형님께서는 조선 선비의 본보기가 될 정도로 두뇌 명철한 분이시니, 방금 한 저의 말에 대해 관심을 가지고 헤아려 보신다면 굳이 제가 다시 설명을 드리지 않아도 능히 알 수 있는 일이 아닙니까?"

청암의 반문은 그야말로 언중유골 그대로였다. 그러자 초암이 무어라 반응을 나타내기도 전에 중산이 서둘러 진화에 나선다.

"청암이 하는 말은 아무리 바빠도 모든 일에는 경중이 있고 선후가 있다는 뜻이 아니겠는가?"

"그렇다면 우리한테 조상님들의 빛나는 학문적 발자취를 복원하여 바로 세우는 사업보다 더 급한 일이 있다는 말씀입니까?"

"이 사람아, 자네가 애써 한 일을 두고 청암이 폄하하려고 한 말은 아니니 그렇게 민감하게 받아들일 건 아닐세! 조상님들의 업적과 명성을 지키는 것도 중요하지만, 임진란 때 오우정에서 벌어졌던 일들을 생각하면 지금 당장 왜놈들에게 원수를 갚아도 분이 안 풀릴 것 같아서 해 보는 말이 아니겠는가?"

중산은 동래고보 편입학 이후 여러 클럽 활동을 하고 다니는 것으로 보이는 청암의 심상치 않은 속내를 짐작하고 있었지만, 그렇다고 이 자리에서 그것까지 거론하며 해명할 수가 없어서 임시방편으로 그렇게 둘러댈 수밖에 없었다.

"형님, 아무런 준비도 없이 왜놈들에게 원수를 갚는다고요? 무슨 수로 말입니까?"

주변을 둘러보며 신경을 곤두세우고 묻는 초암의 태도에 중산은 이러다가는 죽도 밥도 안 되겠다 싶어 짐짓 정색을 하면서 타이르기에 급급한다.

"이보게, 초암 아우! 자네는 벌써 우리 조상님들한테 저질렀던 왜놈들의 만행을 잊었는가? 그렇다면 임진란 때 쑥대밭이 되었던 저기 저 오우정의 참상을 한번 생각해 보게! 선조 25년 임진년 사월 열이렛날 저녁 무렵에 더없이 평화롭던 이 일대의 산과 강을 온통 새카맣게 뒤덮으며 몰려오는 승냥이떼 같은 왜병들의 갑작스런 출현에 우리 조상님들의 심정은 과연 어떠하였을 것이며, 또한 그 결과가 과연 얼마나 처참하고 참혹하였던가 하고 말이네!"

중산은 문무(文武)의 상반된 기질을 확고부동하게 가지고 있는 두 아우의 듬직한 어깨를 양 팔로 하나씩 껴안고 다독이며 벼랑 위의 오우정과 뱃전에서 출렁이는 강물을 번갈아 바라본다. 제 아무리 냉철한 초암의 초연한 가슴도 임란 당시에 자기네 조상들이 당했던 참상을 생각하면 왜놈들의 만행에 치를 떠는 자기와 청암의 마음을 능히 이해하게 되리라 싶은 것이다. 그리고 어쩌면 유유히 흐르고 있는 이 낙동강 강물 속에도 임진란 때 시산혈해(屍山血海)를 이루었던 내 고장 밀양 고을의 백성들과 조상들의 피가 개울물처럼 산기슭을 타고 흘러내려 상기도 물비린내 속에 함께 섞여 있음도 아울러 절감할 수 있으려니 하는 마음에서였다.

피어린 강, 애달픈 강, 백의민족의 생명줄이 되어 가야, 신라, 고려, 조선 시대에 걸쳐 온갖 간난신고의 고비들을 무수히 넘기면서 그 어느 시대에도 평온한 날 없이 고단하게 흘러온 민족의 강, 역사의 강, 아! 낙동강—!

조상들의 피눈물이나 다름없이 이 민족의 가슴에서 가슴으로 흘러온 그 피어린 낙동강은 지금 강원도 태백의 황지(黃池)에서 발원하여 경상남북도 일대를 온통 누비며 일천삼백릿길을 달려와서 태평양에 합수하기 위한 최후의 용트림을 하듯, 이리 구불 저리 구불 사행천을 이루면서 광대무변한 양안의 기름진 평야 지대를 흡족히 적시고는 멀리 산모롱이를 돌아나가 삼랑진 저쪽의 천태산 자락 밑으로 용용히 흘러내리고 있었다.

중산은 자기네의 배가 시야를 가리던 후포산 앞으로 돌아 나가자 눈앞으로 성큼 다가서는 산마루턱을 오래도록 올려다보고 있다가 천년

고목들 사이로 드러나기 시작하는 벼랑 위의 시커먼 기와 지붕들을 손가락으로 가리킨다.

"천 서방, 저기를 좀 올려다보게! 김 서방은 이야기를 자주 들어서 알고 있을지 모르네만, 천 서방 자네는 아마도 잘 모르고 있을 게야! 저기 저 산마루 위에 있는 우리 오우정과 삼강서원에 얽힌 기막힌 옛날이야기 말일세!"

중산은 가슴 벅찬 감회에 겨워 목이 메는지 잠시 말문을 닫았다가 다시 입을 열었다.

"옛날 조선 선조 임금 때에 임진왜란이 일어난 지 나흘 만에 저 오우정 일대가 모두 불바다로 변하고 말았다네! 삼랑진역 아래쪽의 작원관 요새 전투에서 밀양부사 박진(朴晉) 장군의 군사들이 중과부적으로 그렇게 밀리지만 않았어도 우리 조상님들이 그런 엄청난 참변을 당하지 않고 피할 수 있는 시간을 벌게 되었을 터인데 말일세!"

중산은 저 멀리 시야에 들어오는 천태산 자락 쪽을 바라보며 만감이 교차하는 듯, 속속들이 가슴을 저며 오는 피맺힌 우수에 젖어든다. 거기 남으로 힘차게 뻗어 내리던 천태산 줄기가 낙동강 가에 이르자마자 그대로 곤두박질하면서 이루어 낸, 천혜의 방어 기능을 갖춘 작원관 요새의 옛터가 자리 잡고 있었기 때문이었다.

밀양 땅의 무흘역과 양산 땅의 황산역의 중간에 위치하여 천혜의 요새를 이룬 지형상의 특성 때문에 임진왜란 때 파죽지세로 북상하는 왜군의 본진을 막으려고 동래성에서 퇴각해 온 밀양 부사 박진의 군사들이 4백 명도 채 안 되는 수효로 일만 팔천여 명의 왜적과 맞서는, 엄청난 수적인 열세에도 불구하고 결사 항전으로 버티는 바람에 시산혈해를 이루었다는 눈물겨운 격전지 작원관 옛터—.

이웃 고을을 지키기 위하여 멀리 동래성까지 1천여 군사를 이끌고 지원을 나갔다가 절반이 넘는 군사를 잃고 부랴부랴 퇴각해 온 박 부사에게 무슨 힘이 있었으랴마는, 절대적인 수적인 열세에도 불구하고 조총을 쏘아대며 산과 강을 뒤덮으며 파도처럼 밀려오는 왜병들에게 당당하게 맞서 싸웠던 그 우국충정만은 천추에 빛나고 있으니 어찌 고개를 숙이지 않을 수 있으리!

거족 부락 무흘 고개 아래의 굴을 뚫고 지나온 경부선 기차가 삼랑진역에서 잠깐 쉬었다가 다시 속력을 내기 시작하면서 마주치게 되는, 저 아래 쪽의 낙동강 가에 위치한 양산 땅의 황산도(黃山道) 관문과 쌍벽을 이루는 그 천연의 요새인 작원관 옛터가 얼마 있지 않으면 시야에 가까이 나타나게 될 것이었다.

작원관은 문경의 조령관(鳥嶺關)과 함께 영남대로 상의 2대 관문 중의 하나로, 동래에서 한양으로 가기 위해서는 반드시 거쳐야 하는 군사 전략상의 중요한 요충지 중의 하나였다. 검푸른 낙동강으로 내리쏟아지는 천태산의 깎아지른 암벽에 가까스로 매달려 있는 길이라, 흔히들 〈까치 나루〉라 일컫는 작원 나룻길은 출입하는 사람과 화물도 이곳에서 순순히 검문을 받아야만 통과할 수가 있을 정도로 길이 험했다는 기록이 지금도 〈동국여지승람〉의 '작원조(鵲院條)'에 남아 있는 것이다.

중산이 깊은 감회에 젖어 있는 동안, 낙동강 본류로 접어든 선단은 한결 거세어진 북풍을 받으며 단숨에 삼랑진 상부 마을 앞의 산모롱이를 돌아나가고 있었다. 세찬 바람을 타고 화덕의 불티가 사방으로 휘날리는 바람에 중산은 하던 이야기를 멈추고 몸을 피하지 않으면 안 되었다. 바람은 급경사를 이룬 산모롱이를 돌아나가 조창 나루를 거쳐서 상부 마을 앞에 있는 진주선(晉州線) 철길의 낙동 철교 밑으로 접어들자 비로소 잦아들기 시작한다. 방금 지나온 좌우 양쪽의 까마득하게 높은 산들이 방패막이처럼 선단 후미 쪽을 가로막고 있기 때문이었다.

휘날리는 불티 때문에 몸을 피했던 중산은 바람이 가라앉자 다시 원래의 자리에 가 앉으며 손을 높이 들어 왼켠의 까마득한 산마루 쪽을 다시 가리킨다.

"천 서방! 저기 저 멀리 보이는 것이 매봉산이고, 이쪽의 뒷기미 후포산 마루턱에 서 있는 그림 같은 집들이 바로 우리 오우정 정자일세!"

"서방님, 이곳 하부 마을 토박이인 제가 우찌 그걸 모르겠습니꺼? 서원 철폐령을 내렸던 대원군 집정 시절에 거기 있던 삼강서원이 훼철되고 나서 오우정만 남아 있게 되었다면서요?"

"그렇지! 하지만 저 집들도 예전에 있었던 건물들이 아니라네! 임진왜란 때 저기 있던 모든 정각(亭閣)들과 기사비(記事碑)며, 오우 선생들께서 남기신 수많은 문집과 책판들이며, 서고에 소장하고 계셨던 서책들을 비롯한 온갖 유물들이 모조리 화마에 소실되고 말았으니, 생각하면 할수록 어찌 피통이 터질 노릇이 아니겠는가!"

가슴을 치는 중산의 통탄에, 천 서방도 덩달아 솟구치는 의분에 마른 침을 삼키면서 조심스럽게 묻는다.

"하오시면 저기 있는 지금의 집들은 그 후에 다시 세운 것이란 말씀입니까요?"

"그렇다네! 피에 굶주린 1만 8천여 명의 왜병들이 수륙 양면으로 홍수처럼 휩쓸고 지나갔으니, 무엇 하나 남아나는 것이 있었겠나? 전란이 터졌을 때, 거기에 기거하고 계셨던 삼십여 분이나 되는 오우 선생의 자손들도 겨우 몇 사람만이 가까스로 참화를 면하였다고 하니, 소실된 정자와 서원을 복구할 생각조차 할 수가 있었겠는가?"

"그렇다면 지금의 저 정자하고 서원은 언제 다시 지은 것입니껴?"

"들어 보게나! 그 후, 효종 임금 1년(서기1650년)에 최욱(崔旭)이라는 사람이 밀양 부사로 도임하여 반세기가 넘도록 버려져 있던 오우정을 찾았다가 잡초가 무성한 폐허가 되어 있는 것을 보고 관아로 돌아가서 향중 유생들을 모아 〈등오우정구지유감(登五友亭舊址有感)〉이란 제목으로 백일장(白日場)을 열었는데, 그때 장원한 이가 바로 손현(孫鉉)과 이이정(李而楨)이라는 사람이었다는 게야! 하지만, 오우정과 삼강서원이 다시 중건된 것은 그 정각들이 소실된 지 일백여 년이 지난 숙종 28년(서기 1702년)의 일이었다고 하니, 그동안 후손들이 겪었을 마음고생인들 오죽하였겠나?"

　그 후, 50여 년의 세월이 다시 흐른 뒤인 영조 29년(서기 1753년)에 오우 선생의 후손인 사헌부 대사헌(大司憲) 민우수(閔遇洙)가 여표비문(閭表碑銘文: 아름다운 덕과 올바른 행실을 적어 비석에 새긴 글)을 짓고, 영조 51년(서기 1775년)에 그 전에 세웠던 기사비를 가늠하여 삼강사비(三江祠碑)까지 세웠으나 고종 5년(서기1868년)에 대원군의 서원 철폐령에 의해 훼철되었다가, 고종 34년(서기 1897년)에 후손인 민영지(閔英志), 민영하(閔英河) 등의 윗분들이 문중의 뜻을 주도하여 사당이 있던 자리에 큰 집을 다시 짓고 오우정의 현판을 걸어 향사림의 주관으로 향사를 받들게 되었던 것이다.

　"서방님, 소인 놈도 사실은 코흘리개 시절부텀 그 숱한 사연들은 잘 모른 채 경치 좋은 곳에 있는 저 기와집들만 늘 보고 살았습니다요!"

　천 서방은 위로 삼아 한 말씀 올리면서 이제는 자신도 같은 식솔이 되었으니 그것이 자랑스러운지 이때만큼은 의기가 양양해진 모습이다.

　"어린 나이에 지척에 살았으니 그럴 수도 있었겠지! 그렇다면 내가 말 안 해도 우리네 조상님들께서 입으셨던 참화에 대해서도 자네는 잘 알고 있겠구먼 그래?"

　"아, 아니올습니다요, 서방님! 우리 같이 천하고 무식한 놈이 까마득히 먼 옛날 옛적에 일어난 일을 우찌 다 알겠습니까요? 이제 와서 서방님께서 옛날 이바구를 하시니까 생각이 나서 드리는 말씀입니다마는, 예전에 임진왜란이란 전쟁이 일어났을 적에 마을 앞의 후조창 나루에 수백 척이 넘는 왜선들이 새카맣게 들이닥친 적이 있었다는 이바구는 들었어도 그때 마을 뒷산 마루에 있는 정자하고 서원이 불이 탔는지, 어땠는지도 저희들은 도통 모르고 있었다니까요!"

　"임진란 당시에 우리 조상들께서 당하셨던 참상을 어찌 필설로 다 표현할 수 있겠는가? 저곳 오우정에 기거하고 계셨던 삼십여 분의 조상님들은 몇 분을 제외하고 모두들 무참히 도륙을 당하셨고, 타문(他

門)으로 출가한 부녀 분들 또한 어찌 전쟁의 참화를 피해 갈 수가 있었 겠는가?"

그 중에서도 가장 널리 알려진 사람이 바로 밀양 박씨 가문에 출가 한 효부이자 열부인 여흥 민씨 부인이었다. 그녀는 오우 선생 다섯 형 제분들 중의 막내인 삼매당(三梅堂) 민구서(閔九敍) 선생의 딸로 태어 났는데, 영남대로와 인접한 상동면 가곡리에 살던 밀성(密城) 사람 박 희량(朴希良)과 혼인을 하였다고 한다. 그 후, 그녀는 시댁 어른들에게 효행이 지극하여 타의 모범이 되었고, 탁월한 총명과 여자가 지켜야할 모든 분야의 재능과 도리에 막힘이 없어 한 가문의 꽃으로 칭송되며 전 체 문중의 귀감이 되었다는 것이다.

그러던 중 선조 25년 4월에 임진왜란을 당하여 왜적들이 한양으로 가는 첩경인 영남대로를 따라 북상하면서 자기네 마을로 물밀듯이 몰 려오자 마을의 두 여인과 함께 집 뒤의 북산으로 피신하여 산마루 바 위틈에 겨우 몸을 숨기게 되었다. 그러나 그것을 눈치 챈 왜구들이 굶 주린 이리떼처럼 앞 다투어 바위를 타고 기어 올라왔고, 놈들의 목적이 무엇인지를 직감하게 된 그녀는 스스로 천길 벼랑 아래로 뛰어내려 가 까스로 정절을 지키게 되었다는 것이다.

전쟁이 끝나고 밀양 부사의 보고에 의하여 나라에서 명정(銘旌)하여 정표(旌表)를 내려 보냈을 때, 박씨 문중에서 그녀가 생전에 보였던 지 극한 효성과 죽음으로써 지킨 고귀한 정절을 기려 마을 북산 아래에 정 려각(旌閭閣)을 세웠는데, 그녀가 투신한 암벽은 그때부터 낙화암(落 花岩)이라 불리게 되었고, 그녀의 무덤도 그때의 참화를 증언하듯이 지 금도 그 밑에 자리 잡고 있는 것이다.

〈밀양 누정록(密陽樓亭錄)〉에 의하면, 정려각이 세워진 후에 그녀는 손자인 한성우윤(漢城右尹) 박선승(朴善承)이 귀하게 되어 숙부인(淑 夫人)에 증전(贈典)되면서 생전의 칭송에다 사후의 영예까지 누리게 되었다고 한다.

"옛날부터 기회 있을 때마다 저지른 만행만도 부지기수인데, 왜놈들이 또다시 우리네 강토를 강점하여 저렇게 자기네들끼리 이주민 촌까지 만들어 떵떵거리며 살고 있으니 이런 기막힌 일이 어디에 또 있겠는가!"

이렇게 언성을 높인 중산은 한껏 상기된 얼굴로 방금 중단했던 이야기를 다시금 이어가기 시작한다.

"천 서방, 저기 저 아래쪽의 낙동강 위로 방금이라도 쏟아져 내릴 듯이 가파른 천태산 줄기를 좀 바라보게나. 절벽 밑으로 아슬아슬하게 나 있는 철도 훨씬 위쪽의 잔도(棧道) 말일세! 저 자리가 바로 영남대로상의 주요 관문 중의 하나였던 작원관이 있던 자리라네!"

그러나 그 작원관 요새는 무너진 성벽의 잔해만 흉물스레 남았을 뿐, 한양으로 북진하는 왜적들을 막는 요새로서 명성을 떨쳤던 예전의 모습은 찾아 볼 길이 없었다. 그러자 맞장구를 치지 못하여 은근히 몸이 달아 있던 천 서방이 이때다 하고 한 마디 하고 나선다.

"서방님! 옛날에 점잖게 행차를 하던 고을 원님 한 분이 말에서 내려 저쪽 절벽 위의 바위를 딛고 지나다가 그만 발을 헛디디는 바람에 까마득한 그 아래의 낙동강으로 떨어져서 죽었다는 이바구는 소인 놈도 들은 적이 있었습지요!"

"아, 그랬던가? 하기야 자네가 태어나고 자란 곳이 바로 이쪽이니 그런 걸 모르고 있었다면 그게 오히려 더 이상하겠지! 그렇다면, 그 원님이 실족하여 벼랑 아래로 떨어져 죽는 바람에 강 위로 솟아 있는 그 바위를 일컬어서 원추암(員墜岩)이라고 부르게 되었다는 것도 잘 알고 있겠구먼?"

"그런뭅입쇼, 서방님!"

중산과 천 서방은 오래도록 신뢰를 쌓아 온 주인과 충복 사이라도 되는 것처럼 어느 새 뜻이 맞는 말동무가 되어 가고 있었다.

"그래서 낙동강을 따라 황산도에서 작원관에 이르는 삼십여 리의 벼랑길을 지나고, 다시 웅천강을 끼고 밀양 읍성 쪽으로 이어지는 저기 저 강가의 영남대로는 그 지형적인 특성 때문에 파발과 급주졸들이 주로 이용할 정도로 군사 도로로서 전략상의 이용 가치도 그만큼 막중했던 모양이야. 그런 연고로 하여 임진왜란 때는 고니시 유키나가[小西行長]가 이끄는 1만 8천 7백여 명이나 되는 왜놈 주력 부대가 수륙 양면으로 북상해 오는 바람에 이 지역이 특히 전란의 피해를 많이 입게 되었던 것이라네! 그때, 순식간에 동래성을 함락시킨 육지의 왜병들과, 부산포 절영도(絶影島) 앞 바다에 정박하고 있다가 한 순간에 부산진성과 다대포진을 무너뜨리고 낙동강 하구로 진입하여 황산진 나루를 휩쓸고 올라온 왜놈 수병 부대가 수륙 양동 작전으로 작원관 요새를 초토화시키고 나서, 저기 저 산마루 중턱에 있는 우리 오우정과 삼강서원을 순식간에 덮친 것이 임진년 사월 열이렛날 저녁 무렵이었으니, 그 처참한 광경을 어찌 필설로 다 담아낼 수가 있겠는가 말일세!"

중산은 그날의 참상이 직접 목도한 듯이 선연하게 뇌리를 후려치고 있는 듯, 불끈 쥔 주먹으로 옆에 적재되어 있는 볏섬을 퍽하고 내리치면서 이제 막 시야에 들어오기 시작하는 삼랑진 역두 본정목(本町目)의 왜인 이주민 촌을 무섭게 노려보는 것이었다. 임진란 당시 오우정에 있던 자기네 조상 삼십여 명 중에 구사일생으로 살아남은 사람이 겨우 두세 명밖에 되지 않았는데, 불과 삼백여 년 만에 저들이 또다시 이 땅을 차지하고 있는 이 기막힌 현실 앞에서 심사숙고, 은인자중하는 선비의 도리를 터득한 그의 눈에도 이때만은 활화산 같은 핏발이 곤두서는 것이다.

15세기 중반 이후, 일백년간의 전국시대(戰國時代)를 수습한 도요토미 히데요시[豊臣秀吉]의 수하들이 부산진 첨사 정발(鄭撥) 장군이 지키던 부산진성을 함락하고 동래 황령산 고개에 들이닥친 것이 음력으로 임진년 사월 열 나흗날 오후였는데, 그것은 부산진과 다대포진을 깨뜨린 지 만 하루만의 일이었다. 그날, 황령산 고개를 넘어 동래성 남문에 이른 왜구는 '싸우려면 싸우고, 싸우지 않으려면 명나라를 징벌하러 가는 길을 빌려 달라[戰則戰矣 不戰則假道]'는 나무패를 멀찍이서 성을 향해 세웠다고 한다. 이를 본 동래 부사 송상현(宋象賢)은 '싸워서 죽는 것은 쉽지만 길을 비켜 주기는 어렵다[戰死易 假道難]'는 글을 목패에 적어 성 밖으로 내던져서 결연히 항전할 뜻을 밝혔던 것이다.

배수(背水)의 진(陳)을 치고 불과 수백 명밖에 되지 않는 중과부적의 군졸과 남녀노유의 성안 백성들과 함께 신식 무기인 조총을 가진 수만의 왜적들과 결사 항전하였던 송상현은 그날의 심경을 진중에 있던 자신의 부채에 적어서 부모님에게 보냈다고 한다. 그리고는 휘하의 군사들을 독려하여 성안의 모든 백성들과 더불어 죽기를 각오하고 분전한 후 변방을 다스리는 조선 수장의 늠름한 기상을 끝까지 지키며 장렬하게 최후를 맞이하였던 것이다.

비록 수백 년 전에 일어났던 아득한 옛 일이라고는 하나, 그 뜻이 한없이 높고 깊으니 옛일을 상고하는 후예 선비의 한 사람인 중산에게도 천추에 빛나는 귀감으로 여겨지면서 여러 가지로 시사해 주는 바가 적지 않았다.

孤城月暈(고성월훈)　외로운 성은 달무리 같이 적에게 포위되었는
　　　　　　　　　　데,
列鎭高枕(열진고침)　이웃의 다른 진영(鎭營)에서는 도와 줄 기척도
　　　　　　　　　　없습니다!
君臣義重(군신의중)　임금과 신하의 의리는 무겁고,
父子恩輕(부자은경)　아비와 자식의 정은 그보다 가볍습니다.

불과 스무 글자도 못 되는, 부모님에게 보낸 이 절명시 속에 무인이 아닌 문신의 몸으로 나라를 구하기 위해 목숨을 버리려고 하는 변진 수장의 비감하고 참담한 심경을 어찌 다 담을 수 있었으리! 하지만 나라

와 가족 중에 한 가지만을 택해야 한다면 나라를 택할 수밖에 없는, 충의와 명예를 생명같이 여기는 조선 선비의 정신이 손바닥에 쓰고도 남을만한 짧은 글 속에 고스란히 담겨 있음을 중산은 뼛속 깊이 아로새기고 있는 것이었다.

그날, 성은 이미 함락되어 처참하게 쓰러진 성안 백성들의 시체를 밟고 피에 굶주린 야수떼마냥 파도처럼 밀려오는 왜적들 앞에서, 그러나 송상현은 조금도 동요하지 않고 의연하였다고 한다.

죽음의 순간이 시시각각으로 다가오자 그는 마침내 생을 마감하기에 앞서 고락을 함께 하였던 종자(從者)인 신여로(申汝櫓)를 불러,

"나는 이곳을 지켜야 할 신하이니 맡은 바 책무와 의리상 마땅히 죽음을 각오하고 떠나지 못할 것이다. 그러나 너는 노모가 있으니 헛되이 죽어서는 안 된다. 어서 빨리 이곳을 떠나거라!"

하고 절규하며 쫓아 보냈다. 그리고 숨 돌릴 겨를도 없이 적들이 아귀 떼처럼 성책을 넘어와서 성내를 유린하기 시작하자, 조용히 집에 연락하여 조복과 사모를 급히 가져 오게 하였다. 갑옷 위에 조복을 걸쳐 입은 그는 투구를 벗고 사모를 쓴 뒤에 의연한 자세로 호상(胡床)에 기대어 두 손을 모으고 단정히 앉았다. 성벽을 타고 넘어온 적들이 벌떼처럼 몰려오는 절체절명의 순간에도 의연하고 우뚝한 그의 모습은 누천년 동안 성을 지켜 온 청동상처럼 일체의 흔들림이 없어 그 위용이 마치 태산 같았다고 한다.

그때, 그가 부채에 적어 부모님께 보내었던 절명시에서 '孤城月暈(고성월훈: 외로운 성은 달무리 같이 적에게 포위되었는데)'이라는 구절을 적으면서 송상현 부사는 죽음에 앞서 경상좌병사(慶尙左兵使) 이각(李珏)의 모습을 떠올렸던 것인지도 모른다. 최후의 순간까지 함께 분전했어야 할 이각은 전세가 불리해지는 것을 보고 경상 좌병사라는 막중한 본분을 저버린 채 일찌감치 북문지기를 단칼에 베어 죽인 뒤에 중첩된 산길을 타고 경북 청도 지역의 소산역(蘇山驛)으로 줄행랑을 치고 말

왔던 것이다.

동래성 싸움이 생존자 하나 없이 전멸하는 완전한 참패임에도 불구하고 전사에 유래가 없는 금자탑으로 높이 칭송되며 더욱 값지게 빛날 수 있었던 것은 군관민이 한 마음 한 뜻으로 일치단결하여 죽기를 각오하고 최후의 순간까지 싸우다가 전멸하였던 그 숭고한 멸사봉공의 옥쇄정신 때문이었을 것이다. 역사란, 이 땅에서 살다 간 선조들이 아무 의미도 없이 남겨놓은 주검과도 같은 지나간 세월 속의 막연한 퇴적물이 아니다. 어느 향토 사학자가 말했듯이, 모름지기 역사란 국정을 맡은 관료들과 힘없는 민초들이 흘린 피눈물과 한이 한데 어울려 미래를 향해 흐르는 강이기 때문에 그들이 남기고 간 나라 위한 거룩한 뜻이 거기에 무쇠보다 단단한 의로운 다리를 놓아 주지 않는다면 후세 사람들이 결코 건널 수 없게 되어 있는 숙명의 강인지도 모른다. 처참한 결전이 치러졌던 이날 하루 동안에 동래 읍의 군관민 남녀노소가 성문의 기왓장을 모두 벗겨서 던져 가며 마지막까지 분전했으나 밤이 깊어 자정이 되자, 모두들 전사하고 성은 함락되고 말았던 것이다.

그로부터 17년의 세월이 흐른 뒤에 동래 부사로 부임한 이안눌(李安訥)이 4월 보름날 아침에 성 안의 집집마다 울음소리가 낭자하게 들리는 것을 보고 어찌된 일이냐고 늙은 아전에게 물으니 아전이 말하기를,

"이 날이 바로 임진년에 성 안의 사람들이 죽기를 각오하고 왜적들과 맞서 싸웠던 날이옵니다. 아버지는 자식들을, 자식들은 아버지를, 할아버지는 손자를, 손자는 할아버지를, 아내는 지아비를, 지아비는 아내를 잃고 한을 품고 홀로 남았으니 살아남은 사람들은 모두가 제사를 올리며 저렇게 목 놓아 슬피 우는 것이옵니다."

했다고 한다.

그 아전은 눈시울을 붉히면서 덧붙여 말하기를, 울어 줄 친척이라도 남아 있는 사람은 그나마 다행이라고 했다는 것이다. 온 가족이 다 죽고 말아 울어 줄 사람조차 없는 외로운 영혼은 그 수가 얼마나 되는지

알 수조차 없다는 얘기였다.

그 모든 비극이 영남대로의 시발지인 동래성 안에서 일어난 일이었다. 피어린 내 민족 내 강토! 무장과 선비가 가야 할 길, 충신과 역신(逆臣)이 갈라선 길, 이 땅에 태어난 백성으로서 해야 할 도리, 군주의 명령 한 마디에 변방 수비에 나선 순국의 길, 의(義)가 아니면 죽어도 길을 내줄 수 없다는 명분으로 당당히 맞섰던 정의의 길…!

중산은 지금 당대 제일의 향현으로 높이 숭앙 받는 오우 선생의 후손임을 자처하면서 충성을 바쳐야 할 군주도 없어진 이 민족, 이 겨레가 앞으로 나아갈 길, 황실 척족 세력의 후예로서 자기네 문중, 자기네 후손들이 걸어가야 할 길을 생각하고 있는 것이었다.

임진왜란 당시 그렇게 동래성을 초토화시킨 수륙의 왜병들이 낙동강과 영남대로를 따라 북상하면서 저기 저 후포산 일대를 덮쳤을 때, 오우정과 삼강서원은 과연 어떻게 되었으며, 자기네 조상들은 모두들 어떻게 죽어 갔던가? 도륙과 약탈, 방화를 비롯하여 정상적인 인간으로서는 감히 저지를 수 없는 왜놈들의 상상도 못할 온갖 만행과 수모를 겪으면서 처절하게 숨져 간 조상들의 원한이 상기도 어려 있는 그 자리에 또다시 그 원수의 자손들이 저렇게 조국 강토를 무력으로 점령하고 버젓이 왜인촌을 만들어 주인 행세를 하며 살아가고 있으니 이와 같은 기막힌 비극이 만고에 어찌 또 이렇게 있게 되었단 말인가?

삼랑진 역두의 본정목 왜놈들 이주민 촌이 시야에 들어오자 중산의 입에서는 다시금 불같은 분노의 목소리가 뿜어져 나온다.

"저 섬나라 주구들은 유사 이래로 우리 민족한테는 한 번도 이웃다운 이웃이 되기는커녕 철천지원수밖에 되어 준 적이 없는 독사 같은 족속들이라니까!"

"중산 형님, 그놈들의 짐승 같은 야만성을 이제야 아셨습니까? 장장 칠년에 걸친 전란 동안에 삼천리 강토를 무참히 짓밟고 다니면서 약탈과 방화에 무차별적인 도륙을 일삼으며 저지른 갖은 만행도 모자라, 무참히 죽어간 우리 민족의 귀와 코까지 베어 가서 그 무슨 전리품이나 되는 듯이 이총(耳塚)과 비총(鼻塚)까지 버젓이 만들어 놓고 승전을 자축하였을 정도로 원초적으로 잔인한 본성을 지닌 주구 같은 섬나라 족속들이 아닙니까?"

시종일관 냉철하게 가라앉은 맑은 정신으로 자제력을 견지하고 있던 초암도 귀무덤과 코무덤의 얘기까지 거론할 지경에 이르게 되자 마침내 그때까지 유지하던 대쪽 같은 평상심을 잃고서 인간적인 의분을 드러낸다.

"유사 이래로 자기네 조상들이 우리 강토에서 저지른 만행만으로는 성이 차지 않는지, 후대에 들어올수록 더욱 비인간적으로 흉측해지고 있으니 더 더욱 저놈들의 꼴을 그대로 두고 볼 수 없음이 아니겠는가?"

중산은 조선인의 고혈(膏血)로 하루가 다르게 번성하고 있는 삼랑진 역두의 왜인 촌을 바라보면서 두 주먹을 불끈 쥐고 하늘에 고하듯이 거듭 절규를 한다. 그러나 왜적들이 누천년에 걸쳐 우리 민족에게 끼친 폐해는 하늘에 닿았는데, 그들을 몰아낼 힘이 아직도 없으니 중산의 피 끓는 절규는 나라 잃은 망국민의 뜨거운 분노를 느끼면서 답답한 시대를 살아가는 조선 유생의 한 맺힌, 그러나 허황한 구호밖에 되지는 못하였다.

"중산 형님, 왜놈들이 자기네들 이주민 촌에다가 경찰 주재소를 세우더니, 그것만으로도 안심이 되지 않아서 저렇게 헌병 분견대까지 주둔시키는 것을 보면, 자기들의 만행이 도가 넘쳤음을 스스로 인정하는 방증이 아니겠습니까?"

청암도 벌겋게 달아오른 얼굴로 왜놈들 이주민 촌을 바라보며 이를 갈았지만, 초암은 어느 새 초연한 본심으로 되돌아가서 반일 감정으로 격앙돼 있는 중산과 청암을 향하여 뼈 있는 쓴 소리를 던지는 것이다.

"이봐 청암 아우, 그리고 형님, 이불 밑에서 만세를 부르는 것도 아니고 그만 고정하십시오! 당랑거철(螳螂拒轍: 사마귀가 앞발을 들고 수레를 멈추려 했다는 고사에서 유래한 말로, 자기 분수도 모르고 무모하게 덤빔을 비유적으로 이르는 말), 난타거석(亂打巨石)도 유만부동(類萬不同)이지, 우리가 여기서 분기탱천하여 왜놈들을 향해 갖은 독설을 퍼부으며 이를 간다고 한들 대동아공영권을 꿈꾸며 천하무적, 안하무인격으로 설쳐대는 왜놈들한테 무슨 복수가 될 것이며, 우리한테도 덕 될 게 무에 있겠습니까? 아무 준비도 없이 적수공권으로 치를 떨며 저들을 성토해 봐야 오히려 우리의 입만 더러워지고 마음의 상처만 깊어질 뿐이지요! 그럴 바에야 차라리 앞으로 저놈들을 어떻게 몰아내야 할지, 그리고 그 힘을 기르기 위해서는 우리가 어떻게 해야 할지, 그 방법부터 곰곰이 강구해 보는 것이 보다 현명한 대응이 되지 않겠습니까?"

뱃사람과 집에서 데리고 온 일꾼들은 선미에 모여 있고, 충직한 원로 하인들과 자기네 형제들끼리만 모여 있는 자리이다 보니 냉철한 초암마저도 더는 참지 못하고 자신의 소신을 밝히고자 아무데서나 거론하기 어려운 무서운 얘기까지 거침없이 하게 되는 모양이다.

"언제까지나 맨 정신으로 독야청청할 줄만 알았더니 초암 형님께서도 드디어 금과옥조로 여길 만한 반가운 말을 하시네요! 지당하신 말씀입니다! 우리가 아무 준비도 없이 여기서 이렇게 말로만 떠들어 봐야 무슨 소용이 있겠습니까? 이상이 있으면 실천도 응당 있어야지요! 지금 경향 각처에서 개명한 지식인들은 말할 것도 없고, 무식한 초야의 졸부들까지도 해외로 망명하여 독립 운동에 뛰어드는 자가 부지기수라고 합니다. 그런데 대대로 국록을 먹으면서 황은을 입고 떵떵거리며 살아 온 우리가 여기서 이러구만 있으니 망국의 한을 품고 의거 순절하신 승당 할아버님께서 아시면 무어라 하시겠습니까?"

임진란 때 당했던 오우정의 참화 얘기로 봇물이 터지면서 초암까지 가슴에 쌓였던 분노에 찬 말들을 쏟아내며 가세하는 것을 보고 가슴이 터질 듯이 격앙되어 있던 청암의 입에서는 그동안 참아 왔던 말들이 마침내 기다렸다는 듯이 폭죽처럼 연이어 터져 나온다. 그 바람에 의분을 촉발시켰던 중산도 급기야는 심중에 불이 붙은 청암의 뜨거운 분노를 서둘러 달래어 가라앉히지 않으면 안 되었다.

"그래, 그래, 그쯤 하면 청암 아우의 마음도 알게 되었으니 여기서는 이제 그만 하는 게 좋겠네!"

조상 대대로 자기네가 왜놈들로부터 당해 온 원한을 마음껏 토로하고 성토하는 것은 좋으나 그 이상의 얘기를 아무데서나 발설한다는 것은 위험천만한 일이라, 중산은 그렇게 얘기를 정리하고는 심중에 남아 있는 분을 스스로 삭이면서도 다른 한편으로는 내심 크게 고무되는 마음을 어쩌지 못한다.

'그래, 우리가 누구의 후손들이며, 조선 개국 때부터 대를 이어 가면서 황실의 오랜 외척으로 국록인들 오죽이나 많이 누려왔던가? 머리가 차가운 초암의 말도 옳고, 가슴이 뜨거운 청암의 말도 옳으니 이번 기회에 우리끼리 만이라도 머리를 맞대고 의기투합하여 팔목상대할 묘수부터 한번 찾아 보자꾸나!'

중산은 자기네 형제들이 저마다 나누어 가진 장점들을 합친다면 어떠한 난관도 어렵지 않게 헤쳐 나갈 수 있으리라는 생각에 바람을 가득 안은 황포 돛처럼 가슴이 터질 듯이 감개가 벅차오름을 느끼면서 마음껏 심호흡을 한다.

한바탕 격론을 벌였던 선상에는 다시금 평온을 되찾아 한동안 나른한 침묵이 흐른다. 고작 수십리 뱃길을 흘러왔을 뿐이건만, 어느 새 천만리 머나먼 길이라도 떠나 온 듯이 벌써부터 너나없이 고단한 객창 살이에 부대낀 것처럼 눈길들마다 애잔한 객수심이 깃들고 있었다.

아닌 게 아니라, 원동을 거쳐서 황산 나루를 지나고 구포가 가까워지면서 주변의 풍광도 달라지기 시작하였다. 경부선 철길이 뚫린 이후, 물자 운송로로서의 옛 명성이 날로 퇴색되어 가고 있다고는 하나, 아직도 구포가 가까워지고 있는 낙동강 뱃길 곳곳에는 화물을 실은 크고 작은 수송선과 고기잡이배들이 적잖이 떠다니고 있었다. 본격적인 겨울

철로 접어들면서 큰 배마다 화덕이 놓이고, 거기서 간단한 취사까지 해결하는 경우도 더러 있는 듯, 새참 삼아 선상 주연을 벌이는 축도 없지 않았다.

김 서방도 어느 새 동승한 갑환이더러 막걸리를 데우게 하여 뱃사람들이며, 동료 하인들에게 골고루 술잔을 돌리고 있었다. 얼어붙었던 몸에 더운 술이 들어가니 모두들 마음에 여유가 생기는 것일까. 더러는 볏섬에 기대고 더러는 뱃전에 등을 붙이고 앉아 낮잠을 청하는가 하면, 선미 쪽에서는 목청을 돋워 가면서 누군가가 구성지게 뱃노래를 부르고 있었다.

노래로 치자면 사시사철 물길을 떠다니며 선소리, 뒷소리로 목청을 벼려 온 뱃사람들을 따를 자는 아마도 없으리라. 뒤 따라오는 배에서도 선원들의 구성진 노래 소리가 들려오고 있었다. 요즘 한창 유행하는, 떠돌이 보부상들의 애환을 담은 〈구포장 선창 노래〉라는 신파조의 창가(唱歌)였다.

낙동강 칠백 리에 배다리 놓아 놓고
봄바람 살랑살랑 휘날리는 옷자락.
물길 따라 흐르는 행렬진 돛단배에
구포장 선창가엔 갈매기만 춤추네.

사당패들의 노래에도 왜색풍의 가락이 물들기 시작했다고 하더니만 선원들의 노래에도 어느덧 그런 물이 들고 말았는가? 전통적인 우리네 창에 비하면 조금은 감정이 절제된 듯한 생소한 이국적 가락이 끊임없이 출렁이는 물결에 장단 맞춰 바람결에 실려 온다.

하지만 노래 소리는 흥에 겨워도 듣는 이들의 정서에 따라서는 오히려 서글픈 심회를 돋워 놓기도 한다. 어떤 자는 먼데 하늘을 바라보며 시름에 젖어 들고, 어떤 이는 깨어져 버린 꿈처럼 뱃전에 부서지는 물결 속에서 사라져 버린 자신의 꿈을 찾듯 하염없이 강물을 내려다보고 있었다.

뒷배에서 선원들의 구성진 노래 소리가 들려오자 김 서방도 어느 새 거기에 이끌린 듯, 동료 하인들이 모여 있는 선미 쪽으로 천천히 걸어 간다. 그리하여 동료들의 틈바구니에 슬며시 끼어들어 갑판 난간에 걸 터앉은 그는 허리춤에 끼고 있던 퉁소를 빼어 들며 입술을 축이더니 드 디어 퉁소를 불기 시작하는 것이었다. 볏섬에 기대고 앉아 두런두런 얘 기를 나누던 선원들도, 사방에 흩어져서 새우잠을 청하고 있던 하인들 도 마법사의 최면술에 이끌린 듯, 모두들 김 서방 곁으로 하나 둘씩 모 여들기 시작하였다. 그리고는 사연도 많고 탈도 많은 자기네의 가족사 를 생각하며, 더러는 기약 없는 종살이의 미래를 생각하면서 퉁소 가락 이 자아내는 구슬픈 곡조에 따라 제각기 시름에 젖어드는 것이었다.

김 서방의 퉁소 소리는 이상하게도 사람의 마음을 움직이는 신통력 같은 것이 숨어 있었다. 투박하고 우직한 그의 성정이, 마당발로 뛰어 다니는 그의 부지런함이, 그리고 순하고 인정 많은 그의 보살핌이 그런 퉁소 소리를 만들어 내고 있는 것인지도 모를 일이었다.

어릴 때부터 풀피리를 즐겨 불다가 스스로 터득하게 된 김 서방의 퉁소 실력이 남사당 여사당패와 탈놀이 패들과 같은 직업적인 놀이패 들의 그것처럼 음악적인 격식을 갖추었을 리가 없었다. 그러나 격식을 무시하고 터득한 그의 토속적인 음악성이, 무지한 사람들에게는 격식 을 무시한 그 무격식성이 오히려 더 큰 공감과 감흥을 불러일으킬 수 있는 것인지도 모르겠다.

사정과 경위야 어찌되었든 간에 민 대감 댁의 하인으로 잔뼈가 굵어 져 집사가 된 김 서방의 퉁소 소리에는 그만이 뿜어내는 독특한 혼이 있고 마력 같은 것이 있는 것은 사실이었다. 그리고 그 마력 같은 퉁소 소리에 매료되지 않은 하인은 물론 아무도 없었다.

그가 퉁소를 불면 민씨 종가의 하인들은 순한 양이 되기도 하고, 휘영청 밝은 보름달을 쳐다보고 철없이 짖어대는 어린 삽살개가 되기도 하였다. 때로는 얼룩빼기 황소가 되어 하품 같은 울음을 울기도 하고, 더러는 살매 들린 바람이 되어 마을 구석구석을 떠돌다가 예쁜 처녀가 산다는 이웃 마을을 찾아 산골을 타고 넘어가는 높새바람이 되기도 하였다. 그리고 어떤 때는 아침마다 이슬에 함초롬히 젖어드는 잡초가 되었다가, 또다시 달 밝은 외로운 밤이 되면 진달래꽃 그늘에 홀로 앉아 밤새도록 피울음을 우는 두견새가 되기도 하고, 보리밭 이랑에 둥지를 틀어놓고 번갈아 가며 먹이 사냥에 나서는, 새끼 치는 지아비 지어미 종달새가 되기도 하였다.

그러나, 지금은 물길 따라 흘러 흘러 부산 가는 길— 하인이라는 신분의 동아줄에 메인 몸들이라 모두들 통소 가락에 젖어드는 눈빛을 보니 모처럼의 원지 나들이에 파도치는 물결처럼 마음들이 설레면서도 얼굴마다 객수심이 한층 선연해지고 있었다. 얼큰한 취기에 젖어 있던 머슴과 하인들이 저마다 마법에 걸린 듯이 지금까지 있던 자리에서 하나둘씩 일어나 김 서방이 만들어내는 구성진 통소 소리의 가락에 따라 그의 곁으로 하나 둘씩 모여들고 있는 것이다.

"이 보게, 천 서방!"

희비애환에 젖어 가면서 김 서방의 통소 소리에 풍류 도사의 마법에라도 걸린 듯이 귀를 기울이고 있는 여러 일꾼들의 모양을 한참 동안이나 바라보고 있던 중산이 문득 생각난 듯이 천 서방을 불렀다.

"예, 서방님!"

"저쪽을 한번 보게! 쉽지는 않겠지만, 자네도 김 서방과 같은 사람이 되어 줄 수 있겠는가?"

드디어 중산이 김 서방을 본보기 삼아 신참 하인에 대한 선상교육을 마무리 지을 심산인 모양이었다.

"예? 김 서방과 같은 사람이 되어 달라고요?"

천 서방은 아무런 영문도 모른 채 숨을 죽이고 중산을 바라본다. 그야말로 갑작스런 질문이요, 뚱딴지 같은 질문이다.

　김 서방과 같은 사람이 되어 달라니, 도대체 어떤 사람이 되어 달라는 것인가? 천 서방은 쉽게 대답을 하지 못한다. 대답을 하기는 해야 하겠는데, 그의 속마음을 알 길이 없으니 섣불리 입을 열 수가 없는 것이다.

　"왜, 자신이 없는가?"

　"아, 앙입니다요! 그런 기이 앙이라 서방님의 말뜻이 뭔지 잘 알아들을 수가 없어서…. 소인 놈은 어차피 서방님께 운명을 맡겨 놓은 몸인네, 시키시는 일이라먼야 무신 짓인들 몬 하겠습니까요?"

　"그렇지. 그런 마음가짐이라면 자네는 충분히 김 서방과 같은 유능한 우리 집 일꾼이 될 수가 있을 걸세! 저 사람은 지금 당장 고을 하나를 떼어 주어도 나라에서 내려 보낸 유능한 어느 사대부들 못지않게 백성들을 살맛나게 다스리는 훌륭한 목민관이 되고도 남을 사람이거든!"

　그제야 천 서방의 머리에도 서릿발 같은 칼날이 서면서 무언가 윤곽이 확 잡히면서 절로 정신이 번쩍 들었던 것이리라. 그리고 그와 함께 만석지기 민씨 종가의 하인들은 제 하기에 따라 노후에는 여염의 부잣집 부럽지 않게 팔자를 고치는 수가 있다고 하더니만, 바로 이 말이 그 얘기로구나! 하는 생각이 뒤통수를 후려쳤던 것이리라.

　"서방님, 소인 놈한테는 그런 재주는 없습디더! 무식한 소인 놈한테 그런 기이 가당키나 한 일이겠습니까요? 하오나 저는 이 한 목숨을 서방님 댁에 바치기로 맹세를 하고 들어온 사람인지라 그저 서방님께서 시키시는 일이라면 물불을 가리지 않고 행할 자신만은 어느 누구 못지않게 굳건하게 지니고 있습지요!"

　그런 다짐을 하면서도 천 서방은 왠지 두려운 생각이 드는지 입술을 지긋이 깨물고 있었다.

　"이보게, 천 서방! 시키는 일만 꼬박꼬박 할 줄 아는 것도 중요하지만, 그런 맹목적인 순종보다는 스스로 알아서 행할 줄 아는 자가수완

(自家手腕)이야말로 자신의 존재 가치를 드높이는 일이기 때문에 더욱 소중한 법이라네! 저기 저 김 서방을 좀 보게나! 저 사람은 언제 어디서나 내 속을 훤히 꿰뚫고 있단 말일세! 내 마음을 알고, 자기의 마음을 아니, 자기가 부리는 하인들의 마음도 저렇게 잘 알게 된단 말일세. 그러니 동료들한테 욕까지 먹어 가며 상전한테 아부하는 일이 없을 것이고, 또한 상전들한테 불신을 받아 가며 하인들과 부화뇌동하는 일도 없을 터이니, 어느 쪽에도 치우치지 않고 두루 신임을 받을 수밖에 없지 않겠는가?"

사실, 중산이 오늘 정미소의 방아지기로 맞아들인 천 서방을 일부러 자기네 선단에 승선시키기로 한 목적도 사실은 거기에 있었다. 새로운 일꾼을 맞아들일 때마다 자기네 식솔로 만드는 통과의례의 하나로 어김없이 행하여 온 가문의 원칙에 따라 자기네 조상들의 얼이 배어 있는 유서 깊은 웅천강과 낙동강의 뱃길을 직접 체험케 함으로써 정신부터 자기네 식솔로 무장시키기 위하여 이런 선상 교육을 행하게 된 것이었다.

그래서 그는 지금 지난밤을 꼬박 새워 가면서 미곡 선적 작업을 하였던 머슴과 하인들의 지친 마음을 훤히 꿰뚫어 본 나머지 그들의 마음속에 상전에 대한 불만이 행여나 싹트지 않을까 하고 노심초사 하는 마음으로 자기의 모든 역량을 기울이며 그들의 마음을 어루만져 주려고 애쓰고 있는 김 서방의 모습을 시종 든든한 마음으로 지켜보고 있었던 것이고, 천 서방도 그런 사람이 되어 달라고 당부를 하고 있는 것이었다.

바꾸어 말하자면, 중산이 천 서방에게 하는 얘기는 상전의 눈치부터 먼저 살피고 행하는 거짓 충복이 되지 말고, 소신과 진정에서 우러나온 마음가짐으로 만사를 남보다 먼저 생각하고 상전에게 욕이 되어 돌아오는 일이 없도록 행하는 능동적인 일꾼이 되어 달라는 얘기를 김 서방을 예로 들어가며 하고 있는 것이었다.

"자네가 나한테 충성을 다하면서도 뒤에 있는 하인들의 마음을 헤아리지 못한다면, 그것은 충성을 하는 것보다 더 큰 화를 자초하게 하는 결과를 불러 올 수도 있다는 얘길세!"

"서방님, 이제사 서방님께서 소인 놈한테 무신 말씀을 하고자 하시는지 알 수 있을 것 같습니다요! 앞으로 그 말씀의 뜻을 늘 가슴에 새기고 열심히 그리 되도록 노력하겠습니다요!"

천 서방은 중산의 일깨움에 크게 감동한 듯, 한껏 상기된 얼굴로 연신 고개를 주억거린다.

낙동강 하구 쪽으로 나아갈수록 바다같이 수심은 깊어지고 강폭도 넓어진다. 이렇게 곧장 다대포 쪽 하구로 나아가면 거기서부터는 망망한 태평양 바다가 펼쳐지게 될 것이다. 배는 지금 구포 나루를 지나고 있었다. 바다가 가까워져서 그런지, 추수가 끝나 헐벗은 김해평야를 휩쓸고 불어오는 바닷바람이 칼날처럼 더욱 차가워지고 있었다.

천 서방에 대한 교육을 마친 중산은 저쪽 볏섬 더미 옆에 어른들의 눈을 피해 혼자 돌아앉아 담배를 피우고 있는 김 서기 곁으로 걸어간다. 그는 개명된 여느 도회인들처럼 일본에서 들어온 〈하꼬〉라는 신식 담배를 피우고 있었다.

"서방님, 강바람이 차갑습니더."

인기척에 놀란 김 서기는 담뱃불을 얼른 비벼 끄고는 중산에게 자리를 내어준다.

"아니, 지금까지 화덕의 불을 쬐고 와서 괜찮네."

자리에 앉으면서 중산은 김 서기를 이윽히 바라본다.

"올 추곡부터 백산상회와의 거래를 재개하기로 한 것에 대한 대비책은 잘 세워져 있겠지?"

"예, 서방님! 백산상회가 소문이 난 민족기업이라 위험 부담이 없는 것은 아니지만, 그쪽과 거래를 재개하기로 하신 것은 늦은 감이 없지 않지만 참으로 다행이라 싶습니다."

"자네도 그렇게 생각하나?"

"예, 서방님. 사실은 왜놈들과 경쟁을 벌이는 부산진 포구를 드나드는 조선 미곡상들 사이에서도 이러쿵저러쿵 말들이 좀 있었거든요."

"아니, 말들이 있었다니 대체 어떤 말들이 있단 말인가?"

중산은 창고 대여와 미곡 거래 업무 관계로 많은 사람들과 접촉하는 김 서기의 입에서 민심에 관한 얘기가 흘러나오자 민감한 반응을 보이며 신경을 곤두세우고 묻는다.

"세인들의 관심 속에 부산 유일의 민족기업으로 출범한 백산상회가 영남 지역의 내로라하는 자본가들과 대지주들이 너도 나도 거기에다 투자를 하고, 미곡 거래 물량을 늘려가는 추세인데 반해, 우리는 오히려 하던 거래를 중단하고 말았으니 그 까닭을 놓고 여러 가지 억측들이 나돌고 있었나 봅니다."

"여러 가지 억측이라니, 도대체 무슨 말들이 나돌고 있었단 말인가?"

중산이 워낙 심각하게 받아들이고 정색을 하며 묻는 바람에 김 서기는 미곡 거래 실무자인 자기 탓이라도 되는 것처럼 곤혹스럽다는 듯이 머리를 긁적이며 얼굴을 붉힌다.

"서방님, 저희들이 듣기에도 거북하고 낯이 뜨거운 말들이라 차마 그대로 아뢰기가 민망합니다."

"아니, 괜찮네! 실상을 제대로 알아야 우리가 대책을 세워도 제대로 세울 수 있을 것이 아닌가?"

"글쎄요, 아무리 그래도 그렇지요…."

"허허, 이 사람이 오늘 따라 왜 이러나? 어서 사실대로 말하래도!"

여전히 선뜻 입을 열지 못하고 망설이는 것을 보고 중산이 역정을 내며 다그치자, 그제서야 김 서기는 무겁게 입을 여는 것이었다.

"우리와 가까이 있는 초량 왜관의 일본 무역상들과의 기존 거래는 그대로 유지하면서 백산상회와의 거래를 중단한 것을 두고 여러 가지 억측들이 나돌고 있었나 봅니다. 전에는 왜놈들이 주는 봉작(封爵)도

마다하더니 이제는 지주총대를 맡으면서 마음이 변해 친일로 돌아선 것이 아니냐는 둥, 백산상회가 날로 사세를 치워 나가니 배가 아파서 그런다는 둥, 심지어 독립군 단체에서 격문을 투입한 사실을 거론하면서 그것만 봐도 친일로 돌아선 것이 아니겠느냐는 말까지 나도는 모양이었습니다.”

“이 사람아! 그런 소문이 있었으면 진작 사실대로 알려 줄 일이지, 왜 남의 일처럼 여태까지 함구하고 있었단 말인가?”

중산은 하도 어이가 없어서 자기도 모르게 불같이 버럭 역정을 내고 만다.

“함구한 것이 아니라, 사실은 그 얘기를 사무장님께 진작 말씀을 드리기는 했지요! 하지만, 그 후로 아무런 말이 없기에 제가 공연한 짓을 했구나 싶어서 입조심을 했던 것뿐입니다. 그리고 백산상회가 설립되었을 때, 남 먼저 그쪽과의 미곡 거래를 주문하셨던 영동 나으리 마님께서 갑자기 미곡 거래를 중단하라고 하명하실 적에는 다 그만한 까닭이 있을 터인데, 제가 아무 말씀도 안 하시는 윗분들께 감히 더 이상 무슨 말씀을 드릴 수가 있었겠습니까?”

김 서기는 자신을 다그치는 중산이 내심 야속한지 얼굴을 붉히면서 자기로서는 할 바를 다했다는 듯이 저간의 사정을 그렇게 애써 토로한다.

“그렇다면 자네는 그 사람들에게 무어라고 우리 사정을 설명해 주었는가?”

“제 나름으로 생각나는 대로 여러 가지 얘기들을 해 주었지요! 지주총대를 맡게 된 것은 왜놈들의 강압 때문이고, 임진란 때 왜놈들한테 당한 삼강서원과 오우정에서의 참화 사실도 말해 주었지요, 그리고 승당 대감 나으리 마님마저 왜놈들 때문에 돌아가신 마당에 친일로 돌아섰다니, 그게 말이 되느냐고 펄펄 뛰고 화를 내면서 대들었지요!”

“그렇다면 자네가 생각하기에는 아버님께서 무슨 까닭으로 일본 무역상들과는 미곡 거래를 지속하면서 백산상회와는 중단했다고 생각하는가?"

"글쎄요, 왜놈들과 미곡 거래를 지속하는 것은 대량의 매도 물량들을 한꺼번에 소화할 수 있는데다 그놈들의 무역상들이 가까운 초량 왜관에 밀집해 있는 관계로 유통 경비를 줄일 수가 있고, 또 질 좋은 조선 미곡 확보에 혈안이 돼 있는 그놈들한테 미운 털이 박혔다가는 각종 음해와 불이익을 당할 수 있기 때문이 아니겠습니까? 그리고 백산상회와 미곡 거래를 끊은 것은 백산상회가 불과 몇 년 만에 기업 규모가 엄청나게 커지는 것을 보고 수상히 여긴 왜놈들이 각종 사찰을 벌이면서 우리 같은 거래처의 뒷조사까지 본격적으로 하게 되니 우리 실무진들의 어려움이 많았고요! 하지만 다른 무엇보다도 백산상회와 그대로 거래를 지속했다가는 왜놈들의 밀착 감시 때문에 정작 우리 쪽에서는 아무 일도 할 수 없게 된 것이 결정적인 이유가 되지 않았겠습니까?"

"그러면 그렇지, 자네의 짐작이 전적으로 틀린 것은 아니네! 하지만 그것만으로는 그들의 의혹을 씻어 주기에는 역부족이었을 걸세. 왜냐하면 백산상회와 거래를 하는 다른 지주들은 왜놈들의 사찰을 감내하면서도 다들 버티고 있는데, 우리만 중단했으니 자네의 말이 먹혀들 리가 없지 않은가?"

김 서기도 거기에 대해서는 아무 말도 못한 채 입맛을 쩝쩝 다시면서 얼굴을 붉히고 만다.

"이보게, 김 서기! 백산 안희제 선생이 어떤 사람이고, 백산상회가 어떤 기업인지를 제대로 알아야 그 해답이 나올 걸세! 그런데 자네는 거기에 대해서 제대로 알고 있기나 하다고 생각하는가?"

"서방님, 그 양반은 경남 의령 출신의 애국 교육자로서 동래 구포에 구명학교(龜明學校)를 세워서 교장으로 있었던 사람이고, 백산상회는 그 양반이 고사 상태에 놓인 조선 경제를 되살리기 위하여 세운 민족기업이 아닙니까?"

"사실은 나도 그 양반을 애국 교육자로서 조선 경제에도 관심이 많은 우국지사 정도로만 알고 있었지. 그런데 그동안 기회 있을 때마다 여러 사람들을 통하여 알아보니 그게 아니었다네! 사실은 지난 단옷날 병준이의 축수 불공을 드리고 돌아오는 길에 올해로써 마지막이라는 〈감내 게줄 당기기〉 구경을 하려고 김 서방을 대동하고 감내 장터에 갔다가 빽빽하게 들어찬 구경꾼들 앞에서 떠들썩하게 우리의 험담을 지껄여대는 정체불명의 한 사내와 맞닥뜨린 적이 있었다네! 그런데 김 서방한테 멱살잡이를 당한 그 사내의 행색이 아무래도 예사롭지가 않아서 어디 온 누구인지를 알아보려고 장터 객줏집으로 데리고 가서 대작을 하며 얘기를 나눠 보지 않았겠나?"

그러면서 중산은 그날 사내와 나누었던 대화 내용을 자세하게 설명해 주고 나서 이렇게 말을 이었다.

"그때 신의주에서 온 미곡상이라고 자기 신분을 밝힌 그 북방 사내에게 우리 문중도 만석지기 대농이니 우리와 미곡 거래를 하자고 슬쩍 제안해 보았더니 그제서야 안심하고 얘기를 한다면서, 사실은 자기가 신의주에서 미곡상을 하며 대종교의 사교 노릇도 아울러 하고 있다는 사실을 밝혔다네. 그러면서 자신은 지금 그럴 형편이 못 된다며 부산 유일의 민족기업인 백산상회와 거래를 해보라고 권하지 않았겠나! 그런데 내가 보기에는 허름하나마 검정색 양복 차림에 중절모까지 눌러 쓰고 있는 풍모며, 어디서 신지식께나 익힌 논객처럼 거침없이 쏟아내는 말투로 보아서는 아무래도 그가 망국의 현실에 비분강개하며 나랏일을 걱정하는 우국지사이거나 독립운동가일 수도 있다는 생각에 정신이 번쩍 들었다네. 그리고 그때부터 그가 천거한 백산상회와 안희제 선생에 대해서 크게 관심을 가지게 되었고, 미곡 거래를 권유하던 그의 말을 한 시도 떨쳐 버릴 수가 없게 되었다네! 그래서 집으로 돌아오자마자 백산상회와의 미곡 거래를 끊게 된 숨은 곡절을 여쭈어 볼 생각이었는데, 시국 얘기를 하고 계시던 용화 할머님과 아버님께서는 마치 내 마음을 꿰뚫어 보시기라도 한 것처럼 미처 말을 끄집어내기도 전에 당신들께서 하시는 일에 대해서는 알아서도 안 되고 알려고도 하지 말라고 엄중히 입단속을 하시는 바람에 아무 말씀도 여쭈어 볼 수가 없었다네! 하지만 훗날 밀양읍교회에 다니는 운사 친구로부터 내가 감내장터에서 만났던, 자기의 신분을 미곡상을 하는 대종교 신의주 지사의 사교라고 하였던 그 사내는 만주에서 〈중광단〉의 자금 조달 임무를 맡고 있는 〈광복단〉 출신인 황상규의 부탁으로 밀양을 다녀간 최응삼이라는 국내 연락책이었다는 게야. 그 바람에 머리끝이 쭈뼛해지면서 새삼스럽게 백산상회와의 미곡 거래를 권유하던 그 사내의 말이 생각나면서 다시금 내 뒤통수를 세차게 후려지 않았겠나! 그 후로 아무래도 그대로 있을 수가 없어서 기회가 있을 때마다 그가 미곡 거래를 권유한 백산상회와 안희제 선생에 대해서 내 나름대로 알아볼 만큼 알아보게 되었다네. 그런데 알고 보니 백산상회가 불과 몇 년 만에 규모가 몇 배나 되게 급성장하게 된 데에는 다 그만한 까닭이 숨어 있었지 뭔가!"

"서방님, 저도 거기에 대한 얘기는 더러 듣고 있었지요! 백산 선생이 이름난 애국자이자 교육지인 데다 그 양반이 설립한 백산상회가 부산 지역의 유일한 민족기업이고 보니 이름만 대어도 알 만한 영남 지역의 대자본가들과 지주들이 너나없이 자금을 대고 대량의 미곡 출하 물량을 그 쪽에다 몰아주게 되었다고요!"

"물론 그야 그렇지! 그런데 백산상회는 처음부터 일본 관헌들의 감시를 피하기 위해 표면상으로는 무역업을 하는 영리기관인 민족기업으로 위장을 했기 때문에 왜놈들이 알면 기절초풍할 복마전(伏魔殿)이나 다름없는 무서운 기업이라는 사실을 핵심 인사를 제외한 지역 재력가들과 지주들마저도 눈치 챈 사람은 아무도 없었던 모양이야."

"복마전이라니요, 서방님?"

"아, 글쎄 내 얘기를 마저 들어보라니까! 지난 1885년에 경남 의령의 순흥 안씨 집안에서 태어난 안희제 선생은 다섯 살 때부터 족형(族兄)

한테서 한학을 배우다가 명성황후 시해 사건으로 을미사변이 촉발되던 해에 서울로 올라가 우리 여흥민가 집안의 민영환(閔泳煥) 선생이 세운 사립 흥화학교(興化學校)에서 신학문을 배웠던 모양이야!"

그 후, 을사늑약이 체결되는 것을 보고 국권회복을 위한 지식의 필요성을 느낀 안희제 선생은 보성전문학교를 거쳐서 양정의숙을 졸업하고 민중 계몽과 애국사상 고취를 위해 지방 순회강연을 하고 다녔으며, 한일합병 전해에 성재(省齋) 이시영(李始榮)과 교의를 맺고 신민회(新民會)에 참여하여 신민회 회원이자 대종교 시교사(施敎師)인 밀양 출신의 윤세복(尹世復) 선생을 비롯하여 김동삼(金東三)·신백우(申伯雨)·고순흠(高順欽)·이원식(李元植)·서상일(徐相日) 등 120여 명을 규합하여 대동청년당(大同靑年黨)이라는 비밀 독립운동 단체를 조직해 국권회복운동을 펼쳤다는 것이다.

그리고 나라가 망하자 블라디보스토크로 건너가 모스크바와 만주 등지를 돌아다니면서 독립 운동가들과 구국 방책을 논의하고 귀국한 그는 애국사상의 고취를 위해 동래 구포에 구명학교(龜明學校)를 설립하여 교장이 된 데 이어 경남 의령 중동에 의신학교(宜新學校)를 세우고 고향 설뫼에 창남학교를 설립한 바 있으며, 1914년 9월에 이유석(李有石)·추한식(秋翰植) 등의 지역 유지들과 더불어 독립 군자금 확보와 국내외의 연락처 확보를 위해 부산 중앙동에 백산상회(白山商會)를 설립했고, 지금은 경주의 부호 최준(崔浚)과 윤현소(尹顯素), 진주의 대지주 강복순 등 많은 유지의 협조를 얻어 백산상회를 백산무역주식회사로 확대 개편하기 위해 동분서주하고 있다는 얘기가 알 만한 사람들 사이에서는 은밀히 나돌고 있다는 사실까지 중산은 듣고 있었다.

"그러고 보니 백산 상회와 거래를 하면서부터 대금의 결제와 결산 처리를 매번 영동 나으리 마님께서 직접하셨던 것도 다 그 때문이었던 모양로군요?"

"이 사람아! 누가 듣겠네, 목소리를 낮추시게! 사실은 백산상회와 거래를 하는 자본가와 지주들마다 민족 경제 부흥에 일조하려는 뜻을 가지고 있었지만, 본의든 아니든 거래 대금의 일부 또는 전액을 독립군 군자금으로 내놓는 경우가 비일비재하였던 모양일세!"

"처음에는 곡물과 면포며 해산물까지 판매하는 어줍짢은 군소 상회로 출발했다가 불과 몇 년 만에 서울과 대구·원산은 물론, 만주 지역의 안동과 봉천 등지에도 지점과 연락사무소를 설치했다고 하더니, 그렇게 덩치가 커진 데에는 다 그만한 까닭이 있었던 게로군요?"

"그런 셈이지! 그런데 내년 중으로 주식회사로 확대 개편하게 되면 사장은 경주 최부잣집의 최준 선생이 맡고, 이사는 창업자인 안희제 선생과 양산 지역의 대표적인 독립 운동가인 윤현태와 진주의 대지주 강복순이 맡게 될 것이란 얘기가 측근들 사이에서는 벌써부터 새어 나오고 있는 모양이야. 특히, 윤현태라는 사람은 경상남·북도 지방의 자산가, 혁신 유림, 지식인들이 주축이 되어 대구에서 조직하였던 〈조선국권회복단〉 출신의 독립운동가라는 게야!"

"서방님! 그런데 저의 머리로는 이해가 잘 안되는 게 있습니다. 어차피 우리도 의병운동가들을 지원한데 이어 조선 독립을 위해서 지원금을 내놓으며 애쓰고 있는 형편인데, 왜 많은 자본가와 대지주며 애국지사들의 참여로 그렇게 잘 나가는 백산 상회와의 미곡 거래를 갑자기 중단하기로 생각을 바꾸셨던 걸까요?"

"자네가 몰라서 그렇지, 거기에는 그럴 만한 곡절이 있었다네!"

"그럴 만한 곡절이라니요?"

"이보게, 김 서기! 모로 가든 앞으로 가든 서울로 가기만 하면 된다는 말이 있지? 하지만 독립운동에 있어서는 그 말이 통하지 않으니 문제가 되는 것일세!"

"아니, 어째서 그렇단 말씀이십니까?"

"할아버님 때부터 서울과 동산리를 오가며 충복으로서의 소임을 다한 영양재의 김 영감이나 초량 미곡창의 산 증인과도 같은 윤 영감으로부터 자네도 주워들은 얘기가 더러 있는지 모르겠네만, 우리도 조선 독립에 가운을 걸다시피 하고 있고, 백산상회 쪽에서도 기업 활동의 목표를 거기에 두고 있지만 지향점이 서로 다르니 문제가 된다는 말일세! 우리는 황실의 외척으로서 국록을 먹으며 황은을 입었던 만큼 망국에 대한 책임을 통감하고 진충보국의 일념으로 왕조복고 운동에 가운을 걸다시피 하고 있는데 반해, 백산상회 쪽에서는 독립의 목표를 무력 투쟁을 통한 공화주의 국가 건설에 두고 있는 게 현실이라 일이 이렇게 돌아가게 된 것이 아니겠는가?"

"양쪽에서 추구하는 독립 국가라는 것이 어떤 차이가 있는지는 잘 모르겠으나 일이 그렇게 되어 뒤틀어져 버린 것이로군요? 그런데 서방님, 지난번에 용화당 뒤뜰에 방금 말씀하신 그 〈중광단〉이라는 독립 단체의 명의로 된 격문이 투입된 적이 있다고 하던데, 대종교에서 만들었다는 그 단체가 바로 백산상회가 지원하는 독립군 단체란 말씀입니까?"

"그 격문을 강학당의 아이들이 주워서 훈장 선생에게 주었다고 하더니만, 자네도 그 얘기를 듣고 있었던 모양이군 그래?"

"예, 서방님. 글방 선생이 그걸 영양재에 전해 주었다고 하더군요. 그렇잖아도 그런 격문이 대지주들을 상대로 암암리에 투척된다는 소문이 미곡상들이 운집해 있는 부산진 포구 일대에 공공연하게 나돌던 터라 영양재에서는 당연히 영동 나으리 마님께 전해 드렸다고 하더군요!"

"지난 가을에 있었던 소작지의 벼 작황 실사 때 초량에서 올라온 윤 영감더러 올 추곡부터 백산상회와의 거래를 재개하는 것이 좋겠다며 의견을 물었을 때, 그 사람이 나한테도 그 〈중광단〉의 명의로 된 격문이 평판이 좋지 못한 지주들한테 도처에서 야밤중에 투입되고 있다는 얘기를 하더구먼! 백산상회와 미곡 거래를 재개하려는 나의 조처에 대해 윤 영감도 크게 놀라워했지만, 아버님께서도 그 문제를 놓고 이러지도 저러지도 못하고 고민 중에 있다면서 내가 그 일을 추진한다 해도 크게 나무라지는 않으실 거라고 하면서 내 뜻을 기꺼이 수용하게 된 것이 아니겠는가? 윤 영감의 말로는 백산상회가 〈중광단〉을 중점적으로 지원하게 된 것도 창업자인 백산 안희제 선생이 〈중광단〉 창단의 주역인 대종교의 핵심 인물이라지 뭔가!"

하기야 국내외의 여러 미곡 무역상들과 폭넓게 거래를 해 온 관계로 영남 지역의 미곡 출하 물량 대부분을 생산하는 대지주들의 대리인이나 실무 책임자들과 폭넓게 교류하면서 그쪽 사정과 지역 민심의 동향에 대해 윤 영감인 만큼 밝은 이도 그리 흔치 않을 터여서 영동 어른으로서도 그의 얘기를 가벼이 들어 넘길 수는 없었을 것이다.

그 무렵, 한일병탄 이후로 우후죽순처럼 급격히 늘어나고 있는 연해주와 만주 지역의 여러 독립운동 단체들마다 무력투쟁만이 조선독립의 지름길이라는 중론이 차츰 대세로 자리 잡아 가기 시작하면서 군자금 모집책을 국내로 잠입시켜 국내 진공을 위한 군자금 확보에 주력하는 바람에 전국 각지의 재산가나 대지주들을 상대로 군자금 헌납을 요구하는 각종 격문을 투척하는 일이 빈번하게 벌어지고 있었다.

그런데 그들의 표적이 되는 것은 친일 부호이거나 평판이 좋지 못한 악덕 지주들이기 십상이었는데, 막대한 자금을 쏟아 부으면서 조선 독립을 꿈꾸며 왕조 복원에 주력하고 있는 동산리의 여흥 민씨 종가에 그런 격문이 날아든 것은 그들로서는 당혹스럽고 억울하기 짝이 없는 일이라 아니할 수 없었다.

"그렇다면 미곡상들 사이에서 온갖 억측으로 우리한테 불리한 여론이 번지게 된 것도 결국은 만주에 있는 그 〈중광단〉이라는 독립군 단체의 소행이라는 말씀이 아닙니까?"

"내가 생각하기에는 그런 것 같지는 않다네. 그게 〈중광단〉 쪽의 지령에 의한 것이라기보다는 우리한테 악감정을 품고 있는 누군가가 여론 조성용의 헛소문을 퍼뜨려서 우리에게 큰 타격을 주려고 의도적으로 그런 짓을 하고 있는 것으로 보는 것이 이치에 맞을걸세!"

"그렇다면 서방님께서는 누구의 짓인지 지피는 바가 있다는 말씀이십니까?"

"글쎄, 짐작이 가는 인물이 있기는 하지만 거기에 대해서는 아직 발설할 단계는 아니니 그 정도로만 알아두고 백산상회와의 미곡 거래 재개에 만전을 기하도록 하게. 복벽주의 독립운동을 지원하는 우리로서는 진퇴양난의 고육지책일 수도 있지만, 독립운동의 축이 〈중광단〉으로 쏠리고 있는 게 엄연한 현실이고, 지역 민심이 악의적으로 호도되는 것 또한 방치할 수 없는 현실이니 백산상회와 거래를 재개하면서 결과적으로 〈중광단〉에 힘을 실어 주는 것도 우리로서는 결코 외면할 수 없는 일이 아니겠는가?"

"서방님! 그렇다면 백산상회와의 거래를 중도에서 끊을 것이 아니라 계속했어야 마땅하지 않습니까? 그런데 영동 나으리 마님께서는 왜 그동안 미곡 거래를 죽 해 오시다가 갑자기 중단하기로 생각을 바꾸시게 된 것일까요?"

"그야 여러 사정이 있어서가 아니겠나? 안희제 선생이 처음에 백산상회를 설립할 때, 내세운 대의명분이 민족기업을 설립하여 고사 위기에 처한 조선 경제를 되살리자는 것이었으니까 주저할 것 없이 그 대열에 동참하셨겠지! 그런데 알고 보니 백산상회가 불과 몇 년 사이에 괄목상대할 만큼 급성장하면서 애초에 알려진 대로 단순히 조선 경제를 되살리기 위함이 아니라, 실제로는 독립군 군자금의 원활한 조달과 국내외의 연락망을 구축이 목표였다는 사실이 뒤늦게 드러나면서 우리의 입지가 위태롭게 급반전되었기 때문이 아니겠는가? 백산상회의 실상을 눈치 챈 일제 당국의 감시와 사찰이 날로 강화되면서 그쪽과 거래를 하는 지주들까지 장부 검열에다 각종 사찰까지 펼치게 되니 우리의 조선왕조 복원 사업마저 위태롭게 되니 더 이상 배겨낼 재간이 없으셨던 것이지!"

"예, 일이 그렇게 된 것이로군요! 서방님, 그렇다면 우리가 앞으로 어떻게 대처해 나가야 할지에 대해서도 확실히 방향을 잡을 수 있을 것 같습니다!"

"그렇다면 되었네! 백산상회와의 거래는 예전처럼 대량으로 하지 말고 조금씩 분산하여서 하면 왜놈들도 쉽게 눈치 채지는 못할 걸세. 자네가 사태의 본질을 알고 그렇게 결의를 다지는 것을 보니 이제는 안심일세! 그리고 만약에 일이 잘못 되어 우리의 일이 왜놈들에게 발각되어 무슨 사단이 벌어질 경우에는 그 모든 책임을 내가 지고 갈 터이니 그리 알고 아버님께는 일절 누가 되지 않도록 각별히 신경써 주시게나. 노파심에서 거듭 말하거니와 윤 영감도 윤 영감이지만, 앞으로 자네의 역할이 중차대함을 명심하고 윤 영감을 도와 만전을 기해 주기 바라네!"

"예, 서방님. 그리하도록 하겠습니다!"

백산상회와 미곡 거래를 재개하는데 따른 중산의 준비 역할은 그것으로 일단 끝이 난 셈이었다.

김 서기에게 단단히 당부를 하고 돌아서던 그가 갑자기 생각났다는 듯이 물었다.

"참! 그건 그렇고, 요새 삼수 녀석은 어떻게 지내고 있는가?"

"삼수요? 서방님께서도 잘 아시다시피 그놈은 홍길동이 같은 놈 아닙니까?"

"왜? 객관에 잘 붙어 있지 않는다는 말인가?"

"바람난 강아지처럼 행동하는 그 버릇이 부산에 왔다고 해서 어디 가겠습니까? 충충시하나 다름없는 동산이 집에서도 말썽을 달고 다니던 놈이 넓으나 넓은 부산 천지에 내려왔으니 오죽하겠습니까?"

"서반아 괴질 때문에 초량으로 내려 보내긴 했지만, 사실은 언제 터질지 모르는 고름주머니 같은 놈이라, 핑곗거리가 생긴 김에 일부러 자네 밑으로 내려 보낸 것이 아니겠는가?"

"사실은 저도 그런 줄을 알고 이것저것 일을 맡겨 보면서 길을 들인다고 신경을 쓸 만큼 쓰고 있었습니다. 그래서 그런지 말썽을 피울 때는 피워도 제 밥값은 제대로 톡톡히 하고 있는 셈입니다!"

"객관에 잘 붙어 있질 않는다면서 밥값을 톡톡히 하고 있다는 것은 또 무슨 말인가?"

"그 녀석이 행동이 잽싸기도 하지만, 어디 눈치가 빨라도 예사로 빠른 놈입니까? 이런 저런 심부름은 물론, 거래처의 사정을 알아내는 데는 왜놈 첩자들 뺨칠 정도로 천부의 소질을 타고난 귀재인 것 같아서 드리는 말씀이지요!"

"그래? 그렇다면 벌써 부산의 지리도 다 익혔다는 말인가?"

"물론이지요! 그리고 동래에, 구포에, 삼랑진에…. 그 녀석이 안 다니는 데가 어디 있는 줄 아십니까?"

"동래와 구포에다 삼랑진까지?"

"자기 친구 녀석이 뜨내기 약장수 밑에서 외줄 타기에 열두 발 상모까지 돌리면서 예능인 겸 곁꾼으로 있는 모양인데, 몇 개나 되는 약장수 패거리들의 실제 물주가 되는 사람이 왜놈이라는 사실까지 다 파악하고 있더라니까요!"

"삼수 놈의 친구 녀석이 일한다는 약장수 패거리의 물주가 왜놈라고 했는가?"

"예, 서방님!"

"왜놈들 약장수 패거리를 따라다닌다고 하는 그 삼수 녀석의 친구 말일세! 그놈이 혹시 우리 동산리의 당곡 농악패 상쇄 잡이인 염록술이라는 우리 집 소작인의 아들이 아닌가?"

"예, 맞습니다, 서방님! 명창 뺨치는 가창력에다 풍악놀이에 달관한 염녹술이도 무녀인 모친을 따라다니며 박수무당 노릇을 하던 사람이 아닙니까!"

"그렇다면 어제와 그제 밤에 삼수 녀석이 어디에 가 있었는지 자넨 혹시 알고 있는가?"

"그제 저녁때는 일을 마치고 친구를 만나러 간다며 나가서는 자고서 돌아왔고, 어제 아침에는 제가 동산이로 올라올 때까지 초량에 있었는데, 제가 없는 동안에는 초량 미곡창에 붙어 있으라고 단단히 일러 듣기고 왔습니다만, 지금으로서는 그 결과를 알 수가 있어야지요."

"그런데 엊그제는 밀양 장날이고, 어제는 구포 장날이 아닌가?"

"예, 서방님. 그리고 보니 삼수 녀석이 밀양 장날과 구포, 동래 장날만 되면 풍수라고 하는 그 약장수 친구 때문에 그러는지 외출이 잦고 정신을 딴 데다 두고 내심 바빠지는 눈치였습니다. 그런데 그 녀석 때문에 무슨 문제라도 생긴 것입니까?"

"아니, 딱히 그렇다고 말할 수는 없네!"

"그렇다면 초량에 도착하는 즉시 그 녀석이 어제는 어디에 있었는지 황 서방한테 한번 물어 보고 알려 드리겠습니다."

"삼수 녀석의 삼촌한테 물어 보려고?"

"예, 서방님!"

"그렇다면 되었네. 그런 일에 자네까지 나서서 그들의 신경을 건드릴 것 없네!"

"그런데 서 방님, 갑자기 왜 그러십니까? 웬만한 일이라면 저한테 맡겨 주시지요!"

"아니, 되었네! 다만, 앞으로는 그 녀석의 외출을 단속하도록 하고, 그 녀석이 무슨 짓을 하고 다니는지 잘 살펴보고, 수상쩍은 행동이 보일 때는 나한테 급히 기별을 해 주도록 하게!"

"서방님! 그렇다면 아예 동산이로 다시 불러들이는 게 어떻습니까?"

"아니, 당분간 더 두어 보세!"

삼수에 대한 생각이 많아진 중산은 김 서기에게 한 손을 들어 보이고는 화덕 곁으로 가지 않고 반대편의 뱃머리 쪽으로 걸어간다. 바람이 거세어지고 작은 물방울들이 얼굴에 간단없이 끼얹혔다.

중산이 망망한 바다 쪽을 바라보며 그렇게 혼자 생각에 잠겨 있노라니까, 김 서기와 밀담을 주고받을 때부터 그의 모습을 유심히 지켜보고 있던 청암이 가만히 다가와서 그에게 물었다.

"형님, 저는 이번에 부산포까지 내려온 김에 초량 미곡창에서 며칠 간 더 묵었다가 올라가고 싶은데, 그리하여도 괜찮으시겠습니까?"

"네 혼자서…?"

아우들끼리 따로 계획한 일이 있는가 하고 화덕 가의 초암과 송암 쪽을 바라보았으나 그들은 무심하게 멀리 반대편의 바다 쪽만 바라보고 있었다.

"예, 형님! 저 혼자 볼일이 좀 있어서 그럽니다."

무슨 볼일인지 청암은 의욕에 차 있었다.

"방학 동안에 부산에서 따로 하고자 하는 일이라도 있는 것이냐?"

중산은 우리에 갇힌 맹수처럼 항상 몸이 근질근질하여 못 견뎌하던 청암이라, 신경을 곤두세우며 관심을 가지고 묻는다.

"예, 형님! 하지만 오래 걸리지는 않을 겁니다."

"그렇다면 오늘 저녁은 동래 객사로 가서 우리 셋이서 함께 자기로 하고 그 후에나 네 볼일을 보도록 하려무나."

연말의 문중 행사가 코앞에 다가오고 있는데, 무슨 중대한 일이 있기에 그러는 것일까? 자기네 문중의 여숙소 역할을 겸하고 있는 초량 미곡창은 예전부터 왜인들이 조선에서 통상을 하던 무역처. 숙박처, 접대처로서의 기능을 해 온 왜관 인근의 나들목에 자리 잡고 있어서 왜놈들이 득시글거리는 곳이기도 하였다.

객사는 열 두 칸짜리의 본 건물과, 창고로 쓰이는 부속 건물까지 합쳐서 모두 근 마흔 간이나 되는 규모가 꽤 큰 한옥으로 부산, 마산, 동래에 분포돼 있는 동산리 여흥 민씨네 문중의 여러 객사 중의 하나였다. 원래는 문중에서 생산한 미곡을 처분하기 위한 전초 기지로 주로 사용되었으나, 요새는 문중 인사들의 외지 출입이 잦아지면서 그들의 여숙소 역할도 하고 있었다. 상주하는 인원들과 문중의 출입 인사가 적지 않은 관계로 종가에서는 관리 책임자인 윤 영감과 김 서기를 비롯하여 근 열 명이나 되는 남녀 하인들까지 상주시켜 놓고 있었다.

"설마하니 자네가 감당 못할 막중한 시국 일에 관여하고 다니는 것은 아니겠지?"

중산은 혈기 왕성한 청암이 학교 안팎에서 각종 서클 활동에 심취해 있는 것 같아서 내심 신경을 쓰고 있던 터이라, 뒤를 다지듯이 다시 그렇게 물었다.

"그럴 리가 있겠습니까, 형님. 초량과 부산진 쪽에 새로 사귄 벗들이 여럿 있어서 그럽니다."

청암의 대답은 신중하였으나 기대에 차 있었다.

"새로 사귄 벗이라니, 네가 교유하는 벗이란 대체로 어떤 친구들인가?"

되묻는 중산의 얼굴이 슬그머니 굳어진다.

"전에도 말씀 드리지 않았습니까? 각종 클럽 활동을 함께하는 친구들이 있다고요! 동래 향교의 먹물 냄새에 찌든 고리타분한 문우들보다는 한결 현실적이고 활동적인 친구들이라, 저한테는 개화와 개방의 길잡이나 다름없는 귀한 존재들이지요!"

"클럽 활동을 하는 개화된 친구들이라고?"

"예, 형님! 명정학교(明正學校) 출신의 불교학생회 친구도 있고, 우리 유림계와 기독교, 대종교, 천도교 친구들도 있는데, 모두 우리 동래고보 학생들이거나 선배들이라 서로 통하는 바가 많고 신뢰도 그만큼 깊으니 형님께서는 아무 걱정을 하지 않으셔도 됩니다."

"명정학교라면 동래 범어사 안에 있다는 불교학교가 아니냐?"

중산은 언젠가 마산리에 사는 최수봉이 밀양 공립보통학교 시절에 일본인 역사 선생이 조선의 역사를 터무니없는 거짓말로 왜곡하는 것을 보고 강하게 항의를 하며 대들었다가 강제 퇴교를 당한 후, 동화학교를 거쳐 범어사 안에 있는 명정학교에서 수학하였다던 운사의 얘기를 떠올리고 있었다.

"예, 형님! 그런데 형님께서는 명정학교를 어떻게 알고 계십니까?"

중산이 명정학교에 대해서 알고 있는 사실이 신기한 듯, 청암 역시 놀란 얼굴로 중산을 쳐다본다.

"운사 친구로부터 마산리 출신의 최수봉이란 사람이 범어사에 있는 명성학교에 다녔다는 얘기를 들은 바가 있어서 그래. 그렇다면 혹시 청관 스님이 명정학교에 다녔다는 얘기는 못 들었느냐?"

"물론, 듣고말고요! 표충사에서 머리를 깎고 중이 된 뒤에 그곳 경내에 있는 영정학교(靈井學校)에서 호신술을 연마하며 공부하다가 연무 사승을 따라 승적을 범어사로 옮겨 오면서 명정학교에서 신식 학교 공부를 계속하게 되었다고 들었습니다."

시국 문제에 간여하는 청관 스님의 활동에 대해서는 거의 모르는 것이 없는 듯, 모처럼 물꼬가 터진 청암의 대답은 봇물처럼 술술 쏟아져 나왔다.

"그렇다면 혹시 마산리 출신의 최수봉씨 얘기를 들은 바는 없었고?"

"최수봉이란 사람은 명정학교에 다니다가 같은 시기에 평양에 있는 숭실학교로 옮겨 갔다고 하던데요?"

별반 기대를 하지 않고 혹시나 하고 물어본 말인데, 청암은 의외로 최수봉의 존재에 대해서도 알고 있었다.

"청관 스님을 만나 본 적도 없는 네가 최수봉씨의 얘기는 누구한테서 들었느냐?"

"전에 동래 객관에 심부름을 왔을 때 유명한 소년 항일 투사 출신이라고 삼수한테서 들었지요!"

"아니, 삼수한테서?"

중산은 제 귀를 의심하며 청암을 놀란 눈으로 쳐다본다.

"예, 형님! 그 녀석은 예전부터 천방지축으로 날뛰면서도 저의 말은 이력이 난 충복처럼 고분고분 잘 듣지 않았습니까? 동래고보에 편입학 준비를 하라는 형님의 편지를 전하러 왔을 때, 동래에 온 김에 범어사를 구경하고 싶다고 하기에 그 까닭은 물었더니 자기가 아는 마산리 교회의 권사 아들 중에 최수봉이라는 청년이 있는데, 범어사 안에 있는 명정학교에서 공부를 하다가 독립운동가가 되는 꿈을 안고 애국 민족 운동가 교사들이 많은 평양 숭실학교로 유학을 떠났다고 하지 뭡니까!"

"아니, 삼수 녀석이 그런 얘기를 하였단 말이지?"

"예, 형님! 그 최수봉이란 사람이 마산리 교회의 어느 장로의 도움으로 평양 숭실학교에 다니게 되었다고 하면서 꽤나 부러워하는 눈치이던데요?"

"삼수 녀석이 말이냐?"

"그렇다니까요! 그 녀석이 사고뭉치인 줄로만 알았는데, 가만히 데리고 앉아서 마음을 터놓고 얘기를 해 보니 그동안에 많이 개명이 되었는지 제 딴에는 새로운 꿈이 생긴 것 같았고, 옛날의 삼수가 이미 아니었습니다. 남몰래 교회에 다니면서 많은 것을 배우고 깨쳐서 그렇게 된 것이 아니겠습니까?"

청암은 자기네 문중에서 예수교를 백안시 하고, 마산리교회를 무시로 드나드는 삼수를 곱지 않은 눈으로 바라보는 것과는 달리, 그 녀석에 대한 불신은커녕 큰 호감마저 가지고 있는 눈치였다. 청암이 들려주는 삼수의 얘기는 중산에게는 의외의 일로 받아졌고, 삼수에 대한 인식이 완전히 달라져 있는 청암의 태도 또한 예상치 못한 이변이라 아니할 수 없었다.

"그래? 그렇다면 삼수가 초량 객관으로 내려간 후로 어떻게 지내고 있는지에 대해서도 너는 아는 바가 있겠구나?"

"글쎄요. 풍수라는 당곡의 친구가 왜놈이 운영하는 〈신궁(神宮)〉이라는 유랑 약장수 단체에서 일하고 있어서 장날이 되면 구포와 동래 출입이 잦은 것으로 알고 있습니다. 그런데 삼수 때문에 무슨 문제라도 생긴 겁니까?"

"어제와 그제 밤에 그 녀석이 어디서 무엇을 하고 있었는지에 대해서 확인해 봐야 할 일이 있어서 그래."

"그런 것은 김 서기한테 물어 보면 더 잘 알고 있지 않겠습니까?"

"김 서기한테는 이미 물어 봤지. 그런데 그제 밤에는 친구를 만나러 간다며 나갔다가 밖에서 자고 돌아왔고, 어제 아침에는 김 서기가 동산 이로 올라올 때까지 초량 미곡장에 있는 것을 보고 왔다는 게야!"

"그렇다면 초량에 도착하는 대로 제가 삼수한테 어디 가서 무얼 했는지 직접 한번 물어 보겠습니다."

"네가 묻는다고 그 녀석이 이실직고를 하겠느냐?"

"글쎄요. 형님께서 물으시면 그럴지 몰라도, 저한테는 사실대로 말해 주고도 남을 녀석이니 저에게 맡겨 주십시오!"

이렇게 사신 있게 대답한 청암은 그것만으로는 부족했던지 이렇게 덧붙이는 것이었다.

"앞으로는 형님도 그 녀석을 사고뭉치로만 보시지 말고 마음을 터놓고 인간적으로 대해 주면서 모든 얘기를 스스로 터놓고 할 수 있도록 한번 해 보십시오! 그 녀석은 머리가 잘 돌아가고 교회의 물을 먹은 데다 견문이 넓은 약장수 친구 때문에 그런지는 몰라도, 오히려 우리보다 개명이 훨씬 더 많이 되어 있는 모양이니 말입니다. 평양 숭실학교라는 곳이 많은 애국지사들이 애국교육을 펼치고 있는 민족학교라는 사실도 알고 있었고요, 자기도 훌륭한 독지가가 있거나 좋은 기회를 잡게 되면 최수봉이라는 사람처럼 민족교육을 받을 수 있고, 독립 운동가가 되는 길도 열리게 된다는 사실도 알고 있었습니다."

"듣자 하니 그것 참, 신통한 일이로구나! 개천에 용이 난다는 얘기는 들었지만, 무지한 종놈 녀석이 주인들보다 먼저 개명을 하였다는 말을 여태까지 들어본 적이 없었는데, 오늘에 이르러 우리 집 기린아인 네한 테서 그런 놀라운 얘기를 듣게 되다니 세상 참 오래 살고 볼 일이로구나!"

놀라움인지, 한탄인지도 모를 말을 허공에 날려 버리면서 한동안 하늘을 우러러 보고 있던 중산은 한참 만에 다시 청암에게 묻는다.

"혹시 삼수 녀석으로부터 다른 얘기를 들은 바는 없었느냐?"

"다른 얘기라니요?"

"도적맞은 나락 문제 말이다. 혹시 도둑이 들던 날밤에 삼수 녀석이 어디에 가 있었는지 알고 싶어서 그러느니라."

"그리고 보니 형님께서는 지금까지 그 일을 두고 줄곧 삼수를 의심하고 계셨던 것이로군요?"

청암의 표정이 묘하게 일그러진다. 실망스럽기도 하고 원망스럽기도 한 듯한 복잡한 얼굴 표정이었다.

"삼수하고는 아무런 상관이 없는 일이기를 바라는 마음이기는 하지만, 나락을 도적맞던 날 밤에 그 녀석이 동래인지 삼랑진인지, 친구를 만나러 갔다가 밖에서 자고 왔다고 하니 일단 알아나 봐야 하지 않겠느냐?"

"하기야, 워낙 많은 일을 저지른 사고뭉치라, 우리 문중에서는 누구든지 그 녀석을 의심할 수밖에 없겠지요. 하지만 저는 그 녀석의 짓이 아닐 거라고 믿습니다! 믿음은 신뢰를 낳고, 그 신뢰는 다시 더 큰 믿음이 되어 돌아오기 마련이니 말입니다."

그러나 중산은 삼수가 눈치 빠르고 동작이 잽싼 녀석이라는 점에 대해서는 부인할 생각이 없었으나 그 녀석에 대한 믿음은 여전히 생기지 않았다.

"그 녀석이 기독교 교인이 되었고, 독립운동에 관심을 가질 정도로 개명이 되었다고 해서 그러느냐?"

"근본이 천출이라고 해도 머릿속에 들어 있는 포부를 보면 다른 성정도 능히 짐작할 수 있는 일이 아닙니까? 그리고 다른 무엇보다도 크나큰 위험 부담을 안고 우리 나락에 감히 손을 대기로 했다면 그만한 동기가 있어야 하지 않겠습니까?"

"동기가 될 만한 일이야 분명히 있지! 그래서 그 녀석을 미심쩍어 하는 것이 아니겠느냐?"

"형님, 동기라니요? 도대체 그게 뭡니까?"

청암의 말투는 갈수록 날을 세우고 있었다.

"사실은 그 녀석이 오래 전부터 삼월이를 꽤 좋아하고 있었거든! 새벽마다 축사 앞에 도사리고 앉아 삼월이가 채마밭에 나타나기만을 기다리는 것을 몇 차례나 본 적이 있었지. 그리고 한번은 삼월이가 장꾼들을 따라 삼랑진 장에 가는 것을 보고 대장간에 간다고 둘러대고서 미친 듯이 뒤따라 간 적도 있었다고 하니 하는 얘기야! 새벽 미명 속에서 채마밭에 나와 있는 삼월이를 뒤에서 몰래 훔쳐보는 그 녀석의 모습이 마치 먹이를 노리는 야수처럼 섬뜩한 살기마저 있어 보였다니까! 그런데, 김 서방과의 혼인 날짜까지 잡혔다는 소문을 들었다면 적잖은 반감을 품을 수도 있지 않겠느냐?"

"그러고 보니 삼수 녀석을 초량으로 내려 보내신 것도 서반아 독감의 전염을 막고자 피접삼아 보낸 것이 아니라, 사실은 그 일 때문이었던 것이로군요?"

삼수를 감싸기에 기고만장하게 열을 올리던 청암의 기세도 중산이 들려주는 뜻밖의 이야기 앞에서는 속절없이 한 풀 꺾이고 만다.

"두 문제 모두 나한테는 방심할 수 없는 일이라 그럴 수밖에 없었던 게지! 혼인 날짜를 잡아놓은 터에 김 서방을 위해서도 그렇고, 당사자인 삼수 녀석을 위하는 길이기도 하였으니 말이다."

"형님, 그렇다면 다른 하인들도 그 녀석이 삼월이한테 마음을 두고 있다는 사실을 알고 있을 게 아닙니까?"

"그야 물론 그렇겠지!"

"그렇다면 저도 그 녀석이 무슨 꿍꿍이속을 가지고 있는지 이참에 한번 알아 볼 테니 너무 심려치 마십시오."

"그래라! 하지만 너한테 흉금을 터놓는다고 해서 너무 믿고 방심해서는 아니 되느니라. 다른 건 몰라도 여자 문제에 대해서는 물불을 가리지 않는 게 동물적인 인간의 본능이 아니겠느냐?"

"그래도 우리 식구들 중에서는 그 녀석의 속은 제가 가장 잘 알고 있으니 한번 두고 보십시오!"

"그래, 인간적인 교감이 생기면 속을 터놓을 수도 있으니까 녀석의 본심을 알아보고, 엉뚱한 생각을 하지 않도록 잘 다독여 주면 좋겠구나."

"글쎄, 염려 놓으시라니까요!"

자신감 있는 청암의 다짐에 한 시름 마음을 놓은 중산은 오늘 밤에 있을 형제들끼리의 모임을 생각하며 다른 질문을 던진다.

"그건 그렇고, 혹여 삼수 녀석이 다른 얘기를 한 적은 없었느냐?"

"다른 얘기라니요?"

"최수봉이란 사람이 명정학교에 다녔으니 청관 스님에 대해서도 그 녀석이 따로 아는 바가 있을 수도 있는 일이어서 물어보는 말이니라."

"청관 스님이 범어사로 옮겨 온 후로 명정학교에서 신학문을 수학하면서 최수봉씨를 알게 되었다는 사실은 이미 말씀 드리지 않았습니까?"

혹시 다른 경로를 통하여 청관 스님이 승당 할아버지의 서출 자식이라는 얘기를 듣지 않았나 하고 물었더니, 마음의 동요도 없이 하는 말투로 보아서는 청암이 아직까지 그 점에 대해서는 전혀 모르고 있는 모양이었다.

"물론 그런 것도 있지만, 내가 청관 스님의 근황에 대하여 알아 봐 달라고 부탁하는 것에 대해서 너는 지금까지 나한테 그 까닭을 한 번도 물어 본 적이 없지 않았느냐? 너도 생각이 있고 소신이 있는 사람이니 내 부탁을 받고 청관 스님과 백산 박철이라는 대종교 동래지사 사교의 뒷조사를 행할 때에는 당연히 그 까닭에 대하여 궁금한 바가 있었을 것이고, 너도 거기에 따라 너 나름대로 알아보고자 하였을 게 아니냐?"

중산은 자신이 청암에게 미처 밝히지 못한 말이 있듯이, 청암 역시 그런 면이 있으리라는 것을 믿어 의심치 않았다.

"형님께서 그렇게 물으시니 이제야 드리는 말씀입니다만, 저도 생각이 많은 인간인데, 형님께서 은밀히 하시는 일에 대하여 어찌 관심이 없었겠습니까? 하지만 우리한테는 형님이 문중의 종손으로서 나라의 국본(國本)과 다름없는 분이시니 거기에 대하여 어찌 일일이 까닭을 물으며 간여하여 심기를 어지럽힐 수가 있었겠습니까?"

"그래? 그렇다면 너 역시 나한테 하고 싶은 얘기가 많았던 모양이로구나! 그래, 알았다. 오늘 밤에는 우리 형제들이 모두 한 자리에 둘러앉아 마음의 문을 활짝 열고서 장차 우리 세대가 감당해 나가야 할 문중의 앞날에 대해 허심탄회하게 논의해 보는 귀한 기회를 가져 보기로하자꾸나! 그러니 너도 미리부터 마음의 준비부터 해 두도록 하여라."

가까이 다가오는 망망대해를 바라보면서 중산은 청관 스님과 박철 사교에 대한 풀기 어려운 숙제를 무겁게 안은 채 앞으로 청암이 하게 될 역할을 가늠해 보고는 가슴 저 밑바닥에서 용솟음치는 새로운 힘과 두려움을 동시에 느낀다. 그동안 청관 스님과 박철 사교와 얽히고설킨 문중의 비밀을 사실대로 털어놓고 그동안 자기 혼자서 감당해 오던 마음의 짐을 자기네 형제들과 나누어 짊어져야 할 때가 되었음을 생각하니 감개무량하기 짝이 없는 것이다. 세상은 하루가 다르게 변해 가는데, 대대로 국록을 먹으며 부귀와 영화를 누려 온 여흥 민씨 척족 집안의 미래를 짊어지고 나갈 차세대 당주로서 나라와 겨레 앞에 갚아야 할 막중한 역사적 책무는 말할 것도 없거니와, 아직도 묵은 잠에서 깨어나지 못하고 있는 문중의 앞날을 개방된 모습으로 일신해 나가야 할 일이며, 수많은 남녀종들과 거기에 딸린 식솔들의 장래 문제까지 걱정해야 하는 시대적 과제 앞에서 자신이 해결해야 할 문제들이 어디 한 둘이며, 만만하게 해결할 수 있는 일이 어느 것 하나라도 있었던가?

"예, 형님! 저도 형님께서 조만간에 이런 말씀을 하시게 될 날이 오리라는 사실을 예상하고 있었습니다. 그런데, 오늘에 이르러 초암 형님까지 동행키로 하시는 걸 보고 오늘이 바로 그 역사적인 날이 되겠구나 싶었는데, 저의 예상이 맞았군요!"

모처럼 서로의 뜻을 확인한 두 형제는 점점 다가오는 낙동강 하구 저쪽의 망망대해를 바라보면서 강바람에 차가워진 서로의 손을 굳게 마주 잡는다. 그리고는 손으로 전해오는 핏줄의 소중함을 느끼면서 시시각로 다가오는 파고 높은 망망대해를 마치 자기네가 힘을 합쳐 헤쳐 나가야 할 파란만장한 미래의 신세계라도 되는 것처럼 오래도록 가슴 벅찬 눈으로 바라본다.

　배는 어느 새 낙동강 하구를 지나서 남해 바다로 들어서고 있었다.

제5장

하늘에 세운 가람(伽藍)

◇ 산중문답(山中問答)
◇ 유생(儒生)과 동자승(童子僧)

◇ 산중문답 山中問答

세 아우들과 더불어 초량 객관에서 하룻밤을 유숙한 중산은 밀양으로 올라가기에 앞서 범어사를 방문하기 위하여 아침 일찍 자기네 객관의 마차를 타고 길을 나섰다. 예상보다 늦었지만 미곡 하역 작업도 무사히 끝났고, 간밤에는 애초의 계획대로 초량 미곡창에서 개화를 추진하고 있는 자기네 문중의 앞날에 대해 형제들 끼리 폭넓은 얘기를 나누는 뜻깊은 시간까지 누린 뒤끝이라 속이 다 후련하였다.

그러나 청관 스님을 한번 만나 보고자 벼르고 별러 왔던 범어사를 찾아 가면서도 그의 발걸음은 그리 가볍지만은 않았다. 간밤에 있었던 대화 중에 현시국에 대한 각자의 생각을 밝히는 과정에서 청암이 〈성운(星雲)〉이라는 부산 지역의 종교계 학생 연합 운동 단체에 가담하고 있다는 사실을 처음으로 밝혔기 때문이었다. 그 단체에는 부산의 불교계, 기독교계, 천도교계 학생들은 물론 대종교계와 자기와 같은 늦깎이 유림계의 학생들까지 참여하고 있다는 것이었다. 그가 중산에게 전해 주었던 청관 스님과 대종교 동래지사의 박철 사교에 대한 각종 정보도 거기서 알게 된 동료들을 통하여 입수하게 되었다고 털어놓는 것으로 보아 짧은 활동 기간에도 불구하고 벌써 그들과는 상당한 유대 관계를 맺고 있는 모양이었다.

그 바람에 이번 기회에 임오군란에 얽힌 과거사의 비밀을 털어놓고 자기네 형제들끼리 그 대책을 모색해 보고자 하였던 중산의 생각은 일단 접어 두지 않으면 안 되었다. 자기의 생각이 옳다고 판단되면 물불을 기리지 않는 청암의 성미에 박철 사교로 인하여 자기네 문중이 곤경에 처한 실상을 알게 되면 그 문제에 적극적으로 뛰어들게 될 것임은 자명한 일이었고, 그로 인하여 각 종교계를 대표하는 그의 동료들이 각자의 입장에 따라 여러 가지 반응들을 드러내며 움직이게 되지 말라는 보장이 없었다. 그리고 세인들의 입질에 오르내리면서 관심사로 부각하게 되면 자기네 문중이 떠안게 될 부담 또한 만만치 않을 것 같았기 때문이었다. 그런데 범어사로 향하는 중산의 발걸음을 무겁게 만드는 것은 그것만이 아니었다.

"형님, 범어사를 직접 방문하시는 것은 좋으나 거기에도 친일 인사가 있다는 말을 들었습니다. 그러니 각별히 조심하십시오!"

청암은 아무래도 자기네 문중 종가의 차세대 당주가 될 종손 신분인 중산이 범어사를 직접 방문하는 것이 마음에 걸리는지, 뒤늦게 그런 사실까지 알려 주었던 것이다.

"범어사에 친일 인사가 있다니, 그게 무슨 말이냐?"

중산은 잘못 들은 게 아닌가 하면서도 본능적으로 청관 스님의 모습을 언뜻 떠올렸던 것이다.

1908년에 서울 원흥사(元興寺)에서 전국의 사찰 주지들을 모아놓고 원종(圓宗)을 설립하고 그 초대 종정에 취임했던 이회광(李晦光)이 일본 조동종 승려인 다케다[武田範之]를 원종 고문으로 추대하여 우리의 원종과 일본의 조동종(曹洞宗)이 연합체맹(聯合締盟)할 것을 비밀리에 협약 체결하고, 한일병탄 이듬해에 일제의 '조선사찰령(朝鮮寺刹令)'에 따라 조선 불교가 30본산 체제로 전환되자 총독부의 승인을 얻어 초대 해인사 주지가 되고, 조선불교선교양종(朝鮮佛教禪教兩宗) 각본산주지회의원(各本山住持會議院) 원장이 되어 조선총독부 정책에 호응하는 행정을 펴면서 조선 불교를 일본 불교에 종속시키려고 했을 때, 조선 불교의 정체성 수호를 위해 애쓰던 범어사의 총섭 오성월(嗚惺月) 스님이 진종(震鍾) 백용성(白龍城) 스님을 비롯하여 만해 한용운 스님과 같은 여러 항일운동가 스님들과 함께 거기에 맞섰다는 얘기는 들은 적이 있어도 항일의식이 강하다는 범어사 안에 친일 인사가 버젓이 존재하고 있다는 얘기는 중산도 금시초문이었다.

그런데 청암의 설명에 의하면, 한일합방이 체결되기 일년 전인 지난 기유년에 담해(湛海) 스님에 이어 범어사 총섭(總攝)으로 추대되어 가람을 중건하여 선찰대본산(禪刹大本山)으로서의 면모를 갖추게 하고 경내에 민족 불교학교인 명정학교(明正學校)를 설립하는 등, 인재불사에 깊은 관심을 보이면서 만해 스님과 교류하며 조선독립과 불교 왜색화 반대에 적극 나섰던 오성월 스님이 지난 1911년에 일제에 의해 '조선사찰령'이 공표되면서 여러 모로 어려움을 겪다가 지난 해에 결국 총섭 자리에서 물러나게 되자, 일제의 불교 정책에 호응하던 용곡 스님이 그의 뒤를 이어 범어사 주지에 취임하여 민족 교육을 지향하던 명정학교의 교장까지 맡게 되면서 내부적으로 알게 모르게 크게 갈등을 빚게 되었다는 얘기였다.

용곡 스님은 1915년에 조선 불교 '삼십본산연합사무소'의 초대 위원장에 올라 불교계의 실력자로 부상한 후로 수차례에 걸쳐 위원장과 상치원(常置員)을 중임하면서 불교 사범학교를 중앙학림(中央學林)으로 개칭하는 등, 일제의 지원 하에 여러 가지 사업을 벌이면서 범어사 주지가 된 뒤에도 한국 불교를 억압하고 민족정신을 말살하려는 조선총독부의 불교 정책에 여전히 호응하고 있다는 것이었다.

부처님의 원력으로 사바의 뭇 중생들을 제도한다는 거룩한 사찰에도 어김없이 일제의 마수가 뻗치고 있다는 사실에 중산은 절로 등골이 섬찟해지는 심사였다.

듣던 대로 범어사가 항일 승려운동의 요람이라면 왜놈들의 눈만 피하면 그만일 수 있었지만, 거기에 친일 인사가 섞여 있다면 사정이 달라지는 것이다. 더구나 그 인사가 절간을 총괄적으로 관리하는 주지승이라면 그에게 동조하는 승려가 없다는 보장이 없기에 항일운동을 하고 있는 오성월 스님 이외에는 그 누구에게도 청관 스님의 일을 안심하고 물어 볼 수는 없지 않은가?

그러나 그렇다고 어렵게 얻은 범어사 방문의 좋은 기회를 그대로 지나쳐 버릴 수는 없었다.

중산이 마차를 산 밑에 등대시켜 놓은 뒤 눈부신 아침 햇살을 받으며 범어사(梵魚寺)를 찾았을 때, 그곳 금정산(金井山) 일대에는 지난번에 내렸던 잔설이 아직도 곳곳에 남아 있었다. 눈이 귀한 한반도의 남쪽 끝에서 보는 산사의 잔설은 대자대비하신 부처님께서 특별히 베푸신 산화공덕(散花功德)의 자취인 양 하여 우여곡절 끝에 범어사를 찾아온 중산에게 더욱 뜻깊게 다가서며 신비로운 외경감마저 자아내게 해 주고 있었다.

중산이 유교를 숭상하는 조선 선비라는 자기의 신분도 잊은 채 여느 신도들이나 다름없이 세속의 온갖 잡념을 털어낸 경건한 마음으로 범어사 경내에 들어서자 서릿발 같은 한기가 그윽한 향불 내음과 함께 면상에 확 끼쳐 왔다. 잔설 때문일까. 정신이 번쩍 들 정도로 차가운 그 냉기 속에는 오욕치칠정으로 뒤엉킨 인간 고뇌를 씻어 주는 고승의 법력(法力)과도 같은 청정한 서기(瑞氣)가 서려 있었다.

'범어사라 함은 하늘나라의 오색 물고기인 범어(梵魚)가 금정 산정의 금샘에서 놀았다는 뜻을 기려서 세운 거룩한 가람(伽藍)이라고 하더니, 그래서 천상계(天上界)에 이르듯이 이다지도 계단이 많은 것인가?'

산행의 경험이 별로 없는 중산이 가쁜 숨을 말아쉬며 잔설을 허옇게 이고 있는 울창한 송림을 지나서 일주문(一柱門) 앞에 이르자 그것을 밟고 올라가기만 하면 그대로 불승이 되고 말 것 같은 화강암 돌계단이 나타났다. 그리고 그 문을 통과하여 연이어 나타나는 돌계단들을 밟고 올라가자 곧장 내세로 통할 것만 같은 천왕문과 함께 새로운 돌계단이 나타나더니, 그 위압적인 관문을 들어서자 또다시 광명한 삼십삼천(三十三天)에 이를 것만 같은 불이문(不二門)과 함께 만만치 않은 돌계단들이 연이어 나타나는 것이다. 이대로 계속 올라가다가는 정말로 불생불멸(不生不滅)의 극락정토에라도 가 닿을 것만 같았다.

중산은 수없이 많은 돌계단을 하나하나 밟고 올라가면서 크고 작은 전(殿)·각(閣)·누(樓)들의 현판을 일일이 확인하며 경내를 유심히 살펴보고 있었다. 청관 스님이 수학했다는 명정학교(明正學校)가 침계료(枕溪寮)라는 건물에 있다고 했으니 행여라도 그 현판들을 발견할 수 있을까 하는 마음에서였다.

모처럼 세속의 잡념을 씻어 주는 청정한 고승의 법력(法力)과도 같은 서기(瑞氣)에 젖어들어 고요히 평정되었던 마음을 다잡으며. 마지막 관문을 지나 보제루(普濟樓) 앞에 이르러 뻐근해진 다리를 쉴 겸해서 사방을 둘러보고 섰을 때였다. 어디선가,

"어서 오시오, 시주(施主)님!"

하고 굵직한 남자의 목소리가 들려오는 것이었다. 중산은 귀에 익은 목소리라 하마터면 김 서방이 아닌가 하고 착각을 할 뻔하였다. 그러나 김 서방은 어제 저녁 늦게까지 부산진 부두에서 볏섬 하역 작업을 진두지휘한 뒤, 밀양에서 데리고 내려온 일꾼들과 더불어 그곳 객사에서 하룻밤을 자고 오늘 아침에 그들을 이끌고 기차 편으로 동산리로 돌아간 터였다.

중산이 누군가 하고 인기척이 난 쪽을 바라보니 법랍(法臘)이 꽤 되어 보이는, 첫눈에 보기에도 신선처럼 인상이 범상치 않은 풍채 좋은 한 노승이 눈을 잔뜩 이고 있는 보제루 옆의 소나무 아래에 석불처럼 서 있었다.

"시주님께서 길이 가파른 우리 절에는 어떻게 오시었소?"

천천히 다가오면서 던지는 노승의 정중한 물음에 중산은 반사적으로 두 손을 맞잡아 얼굴 앞으로 들어 올리고 허리를 공손하게 굽혔다가 펴면서 유교식으로 정중하게 읍례(揖禮)를 갖추었다. 그리고는 다시 두 손을 모아 불교식으로 정중하게 합장의 예를 올린다.

"시생은 지나가던 과객으로 범어사가 선찰대본산(禪刹大本山)으로

서 법력이 높으신 스님들이 많이 계신다는 소문을 듣고 인생사에 대한 깨우침을 얻고자 염치없이 이렇게 큰 마음을 먹고 불원천리 찾아오게 되었습니다."

청암으로부터 범어사의 주지 스님이 친일 인사라는 얘기를 듣지 않았더라면 청관 스님의 일로 찾아왔노라고 사실대로 밝혔을 것을, 그러나 일단은 그렇게 찾아 온 목적을 애둘러 표현할 수밖에 없었다.

"허허, 법력의 고하를 막론하고 우리 절간의 사문(沙門)들 모두가 오래 전에 동안거(冬安居)에 들고 말았으니 이를 어찌하면 좋을꼬?"

노승은 헛걸음을 했으니 참으로 안 됐다는 듯이 혀를 끌끌 차면서 중산의 반응을 이윽히 살피는 것이었다.

"동안거라니요, 대사님…?"

"우리 선원(禪院)에서는 안거(安居)라고 하여 여름과 겨울철에 각각 3개월씩 기간을 정하여 특별 정진 수행을 하게 되어 있소이다. 음력 4월 15일부터 7월 15일까지를 하안거(夏安居), 10월 15일부터 이듬해 1월 15일까지를 동안거(冬安居)라고 하고, 이 기간 중에는 일체의 외출을 금한 채 수행에만 전념하며 일정 기간 동안 잠도 자지 않고 용맹정진을 하게 되어 있지요!"

"그렇다면 대사님께서는 어찌 여기에…?"

"아, 빈도 말씀이오? 나야 말이 좋아 조실(祖室)이지, 동안거에 들어도 그만 안 들어도 그만인 퇴물이라, 여기서 이렇게 시자 노릇을 하면서 이따금씩 찾아오는 내방객들을 맞이하며 밥값이나 해야지요."

"그러시다면 성월 스님이나 용곡 스님께서도 동안거에 들어가셨다는 말씀이로군요?"

중산은 노승이 범어사의 가장 큰 어른이신 조실 스님이라는 바람에 한결 긴장이 가라앉는 심사였다.

"허허, 시주님께서 우리 절에는 초행이신 줄 알았는데, 행도(行道)의 방법이 각기 다른 두 스님들을 다 아시는 걸 보니 그게 아니었던 모양이시구려?"

"예, 대사님. 이제야 안심이 되어서 드리는 말씀입니다만, 사실인즉 시생은 전생의 악연으로 묶여진 인간사의 매듭을 풀고자 번뇌하던 과객이온데, 그 고뇌의 짐을 내려놓을 해법의 길을 찾고자 이렇게 청정한 참선 도량에 염치없이 들어서게 되었습니다."

"전생의 업으로 묶인 인간고(人間苦)의 매듭을 풀고자 우리 절에 찾아오셨다고요?"

관심을 표명하며 되묻는 노승의 걸걸한 목청이 중산의 귀에는 산울림처럼 거룩하게 울려 온다.

"예, 대사님! 시생은 밀양에서 온 과객이온데, 볼일이 있어서 부산포까지 왔다가 혹시 아는 사람을 좀 만나 뵐 수 있을까 해서 이렇게 잠시 들르게 되었습니다."

예를 다 갖추고 하는 중산의 자세한 자기소개에 노승은 과분하다는 듯이 손을 내저으며 화답을 한다.

"속세의 중생들을 구제하기 위하여 세운 절간인데, 염치없이 찾아와 송구하다시는 말씀은 당치가 않아요! 자, 어서 오시지요. 참으로 잘 오셨습니다. 대자대비 나무 관세음보살, 나무 관세음보살."

이렇게 답례를 한 노승은 중산의 위아래를 유심히 뜯어보더니 다시 정중하게 물어 오는 것이었다.

"보아 하니 지체가 아주 높으신 사대부 집안의 자손이신 것 같은데, 시주님께서 이렇게 노고를 무릅쓰고 먼 길을 몸소 찾아 오셔서 만나고자 하시는 분이 대체 누구이시온지?"

중산의 행색이 보통 사람이 아닌 듯 하니 몸소 찾아 온 목적 또한 예사롭지 않을 것임을 예견했음인지, 노승은 젊은 사람을 대하면서도 언행에 각별히 신경을 쓰는 눈치였다.

"송구하오나 그것을 말씀드리기 전에 먼저 대사님께 긴히 부탁드릴 말씀이 한 가지 있습니다."

"빈도한테요…?"

그러나 노승은 바로 코앞에 서 있는 중산을 쳐다보지 않고 그의 전생을 바라보듯 어깨 너머로 먼 데 하늘을 바라보고 있었다.

"그렇습니다, 대사님. 그러나 다른 의도가 숨어 있는 어려운 부탁은 아니옵고, 시생이 찾아 온 사실을 그분은 물론 그 누구한테도 비밀로 해 주십사 하고요."

"허면, 찾으시는 분이 혹시……?"

먼 데 하늘에 가 있던 시선을 거두면서 중산을 바라보는 노승의 얼굴에 알게 모르게 일순 경계의 빛이 스쳐 간다. 중산은 그 뜻을 금방 눈치 채고 이내 안심을 시킨다.

"아니, 시생이 찾아 온 사실을 그 사람에게 비밀로 해 주십사고 하는 뜻은 그분에게 해가 되고 스님께서 걱정하실 만한 일이 아니오라, 혹시 그분께서 하시는 일에 누가 되거나 짐이 되지는 않을까 해서 드리는 말씀이오니 시생의 진심을 부디 헤아려 주셨으면 좋겠습니다."

"아, 그래요? 진심이 그러하다면야 시주님께서 원하시는 바대로 당연히 함구해 드리야지요! 그런데 찾으시는 분이 대체 누구이기에 그리도 각별히 마음을 쓰시는지?"

상대방을 생각하는 중산의 각별한 배려에 더욱 궁금증이 일었음일까. 부처의 상호(相好)와도 같이 평온한 노승의 얼굴에도 적이 호기심이 어린다.

"시생이 찾는 사람은 청관 스님이라고, 밀양 재약산 표충사에서 불가에 입문한 뒤에 연무사승을 따라 이곳 범어사로 승적을 옮겨 온 뒤 명정학교에서 신학문을 수학했다는 젊은 학승이온데…."

"허면, 시주님께서 그 청관 스님을 찾아서 일부러 이렇게 멀고 험한 비탈길을 걸어서 우리 절에 일부러 오셨다는 말씀이시오?"

호기심을 가지고 중산을 응시하던 노승의 명경과도 같은 눈에서 갑자기 불같은 안광이 황황히 빛난다. 경계하는 빛 같기도 하고 기다리고 기다리던 귀인을 이제야 만나게 되었다는 반가움과 놀라움이 한데 뒤섞인 듯한 묘한 표정이 노승의 얼굴에 나타나는 것을 보고 중산은 내심 가슴을 쓸어내린다.

"그러하옵니다, 대사님. 그런데 대사님께서는 그분을 잘 알고 계시는지요?"

"소승이 손상좌(孫上佐)인 우리 청관 스님을 어찌 모를 수가 있겠소! 자, 그러시다면 여기서 이럴 게 아니라 안으로 좀 드시지요!"

청관 스님을 찾아 왔다는 바람에 중산을 대하는 노승의 태도가 확연히 달라진다. 중산은 사양하지 않고 순순히 노승을 따라 발길을 옮긴다. 그가 안내되어 간 곳은 종각 왼켠 후미진 곳에 자리 잡은, 함홍당(含弘堂)이라는 편액이 달려 있는 요사채 안의 한적한 한 승방이었다.

"자, 거기에 좀 앉으시지요! 우리 중들이 거처하는 데는 늘 이렇소이다."

중산에게 손님용으로 깔아 놓았던 방석 자리에 앉기를 권한 노승은 자신도 그 앞의 자기 자리에 와 앉더니 습관처럼 염주 알을 굴리면서 잠시 눈을 감는다.

"대사님, 본의 아니게 늦었지만, 저의 신분부터 먼저 자세히 말씀 드리겠습니다. 저는 밀양 상남면 동산리에 있는 여홍 민씨 종가의 종손인 중산 민정식이라는 유생입니다."

"빈도 역시 그런 짐작이 전혀 들지 않은 바는 아니었으나, 하도 수상한 시절이라 시주님처럼 범상치 않은 젊은 선비께서 누구를 찾아왔다기에 혹시나 하고 우리 성월(惺月) 스님이나 법린(法麟) 스님을 찾아오신 게 아닌가 하고, 본의 아니게 잠시 착각을 했소이다그려."

염주 알을 굴리다가 노승이 여전히 눈을 내리 감은 채 혼잣말처럼 중얼거린다. 친일 행각을 벌인다는 주지 스님을 찾아 온 사람이 아니어서 참으로 다행으로 여기는 것 같기도 하고, 청관 스님의 생각으로 인하여 일어나는 심중의 파문을 고요히 다스리려는 태도 같기도 하였다.

"시생이 성월 스님이나 법린 스님을 찾아오다니요? 성월 스님의 명성은 들은 바 있지만, 법린 스님이란 시생도 금시초문인 분인데, 그분이 뉘시기에 그런 착각을 하셨다는 말씀이온지요?"

중산은 청관 스님이 의승 활동상의 안위를 위하여 법린이라는 또 다른 법명을 사용하고 있는 게 아닌가 하면서 그렇게 물었다.

그런데 노승은 전혀 다른 사람을 언급하는 것이었다.

"누구긴 누구이겠습니까? 시주님께서도 알고 계시겠지만 성월(惺月) 스님은 우리 범어사에서 출가한 이후로 금강산.오대산.설악산.묘향산.지리산 등을 순례하며 정진하고 해인사 퇴설당(堆雪堂)에서 오도(惡道)하여 범어사로 돌아온 후로 총섭(總攝)에 추대되어 가람을 중건하고 명정학교를 설립하는 등, 인재불사에 깊은 관심을 보이면서 우리 범어사를 선찰대본산으로 만든 장본인이지요. 그리고, 김법린(金法麟) 스님은 한일병탄 4년 후에 14세의 나이로 고향인 영천 은해사(銀海寺)로 출가하고 이듬해 이곳으로 와서 비구계를 받고 명정학교에서 1년 과정을 마친 후 지방학림 강원에서 사교과(四敎科)를 수료하고, 성월 스님을 보좌하며 우리 청관 스님과 함께 조선 불교 수호에 헌신하고 있는 범산(梵山)이라는 의기 넘치는 학승이지요!"

"대사님처럼 혜안을 지니신 대각(大覺)께서 시생이 그런 스님들을 찾아오신 걸로 잠시 착각하셨다니, 시생으로서는 쉬이 납득이 되지 않습니다. …혹시 그 까닭이 무엇인지 여쭤 보아도 결례가 되지 않을는지요?"

노승이 일컫는 인물들이 한 분은 이미 얘기를 들은 바 있는 오성월 스님이지만, 다른 한 분이 명정학교에서 수학한 의기 넘치는 학승이라는 바람에 중산은 크게 관심을 가지고 묻는다.

"그야 우리 두 스님들이 법랍(法臘)과 세수(歲數) 모두 그 차이가 부자지간처럼 현격함에도 불구하고 다같이 뜻을 모아 백담사의 만해 스님, 구암사(龜巖寺)의 영호(映瑚) 스님 등과 함께 일본 조동종과 맹약을 맺어 한일 불교의 병합을 도모하던 친일 원종 세력에 맞선 이후로 지금까지도 조선 독립과 불교의 왜색화를 막으려고 동분서주 하고 있는 항일 승려 운동가들이기에 하는 말이 아니겠습니까?”

중산은 노승이 처음 보는 자기에게 위험천만한 그런 얘기를 아무 거리낌 없이 입 밖으로 내놓는데 대해여 내심 놀라지 않을 수 없었다. 어쩌면 노승의 심미안이 자기와 청관 스님과의 인연이 핏줄로 연결되어 있음을 진작부터 훤히 꿰뚫어 보고 자기 또한 그런 일을 하고 있는 것으로 판단하고 있는지도 모를 일이었다.

이곳이 항일 승려운동의 요람이라면 자기네 상남면의 최수봉이라는 항일 청년이 이곳 명정학교에서 수학한 것도, 청관 스님이 이곳에 와 있는 것도 결국 우연이 아니었다는 말인가?

중산의 가슴 속에서는 자신도 알 수 없는 뜨거운 회오리바람이 불고 있었으나 노승은 언제 그런 얘기를 했느냐는 듯이 만사태평한 원래의 모습을 그대로 유지하고 있었다.

겨울이 깊을 대로 깊었건만, 밖에는 밝은 아침 햇살이 봄볕처럼 따사롭게 쏟아지고 있었다. 고드름이 주렁주렁 열린 추녀 끝에 드리워진 방 앞의 노송 그림자가 연화문 문살의 미닫이에 아롱거리고, 싱싱한 솔잎 사이로 들이친 밝은 햇살은 그대로 새로 바른 새하얀 한지를 타고 번져서 장명등의 불빛처럼 환하게 방 안 가득 밀려들고 있었다.

중산은 마치 극락정토에라도 와 있는 듯한 기분이 들었다. 장식품도, 생활 집기도 별로 없는 널찍한 방 안에 그윽한 법열과도 같은 노승의 체취만이 가득하였다. 고요한 방 안에는 한동안 적멸(寂滅)의 세계와도 같은 무념무상의 침묵이 흐른다.

나무 관세음보살, 나무 관세음보살…….

중산의 느낌으로는 부처처럼 두 눈을 지그시 내리 감은 노승의 다문 입술이 나무 관세음보살을 수없이 염송하고 있는 것 같았다. 그리고 그것은 마치 청관 스님을 위하는 노승의 간절한 어떤 기원처럼 여겨지기도 하였다. 그러고 보면 노승은 불시에 찾아온 자기를 오래도록 기다려 온 것 같기도 하였고, 또한 자기의 방문에 대해 크게 고무되어 있는 것 같기도 하였다.

"내 간밤에 뜻밖의 귀인이 찾아오는 기이한 꿈을 꾸었는데, 과연 그 현몽이 틀리지 않았나 보구료!"

아니나 다를까. 가부좌를 튼 노승은 알다가도 모를 이런 꿈같은 얘기를 뒤늦게 틀어놓으면서 두 눈을 부처님처럼 지그시 내려감은 자세로 이제 곧 열반에 들듯이 한동안 명상에 잠겨드는 것이었다.

백두산에서 발원한 한반도의 정기가 마지막으로 응집된, 국토의 최남단에 자리 잡은 산세 빼어난 금정산의 우람한 산록—. 그 거룩한 산마루에 오색구름을 타고 범천(梵天)에서 내려온 범어의 뜻을 기려 세웠다는, 창건 내력부터가 신비롭기 짝이 없는 천년 고찰 범어사라, 노승의 묵직한 말 한 마디 한 마디는 그대로 법열 어린 법어(法語)가 되어 서기 어린 눈발처럼 중산의 경건한 가슴과 머리 속에 청정하게 내려 쌓이는 듯하였다.

신라의 고승 의상대사(義湘大師)가 문무왕 때(678년)에 중국 당나라에 가서 화엄경을 공부하고 돌아와서 범어의 전설이 깃든 금정산의 거룩한 정기를 받아 화엄경의 이상향인 '맑고 청정하고 서로 돕고 이해하고 행복이 충만한 아름다운 삶'을 지상에 발현하고자 세웠다는 옛 가람이라 그런 것일까. 하늘에 세운 듯이 높고 거룩한 경내에 해묵은 적막이 켜켜이 내려 쌓이고, 그 위에 다시 열반의 꿈이 아롱지듯 이따금씩 한적하게 풍경이 운다.

그러고도 또 얼마나 지났을까. 중산이 미처 깨닫지 못한 사이에 어느 결엔가 여닫이문이 소리 없이 열리는가 싶더니 시자(侍者)인 듯한 나이 어린 동자승(童子僧) 하나가 가만히 차를 날라 왔다. 어디에 있다가 어떻게 알고 왔는지 알 길은 없었으나, 어쩌나 조용하게 들어왔는지 생소한 승방의 분위기에 은근히 마음을 쓰고 있던 중산의 예리한 오감으로도 미처 깨닫지 못했을 정도였다. 늘 그렇게 하는지, 노승이 시킨 것도 아닌데 낯선 손님이 찾아 온 것을 어디에선가 보고 스스로 차를 날라 온 모양이었다.

중산은 이제 갓 불가에 입문하기 위하여 찾아온 수행자처럼, 그러나 더없이 한적한 심경으로 귀엽기 짝이 없는 그 동자승을 한 폭의 선원도(禪院圖) 속에 있는 인물을 대하듯이 유심히 지켜보고 있었다. 입에 젖 비린내도 채 가시지 않았을 법한 어린 몸으로 새까맣게 옻칠을 한 다반(茶盤)에다 차와, 끓인 물을 담은 백자 주전자와, 차를 내리고 담을 하얀 다기(茶器)들을 가득 챙겨 가지고 온 모양이 위태롭기 그지없었으나, 그것마저 적요(寂寥)한 산사의 승경을 만들어내는 자연 풍광의 한 부분처럼 느껴질 정도로 자연스럽고 청정한 모습으로 다가오는 것이었다.

열 두어 살쯤은 되었을까. 중산은 옛날 옛적, 강원도 금강산에서 있었다는 어느 절간에 얽힌 전설을 문득 떠올리고 있었다. 천하의 명당자리를 찾아 사찰을 세우려던 한 고승이 온 나라 안을 샅샅이 둘러보고 다니던 끝에 드디어 천하의 명산이라는 금강산에 이르렀을 때, 그 고승 앞에 천 년 묵은 산삼이 동자승으로 현신하여 길을 가로막으며 그의 능력을 시험하였다던, 어릴 적에 용화 할머님께서 야담 삼아 들려 주셨던 동화 같은 옛 이야기-. 동자승으로 현신한 산삼이 고승의 능력을 시험하기 위해 어려운 법리(法理)를 제시했을 때, 그것을 거침없이 알아맞힌 고승에게 불사를 일으킬 천하의 명당 가람 터를 점지해 주었다고 하던 전설 속의 그 동자승이 일천여 년의 세월을 뛰어넘어 지금 중산 자신의 눈앞에 옛 모습 그대로 현신해 있는 듯하였다.

그런데 지금 다반을 들고 그림자처럼 나타난 아이의 정제된 몸가짐도 고승의 지혜를 시험했던 그 전설 속의 동자승처럼 산사의 모든 물상에 더하여 조금도 부산스럽거나 흐트러짐이 없는 것이다. 아이는 무릎을 꿇은 자세로 어리디 어린 나한처럼 한 옆에 앉아 있고, 노승은 다기를 늘어놓고 손님에게 차를 대접할 준비를 하였다. 움직임이 별로 없는 것 같은데도 그 동작이 물 흐르는 듯 유연하면서도 그윽하고 엄숙하기 그지없었다.

"조실 큰시님, 호동(虎童)이가 안 보입니더!"

노승이 하는 양을 옆에서 유심히 지켜보고 있다가 어린 동자승이 한참 만에 걱정스레 입을 열었다.

"네가 시봉을 잘못 한 게지. 얌치가 빠한 호동이란 놈이 수행 중에 무단히 네 눈을 벗어날 리가 있겠느냐?"

노승의 눈은 생로병사에 관한 인간 사유의 한계를 뛰어넘어 적멸의 세계에 들어간 것처럼 고요하였다. 다기를 다루며 차를 내리는 손길에서도 법등명(法燈明)의 가르침을 베푸신 석가모니 부처님의 거룩한 불심이 그대로 느껴질 정도였다.

"그런 기이 앙이라, 아침 공양을 올리기도 전에 자취를 감추고 말았단 말입니더!"

"걱정할 것 없느니라. 하안거, 동안거 기간이 다 지나고 나면 사부대중들의 번잡스러운 서슬에 운신도 제대로 못하게 되리라는 걸 그놈도 다 알고 있는 게지. 하지만, 두 발 달린 짐승도 마음만 먹었다 하면 천지 사방으로 안 가는 데가 없는데, 하물며 네 발 달린 호동이가 어디를 못 가겠느냐?"

또렷한 목소리로 또바또박 말하는 동자승의 목소리에 총기가 넘치고, 아이를 달래는 노승의 목소리에서도 솔향기처럼 신선하고 청정한 선승의 정감이 묻어난다.

"조실 큰시님, 그런 기이 앙이라…. 우리 청관 시님이사 장차 큰일을 하실라꼬 멀리 만주로 떠나 가셨지만, 호동이는 아직 수행도 안 끝났는데 마음을 딴 데에 두고 있다고 안 합니꺼. 아랫마을 팔송에 참한 색싯감이 생긴 모양이라고, 채공보살님이 저한테 자꾸 놀려댑니다. 비린 거묵고 사는 인간 속세에 지 짝이 생겼으니 인제는 수행 생활이고 뭐고 다 틀려 버렸다고 말입니더!"

"글쎄다. 그놈이 절간을 떠나갔다면 제 나름대로 이미 득도를 한 것이겠지. 아무려면 이런 동절기에 바람이 나서 지놈 멋대로 절간 생활을 중도에서 포기를 하겠느냐? 그것도 아니라면 혹여 겨울 산사 생활이 하도 적적해서 잠시 바람을 쐬러 나간 것인지도 모르는 일이고…."

중산의 지혜를 시험이라도 하려는 듯이, 한가롭게 이어가던 노승과 어린 동자승 사이의 선문답 같은 대담은 거기서 끝이 나고 말았다. 바로 그때, 반 뼘 정도의 넓이로 뚫려 있던 여닫이문 아래쪽 한지 구멍의 바람막이 종이를 비집고 아기 호랑이처럼 자황색 바탕에 검은색 줄무늬를 한 고양이 한 마리가 방 안으로 거짓말처럼 들어온 것이었다.

"거, 보라니까! 지놈의 산사 수행이 아직도 미흡하니 바람을 쐬고 나서 제 발로 돌아오지를 않느냐?"

노승은 너털웃음을 웃으며 익숙한 솜씨로 차를 따르더니 찻잔에 쟁반을 받쳐 중산에게로 건넨다.

"금정에서 길어 온 물로 우려낸 것이라 차 맛이 일품이지요!"

대접하는 주인 쪽에서 스스로 그렇게 차 맛을 자랑하는 걸 보면 차 맛이 딴은 대단한 모양이었다. 중산은 두 손으로 찻잔을 받들어 들고 잠시 명상에 잠긴다. 금정의 물이라면 범어사의 창건과 관련된 전설 속에서 하늘의 물고기가 놀았다는 그 금정의 황금 물이 아닌가?

그러나, 황금의 빛이 난다는 금정의 물이 지금도 있는 것인지, 그리고 방금 내린 찻물이 과연 그 높은 산마루의 금정에서 길어 온 것인지 어떤지는 알 길이 없었다. 어쩌면 금정산 산마루에서 솟아난다는 샘물이거나, 거기서 흘러내리는 계곡 물이거나, 모두 한 곳에서 발원한 것이니 이곳의 물은 모두 금정의 물이라고 할 수도 있을 것이다. 그러나 무엇보다도 희한한 것은, 설령 다른 데서 길어 온 물이라 할지라도 이 노승이 금정의 물이라고 한다면, 그 물은 틀림없이 황금의 빛이 난다는 그 전설 속에 나오는 금정의 물이 될 수 있을 것 같은 믿음이 생겨난다는 점이었다.

중산은 현실과 비현실의 세계를 분간할 길이 없는 묘한 기분에 젖어 노승이 권하는 대로 차향을 음미하면서 찻잔을 입으로 가져간다. 노승의 말을 들어서 그런지, 아니면 산사의 청정한 분위기 때문인지, 차의 향기는 금정산의 정기를 모두 우려내어서 담아 온 것처럼 신선하고 향기로웠다. 그리고 그 향기로운 차를 다 마시고 나면 중산 자신도 어느새 그들이 누리고 있는 산 속의 선계에 아무 괴리감 없이 도달할 수 있는 불심이 절로 생겨날 것만 같았다.

"대사님, 차향과 차 맛이 참으로 좋습니다!"

차맛을 본 중산이 감탄을 하자, 노승은 흡족한 듯이 고개를 끄떡인다.

"우리 범어사의 차 맛을 알아주시니 듣기에 좋소이다."

"대사님, 매일 이 차를 마시기만 해도 이곳의 스님들께서는 절로 부처님이 되실 것 같다는 생각이 듭니다!"

중산은 차향과 맛을 즐기면서 코와 입을 비롯한 오감에다 정신까지 모두 다 맑아지는 듯 함을 느끼면서, 한 옆에 나한처럼 얌전하게 앉아 있는 동자승에게로 천천히 시선을 옮겨간다.

아이의 품 안에는 좀 전에 들어왔던 그 고양이가 어느 결엔가 고즈넉이 낮잠을 청하고 있었다. 오늘 아침에 절간을 나갔다가 그새 깨달음을 얻기라도 한 것처럼, 호동이라는 과분한 이름을 가진 고양이의 얼굴에도 꿈결 같은 불심이 어려 있는 듯하였다. 그 사이에 또 억만 겁의 시간이 흘러간 듯, 산사의 적막감이 철부지 동자승의 마음을 시험하고 돌아온 고양이의 얼굴 위에 법열처럼 쌓여 가고 있었다.

"얘야, 이 고양이가 바로 호동이라는 그 수행자란 말이냐?"

고양이를 품에 안고 있는 동자승의 모양이 하도 앙증스러워서 중산이 물었더니, 스님이 대신 대답을 한다.

"그렇다오. 우리 송아(松兒)의 말인즉슨, 저 축생(畜生)이 장차 이 금정산을 지키는 산신령이 될 것이라나, 뭐라나! 그래서 빈도가 그에 걸맞게 호동(虎童)이라는 이름을 하나 지어 주었지요. 그런데, 그놈이 우리 청관 스님을 따라 다니며 축지술을 배우다가 그 스승이 구국의 큰뜻을 품고 멀리 국경을 넘어 만주 땅으로 실천 수행차 운수납자(雲水衲子)의 길을 떠난 뒤로는 심심하면 오늘처럼 이렇게 애매한 우리 송아의 속을 썩이는가 봅니다."

"애지중지하는 것은 늘상 상대방의 애를 태우는 법이 아니겠습니까? 하물며 장차 금정산을 지키는 산신령이 될 동물이라니 오죽하겠습니까!"

중산이 농담 삼아 한 마디 했더니, 노승은 의외로 진지하게 그 말을 받아들이는 것이었다.

"지당하신 말씀이오! 그래서 수행을 하지 못한 인간 속세의 감옥은 항용 마음속에 있다고 말들을 하는 게지요. 나무 관세음보살…."

가슴 깊이 느끼는 바가 있어서, 그러나 무심코 던지는 중산의 말을 거침없이 받아넘기는 노승의 말에 촌철살인의 지혜가 번뜩인다. 그는 다향(茶香)을 음미하며 차를 몇 모금 마시더니 중산을 이윽히 바라보며 지나가는 말투로 무심스레 이렇게 한 마디 던지는 것이었다.

"시주님의 관상을 보아하니 우리 청관 스님하고 골상(骨相)이 아주 흡사하게 닮았소이다 그려!"

노승의 혜안은 중산과 청관 스님의 관계는 물론, 중산이 찾아 온 연유까지도 이미 훤히 꿰뚫고 있는 것 같았다. 손님 쪽에서 섣부르게 입을 열지 못하고 있음을 눈치 채고 주인 쪽에서 그렇게 먼저 화두(話頭)를 던지듯이 입을 연 것이리라. 그는 자기가 한 말에 스스로 만족하는 것처럼 중산을 넌지시 바라보며 혼자서 천천히 고개를 끄떡이고 있었다. 그리고 보니 노승은 청관 스님을 찾아왔다는 중산의 말을 처음 듣는 순간부터 그들 두 사람의 관계를 줄곧 헤아려 보고 있었는지도 모를 일이었다.

"대사님, 아무려면 그럴 리가 있겠습니까? 시생에게는 분에 넘치는 과찬의 말씀이십니다."

중산은 청관 스님이 자기와는 다른 승려의 신분으로 사명대사의 법손이 되어 있다는 사실을 염두에 두고 겸손의 뜻으로 그렇게 말하였으나, 자기의 마음을 훤히 꿰뚫고 있는 것이 분명한 노승이 어떻게 받아들일지는 중산 자신도 모를 일이었다.

"무슨 연유에서인지는 몰라도 시주님께서 아니라면 아닐 수도 있겠지요. 허나, 시주님께서 어떻게 말씀을 하시어도 본성은 그대로 본성일 수밖에 없으니 문제가 되겠지요!"

"시생의 뜻은 그런 것이 아니오라, 평범한 시생의 관상이 아무려면 임진란 때에 큰 공을 세우신 호국의 승병장으로서 지금도 세인들로부터 널리 추앙받고 있는 사명 스님의 법손이 되어 의승의 도를 수행하고 있는 청관 스님의 그것에 비견할 수야 없지 않겠느냐 싶어서 드리는 말씀이지요!"

중산은 자신의 정신까지 훤히 꿰뚫고 있는 노승의 혜안에 내심 감복하면서 그의 혜안 속에 적나라하게 드러나고 말 것 같은 자신의 존재가 서출인 청관 스님보다도 더욱 작고 초라하다는 느낌이 들면서 어쩐지 부끄러운 생각이 들었다.

"그건 그렇지가 않아요! 시주님은 이미 속세에 뜻을 두었고, 우리 청관 스님의 뜻은 불가에 있으니 비록 골상이 닮았다고는 하나 어찌 같은 잣대로 비견할 수가 있겠소? 설령, 골상이 닮았다 해도 그렇지. 저마다 가고자 하는 길과 마음속에 품은 뜻이 서로 다르니 그런 가변적인 관상은 얼굴의 찰색(察色)으로 판단해야지, 성격이나 심적 특성으로서 평생운을 좌우하는 관형골상(觀形骨相)과 같은 잣대로 견줄 수야 없지요!"

노승이 저마다 가고자 하는 길과 마음에 품은 뜻이 서로 다르다고 하는 것을 보면 자기네의 관계를 알 만큼은 다 알고 있는 것 같다는 생각에 중산이 용기를 내어 물었다.

"대사님, 시생이 결례를 무릅쓰고 한 가지 우문(愚問)을 올려도 괜찮으실는지요?"

"무슨 질문인지는 모르겠나 이미 양해를 구하셨으니 실례될 것이 무에 있겠소?"

노승은 중산이 묻고자 하는 것도 알고, 거기에 대한 답변도 이미 준비되어 있다는 듯이 아무 망설임도 없이 쉽게 대답을 한다.

"그러면, 안심을 하고 한 말씀 올리겠습니다. 저어, 여쭙기 송구하오나 저의 조부님의 서출 자식인 청관 스님이 어찌하여 사명대사의 법손으로서 대사님과 같이 법력이 높으신 분과 손상좌의 인연을 맺을 수 있게 되었는지요?"

승당 할아버지의 서출 자식인 청관 스님이 사명대사의 법손이 되어 의승의 길로 들어선 데에는 왜놈들에게 한이 맺힌 승당 할아버지의 깊은 뜻이 크게 작용하였음이 분명한데, 거기에 대한 노승의 생각이 어떤지 내심 궁금증이 일어서 그렇게 물었더니, 노승은 예상 밖으로 허탈한 반응을 나타내고 마는 것이었다.

"시주님같이 고매하신 선비께서 다 알고 계시면서 그렇게 뜸을 들이시고 겨우 그런 것을 물으시는 게요? 우리 청관 스님이 빈도와 손상좌의 인연을 맺게 된 내력이라, 허허허…. 대자대비 나무 관세음보살!"

노승은 파안대소를 하더니 다시 본심으로 돌아가 정색을 하고 말을 이었다.

"우리 불가에서야 사부대중이 모두 다 한 가족 같은 불자들이 아니겠소? 군이 법맥(法脈)의 인연을 세속의 방식대로 따진다면 뭐라고 해야 하나…. 청관 스님의 친부가 되시는 양반이 스스로 속죄양이 되어 자신의 핏줄을 데리고 고행 중이던 재약산 표충사 인근의 토굴 움막집에서 은거하다가 본가로 환속하였으면 모르겠으되, 거기서 망국의 비보를 접하고 의거 순절을 하고 말았다고 하니, 그 뜻이 정토에 계신 사명 스님의 뜻에 맞닿아 법손의 연(緣)을 맺게 된 것이 아니겠소?"

중산이 원하는 대답을 찾아서 어렵사리 듣기 좋게 운을 뗀 노승은 그것만으로는 부족했던지 중산에게 이렇게 되묻는 것이었다.

"우리 청관 스님과 빈도의 관계를 속세의 가계로 따진다면 조손(祖孫) 관계가 되겠지요. 헌데, 우리가 조손의 연을 맺게 된 연유를 물으시는 시주님께서는 본인이 우리 청관 스님과 어떤 업보와 인연으로 맺어진 사이가 되고, 또 어떻게 그 업보가 해소되어야 한다고 스스로 생각하고 계시는 게요?"

중산은 노승의 의도가 무엇인지 알 수가 없어 잠시 생각을 정리하면서 망설일 수밖에 없었다. 그러자 노승은 이번에도 중산의 그런 심중을 읽기라도 한 듯이 이렇게 스스로 설명을 섞어서 되묻는 것이었다.

"말씀하시기가 그렇게 어려우시다면 시주님께서는 우리 청관 스님에게 신분의 제약에 얽매인 서자로 태어나게 피를 나누어 준 분이 나라의 위난지경을 보고 어찌하여 굳이 표충사 경내의 토굴 움막집에다 은거지를 정하였는지 혹여 그 까닭을 알고 계시오?"

"시생이 알기로는 청관 스님께서는 비극적인 역사의 소용돌이 속에서 죄악의 씨앗처럼 본의 아니게 노비의 몸에서 태어난 서출 자식이었으나, 어려서부터 신분상의 제약에도 불구하고 재기가 넘치고 총명하여 여느 적자들 못지않게 윗분들의 사랑을 독차지하게 되었다고 들었습니다. 저의 조부님께서는 그 서출 자식이 장차 큰 인물이 될 것임을 감지하시고 유년 시절부터 다잡아 학문을 가르치셨고, 나라가 망하고 그에 따라 당신께서 의거 순절하신 사후에도 그 서출 자식이 신분상의 아무런 장애를 겪지 않고 천출의 제 능력과 뜻을 발휘하여 나라와 민족을 위해 마음껏 펼칠 수 있도록 길을 열어 주신 것으로 알고 있습니다. 그것이 대대로 국록을 먹어 온 척족 집안의 기둥인 어버이로서의 도리라 여겼음은 당연지사가 아니겠습니까?"

사실, 그동안에 점점이 떠돌던 막연한 생각들이 오늘 이 자리에서 노승이 선문답처럼 하는 얘기를 듣고서야 선명하게 윤곽을 드러내는 정답을 만들어낼 수 있게 된 데에 대하여 중산은 스스로 놀란다.

"오, 그래요? 그렇다면 시주님께서는 우리 청관 스님이 사명 스님의 법손으로서 빈도의 손제자가 될 수 있도록 길을 열어 준 것도 세속에서는 인간답게 살 수 없는 서출 자식을 불가에 귀의시켜서 임란 때 왜군과 싸워 크게 이긴 우리 사명 스님의 법손이 되어 그분의 충혼을 받들게 하고자 하는 뜻이 계셨기 때문이라는 말씀이지요?"

"예, 대사님! 시생의 좁은 소견으로는 그렇게 짐작됩니다마는!"

"허허, 신수가 훤한 명문가의 종손이라는 유생께서 진정으로 그렇게 생각하신단 말씀이오? 하지만 틀렸소이다!"

추상같은 노승의 지적에 중산은 영문을 모른 채 바보처럼 그의 얼굴을 멍하니 바라본다.

"시주님께서도 노자의 '도덕경'을 읽었다면 다시 한번 생각해 보시오! 우리 불가의 〈현우경(賢愚經)〉에서 이르기를, '악인악과(惡因惡果)요, 선인선과(善因善果)'라 했는데, 왜놈들에 대한 본인의 원수를 갚게 하고자 자식을 중으로 만들다니, 이 세상에 어느 아비가 자식을 앙갚음의 도구로 만들어 그 손에 원수의 피를 묻히게 한다는 말씀이시오?"

그 순간, 중산은 눈에 보이지 않는 어떤 힘이 아둔한 자신의 뒷덜미를 후려치는 듯한 신선한 충격과 함께 얼굴에 모닥불을 담아 붓는 듯이 화끈한 감각을 느꼈다. 그것은 아직도 설법 삼아서 행하는 노승의 진언을 깨닫지 못하고 있는 자기에게 마치 정신이 번쩍 들도록 죽비(竹篦)를 사정없이 내리치는 듯한, 거기서 오는 신선한 충격과도 같은 깨달음이었다.

"대사님, 시생의 생각이 너무 짧았습니다. 저의 아둔함을 용서해 주십시오!"

중산의 언성은 거의 신음소리에 가까울 정도로 깊은 고뇌와 번민에 차 있었다.

"아니요, 아니요! 이거는 내가 용서하고 어쩌고 할 문제가 결코 아니지요! 시주님의 조부님께서도 도덕경을 읽으신 분이셨을 터이니, 망국의 지경을 당하여 당대의 권력자로서 그 책임을 통감하고 의거 순절하고자 하는 마당에 원수지간으로 엉겨 있는 핏줄들을 남겨 두고 어찌 편하게 눈을 감을 수가 있었겠소? 하지만 우리 불가에서는 생전의 모든 은원(恩怨)들을 전생의 업보로 여기며 대자대비하신 부처님의 자비심 속에서 용해되고 화합하는 길이 있으니 그분께서도 이미 그 사실을 다 알고 계셨을 것이오. 그런 까닭으로, 그 길을 택하여서 살아 생전에 뜻을 다 펴지 못한 어버이로서, 그리고 한 가문의 가장으로서 마지막으로 행할 바를 행하고자 악연의 씨앗인 서출 자식에게도 천출의 능력으로 제 뜻을 펼쳐서 친 · 외가 양가에 얽힌 구원(舊怨)을 치유할 수 있는 화해의 방편을 마련해 준 뒤에야 마음 편하게 순절할 수가 있었던 게지요! 원수를 원수로 갚지 말고 은혜를 베풀면 아수라도(阿修羅道) 같은 이승도 불국토가 될 수 있을 것이니 말이외다!"

자신의 생각을 이렇게 설파한 노승은 중산이 지나치게 면구스러워하는 것을 보고 이렇게 위로의 말을 덤으로 던져 주는 것이었다.

"요즘처럼 시국이 어수선한 이런 때에 시주님께서 먼 길을 마다 않고 우리 청관 스님을 찾아오게 된 것도, 빈도와 청관 스님의 관계를 묻게 된 것도 모두가 다 조상의 영예를 생각하는 후손으로서의 도리와, 비록 가는 길은 서로 다르지만 같은 핏줄을 타고난 혈족으로서의 태생적인 정분이 있고, 전생에서 쌓고 쌓인 인과의 업보가 서로 얽혀 있기 때문이 아니겠소? 다만, 빈도가 시주님께 바라는 바가 있다면, 우리 청관 스님이 시주님네와 같은 명문 사대부가의 재기 넘치는 서출 자식으로 태어난 것도 결코 우연이 아니라, 과거사의 아픔을 치유하는 역할을 다하라는 대자대비하신 부처님의 뜻이 계셨음이요, 청관 스님이 불제자로서 행하고자 하는 바 또한 그것과 무관치 않은 필연의 결과라는 사실을 알고 있어 달라는 것이지요!"

추상 같던 기세는 간 곳이 없고, 어느 결엔가 노승은 대자대비하신 부처의 모습으로 되돌아와 있었다.

"대사님께서 말씀하시는 바가 무엇인지 시생은 이제서야 겨우 알 수 있을 것 같습니다!"

중산은 차마 노승을 마주 쳐다볼 수가 없어 앉은 자세로 백배 사죄를 하듯이 숙배를 하였다.

"거 보시오! 우리 인간에게는 전생의 죄과와도 같은 마음의 앙금이라는 게 있기 마련이라, 만약에 우리 청관 스님이 태어나지 않았더라면 시주님의 가문과 그의 외가 집안이 원수지간으로 대를 이어가게 되었을 터이지만, 두뇌가 명석하고 생각이 깊은 우리 청관 스님이 불제자가된 이상 그럴 일은 단언컨대 일절 없을 거외다!"

법문과도 같은 노승의 옥음은 그 한 마디 한 마디가 그대로 깨달음이 되어 중산의 머리와 가슴 속에 불전(佛典)처럼 차곡차곡 쌓이고 있었다.

"허나 다행인지, 불행인지 이 모두가 다 전생의 업보이자 대자대비하신 부처님의 뜻인지라, 일개의 미물에 불과한 우리 인간으로서는 거기에 따르기만 하면 될 것으로되, 현 시국이 한 치 앞을 내다보기조차어려운 험악한 위난지경이라 하니 장차 그 아이의 앞날인들 어찌 평탄할 수가 있겠으며, 어느 누가 그 뒷감당을 해 줄 수 있을 것인지, 그것만이 미완의 숙제로 남았구료…! 나무 관세음보살, 나무 관세음보살…."

법랍과 법력이 깊은 선승도 애지중지하는 손상좌에 대한 속깊은 애정 앞에서는 어쩔 수가 없는 듯, 산부처 같은 그의 노안에도 고뇌의 그늘이 짙게 드리워지고, 긴 한숨과 함께 연신 염주 알을 굴리면서 나무 관세음보살을 염송하는 옥음에서도 스산한 바람소리가 일고 있는 것같았다.

정락정토와도 같던 방 안에는 한동안 깊고도 무거운 침묵이 흐르고있었다. 그러자 이따금씩 송림을 스치고 지나가는 솔바람 소리가 끊임없이 밀려가고 밀려오는 파도 소리처럼 멀리서 아득하게, 그러나 더욱 분명하게 들려오고 있었다.

이제 이 노승 앞에서 중산은 그 어떤 말도 안심하고 함부로 할 수 없을 것 같았다. 하지만 아직도 풀리지 않은 수수께끼는 한두 가지가 아니었다. 그런데 그것은 노승도 마찬가지인 듯, 한참 만에 혼잣말처럼 하는 그의 말이 끊임없이 관세음보살을 염송하던 그의 입에서 불편인지 불만인지도 알 수 없는 자탄가처럼 이렇게 흘러나오는 것이었다.

"우리 청관 스님은 아는지 모르는지 아무 내색도 하지 않지만, 근자에 이르러 내가 듣자 하니 그동안 아무도 모르게 우리 청관 스님에게 물심양면으로 큰 날개를 달아 주려고 애쓰는 익명을 고집하는 우바니가 있다고 하더이다. 그런데 그 우바니와 우바새도 사부대중으로 우리 불가의 식구들이니 누구인들 그들을 탓하며 군이 뒤를 캘 필요가 있겠소이까마는, 날개를 달게 된 우리 청관 스님도 그의 사승이 되는 빈도의 상좌도 그 후견인이 누구인지 모른다고 하니 인연 치고는 참으로 묘한 인연이 아닌가 싶소이다 그려!"

노승이 왜 그와 같은 말을 하는지 알 수는 없었지만, 중산이 생각하기에는 용화 할머니가 해 오고 있는 일을 두고 하는 말이 아닌가 싶었다. 중산은 이 자리에서 노승이 그런 말을 하는 것조차 듣기가 거북할 정도로 민망하여 그의 관심을 다른 데로 돌리고자 마음에도 없는 이런 질문을 넌지시 던져 보았다.

"대사님, 아까 저 동자승의 얘기 중에 청관 스님은 큰일을 하시려고 멀리 만주로 떠났다고 했는데, 언제쯤 돌아오시게 되는지 여쭤 봐도 괜찮을는지요?"

"아마도 동안거 대신으로 그 길을 택하게 된 모양이니 내년 정월 대보름께나 되어야 돌아올 것 같소이다."

"예. 그렇다면 아직도 달포가 넘게 남았다는 말씀이로군요!"

"시주님 가문의 핏줄이니 잘 아시겠지만, 우리 청관 스님은 심지가 굳고 뜻이 좀 큰 사람이지요! 불제자로서의 길도 길이지만 행하고자 하는 바가 크고 많은 사람이라 설사 돌아오더라도 동에 번쩍 서에 번쩍 축지술을 써 가면서 돌아다닐 터이니, 아무래도 직접 만나보시기는 어려울 거외다."

중산의 물음에 대해 노승의 반응은 예상외로 긍정적이고 호의적이었다. 그의 대답을 한 마디로 요약한다면 할일이 많은 청관 스님이 범어사로 돌아오더라도 굳이 만나려고 애를 쓸 필요까지는 없지 않겠느냐는 뜻인 모양이었다.

"하오시면, 여기까지 온 김에 청관 스님의 사승(師僧)이 되시는 스님만이라도 잠시 뵙고 갈 수는 없을는지요?"

중산이 곧 자리에서 일어날 뜻을 비치면서 그분의 법명이나 알고 가려고 묻자 노승은 무겁게 고개를 가로젓는 것이었다.

"내 법통을 이어 갈 우리 법산(法山) 스님 말씀이오? 그 사람은 재약산 표충사에 적을 두고 있으니 훗날 거기서나 만날 수 있을 거외다."

"그러시다면 이곳 범어사에는 안 계신다는 말씀이로군요?"

"그런 게 아니라, 지금 이곳 선원에서 동안거에 들어가 용맹정진 중이라 만날 수가 없는 일이기에 드리는 말씀이지요!"

지금 중산이 와 있는 함홍당(含弘堂) 뒤쪽에 '영주선제(瀛州禪齋)'라는 편액이 걸려 있는 대문이 있는데, 이 문을 통과하면 '청풍당(清風堂)' 또는 '금어선원(金魚禪院)'이라고 하는 선원이 있는 것이다. 청풍당의 '청풍(清風)'은 불가의 승려를 '운수납자(雲水衲子)'라고 할 때 '운수(雲水)'의 다른 표현이며, 선원은 불교의 여러 가지 수행 중에서 가장 어렵고 힘이 드는 참선 수행을 하는 곳으로, 깨달음을 성취하기 위하여 화두 일념으로 정진하는 곳을 이르는 말이었다.

범어사가 선찰대본산으로 불리는 것도 바로 이 선원으로 이름이 나 있기 때문이며, 청관 스님의 스승이자 이 노승의 상좌승인 법산 스님이 지금 이 금어선원에 와서 안거 중인 것도 다 그 때문일 것이었다.

"그렇다면 법산 스님께서는 이곳에서 동안거에 들어가 수행 중이니 청관 스님이 돌아올 때쯤이나 되어야 뵈올 수 있다는 말씀이로군요?"

"표충사에서 여러 제자들과 연무(鍊武) 수행에 정진하다가 이곳으로 와서 바로 동안거에 들어갔으니 그럴 수밖에요. 제행(諸行)에 뜻이 굳고 도량이 넓은 데다 우리 청관 스님의 아비 승으로서는 그만인 사람이지요! 인간 속세의 말을 빌리자면 부전자전이라고나 해야 할까, 대자대비 나무 관세음보살…."

이제는 더 이상 꾸짖을 것도 깨우쳐 줄 것도 없다는 것일까. 어느 새 평상심으로 되돌아간 노승의 얼굴에는 만족감인지 아쉬움인지, 중산으로서는 전혀 가늠할 길이 없는 법열과도 같은 잔잔한 미소가 보일 듯 말듯 노안 가득히 번지고 있었다.

두 사람 사이에는 다시 대화가 끊어지고, 대자대비하신 석가모니불의 광배(光背)에서 발하는 것과도 같은 한낮의 광명한 햇빛이 한껏 들이비치고 있는 널찍한 승방 안에는 아무도 범접할 수 없을 것 같은 무거운 침묵만이 켜켜이 쌓이고 있었다.

그 침묵 속에서 중산은 청관 스님과 대종교 동래지사의 박철 사교가 같은 시기에 만주로 갔다고 하던 청암의 말을 수없이 되새기면서 그 점에 대하여 노승에게 질문을 해야 될지 말아야 될지를 놓고 고심에 고심을 거듭하고 있었다. 섣불리 얘기를 잘못 끄집어냈다가는 또 어떤 봉변을 당하게 될지 알 수 없는 일이었기 때문이다. 그러나 아무리 생각해 보아도 이렇게 좋은 기회를 다시 잡기는 어려우리라는 생각에 조심스럽게 입을 열었다.

"대사님, 청관 스님에게 대종교 사교로 있는 친인척이나 지인 되시는 분이 계신다는 말씀은 혹시 못 들어 보셨는지요?"

오랜 침묵을 깨고 조심스럽게 여쭙는 중산의 물음에도 노승은 지그시 감은 눈을 뜨지 않았다. 다만, 꿈속의 설법인 양, 들릴 듯 말 듯한 대답만이 부처 같은 입술 사이에서 염불소리처럼 흘러 나오는 것이었다.

"글쎄올시다. 외가 쪽에 의병운동을 한 피붙이가 있었다든가, 어쨌다든가…. 그런 것은 팔송에 사는 우리 채공보살이 잘 알고 있을지도 모르는 일이니 그분한테 가서 한번 물어 보시지요."

그 뿐, 더는 말이 없었다. 하지만 중산은 청관 스님의 일에 대해서는 모르는 것이 거의 없는 것 같은 노승이 그렇게 말하는 데에도 역시 그 나름대로의 깊은 뜻이 숨어 있으리라는 생각을 떨쳐 버릴 수가 없었다. 박철 사교의 존재를 잘 알고 있으면서도 그 사람과의 관계는 현재에도 진행 중인 세속의 일로서 승려의 신분인 자신이 개입할 일이 아니라 당사자들끼리 해결해야 할 일이므로 일부러 채공보살에게 가서 물어 보라고 한 것인지도 모를 일이 아닌가!

그런 생각을 하면서 중산은 물러날 때가 되었음을 깨닫고는 그대로 하직 인사나 하려고 아주 조심스럽게 다시 입을 열었다.

"대사님, 시생은 세속의 항렬로 따지면 청관 스님의 조카뻘밖에 안 되는 사람이오나, 인연의 끈을 놓지 않고자 찾아왔다가 아쉽게도 만나뵙지 못하고 돌아가게 되었지만, 고매하신 대사님의 말씀을 듣고 참 많은 것을 깨닫고 푸근한 마음으로 돌아가게 되었습니다. 스님의 말씀대로 이것도 인연이라면 인연일 터인데, 시생은 앞으로도 대사님을 다시 만나 귀한 가르침을 받을 수 있게 되기를 빌고 가겠습니다."

중산이 후일을 기약하며 자리에서 일어나려고 하자 노승이 비로소 눈을 뜨며 다시 입을 열었다.

"세상이 뒤집히고 세속의 인륜마저 뒤집어진 세월이니 어찌 우리 마음대로 앞날을 예견할 수가 있겠소? 우리 청관 스님이 시주님 댁의 핏줄을 타고 태어난 것도 따지고 보면 무수한 보리수나무의 작은 씨앗 하나에 불과한 한 톨의 열매로 맺어진 인연이나 다름없지요. 허나, 우리 불가의 지엄한 법리에서는 악인악과요, 선인선과라 했으니 그 인연이 자라나서 우담바라꽃으로 피어나게 될지, 다시금 아수라도의 가시덤불로 자라나서 더욱 어지럽게 뒤엉키게 되는지는 소승도 알 길이 없는 일이로되, 빈도 역시도 좋은 일로 다시 만나 뵙게 되기를 일천 부처님을 염송하며 나날이 빌고 있겠소이다."

노승은 그렇게 화답하면서 중산보다 먼저 천천히 몸을 일으킨다. 청관 스님이 구국의 큰뜻을 품고 멀리 국경을 넘어 실천 수행차 운수납자의 길을 떠났다는 노승의 말이 사실이라면, 같은 시기에 만주로 갔다는 박철 사교와 동행했을 가능성은 충분하였다. 중산은 혹시 노승이 불자의 몸으로 개입하기 어려운 세속의 일이라 자기더러 과거사의 일을 스스로 알아서 해결케 하기 위하여 박철 사교의 일을 알고 있으면서도 일부러 모르는 척하고 채공보살에게 물어보라고 한 게 아닌가 하는 생각을 떨쳐 버릴 수가 없었다.

"대사님, 시생이 앞으로 인간 잡사에 부대끼다 못해 대사님의 고견을 청하러 가끔 찾아뵈러 와도 괜찮으실는지요?"

밖으로 나오면서 중산이 조심스럽게 다시 물었더니 노승은 가타부타 말이 없었다. 그러나 요사채 밖에까지 따라 나온 그는,

"중생을 제도하는 불제자가 어찌 도움을 청해 오는 우바새에게 등을 돌릴 수가 있겠습니까?" 하고 합장 배례를 하면서 여운을 남기는 것이었다.

"감사합니다, 대사님! 오늘은 앞으로 두고두고 참으로 뜻깊은 날이 될 것 같습니다. 부디 성불하셔서 시생 같은 우매한 중생들에게 많은 가르침과 제도(濟度)를 베풀어 주시기 바랍니다."

중산도 합장 배례를 하며 거듭 사의를 표명한다.

"준 것도 없는데, 받은 것이 많은 것처럼 말씀하시니 참으로 부끄럽소이다. 그럼, 사바로 가는 산길이 험하니 부디 조심해 가시구려!"

하직 인사를 한 노승은 나한처럼 따라나와 옆에 서 있는 동자승에게 잠자코 이른다.

"송아야, 손님께서 오실 때에 마음의 큰 짐을 지고 어려운 발걸음을 하셨으니 가실 때에는 마음 편안하게 돌아가실 수 있도록 일주문 밖으

로 따라 나가서 배웅 잘 해 드리고 오너라."

"예, 시님! 분부 말씀대로 시주님께서 마음 편하게 돌아가실 수 있도록 일주문 밖으로 따라 나가 배웅 잘해 드리고 오겠습니더."

◇ 유생儒生과 동자승童子僧

노승이 안으로 사라지는 것을 보고 중산은 동자승을 따라 범종각 쪽으로 천천히 걸음을 옮긴다. 햇살이 환하게 번져 나간 겨울 산사는 한낮이 거의 다 되어 가는 데도 찾아오는 사람도 별로 없이 그야말로 무인지경의 적막 속에 잠겨 있었다. 동자승을 따라 길을 나서면서 공양실이 어디에 있나 하고 여러 전각들을 둘러보며 중산이 물었다.

"애야, 아까 조실 스님께서 말씀하신 그 채공보살님 말이다. 그분은 지금 어디에 계시느냐?"

"팔송 보살님 말씀입니꺼?"

"그래. 아까 조실 스님께서 말씀하시질 않았느냐? 의병운동을 한 청관 스님의 외가 쪽 피붙이에 대해 그 보살님이 잘 알고 있을지도 모른다고 말이다."

"시주님, 그렇잖아도 지금 채공보살님이 살고 계시는 팔송 집으로 시주님을 모셔다 드릴 생각으로 가고 있다 앙입니꺼."

동자승은 중산의 속을 훤히 들여다보고 있는 듯이 천연덕스럽게 말했다.

"아니, 뜬금없이 그게 무슨 소리냐?"

"시주님께서 채공보살님을 만나보고 싶은 뜻이 있으시고, 조실 큰시님께서 일주문 밖으로 따라 나가 마음 편하게 돌아가시도록 배웅해 드리라고 하시는 거를 같이 들으시고서도 우찌 그리도 놀라십니꺼?"

"애야, 너 참 보통 아이가 아니로구나! 그런데 채공보살님이 지금 이곳 절에 있지 않고 팔송 집에 가 있단 말이냐?"

"예, 아침 공양 설거지를 끝내고 나서 아까 팔송 집으로 급히 내려갔다 앙입니꺼. 사시(巳時) 마지불공 전에 집에 혼자 남아 있는 예쁜이한테 따뜻한 밥을 주고 올라꼬예."

"예쁜이라니, 보살님 집에 또 다른 식구가 있단 말이냐?"

"예, 시주님. 채공 보살님한테는 눈에 넣어도 안 아프다는 단 하나뿐인 귀한 식구가 있다 앙입니꺼. 날이면 날마다 우리 호동이의 애를 태우는 예쁜이 말입니더!"

어린 나이에 낯선 사람 앞에서 낯가림도 하련만, 동자승은 아무 주저함도 없이 산새처럼 재잘거렸고, 중산은 자주 대하던 피붙이라도 되는 것처럼 친밀감을 느끼며 크게 고개를 끄떡인다.

"아까 네가 말한 그 고양이를 두고 하는 말이로구나! 그렇다면 다른 식구는 아무도 없단 말이냐?"

"예. 원래부터 혼자 사시는 분이라, 다른 식구는 아무도 없습니더."

"그런데 애야. 내가 아무 부탁도 하지 않았는데, 어찌하여 나를 그 채공 보살님 댁으로 안내할 생각을 하게 되었느냐?"

나이도 어린 녀석이 참으로 신통하다는 생각을 하면서 중산이 물었더니 섬광처럼 반짝이는 사려 깊은 명답이 돌아온다.

"아까 우리 노시님께서 시주님한테 말씀하시지 않았습니꺼? 시주님께서 찾으시는 사람을 팔송 채공 보살님이 알고 계실지 모른다고예."

"하지만 대사님께서 너한테 나를 그리로 안내하라는 말씀을 하신 것은 아니질 않느냐?"

"시키지는 않으셨지만 노시님의 마음을 제가 우찌 모르겠습니꺼? 손님께서 오실 때에 마음의 큰 짐을 지고 어려운 발걸음을 하셨으니 가실 때에는 마음 편안하게 돌아가실 수 있도록 일주문 밖에까지 따라 나가서 배웅 잘 해 드리고 오라고 하시지 않았습니꺼. 저는예, 우리 노시님의 눈빛만 봐도 왜 그런 말씀을 하시는지 금방 알아차릴 수가 있다 앙입니꺼."

불가의 의사소통 방법 중에 이심전심(以心傳心)으로 전하는 염화미소(拈花微笑)라는 말이 있다고 하더니, 이 동자승도 이미 그 경지에 이르렀다는 말인가? 중산은 벌린 입을 다물지 못한 채 놀라워하다가 다시 재미 삼아 말을 붙인다.

"얘야, 네 이름이 송아라고 하였느냐?"

"예, 시주님."

"그렇다면 승명(僧名)이 송아라는 말이냐?"

"앙입니다. 저는 행자라 법명은 아직 없습니다. 법명은 불목하니 수행 생활을 모두 끝내고 나서 이다음에 계(戒)를 받을 때 얻게 되는 승려 이름이 앙입니꺼? 송아는 부모님이 어릴 때 지어 주신 속명이라예."

"아, 그렇구나. 그런데 송아는 청관 스님하고는 어떤 관계가 되느냐?"

"송아는 청관 시님의 상좌가 된다 앙입니꺼!"

혹시나 했더니 역시 예상했던 대답이 돌아온다.

"그래? 그렇다면 우리 속세로 친다면 부자지간이 되는 셈이로구나?"

"예, 맞습니더! 속가로 치면 청관 시님이 바로 우리 아부지가 되시는 분이라예!"

일주문을 벗어난 그들은 집채만 한 바위들이 사방에 흩어진 사이로 나 있는 송림 속의 숲길로 접어들고 있었다.

중산과의 얘기에 깨가 쏟아진 것일까. 아니면 이것저것 궁금한 것이 많아 보이는 중산에게 자신의 재주를 마음껏 자랑하고 싶었음일까. 동자승이 갑자기 자기 키보다도 훨씬 높은 눈앞의 바윗돌에 훌쩍 뛰어오르는가 싶더니 이내 고양이처럼 날렵하게 공중돌기를 하면서 거짓말처럼 제자리로 사뿐히 뛰어내리는 것이다. 호동이란 고양이가 청관 스님을 따라 다니며 축지술을 배웠다고 하더니 동자승도 그들과함께 체력 단련을 해 온 모양이었다.

중산은 동자승의 재주에 내심 혀를 내두르면서 다시 묻는다.

"애야. 청관 스님이 무술을 연마하고 축지술을 익혔다고 하더니, 너도 따라 배우고 있는 게로구나?"

"하모예. 십년 넘게 배우면 이 송아도 우리 시님처럼 축지술을 써서 하루에도 몇 백리씩을 뛰어다닐 수 있게 되지 않겠습니꺼!"

"과연 그렇겠구나! 그런데 청관 스님께서는 그 밖에 다른 도술은 안 부리시느냐?"

"와예, 나무도 잘 타시고, 표창으로 못 맞히는 표적이 없으시고, 나뭇가지 위에도 날아 오르시고, 못 부리는 도술이 없을 깁니더!"

"오, 그래? 송아는 도술을 잘 부리는 청관 스님의 상좌가 되었으니 굉장히 자랑스럽겠구나?"

"맞습니더! 송아도 사명 시님의 법통을 이어 받았으니 열심히 도를 닦아서 이담에 크면 사명 시님처럼 나라에 큰 공을 세우는 도사가 되고 말 깁니더!"

어리디 어린 동자승이 거침없이 내뱉는 호국의 포부에 중산은 새삼스러운 눈으로 동자승을 바라본다.

"왕대밭에 왕대가 난다더니, 어린 너도 벌써부터 호국 불심으로 단단히 정신 무장을 하고 있는 게로구나?"

"임진왜란 때 큰 공을 세우신 사명 시님도 예전에 묘향산 보현사와 금강산 유점사와 같은 명산대찰을 찾아다니며 도를 닦았다고 하던데, 그분의 법통을 이어받은 청관 시님의 제자인 이 송아가 우찌 무술 연마에 소홀할 수가 있겠습니꺼? 사명 시님께서는 열반으로 극락왕생하고 나서도 나라에 큰일이 생길 때마다 당신의 업적을 새겨놓은 밀양 표충비각의 석장비를 통하여 하루에도 여러 말씩의 진땀을 흘리신다고 안 합니꺼. 왜놈들한테 나라가 망할 적에도 땀이 사흘 동안이나 계속 흘렀다고 합디더! 그래서 우리 청관 시님도 사명 시님을 본받아 도술을 닦기 시작했으니까, 이 송아도 장차 크면 그렇게 해야 되지 않겠습니꺼?"

거침없이 재잘거리는 동자승의 의기 넘치는 대답에 중산은 마치 핏줄이 맞닿은 혈육 같은 정을 새삼 느끼면서 다시 묻는다.

"애야, 그렇다면 아까 조실 스님께서 말씀하신 그 채공보살님 말이다. 그분이 어떤 분인지에 대해서도 너는 잘 알고 있겠구나?"

"그러믄예! 팔송 보살님은 속가로 치면 우리 시님의 이모님이라예. 그래서 저한테는 이모할머니 뻘이 된다 앙입니꺼."

천연덕스럽게 쏟아내는 동자승의 얘기에 중산은 정신이 아찔하도록 놀란다. 그렇다면 팔송에 산다는 채공보살은 해천껼 처가에서 종살이를 하다가 갑오개혁 때 자유인으로 방면되었던 바로 그 언년이라는 말이 아닌가!

"그래? 팔송에 사신다는 채공보살이 정녕코 청관 스님의 이모님이 되신단 말이지?"

중산은 그동안 시야를 가리고 있던 세월의 장막이 일시에 확 걷히는 듯함을 느끼면서 어둡고도 깊게 고여 있던 잡다한 상념의 물결이 거세게 요동치는 속에서 재우쳐 묻는다. 그렇다면 장인어른이 청관 스님과 박철 사교에 관한 여러 가지 정보를 얻게 된 것도 혹시 처가의 배려로 자유인으로 풀려났던 이 채공 보살을 통해서 가능해진 것은 아니었을까!

"예, 시주님!"

"그렇다면 너는 청관 스님의 친가와 외가 쪽에 대해서도 아는 바가 많겠구나?"

"앙입니더. 제가 잘 안다면 여기서 다 말씀 드리지 머 할라꼬 시주님을 팔송까지 모시고 가겠습니꺼?"

"하기야, 듣고 보니 딴은 그렇구나!"

중산은 동자승의 재기 넘치는 대답에 내심 실소를 금치 못한다. 청암의 말처럼 독립운동을 하는 사람들은 여러 가지 이름과 자호를 번갈아 사용하면서 신분이 노출되지 않도록 각별히 신경을 쓴다고 하더니, 의승 활동을 한다는 청관 스님은 물론이려니와 박철 사교 같은 거물급 독립운동가가 자신의 존재를 그렇게 호락호락 드러낼 리가 없지 않은가?

아니, 어쩌면 이 동자승 역시 박철 사교의 존재를 잘 알고 있으면서도 그 사람과의 문제에 대해서는 당사자들끼리 해결해야 할 일이라고 한계를 분명히 하면서 채공보살에게 가서 물어 보라며 화두처럼 의미심장하게 한 마디로 툭 던지던 노승의 뜻을 간파하고 그에 따라 일부러 그러는 게 아닌가 하는 생각이 들었다.

"그런데 얘야! 채공 보살님이 고양이 밥을 주고 다시 절간으로 돌아올 줄 알았으면 이렇게 서둘러 나서지 말고 그분이 돌아올 때까지 공양실로 가서 기다리고 있을 걸 그랬구나?"

중산이 대단한 허점이라도 발견한 듯이 한 마디 했더니, 이번에도 역시 동자승은 빈틈을 주지 않고 명쾌하게 자기의 논리를 펴는 것이다.

"언제 돌아올 줄도 모르는데, 어차피 산을 내려가야 할 시주님께서 무작정 기다리는 것보다는 직접 찾아 가는 기이 발품도 덜 팔고 시간도 줄일 수 있지 않겠습니꺼? 그라고 우리 청관 시님을 찾아오신 시주님께서 주지 시님처럼 일본사람들하고 친한 분들이 계시는 경내에서 채공보살님까지 만나게 되는 것을 좋아하실 리도 없을 기이고 말입니더."

동자승의 대답에는 막히는 법도, 머뭇거리는 법도 없이 그야말로 일람첩기요, 청산유수 격이다. 말을 듣고 가만히 생각해 보니 사찰 안에 용각 스님 같은 친일파 승려들도 더러 있을 것이니 짜장 틀린 말은 아닐 성 싶었다.

"얘야, 너는 정말로 모르는 것이 거의 없는 것 같구나! 그렇다면 채공 보살님의 성함이 어찌 되시는지도 물론 알고 있겠지?"

중산은 심심파적으로, 그러나 지혜의 덩어리 같은 동자승이라면 웬

만한 궁금증은 다 풀어 줄 수 있으리라는 생각에 관심을 가지고 물어
본다.

"성이 밀양 박씨라는 것은 알아도 이름은 아직 몰라 예."

총기 넘치는 동자승의 입에서 비로소 모른다는 말이 튀어 나왔다.
그런데 그 말 속에도 무슨 사연이 숨어 있을지 모르는 일이라, 중산으
로서는 그것마저 관심사로 떠오를 지경이었다.

'밀양 박씨라…. 채공보살이 밀양 박씨라면 문제의 박철 사교와 친가
의 핏줄로 얽혀 있음은 이것으로서도 확인되는 셈이 아닌가!'

울렁거리던 중산의 가슴 속에서 갑자기 거센 파문이 일어나기 시작
하였다.

"시주님은 우리 청관 시님을 우찌하여 인제사 찾아 나서게 된 깁니
꺼?"

격랑을 일으키고 있는 중산의 마음을 읽었는지, 동자승이 뻐드렁니
를 살짝 드러내고 웃으면서 조심스럽게 묻는다.

"아니, 왜? 그동안 청관 스님께서 동산리의 우리 친가 쪽을 두고 무
슨 말씀이 계셨느냐?"

"앙입니더. 우리 시님께서는 친가 쪽에 대해서도, 외가 쪽에 대해서
도 저한테 한 번도 뭐라고 말씀하신 적이 없었어 예."

"그래? 그렇다면 청관 스님께서 왜 그렇게 함구하고 계시는지 너는
그 까닭을 알고 있는 것이냐?"

"전에 서울에서 해인수좌(海印首座) 시님이 찾아오셨을 때, 채공보
살님과 두 분이 얘기하시는 거를 들은 적이 있는데, 우리 청관 시님도
그렇고 그분들 모두가 속세에 닿아 있는 인연에 대해서는 말이 새어 나
가는 거를 아주 싫어하시는 모양이라 예."

"아니, 서울에서 해인 수좌 스님이 찾아오셨다고?"

"예, 시주님."

"언제 말이냐?"

"지난 오월달에예. 단오 불공을 올리고 얼마 안 되었을 때였을 깁니더."

"혹여 그분이 서울 삼각산(三角山) 진관사(津寬寺)에서 오신 비구니 스님이 아니었느냐?"

"맞습니더! 그분은 우리 청관 시님을 낳아 주신 생모가 되시는 분이라 예!"

중산은 그동안 품어 왔던 모든 궁금증이 하나씩 풀려 나가는 것이 오히려 신기하고 이상할 지경이었다.

"그렇다면 청관 스님께서도 그분을 가끔 찾아뵙고 그러느냐?"

"앙입니더! 청관 시님도 그렇지만, 해인 수좌 시님도 제가 알기로는 팔송까지 와서도 채공보살님만 만나보고 갈 뿐, 우리 절에는 잘 찾아오시지 않는다 앙입니꺼."

"청관 스님과, 그분을 따라 머리를 깎고 중이 되신 모친께서 왜 그렇게들 속세의 일에 대해 일체를 함구하고 계시는지 너는 그 까닭에 대해 아는 바가 있느냐?"

"머리를 깎고 중이 되면 속세와의 인연을 모두 끊어야 하니 그럴 수밖에 없지 않겠습니꺼? 더구나 우리 청관 시님께서 하고 계시는 일들이 왜놈들이 알면 큰일 날 일들이라 더욱 조심해야 할 처지이니 말입니더."

"그래. 네 말을 듣고 보니 과연 그렇구나!"

중산은 청관 스님이 자신의 출생의 비밀을 굳게 지키고 있는데 대하여 내심 안도의 한숨을 내쉬었다. 속세를 떠난 승려의 몸으로 혈육의 인연에 연연할 형편도 아니거니와, 주지인 용곡 스님이 친일 인사인 마당에 그렇게 하는 것만이 본인을 포함한 모두를 위한 최소한의 안전장치일 수도 있을 것이었다.

집채 같은 바윗돌들이 바둑알처럼 듬성듬성 흩어져 있는 비탈길을 한참 걸어 내려오다가 중산이 다시 물었다.

"애야, 혹여 대종교 얘기를 들어 본 적이 있느냐?"

"있고말고. 예! 대종교는 우리나라 시조 왕을 모신다는 단군교가 앙입니꺼?"

"그래, 그렇다는구나! 너도 그 대종교에 대해서도 알고 있었던 게로구나?"

하나하나 이어지는 궁금증의 해소가 거의 막바지에 다다랐다는 생각에 중산은 거의 숨이 막힐 지경이었다.

"팔송 채공보살님 앞집에도 대종교 신자가 살고 있다 앙입니꺼."

"그래? 채공보살님 댁 앞집에?"

"예, 그렇다고 들었습니더!"

"그랬었구나! 그런데 왜놈들이 대종교를 믿는 사람들은 너나없이 독립운동을 한다고 모조리 잡아 간다고 하던데, 요새도 대종교 교당이 있다고 하더냐?"

대종교는 지난 1915년에 일제가 종교로 위장한 독립운동 단체로 규정하여 아예 발본색원하려고 소위 〈종교 통제령〉을 만들어 공포한 바가 있었고, 그런 낌새를 눈치 챈 대종교 측에서 독립운동을 본격적으로 펼치기 위하여 총본사를 동만주 화룡현으로 급거 이전하면서 국내에서는 을강 전홍표 선생이 이끌고 있는 대종교 밀양지사의 경우처럼 전국의 시교당(施敎堂)마저 강제로 폐쇄되어 버렸다고 하지 않았는가?

"그렇잖아도 왜놈들이 대종교 신도들을 모두 잡아 가는 바람에 몰래 숨어서 단군 임금님께 경배를 올리는 모양이라 예!"

"송아야, 그러면 혹시 그 채공보살님 앞집의 대종교 신자도 밀양 박씨가 아니더냐?"

중산은 숨이 멎을 것만 같아 마른 침을 꿀꺽 삼킨다.

"그런 거는 저도 잘 모릅니더."

"그래, 알았느니라. 이제 보니 일람첩기인 너도 모르는 것이 있는 게로구나!"

중산은 박철 사교에 대한 궁금증도 이제 곧 채공보살을 만나기만 하면 절로 풀리게 되리라는 생각에 잠자코 고개를 끄떡이며 혼자 웃어넘기고 만다.

끊임없이 재잘거리며 심심하지 않게 길을 안내하는 어린 동자승을 따라 청암이 찾아간 채공보살의 집은 제주도에서나 볼 수 있는 야트막한 돌담에 둘러싸인 지붕이 나지막한 초가집이었다. 그래도 마을 어귀에 자리 잡은 그 집 사립문 안으로 들어가니 밖에서 생각했던 것과는 달리 기구한 여인네가 홀로 사는 집 치고는 의외로 넓고 반듯한 생활공간이 펼쳐졌다. 마당 옆의 꽤 널찍한 텃밭에는 김장을 하고 남겨 둔 것인 듯, 알이 통통하게 밴 배추며 새하얀 여인네의 종아리 같은 미끈한 뿌리를 한 뼘씩이나 드러낸 탐스런 무들이 냉해를 막으려고 이불처럼 풀어 펼쳐서 덮어놓은 볏짚을 인 채로 아직도 강한 생명력을 유지하며 줄지어 늘어 서 있었으며, 미처 거두지 못한 빨간 고추들이 대궁이에 그대로 매달려 있는 소담스러운 고추밭도 그 옆에 나란히 자리 잡고 있었다.

집 앞 마당가의 토담 밑에는 여인네의 섬세한 손길로 정갈하게 가꾸어 놓은 화단이 그림처럼 자리 잡고 있었는데, 한때는 향기로운 향내를 집 안 가득 퍼뜨렸을 흰색, 보라색의 국화와 구절초를 비롯하여 코스모스와 같은 시든 가을꽃들이 토담 밑 그늘 속에서 잔설을 하얗게 이고 늘어서 있어 고양이 한 마리를 키우며 홀로 살아가는 고아한 여인네의 의취(意趣) 있는 깔끔한 생활상을 짐작케 해 주고 있었다.

"보살님, 퍼뜩 나와 보이소! 멀리서 귀한 손님이 찾아 오셨습니더!"

사립문을 들어서면서 고하는 송아의 해맑은 목소리에 방문이 방싯 열리면서 갸름한 여인네의 얼굴이 어른거리는가 싶더니 이내 문이 활짝 열리면서 사십대 후반의 채공보살이 길고 긴 시간의 장벽 속에 갇혀 있던 사람처럼 그 모습을 드러내었다.

절간을 드나드는 여느 보살네들이나 다름없이 승복 같은 잿빛 저고

리에 풀을 빳빳하게 먹인 〈몸빼〉를 정갈하게 받쳐 입은 평범한 차림새
였으나, 임오군란의 소용돌이 속에서 어린 나이에 노비가 되었다가 십
수 년간의 종살이를 거쳐서 절간의 채공보살 노릇을 하며 홀로 살아가
는 팔자 기박한 처지임에도 불구하고 단아한 용모에 마음씨 착하고 행
신이 음전한 무반 집 여인네의 품위를 고스란히 지니고 있었다. 부인으
로부터 그녀의 얘기를 전해 듣고 자기 나름대로 상상해 왔기 때문에 초
면인 중산의 눈에도 그리 낯선 모습은 아니었다.

　하지만 무정하게 흘러간 세월의 흔적만은 지울 수가 없었는지 비녀
를 찌른 쪽진 머리는 물론, 아침 햇살을 받아 올올이 아른거리는 귀밑
머리에도 희끗희끗 서리가 내리고 있었다. 공들여 손질한 보살옷 위에
다 촘촘하게 누빈 잿빛 배자를 반듯하게 차려 입은 그녀는 당황한 기색
을 감추지 못하면서 허리에 두르고 있던 하얀 행주치마를 풀어내기가
무섭게 서둘러 툇마루로 내려서면서도 중산의 얼굴을 마주 쳐다보지
못하고 있었다.

　"실례합니다. 남녀가 유별한데 여인네 혼사 사시는 집에 아무 예고
도 없이 이렇게 불쑥 찾아와서 송구스럽기 짝이 없습니다."

　멀찍이서 전하는 중산의 말에, 얼굴을 붉히면서 낯선 외관 남자 손
님을 대하는 그녀의 얼굴에는 당혹감과 함께 경계의 빛이 선연하였다.

　"그런데, 선비님께서는 어디서 오신 뉘시온지요?"

　시선을 낮추고 묻는 목소리에도 반가 여인의 품격이 느껴졌다.

　"시생은 밀양 상남면 동산리에 있는 여흥 민씨 종가에서 찾아 온 중
산 민정식이라는 유생입니다만, 이렇게 실례를 해도 괜찮을는지요?"

　"아이고머니나! 세상에 어찌 이런 일이…!"

　마당으로 내려서면서 신발을 꿰신으려고 하던 채공보살은 동산리의
여흥 민씨 종가에서 온 유생이라는 바람에 기겁을 하면서 버선발 그대
로 죄인처럼 땅바닥에 대뜸 부복을 하면서 젊은 중산에게 상전의 예부
터 갖추는 것이었다.

"어서 오십시오, 서방님! 해천껄에서 은혜를 입고 방면되었던 옛날의 언년이 말씀으로만 전해 들었던 서방님 앞에 이렇게 흉한 모습으로 두서없이 현신(現身)을 아뢰나이다!"

현신 인사를 아뢰는 말투로 보아서 그녀는 중산이 누구인지 제대로 알고 있는 듯하였고, 승당 어른의 장손으로서 해천껄 옛 상전의 여식인 박씨 부인에게 장가를 든 새서방이라는 사실까지도 죄다 알고 있음이 분명하였다.

"보살님! 이러지 마시고 어서 일어나십시오! 예전의 신분에 얽매어 이러시면 어렵게 찾아 온 시생의 입장이 더욱 난처해지고 맙니다."

중산의 각별한 만류에도 불구하고 채공보살은 마당에 부복한 채 선뜻 일어날 줄을 모르고 있었다.

"송아야, 보살님을 어서 일으켜 드리지 않고 무얼 하고 있느냐?"

"예, 시주님. 알았습니더!"

송아가 서둘러 부축을 해 주고서야 채공보살은 마지못해 몸을 일으킨다.

"서방님, 누추하지만 우선 안으로 드시옵소서!"

안으로 들기를 권하는 그녀의 눈에는 기쁨인지 슬픔인지 가늠할 길이 없는 물기가 눈에 보일 듯 말 듯이 어리고 있었다.

중산이 방으로 들어가 채공보살이 깔아 주는, 국화꽃 무늬가 곱게 수놓인 방석 자리에 앉자 그녀는 다시금 옷매무새를 고치고는 정식으로 예를 갖추어 중산에게 큰절을 올리는 것이었다.

"서방님, 쉰네 언년이 처음으로 문안 인사드리옵니다!"

"허허, 자꾸 이러시면 안 되는데…. 시생도 보살님을 이렇게 직접 뵙게 되어 반가운 마음 금할 길이 없습니다!"

따지고 보면 서출 삼촌의 이모가 되는 분이라 중산도 당황하면서 얼른 몸을 일으켜서 맞절을 하였다.

"누추한 곳을 마다하지 아니하시고 이렇게 먼 길을 몸소 찾아오시느라고 얼마나 노고가 많으셨는지요?"

"노고가 많다니요 당치도 않으신 말씀입니다. 지난 단오절 무렵에 보살님의 얘기를 내자로부터 처음 들었으나 진작 한번 찾아 뵙는다는 것이 이렇게 차일피일 늦어지고 말았습니다."

"하지만 하시는 일들이 많으실 텐데 이렇게 몸소 찾아 주시니 과분하여 몸둘 바를 모르겠습니다. 그동안 해천껄과 동산리의 사돈 나으리댁 양가 모두 가내제절이 두루 균안하옵고, 소희(素姬) 아씨도 강녕하시며 병준이 도련님도 잘 자라고 있는지요?"

초로의 나이에 무릎을 꿇은 자세로 젊은 자기를 옛 상전의 백년지객으로 깍듯이 대하며 거침없이 여쭙는 채공보살의 물음에 중산은 어안이 다 어리벙벙할 지경이었다.

"우리들은 모두를 다 잘 있습니다만, 보살님께서는 그동안 거센 세파 속에서 혈혈단신 연약하신 부녀의 몸으로 어떻게 지내고 계셨는지요?"

"서방님! 듣잡기 민망하오니 제발 말씀을 낮추십시오!"

"아닙니다, 보살님! 지금은 상하귀천이 따로 없이 모두가 평등하게 살아가는 개명된 시대가 아닙니까? 그러니 어둡던 과거사는 잊으시고 부디 마음 편하게 시생을 대해 주십시오!"

"하오나 아무리 시대가 바뀌었기로서니 지난 시절에 국법에 따라 맺었던 상하가 분명한 인간관계를 어찌 감히 없었던 일로 부정할 수가 있겠습니까? 저는 웃전 나으리들께서 베푸신 하해와 같은 은덕으로 아무 어려움 없이 이렇게 잘 지내고 있으니 서방님께서도 과거지사에 얽매여 마음 아파하지 마십시오. 더구나 쇤네에게 적잖은 지참금까지 마련하여 방면해 주신 뒤로 사돈지간이 되신 양가의 웃전들께서 음으로 양으로 우리 청관 스님까지 그렇게 보살펴 주시고 계시는데, 감히 무슨 여한이 있겠습니까?"

모르긴 해도, 채공 보살은 해천껄 처가를 통하여 요즘 양가에서 지내고 있는 형편도, 중산이 이렇게 찾아오게 되리라는 사실도 이미 전해 듣고 마음의 준비까지 단단히 하고 있었던 모양이었다.

"그렇게 생각해 주시니 시생은 더 이상 할 말 없이 그저 고마울 뿐입니다!"

중산이 마음을 진정시키면서 고상하고 품위 있는 독신녀의 생활상을 여실히 보여 주고 있는 방 안을 유심히 둘러보고 있는 사이에, 채공보살은 밖으로 나가더니 절간에서 가지고 온 듯한 식혜와 유과며 다시마 튀각 같은 입가심을 그림처럼 소담스럽게 한 상 가득 차려들고 다시 나타났다.

"쇤네가 오래도록 의탁하여 공덕 삼아 일하는 범어사 절에서 가지고 온 불공 음식들입니다. 귀하신 손님께 올리기에는 보잘 것 없는 것이오나 깨끗한 음식이오니 별식으로 여기시고 한번 드셔 보시지요."

"보잘 것 없다니, 당치도 않은 말씀이십니다. 부처님 전에 올렸던 귀한 공양물이니 이것이야말로 아무나 먹을 수 없는 귀한 음식이 아닙니까? 그러니 진찬(珍饌)으로 알고 잘 먹겠습니다. 송아야, 너도 함께 먹자꾸나."

음식도 음식이려니와 권하는 주인의 마음 씀씀이가 하도 곱고 따뜻하여서 중산은 예 삼아 사양치 않고 식혜를 한 모금 마시고 나서 입가심으로 유과를 집어 먹는다.

하지만 송아는 절간에서 배운 예법 때문인지, 중산의 권고에도 불구하고 음식에는 일절 손을 대려 하지 않았다. 그 대신 날마다 호동이의 애를 태우게 만든다는, 이름마저 귀여운 '예쁜이' 고양이를 가슴에 안고 애지중지 쓰다듬고 있었다.

나이 차이가 현격하여도 남녀가 유별이라, 이렇게 마주 앉기가 거북할 것임에도 불구하고 중산은 어찌 된 셈인지 아무런 불편함도 느끼지 못하고 있었다. 그리고 다과상 옆으로 약간 비켜나서 일정한 거리를 두고 예를 갖추고 앉은 채공보살 역시도 중산을 오로지 옛 상전 집의 백년지객으로만 의식한 때문인지, 몸가짐에 조심을 다할 뿐으로 남녀 간의 내외로 인하여 거북스러워하는 기색은 전혀 없어 보였다.

"보살님의 얘기는 시생의 내자로부터 요새도 종종 듣고 있었습니다. 집사람이 태어나기도 전에 해천껼 처가로 왔다가 겨우 세 살이 되던 해인 갑오년에 보살님께서 자유의 몸으로 방면되는 바람에 기억에 남아 있을 까닭이 없었지만, 윗분들로부터 심성과 용모며 언행에 대하여 칭찬하는 얘기를 하도 많이 들어서 소싯적의 모습을 생생하게 그려 볼 수가 있다며 보살님의 얘기를 직접 본 듯이 자세하게 해 주었지요. 그런데 저희 조부님 순절 후에 삭발 입산하여 서울 진관사에 계신다는 자씨(姊氏)분께서도 지난 오월에 동산리 저희 집으로 용화 할머님을 찾아오셨다가 할아버님의 천도제를 올리러 표충사로 떠났다는 얘기를 듣고 그대로 발길을 돌리셨다고 하던데, 그동안 그분의 소식은 자주 듣고 계시는지요?"

채공보살이 너무도 마음 편하게 자기를 대해 주고 있었으므로, 중산은 부인으로부터 전해 들었던 얘기들을 예의 삼아 털어놓으면서 큰 부담감 없이 청관 스님의 모친 안부까지 물을 수 있었고, 채공보살은 거기에 화답하여 의외로 담담하게 웃으며 고개를 끄떡이는 것이었다.

"하늘같은 대감 나으리께서 망국의 한을 품고 스스로 속죄양이 되시어 할복 자결로써 의거 순절하시고, 한 점 혈육인 우리 영욱이마저 불가에 입문하여 자랑스러운 사명대사의 법손이 되어 의승으로 성불할 수 있는 길을 열어 주셔서 제 뜻을 원도 한도 없이 펼칠 수 있게 된 마당에 무슨 여한이 있겠습니까? 서울 진관사의 형님도 그렇고, 우리들은 모두 지난 시절의 선연(善緣)도 악연(惡緣)도 모두 부처님의 뜻으로 여기며 이렇게 무욕의 삶을 살아가고 있답니다. 그러니 우리한테는 불국토가 따로 없는 것처럼 여겨질 지경이랍니다!"

불경을 읊듯이 조용히 뇌이는 채공보살의 말소리는 심산유곡을 흐르는 청계수처럼 맑고 고요하였다. 역사 속으로 묻혀 가는 기막힌 과거사의 어두운 동굴을 힘겹게 헤쳐 나온 여인네의 반응치고는 너무도 뜻밖이라, 그렇게 물었던 중산 자신이 오히려 더욱 부끄러울 지경이었다. 꽃다운 어린 나이에 노비의 나락으로 떨어져 남들이 겪어 보지 못한 쓰라린 고통을 수없이 겪으면서 죽지 못해 이날까지 모진 목숨을 이어 왔을 채공보살의 목소리는 담담하다 못해 불전에 아뢰는 독경소리처럼 겸허하기까지 하였으며, 그럴수록 중산의 곤혹스러운 인간적인 자괴감은 더욱 높게 쌓여 갈 뿐이었다.

"보살님, 아까 절에서 조실 큰 스님으로부터 듣자 하니 청관 스님께서는 구국의 큰 뜻을 품고 멀리 만주로 실천 수행차 운수납자(雲水衲子)의 길을 떠났다고 하던데, 혹시 행선지가 어디인지 알고 계시는지요?"

죄스러운 마음으로 박철 사교를 직접 거명하기가 뭣하여 그렇게 물었더니, 이번에도 채공 보살은 의외로 평온한 얼굴로 아무 거리낌 없이 고개를 끄떡이는 것이었다.

"예, 제가 알기로는 지난날 표충사의 연무 수련 시절에 진충보국을 결의하였던 동료 한 사람이 독립군 지도자의 꿈을 안고 중국 남경에 유학을 가 있었는데, 얼마 전에 그 친구가 만주의 신흥강습소(新興講習所)라는 독립군 훈련소에 와 있다는 소식을 전해 들었던가 봅니다. 그래서 자기도 동안거 삼아 승군(僧軍) 훈련을 받고자 그 친구를 찾아 통화현(通化縣) 합니하(哈泥河)라는 곳으로 가는 길에 마침 대종교 총본사에 용무가 있어서 동만주 화룡현으로 떠나는 자기 외종숙 되시는 분과 함께 동행한 것으로 알고 있지요."

"박철 사교와 동행하였을 거라는 짐작은 이미 하고 있었지만, 중국에 유학을 가 있는 연무 시절의 옛 친구를 찾아갔다는 사실은 중산도 짐작하지 못한 뜻밖의 사실이었다.

"청관 스님이 표충사 연무 시절의 옛 친구를 찾아서 만주로 가셨다고요?"

"예, 서방님! 독립군 기지 안에 있는 신흥강습소라는 훈련소에서 연무 수행도 할 겸, 예전에 표충사에서 함께 무술을 배웠던 동지도 만나 볼 겸 해서 만주 땅 통화현(通化縣) 합니하(哈泥河)라는 곳으로 찾아가는 길에 그곳 지리에 밝은 자기 외종숙님과 함께 떠나간 것으로 알고 있답니다."

"보살님, 방금 신흥강습소라고 하셨습니까?"

"예, 서방님. 한일합방이 되면서 만주로 이주해 가신 우리 선각자분들이 독립군 간부를 양성하려고 세운 무관 학교라고 들었습니다."

"혹시 동행하신 외종숙 분의 자호나 존함이 어떻게 되시는지 여쭤봐도 되겠습니까?"

"그러믄요, 서방님! 본래의 함자는 희(熙)자 도(道)자인데, 예전에 풍기 쪽에서 의병활동을 하실 때는 소백산인(小白山人)이라는 별호를 죽 쓰시다가, 대종교의 교도가 되신 뒤로 요새는 만주를 오가며 백두산인(白頭山人)이나 줄여서 백산(白山) 박철이라는 칭호를 쓰기도 하고 다른 가명과 별호도 더러 쓰신다고 들었습니다."

임오군란의 참화로 인해 멸문지화를 당하여 한때는 관노의 신분으로 전락하여 해천껄 처가에서 노비 생활까지 한 처지임에도 불구하고 과거사 속의 원수를 갚고자 와신상담하고 있다는 사촌 오라비의 얘기를 아무 스스럼없이, 그리고 한결같이 평화롭게 가라앉은 목소리로 침착하게 들려주는 것으로 보아 그녀 역시도 박철 사교가 임오군란의 원한을 갚고자 도모하고 있는 여러 활동 상황에 대해서는 전혀 아는 바가 없는 모양이었다.

"예, 역시 제가 얘기를 전해 듣고 짐작하였던 바 그대로였군요!"

중산이 사뭇 긴장을 하면서 묵묵히 고개를 끄떡이는 것을 보고 채공 보살이 이상하다는 듯이 묻는다.

"서방님, 혹시 저희 사촌 오라버님 때문에 무슨 말 못할 걱정거리라도 생기신 것이 아닌지요?"

채공보살이 정곡을 찌르면서 묻는 바람에 중산은 부지불식간에 고개를 흔들었다.

"아, 그런 것이 아닙니다!"

이렇게 둘러댄 중산은 입안이 갑자기 타들어가는 것을 느끼면서 식혜를 입으로 가져가 한 모금 훌쩍 들이마셨다. 그리고는 자기가 하는 양을 유심히 지켜보고 있는 채공보살의 시선을 느끼고는,

"시국 문제로 상의할 일도 있고 하여 시생이 직접 그 어르신을 한번 만나 뵈었으면 하는데, 보살님께서 혹시 그렇게 할 수 있도록 길을 열어 주실 수는 없겠습니까?"

하고 에둘러 청을 넣어 보았다.

"서방님께서 원하신다면 당연히 그렇게 해 드려야지요! 하오나 사실은 저도 그 어르신을 직접 만나 뵈온 지가 꽤 오래 되었고, 또 불같은 성미에 워낙 강골이신 데다 노구에도 불구하고 동가식서가숙(東家食西家宿) 하면서 만주 땅을 들나드며 신출귀몰로 다망하게 활동하고 계시는 분이시라, 언제까지 그런 기회를 만들어 드리겠다는 기약은 차마 드릴 수가 없으니 이 일을 어쩌면 좋습니까?"

모처럼 청하는 중산의 어려운 부탁을 선뜻 들어 주겠다고 장담을 할 입장이 되지 못하는 채공보살은 그게 심히 안타깝고 부담스러운지 귀밑까지 낯을 붉힌다.

"아니, 사정이 그러하시다면 너무 부담을 갖지는 마십시오. 충심을 가지고 찾아보면 또 다른 길이 있지 않겠습니까?"

채공보살의 말로 미루어 보건대, 박철 사교의 근황에 대해서는 그녀 역시도 자세히 알고 있지 못한 것은 어김없는 사실임이 분명해 보였다. 그렇다고 삼십 년이 넘는 까마득한 과거사로 인한 원한 때문에 아직도 자기네 집안을 곤혹스럽게 하고 있는 박철 사교의 행적을 사실대로 설명하고 그녀더러 그 해법을 찾게 도와 달라는 말은 차마 할 수가 없었다.

그 대신 그는 자기 스스로의 힘으로 박철 사교를 만나볼 요량으로

다른 질문을 던져 본다.

"보살님, 아까 송아한테 들으니 앞집에 대종교를 믿는 사람이 살고 있다고 하던데, 혹여 그 사람이 어떤 사람인지 알고 계십니까?"

"앞집의 대종교 신자라면…. 아, 조동백(曹東柏) 청년 학생을 말씀하시는 건가요? 그 사람은 우리 범어사 안에 있는 명정학교에 다니다가 친일파인 용각 스님이 새로 주지로 들어와 교장이 되는 것을 보고 동래 고보로 전학을 한 청년인데, 결혼하여 첫아이까지 둔 만학도의 몸으로 학생 운동가로 활동하고 있다는 말이 들리던데요?"

"혹시 그 학생이 가담하고 있는 학생운동 단체가 〈성운(星雲)〉이라는 얘기는 못 들어 보셨습니까?"

"글쎄요. 나이 많은 우리 같은 불가의 여인네가 그런 것까지야 어떻게 알겠습니까? 하지만 그 청년이 우리 오라버님과도 선이 닿아 있다는 얘기는 들은 적이 있답니다."

"네, 역시 그런 인맥이 연결되어 있었던 것이로군요!"

중산은 청암이 말해 준 박철 사교며, 청관 스님에 대한 정보도 조동백이라는 이곳 앞집 청년을 통하여 알아낸 것이 아닌가 하는 생각이 들었다. 그렇다면 청암이 자기네 문중과 박철 사교 사이에 암암리에 벌어지고 있는 첨예한 갈등 사실에 대해서도 알고 있거나 알게 되는 것도 시간문제가 아닌가 싶었다. 그렇다면 청암에게도 더 이상 비밀로 할 수는 없을 것 같은 생각에 그의 마음은 공연히 바빠지기 시작하였다.

모처럼 채공보살을 찾아 온 용무는 일단 그것으로 끝난 셈이었다. 이런 저런 얘기 끝에 채공보살과 하직을 하고 송아와 함께 밖으로 나온 중산은 하늘을 우러러 보며 크게 심호흡을 하였다. 청암 스님과 박철 사교의 일만을 생각하며 범어사를 찾았다가 전혀 생각지도 못했던 해천껄 처가의 노비 출신인 채공보살을 만나게 된 것은 크나큰 행운이라 아니할 수가 없었다.

더구나 그녀를 통하여 박철 사교와 청암과도 선이 닿아 있을 것으로 짐작이 되는 조동백이라는 동래고보의 대종교계 학생의 존재를 알게 된 것 역시 크나큰 수확이라 할 만하였다.

그러나 뭐니 뭐니 해도 이번 부산포 출행을 통하여 중산으로 하여금 더욱 정신이 번쩍 들게 만든 것은 백산상회를 창설한 백산 안희제 선생이 사실은 대종교계의 핵심 인물이었다는 사실이었다.

"서방님, 백산상회와 거래를 재개하는 것은 독립운동에서 그쪽과 경쟁 관계에 있는 우리로서도 더 이상 피할 수 없는 불가피한 묘수로 보이나, 우리를 친일파로 몰아가는 자의 복수심과 거기에 휘둘리는 민심도 무시할 수 없지만, 그것보다도 더 무서운 왜놈들이 눈에 불을 켜고 지켜보고 있다는 사실을 잠시도 잊어서는 아니 될 것입니다!"

어제 오후 늦게 미곡 하역 작업을 끝내고 초량 객사로 향하면서 그곳 사무장 윤 영감이 하던 말이었다. 그러면서 그는 백산 안희제 선생은 물론, 무역주식회사로의 확대 개편을 앞두고 거기에 대주주로 참여하고 있는 경주 최부잣집의 최준을 비롯한 몇몇 임원진들도 알고 보니 대종교의 핵심 인물이었다는 사실을 귀띔해 주었던 것이다.

그리고 오늘 아침에 멀리 초량 객사 밖의 대로변까지 따라 나와 배웅을 할 때도 중산의 결단을 따르기로 한데 대해 부친의 오랜 충복으로서 송구스런 마음과 불안감을 떨쳐 버리지 못하던 윤 영감이었다.

"서방님, 민심과 대의명분도 좋으나 우리가 명운을 걸고 왕조 복원을 도모하고 있다는 사실 또한 결코 잊어서는 아니 될 것입니다!"

백산상회의가 무력투쟁을 통한 독립운동을 추구하는 〈중광단〉의 자금줄과 통신망 역할을 담당하게 될 것임을 너무나 잘 알고 있었으므로, 독립운동에 있어서 자기네와 경쟁 관계에 있는 백산상회를 지원할 수밖에 없게 된 현실 앞에서 거기에 대한 책임 일체를 사실상 떠안게 될 윤 영감으로서는 그만큼 두렵고 착잡하기도 했을 것이다.

하기야 중산 자신도 윗분들께 사전에 말씀드리지 못한 송구스러운 마음과 위험에 대한 부담감을 느끼지 못하는 바는 아니었다. 그러나 자기네와 함께 충의 정신을 바탕으로 왕조 복원에 앞장섰던 기라성 같은 옛 고관대작들과 유림 출신의 의병 운동가들이 천수를 다하거나 왜놈들에 의해 투옥되고 옥사하여 복벽주의 독립운동이 날로 존재감을 상실해 가는 형편과는 달리, 급격히 세력을 키워 가며 독립운동의 중심 세력으로 부상하는 〈중광단〉과 백산상회를 바라보는 중산의 생각은 본인이 느끼기에도 이상할 정도로 호의적이고 평온하였다.

'대종교라는 종교가 국조인 단군왕검을 신봉하는 민족 종교라고 하더니, 이처럼 위대한 존재였더란 말인가!'

중산은 대종교에 대한 인식이 새로워지는 것과 동시에 그동안 비틀거리고 있던 자기의 걸음새가 오늘에 이르러 비로소 균형을 바로 잡아가는 것처럼 느껴지는데 대하여 스스로 놀란다.

그러나 역사의 강이란, 국정을 맡은 관리들과 힘없는 민초들이 흘린 피눈물과 한이 내를 이루어 흘러가는 것이며, 거기에 모두가 합심하여 의로운 다리를 놓아 주지 않는다면 후세 사람들이 결코 건널 수 없게 되어 있는 숙명의 강이라고 하였으니, 망국의 책임에서 결코 자유로울 수 없을 정도로 막강한 권력을 누렸던 척족 세력의 후예로서 자기가 어찌 더 이상 망설일 수가 있으리?

중산이 그런 생각을 하면서 조동백이라는 대종교 학생 운동가 청년이 산다는 앞집을 지나치면서 유심히 살펴보니 사립문은 굳게 닫힌 상태였고, 폐가처럼 퇴락한 집 안에서는 인기척이라곤 찾아볼 수 없었다.

'처성자옥(妻城子獄)이란 말이 결코 허언이 아니었구나! 처는 성(城)이요, 자식은 감옥(監獄)이라, 누구든 큰일을 하려면 저 지경이 되도록 가정을 뒷전으로 내던져 버려야만 한단 말인가?'

역사의 주역인 민심만큼 두려운 존재가 없음을 절감하고 대의를 따르려고 작심한 그의 머리 속에서는 그동안 마음 속에 각인되어 성운(星雲)처럼 빛을 발하고 있던 여러 이름들이 어느 새 낙화유수처럼 하나하나 차례대로 스쳐 가고 있었다.

일찍이 국운이 기우는 것을 보고 천석지기 가산을 정리하여 만주로 건너가 대종교 교세 확장에 앞장서며 애국 민족 교육에 힘쓰고 있는 밀양 출신의 선각자인 백암(白菴) 윤세용(尹世茸)·상원(庠元) 윤세복(尹世復) 선생 형제분들과, 만주에서 〈중광단〉의 전신인 〈대한 광복회〉 창설의 주역으로 참여한 손일민(孫一民) 선생은 물론, 경북 풍기에서 조직된 〈대한광복단(大韓光復團)〉에 참여하여 대구의 악질 부호 장승원(張承遠)을 사살하는 등, 활발한 활동을 하였다가 만주로 망명하여 지금은 〈중광단〉의 자금 모집책으로 활동하고 있다는 백민(白民) 황상규(黃尙奎) 선생을 비롯하여, 이곳 명정학교와 밀양의 을강 선생이 세운 동화학교를 거쳐 간 최수봉이며, 그의 동화학교 동창인 김원봉과 〈밀양청년독립단〉의 김병환, 윤세주, 윤치형, 김상윤, 이장수, 한봉인, 한봉근 등등….

'그런데 만나 보기조차 이렇게 어려운 박철 사교를 어떻게 만날 수 있을 것이며, 그와의 갈등 고리는 또 무슨 수로 원만히 풀 수 있단 말인가?'

"시주님, 갈림길까지 다 왔습니더!"

자기 생각에 골몰하고 걷던 중산은 앞장을 선 송아의 말소리를 듣고서야 언뜻 제 정신이 들었다. 꿈에서 갓 깨어난 듯한 얼굴로 사방을 둘러보니 어느 새 송아와 헤어져야 할 갈림길에 와 있었다.

"벌써 여기까지 왔구나!"

그는 햇살을 받아 반짝이는 송아의 머리를 쓰다듬으며 작별을 고하였다.

"송아야, 아쉽지만 우리도 여기서 헤어져야 하겠구나!"

그러나 동자승은 그새 벌써 정이 들었는지 이별의 아쉬움을 떨쳐 버릴 수가 없는 모양이다.

"시주님, 오늘은 송아하고 다시 절로 올라가 승방에서 같이 주무시고 내일 떠나시면 안 되겠습니꺼?"

어린 동자승의 눈빛이 벌써부터 중산의 눈에 밟힐 듯이 애처롭게 어리는 물기 속에 반짝인다.

"송아야, 나는 갈 길이 바쁜 사람이란다. 회자정리(會者定離)요, 거자필반(去者必反)이라는 말도 있느니, 머잖은 장래에 다시 만나게 될 날이 있을 게야!"

영특하기 이를 데 없는 아이라, 중산은 어려운 불가의 법어를 인용해 가며 타이르고는 송아의 등을 가볍게 안아 준 뒤 정을 끊듯이 뒤로 성큼 물러난다.

"송아야, 잘 있거라! 앞으로 반드시 다시 만나게 될 날이 있을 게야. 그때 우리 다시 보자꾸나!"

동자승의 어깨를 토닥여 준 중산은 그 아이가 먼저 절간으로 올라가는 모습을 본 다음에 발길을 돌릴 요량으로 그 자리에 그냥 서 있었다. 그러나 아이도 같은 생각을 했는지, 망부석처럼 영 움직일 기미를 보이지 않는 것이다.

"네가 그렇게 서 있으면 돌아가는 내 발길이 더욱 무거워지지 않겠느냐?"

그러나 천년 묵은 산삼이 현신한 옛날 얘기 속의 동자승처럼 경의롭기까지 하던 동자승도 기약 없이 헤어지는 인간적인 이별 앞에서는 어쩔 수가 없는 듯, 자기 또래의 여느 아이들이나 다름없는 애틋한 모습으로 여전히 움직일 줄을 모른다.

"네 마음이 정히 그렇다면 내가 먼저 가야겠구나!"

재기 넘치던 송아의 뜻하지 않은 고집에 고개를 설레설레 흔들면서 돌아서는 중산의 눈에서도 뿌연 안개 같은 기운이 글썽 서린다. 그는 그런 모습을 송아에게 보이지 않으려고 도포 자락을 걷어차며 발길을 재촉했다. 그러나 동구 밖의 산자락 끝에 이르러 혹시나 하는 마음으로 뒤돌아보았더니 그때까지도 송아는 그의 앞길을 빌어 주는 아기 장승처럼 두 손 모아 합장을 한 채 여전히 이쪽을 바라보며 그냥 오도카니

서 있었다.

　바로 그때, 중산의 마차가 등대하고 있는 언덕 아래의 신작로 쪽에서 그의 발길을 재촉하는 듯, 길게 우는 말 울음소리가 쩌렁쩌렁 들려오고 있었다.

〈제3권에서 계속〉

한국 독립운동사의 총체적인
밑그림을 그려낸 작품

　내가 아는 성대재 작가는 왕성하게 작품 활동에 전념해 온 전업 작가는 아니다. 그는 교육 일선에서 후학들을 가르치는 틈틈이 석간수의 물방울들이 하나 둘씩 모여 옹달샘을 채우듯이, 자신의 문학적 열정과 감성이 웬만큼 모여져서 작품의 얼개를 어느 정도 갖추게 되었을 때에야 비소로 작품을 써서 세상에 내놓을 정도로 아주 조심스럽고 신중한 과작의 생태를 유지해 왔기 때문이다.

　이러한 그의 문학적 생태는 그가 1976년에 「한국문학」 신인상으로 문단에 등단한 초창기부터 주로 장편소설에만 집착하여 그 당시 모 일간지의 창사 기념 장편소설 현상 공모전에 의욕적으로 응모했다가 최종심에서 탈락하는 뼈아픈 경험을 연이어 두 번씩이나 겪고 난 후유증 때문이 아닌가 싶다.

　1980년대에 그가 펴낸 두 개의 장편소설 〈집시의 달〉과 〈달빛 서곡(序曲)〉도 사실은 앞에서 언급한 모 일간지의 창사 기념 장편소설 현상 공모전에서 당선작과 최종심에서 자웅을 겨루다가 탈락한, 그에게 뼈아픈 상처와 아쉬움을 안겨 주었던 바로 그 문제의 작품들로서 제목만 바꾸어서 출간한 것이었다.

　그 후 그는 명문 사학으로 근무지를 옮겼었고, 그의 문학 활동이 소강 국면에 접어들며 과작의 상태에 빠져들게 된 것도 바로 그 무렵부터의 일이었다. 그것은 직무상 밤늦게까지 학생들의 입시교육에 매달려야 하는 직장인으로서의 여건 탓도 물론 있었겠지만, 장편소설 현상 공모전에서 연이어 두 번씩이나 쓰라린 고배를 마시면서 왕성하던 패기가 송두리째 겪여 버린 일과도 결코 무관치 않아 보이는 것이다.

그러던 그가 아주 오랜만에 〈떠오르는 지평선〉이라는 묵직한 대하장편소설을 이번에 내놓는 것을 보니, 그동안 단편과 중편 몇 편만 내놓고 침묵하였던 것도 사실은 새로운 도전에 나서기 위하여 각종 자료를 수집하며 자기 나름대로 와신상담으로 새로운 의지를 벼리는 기간으로 삼고 있었음이 분명한 것이다.

이번에 내놓는 〈떠오르는 지평선〉은 2부작 8권을 목표로 하는 묵직한 대작이다. 이 작품은 각종 드라마와 영화를 통하여 많이 소개됨으로써 선비의 고장 밀양을 한국 독립운동사의 성지로 부상하게 만든 이곳 출신의 기라성 같은 독립 운동가들의 활약상과, 황실의 척족 집안인 그곳 상남면 동산리 여흥 민씨가의 왕조복고를 위한 복벽주의 독립운동을 그려낸 작품이다. 유사이래로 국가가 누란의 위기를 맞이할 때마다 멸사봉공의 충의 정신이 불같이 일어나서 힘차게 꿈틀거렸던 유서 깊은 밀양의 독립 운동사를 다루는 만큼, 그리고 효제충신의 선비 정신을 특징으로 하는 지역 향민들의 우국 정서를 비롯하여, 그러한 생태적인 특이 환경 속에서 배출된 기라성 같은 독립 운동가들의 활약상을 그려내기 위해서는 그에 따른 자료 준비도 결코 만만치 않았을 것이다.

이 작품은 한국의 독립 운동사를 논하기 위해서는 반드시 짚고 넘어가야 하는 〈의열단〉과 그들을 길러낸 이 지역 출신의 우국지사와 선배 독립 운동가들의 눈부신 활약상을 비롯하여, 그들을 배출한 유향(儒鄕) 밀양의 역사·문화적인 배경을 총체적으로 그려내고 있는 역작이다. 이 작품 곳곳에는 선비의 고장인 밀양을 한국 독립운동의 성지로 부상하게 만든 기라성 같은 인물들의 뜨거운 숨결과 밀양 향민들의 나라 사랑하는 마음이며 생활상이 역동적으로 꿈틀거리고 있다.

따라서 이 〈떠오르는 지평선〉은 한마디로 말해서 한국 독립운동사의 총체적인 밑그림을 그려낸 역작인 동시에, 우리 민족이 앞으로 열어 가야 할 새로운 지평을 제시하는 교본이라 할 만하다.

30여년 만에 한국 독립운동사에 길이 남을 대단한 역작을 빚어낸 정 대재 작가에게 큰 박수를 보내며, 독자들의 일독을 진정으로 권해 마지 않는다.

한국소설가협회 이사장 김지연